Sigo siendo yo

Jojo Moyes

Sigo siendo yo

Traducción de
Eva Carballeira y Sandra Chaparro

Título original: *Still Me*
Primera edición: marzo de 2018

© 2018, Jojo's Mojo Ltd
© 2018, Penguin Random House Grupo Editorial, S. A. U.
Travessera de Gràcia, 47-49. 08021 Barcelona
© 2021, de la presente edición:
Penguin Random House Grupo Editorial USA, LLC.,
8950 SW 74th Court, Suite 2010
Miami, FL 33156
© 2018, Eva Carballeira y Sandra Chaparro, por la traducción

Diseño de portada original: Roberto de Vicq de Cumptich
Adaptación: Penguin Random House Grupo Editorial

Impreso en México - *Printed in Mexico*

ISBN: 978-84-663-4651-1

21 22 23 24 25   10 9 8 7 6 5 4 3 2

A mi querida Saskia:
lleva tus propios leotardos
a rayas con orgullo

Conócete primero y, luego, adórnate en consecuencia.

EPICTETO

1

*L*o que me recordó que ya no estaba en Inglaterra fue el bigote: un ciempiés gris, sólido, que oscurecía el labio superior del hombre dándole un aire decidido; un bigote a lo Village People, de vaquero, un cepillo en miniatura que reclamaba que le tomaran en serio. No había bigotes así en mi tierra; era incapaz de apartar mis ojos de él.

¿Señora?

La única persona a la que había visto con un bigote como ese era el señor Naylor, nuestro profesor de matemáticas, que lo llevaba lleno de migas de galletas Digestive. Nos gustaba contarlas durante la clase de álgebra.

—¿Señora?

—¡Ah, perdón!

El hombre de uniforme me indicó que avanzara con su dedo rechoncho. No apartó la mirada de la pantalla. Esperé junto a la cabina mientras el sudor acumulado se secaba delicadamente en mi vestido. Levantó una mano, agitando cuatro dedos rollizos. Varios segundos después entendí que me estaba pidiendo el pasaporte.

—Nombre.

—Lo pone ahí —dije.

—Su nombre, señora.

—Louisa Elizabeth Clark —respondí mirando por encima del mostrador—, aunque nunca uso el segundo, Elizabeth. A mi madre le gustaba llamarme Louisita, hasta que se dio cuenta de que si lo dices muy deprisa suena como «loquita». Mi padre cree que me pega. No es que esté loca. Quiero decir, ustedes evidentemente no querrán locos en su país, ¡ja, ja! —Mi voz rebotó nerviosa en la pantalla de plexiglás.

El hombre me observó por primera vez. Tenía los hombros firmes y una mirada que te paralizaba como un táser. No sonrió. Se limitó a esperar a que se desvaneciera mi sonrisa.

—Lo siento —dije—. La gente de uniforme me pone nerviosa.

Eché un vistazo a la sala de inmigración a mi espalda. La serpenteante cola había dado tantas vueltas sobre sí misma que se había convertido en un impenetrable e inquieto mar de gente.

—Me siento rara haciendo esta cola. Creo sinceramente que es la cola más larga que he hecho en mi vida, y comenzaba a preguntarme si debía empezar mi lista de Navidad.

—Ponga su mano en el escáner.

—¿Siempre es tan enorme?

—¿El escáner? —preguntó el agente frunciendo el ceño.

—La cola.

Pero ya no me escuchaba. Contemplaba la pantalla.

Puse mis dedos sobre la pequeña almohadilla y entonces sonó mi teléfono.

Mamá: «¿Has aterrizado?». Iba a teclear una respuesta con la mano que tenía libre cuando el hombre se volvió bruscamente hacia mí.

—Señora, en esta zona no está permitido el uso de teléfonos móviles.

—Es mi madre. Quiere saber si ya he llegado.

Intenté apartar el teléfono de su campo visual y pulsar subrepticiamente el emoticono «pulgar arriba».

—¿Motivo del viaje?

«¿Qué?», fue la respuesta inmediata de mi madre. Había aprendido a enviar mensajes de texto. Ahora se encontraba como pez en el agua haciéndolo y escribía más rápido que hablaba. Es decir, básicamente a velocidad de vértigo. «Ya sabes que mi móvil no ve las figuritas. ¿Eso es un SOS? ¡Louisa, dime que estás bien!».

—¿Motivo del viaje, señora? —preguntó de nuevo con el bigote crispado por la irritación— ¿Qué va a hacer en Estados Unidos? —añadió.

—Tengo un nuevo empleo.

—¿Cuál?

—Voy a trabajar para una familia de Nueva York, en Central Park.

Por un instante las cejas del hombre parecieron elevarse un milímetro. Comprobó la dirección en mi formulario.

—¿En qué va a trabajar?

—Es algo complicado. Voy a ser una especie de acompañante.

—Una *acompañante*.

—Verá, yo antes trabajaba para un hombre. Le hacía compañía, pero también le daba las medicinas, le sacaba a pasear y le alimentaba. No era tan raro como puede sonar, de hecho, su problema era que había perdido el uso de las manos. No es que fuera un pervertido… Lo cierto es que mi último trabajo acabó siendo algo más, porque es difícil no encariñarse con la gente a la que cuidas y Will, el hombre del que le hablo, era extraordinario, y nosotros…, bueno, nos enamoramos.

Sentí demasiado tarde que se me saltaban las lágrimas y me limpié los ojos con un gesto brusco.

—Así que creo que será algo parecido. Salvo por la parte del enamoramiento y la de la comida.

El agente de inmigración clavó su mirada en mí. Yo intenté sonreír.

—La verdad es que normalmente no suelo llorar cuando hablo de trabajo. No soy una loquita de verdad a pesar de mi nombre. Le amaba y él me amaba a mí. Entonces él…, bueno, decidió acabar con su vida. Así que esta es mi oportunidad de volver a empezar.

Las lágrimas se deslizaban por las comisuras de mis ojos, avergonzándome. No podía pararlas. Al parecer era incapaz de parar nada.

—Lo siento, será por el *jet lag*. Deben de ser las dos de la madrugada, hora local, ¿verdad? Además, ya nunca hablo de él. Quiero decir que tengo un novio nuevo fantástico. Es técnico de emergencias sanitarias y muy sexi. Es como ganar la lotería de los novios, ¿verdad? ¿Un técnico en emergencias sexi?

Hurgué en mi bolso en busca de un pañuelo de papel. Cuando levanté la mirada vi que el agente me alargaba una caja. Saqué uno.

—Gracias. De todos modos, mi amigo Nathan, de Nueva Zelanda, trabaja aquí y me ha ayudado a conseguir este empleo. En realidad, todavía no sé cuáles son mis obligaciones, aparte de cuidar a la esposa deprimida de un señor rico. Pero he decidido que esta vez voy a cumplir las expectativas que Will tenía puestas en mí, porque las cosas no me salieron bien la primera vez. Acabé trabajando en un aeropuerto.

Me quedé paralizada.

—Esto…, ¡no es que trabajar en un aeropuerto sea algo malo! Estoy segura de que el control de inmigración es un trabajo importante, realmente importante. Pero yo tengo un plan. Cada semana de las que esté aquí voy a hacer algo nuevo y voy a decir sí.

—¿Decir sí a qué?

—A cosas nuevas. Will siempre decía que yo no me permitía nuevas experiencias. Así que ¡ese es mi plan!

El agente revisaba mis papeles.

—No ha rellenado bien la dirección. Necesito un código postal.

Deslizó el formulario hacia mí. Consulté el número en la dirección que aparecía en la hoja de papel impresa que llevaba y rellené el formulario con mano temblorosa. Eché un vistazo a mi izquierda; la cola de mi sección se inquietaba. En la de al lado, dos agentes interrogaban a una familia china. Los llevaron a una sala contigua entre las protestas de la mujer. De repente me sentí muy sola.

El agente de inmigración echó un vistazo a la gente que esperaba. Y entonces, de repente, selló mi pasaporte.

—Buena suerte, Louisa Clark —dijo.

Le miré fijamente.

—¿Ya está?

—Ya está.

—¡Muchísimas gracias! —exclamé sonriendo—, ¡qué amable! Quiero decir, es un poco raro estar sola al otro lado del mundo por primera vez, y ahora siento que acabo de conocer a la primera persona agradable y…

—Señora, circule por favor.

—Claro, lo siento.

Reuní mis pertenencias y me aparté un mechón de pelo sudado de la cara.

—Y, señora…

—¿Sí? —respondí, preguntándome qué habría hecho mal ahora.

Contestó sin apartar la vista de la pantalla.

—Tenga cuidado con a qué dice sí.

Nathan estaba esperándome en «Llegadas» tal y como había prometido. Busqué entre la multitud, insegura, con la secreta convicción de que no vendría nadie, pero allí estaba, agitando su enorme mano por encima de los cuerpos en movimiento a su alrededor. Levantó el otro brazo, sonriendo de oreja a oreja, y se abrió paso para llegar hasta mí. Me dio un gran abrazo levantándome en vilo.

—¡Lou!

Cuando le vi, algo dentro de mí se encogió inesperadamente, algo relacionado con Will, la pérdida y las emociones básicas que despierta el haber estado sentada en un vuelo de siete horas demasiado movido. Me alegré de que me abrazara tan fuerte, porque así tuve un momento para tranquilizarme.

—¡Bienvenida a Nueva York, pequeñaja! Ya veo que no has perdido el buen gusto en el vestir.

Me elevó sujetándome de los hombros, sonriendo. Me alisé el vestido estampado de leopardo estilo años setenta. Pensé que debía parecer Jackie Kennedy en su época Onassis… si Jackie Kennedy se hubiera tirado encima la mitad del café durante el vuelo.

—¡Cuánto me alegro de verte!

Cogió mis pesadas maletas como si estuvieran llenas de plumas.

—Venga. Vamos a casa. El Prius está en el taller, así que el señor G me ha prestado su coche. El tráfico es espantoso, pero al menos llegarás con estilo.

El elegante automóvil del señor Gopnik era negro, tan grande como un autobús, y las puertas cerraban con ese enfático y discreto *tong* que delata un precio de seis cifras. Nathan metió mi equipaje en el maletero y yo me instalé en el asiento delantero dando un suspiro. Miré el teléfono y respondí los catorce mensajes de mamá con uno que decía simplemente que estaba en el coche y que llamaría al día siguiente. Después respondí al mensaje de Sam, que decía que me echaba de menos, con un «Aterrizada. Bsssss».

—¿Cómo está tu galán? —preguntó Nathan mirándome de reojo.

—Bien, gracias. —Añadí unas cuantas «sssss» más, solo para asegurarme.

—¿A que no le gustó la idea de que vinieras aquí?

Me encogí de hombros.

—Pensó que me hacía falta venir.

—Es lo que pensábamos todos. Te ha llevado un tiempo encontrar tu camino, nada más.

Dejé el teléfono, me recosté en el asiento y miré los nombres desconocidos que salpicaban la autopista. Neumáticos Milo, Gimnasio Richie, Ambulancias y camiones U-Haul, casas deterioradas, de pintura desconchada y escaleras torcidas, canchas de baloncesto y conductores bebiendo a sorbos de vasos de plástico sobredimensionados. Nathan encendió la radio, oí a alguien llamado Lorenzo hablar de un partido de baloncesto y, por un instante, perdí el sentido de la realidad.

—Así que tienes hasta mañana para ponerte manos a la obra. ¿Quieres hacer algo? He pensado que podría dejarte dormir y después arrastrarte hasta un *brunch*. Tienes que vivir una experiencia gastronómica neoyorquina completa en tu primer fin de semana aquí.

—Suena estupendo.

—No vuelven del club de campo hasta mañana por la tarde. La semana pasada fue un poco movida por aquí. Ya te contaré cuando hayas dormido.

Me quedé mirándole.

—Sin secretos, ¿de acuerdo? Esto no va a ser…

—No son como los Traynor. Solo la típica familia disfuncional multimillonaria.

—¿Ella es agradable?

—Mucho. Es algo difícil de llevar, pero es estupenda. Por cierto, él también.

Era la mejor descripción que se podía obtener de Nathan. Se quedó callado, nunca ha sido muy amigo de cotilleos. Yo, sentada en el suave Mercedes GLS climatizado, luchaba contra las oleadas de sueño que amenazaban con anegarme. Pensé en Sam, durmiendo profundamente a varios miles de kilómetros, en su vagón de tren. Pensé en Treena y Thom acurrucados en mi pisito de Londres. De repente la voz de Nathan interrumpió mis pensamientos.

—¡Mira!

Abrí mis ojos somnolientos y… ¡ahí estaba!, al otro lado del puente de Brooklyn, Manhattan, brillante, un millón de fragmentos dentados de luz, inspiradora, bruñida, condensada de manera imposible y hermosa. Era una vista tan familiar por la televisión y las películas que no podía creer que la estuviera viendo de verdad. Me enderecé en el asiento, estupefacta, mientras acelerábamos hacia la metrópolis más famosa del planeta.

—Esta vista nunca cansa, ¿eh? Es algo más imponente que Stortfold.

Hasta ese momento no me había dado cuenta de verdad. *Mi nuevo hogar.*

—Hola, Ashok, ¿qué tal te va?

Nathan atravesó el vestíbulo de mármol con mis maletas, mientras yo me quedaba mirando las baldosas blancas y negras y las barandillas de bronce, intentando no tropezar, mientras mis pasos resonaban en el gigantesco espacio. Parecía el vestíbulo de un gran hotel ligeramente desvaído: el ascensor de bronce bruñido, los suelos alfombrados con los colores del edificio, rojo y oro, la recepción un poco demasiado oscura para resultar agradable. Olía a cera de abejas, a zapatos relucientes y a dinero.

—¡Hombre! ¿A quién tenemos aquí?

—Esta es Louisa. Va a trabajar con la señora G.

El portero uniformado salió de detrás de su mesa y me tendió la mano. Tenía una gran sonrisa y una mirada que parecía haberlo visto todo.

—Encantada de conocerle, Ashok.

—¡Inglesa! Tengo un primo en Londres. En Croydon. ¿Conoce Croydon? ¿Ha estado por allí? Es un muchacho grandote, ¿sabe a lo que me refiero?

—La verdad es que no conozco Croydon —dije. Vi que torcía el gesto—. Pero mantendré los ojos bien abiertos por si le veo la próxima vez que pase por allí —añadí.

—Bienvenida al Edificio Lavery, Louisa. Si necesita algo o quiere saber lo que sea, solo tiene que decírmelo. Estoy aquí veinticuatro horas al día, siete días a la semana.

—No bromea, a veces creo que duerme debajo de la mesa —dijo Nathan, y a continuación me indicó el ascensor de servicio con las puertas de color gris apagado que había al fondo del vestíbulo.

—Tengo tres niños menores de cinco años —replicó Ashok sonriendo—. Puedes creerme si te digo que estar aquí es lo único que me mantiene cuerdo. ¡Mi pobre esposa no puede decir lo mismo! Bueno, señorita Louisa. Si necesita lo que sea, yo soy su hombre.

—¿Drogas, prostitutas, casas de mala reputación? —murmuré al tiempo que se cerraban las puertas del ascensor.

—No. Más bien entradas de teatro, reservas en restaurantes, las mejores lavanderías, etcétera —dijo Nathan—. ¡Cielos, estamos en la Quinta Avenida! ¿A qué te dedicabas en Londres?

La residencia de los Gopnik ocupaba seiscientos cincuenta metros cuadrados en los pisos segundo y tercero de un edificio gótico de ladrillo rojo, un dúplex fuera de lo común en esa parte de Nueva York que daba fe de la riqueza de la familia Gopnik durante generaciones. Nathan me contó que el Lavery era una versión reducida del famoso Edificio Dakota y una de las construcciones de viviendas más antiguas del Upper East Side. Nadie podía comprar o vender uno de sus pisos sin el visto bueno de una junta de residentes impermeable al cambio. En los brillantes condominios del otro lado del parque vivían los nuevos ricos: oligarcas rusos, estrellas del pop, magnates chinos del acero y multimillonarios de la tecnología. Los edificios tenían restaurantes comunes, gimnasio, guardería y una infinidad de piscinas, pero los residentes del Lavery preferían las cosas a la antigua usanza.

Los apartamentos habían pasado de generación en generación; sus habitantes tuvieron que aprender a tolerar la fontanería de la década de 1930, libraron largas y tortuosas batallas para que les autorizaran a cambiar algo más grande que un interruptor de la luz y miraron educadamente hacia otro lado mientras Nueva York mutaba a su alrededor, igual que se ignora a un pobre con un cartel de cartón.

Apenas pude vislumbrar la grandeza del dúplex, con sus suelos de parqué, sus techos altos y cortinas damasquinadas hasta el suelo, mientras nos dirigíamos hacia el ala de servicio, escondida en el extremo del segundo piso, al final de un largo y estrecho pasillo que conducía a la cocina: una anomalía de un pasado distante. Los edificios reformados o más nuevos no tenían ala de servicio. Las criadas y niñeras llegaban desde

Queens o Nueva Jersey en el primer tren de la mañana y volvían a sus casas al anochecer. La familia Gopnik había poseído estas minúsculas habitaciones desde que se construyó el edificio. No se podían reformar o vender, estaban vinculadas por escritura a la vivienda principal y eran muy codiciadas como trasteros. No era difícil entender por qué podían ser consideradas trasteros.

—Ya hemos llegado —dijo Nathan abriendo una puerta y soltando mis maletas.

Mi habitación medía aproximadamente tres metros y medio por tres metros y medio. Albergaba una cama doble, una televisión, una cómoda y un armario. Una butaca, tapizada en tela beis, descansaba en el rincón; su asiento hundido hablaba de exhaustos ocupantes previos. Tenía una ventana pequeña que daba al sur, o al norte, o al este. Era difícil de decir porque estaba a unos dos metros de la pared trasera y desnuda de un edificio tan alto que solo podía ver el cielo si pegaba la cara al cristal y estiraba el cuello.

Siguiendo por el pasillo había una cocina común que compartiría con Nathan y una criada cuya habitación estaba al otro lado del pasillo.

Sobre la cama había una ordenada pila de cinco polos verde oscuro y lo que parecían pantalones negros que despedían el brillo del teflón barato.

—¿No te dijeron que tenías que llevar uniforme?

Cogí uno de los polos.

—Polo y pantalones. Los Gopnik creen que el uniforme simplifica las cosas. Así todo el mundo sabe cuál es su lugar.

—Si quiere parecer un golfista profesional.

Miré el diminuto baño, alicatado en mármol marrón y con manchas de cal incrustada, que comunicaba con el dormitorio. Disponía de inodoro, un pequeño lavabo que parecía de la década de los cuarenta y una ducha. A un lado había una pastilla de jabón envuelta en papel y un bote de insecticida para cucarachas.

—La verdad es que es bastante grande para los estándares de Manhattan —dijo Nathan—. Ya sé que parece un poco destartalado, pero la señora G dice que podemos darle una mano de pintura. Ponemos un par de lámparas más, nos damos una vuelta por Crate and Barrel en busca de objetos de decoración y...

—Me encanta —respondí—. Estoy en Nueva York, Nathan. Estoy aquí de verdad —exclamé, volviéndome hacia él con voz repentinamente temblorosa.

Me apretó el hombro.

—Sí, ya estás aquí.

Me las apañé para permanecer despierta el tiempo suficiente como para deshacer las maletas, comprar con Nathan comida para llevar (él lo llamó comida rápida, como los americanos), echar un vistazo a algunos de los ochocientos cincuenta y nueve canales de mi pequeño televisor, la mayoría en un bucle infinito de fútbol americano, anuncios relacionados con problemas digestivos o programas, con escasa iluminación, sobre crímenes de los que nunca había oído hablar. Entonces me dormí. Me desperté sobresaltada a las cinco menos cuarto de la madrugada. Estaba confusa, y era incapaz de localizar el sonido distante de una sirena y el chirrido de un camión que avanzaba marcha atrás. Por fin encendí la luz, recordé dónde estaba y me estremecí de excitación.

Saqué el portátil de la funda y escribí un mensaje de chat a Sam.

¿Estás ahí? Bss

Esperé pero no respondió. Me había dicho que estaría de servicio y estaba tan atontada que me sentía incapaz de calcular la diferencia horaria. Dejé el portátil e intenté dormirme otra vez. (Treena decía que cuando no duermo lo suficiente parezco un caballo triste). Pero los desconocidos sonidos de la ciudad eran como un canto de sirena, y a las seis me levanté y me duché, intentando ignorar el óxido en el agua que salió a presión del cabezal de la ducha. Me vestí (pichi vaquero de verano y una blusa *vintage* de manga corta, color turquesa, con una imagen de la Estatua de la Libertad) y fui en busca de un café.

Caminé despacio por el pasillo, intentando recordar dónde estaba la cocina de servicio que Nathan me había enseñado la tarde anterior. Abrí una puerta, una mujer se volvió y me miró fijamente. Era de mediana edad, bajita y fornida, con el pelo peinado en ordenadas ondas negras, como si fuera una estrella de cine de los años treinta. Tenía unos ojos hermosos y oscuros, pero tendía a fruncir los labios en un gesto de desaprobación permanente.

—Hum…, ¡buenos días!

Siguió mirándome fijamente.

—So… soy Louisa, la chica nueva, la… asistente de la señora Gopnik.

—No es la señora Gopnik —respondió la mujer; sus palabras quedaron flotando en el aire.

—Usted debe de ser… —Me estrujé el cerebro afectado por el desfase horario, pero no conseguí recordar ningún nombre. *¡Venga, vamos!*, me decía a mí misma—. Lo siento mucho. Esta mañana estoy empanada. *Jet lag.*

—Soy Ilaria.

—Ilaria, claro, lo siento —dije tendiéndole la mano. Ella no la estrechó.

—Yo sí sé quién eres.

—Esto..., ¿puede decirme dónde guarda Nathan la leche? Me gustaría tomar un café.

—Nathan no bebe leche.

—¿En serio? Antes sí tomaba.

—¿Crees que te estoy mintiendo?

—No. No era eso lo que...

Dio un paso a la izquierda y señaló una alacena la mitad de grande que las demás y bastante a trasmano.

—Esa es la tuya.

Abrió la puerta del frigorífico para guardar el zumo y vi en su estante una botella de leche de dos litros. La cerró y me dirigió una mirada implacable.

—El señor Gopnik estará en casa esta tarde a las seis y media. Ponte el uniforme para recibirle —me informó mientras echaba a andar por el pasillo haciendo ruido con las zapatillas.

—¡Un placer haberla conocido! ¡Estoy segura de que nos veremos mucho! —contesté a su espalda.

Miré fijamente el frigorífico durante un instante y decidí que probablemente no era demasiado temprano para ir a comprar leche. Después de todo estaba en la ciudad que nunca duerme.

Puede que Nueva York estuviera despierta, pero el Lavery estaba envuelto en un silencio tan denso que parecía que la comunidad entera se había tomado una buena dosis de somníferos. Recorrí el pasillo y cerré suavemente la puerta principal, tras comprobar ocho veces que había cogido el bolso y las llaves. Pensé que al ser tan pronto y estar dormidos los residentes podría examinar con mayor detenimiento dónde había ido a parar.

Mientras avanzaba de puntillas, con la lujosa alfombra amortiguando mis pasos, un perro comenzó a ladrar detrás de una de las puertas, emitiendo un sonido agudo y rabioso, y una voz anciana gritó algo que no pude entender. Apresuré el paso para no despertar a los demás residentes, y en vez de bajar por la escalera principal bajé en el ascensor de servicio.

No había nadie en el vestíbulo y salí a la calle. Me envolvieron un clamor y una luz tan intensos que tuve que parar unos momentos para conservar el equilibrio. Ante mí, el verde oasis de Central Park parecía abarcar kilómetros. A la izquierda, las calles laterales ya estaban concurridas. Unos tipos grandes vestidos con monos descargaban cajas de una furgoneta, vigilados por un policía con brazos como jamones cruzados sobre el pecho. El camión de la limpieza zumbaba aplicadamente. Un taxista charlaba con un hombre a través de la ventanilla abierta. Repasé mentalmente las conocidas vistas de la Gran Manzana. ¡Coches de caballos! ¡Taxis amarillos! ¡Edificios imposiblemente altos! Mientras lo observaba todo, pasaron a mi lado dos turistas con aspecto exhausto que empujaban cochecitos de bebé. Llevaban vasos de café de poliestireno en la mano; seguramente aún vivían en otra franja horaria lejana. Manhattan se extendía en todas direcciones, enorme, bañada por el sol, abarrotada y brillante.

Mi *jet lag* se evaporó con los últimos instantes del amanecer. Respiré hondo y eché a andar, consciente de que estaba sonriendo e incapaz de dejar de hacerlo. Anduve ocho manzanas sin ver ningún supermercado abierto. Llegué a la avenida Madison, pasando por delante de tiendas de lujo con enormes escaparates y las puertas cerradas. Entre una y otra había algún restaurante esporádico, con las ventanas oscurecidas, como ojos cerrados, y un hotel que despedía destellos dorados cuyo portero con librea ni me miró cuando pasé.

Anduve cinco manzanas más y me fui dando cuenta de que este no era el tipo de barrio donde la gente baja un momento al supermercado. Me había imaginado Nueva York con cafeterías en cada esquina, atendidas por camareras insinuantes y hombres con sombreros de ala ancha blancos, pero todo parecía enorme y brillante y ni remotamente daba la impresión de que tras sus puertas te pudiera estar esperando una simple tortilla de queso o una taza de té. La mayoría de los viandantes eran turistas, o cuerpos duros y fuertes que pasaban corriendo embutidos en licra y ajenos a todo, con los auriculares puestos, moviéndose ágilmente entre los sin techo de cara sucia y ceño fruncido que los fulminaban con la mirada. Por fin di con una cafetería grande, de una famosa cadena, donde parecían haberse reunido la mitad de los madrugadores de Nueva York. Se inclinaban sobre sus teléfonos en los reservados o sobrealimentaban a alegres bebés mientras una música ligera de fondo se filtraba por los altavoces de la pared.

Pedí un café capuchino y un *muffin*. Antes de que pudiera abrir la boca, el camarero lo había partido en dos, calentado y bañado en mantequilla, sin dejar de hablar en ningún momento de un partido de béisbol con su colega.

Pagué, me senté con el *muffin* envuelto en papel de aluminio y di un mordisco. Incluso sin el hambre canina provocada por el desfase horario, era lo más delicioso que había comido nunca.

Me senté junto a una ventana y contemplé durante una media hora las calles de Manhattan a primera hora de la mañana. Me llenaba la boca alternativamente de suave *muffin* mantecoso y de café cargado y caliente, dando rienda suelta a mi omnipresente monólogo interior *(¡Estoy tomando café de Nueva York en una cafetería de Nueva York! ¡Camino por una calle de Nueva York! ¡Como Meg Ryan! ¡O Diane Keaton! ¡Estoy en la auténtica Nueva York!)* y, por un momento, entendí exactamente lo que Will había intentado explicarme hacía dos años. Durante aquellos pocos minutos, con la boca llena de comida extraña y los ojos colmados de paisajes desconocidos, viví el momento. Era plenamente consciente, los sentidos agudizados, todo mi ser abierto a las nuevas experiencias que me rodeaban. Estaba en el único lugar del mundo donde podía estar.

Entonces, al parecer por nada, las dos mujeres de la mesa de al lado se enzarzaron en una pelea a puñetazos. Volaron café y trozos de pastas por encima de ambas mesas mientras los camareros intentaban separarlas. Me sacudí las migas del vestido, cerré el bolso y decidí que probablemente ya era hora de regresar a la paz del Lavery.

2

Cuando volví a entrar, Ashok estaba apilando periódicos en montones numerados. Se incorporó sonriendo.

—Vaya, buenos días, señorita Louisa. ¿Qué tal ha ido su primera mañana en Nueva York?

—Ha sido fabulosa, gracias.

—¿Iba tarareando *Let the River Run* mientras bajaba la calle?

Me paré en seco.

—¿Cómo lo has sabido?

—Todo el mundo lo hace la primera vez que viene a Manhattan. ¡Hasta yo lo hago algunas mañanas y no me parezco nada a Melanie Griffith!

—¿Hay un supermercado por aquí? He tenido que andar kilómetros para poder tomarme un café y no tengo ni idea de dónde se compra la leche.

—Debería habérmelo dicho, señorita Louisa. Venga por aquí. —Hizo un gesto con la mano tras el mostrador de recepción y abrió una puerta que daba a una oficina oscura, abarrotada y revuelta, que no casaba bien con el bronce y el mármol del vestíbulo. Había pantallas del sistema de seguridad sobre una mesa y, entre ellas, un televisor antiguo y un gran libro de contabilidad junto a una taza, algunos libros de tapa blanda y un montón de fotografías de niños desdentados y sonrientes. Tras la puerta se escondía una nevera vieja.

—Tenga, tome esta, ya me la devolverá después.

—¿Todos los porteros son así de amables?

—No todos. Pero el Lavery es diferente.

—¿Dónde compra la gente?

Hizo un gesto con la mano.

—La gente de este edificio no hace la compra, señorita Louisa. Ni siquiera *piensan* en la compra. Le juro que la mitad de ellos creen que la comida llega ya cocinada como por arte de magia a sus mesas.

Miró a su espalda y bajó la voz.

—Apuesto a que el ochenta por ciento de las mujeres que viven en este edificio no han hecho un guiso desde hace cinco años. Además, la mitad de ellas no comen, punto.

Cuando le miré se encogió de hombros.

—Los ricos no viven como usted o como yo, señorita Louisa, y los neoyorquinos ricos…, bueno, ¡nadie vive como ellos!

Cogí el cartón de leche.

—Cualquier cosa que necesite la traen a domicilio. ¡Ya se acostumbrará!

Quería preguntarle por Ilaria y la señora Gopnik (que al parecer no era la señora Gopnik), así como por la familia a la que estaba a punto de conocer. Pero ya no me miraba a mí sino al pasillo.

—¡Muy buenos días, señora De Witt!

—¿Qué hacen todos esos periódicos en el suelo? Esto parece un quiosco, es lamentable.

Una anciana pequeñita chasqueaba la lengua, inquieta, ante las pilas del *New York Times* y el *Wall Street Journal* que quedaban por desembalar. A pesar de lo temprano que era iba vestida como si fuera a una boda, con un abrigo color frambuesa, un sombrerito rojo y grandes gafas de sol de carey que ocultaban su carita arrugada. Llevaba de una correa a un carlino jadeante que me dirigió una mirada hostil con sus ojillos protuberantes (o más bien me pareció que me miraba: era difícil saberlo a ciencia cierta porque sus ojos viraban en todas direcciones). Decidí ayudar a Ashok a quitar de en medio los periódicos para que la anciana pudiera pasar, pero cuando me agaché el perro saltó hacia mí gruñendo; yo di un brinco hacia atrás y estuve a punto de caerme sobre el *New York Times*.

—¡Por Dios bendito! —dijo una voz débil pero imperiosa—, ¡estás poniendo nervioso a mi perro!

Mi pierna había percibido el susurro de los dientes del carlino y mi piel latía por su cercanía.

—Por favor, asegúrese de que cuando volvamos haya desaparecido esta basura. Como llevo diciéndole ya algún tiempo al señor Ovitz, este edificio está de capa caída. Ashok, he dejado una bolsa delante de mi puerta. Bájela inmediatamente o todo el pasillo acabará oliendo a lirios rancios. ¡Dios sabe por qué la gente regala lirios con lo fúnebres que son! ¡Dean Martin!

Ashok rozó con la punta de los dedos el borde de su gorra.

—¡Por supuesto, señora De Witt!

Esperó a que se fuera antes de volverse hacia mí y mirar mi pierna.

—¡Ese chucho ha intentado morderme!

—Sí, se llama Dean Martin y es mejor que te apartes de su camino. Es el residente más malhumorado de todo el edificio, y eso es decir mucho.

Volvió a sus periódicos, descargó la siguiente pila sobre la mesa y luego paró haciéndome un gesto para que me apartara.

—No se preocupe por esto, señorita Louisa. Pesan mucho y usted ya tiene bastante con los de arriba. ¡Que tenga un buen día!

Se fue antes de que pudiera preguntarle a qué se refería.

El día transcurrió volando. Pasé el resto de la mañana ordenando mi pequeño cuarto, limpiando el baño, colocando las fotos de Sam, de mis padres, de Treena y de Thom para sentirme más en casa. Nathan me llevó a comer cerca de Columbus Circle, donde pedí un plato del tamaño de una rueda de carro y bebí tanto café cargado que me temblaban las manos cuando volvíamos. Nathan fue señalándome sitios que podían serme de utilidad: ese bar abre hasta tarde, esa camioneta de comida rápida tiene unos falafeles riquísimos, ese cajero automático es seguro… Mi cerebro bullía con nuevas imágenes e información novedosa. A media tarde me sentí mareada de repente y noté las piernas cargadas, de modo que Nathan me acompañó andando de vuelta a casa, con su brazo entrelazado con el mío. Agradecí el interior fresco y tranquilo del edificio y que el ascensor de servicio me evitara tener que subir por las escaleras.

—Échate la siesta —me recomendó Nathan mientras me quitaba los zapatos—, pero no duermas más de una hora o tu reloj biológico se volverá loco.

—¿Cuándo decías que volvían los Gopnik? —pregunté arrastrando las palabras.

—Normalmente en torno a las seis. Ahora son las tres, así que tienes algo de tiempo. Descansa un ratito y volverás a sentirte un ser humano.

Cerró la puerta y me tumbé, agradecida, en la cama. Estuve a punto de quedarme dormida, pero de repente me di cuenta de que si esperaba más ya no podría hablar con Sam. De manera que cogí mi portátil, intentando superar el sopor. «¿Estás ahí?», tecleé.

Pocos minutos después la imagen se expandió con un sonido efervescente y allí estaba, en el vagón de tren, su enorme cuerpo inclinado hacia la pantalla. Sam, técnico en emergencias sanitarias, hombre-montaña. Un novio demasiado reciente. Nos sonreímos como bobos.

—¡Hola, preciosa! ¿Cómo estás?

—¡Bien! —dije—, me gustaría enseñarte mi habitación, pero temo dar a las paredes si giro la pantalla. —Di vueltas con el portátil para que pudiera ver mi pequeño dormitorio en toda su gloria.

—A mí me gusta, debe de ser porque tú estás dentro.

Miré la ventana gris que había a sus espaldas. Me la imaginaba perfectamente, con la lluvia chisporroteando sobre el techo del vagón de tren. El cristal empañado parecía reconfortante: madera, vapor y las gallinas fuera refugiadas bajo una carretilla empapada. Sam me miraba fijamente y me froté los ojos, lamentando, de repente, no haberme maquillado un poco.

—¿Has ido al trabajo?

—Sí. Creen que estaré a punto para retomar por completo todas mis funciones dentro de una semana. Tengo que poder levantar a alguien sin que se me salten los puntos —respondió llevándose la mano instintivamente al abdomen donde había recibido un disparo solo unas semanas atrás: la llamada rutinaria que casi acaba por matarlo y que había sentado los cimientos de nuestra relación. Me invadió una sensación desequilibrante y visceral.

—¡Ojalá estuvieras aquí! —dije sin pensar.

—Ya me gustaría. Pero es el primer día de tu aventura y va a ser estupendo. Además, dentro de un año estarás sentada aquí…

—Ahí no —le interrumpí—, en tu nueva casa cuando esté terminada.

—En mi nueva casa cuando esté terminada —repitió—. Miraremos las fotos de tu teléfono y pensaré en secreto: ¡Dios mío, otra vez no, que no me vuelva a hablar de Nueva York!

—¿Me escribirás? Una carta llena de amor y de nostalgia regada de lágrimas solitarias…

—Ay, Lou, ya sabes que no soy escritor. Pero te llamaré. Y estaré contigo dentro de cuatro semanas.

—Está bien —dije, mientras notaba cómo se me hacía un nudo en la garganta—. Bueno, debería echarme una siesta.

—Yo también —contestó—, y pensaré en ti.

¿De forma asquerosamente porno, o a la manera romántica de Nora Ephron?

—¿Cuál de las dos me daría menos problemas? —Sonrió—. Tienes buen aspecto, Lou —afirmó tras un minuto—, pareces… llena de entusiasmo.

—Me siento llena de entusiasmo. Soy una persona realmente cansada que a la vez se siente a punto de explotar. Es un poco confuso. —Puse mi mano sobre la pantalla y un segundo después él hizo lo mismo. Imaginé el tacto de su piel.

—Te quiero. —Seguía sin salirme natural.

—Y yo a ti. Besaría la pantalla, pero sospecho que solo obtendrías una vista de los pelillos de mi nariz.

Cerré el ordenador sonriendo y unos segundos después estaba dormida.

Alguien gritaba en el pasillo. Me desperté aturdida, sudorosa, creyendo que era un sueño, y me senté en la cama. De verdad había una mujer chillando al otro lado de la puerta. Pasaron mil ideas por mi confuso cerebro: titulares sobre asesinatos, Nueva York y cómo informar de un crimen. ¿A qué número había que llamar? No era el 999 como en Inglaterra. Exploré mi cerebro, pero no encontré nada.

—¿Por qué tengo que hacerlo? ¿Por qué tengo que sentarme y sonreír mientras esas brujas me insultan? ¡No oyes ni la mitad de lo que dicen! ¡Eres un hombre! ¡Es como si llevaras tapones en los oídos!

—¡Cálmate, cariño, por favor! No es el momento ni el lugar.

—¡Nunca es momento ni lugar porque siempre hay alguien aquí! Voy a tener que comprar apartamento para poder discutir contigo...

—No entiendo por qué te molesta tanto. Tienes que darle...

—¡No!

Algo cayó sobre el suelo de parqué. Ya estaba totalmente despierta y el corazón me latía a mil por hora. Hubo un silencio denso.

—Ahora me vas a decir que era herencia de tu familia.

Pausa.

—Es que lo era.

Se oyó un sollozo ahogado.

—¡Me da igual, igual! Me ahogo en la historia de tu familia, ¿me oyes? ¡Me ahogo!

—Agnes, tesoro, en el pasillo no. Vamos. Podemos hablar de esto más tarde.

Me quedé muy quieta sentada en el borde de la cama.

Se oyeron unos cuantos sollozos más, luego se hizo el silencio. Esperé, me levanté y me acerqué a la puerta, apretando mi oreja contra ella. Nada. Miré el despertador; eran las 16:46.

Me lavé la cara y me puse rápidamente el uniforme. Me cepillé el pelo y luego me deslicé en silencio fuera de mi habitación y eché a andar por el pasillo.

Me detuve.

Al final del pasillo, junto a la cocina, había una joven en posición fetal. Un hombre mayor la abrazaba con la espalda apoyada contra la pared recubierta de paneles de madera. Casi estaba sentado, con una rodilla levantada y la otra extendida, como si la hubiera cogido al caer y el peso le hubiera tirado al suelo. No podía ver el rostro de la mujer, pero sí una pierna larga y esbelta que surgía de forma poco elegante de debajo de un vestido marinero; una mata de cabellos rubios ocultaba su rostro. Tenía los nudillos blancos de lo fuerte que se agarraba a él.

Los vi y tragué saliva. Reconocí al señor Gopnik.

—No la necesito ahora, gracias —dijo quedamente.

La voz murió en mi garganta, volví rápidamente a mi habitación y cerré la puerta. El corazón me palpitaba en el pecho con tanta fuerza que estaba segura de que lo estaban oyendo.

Miré sin ver la televisión durante la hora siguiente; no podía quitarme de la cabeza la imagen de las dos personas entrelazadas. Pensé en enviar un mensaje de texto a Nathan, pero no sabía muy bien qué decirle. Así que a las 17:55 volví a salir de mi habitación, intentando encontrar el camino de la puerta de acceso a la zona principal. Entré en un comedor enorme y vacío, pasé por lo que parecía un dormitorio de invitados y por dos puertas cerradas más, siguiendo el rumor de una conversación que oía a lo lejos. Mis pies se deslizaban suavemente sobre el suelo de parqué. Por fin llegué al salón y me detuve ante la puerta abierta.

El señor Gopnik estaba sentado ante la ventana, hablando por teléfono con las mangas de su camisa azul claro arremangadas y una mano apoyada en la nuca. Me invitó a entrar sin dejar de hablar por teléfono. A mi izquierda había una mujer rubia (¿la señora Gopnik?), sentada en un sofá rosa de estilo antiguo, que pulsaba las teclas de su iPhone sin descanso. Parecía haberse cambiado de ropa y durante un momento me sentí confusa. Esperé, incómoda, hasta que él acabó de hablar y se puso de pie con un pequeño gesto, me di cuenta, de dolor. Di otro paso hacia él para que no tuviera que avanzar más y le estreché la mano. Estaba caliente y, aunque tomó la mía con suavidad, pude sentir su fuerza. La joven seguía tecleando en su teléfono.

—¡Louisa! Me alegro de que haya llegado bien. Espero que tenga todo lo que necesita —dijo exactamente en la forma en la que suele decirlo la gente cuando no esperan que necesites nada.

—Todo está muy bien, muchas gracias.

—Esta es mi hija Tabitha. ¿Tab?

La chica levantó una mano y esbozó un indicio de sonrisa antes de volver a su teléfono.

—Por favor, perdone a Agnes. No ha podido venir a darle la bienvenida. Se ha acostado una horita. Tiene una migraña horrible. Ha sido un fin de semana muy largo.

Su rostro denotaba una fatiga que ocultó rápidamente. Nada en su conducta delataba la escena que había presenciado menos de dos horas antes. Sonrió.

—De modo que… esta noche puede hacer lo que quiera, pero a partir de mañana por la mañana acompañará a Agnes a donde quiera ir. Su cargo oficial es de «asistente», y tendrá que asistirla día a día en lo que necesite. Tiene una agenda muy apretada. He pedido a mi secretario que la ponga al corriente de la agenda familiar, y le enviarán por e-mail cualquier modificación. Échele un vistazo en torno a las diez de la noche, que es cuando hacemos los últimos cambios. Conocerá al resto del equipo mañana.

—Estupendo, muchas gracias. —Tomé nota de la palabra «equipo» y tuve una breve visión de futbolistas dando vueltas por la casa.

—¿Qué hay de cenar, papi?

Tabitha habló como si yo no estuviera presente.

—No lo sé, cariño. Creí que habías dicho que cenarías fuera.

—No sé si me apetecerá volver a cruzar la ciudad esta noche. A lo mejor me quedo.

—Como quieras, pero dile a Ilaria lo que decidas. ¿Tiene alguna pregunta, Louisa?

Intenté pensar en algo útil que decir.

—¡Ah! Y mamá me ha pedido que te pregunte si habías encontrado el cuadro pequeño, el Miró.

—Cariño, no voy a volver sobre el tema. El cuadro se queda aquí.

Pero mamá dice que ella lo eligió. Lo echa en falta. A ti nunca te ha gustado.

—Esa no es la cuestión.

Desplacé mi peso de una pierna a otra, sin estar segura de si debía retirarme.

—*Sí* es la cuestión, papá. Mamá echa algo terriblemente de menos y a ti te da igual.

—Vale ochenta mil dólares.

—A mamá no le importa el dinero.

—¿Podemos hablar de esto más tarde?

—Luego estarás ocupado. Prometí a mamá que arreglaría este asunto.

Retrocedí un paso disimuladamente.

—No hay nada que hablar. El acuerdo se firmó hace dieciocho meses y lo tratamos todo. ¡Ah, querida, estás aquí! ¿Te encuentras mejor?

Me di la vuelta. La mujer que acababa de entrar en la habitación era increíblemente hermosa. Iba sin maquillar y llevaba el pálido cabello rubio sujeto en un moño poco apretado. Tenía grandes pómulos salpicados de pecas y la forma de sus ojos sugería una ascendencia eslava. Supuse que tendría más o menos mi edad. Avanzó descalza hasta donde se encontraba el señor Gopnik y le besó mientras acariciaba su nuca con la mano.

—Estoy mucho mejor, gracias.

—Esta es Louisa —dijo él.

La mujer se volvió hacia mí.

—Mi nueva aliada —comentó.

—Tu nueva asistente —corrigió el señor Gopnik.

—Hola, Louisa —saludó, ofreciéndome su mano fina y estrechando la mía. Sentí que me recorría con la mirada, como si intentara averiguar algo. Entonces sonrió y yo no pude evitar devolverle la sonrisa.

—¿Ilaria ha puesto bonita tu habitación?

Tenía una voz suave y hablaba con un ligero acento de Europa del Este.

—Todo es perfecto, muchas gracias.

—¿Perfecto? Vaya, te conformas con facilidad. Tu habitación parece un armario. Cualquier cosa que no gusta, dínoslo, y haremos que resulte más agradable. ¿A que sí, cariño?

—¿Tú no vivías en una habitación más pequeña que esa, Agnes? —dijo Tab sin levantar la mirada de su iPhone—. Creo recordar que papá me dijo que compartías habitación con unos quince inmigrantes.

—¡Tab! —La voz del señor Gopnik transmitía una suave advertencia.

Agnes respiró hondo y levantó la barbilla.

—De hecho, mi cuarto era más pequeño. Pero lo compartía con unas chicas estupendas. No había problemas. Cuando gente es agradable y educada se soporta cualquier cosa, ¿no crees, Louisa?

Tragué saliva.

—Sí.

Ilaria entró en la habitación aclarándose la garganta. Llevaba el mismo polo y los mismos pantalones oscuros que yo, pero cubiertos por un delantal blanco. No me miró.

—La cena está servida, señor Gopnik.

—¿Hay comida para mí, Ilaria querida? —dijo Tab, con el brazo apoyado lánguidamente en el respaldo del sofá—. A lo mejor me quedo.

Ilaria adoptó una expresión cálida de repente. Era otra persona la que tenía ante mí.

—Por supuesto, señorita Tabitha. Siempre cocino de más los domingos por si decide quedarse.

Agnes estaba en medio de la habitación y creí percibir un destello de pánico en su rostro. Apretó las mandíbulas.

—En ese caso me gustaría que Louisa cenara con nosotros también —comentó.

Se hizo el silencio.

—¿Louisa? —dijo Tab.

—Sí. Me gustaría conocerla mejor. ¿Tienes planes para esta noche, Louisa?

—N... no —tartamudeé.

—Entonces cenas con nosotros. Ilaria, has hecho comida de más, ¿sí?

Ilaria miró fijamente al señor Gopnik, que parecía absorto consultando algo en su móvil.

—Agnes —dijo Tab un momento después—, ¿todavía no te has enterado de que nosotros no comemos con los empleados?

—¿Quiénes son esos «nosotros»? No sabía que hubiera un reglamento. —Agnes se miró la mano y pareció inspeccionar su alianza con estudiada calma—. Cariño, ¿se te ha olvidado pasarme el reglamento?

—Con todo respeto, y vaya por delante que Louisa me parece encantadora —insistió Tab—, existen límites por el bien de todos.

—Estaré encantada de hacer lo que dispongan... —empecé a decir—. No quiero causar ningún...

—Bien, *con todo respeto*, Tabitha, me gustaría cenar con Louisa. Es mi nueva asistente y vamos a pasar juntas todos los días. Así que no veo problema en querer conocerla un poco mejor.

—No hay problema —respondió el señor Gopnik.

—Papá…

—No hay problema, Tab. Ilaria, por favor, ¿podría poner la mesa para cuatro? Gracias.

Ilaria abrió mucho los ojos. Me miró y sus labios formaron una delgada línea que reflejaba su ira, como si hubiera sido yo la que había alterado la jerarquía doméstica. Luego desapareció en el comedor, y pudimos oír claramente el enérgico ruido producido por la cubertería y la cristalería. Agnes suspiró y se apartó el pelo de la cara. Me dirigió una sonrisa fugaz de conspiradora.

—Vamos —dijo el señor Gopnik un minuto después—. Louisa, quizá le apetezca una copa.

La cena fue un evento callado y doloroso. Me intimidaban la gran mesa de caoba, la pesada cubertería de plata y las copas de cristal, y me sentía fuera de lugar con mi uniforme. El señor Gopnik estuvo callado casi todo el rato y desapareció un par de veces para atender llamadas de su oficina. Tab miraba su iPhone, evitando deliberadamente relacionarse con nadie. Ilaria servía pollo en salsa de vino tinto con toda su guarnición, y luego retiraba los platos vacíos con, en palabras de mi madre, cara de perro apaleado. Puede que fuera la única que oyera el duro golpe con el que puso el plato ante mí o el sonido, apenas audible, que emitía cada vez que pasaba por detrás de mi silla.

Agnes apenas tocó la comida. Estaba sentada frente a mí y charlaba juguetona, como si fuera su nueva mejor amiga; de cuando en cuando miraba a su marido.

—¿De modo que es tu primera vez en Nueva York? —preguntó—. ¿Dónde más has estado?

—Hum…, en pocos sitios. He empezado a viajar tarde. Estuve recorriendo Europa hace un tiempo y, antes de eso, en Mauricio. Y Suiza.

—Estados Unidos es muy diferente. Cada estado tiene su propio encanto, creo, para nosotros los europeos. Solo he ido a unos cuantos sitios con Leonard, pero fue como visitar países totalmente distintos. ¿Estás emocionada por estar aquí?

—Mucho —dije—, estoy decidida a aprovechar todo lo que Nueva York pueda ofrecerme.

—Habla como tú, Agnes —observó Tab con dulzura.

Agnes la ignoró sin apartar la mirada de mí. Sus ojos eran de una belleza hipnótica y se ahusaban hacia arriba en los extremos. Tuve que recordarme dos veces a mí misma que debía cerrar la boca cuando la contemplaba.

—Háblame de tu familia. ¿Tienes hermanos o hermanas?

Expliqué mi situación familiar lo mejor que supe, haciendo que pareciéramos más los Ingalls que los Addams.

—¿Así que ahora tu hermana vive en tu apartamento de Londres? ¿Con su hijo? ¿Vendrá ella para visita? ¿Y tus padres? ¿Te echarán de menos?

Pensé en la última salida de mi padre al despedirnos: «No te des prisa en volver, Lou. ¡Vamos a convertir tu dormitorio en un *jacuzzi*!».

—Sí, claro, mucho…

—Mi madre se pasó llorando dos semanas cuando me fui de Cracovia. ¿Tienes novio?

—Sí. Se llama Sam y es técnico en emergencias sanitarias.

—¡Técnico en emergencias! ¿Eso es algo parecido a un médico? Qué bien. Por favor, enséñame foto. Me encanta ver fotos.

Saqué mi teléfono del bolsillo y empecé a buscar hasta que encontré mi foto favorita de Sam, sentado en la azotea de mi edificio con su uniforme verde oscuro. Venía de trabajar y me sonreía mientras bebía una taza de té. El sol se estaba poniendo a sus espaldas, y al mirar la foto recordé exactamente cómo me sentí ahí arriba, con el té enfriándose en la cornisa detrás de mí y Sam esperando pacientemente mientras tomaba foto tras foto.

—¡Qué guapo! ¿También se viene a Nueva York?

—Hum, no. Ahora es algo complicado porque está haciéndose una casa. Además, está su trabajo.

Agnes abrió mucho los ojos.

—Pero tiene que venir, ¡no podéis vivir en países diferentes! ¿Cómo puedes amar a tu hombre si no está aquí contigo? Yo no podría estar lejos de Leonard. No me gusta ni que vaya de viaje de negocios un par de días.

—Sí, ya, supongo que tú querrás asegurarte de no estar nunca demasiado lejos —comentó Tab. El señor Gopnik levantó los ojos de su plato y deslizó la mirada de su esposa a su hija, pero no dijo nada.

—Bueno —dijo Agnes colocando la servilleta sobre sus rodillas—, Londres no está tan lejos. Y el amor es el amor, ¿no crees, Leonard?

—Sin duda lo es —respondió él, y su rostro se distendió brevemente al contemplar la sonrisa de su mujer. Agnes deslizó su mano sobre la suya y la acarició; yo volví rápidamente a clavar la mirada en mi plato.

Reinó el silencio durante un instante.

—Creo que me voy a casa, estoy empezando a sentir náuseas. —Tab echó su silla hacia atrás con un sonoro chirrido y arrojó su servilleta sobre el plato; el lino blanco empezó a empaparse inmediatamente de salsa de vino roja. Tuve que reprimir el impulso de rescatarla. Se levantó y besó a su padre en la mejilla. Él alargó la mano que tenía libre y acarició su brazo con ternura—. Te llamaré esta semana, papá. —Se dio la vuelta—. Louisa, Agnes —saludó haciendo una cortés inclinación de cabeza antes de abandonar la habitación.

Agnes la contempló mientras se marchaba. Puede que musitara algo en voz muy queda, pero Ilaria estaba retirando mi plato y mis cubiertos con un estruendo tan salvaje que era difícil saberlo a ciencia cierta.

Cuando Tab se fue la belicosidad abandonó el cuerpo de Agnes. Pareció marchitarse en su silla, los hombros hundidos de repente, su afilada clavícula bien visible cuando dejó colgar la cabeza. Me levanté.

—Muchas gracias por la cena, estaba todo delicioso.

Nadie protestó. El brazo del señor Gopnik descansaba sobre la mesa de caoba y sus dedos acariciaban la mano de su mujer.

—La veremos por la mañana, Louisa —dijo él sin mirarme. Agnes lo contemplaba con expresión adusta. Salí del comedor y aceleré el paso al pasar delante de la cocina, para que las dagas virtuales de Ilaria no pudieran alcanzarme.

Una hora después recibí un mensaje de texto de Nathan. Estaba tomando unas cervezas con unos amigos en Brooklyn. «He oído que ya has recibido el bautismo de fuego. ¿Estás bien?».

No me sentía con fuerzas de responder algo ingenioso. Ni de preguntarle cómo demonios se había enterado.

«Será más fácil cuando los conozcas. Prometido».

«Te veo mañana», respondí. Tuve dudas por un momento. ¿A qué me había comprometido? Luego tuve unas duras palabras conmigo misma y me sumí en un sueño profundo.

Esa noche soñé con Will. Rara vez soñaba con él; una fuente de tristeza para mí en aquellos primeros días, cuando le echaba tanto de menos que sentía como si alguien hubiera cavado un agujero en mi interior. Los sueños cesaron cuando conocí a Sam. Pero ahí estaban de nuevo, de madrugada, tan vívidos como si se encontrara de pie ante mí. Estaba sentado en el asiento trasero de un coche, una lujosa limusina negra como la del señor Gopnik. Yo le veía desde el otro lado de la calle. Me alivió inmediatamente comprobar que no había muerto, que después de todo no se había ido, y supe instintivamente que no debía ir a dondequiera que se dirigiera. Tenía que detenerle. Pero cada vez que intentaba cruzar la calle, ya de por sí concurrida, aparecía ante mí una nueva hilera de coches de motores rugientes que no me dejaba llegar hasta él. El ruido de los motores ahogaba mi voz que gritaba su nombre. Ahí estaba, fuera de mi alcance, con su piel color caramelo, su leve sonrisa jugueteando en las comisuras de sus labios, diciendo algo al conductor que yo no podía oír. En el último momento me vio, sus ojos se dilataron un poco y yo me desperté, sudando, con el edredón enrollado en las piernas.

3

Para: Samfielding1@gmail.com
De: AbejaAtareada@gmail.com

Te escribo esto a toda prisa (la señora G está dando su clase de piano), pero intentaré enviarte un correo cada día, para tener al menos la sensación de que estamos charlando. Te echo de menos. Por favor, escríbeme, sé que odias los correos electrónicos, pero hazlo por mí. Pooor favooor. (Ahora tienes que imaginar mi cara de súplica). O, si no, ¡CARTAS! Te quiero, L. Bss

—Hola, ¡buenos días!

Un enorme afroamericano, embutido en licra de color escarlata, estaba de pie ante mí con las manos en las caderas. Me paré en seco en la entrada de la cocina, parpadeando en camiseta y ropa interior, preguntándome si estaba soñando y si al cerrar la puerta y volverla a abrir seguiría estando allí.

—¡Usted debe de ser la señorita Louisa! —Una mano enorme se acercó y cogió la mía, agitándola con tanto entusiasmo que empecé a estremecerme arriba y abajo involuntariamente. Miré la hora. Pues sí, eran las seis y cuarto de la mañana—. Soy George. El entrenador de la señora Gopnik. He oído que va a venir con nosotros. ¡Lo estoy deseando!

Me había despertado tras unas cuantas horas inquietas luchando por deshacerme de la maraña de sueños que había tejido durante mi descanso, e iba trastabillando por el pasillo con el piloto automático puesto, como un zombi en busca de cafeína.

—¡Bien, Louisa! ¡Tenemos que permanecer hidratados! —Cogió dos botellas de agua y se fue correteando por el pasillo.

Me serví un café. Allí estaba, de pie, dando sorbos, cuando entró Nathan, vestido y oliendo a loción para después del afeitado. Se quedó mirando mis piernas desnudas.

—Acabo de conocer a George —dije.

—No hay nada sobre glúteos que no pueda enseñarte. Tienes zapatillas de deporte, ¿verdad?

—¡Ja! —contesté, tomando un sorbo de café mientras Nathan me miraba con cara de expectación—. Nathan, nadie mencionó nada de correr. No corro. Quiero decir, soy antideporte. Lo mío es el sofá, ya lo sabes.

Nathan se sirvió un café solo y volvió a colocar la jarra en la cafetera.

—Además, me caí de un edificio hace unos meses, ¿recuerdas? Me rompí muchas cosas.

Ahora podía bromear sobre aquella noche en que, aún en duelo por Will, había resbalado, borracha, y me había caído desde la azotea de mi casa de Londres. Las punzadas de la cadera me lo recordaban constantemente.

—Estás bien. Y eres la asistente de la señora G. Tu trabajo es estar a su lado en todo momento, compañera. Si ella quiere que corras, tú corres.

Bebió un sorbo de café.

—Borra esa cara de pánico. Te va a encantar. En unas cuantas semanas vas a estar en forma como una campeona. Todo el mundo aquí lo hace.

—Son las seis y cuarto de la mañana.

—El señor Gopnik empieza a las cinco. Acabamos de terminar su fisioterapia. La señora G prefiere dormir un poco más.

—Entonces, ¿a qué hora corremos?

—A las siete menos veinte. Tienes que reunirte con ellos en el pasillo principal. ¡Hasta luego! —Levantó una mano y se marchó.

Agnes, por supuesto, era de esas mujeres que por la mañana están incluso mejor: sin maquillaje, con un aspecto algo menos pulido, pero difusamente sexi, como vista a través de una cámara ligeramente desenfocada. Llevaba el pelo recogido en una coleta poco apretada y el ajustado top y los pantalones de correr le daban ese aire despreocupado que tienen las modelos fuera de servicio. Galopó pasillo abajo, como un caballo de carreras palomino con gafas de sol, y levantó una elegante mano, saludando, como si fuera demasiado temprano para hablar. Yo solo tenía un par de pantalones cortos y una camiseta sin mangas; sospechaba que parecía un fontanero. Estaba ligeramente preocupada por no haberme afeitado las axilas y pegaba los codos a los costados.

—Buenos días, señora G. —George apareció a nuestro lado y dio a Agnes una botella de agua—. ¿Están listas?

Ella asintió.

—¿Preparada, señorita Louisa? Hoy solo vamos a hacer seis kilómetros y medio. La señora G quiere hacer entrenamiento extra de abdominales. Han estirado, ¿verdad?

—Hum, yo...

No había bebido agua y no tenía botella. Pero ya estábamos fuera.

Había oído la expresión «correr como un gamo», pero hasta que conocí a George nunca había entendido realmente lo que quería decir. Enfiló el pasillo a lo que parecían setenta kilómetros por hora, y, cuando empecé a creer que reduciríamos la velocidad al acercarnos al ascensor, abrió las puertas dobles que había al fondo, sujetándolas por los extremos, para que pudiéramos bajar en un santiamén las escaleras que nos separaban de la planta baja. Corrimos por el vestíbulo, pasando delante de Ashok en un suspiro; apenas pude escuchar su saludo, que me llegó amortiguado.

¡Dios mío, era demasiado temprano para esto! Seguí a la pareja, que corría sin esfuerzo, como un par de caballos de tiro, mientras aceleraba a sus espaldas intentando acompasar mi zancada, más corta, a las suyas, sintiendo mis huesos chirriar con el impacto de cada paso, musitando disculpas mientras me deslizaba entre peatones kamikazes que se metían en mi camino. A mi ex, Patrick, le gustaba correr. A mí me parecía como el kale: una de esas cosas que sabes que existen y que probablemente son buenas para ti, pero, francamente, la vida siempre será demasiado corta como para aficionarte a ellas.

¡Venga, que tú puedes!, me dije a mí misma. Este es tu primer momento *di sí. ¡Estás corriendo por Nueva York! ¡Este es tu nuevo yo!* Durante unas cuantas gloriosas zancadas casi llegué a creérmelo. El tráfico se detuvo, el semáforo cambió y nos paramos junto al bordillo. George y Agnes basculaban ligeramente sobre los pies; yo estaba detrás de ellos, fuera de su vista. Llegamos a Central Park, el sendero desapareció bajo nuestros pies y el sonido del tráfico se volvió más tenue cuando entramos en el oasis verde del corazón de la ciudad.

Apenas habíamos avanzado un kilómetro y medio cuando me di cuenta de que no había sido buena idea. Aunque andaba, más que correr, me faltaba el aire y mi cadera empezó a protestar por las recientes lesiones. Lo más que había corrido desde hacía años habían sido unos cuantos metros para coger un autobús, y se me había escapado. Vi que George y Agnes hablaban mientras iban corriendo. ¡Yo no podía ni respirar y ellos manteniendo una conversación como si tal cosa!

Me acordé de un amigo de mi padre que había tenido un infarto mientras corría. Papá siempre lo ponía como ejemplo de lo malo que podía ser el deporte. ¿Por qué no les había hablado de mis lesiones? ¿Iba a echar los pulmones por la boca, aquí, en medio del parque?

—¿Va bien ahí atrás, señorita Louisa?

George se dio la vuelta, de manera que corría hacia atrás.

—¡Bien! —le contesté levantando el pulgar.

Siempre había querido conocer Central Park. Pero no así. Me pregunté qué pasaría si me caía hacia delante y moría en el primer día de mi nuevo empleo. ¿Cómo llevarían mi cadáver de vuelta a casa? Viré para no chocar con una señora que vigilaba a tres bebés idénticos que culebreaban por ahí.

¡Por favor, Dios! —Me dirigí para mis adentros a la pareja que corría sin esfuerzo delante de mí—. *Caeos alguno de los dos. No hace falta que os partáis una pierna, basta con una ligera torcedura. Una de esas que se te pasan en veinticuatro horas y solo requieren que te tumbes en el sofá con la pierna en alto mirando la tele.*

Se estaban alejando de mí y no podía hacer nada para evitarlo. ¿En qué tipo de parque hay colinas? El señor Gopnik se enfadaría conmigo por haber dejado sola a su esposa. Agnes se daría cuenta de que no soy una aliada sino una inglesa tonta y regordeta. Contratarían a otra: delgada, guapa y que luciera un atuendo más adecuado para correr.

Fue entonces cuando me adelantó el anciano. Giró la cabeza para mirarme, consultó su podómetro y siguió, ligero sobre sus pies, con los auriculares metidos en las orejas. Debía de tener unos setenta y cinco años.

¡Venga ya! Le miré alejarse a toda velocidad. Entonces vi el coche de caballos y me puse a la altura del conductor.

—¡Oiga! ¿Habría alguna posibilidad de que fuera al trote hasta donde están aquellas dos personas que van corriendo?

—¿Qué personas?

Señalé con el dedo las dos pequeñas figuras en la distancia. Miró en su dirección y se encogió de hombros. Me subí al coche de caballos y me senté detrás de él mientras espoleaba al animal con un ligero toque de las riendas. Otra experiencia en Nueva York que no estaba saliendo como lo había planeado, pensé, mientras me agachaba tras el conductor. Nos acercamos a ellos y le di un toquecito para que me dejara descender. Solo habíamos avanzado unos metros, pero al menos había acortado distancias. Bajé de un salto.

—Son cuarenta pavos —dijo el conductor.

—¿Qué?

—Cuarenta pavos.

—¡Si solo han sido quince metros!

—Eso es lo que cuesta, señora.

Seguían enfrascados en su conversación. Saqué dos billetes de veinte dólares del bolsillo trasero de mi pantalón y se los tendí, luego me agaché para rodear el carruaje y eché a correr, justo en el momento en que George se daba la vuelta y me veía. Volví a levantar el pulgar, animosa, como si nunca me hubiera alejado.

Por fin le di pena a George. Me vio cojear y vino hacia mí mientras Agnes hacía estiramientos, con sus largas piernas extendidas, como un flamenco de articulaciones dobles.

—¡Señorita Louisa! ¿Está usted bien?

Al menos creía que era él. No veía nada debido al sudor que me caía en los ojos. Paré y apoyé las manos en las rodillas mientras mi pecho parecía estallar.

—¿Tiene algún problema? Se la ve algo acalorada.

—Un poco... oxidada —respondí intentando respirar—, un problema... de cadera.

—Está lesionada, ¡debería habérnoslo dicho!

—No quería... perdérmelo —contesté, limpiándome los ojos con las manos; solo conseguí que me escocieran más.

—¿Dónde tiene la lesión?

—Cadera izquierda. Fractura. Hace ocho meses.

Puso sus manos en mi costado y movió mi pierna izquierda adelante y atrás para ver como rotaba. Intenté no dar un respingo de dolor.

—Creo que no debe hacer nada más por hoy.

—Pero...

—No, vuelva a casa, señorita Louisa.

—Bueno, si insistes, ¡qué decepción!

—Nos vemos en casa. —Me dio un golpe tan fuerte en la espalda que casi me caigo de bruces. Luego, me saludaron jovialmente con la mano y, ¡zas!, ya no estaban.

—¿Lo ha pasado bien, señorita Louisa? —preguntó Ashok cuando entré cojeando cuarenta y cinco minutos después.

Resulta que uno se puede perder en Central Park, después de todo. Hice una pausa para separar la camiseta empapada de sudor de mi espalda.

—Ha sido maravilloso. Me ha encantado.

Cuando llegué al apartamento descubrí que George y Agnes habían vuelto veinte minutos antes.

El señor Gopnik me había dicho que Agnes tenía una agenda apretada. Considerando que su mujer no trabajaba y que no tenían niños, efectivamente era la persona más ocupada que había conocido. Desayunamos en media hora cuando George se hubo marchado (la mesa estaba puesta para Agnes, con una tortilla de claras de huevo, unos frutos del bosque y una cafetera de plata llena de café; yo devoré un *muffin* que Nathan había dejado para mí en la cocina de servicio). Luego pasamos otra media hora en el despacho del señor Gopnik con su ayudante, Michael, revisando los eventos a los que Agnes debía asistir esa semana.

El despacho del señor Gopnik era todo un ejercicio de estudiada masculinidad. Las paredes estaban forradas de madera oscura y las estanterías llenas de libros. Nos sentamos en torno a una mesa de centro en sillas tapizadas. Detrás de nosotros se encontraba el enorme escritorio del señor Gopnik, con varios teléfonos y cuadernos de notas. Michael pedía regularmente a Ilaria que trajera un poco más de su delicioso café y ella lo hacía, reservando sus sonrisas para él.

Repasamos posibles contenidos de una reunión de la fundación filantrópica de los Gopnik y constatamos que había una cena benéfica el miércoles, un almuerzo conmemorativo y una recepción-cóctel el jueves, una exposición y un concierto en la Metropolitan Opera del Lincoln Center el viernes.

—Una semana tranquila entonces —dijo Michael mirando su iPad.

Según la agenda de Agnes para ese día, tenía una cita en la peluquería a las diez (lo que ocurría tres veces por semana), una cita con el dentista (limpieza rutinaria) y un encuentro con un decorador de interiores. Además, clase de piano a las cuatro (dos veces por semana), clase de *spinning* a las cinco y media y luego una cena en la intimidad con el señor Gopnik en un restaurante del centro de la ciudad. Yo acababa mi jornada a las seis y media.

El día que tenía por delante parecía agradar a Agnes. O puede que fuera el ejercicio. Se había puesto unos vaqueros color índigo y una blusa blanca, que permitía vislumbrar un colgante de diamante; la envolvía una discreta nube de perfume.

—Todo parece en orden —dijo—. Bien, tengo que hacer unas llamadas. —Parecía suponer que yo sabría dónde encontrarla después.

—Si tienes alguna duda, espera en el recibidor —susurró Michael cuando ella se marchó. Sonrió, y por un momento perdió su barniz profesional—. Cuando empecé a trabajar aquí nunca sabía dónde encontrarlos. Nuestro trabajo consiste en aparecer cuando creen que nos necesitan, pero no en acompañarlos al cuarto de baño.

No debía de ser mucho mayor que yo, pero era una de esas personas que parecían haber salido del vientre de sus madres con aspecto atractivo, la ropa perfectamente combinada y los zapatos debidamente abrillantados. Me pregunté si todo el mundo en Nueva York era así excepto yo.

—¿Cuánto tiempo llevas trabajando aquí?

—Poco más de un año. Tuvieron que despedir al secretario anterior porque… —Se detuvo y por un instante pareció incómodo—. Bueno, quería empezar de nuevo y todo eso. Y entonces decidieron que con un asistente para los dos no les bastaba. Ahí es donde entras tú. Así que ¡hola! —añadió alargando la mano.

Se la estreché.

—¿Te gusta trabajar aquí?

—Me encanta. No sé si estoy más enamorado de él o de ella —respondió con una sonrisita—. Él es inteligentísimo, y muy guapo. Ella es una preciosidad.

—¿Sales a correr con ellos?

—¿A correr? ¿Estás de broma? —preguntó estremeciéndose—. No me gusta sudar, quiero decir, aparte de con Nathan.

Con él sí que sudaría, ¿no te parece guapísimo? Se ofreció a curarme el hombro y me enamoré de él de forma *instantánea*. ¿Cómo puedes haber trabajado tanto tiempo con él sin lanzarte sobre esos deliciosos huesitos de las antípodas?

—Yo...

—Mejor no me lo cuentes, prefiero no saberlo. Debemos seguir siendo amigos. Bien. Tengo que bajar a Wall Street.

Me dio una tarjeta de crédito («para emergencias, ella se deja la suya constantemente. Las cosas de dinero las lleva él») y una tablet. Me enseñó a introducir el pin de la clave de seguridad.

—Aquí encontrarás todos los contactos que necesitas. También cualquier cosa relacionada con la agenda y el calendario —confirmó deslizando la pantalla hacia abajo con el dedo índice—. Cada persona tiene su código de color. El señor Gopnik es azul, la señora Gopnik, rojo, y Tabitha amarillo. Ya no nos encargamos de su día a día porque no vive en esta casa, pero resulta útil saber cuándo estará por aquí y si hay compromisos familiares en los que debe participar, como por ejemplo las reuniones del patronato de la fundación. Te he abierto un correo electrónico privado, y si hay cambios tú y yo se lo haremos saber a nuestros respectivos jefes para que den su visto bueno *online*. Tienes que comprobarlo todo dos veces. Los problemas de agenda son lo único que saca de quicio al señor Gopnik.

—De acuerdo.

—Revisa el correo de la señora Gopnik cada mañana, averigua las invitaciones que quiere aceptar. Lo repasaré contigo porque a veces ella dice que no y él se acaba imponiendo. De manera que no tires nada, haz dos montones.

—¿Cuántas invitaciones suele recibir?

—¡Ni te lo imaginas! Los Gopnik son de primer nivel, lo que significa que los invitan a casi todo y no van a prácticamente nada. Cuando eres de segundo nivel te gustaría que te invitaran a más sitios y asistes a todo a lo que te invitan.

—¿Y los de tercer nivel?

—Se cuelan. Irían hasta a la inauguración de un camión de venta ambulante de burritos. Los encuentras hasta en los eventos de sociedad —afirmó suspirando—, resulta muy embarazoso.

Recorrí con la vista la página del diario y procuré hacerme una idea de la semana que me esperaba: solo veía un terrible caos de colorines. Intenté que no se notara lo intimidada que estaba.

—¿Qué es lo que aparece en marrón?

—Las citas de Félix, el gato.

—¿El gato tiene agenda propia?

— Tiene citas en la peluquería, el veterinario, el higienista dental, ese tipo de cosas. ¡Ah!, esta semana viene su entrenadora, seguro que ha vuelto a hacer sus necesidades sobre la alfombra Ziegler.

—¿Y el púrpura?

Michael bajó la voz.

—La antigua señora Gopnik. Si ves una casilla púrpura junto a un evento significa que ella también va.

Estaba a punto de añadir algo, pero sonó su teléfono.

—Sí, señor Gopnik… Por supuesto… Sí, claro, voy para allá —dijo mientras guardaba el teléfono en su cartera—. Tengo que marcharme. ¡Bienvenida al equipo!

—¿Cuántos somos? —pregunté, pero ya había salido por la puerta con el abrigo sobre el brazo.

—El siguiente Gran Púrpura es dentro de dos semanas, ¿de acuerdo? Te enviaré un e-mail. Y ponte tu ropa normal cuando salgas a la calle, si no parecerás una repartidora de supermercado.

El día se pasó en un suspiro. Veinte minutos después salíamos del edificio y subíamos a un coche que nos llevó a una elegante peluquería a pocas manzanas de allí. Yo intentaba parecer desesperadamente el tipo de persona que se ha pasado la vida subiendo y bajando de grandes coches negros con asientos de cuero color crema. Al llegar me senté en una esquina mientras una mujer, cuyo cabello parecía cortado con regla, lavaba el pelo y peinaba a Agnes. Una hora después fuimos a la cita que tenía con el dentista, donde de nuevo estuve esperando, esta vez en una sala de espera. En todos los lugares a los que fuimos reinaban la calma y el buen gusto, nada que ver con la locura de allí abajo, de la calle.

Llevaba uno de mis conjuntos más sobrios: una blusa marinera con anclas y una falda de tubo a rayas, pero no tenía que haberme preocupado tanto: allí donde iba me volvía inmediatamente invisible. Tenía la sensación de llevar la palabra «Empleada» grabada en la frente. Empecé a identificar al resto de asistentes personales, hablando por sus móviles fuera o volviendo a la carrera de la tintorería o con cafés en bandejas de cartón. Me pregunté si debía ofrecer café a Agnes o limitarme a tachar oficiosamente cosas de la lista. La mayor parte del tiempo no estaba segura de qué hacía ahí. Todo parecía funcionar como un reloj sin mí. Me sentía como una armadura humana, una barrera portátil entre Agnes y el resto del mundo.

Agnes estaba distraída, hablaba por teléfono en polaco o me pedía que tomara notas en la tablet.

—Tenemos que preguntar a Michael si han limpiado el traje gris de Leonard. Y estoy pensando…, llama a señora Levitsky y pregúntale por mi vestido Givenchy; creo que he perdido un poco de peso desde última vez que lo puse. Quizá tiene que meter un poco.

Rebuscó en su enorme bolso de Prada, sacó un blíster de pastillas y se metió dos en la boca.

—¿Agua?

Miré a mi alrededor y encontré una botella en el bolsillo lateral de la puerta del coche. Desenrosqué el tapón y se la di. El coche se detuvo.

—Gracias.

El conductor, un hombre de mediana edad con espeso pelo oscuro y una papada que se bamboleaba cuando se movía, se bajó y abrió la puerta. Cuando desapareció dentro del restaurante (el portero le dio la bienvenida como a una vieja amiga) hice además de descender, pero el conductor cerró la puerta. Me quedé ahí, en el asiento trasero. Estuve sentada un minuto preguntándome qué se suponía que debía hacer.

Consulté mi teléfono. Miré por la ventanilla sopesando la posibilidad de que hubiera alguna tienda cerca donde vendieran bocadillos. Di golpecitos con el pie. Por fin me incliné hacia los asientos delanteros.

—Mi padre solía dejarnos a mi hermana y a mí en el coche cuando se iba al pub. Nos compraba una Coca-Cola y un paquete de cebollas encurtidas Monster Munch y nos dejaba ahí unas tres horas —dije dándome golpecitos en la rodilla con los dedos—. Hoy probablemente le hubieran acusado de maltrato infantil. Da igual, las cebollas encurtidas Monster Munch eran nuestras favoritas. Lo mejor de la semana.

El conductor no dijo nada.

Me incliné más hacia delante, hasta que mi rostro estuvo a pocos centímetros del suyo.

—¿Cuánto suele tardar?

—Lo que haga falta. —Sus ojos se apartaron de los míos en el espejo retrovisor.

—¿Y usted espera aquí todo el tiempo?

—Ese es mi trabajo.

Permanecí quieta un momento y luego alargué la mano hacia el asiento delantero.

—Soy Louisa, la nueva asistente de la señora Gopnik.

—Encantado de conocerla.

No giró la cabeza. Fueron las últimas palabras que me dirigió. Puso un CD. *«Estou perdido»*, decía una mujer en portugués. *«Onde é o banheiro?»*.

—«*Estou perdido, onde é o banheiro?*» —repitió el conductor.

«*Quanto custa?*».

—«*Quanto custa?*» —volvió a repetir.

Pasé la siguiente media hora en el asiento trasero del coche mirando mi iPad, intentando no oír los ejercicios lingüísticos del conductor y preguntándome si no debería hacer algo útil a mi vez. Envié un e-mail a Michael preguntándoselo, pero se limitó a contestarme: «Es tu pausa para comer, cariño. ¡Disfruta! Bs».

No quería contarle que no tenía comida. En la calidez del coche parado, empecé a notar de nuevo el cansancio que me inundaba como una ola. Apoyé la cabeza en la ventanilla diciéndome a mí misma que era normal que sintiera que no encajaba. Estaba fuera de mi elemento. «Te vas a sentir incómoda en tu nuevo mundo durante un tiempo. Siempre es extraño vernos fuera del lugar donde estábamos cómodos». La última carta de Will me atravesó como un eco desde la distancia.

Y, luego, la nada.

Me desperté de golpe cuando se abrió la puerta. Agnes entró con el rostro blanco y la mandíbula apretada.

—¿Todo va bien? —pregunté incorporándome, pero no me contestó.

El coche arrancó y permanecimos en silencio. La atmósfera del interior del vehículo, antes tan calmada, se llenó de tensión.

Se giró hacia mí. Busqué la botella de agua y se la di.

—¿Tienes cigarrillos?

—Eh, no…

—Garry, ¿tienes un cigarrillo?

—No, señora, pero podemos conseguirlos.

Me di cuenta de que le temblaba la mano. Buscó en su bolso, sacó un pequeño bote de pastillas y yo le di agua. Tragó algunas y vi que había lágrimas en sus ojos. Paramos delante de una farmacia de la cadena Duane Reade y me llevó unos instantes darme cuenta de que era yo quien tenía que bajar.

—¿De qué tipo? Quiero decir, ¿de qué marca?

—Marlboro Light —respondió, y se rozó los ojos con los dedos.

Descendí de un salto, pero no pude evitar renquear, pues mis piernas no se habían recuperado de la carrera de la mañana. Compré un paquete, pensando en lo extraño que resultaba comprar tabaco en una farmacia. Cuando volví al coche estaba chillándole a alguien en polaco por teléfono. Colgó, abrió la ventanilla y encendió un cigarrillo inhalando profundamente. Me ofreció uno, pero dije que no con la cabeza.

—No se lo digas a Leonard —dijo suavizando la expresión de su cara—. Odia que yo fume.

Estuvimos ahí unos minutos, con el motor encendido, mientras fumaba su cigarrillo dando caladas cortas y airadas que me hicieron temer por sus pulmones. Lo apagó sin terminarlo, con los labios fruncidos por su furia interior, e hizo una señal a Garry para que arrancara.

Me dejaron a mi libre albedrío mientras Agnes daba su clase de piano. Me retiré a mi habitación y pensé en echarme un rato, pero temía que mis piernas entumecidas no me permitieran volver a levantarme luego, así que me senté ante la pequeña mesa, escribí un rápido e-mail a Sam y consulté la agenda de los próximos días.

De repente la música inundó el piso, primero escalas, luego una pieza melódica y bellísima. Dejé lo que estaba haciendo para escuchar mejor, embelesada por el sonido, preguntándome qué sentiría alguien capaz de crear algo tan hermoso. Cerré los ojos y dejé que la música fluyera a través de mí, recordando la tarde en la que Will me llevó a mi primer concierto y empezó a abrir el mundo para mí. La música en directo es mucho más tridimensional que la grabada: te cortocircuita muy, muy dentro. La música de Agnes parecía proceder de alguna parte de su ser que permanecía cerrada al mundo, vulnerable, dulce y adorable. Él habría disfrutado esto, pensé distraídamente. Le habría gustado estar aquí. En el preciso momento en el que se convertía en algo realmente mágico, Ilaria encendió la aspiradora, ahogando el sonido con un rugido mientras resonaban implacables los choques de la máquina con los pesados muebles. La música paró.

Mi teléfono vibró.

¡Por favor, dile que apague aspiradora!

Me levanté y recorrí el piso hasta que encontré a Ilaria, que empujaba con furia el aparato justo delante de la puerta del despacho de Agnes, adelante y atrás, con la cabeza gacha. Tragué saliva. Había algo en Ilaria que te hacía pensártelo dos veces antes de enfrentarte a ella, aunque era una de las pocas personas de este vecindario más bajita que yo.

—Ilaria —dije.

No paró.

—¡Ilaria!

Estaba delante de ella y no tuvo más remedio que admitir mi presencia. Apretó el botón con el talón y me fulminó con la mirada.

—Dice la señora Gopnik que si no te importa pasar la aspiradora en otro momento. Está dando su clase de música.

—¿Cuándo le parece que debo limpiar la casa? —exclamó Ilaria en voz lo suficientemente alta como para que la oyeran a través de la puerta.

—Hum… ¿Quizá en cualquier momento del día que no sean estos cuarenta minutos?

Desenchufó la aspiradora y se la llevó haciendo mucho ruido. Me dirigió una mirada tan cargada de veneno que casi di un paso atrás. Hubo silencio durante un instante, después volvió a sonar la música.

Cuando Agnes apareció por fin, veinte minutos después, me miró de reojo y sonrió.

Esa primera semana todo fue a trompicones, como el primer día, conmigo observando a Agnes en busca del tipo de señales que mi madre buscaba en nuestra vieja perra cuando empezó a tener problemas de vejiga. ¿Necesita salir? ¿Qué quiere? ¿Dónde debería estar yo? Salía a correr con George y Agnes todas las mañanas. Los saludaba desde la distancia, frotándome la cadera antes de volver al edificio andando tranquilamente. Pasaba mucho tiempo sentada en el recibidor mirando mi iPad fijamente cada vez que pasaba alguien, para que pareciera que sabía lo que estaba haciendo.

Michael venía cada día y me informaba de todo en ráfagas de susurros. Parecía pasarse la vida corriendo del piso al despacho del señor Gopnik en Wall Street, apretando uno o dos teléfonos contra su oreja, la ropa de la tintorería sobre el brazo y un café en la mano. Era encantador, siempre sonreía y yo no tenía ni idea de si le caía bien o no.

Apenas veía a Nathan. Al parecer su empleo estaba pensado para ajustarse a las necesidades de agenda del señor Gopnik. A veces trabajaba con él a las cinco de la mañana, otras a las siete de la tarde, e iba a la oficina para atenderle allí cuando hacía falta.

—No me han contratado por lo que hago —explicó Nathan—, sino por lo que *puedo* hacer.

A veces desaparecía y yo descubría que esa noche él y el señor Gopnik habían volado a otra ciudad, como San Francisco o Chicago. El señor Gopnik padecía una artritis que se esforzaba duramente en controlar, de manera que Nathan y él nadaban o entrenaban varias veces al día para complementar su régimen de antiinflamatorios y analgésicos.

Aparte de Nathan y de George, el entrenador, que también venía todas las mañanas de lunes a viernes, pasaron por la casa esa primera semana:

- *Limpiadores.* Al parecer existía una diferencia entre lo que hacía Ilaria (el ama de llaves) y la limpieza en sí. Dos veces por semana aparecía un equipo de tres mujeres y un hombre uniformados que limpiaban la casa a la velocidad del rayo. No hablaban, salvo para hacerse mutuamente breves consultas. Cada uno de ellos llevaba una gran caja de productos de limpieza ecológicos y tres horas después se marchaban, mientras Ilaria olisqueaba el aire y pasaba los dedos reprobadoramente por los rodapiés.
- *El florista.* Llegaba en su camioneta el lunes por la mañana con enormes jarrones de flores que se colocaban a intervalos estratégicos en las zonas comunes de la casa. Algunos de los jarrones eran tan grandes que los llevaban entre dos. Se quitaban los zapatos en la puerta.
- *El jardinero.* Sí, en serio. Al principio me pareció desternillante (¡si estamos en un segundo piso!), hasta que descubrí que los grandes balcones de la parte trasera del edificio estaban llenos de árboles en miniatura y flores, que el jardinero regaba, podaba y fertilizaba antes de desaparecer de nuevo. El balcón era precioso, pero nadie se asomaba a él excepto yo.
- *La entrenadora de mascotas.* A las diez de la mañana de un viernes apareció una mujer japonesa, con aspecto de pájaro, que estuvo observando a Félix desde la distancia durante una hora o así. Examinó su comida, el arenero y los lugares donde solía dormir. Preguntó a Ilaria por su conducta y reco-

mendó algunos juguetes, sin olvidarse de comprobar que el rascador vertical era lo suficientemente alto y estable. Félix la ignoró todo el rato que estuvo allí. Solo se detuvo para limpiarse el trasero con un entusiasmo casi insultante.

• *El equipo de la compra.* Venía dos veces por semana. Iban cargados con enormes cajas de comida fresca que vaciaban bajo la supervisión de Ilaria. Un día tuve ocasión de ver la factura; con ese dinero hubiera podido alimentar a toda mi familia, probablemente a la mitad de mi barrio, durante varios meses.

Eso sin contar con la manicura, el dermatólogo, el profesor de piano, el hombre que ponía a punto los coches y los lavaba y el encargado de mantenimiento del edificio, que traía bombillas de repuesto o arreglaba el aire acondicionado. También venía una escuálida mujer pelirroja con grandes bolsas de Bergdorf Goodman o Saks Fifth Avenue. Miraba todo lo que se probaba Agnes con ojos penetrantes diciendo:

—No. No. No. Oh, este te queda perfecto, cariño. Es precioso. ¿No te parece que iría muy bien con el pequeño bolso de Prada que te enseñé la semana pasada? ¿Qué vamos a hacer con la cena de gala?

También estaban el encargado de los vinos, el hombre que colgaba los cuadros, la mujer que limpiaba las cortinas, el encargado de abrillantar los suelos de parqué en el salón principal con algo que parecía un cortacésped y algunos otros. Simplemente, terminé acostumbrándome a ver a gente a la que no conocía andando por ahí. Creo que ni un solo día de las primeras dos semanas hubo menos de cinco personas en la casa a la vez.

Era el hogar de una familia solo de nombre. Parecía un lugar de trabajo para mí, Nathan, Ilaria y un sinfín de proveedores, empleados y parásitos que deambulaban por ahí de la mañana a la noche. A veces, tras la cena, venía una procesión de colegas trajeados del señor Gopnik, que desaparecían en su despacho para resurgir una hora después musitando algo sobre llamadas a Washington o Tokio. En realidad, él nunca parecía dejar de trabajar, salvo el tiempo que pasaba con Nathan. Durante la cena sus dos teléfonos móviles permanecían encima de la mesa de caoba y zumbaban discretamente, como avispas encerradas, a medida que entraban los mensajes.

A veces veía a Agnes meterse en su vestidor y cerrar la puerta en mitad del día, probablemente el único lugar donde podía desaparecer, y me preguntaba si la casa alguna vez habría sido simplemente un hogar.

Llegué a la conclusión de que esa era la razón por la que se marchaban los fines de semana. A menos que la casa de campo también estuviera repleta de empleados.

—¡Qué va! —me contó Nathan cuando le pregunté—. Eso es lo único en lo que más o menos ella se ha salido con la suya. Le dijo que cediera la casa de fin de semana a su ex. A cambio consiguió que comprara una casita más modesta en la playa. Tres camas, un cuarto de baño, sin empleados... y, por tanto, sin Tab. ¡Tonta no es! —dijo meneando la cabeza.

—¡Hola!

Sam iba de uniforme. Hice unos cálculos mentales y deduje que acababa de terminar su turno. Se pasó la mano por el pelo y se inclinó hacia delante, como para verme mejor en la pantalla pixelada. Como siempre que hablaba con él, desde mi partida, una vocecita dijo en mi cabeza: *¿Qué estás haciendo poniendo un continente entre este hombre y tú?*

—¿Has empezado ya?

—Sí —suspiró—, no ha sido el mejor primer día.

—¿Por qué?

—Donna se ha ido.

No pude ocultar mi sorpresa. Donna, franca, graciosa, tranquila, era el yin de su yang, su ancla, la voz de la cordura en su trabajo. No podía imaginar al uno sin la otra.

—¿Qué? ¿Por qué?

—Le han diagnosticado un cáncer a su padre. Agresivo. Incurable. Quiere estar ahí para él.

—¡Ay, Dios! ¡Pobre Donna! Pobrecillo el padre de Donna.

—Sí, es terrible. Y ahora tengo que esperar a ver con quién me emparejan. No creo que me pongan con un novato por todo el tema disciplinario. Así que calculo que será alguien de otro distrito.

Sam había tenido que presentarse dos veces ante el comité disciplinario desde que estábamos juntos. Yo era responsable de al menos una de ellas y sentí una punzada de culpa.

—La echarás de menos.

—Sí —respondió. Parecía algo maltrecho. Quería atravesar la pantalla y abrazarlo—. Me salvó la vida —añadió.

No era muy dado a las afirmaciones dramáticas, lo que de alguna forma las hacía más conmovedoras. Aún recordaba aquella noche a ráfagas, pero con sorprendente claridad. De la herida de bala de Sam fluía sangre que empapaba el suelo de la ambulancia. Donna, tranquila, ladrándome instrucciones, manteniendo intacto el delgado hilo de vida hasta que llegaron los médicos. Aún notaba en mi boca el regusto del miedo, visceral y metálico, podía sentir el calor obsceno de la sangre de Sam en mis manos. Temblé, apartando la imagen. No quería que otra persona protegiera a Sam. Él y Donna formaban un equipo. Dos personas que nunca se dejarían en la estacada y que probablemente después se tomarían el pelo mutuamente sin piedad.

—¿Cuándo se va?

—La semana que viene. Le han dado un permiso especial teniendo en cuenta sus circunstancias familiares —dijo suspirando—. Por otro lado, hay una buena noticia. Tu madre me ha invitado a comer el domingo. Al parecer va a preparar rosbif con toda su guarnición. ¡Ah!, y tu hermana me ha dicho que me pase por el apartamento. ¡No pongas esa cara! Me ha pedido que la ayude a purgar tus radiadores.

—Ya está. Te han aceptado. Mi familia te ha atrapado como a una mosca en una telaraña.

—Será raro sin ti.

—Quizá debería volver a casa.

Intentó sonreír, pero no lo logró.

—¿Qué?

—Nada.

—Dime.

—No sé…, siento que acabo de perder a mis dos mujeres favoritas.

Se me hizo un nudo en la garganta. El espectro de la tercera mujer a la que había perdido, su hermana, muerta de cáncer dos años antes, se interpuso entre nosotros.

—Sam, no me has per…

—No me hagas caso. No es justo por mi parte.

—Sigo siendo tuya. Solo estaré lejos una temporada.

Resopló.

—No esperaba sentirme tan mal.

—No sé si alegrarme o entristecerme por ello.

—Estaré bien. He tenido un mal día.

Permanecí sentada un momento, contemplándole.

—Bueno, este es el plan. Primero da de comer a tus gallinas, porque mirarlas siempre te tranquiliza. La naturaleza es buena para adquirir cierta distancia y todo eso.

Se enderezó un poco.

—¿Luego qué?

—Preparas tu magnífica salsa boloñesa. Una de esas que tardas muchísimo en preparar, con vino, beicon y todo lo demás. Porque es prácticamente imposible sentirse mal tras comer un buen plato de espaguetis a la boloñesa.

—Gallinas, salsa, de acuerdo.

—Luego enciendes la tele y buscas una buena película. Una que te atrape, nada de *realities,* nada de anuncios.

—Los remedios vespertinos de Louisa Clark. Me gusta.

—Además…, se me ha ocurrido…, piensa que solo quedan algo más de tres semanas para volver a vernos. Y eso significa… ¡Esto! ¡Tacháaan! —grité levantándome el polo hasta el cuello.

Retrospectivamente pienso que fue una lástima que Ilaria eligiera ese preciso momento para abrir mi puerta y entrar con la ropa limpia. Ahí estaba, con una pila de toallas bajo el brazo. Se paró en seco al ver mis pechos expuestos y una cara de hombre en la pantalla. Cerró la puerta rápidamente, murmurando algo por lo bajo. Intenté cubrirme.

—¿Qué? —Sam sonreía intentando ver qué pasaba en el ángulo derecho de la pantalla—. ¿Qué está pasando?

—El ama de llaves —dije bajándome el polo—. ¡Oh, Dios mío!

Sam se había recostado en la silla. Se estaba riendo con todas las de la ley, apretándose el estómago con una mano; aún protegía la cicatriz.

—No lo entiendes. Me odia.

—Y ahora eres Madame Webcam —replicó aún riendo.

—Mi nombre será arrastrado por el lodo en la comunidad de empleados de aquí a Palm Springs.

Me lamenté un poco más y luego solté una risita nerviosa. Era difícil no hacerlo viendo a Sam reírse así.

Me sonrió.

—Lou, lo has conseguido. Me has animado.

—Lo malo para ti es que es la primera y última vez que te enseño mis encantos femeninos por wifi.

Sam se inclinó hacia delante y me mandó un beso.

—Bueno —dijo—, supongo que deberíamos estar agradecidos de que no fuera al revés.

Ilaria no me habló durante dos días tras el incidente de la webcam. Cuando entraba en una habitación ella se iba, encontraba inmediatamente algo que hacer, como si al mirarla a los ojos pudiera inocularle mi lasciva afición a exponer mis pechos.

Nathan me preguntó qué pasaba entre nosotras después de ver cómo Ilaria deslizaba hacia mí la taza de café con una espátula, pero no podía explicárselo sin que pareciera algo más grave de lo que era, de manera que dije algo sobre la ropa y que deberíamos tener pestillos en nuestras habitaciones, con la esperanza de que no insistiera.

4

Para: KatClark!@yahoo.com
De: AbejaAtareada@gmail.com

Hola, apestosa canalla tú también. (¿De verdad es así como una respetable contable debe dirigirse a su hermana trotamundos?). Estoy bien, gracias. Mi jefa, Agnes, tiene mi edad y es muy agradable. Eso es una ventaja. No te haces idea de los sitios a los que estoy yendo. Anoche acudí a un baile con un vestido que cuesta más de lo que gano en un mes. Me sentí como Cenicienta, pero con una hermana guapísima (huy, esto es nuevo, ja, ja, ja).

Me alegro de que a Thom le guste el cole nuevo y no te preocupes por el asunto del rotulador, podemos volver a pintar la pared. Mamá dice que es una expresión de su creatividad. ¿Sabes que pretende que papá vaya a la escuela nocturna para que aprenda a expresarse mejor? A él se le ha metido en la cabeza que lo que ella quiere es que se meta en temas tántricos. ¡Sabe Dios dónde ha leído algo de eso! Cuando me llamó le dije que efectivamente mamá me había confirmado que era eso lo que quería, y ahora me siento culpable, porque está aterrorizado ante la idea de tener que sacar su cosita en una habitación llena de extraños.

Cuéntame más novedades, ¡sobre todo de la cita!

Te echo de menos,

Lou. Bss

P. D.: Si papá saca su cosita en una habitación llena de extraños no quiero saber NADA.

En la agenda de Agnes figuraban numerosos acontecimientos importantes del calendario social de Nueva York, pero la Cena de la Fundación Benéfica Neil y Florence Strager era el evento cumbre. Los invitados vestían de color amarillo —los hombres limitándose a la corbata, salvo los particularmente exhibicionistas— y las fotografías resultantes se distribuían en muchas publicaciones: desde el *New York Post* hasta el *Harper's Bazaar*. Se vestía de gala, los conjuntos amarillos eran sublimes y el cubierto costaba un puñado de calderilla: algo menos de treinta mil dólares las mesas de los extremos más alejados de la sala. Lo sabía porque había empezado a investigar cada uno de los eventos a los que Agnes se había comprometido a asistir, y este era de los grandes, no por la cantidad de preparativos (manicura, peluquero, masajista, dosis extra de George por la mañana) sino por el nivel de ansiedad de Agnes. Vibraba físicamente todo el día, gritando a George que no podía hacer los ejercicios que le había mandado, que no podía correr tanto. Todo era *imposible*. George, que hacía gala de un nivel de calma casi budista, le dijo que no había problema, que volverían andando y que las endorfinas del paseo le sentarían bien. Cuando se fueron me guiñó un ojo, como si aquello fuera totalmente previsible.

El señor Gopnik, quizá en respuesta a una llamada de auxilio, vino a casa a la hora de comer y la encontró encerrada en el vestidor. Yo recogí la ropa de la tintorería de manos de Ashok y cancelé la cita para el blanqueo dental. Luego me senté en el recibidor sin saber qué debería estar haciendo. Oí la voz amortiguada de Agnes cuando él abrió la puerta.

—No quiero ir.

Fuera lo que fuese lo que le dijo a continuación, mantuvo en casa al señor Gopnik más de lo esperado. Nathan había salido, así que no podía hablar con él. Michael se pasó por allí y se asomó a la puerta.

—¿Todavía está aquí? —preguntó—. Mi rastreador ha dejado de funcionar.

—¿Rastreador?

—En su teléfono. Es la única manera en la que puedo saber dónde está la mitad del tiempo.

—Están en el vestidor.

No sabía qué más decir, si podía confiar en Michael. Pero era difícil ignorar el sonido de las voces, que se iban elevando.

—No creo que la señora Gopnik esté muy dispuesta a salir esta noche.

—El Gran Púrpura. Ya te lo dije.

Entonces me acordé.

—La anterior señora Gopnik. Esta era su gran noche y Agnes lo sabe. Todavía lo es. Todas las viejas arpías estarán allí. Y no son muy amistosas.

—Bueno, eso explica muchas cosas.

—Él es un gran benefactor así que no puede dejar de asistir. Además, le une una larga amistad a los Strager. Pero es una de las noches más arduas de su calendario. El año pasado fue un fiasco total.

—¿Por qué?

—Uf…, ella fue allí como una oveja al matadero —dijo haciendo una mueca—. Creía que iban a ser sus nuevos amigos. Por lo que oí después, la frieron viva.

Me estremecí.

—¿Por qué no va él solo?

—Ay, cariño, no tienes ni idea de cómo funcionan las cosas aquí. ¡No, no, no! Ella tiene que ir. Tiene que sonreír y salir en las fotografías. Es su trabajo y lo sabe. Pero no va a ser agradable.

Alzaron las voces. Oímos las protestas de Agnes, después la voz del señor Gopnik más suave, rogando, razonable.

Michael miró la hora.

—Volveré a la oficina. ¿Me haces un favor? ¿Me envías un mensaje cuando salga? Tiene que firmar cincuenta y ocho cosas antes de las tres de la tarde. ¡Te quiero!

Me lanzó un beso y se marchó.

Me senté un rato más, intentando no oír la discusión al final del pasillo. Revisé la agenda, preguntándome si había algo útil que pudiera hacer. Félix pasó contoneándose, la cola enhiesta como un signo de interrogación, totalmente ajeno a las acciones de los humanos a su alrededor.

Entonces se abrió la puerta. El señor Gopnik me vio.

—Ah, Louisa, ¿puede entrar un momento?

Me puse en pie y fui casi corriendo hasta donde se encontraba. Fue difícil, la carrera me produjo espasmos musculares.

—Me preguntaba si tendría la tarde libre.

—¿Libre?

—Para asistir a un evento. Benéfico.

—Oh…, claro.

Había sabido desde el principio que no tendría un horario regular. Al menos tenía la ventaja de que no era probable que me topara con Ilaria. Descargaría una película en uno de los iPads y la vería en el coche.

—Perfecto. ¿Qué te parece, cariño?

Agnes parecía haber llorado.

—¿Puede sentarse a mi lado?

—Lo arreglaré.

Ella inspiró profundamente, aunque algo vacilante.

—De acuerdo entonces. Supongo.

—Sentarme al lado…

—¡Bien, bien!

El señor Gopnik miró el teléfono.

—Bueno, ahora tengo que marcharme. Te veré en el salón de baile principal. A las siete y media. Te avisaré si consigo terminar antes la reunión telefónica.

Se adelantó y cogió su cara entre las manos, besándola.

—¿Estás bien?

—Estoy bien.

—Te quiero. Muchísimo. —Otro beso y se marchó.

Agnes inspiró profundamente. Se puso las manos en las rodillas y me miró.

—¿Tienes un vestido de gala amarillo?

Me quedé mirándola.

—Hum, no. Ando un poco escasa de vestidos de gala, la verdad.

Me miró de arriba abajo, como si estuviera calculando si alguno de sus vestidos me valdría. Creo que las dos sabíamos la respuesta a esa pregunta. Entonces se enderezó.

—Llama a Garry. Tenemos que ir a Saks.

Media hora después estaba de pie en un probador mientras un par de dependientas estrujaban mis pechos en un vestido de tirantes color mantequilla sin sal. La última vez que me tocaron tan íntimamente, bromeé, pedí que se comprometieran conmigo inmediatamente después. Nadie se rio.

Agnes frunció el ceño.

—Parece demasiado de novia. Además, hace cintura gruesa.

—Eso es porque soy de cintura gruesa.

—Tenemos unos *panties* correctores estupendos, señora Gopnik.

—Oh, no estoy segura de…

—¿Tiene algo más estilo años cincuenta? —dijo Agnes, echando un vistazo al teléfono—. Ceñiría su cintura y resolvería problema de estatura. No hay tiempo para meter el largo.

—¿Cuándo es el evento, señora?

—Hoy a las siete y media.

—Podemos arreglar cualquier vestido para esa hora, señora Gopnik. Terri lo llevará a su casa a las seis.

—Entonces que se pruebe el amarillo girasol… y el de lentejuelas.

De haber sabido que esa tarde iba a ser justo el momento de mi vida en que me iba a dedicar a probarme vestidos de tres mil dólares no me hubiera puesto unas bragas ridículas con el dibujo de un perro salchicha y un sujetador que cerraba con un imperdible. Me pregunté cuántas veces en una semana podías acabar mostrando tus pechos a perfectos desconocidos. También me pregunté si habrían visto antes un cuerpo como el mío, con grasa. Las dependientas eran lo suficientemente educadas como para no hacer comentarios, más allá de ofrecerme repetidamente ropa interior «correctora». Se limitaron a llevarme vestido tras vestido y me ayudaron a luchar para entrar en ellos como quien maneja ganado hasta que Agnes, sentada en una butaca, anunció:

—¡Sí, este es! ¿Qué te parece, Louisa? Incluso el largo queda perfecto a ti gracias a las enaguas de tul.

Me quedé mirando mi reflejo. No estaba segura de quién me devolvía la mirada. Mi cintura marcada por el corsé incorporado, el pecho elevado con un volumen perfecto. El color daba brillo a mi piel y la larga falda me hacía treinta centímetros más alta. No parecía yo. El hecho de que no pudiera respirar resultaba irrelevante.

—Te recogeremos el pelo y pondremos unos pendientes. Perfecto.

—Además, este vestido tiene un veinte por ciento de descuento —dijo una de las dependientas—. No vendemos mucho amarillo después del evento de los Strager de cada año...

Respiré con alivio. Entonces miré la etiqueta. El precio era de dos mil quinientos setenta y cinco dólares. El salario de un mes. Creo que Agnes me vio palidecer porque hizo un gesto a una de las mujeres.

—Louisa, cámbiate. ¿Tienes zapatos a juego? Podemos pasar rápidamente por sección de zapatería, ¿sí?

—Tengo zapatos. Montones de zapatos.

Tenía unos zapatos de baile de satén dorado con tacón que quedarían bien. No quería que la factura subiera más.

Regresé al probador y salí del vestido cuidadosamente, sintiendo cómo su carísimo peso caía a mi alrededor. Mientras me vestía oí a Agnes hablando con las dependientas. Agnes pidió un bolso y unos pendientes, los miró por encima y aparentemente quedó satisfecha.

—Cárguelo a mi cuenta.

—Sin duda, señora Gopnik.

Nos reunimos en la caja registradora. Cuando salíamos dije en voz baja aferrada a las bolsas:

—Tendré mucho cuidado.

Me miró sin comprender.

—Con el vestido.

Seguía sin entender y bajé la voz.

—En mi casa solemos meter la etiqueta por dentro y así lo puedes devolver al día siguiente. Ya sabes, mientras no haya ningún accidente con el vino y no huela demasiado a tabaco... Se le pueda echar una rociada de Febreze o algún otro espray antiolores.

—¿Devolverlo?

—A la tienda.

—¿Por qué íbamos a hacer eso? —dijo ella mientras subíamos al coche y Garry metía las bolsas en el maletero—. No te pongas nerviosa, Louisa. ¿Crees que no sé cómo te sientes? Yo no tengo nada cuando vine aquí. Compartía la ropa con mis amigas. Pero tienes que llevar buen vestido cuando te sientes a mi lado esta tarde. No puedes llevar uniforme. Esta tarde no eres una empleada y estoy encantada de correr con los gastos.

—De acuerdo.

—Lo entiendes, ¿sí? Esta noche no debes ser mi empleada. Es muy importante.

Pensé en la enorme bolsa del maletero mientras el coche se abría camino lentamente entre el tráfico de Manhattan, un poco sorprendida por el cariz que estaba tomando el día.

—Leonard dice que cuidabas de un hombre que murió.

—Sí, se llamaba Will.

—Dice que eres… discreta.

—Lo intento.

—Y que no conoces a nadie aquí.

—Solo a Nathan.

Pareció pensar en mis palabras.

—Nathan. Creo que es un buen hombre.

—Sí que lo es.

Se miró las uñas.

—¿Hablas polaco?

—No —respondí, y añadí rápidamente—: Pero quizá pueda aprender, si tú…

—¿Sabes qué es lo más difícil, Louisa?

Negué con la cabeza.

—No sé en quién… —Vaciló, cambiando aparentemente de idea acerca de lo que iba a decir—. Necesito que esta noche seas mi amiga, ¿vale? Leonard… tendrá sus asuntos de trabajo.

Siempre hablando, hablando con los hombres. Pero tú te quedarás conmigo, ¿sí? A mi lado.

—Como quieras.

—Si alguien pregunta, eres una vieja amiga. De cuando vivía en Inglaterra. Nos conocemos desde el colegio. No mi asistente, ¿de acuerdo?

—Entendido. Desde el colegio.

Pareció satisfecha. Asintió con la cabeza, y se recostó en el asiento. No dijo nada más en todo el viaje de vuelta a casa.

El hotel New York Palace que acogía la gala de la Fundación Strager era tan grande que resultaba casi cómico. Parecía una fortaleza de cuento de hadas, con su patio y sus ventanas rematadas en arco. Aquí y allá desfilaban lacayos de librea con bombachos de seda amarillo pálido. Era como si hubieran visitado cada viejo gran hotel de Europa, hubieran tomado nota de sus cornisas ornamentadas, vestíbulos de mármol y delicados pedazos de oropel y hubieran decidido ponerlo todo junto, espolvorearlo con algo de polvo de hadas Disney y elevarlo a una nueva categoría de artificiosidad completamente única. Casi esperaba ver una carroza de calabaza y la zapatilla de cristal en la escalera cubierta con una alfombra roja. Cuando llegamos, contemplé el brillante interior, las parpadeantes luces sobre un mar de vestidos amarillos. Quise reírme, pero Agnes estaba tan tensa que no me atreví. Además, el corpiño me apretaba tanto que probablemente habría reventado las costuras.

Garry nos dejó fuera, junto a la entrada principal, y fue a aparcar el coche en una calle llena de enormes limusinas negras. Pasamos caminando entre una multitud de mirones que había en la acera. Un hombre cogió nuestros abrigos y por primera vez vi lo que llevaba puesto Agnes.

Estaba espectacular. Su vestido no era un vestido de noche convencional como el mío o el de cualquiera de las demás mujeres. Era amarillo neón, con un diseño estructurado en un tubo que llegaba al suelo y un motivo esculpido en el hombro que se elevaba hasta la cabeza. Llevaba el cabello recogido, inmisericordemente tirante, liso y brillante; dos enormes pendientes de oro y diamantes amarillos pendían de sus orejas. Debería haber ofrecido un aspecto extraordinario. Pero el corazón me dio un vuelco cuando comprendí que era un poco excesivo, que estaba totalmente fuera de lugar en medio de la anticuada grandiosidad del hotel.

Agnes se quedó allí de pie mientras las cabezas cercanas rotaban y las cejas se arqueaban a medida que aquellas mujeres envueltas en seda amarilla y corsés armados la miraban por rabillos de ojos cuidadosamente maquillados.

Ella parecía no darse cuenta. Echaba una ojeada distraídamente alrededor, intentando encontrar a su marido. No se relajaría hasta que no estuviera cogida de su brazo. A veces los observaba juntos y veía cómo la envolvía una sensación de alivio casi palpable cuando lo sentía a su lado.

—Tu vestido es increíble —dije.

Me miró como si acabara de recordar que estaba allí. Dispararon un flash y vi que los fotógrafos venían hacia nosotras. Me aparté para dejar sitio a Agnes, pero el hombre se dirigió a mí.

—Usted también, señora. Eso es. ¡Sonrían!

Ella sonrió, mirándome vacilante. Parecía hallar algo de confort en mi cercanía.

Entonces apareció el señor Gopnik. Caminaba con cierta rigidez. Nathan me había dicho que estaba teniendo una mala semana. Besó a su esposa en la mejilla. Oí que le decía algo al oído y ella le dedicó una sonrisa sincera y espontánea. Se cogieron las manos brevemente, y en ese momento advertí que esas dos personas encajaban en todos los estereotipos y sin embargo había algo en ellos totalmente auténtico: les deleitaba la presencia del otro. De repente sentí nostalgia de Sam. Pero no podía imaginarle en un sitio así, embutido en un esmoquin con una corbata de pajarita. Lo habría odiado, pensé algo ausente.

—¿Su nombre, por favor? —preguntó un fotógrafo que apareció a mi lado.

Quizá fue estar pensando en Sam lo que me hizo decirlo.

—Hum, Louisa Clark-Fielding —contesté, con mi más engolado acento de clase alta—. De Inglaterra.

—¡Señor Gopnik! ¡Señor Gopnik, aquí!

Me resguardé entre la multitud mientras los fotógrafos tomaban imágenes de los dos juntos, con la mano de él descansando ligera en la espalda de su esposa, ella con los hombros erguidos y la barbilla levantada como si la reunión estuviera a sus órdenes. Entonces le vi examinar la habitación buscándome; nuestras miradas se encontraron desde el otro lado del vestíbulo. Se acercó con Agnes.

—Querida, tengo que hablar con algunas personas. ¿Estaréis bien si os dejo solas?

—Por supuesto, señor Gopnik —respondí, como si hiciera cosas así todos los días.

—¿Volverás pronto? —preguntó Agnes sin soltar su mano.

—Tengo que hablar con Wainwright y Miller. Prometí que les daría diez minutos para hablar de ese negocio de los bonos.

Agnes asintió con la cabeza, pero su rostro delataba lo mucho que le costaba dejarle marchar. Mientras ella atravesaba el vestíbulo el señor Gopnik se inclinó hacia mí.

—No la deje beber demasiado. Está nerviosa.

—Sí, señor Gopnik.

Él asintió y echó una ojeada a su alrededor sumido en sus pensamientos. Entonces se volvió hacia mí y sonrió.

—Está usted muy guapa —dijo, y se marchó.

El salón de baile estaba abarrotado: un mar de amarillo y negro. Yo llevaba la pulsera de cuentas amarillas y negras que Lily, la hija de Will, me había regalado antes de irme de Inglaterra, y pensé para mis adentros lo mucho que me hubiera gustado llevar mis medias de abeja. Estas mujeres no parecían haber disfrutado de sus guardarropas en su vida.

Lo primero que me chocó fue lo delgadas que estaban la mayoría, embutidas en diminutos vestidos, con las clavículas sobresaliendo como barandillas de seguridad. En Stortfold, las mujeres de cierta edad tienden a expandirse generosamente y ocultan los centímetros de más bajo rebecas o suéteres largos (*¿Me cubre las nalgas?*). Se cuidan de boquilla con una nueva mascarilla ocasional o un corte de pelo cada seis semanas, pero en mi ciudad natal prestar demasiada atención a una misma sugeriría un insano narcisismo y resultaría un poco sospechoso.

Las mujeres en este salón de baile parecían haber convertido su apariencia en un trabajo a tiempo completo. No había pelo que no estuviera perfectamente colocado en su sitio, ningún brazo que no estuviera tonificado, domado por el entrenamiento diario. Ni las mujeres de edad incierta (era difícil calcularla dada la cantidad de bótox y rellenos) parecían haber oído hablar nunca de un brazo flácido o fofo. Pensé en Agnes, en su entrenador personal, en el dermatólogo, en las citas en la peluquería y en la manicura y pensé: este *es* su trabajo. Tiene que atenerse al programa de mantenimiento para aparecer aquí y aguantar el tipo entre toda esta gente.

Agnes se movía con lentitud, la cabeza erguida, sonriendo a los amigos de su marido que se acercaban a saludar y a compartir algunas palabras mientras yo rondaba incómoda en un segundo plano. Los amigos siempre eran hombres. Solo los hombres le sonreían. Las mujeres no se atrevían a esquivarla, pero para no relacionarse con ella tendían a volver la cabeza discretamente, como si de repente algo las hubiera distraído. Mientras avanzábamos entre la multitud, ella delante y yo detrás, vi tensarse la expresión de alguna esposa más de una vez, como si la presencia de Agnes fuera algún tipo de transgresión.

—Buenas noches —me dijo una voz al oído.

Levanté la mirada y trastabillé. De pie, junto a mí, estaba Will Traynor.

5

*D*espués me alegré de que la sala estuviera tan abarrotada, porque cuando tropecé con el hombre que estaba a mi lado él extendió la mano y, en un instante, varios brazos vestidos de esmoquin me ayudaron a recuperar el equilibrio, un mar de caras sonrientes, preocupadas. Mientras les daba las gracias, disculpándome, me di cuenta de mi error. No, no era Will, pero su pelo tenía el mismo color y el mismo corte; su piel, idéntico tono acaramelado. Debí proferir un pequeño grito de asombro porque el hombre que no era Will me habló:

—Lo siento, ¿la he sobresaltado?

—Yo… No, no —dije llevándome la mano a la mejilla con mis ojos clavados en los suyos—. Usted se parece a alguien que conozco, que conocía —expliqué notando cómo me sonrojaba. El rubor me subía lentamente desde el pecho hasta la línea de nacimiento del pelo.

—¿Está bien?

—Oh, Dios, bien, sí, estoy bien —respondí sintiéndome estúpida. Notaba la cara incandescente.

—Usted es inglesa.

—Usted no lo es.

—Ni siquiera soy neoyorquino. Soy de Boston. Joshua William Ryan Tercero —recitó extendiendo la mano.

—Hasta se llama como él.

—¿Disculpe?

Estreché su mano. De cerca era muy distinto a Will. Tenía los ojos color marrón oscuro y la frente más ancha, pero el parecido me había dejado totalmente trastornada. Aparté la mirada de él, consciente de que aún agarraba sus dedos con mi mano.

—Lo siento. Estoy un poco...

—Permítame traerle algo de beber.

—No puedo. Se supone que tengo que estar con mi amiga, aquella de allí.

Miró a Agnes.

—Entonces traeré bebidas para las dos. Será, eh, fácil encontrarlas —respondió sonriendo y rozando mi codo. Intenté no quedarme mirando mientras se alejaba.

Cuando me acerqué a Agnes, la mujer del hombre con quien había estado hablando se lo llevó de un tirón. Agnes levantó la mano como si estuviera a punto de responderle y de repente se encontró hablándole a una ancha espalda trajeada de esmoquin. Se volvió hacia mí con un rígido rictus en el rostro.

—Lo siento. Me he quedado atascada entre la multitud.

—Mi vestido no es adecuado, ¿verdad? —susurró—. He hecho enorme error.

Se había dado cuenta. Resaltaba en el mar de cuerpos, demasiado brillante, más vulgar que vanguardista.

—¿Qué voy a hacer? Es un desastre. Tengo que cambiarme.

Intenté calcular si podía ir a casa y volver en un tiempo razonable. Incluso sin tráfico le llevaría una hora y siempre existía el peligro de que no volviera...

—No, no es un desastre. En absoluto. Es solo... —Hice una pausa—. Ya sabes, un vestido como ese hay que llevarlo con estilo.

—¿Qué?

—Hazte con él. ¡Yergue la cabeza! Como si estuvieras por encima de todo.

Me miró.

—Esto es algo que me enseñó un amigo. El hombre para el que trabajaba antes. Me dijo que llevara mis piernas a rayas con orgullo.

—¿Tus qué?

—Él... Bueno, él quería decir que estaba bien no ser como los demás. Agnes, eres cien veces más guapa que cualquiera de las otras mujeres que hay aquí. Estás preciosa, y el vestido es impresionante. Así que convierte esto en un corte de mangas gigante, ya sabes. *Visto como quiero.*

—¿Eso crees? —preguntó observándome atentamente.

—Rotundamente sí.

—Tienes razón. Seré *corte de mangas gigante* —dijo respirando hondo y enderezando los hombros—. De todos modos, a ningún hombre le importa lo que llevas puesto, ¿verdad?

—A ninguno.

—Solo les importa lo que hay debajo —añadió sonriendo y dirigiéndome una mirada de complicidad.

—¡Menudo vestido, señora! —exclamó Joshua, apareciendo a mi lado. Nos ofreció una estilizada copa a cada una—. Champán. La única bebida amarilla que había era Chartreuse y sentí náuseas solo con mirarla.

—Gracias —dije cogiendo una copa.

Tendió la mano a Agnes.

—Joshua William Ryan Tercero.

—No me cabe duda de que *tiene* que haberse inventado el nombre.

Ambos se giraron para mirarme.

—La gente solo se llama así en los culebrones —comenté sin pensar. Entonces me di cuenta de que no había sido mi intención decirlo en voz alta.

—De acuerdo, pueden llamarme Josh —replicó él en tono impasible.

—Louisa Clark —me presenté, y añadí—. Primera.

Me miró con gesto burlón.

—La señora de Leonard Gopnik. Segunda —dijo Agnes a su vez—. Pero imagino que ya lo sabía.

—Así es. Toda la ciudad habla de usted.

Eran palabras que podían haberse pronunciado con mala intención, pero las dijo cordialmente. Observé que los hombros de Agnes se relajaban un poco. Josh comentó que había ido con su tía, cuyo marido estaba de viaje y no había querido asistir sola. Trabajaba en una sociedad de valores, asesorando a corredores de divisas y fondos de inversión sobre cómo gestionar eficazmente el riesgo. Estaba especializado, nos dijo, en patrimonio neto y deuda de las empresas.

—No sé lo que significa nada de eso —observé.

—La mayoría de los días yo tampoco.

Estaba siendo simpático, por supuesto, pero de repente la sala pareció algo menos fría. Era de Back Bay, Boston, y acababa de mudarse a lo que calificó de apartamento-madriguera en el SoHo. Dijo que había ganado dos kilos desde su llegada a Nueva York por lo buenos que eran los restaurantes del centro. Nos contó mucho más, aunque no recuerdo qué, porque no podía dejar de mirarle.

—¿Y usted, señorita Louisa Clark Primera? ¿A qué se dedica?

—Yo...

—Louisa es amiga mía. Ha venido de Inglaterra, de visita.

—¿Qué le parece Nueva York?

—Me encanta —respondí—, la cabeza aún me da vueltas.

—Y el Baile Amarillo es uno de sus grandes eventos sociales. Bueno, señora de Leonard Gopnik Segunda, ¡ustedes hacen las cosas a lo grande!

La tarde pasó volando con ayuda de una segunda copa de champán. En la cena, estuve sentada entre Agnes y un hombre que no se molestó en decirme su nombre y solo se dirigió a mí una vez. Les preguntó a mis pechos a quién conocían y cuando quedó claro que la respuesta era que no a mucha gente me dio la espalda. Estuve al tanto de lo que bebía Agnes, como me había pedido el señor Gopnik, y cuando le pillé mirándonos cambié la copa llena de su mujer por la mía, que estaba casi vacía. Me sentí aliviada cuando mostró su aprobación con una sutil sonrisa. Agnes hablaba demasiado alto con el hombre sentado a su derecha, la risa excesivamente estridente, los gestos crispados y algo temblorosos. Observé cómo la miraban las demás mujeres de la mesa, todas de cuarenta años o más. Comprobé que intercambiaban miraditas, como para confirmar alguna oscura opinión comentada en privado. Era horrible.

El señor Gopnik no podía llegar a su mujer desde el otro lado de la mesa, pero vi que desviaba la mirada hacia ella con cierta frecuencia, incluso mientras sonreía y estrechaba manos y aparentemente era el hombre más relajado del planeta.

—¿Dónde está?

Me incliné para oír mejor a Agnes.

—La exmujer de Leonard, ¿dónde está? Tienes que averiguar, Louisa. No estaré tranquila hasta que sepa. Puedo *sentirla*.

Gran Púrpura.

—Comprobaré la asignación de asientos —dije, y me disculpé al levantarme de la mesa.

Me planté frente al enorme cartel impreso colocado a la entrada del comedor. Contenía unos ochocientos nombres muy juntos y yo ni siquiera sabía si la primera señora Gopnik seguía llamándose Gopnik. Maldije en voz baja justo cuando Josh aparecía detrás de mí.

—¿Buscas a alguien?

—Tengo que averiguar dónde se sienta la primera señora Gopnik —respondí bajando la voz—. ¿Por casualidad sabes si sigue usando el mismo apellido? A Agnes le gustaría… saber dónde está.

Frunció el ceño.

—Está un poco estresada —añadí.

—Me temo que no tengo ni idea. Pero quizá lo sepa mi tía. Conoce a todo el mundo. Espérame aquí. —Me tocó ligeramente el hombro desnudo y se encaminó hacia el comedor, mientras yo intentaba poner la cara de quien mira el tablón para confirmar la presencia de media docena de amigos íntimos, y no la de alguien cuyo rostro acababa de adquirir un extraño tono rosado.

Volvió al momento.

—Todavía se llama Gopnik —dijo—. Mi tía Nancy cree haberla visto cerca de la mesa de subastas —añadió deslizando un dedo de uña muy cuidada por la lista de nombres—. Aquí, mesa 144. He pasado por allí a la vuelta para ver si había alguna mujer que casara con su descripción. ¿Unos cincuenta años, pelo oscuro, disparando dardos envenenados con su bolso de noche de Chanel? La han sentado lo más lejos de Agnes que han podido.

—Gracias a Dios —exclamé—, eso la aliviará.

—Pueden dar bastante miedo estas matronas neoyorquinas —aseveró—. No culpo a Agnes por querer guardarse las espaldas. ¿La alta sociedad inglesa es igual de despiadada?

—¿La alta sociedad inglesa? Oh, no estoy muy al tanto de los eventos sociales.

—Yo tampoco. Para ser sincero, la mayoría de los días estoy tan cansado después de trabajar que lo único que hago es cenar un menú para llevar. ¿Qué haces tú, Louisa?

—Hum… —Eché un vistazo rápido a mi móvil—. Dios mío, tengo que regresar junto a Agnes.

—¿Te veré antes de que te vayas? ¿En qué mesa estás?

—Treinta y dos —contesté, antes de pararme a pensar en todas las razones por las que no debería haberlo dicho.

—Entonces te veré luego.

La sonrisa de Josh me hechizó durante un instante.

—Quería decirte, por cierto, que estás preciosa —susurró inclinándose hacia delante y bajando tanto la voz que retumbó en mi oído—. La verdad es que prefiero tu vestido al de tu amiga. ¿Ya te has hecho fotos?

—¿Fotos?

—Mira aquí.

Extendió la mano, y, antes de que supiera qué iba a hacer, había sacado una fotografía de nosotros dos, nuestras cabezas separadas solo unos centímetros.

—Perfecto. Dame tu número y te la enviaré.

—¿Quieres enviarme una foto de los dos juntos?

—¿Has captado mis motivos ocultos? —preguntó sonriendo—. De acuerdo, entonces me la quedaré para mí. Un recuerdo de la chica más bonita de la fiesta. A no ser que quieras borrarla. Aquí tienes. Puedes borrarla. —Me ofreció su teléfono.

Le miré de soslayo con el dedo suspendido sobre el botón antes de retirarlo.

—Me parece desconsiderado borrar fotos de alguien a quien acabo de conocer. Pero, hum…, gracias…, también por todo el asunto de la vigilancia encubierta de la mesa. Un detalle por tu parte.

—Ha sido un placer.

Sonreímos. Y antes de que pudiera decir nada más corrí de vuelta a mi mesa.

Le di a Agnes las buenas noticias, y al oírlas profirió un profundo suspiro. Entonces me senté y tomé un bocado de pescado, ya frío, mientras procuraba que mi cabeza dejara de zumbar. Él no es Will, me decía a mí misma. Su voz no es la misma. Sus cejas no son las mismas. Es estadounidense. Pero, a pesar de todo, había algo en su porte que sugería una combinación de confianza y aguda inteligencia. Tenía un aire que decía que podía con todo lo que le echaran, una forma de mirarte que te vaciaba por dentro. Eché una ojeada detrás de mí, recordando que no había preguntado a Josh dónde se sentaba.

—¿Louisa?

Me giré a la derecha. Agnes me miraba fijamente.

—Tengo que ir al aseo.

Me llevó un momento recordar que eso quería decir que debía acompañarla.

Anduvimos despacio entre las mesas hacia el tocador de señoras mientras yo intentaba no escudriñar la sala buscando a Josh. Todos los ojos se posaban en Agnes cuando pasaba, no solo por el vívido color de su vestido sino sobre todo por su magnetismo, una forma inconsciente de atraer todas las miradas. Caminaba con la barbilla erguida, los hombros hacia atrás; parecía una reina.

En cuanto llegamos al tocador de señoras, se recostó en la *chaise longue* del rincón y me hizo un gesto para que le diera un cigarrillo.

—Dios mío. Qué velada. Voy a morir si no nos vamos pronto.

La encargada, una señora de unos sesenta años, enarcó una ceja al ver el cigarrillo, pero miró para otro lado.

—Agnes, no estoy segura de que se pueda fumar aquí.

Ella iba a hacerlo de todos modos. Puede que, cuando eres rica, no te preocupen las reglas de los demás. ¿Qué podían hacer? ¿Echarla?

Encendió el cigarrillo, inhaló el humo y suspiró aliviada.

—Uf, ¡este vestido es tan incómodo! El tanga se me clava como si fuera un alambre de cortar queso, ¿sabes?

Se contoneó ante el espejo, levantándose el vestido y rebuscando bajo la tela con sus cuidadas manos.

—No tenía que haberme puesto ropa interior.

—Pero ¿estás bien? —pregunté.

—Estoy bien —respondió sonriendo—. Algunas personas han sido muy agradables esta tarde. Ese Josh es muy agradable y el señor Peterson, que se sienta a mi lado, es muy amable. No está tan mal. Puede que algunas personas hayan empezado a aceptar que Leonard tiene nueva esposa.

—Solo necesitan algo de tiempo.

—Sostenme esto. Tengo que hacer pipí —dijo pasándome el cigarrillo a medio fumar y entrando en uno de los cubículos. Lo sostuve entre dos dedos, como si fuera una bengala. La encargada del guardarropa y yo intercambiamos una mirada y ella se encogió de hombros como diciendo: ¿qué se le va a hacer?—. Oh, Dios mío —exclamó Agnes desde el cubículo—, tengo que quitármelo todo. Es imposible subir este vestido. Tendrás que ayudarme con cremallera después.

—De acuerdo —contesté. La encargada volvió a enarcar las cejas. Ambas intentamos no soltar una risita.

Dos mujeres de mediana edad entraron en el tocador y miraron mi cigarrillo con desaprobación.

—Verás, Jane, es como si la locura se apoderara de ellos —dijo una de las dos deteniéndose delante del espejo para retocar su peinado. No estaba segura de por qué lo hacía. Con la cantidad de laca que llevaba ni un huracán de fuerza diez hubiera podido despeinarla.

—Lo sé. Lo hemos visto un millón de veces.

—Pero, por lo general, al menos tienen la decencia de ser discretos. Eso ha sido lo más desagradable para Kathryn. La falta de discreción.

—Sí. Hubiera sido mucho más fácil para ella si al menos se hubiera tratado de alguien con un poco de clase.

—Exactamente. Es todo un cliché.

—¿Louisa? —llamó una voz amortiguada desde el cubículo—. ¿Puedes venir?

Entonces supe de quién estaban hablando. Me bastó mirarlas a la cara.

Se hizo el silencio.

—Se da cuenta de que esta es una zona de no fumadores —señaló una de las mujeres deliberadamente.

¿Sí? Lo siento —dije apagando el cigarrillo en el lavabo bajo el grifo.

—¿Puedes ayudarme, Louisa? La cremallera está atascada.

De repente se dieron cuenta. Sumaron dos más dos y vi cómo endurecían el gesto. Pasé a su lado, llamé dos veces a la puerta del cubículo y Agnes me dejó entrar.

Estaba en sujetador, con el vestido de tubo amarillo atascado en la cintura.

—¿Qué...? —empezó a decir.

Me llevé un dedo a los labios y señalé hacia fuera. Echó una mirada, como si pudiera ver a través de la puerta, e hizo una mueca. Le di la vuelta. Había bajado dos terceras partes de la cremallera, pero se había enganchado a la altura de la cintura. Intenté subirla dos, tres veces. Entonces saqué el teléfono del bolso de noche y encendí la linterna, para intentar averiguar qué la estaba atascando.

—¿Puedes arreglarlo? —susurró.

—Lo estoy intentando.

—Tienes que lograr. No puedo salir así delante de esas mujeres.

Agnes estaba de pie a unos centímetros de mí con solo un minúsculo sujetador. Su piel pálida desprendía cálidas oleadas de perfume caro. Intenté maniobrar a su alrededor, mirando la cremallera con los ojos entrecerrados, pero era imposible. Necesitaba espacio para quitarse el vestido. Así yo podría comprobar el estado de la cremallera, porque, si no, no podría subirla. La miré y me encogí de hombros. Ella pareció angustiada por un momento.

—No creo que lo podamos arreglar aquí, Agnes. No hay sitio. Y no veo nada.

—No puedo salir así. Dirán que soy una puta —dijo llevándose las manos a la cara, con desesperación.

El opresivo silencio que reinaba fuera indicaba que las mujeres estaban aguardando nuestro siguiente movimiento. Ninguna fingía siquiera ir al baño. Estábamos atrapadas. Di un paso atrás y moví la cabeza, pensando. Entonces se me ocurrió.

—Corte de mangas gigante —susurré.

Abrió mucho los ojos.

La miré con tranquilidad y asentí. Ella arrugó el ceño, pero luego cambió de expresión.

Abrí la puerta del cubículo y di un paso atrás. Agnes tomó aire, enderezó la espalda y pasó desfilando junto a las dos mujeres, como una supermodelo entre bastidores, con la parte superior del vestido alrededor de la cintura. El sujetador constaba de dos delicados triángulos que apenas ocultaban sus pálidos pechos. Se detuvo en medio de la habitación y se inclinó hacia delante para que pudiera sacarle el vestido, con cuidado, por la cabeza. Entonces se enderezó, ahora desnuda excepto por dos pedazos de lencería, todo un ejercicio de aparente despreocupación. No me atreví a mirar a las mujeres, pero cuando me coloqué el vestido amarillo sobre el brazo oí una enérgica inhalación; de hecho, sentí como reverberaba en el aire.

—Bueno, yo… —empezó a decir una.

—¿Necesita un kit de costura, señora? —preguntó la encargada, que apareció súbitamente a mi lado. Abrió el pequeño paquete mientras Agnes se sentaba delicadamente en la *chaise longue,* con sus largas y pálidas piernas estiradas recatadamente a un lado.

Entraron dos mujeres más, y dejaron de hablar abruptamente al ver a Agnes casi desnuda. Una de ellas tosió y ambas apartaron la vista con una modestia artificiosa, antes de redirigir la conversación hacia cualquier intrascendencia. Agnes permanecía sentada, aparentemente haciendo gala de una bendita indiferencia.

La encargada me dio un alfiler, y usé la punta para coger un trocito de hilo que se había enrollado. Tiré delicadamente hasta que lo liberé y la cremallera volvió a funcionar.

—¡Lo tengo!

Agnes se puso en pie, cogió la mano que le tendía la encargada y volvió a introducirse elegantemente en el vestido amarillo. Luego lo fuimos subiendo a su alrededor. Cuando lo tuvo de nuevo en su lugar subí la cremallera suavemente hasta que se cerró, manteniendo cada centímetro del vestido pegado a su piel. Ella lo alisó a lo largo de sus piernas infinitas.

La encargada le ofreció un bote de laca.

—Un momento —susurró—, permítame. —Se inclinó hacia delante y le dio al cierre una pasada rápida con el espray—. Esto ayudará a mantenerlo.

Le dediqué mi mejor sonrisa.

—Gracias, ha sido muy amable —dijo Agnes. Sacó un billete de cincuenta dólares del bolso de noche y se lo dio a la mujer. Entonces se giró hacia mí con una sonrisa.

—Louisa, querida, ¿volvemos a nuestra mesa?

Y con una mayestática inclinación de cabeza a las dos mujeres, Agnes elevó la barbilla y caminó despacio hacia la puerta.

Se hizo el silencio. Entonces la encargada se volvió hacia mí y se guardó el dinero con una gran sonrisa.

—*Esto* —dijo, su voz repentinamente audible—, esto sí es *clase.*

6

A la mañana siguiente George no vino. Nadie me había informado. Me senté en el recibidor en pantalón corto, con los ojos irritados y cargados de sueño, y a las siete y media comprendí que debían de haberlo cancelado.

Agnes no se levantó hasta después de las nueve, una circunstancia que provocó que Ilaria no dejara de chasquear la lengua con desaprobación cada vez que miraba el reloj. Me había enviado un mensaje de texto pidiéndome que cancelara todas las citas del día. Decía que, en su lugar, al mediodía, le gustaría dar un paseo por el lago de Central Park. Hacía un día fresco y salimos a caminar con las bufandas subidas hasta la barbilla y las manos metidas en los bolsillos. Me había pasado toda la noche pensando en el rostro de Josh. Todavía me sentía trastornada por el encuentro y me preguntaba cuántos dobles de Will habría ahora mismo andando por otros países. Las cejas de Josh eran más gruesas, los ojos eran de un color diferente y obviamente no tenía el acento de Will. Pero aun así…

—¿Sabes lo que solía hacer con mis amigas cuando teníamos resaca? —preguntó Agnes, interrumpiendo mis pensamientos—. Íbamos al japonés que está cerca de Gramercy Park y comíamos *noodles*, y charlábamos, charlábamos y charlábamos.

—¡Vamos allí entonces!

—¿Dónde?

—Al sitio de los *noodles*. Podemos recoger a tus amigas de camino.

Por un momento vi esperanza en su rostro, luego pegó una patada a una piedra.

—Ahora no puedo. Es diferente.

—No tenemos que ir en el coche con Garry. Podemos coger un taxi. Quiero decir, puedes cambiarte de ropa y simplemente dejarte caer por ahí. Estaría bien.

—Ya te lo he dicho. Es diferente —respondió volviéndose hacia mí—. Lo intenté, Louisa. Durante un tiempo. Pero mis amigas son curiosas. Quieren saber todo sobre mi vida ahora. Cuando les digo verdad se sienten… raras.

—¿Raras?

—Antes éramos iguales, ¿sabes? Ahora dicen que no entiendo sus problemas porque soy rica. ¡Como si yo no pudiera tener problemas! O se comportan de manera extraña conmigo, como si fuera otra persona. Como si cosas buenas de mi vida fueran insulto para ellas. ¿Crees que puedo quejarme del ama de llaves hablando con alguien que no tiene casa?

Hizo un alto en el camino.

—Al principio, cuando me casé con Leonard, puso un dinero a mi nombre. Un regalo de bodas, así no tenía que pedirle dinero todo el tiempo. Di parte del dinero a mi mejor amiga, Paula. Le di diez mil dólares para que pagara sus deudas, para que pudiera empezar de nuevo. Al principio ella era muy feliz. ¡Yo también! ¡Poder hacer algo así por una amiga! Ya no tendría que preocuparse más, ¡como yo! —exclamó con voz cada vez más melancólica—. Y entonces…, entonces no quiso verme nunca más. Cambió, siempre estaba demasiado ocupada para verme. Y poco a poco me doy cuenta de que está resentida conmigo por ayudar. No era su intención, pero ahora cuando me ve solo piensa en que me debe dinero. Es orgullosa, muy orgullosa. No le gusta vivir con ese sentimiento. Así que... ya... no queda a comer conmigo ni me coge teléfono. Perdí a mi amiga por el dinero —dijo encogiéndose de hombros.

—Un problema es un problema —respondí cuando me di cuenta de que esperaba que dijera algo—. Da igual quién lo tenga.

Dio un paso al lado para esquivar a un niño en un patinete. Le siguió con la mirada, pensativa. Entonces se volvió hacia mí.

—¿Tienes cigarrillos?

Ya había aprendido. Saqué un paquete de mi mochila y se lo pasé. No estaba segura de si debía alentarla a fumar, pero era mi jefa. Inhaló y soltó una larga columna de humo.

—Un problema es un problema —repitió lentamente—. ¿Tienes problemas, Louisa Clark?

—Echo de menos a mi novio —dije, entre otras cosas para consolarme a mí misma—. Aparte de eso, en realidad no. Esto es... fantástico. Estoy encantada de estar aquí.

Ella asintió.

—Antes yo también sentía así. ¡Nueva York! Siempre algo nuevo que ver. Siempre excitante. Ahora solo... echo de menos...

Su voz se fue apagando.

Por un momento creí que sus ojos se habían llenado de lágrimas, pero de repente adoptó una expresión tranquila.

—¿Sabes que me odia?

—¿Quién?

—Ilaria. Esa bruja. Era el ama de llaves de la otra y Leonard no quiere despedirla. Así que tengo que aguantarla.

—Puede que aprenda a apreciarte.

—Puede que aprenda a echarme arsénico en comida. Veo cómo me mira. Quiere que me muera. ¿Sabes lo que es vivir con alguien que te quiere muerta?

Yo también le tenía bastante miedo a Ilaria. Pero no quería decirlo. Seguimos andando.

—Trabajé para alguien que al principio estaba bastante segura de que me odiaba —dije—. Poco a poco comprendí que no tenía nada que ver conmigo. Sencillamente él odiaba su vida. Cuando nos fuimos conociendo empezamos a llevarnos bien.

—¿Alguna vez te quemó «accidentalmente» tu mejor blusa? ¿O lavó tu ropa interior con el detergente que sabía que te daría picor en tus partes?

—Eh…, no.

—¿Te servía comida que le has dicho cincuenta veces que no te gusta para que parezca que te estás quejando a todas horas? ¿O contaba historias de ti que te hacían parecer como prostituta?

Abrí la boca como un pez fuera del agua. La cerré y negué con la cabeza.

Se apartó el pelo de la cara.

—Le quiero, Louisa. Pero vivir su vida es imposible. Mi vida es imposible…

Su voz se desvaneció de nuevo.

Estábamos ahí de pie, viendo cómo pasaba la gente por el camino, los patinadores y los niños en patinetes bamboleantes, las parejas cogidas del brazo y los policías siguiéndolos de cerca. La temperatura había descendido, iba en chándal y tirité sin querer.

Ella suspiró.

—De acuerdo. Volvamos. Veamos cuál de mis prendas favoritas ha arruinado hoy la bruja.

—No —dije—, vamos a comernos esos *noodles*. Eso sí lo podemos hacer.

Cogimos un taxi a Gramercy Park. Nos llevó a un local en un edificio de ladrillo marrón situado en una sombría calle lateral que parecía lo suficientemente mugriento como para albergar alguna terrible bacteria intestinal. Pero Agnes pareció relajarse en cuanto llegamos. Mientras yo pagaba el taxi ella subió las escaleras y accedió al interior en semipenumbra. Una joven japonesa emergió de la cocina y arrojó sus brazos en torno a Agnes, abrazándola, como si fueran viejas amigas. La cogió del codo y quiso saber dónde había estado. Agnes se quitó la boina de lana y murmuró vagamente que había estado liada, que se había casado, que se había cambiado de casa, pero sin dar una sola pista de la verdadera dimensión de los cambios. Advertí que llevaba la alianza, pero no el anillo de compromiso de diamantes, que era lo bastante grande como para dar que hacer al tríceps.

Cuando nos deslizamos en el reservado de formica, fue como si tuviera a una mujer diferente ante mí. Agnes estaba divertida, animada y ruidosa, con una risa súbita, que sonaba a una gallina cacareando. Percibí, de repente, a la persona de quien se había enamorado el señor Gopnik.

—¿Cómo le conociste? —pregunté, mientras sorbíamos el ramen de nuestros tazones humeantes.

—¿A Leonard? Era su masajista —dijo dejando de comer, como si esperara que me escandalizara. Como no lo hice incliné la cabeza y continué—. Trabajaba en el hotel St. Regis. Le enviaban un masajista a casa todas las semanas, solía ir André. Era muy bueno. Pero André se puso enfermo aquel día y me enviaron a mí en su lugar. Yo pensé: ¡Oh, no, otro tipo de Wall Street! Son auténtica basura muchos de ellos, ¿sabes? No te consideran ni siquiera humana. No se molestan en saludar, no hablan… Algunos piden… —prosiguió bajando la voz—…

final feliz. Ya sabes, ¿«final feliz»? Como si fueras prostituta. Uf. Pero Leonard era educado. Me dio la mano, me preguntó si quería té inglés en cuanto entré. Era tan feliz cuando yo le di masaje. Y yo podía darme cuenta.

—¿De qué?

—De que ella nunca le tocaba. Su esposa. Se puede saber tocando un cuerpo. Ella era una mujer fría, fría —observó bajando la mirada—. Algunos días él tiene muchos dolores. Le duelen las articulaciones. Hasta que vino Nathan. Nathan fue idea mía. Para mantener a Leonard en forma y saludable. El caso es que me esforcé mucho en darle buen masaje. Me pasé de la hora. Escuchaba lo que me decía su cuerpo. ¡Estaba tan agradecido después! Entonces pidió que fuera yo a la semana siguiente. A André no le gustó mucho, pero ¿qué podía hacer yo? Así que entonces empecé a ir dos veces por semana a su apartamento. Algunos días me preguntaba si quería un té inglés después y hablábamos. Y entonces... Bueno, fue difícil. Porque me di cuenta de que me estaba enamorando de él. Y eso no lo podíamos hacer.

—Como en el caso de médicos y pacientes o de los profesores.

—Exacto —dijo Agnes haciendo una pausa para meterse un *dumpling* en la boca. Era la primera vez que la veía comer tanto. Masticó durante un momento—. Pero no podía dejar de pensar en este hombre. Tan triste. Tan tierno. ¡Y tan solo! Al final le dije a André que fuera él. No podía volver.

—¿Qué pasó? —Yo había dejado de comer.

—¡Leonard viene a mi casa! ¡En Queens! Consigue mi dirección de alguna manera y viene a mi casa en su enorme coche. Mis amigas y yo estábamos sentadas en la escalera de incendios fumando cigarrillo y veo que baja y dice: «Quiero hablar contigo».

—Como en *Pretty Woman*.

—¡Sí! ¡Exacto! Y yo eché a andar por la acera y él dijo muy enfadado: «¿He hecho algo que te haya ofendido? ¿Te he tratado de forma inapropiada?». Yo solo negaba con la cabeza. Y entonces él empezó a caminar arriba y abajo y dijo: «¿Por qué no vienes? No quiero que venga André. Quiero que vengas tú». Yo empecé a llorar como una tonta.

La miré y vi que tenía los ojos llenos de lágrimas.

—Me puse a llorar allí, en medio de la calle, a plena luz del día, mientras mis amigas me miraban. Y le dije: «No puedo contártelo». Entonces se enfadó. Quería saber si su esposa había sido grosera conmigo. O si había pasado algo en el trabajo. Y entonces finalmente le contesto: «No puedo ir porque me gustas. Me gustas mucho. Y esto es muy poco profesional. Y puedo perder el trabajo». Él me miró un momento sin decir nada. Nada en absoluto. Y entonces volvió al coche y el conductor se lo llevó. Y yo pensé: ¡Oh, no!, no voy a volver a verle y he perdido mi empleo. Al día siguiente fui al trabajo muy nerviosa. Tan nerviosa, Louisa, que me dolía el estómago.

—Porque pensabas que se lo habría contado a tu jefe.

—Exacto. Pero ¿sabes qué pasó cuando llegué?

—¿Qué?

—Me esperaba enorme ramo de rosas rojas. El más grande que había visto nunca, con hermosas rosas como terciopelo. Tan suaves que querías tocarlas. Sin tarjeta. Pero yo supe inmediatamente. Y entonces todos los días empezó a llegar nuevo ramo de rosas rojas. Nuestro apartamento estaba lleno de rosas. Mis amigas decían que el olor las ponía malas. —Se echó a reír—. Entonces, el último día, viene a mi casa de nuevo, y yo bajo y me pide que suba al coche con él. Nos sentamos atrás y dice al conductor que dé una vuelta y me cuenta que es muy infeliz, y que desde el momento en que nos conocimos no había podido dejar de pensar en mí y que solo tenía que decir una palabra para dejar esposa y estar juntos.

—¿Y ni siquiera os habíais besado?

—No. Había masajeado sus nalgas, cierto, pero no es lo mismo. —Suspiró, saboreando el recuerdo—. Yo lo sabía. Sabía que estábamos hechos para estar juntos. Y lo dije. Dije: «Sí».

Yo estaba paralizada.

—Aquella misma noche volvió a casa y dijo a su mujer que no quería seguir casado más. Ella se enfadó. Mucho. Y le preguntó que por qué y él le dijo que no quería un matrimonio sin amor. Y aquella noche me llamó desde un hotel y me pidió que fuera a verle y estuvimos en esa suite del Ritz Carlton. ¿Has estado en el Ritz Carlton?

—Eh…, no.

—Entro y él está esperando junto a la puerta, como si estuviera demasiado nervioso para sentarse, y me dice que ya sabe que parece un estereotipo, que es demasiado viejo para mí y que su cuerpo es una ruina por la artritis, pero que si hay una posibilidad de que yo quiero estar con él hará todo lo que esté en su mano para hacerme feliz. Porque simplemente tiene esa sensación sobre nosotros, ¿sabes? Que somos almas gemelas. Entonces nos abrazamos y finalmente nos besamos, y estamos despiertos toda la noche, hablando, hablando de nuestra infancia y de nuestras vidas y de nuestras esperanzas y sueños.

—Es la historia más romántica que he oído nunca.

—Y entonces follamos, por supuesto, y, por Dios, sentí que ese hombre había estado congelado durante años, ¿sabes?

En ese momento tosí y un trozo de ramen cayó sobre la mesa. Cuando levanté la mirada comprobé que varias personas de las mesas de alrededor nos estaban mirando. Agnes había elevado la voz y gesticulaba.

—Era increíble, como si estuviera hambriento, como si vibrara con un hambre de años y años. ¡Vibraba! Aquella primera noche fue *insaciable*.

—Vaya… —conseguí musitar limpiándome la boca con una servilleta de papel.

—El encuentro de nuestros cuerpos fue mágico. Y después nos abrazamos durante horas, y me enrosqué a su alrededor, y él descansó cabeza en mis pechos y yo le prometí que nunca más volvería a estar congelado. ¿Entiendes?

El restaurante estaba en silencio. Detrás de Agnes, un joven que llevaba una sudadera con capucha no apartaba la mirada de su nuca, con la cuchara suspendida entre el plato y la boca. Cuando vio que le estaba mirando, la dejó caer con ruido.

—Es… una historia realmente encantadora.

—Y mantuvo su promesa. Todo lo que decía era cierto. Somos felices juntos. Muy felices.

De repente torció el gesto.

—Pero su hija me odia. Su exmujer me odia. Me culpa de todo, aunque no le quería. Le contó a todo el mundo que era una mala persona por robarle el marido.

No sabía qué decir.

—Todas las semanas tengo que asistir a eventos benéficos y cócteles y sonreír fingiendo que no sé lo que dicen de mí. ¡Cómo me miran esas mujeres! No soy lo que dicen que soy. Hablo cuatro idiomas. Toco el piano. Tengo un diploma en masaje terapéutico. ¿Sabes qué idioma habla ella? *Hipocresienés.* Pero es difícil fingir que no duele, ¿sabes?, que no te importa…

—La gente cambia —dije optimista—, con el tiempo.

—No. No creo que eso sea posible.

La expresión de Agnes se tornó melancólica un instante. Entonces se encogió de hombros.

—Pero, mirándolo por el lado bueno, son bastante viejas. Es posible que algunas mueran pronto.

Aquella tarde llamé a Sam mientras Agnes se echaba una siesta e Ilaria estaba ocupada abajo. Todavía me sentía aturdida por los sucesos de la noche pasada y las confidencias de Agnes. Sentía como si estuviera en un lugar nuevo. *Te veo más como amiga que como asistente*, me había dicho, mientras regresábamos andando al piso. *Está muy bien tener alguien en quien confiar.*

—He recibido las fotos —dijo. Ya era de noche allí, y Jake, su sobrino, se iba a quedar a dormir. Oía música de fondo. Se acercó el teléfono a la boca—. Estabas preciosa.

—No volveré a ponerme un vestido así en la vida. Pero todo fue increíble. La comida, la música, el salón de baile…, y lo más extraño es que la gente ni siquiera se daba cuenta. ¡No veían lo que tenían a su alrededor! Había un muro entero hecho de gardenias y guirnaldas de luces. ¡Era un muro enorme! Tenían el postre de chocolate más extraordinario, un cuadrado de fondant con plumas de chocolate blanco y minitrufitas por fuera, pero ni una sola de las mujeres se lo comió. ¡Ni una! Me di una vuelta completa por las mesas y las conté, solo para cerciorarme. Pensé en meter algunas trufas en el bolso, pero llegué a la conclusión de que se derretirían. Apuesto a que las tiraron todas a la basura. Oh, y la decoración de cada mesa era distinta, pero todas estaban hechas a base de plumas amarillas que adoptaban la forma de pájaros diferentes. El nuestro era un búho.

—Parece que disfrutaste de una gran velada.

—Tenían un barman que hacía cócteles personalizados. Le decías tres cosas de ti y se inventaba uno.

—¿Te hizo alguno?

—No. Al tipo con el que estaba hablando le preparó un Lobo de Mar y me dio miedo que me tocara un Levantamuertos, un Pezón Resbaladizo o algo así. Así que seguí con el champán. ¡Seguí con el champán! ¿Cómo te suena eso?

—¿Con quién estabas hablando?

Hubo una pequeñísima pausa antes de que lo preguntara. Y, para mi fastidio, otra ligerísima pausa antes de que yo respondiera.

—Oh… Era un tipo… Josh. Un ejecutivo. Nos hacía compañía a Agnes y a mí mientras esperábamos a que volviera el señor Gopnik.

Otra pausa.

—Suena genial.

Entonces empecé a farfullar.

—Y lo mejor es que nunca tienes que preocuparte lo más mínimo de cómo volver a casa porque siempre hay un coche esperando. Aunque solo vayan de compras. El chófer te deja en la puerta y luego espera o da vueltas a la manzana, tú sales y… ¡tachán! Allí está tu brillante coche negro. Subes. Te coloca las bolsas en el maletero. ¡Nada de autobuses nocturnos! Nada de correr para coger el último metro donde la gente vomita sobre tus zapatos.

—La buena vida, ¿eh? No vas a querer volver a casa.

—Oh, no. Esta no es *mi vida*. Yo solo soy una acoplada. Pero es algo digno de verse.

—Tengo que irme, Lou. Le prometí a Jake que le llevaría a comer pizza.

—Pero…, pero si casi no hemos hablado. ¿Cómo va todo por allí? Cuéntame las novedades.

—En otro momento. Jake tiene hambre.

—¡De acuerdo! —dije con voz algo estridente—. ¡Salúdale de mi parte!

—De acuerdo.

—Te quiero —dije.

—Yo también a ti.

—¡Solo queda una semana! Estoy contando los días.

—Tengo que irme.

Me sentía extrañamente contrariada cuando colgué el teléfono. No entendía bien qué acababa de pasar. Me senté inmóvil en uno de los lados de la cama. Y entonces miré la tarjeta de visita de Josh. Me la había dado cuando nos íbamos; la puso en mi mano y cerró mis dedos a su alrededor.

Llámame. Te llevaré a los sitios de moda.

La había cogido sonriendo cortésmente, lo que, por supuesto, podía significar cualquier cosa.

7

Fox's Cottage
Martes, 6 de octubre

Querida Louisa:
Espero que estés bien y que estés disfrutando de tu estancia en Nueva York. Creo que Lily va a escribirte, pero me quedé pensando después de nuestra conversación; eché una mirada en el desván y bajé unas cartas de Will, de cuando estuvo en la ciudad, que creo que te van a gustar. Ya sabes que fue un gran viajero y he pensado que podrías disfrutar siguiendo sus pasos.

Leí un par; una experiencia agridulce. Puedes quedártelas hasta la próxima vez que nos veamos.

Con mis mejores deseos,
Camilla Traynor.

Nueva York
12/6/2004

Querida mamá:
Te habría llamado, pero la verdad es que es difícil compaginar mi agenda de aquí con la diferencia horaria, así que he pensado en escribirte y darte una sorpresa. Creo que es la primera carta desde aquella corta temporada que pasé en Priory Manor. No estaba hecho para un internado, ¿verdad?
Nueva York es realmente asombrosa. Es imposible no cargarte de la energía del lugar. Cada mañana estoy levantado y listo a las cinco y media. Mi empresa está en Stone Street, en el distrito financiero. Nigel me ha conseguido un despacho (no de los grandes que hay en las esquinas pero con buenas vistas al agua; parece ser que estas son las cosas por las que se nos valora en Nueva York) y los chicos del trabajo son un buen grupo. Dile a papá que estuve el sábado en el Metropolitan, en la ópera, con mi jefe y su esposa (Der Rosenkavalier, un poco excesiva), y te alegrará saber que fui a una representación de Las amistades peligrosas. Montones de comidas con los clientes, mucho softball con los compañeros de trabajo. Las tardes son más tranquilas; mis nuevos colegas están casi todos casados y tienen niños pequeños, así que solo estoy yo para recorrer los bares...
He salido con un par de chicas, nada serio (aquí parece que «quedar» lo hacen como pasatiempo), pero sobre todo he invertido mis horas libres en el gimnasio o pasando el tiempo con viejos amigos. Aquí hay mucha gente de Shipmans, y unos cuantos que conocí en el colegio. Después de todo, el mundo es un pañuelo... Aunque la mayoría han cambiado bastante desde que viven aquí. Son más duros, tienen más hambre de poder de lo que recordaba. Creo que es lo que hace la ciudad contigo.

*Bueno, esta tarde salgo con la hija de Henry Farnsworth.
¿Te acuerdas de ella? ¿La alegría del Club de Ponis de
Stortfold? Se ha reinventado a sí misma como una especie
de gurú de las compras. (No te emociones, solo le hago un
favor a Henry). La voy a llevar a mi asador favorito, en el
Upper East Side: trozos de carne del tamaño del poncho de
un gaucho. Espero que no sea vegetariana. Todo el mundo
aquí parece seguir alguna moda con la comida.*

*Ah, y el domingo pasado cogí la línea F y me bajé en
el extremo más alejado del puente de Brooklyn solo para
volver cruzando por encima del agua, como me sugeriste.
Lo mejor que he hecho en mucho tiempo. Me sentí como
si me hubiera metido en una de las primeras películas de
Woody Allen, ya sabes, esas en las que solo había diez años
de diferencia entre él y las protagonistas...*

*Dile a papá que le llamaré la semana que viene, y da-
le un abrazo al perro de mi parte.*

Te quiere, W. Bss

Ese cuenco de *noodles* baratos había cambiado mi relación con
los Gopnik. Creo que entendí mejor cómo podía ayudar a Agnes en su nuevo papel. Necesitaba a alguien en quien apoyarse
y en quien confiar. Eso y la extraña energía osmótica de Nueva York me hicieron literalmente saltar de la cama a partir de
entonces como no lo había hecho desde que trabajaba para
Will. Ilaria chasqueaba la lengua y ponía los ojos en blanco y
Nathan me miraba de reojo, como si hubiera empezado a tomar
drogas. Pero era muy simple. Quería hacer bien mi trabajo.
Quería aprovechar al máximo mi estancia en Nueva York trabajando para esta gente tan asombrosa. Quería sacarle todo el
jugo a cada día, como hubiera hecho Will. Leí esa primera car-

ta una y otra vez, y cuando logré superar la extrañeza que me producía oír su voz, sentí una inesperada afinidad con él, un recién llegado a la ciudad.

Traté de esforzarme al máximo. Iba a correr con Agnes y George cada mañana, y algunos días incluso pude aguantar toda la ruta sin sentir ganas de vomitar. Llegué a conocer bien los lugares donde transcurría la rutina de Agnes, aprendí lo que necesitaría en cada caso, lo que se pondría, lo que traería a casa. Estaba lista en el recibidor antes de que apareciera, y le proporcionaba agua, cigarrillos o zumo verde casi antes de que supiera que los quería. Cuando iba a una comida a la que era probable que asistieran las Matronas Horribles, hacía chistes para aliviar su tensión y desde mi teléfono móvil le mandaba GIF de pandas tirándose pedos o de gente cayendo de trampolines para que los viera durante el almuerzo. Luego estaba en el coche para esperarla al salir y la escuchaba mientras me contaba, con los ojos llenos de lágrimas, lo que le habían dicho y lo que no. Asentía con simpatía o me mostraba de acuerdo con ella en que sí, eran *criaturas imposibles y malvadas. Resecas como palos. Sin rastro de corazón.*

Aprendí a poner cara de póquer cuando Agnes me contaba demasiadas cosas del hermoso, hermoso cuerpo de Leonard y sus muchas, muchas *hermoosaaas* habilidades como amante. Intentaba no reírme cuando me decía palabras en polaco, como *cholernica,* un insulto que dedicaba a Ilaria sin que el ama de llaves la entendiera.

Descubrí enseguida que Agnes no tenía filtros. Papá sostenía que yo decía lo primero que se me pasaba por la cabeza, pero en mi caso no era *¡Vieja puta amargada!* en polaco o *¿Te imaginas a esa horrible Susan Fitzwalter mientras le hacen la cera? Debe de ser como raspar la barba a un mejillón cerrado. Brrr.*

No es que Agnes fuera mala persona *per se.* Creo que se sentía presionada por tener que comportarse de cierta manera, por tener que aguantar que la miraran y escudriñaran sin cariño alguno, y yo me convertí en una especie de tabla de salvación. En cuanto se alejaba de ellas blasfemaba y maldecía, pero cuando Garry nos dejaba en casa ya había recuperado la compostura. Justo a tiempo para ver a su marido.

Desarrollé estrategias para hacer algo más divertida la vida de Agnes. Una vez a la semana, sin que constara en la agenda, nos íbamos al cine en Lincoln Square, a mediodía, para ver comedias tontas y chabacanas. Nos moríamos de risa mientras nos metíamos palomitas en la boca. Nos retábamos a ir a las *boutiques* de lujo de Madison Avenue a probarnos la ropa de diseño más fea que pudiéramos encontrar. Nos admirábamos mutuamente conteniendo la carcajada y preguntábamos: «¿Tiene esto en un verde más brillante?». Las dependientas, que no perdían de vista el bolso Birkin de Hermès de Agnes, revoloteaban a nuestro alrededor, musitando cumplidos forzados con la boca pequeña. Una vez Agnes convenció al señor Gopnik de que fuera a encontrarse con nosotras. La contemplé mientras posaba ante él como una modelo de pasarela, con trajes de chaqueta y pantalón estilo payaso, desafiándole a reírse. Las comisuras de su boca se elevaron llenas de una alegría reprimida. «Eres muy mala», le dijo después meneando la cabeza cariñosamente.

Mi trabajo no era lo único que me había subido la moral. Empezaba a entender mejor Nueva York y había comenzado a adaptarme. No era difícil en una ciudad llena de inmigrantes. Fuera de la estratosfera enrarecida de la vida diaria de Agnes, yo era solo otra de las muchas personas que habían llegado desde miles de kilómetros de distancia y que corrían por la ciudad, trabajando, pidiendo comida para llevar y aprendiendo a especificar al menos tres cosas concretas que quería en mi café o sándwich para conseguir sonar como una auténtica neoyorquina.

Observaba y aprendía.

Esto es lo que aprendí sobre los habitantes de Nueva York en mi primer mes:

1. Nadie en mi edificio se relacionaba con nadie y los Gopnik solo hablaban con Ashok. La anciana del segundo, la señora De Witt, no se hablaba con el matrimonio californiano del ático, y la pareja siempre trajeada del tercero recorría el pasillo con las narices metidas en sus iPhones, ladrándose instrucciones mutuamente o al teléfono. No saludaban ni los niños del primero, pequeños maniquíes hermosamente vestidos, pastoreados por una joven y atormentada filipina. Cuando pasaba delante de ellos no apartaban la mirada de la alfombra a sus pies. Un día sonreí a la niña y sus ojos se abrieron de asombro, como si hubiera hecho algo profundamente sospechoso.

Los residentes del Lavery que salían del edificio entraban directamente en coches negros idénticos que esperaban pacientemente en la acera. Siempre parecían saber cuál era el suyo. La señora De Witt, por lo que pude ver, era la única persona que hablaba con alguien. Hablaba constantemente con Dean Martin, susurrando, mientras cojeaba alrededor de la manzana, sobre los «malvados rusos y horribles chinos» de los edificios de alrededor, que tenían a sus chóferes esperando fuera veinticuatro horas al día, siete días a la semana, y atascaban la calle. Se quejaba a Ashok en voz alta y también a los responsables del edificio porque Agnes tocaba el piano, y, cuando pasábamos a su lado en el pasillo, aceleraba el paso o en ocasiones chasqueaba la lengua de forma casi inaudible.

2. En cambio, en las tiendas todo el mundo se dirige a ti. Los dependientes te siguen con la cabeza inclinada hacia delante, como para oírte mejor, buscando la forma de darte mejor servicio e intentando *apartar esto para usted.* No me habían dedicado tanta atención desde que nos pillaron robando una chocolatina, a Treena y a mí, en la oficina de correos, a los ocho

años. Durante los tres años siguientes, cada vez que entrábamos a por polvos pica pica, la señora Barker se convertía en nuestra sombra, como si fuera un agente del MI5.

Todos los dependientes de Nueva York te desean un buen día. Aunque solo compres un zumo de naranja o un periódico. Al principio, alentada por su amabilidad, respondía: «¡Oh! Bueno, que usted también pase un buen día», pero invariablemente provocaba cierto desconcierto, como si sencillamente no entendiera las reglas de la conversación en Nueva York.

Eso sí, nadie pasaba por el portal sin intercambiar unas cuantas palabras con Ashok. Pero era una cuestión profesional. Él sabía hacer su trabajo. Siempre preguntaba si estabas bien, si tenías todo lo que necesitabas. «¡No puede salir con zapatos desgastados, señorita Louisa!». Sabía sacarse un paraguas de la manga como si fuera un mago y te acompañaba en el breve paseo hasta el bordillo de la acera, aceptando propinas con el imperceptible movimiento de mano propio de un tahúr. Llevaba billetes en los puños de la camisa para agradecer discretamente al policía de tráfico que diera paso al camión de reparto del supermercado o de la tintorería, y silbaba en una frecuencia que solo oían los perros para que apareciera de la nada un taxi amarillo brillante. No era solo el portero del edificio, era su latido. Se aseguraba de que todo fluyera, de que todo funcionara sin fricciones, era un suministro de sangre fresca.

3. Los neoyorquinos (no los que se suben a limusinas delante de nuestro edificio) andaban muy, muy deprisa, avanzando por las aceras, entrando y saliendo de entre la muchedumbre como si dispusieran de sensores que evitaran automáticamente que chocaran con los demás. Llevaban teléfonos o vasos de café desechables, y aunque aún no fueran siquiera las siete de la mañana la mitad ya vestía ropa de trabajo. Cada vez que reducía la velocidad, oía una maldición entre dientes junto a mi oreja o alguien me daba en la espalda con las bolsas. Dejé

de llevar mis zapatos más decorativos, los que me hacían bambolearme, mis chancletas de *geisha* o mis botas de plataforma estilo años setenta, y opté por las deportivas para moverme con la corriente en vez de erigirme en un obstáculo que partiera las aguas. Me gustaba pensar que quien me viera desde arriba nunca se daría cuenta de que no pertenecía a ese lugar.

En los primeros fines de semana yo también anduve durante horas. Al principio asumí que saldría por ahí con Nathan y exploraríamos nuevos lugares. Pero su círculo de amistades parecía estar compuesto por machotes a los que no interesaba la compañía femenina a no ser que se hubieran tomado varias cervezas antes. Pasaba horas en el gimnasio y cada fin de semana tenía una o dos citas. Cuando le sugería ir a un museo o a dar un paseo por el parque High Line sonreía incómodo y me decía que tenía otros planes. De manera que paseé sola, de Midtown al Meatpacking District, a Greenwich Village, o al SoHo, deambulando por las calles principales, siguiendo el rastro a cualquier cosa que me pareciera interesante con mi mapa en la mano, intentando recordar por qué lado se conducía. En Manhattan vi barrios muy distintos, de los grandes rascacielos de Midtown a las calles adoquinadas, terriblemente *cool,* que rodeaban Crosby Street, donde una de cada dos personas parecía un modelo o alguien que tuviera un perfil de Instagram dedicado a la comida sana. Andaba sin rumbo, no había lugar alguno donde tuviera que ir. Me comí una ensalada en un bufé de ensaladas, donde pedí algo con cilantro y judías negras porque nunca había comido ninguna de las dos cosas. Cogí el metro, intentando no parecer una turista mientras averiguaba cómo se compraba un billete e identificaba a los legendarios personajes locos que te podías encontrar en él. Tuve que esperar diez minutos a que mi pulso volviera a la normalidad cuando salí a la luz del día. Luego crucé el puente de Brooklyn, como había hecho Will, y sentí que mi corazón se alegraba ante la vista del agua centelleante.

Percibí el retumbar del tráfico bajo mis pies y volví a oír su voz en mi cabeza. *Vive con osadía, Clark.*

Me detuve en medio del puente y me quedé muy quieta contemplando la otra orilla del East River, sintiéndome suspendida en el tiempo, embelesada porque nada me ataba a ningún lugar concreto. Otra experiencia cumplida. Y poco a poco dejé de seguir contando las experiencias cumplidas, porque casi todo era nuevo y extraño.

En aquellos primeros paseos vi:

—A una *drag queen* montando en bici y cantando canciones de musicales por un micrófono conectado a altavoces. Hubo gente que aplaudió cuando pasó.

—A cuatro niñas saltando a la comba entre dos bocas contra incendios. Saltaban con dos cuerdas a la vez y me paré a aplaudir cuando finalmente dejaron de saltar; me sonrieron tímidamente.

—A un perro en un monopatín. Cuando le mandé un mensaje a mi hermana contándoselo me contestó que estaba borracha.

—A Robert de Niro.

Creo que era Robert de Niro. Era primera hora de la tarde y yo estaba sintiendo un poco de nostalgia de casa. Él pasó a mi lado en la esquina de las calles Spring y Broadway y sin querer dije: «¡Cielos, Robert de Niro!» en voz alta. Pero siguió sin darse la vuelta y ya no pude estar segura de si fue porque era un hombre cualquiera que pensó que yo hablaba sola o porque eso es exactamente lo que haces cuando eres Robert de Niro y una mujer por la calle empieza a berrear tu nombre.

Opté por lo segundo. Mi hermana volvió a acusarme de estar borracha. Le envié una foto desde mi iPhone, pero ella respondió: «Eso puede ser la espalda de cualquiera, so petarda», y añadió que no solo debía de estar borracha, sino que además era realmente estúpida. En ese momento se me pasó algo la nostalgia.

Quería contárselo a Sam. Quería contarle todo en hermosas cartas escritas a mano, o al menos en largos y laberínticos correos electrónicos que guardaríamos, imprimiríamos y luego encontraríamos en el desván de nuestra casa cuando lleváramos casados cincuenta años, para alegría de nuestros nietos. Pero estaba siempre tan cansada esas primeras semanas que lo único que hice fue mandarle un e-mail contándole lo cansada que estaba.

Estoy muy cansada. Te echo de menos.

Yo también.

No, cansada cansada de verdad. El tipo de cansancio que hace que llore cuando veo los anuncios de la tele y me duerma mientras me cepillo los dientes y acabe con toda la pechera llena de pasta de dientes.

Vale, ahora me has ganado.

Intenté no darle importancia a lo poco que me escribía. Me recordé a mí misma que su trabajo era muy duro, que salvaba vidas y mejoraba el mundo, mientras yo andaba por ahí en salones de manicura y corriendo por Central Park.

Su supervisor había cambiado los turnos. Trabajaba cuatro noches seguidas y aún no le habían asignado un compañero permanente. Debería habernos resultado más fácil hablar en esas circunstancias, pero por alguna razón no era sí. Comprobaba mi teléfono en los minutos que tenía libres por la tarde, pero a esa hora normalmente empezaba su turno.

A veces me sentía curiosamente confusa, como si simplemente le hubiera soñado.

Una semana, me decía él para consolarme. Solo una semana más.

No podía ser tan duro.

Agnes había comenzado a tocar el piano de nuevo. Tocaba cuando era feliz y cuando era desgraciada, cuando estaba enfadada o frustrada. Elegía piezas tumultuosas, cargadas de emoción. Cerraba los ojos mientras sus manos se movían arriba y abajo por el teclado y se balanceaba en el taburete. La tarde anterior había tocado un nocturno y cuando pasé por delante de la puerta abierta de la sala me quedé mirando un momento. El señor Gopnik estaba sentado a su lado en el taburete. Aunque estaba totalmente embebida en la música era evidente que tocaba para él. Vi lo mucho que le gustaba estar simplemente ahí sentado pasando las páginas para ella. Cuando acabó le dedicó una sonrisa radiante y él inclinó la cabeza para besar su mano. Seguí de puntillas por el pasillo como si no hubiera visto nada.

Estaba en el despacho repasando los eventos de la semana y había llegado hasta el jueves (acto benéfico para recaudar fondos para los niños enfermos de cáncer, *Las bodas de Fígaro*), cuando oí que llamaban a la puerta principal. Ilaria estaba ocupada con la entrenadora del gato (Félix había vuelto a hacer algo innombrable en el despacho del señor Gopnik), de manera que fui hasta la entrada y abrí la puerta.

Ante mí estaba la señora De Witt, con el bastón alzado como para golpear con él. Me encogí instintivamente y cuando lo bajó me enderecé con las palmas alzadas. Me llevó un segundo darme cuenta de que solo lo había usado para llamar a la puerta.

—¿En qué puedo ayudarla?

—¡Haz el favor de decirle que deje de hacer ese ruido infernal! —gritó con su pequeño rostro morado por la ira.

—¿Cómo dice?

—La masajista. La novia por encargo. Lo que sea. ¡Vivo al otro lado del pasillo y es imposible no oírlo! —Llevaba un abrigo largo años setenta estilo Pucci con espirales verdes y rosas y un turbante verde esmeralda. Aunque me molestaron sus insultos estaba cautivada.

—Oiga, Agnes es una fisioterapeuta diplomada. Y es Mozart.

—Como si es el Campeón Caballo Mágico tocando el mirlitón con ya sabes qué. Dile que se calle ya, ¡vive en un edificio de apartamentos y debería tener consideración hacia los demás propietarios!

Dean Martin me gruñó para demostrar que estaba de acuerdo. Iba a decir algo, pero intentar averiguar cuál de sus ojos me miraba me distraía enormemente.

—Transmitiré su recado, señora De Witt —dije poniendo mi sonrisa más profesional.

—¿Qué quieres decir con «transmitiré»? No te limites a «transmitirlo». Haz que *pare*. Me vuelve loca con esa horrible pianola. De día, de noche, a todas horas. ¡Este era un edificio tranquilo!

—Hombre, para ser justos, su perro se pasa el día ladr…

—La otra era igual de mala. ¡Mujer miserable! Siempre con sus amigas las gallinas cacareando en el descansillo: *clo, clo, clo,* atascando la calle con coches demasiado grandes. No me extraña nada que la cambiara por esta.

—No estoy muy segura de que el señor Gopnik…

—«Fisioterapeuta diplomada». ¡Señor, señor! ¿Ahora se las llama así? Supongo que eso me convierte en negociadora jefa ante las Naciones Unidas —observó secándose la cara con un pañuelo.

—Tengo entendido que lo mejor de Estados Unidos es que puedes llegar a ser lo que quieras —respondí sonriendo.

Entrecerró los ojos y yo mantuve la sonrisa.

—¿Eres inglesa?

—Sí —respondí, y noté que se relajaba—. ¿Por qué? ¿Tiene usted parientes en Inglaterra, señora De Witt?

—No seas ridícula —dijo mirándome de arriba abajo—. Solo es que creía que las chicas inglesas tenían estilo.

Dicho esto, se dio la vuelta y se fue pasillo abajo, cojeando y haciendo un gesto desdeñoso con la mano. Dean Martin iba detrás y me dirigía miradas llenas de resentimiento.

—¿Era la vieja bruja loca del otro lado del pasillo? —preguntó Agnes cuando cerré la puerta suavemente—. Normal que nadie venga a verla nunca. Es un horrible pedazo de *suszony dorsz* reseco.

Hubo un momento de silencio. Oía cómo pasaba las páginas.

Agnes se puso a tocar una pieza estruendosa, con notas en cascada. Sus dedos chocaban con dureza contra el teclado y apretaba el pedal con tanta fuerza que sentí vibrar el suelo.

Recompuse mi sonrisa mientras recorría el pasillo y comprobé la hora en mi reloj con un suspiro. Solo me quedaban dos horas para acabar la jornada.

8

*S*am volaba ese día a Nueva York y se quedaba hasta el lunes por la noche. Había reservado una habitación doble a pocas manzanas de Times Square. Como Agnes había opinado que no deberíamos estar separados, le pedí que me diera libre parte de la tarde. Dijo que *tal vez* en lo que me pareció un tono positivo, aunque percibí claramente que el hecho de que Sam viniera a pasar el fin de semana la irritaba. Aun así caminé hasta Pennsylvania Station con los pies ligeros y una bolsa que rebotaba a cada paso para el fin de semana y cogí el tren ligero al aeropuerto JFK. Cuando llegué, algo antes de la hora, temblaba de impaciencia.

Vi en las pantallas que el vuelo de Sam ya había aterrizado y los pasajeros esperaban sus equipajes, de manera que entré corriendo en el servicio de señoras para retocar mi peinado y mi maquillaje. Estaba algo sudada por el paseo y el tren atiborrado de gente. Me retoqué el rímel y el lápiz de labios y me peiné con un cepillo. Llevaba una falda pantalón de seda color turquesa, un jersey negro de cuello vuelto y botines negros. Quería ser yo misma, pero también demostrar que había cambiado de forma indefinible quizá convirtiéndome en una mujer más misteriosa. Me aparté para que no me arrollara una señora, de aspecto cansado, que arrastraba una enorme maleta con ruedas, me puse un chorrito de perfume y finalmente concluí que era el tipo de mujer que va a encontrarse con su amante en un aeropuerto internacional.

Cuando salí del servicio y miré las pantallas informativas, el corazón me latía muy fuerte y me sentía estúpidamente nerviosa. Solo habíamos estado separados cuatro semanas. Este hombre me había visto en las peores circunstancias, rota, asustada, triste y contrariada, y aún parecía gustarle. Seguía siendo Sam, me dije a mí misma. Mi Sam. Nada había cambiado desde la primera vez que había llamado a mi puerta para pedirme torpemente una cita por el telefonillo.

La pantalla aún rezaba: «Esperando equipaje».

Tomé posición junto a la barrera, comprobé de nuevo que estaba bien peinada y fijé mis ojos en las puertas, sonriendo involuntariamente al oír los chillidos de felicidad de las parejas largo tiempo separadas que se abrazaban. Pensé que nosotros estaríamos así en unos minutos. Respiré hondo y noté que me empezaban a sudar las manos. Iban saliendo con cuentagotas y mi rostro mostraba lo que sospechaba que era un rictus de anticipación ligeramente enloquecido, con las cejas levantadas, deleitándome, como un político que finge que encuentra a alguien entre la multitud.

Y entonces, mientras buscaba un pañuelo en mi bolso, vi algo que me dejó estupefacta. A unos pocos metros de mí, entre la gente, estaba Sam, que sacaba una cabeza a todos a su alrededor y escudriñaba a la muchedumbre igual que yo. Murmuré: «Perdón», a la persona a mi derecha, pasé por debajo de la barrera y corrí hacia él. Se dio la vuelta justo cuando llegaba a su altura y me dio un fuerte golpe en la espinilla con su bolsa.

—¡Ahí va! ¿Estás bien? ¿Lou…, Lou?

Me agarré la pierna intentando no blasfemar. Se me habían saltado las lágrimas y cuando por fin pude hablar tenía la voz tomada por el dolor.

—¡Según la pantalla aún no ha llegado vuestro equipaje! —dije apretando los dientes—. No puedo creer que haya estropeado nuestro gran encuentro, ¡estaba en el servicio!

—Solo he traído equipaje de mano —respondió poniendo su mano en mi hombro—. ¿La pierna está bien?

—¡Pero lo tenía todo planeado! Llevo un cartel y todo...

Logré sacarlo del bolsillo de mi chaqueta, hasta lo había plastificado. Lo estiré, intentando olvidar el latido en mi espinilla. «EL TÉCNICO EN EMERGENCIAS SANITARIAS MÁS GUAPO DEL MUNDO», rezaba.

—¡Se suponía que este iba a ser uno de los momentos más decisivos de nuestra relación! Uno de esos momentos que recuerdas una y otra vez diciendo: «Ah, ¿te acuerdas de cuando nos encontramos en JFK?».

—Sigue siendo un gran momento —dijo ilusionado—. Me alegro de verte.

—¿Te alegras de verme?

—¡Me alegro *un montón* de verte! Perdona. Estoy hecho polvo. No he dormido.

Me froté la espinilla y nos miramos un minuto.

—Así no —dije—, hay que hacerlo de nuevo.

—¿De nuevo?

—Tienes que ponerte detrás de la barrera para que yo haga lo que había pensado, levantar mi cartel y correr hacia ti. Entonces nos besamos y todo empieza adecuadamente.

Me miró fijamente.

—¿Lo dices en serio?

—Merecerá la pena. Hazlo, por favor.

Le llevó un momento entender que no bromeaba. Entonces empezó a abrirse paso a contracorriente entre la marea de gente que llegaba. Hubo quien se quedó mirándole y quien chasqueó la lengua.

—¡Para! —grité en medio del ruidoso vestíbulo—, ¡vale ahí!

Pero no me oyó. Siguió andando hasta las puertas dobles y empecé a temer que volviera a subirse al avión.

—¡Sam! —grité—, *¡PARA!*

Todo el mundo se dio la vuelta. Él también y entonces me vio. Cuando empezó a andar hacia mí de nuevo, me colé por debajo de la barrera.

—¡Aquí, Sam, soy yo! —grité moviendo mi cartel mientras avanzaba hacia mí sonriendo por lo ridículo que resultaba todo.

Dejé caer el cartel y corrí hacia él. Esta vez no me clavó la bolsa en la espinilla, sino que la dejó caer a sus pies, me abrazó y nos besamos como hace la gente en las películas, plenamente, con un gozo absoluto, sin timidez ni temor a que el aliento te huela a café. O puede que sí nos preocupara, no sabría decirlo, porque desde el instante en el que Sam me cogió entre sus brazos se me olvidó todo lo demás, las bolsas, la gente y los ojos de la muchedumbre. ¡Dios! Sentía sus brazos en torno a mi cuerpo, la suavidad de sus labios sobre los míos. No quería dejarlo ir. Me aferré a él y percibí su fuerza, respiré el olor de su piel y enterré mi rostro en su cuello, mi piel contra la suya, consciente de que cada célula de mi cuerpo le había echado de menos.

—¿Mejor así, locuela? —preguntó, cuando finalmente me apartó de él para poder verme mejor. Debía de tener pintura de labios por toda la cara, y estaba casi segura de que la tenía ya irritada por la rozadura de sus mejillas sin afeitar. Me dolían las costillas de lo fuerte que me había abrazado.

—Sin duda —contesté incapaz de dejar de sonreír—. ¡Mucho mejor!

Decidimos pasar por el hotel primero para dejar las bolsas, y yo no podía dejar de parlotear excitada. Decía tonterías, de mi boca salían sin filtro alguno una ristra de pensamientos y observaciones desarticulados. Me miraba como mirarías a tu perro si de repente se pusiera a bailar, con expresión divertida y cierta alarma sorprendida. Pero cuando las puertas del ascensor se cerraron detrás de nosotros, me atrajo hacia sí, tomó mi cara en sus manos y me volvió a besar.

—¿Eso lo has hecho para que dejara de hablar?

—No, lo he hecho porque llevo cuatro largas semanas deseando hacerlo y pienso hacerlo todas las veces que pueda hasta que vuelva a casa.

—¡Qué buena réplica!

—Me llevó la mayor parte del vuelo pensarla.

Le miré mientras introducía la tarjeta-llave en la puerta, y por enésima vez me maravillé de mi suerte por haberle encontrado justo cuando pensaba que ya nunca me volvería a enamorar. Me sentía impulsiva, romántica, como el personaje de una película de domingo por la tarde.

—Yyyy, ¡aquí estamos!

Nos detuvimos en el umbral. La habitación era más pequeña que mi dormitorio en casa de los Gopnik. Había una moqueta marrón a cuadros y la cama, en vez de ser la lujosa y extragrande con sábanas de lino blanco que me había imaginado, era una doble, hundida en el centro y cubierta con una colcha de cuadros naranja y burdeos. Intenté no pensar en cuándo la habrían lavado por última vez. Cuando Sam cerró la puerta dejé mi bolsa en el suelo y rodeé la cama para echar un vistazo hacia la puerta del baño. No había bañera, solo una ducha, y al encender la luz el extractor empezó a gemir como un bebé en la cola de la caja de un supermercado. La habitación olía a una combinación de nicotina seca y ambientador industrial.

—No te gusta nada —dijo escrutándome con la mirada.

—¡Es perfecta!

—No lo es, lo siento. La encontré en una de esas páginas de reservas justo después de terminar un turno de noche. ¿Quieres que baje y pregunte si tienen otra habitación?

—Les he oído decir que el hotel estaba lleno. Además, ¡está bien! Hay una cama, una ducha y está en el corazón de Nueva York. Tú estás en ella, ¡lo que significa que es maravillosa!

—Mierda, he metido la pata. Deberías haberte encargado tú.

Nunca he sabido mentir. Tomó mi mano y apreté la suya.

—Está bien, de verdad.

Nos quedamos mirando la cama. Me tapé la boca con la mano hasta que me di cuenta de que no podía dejar de decir lo que estaba intentando no decir.

—Pero deberíamos comprobar que no hay chinches.

—¿En serio?

—Según Ilaria hay una plaga.

Sam dejó caer los hombros.

—Las hay hasta en los hoteles de postín —dije avanzando para quitar abruptamente la colcha y las mantas y escanear las sábanas blancas antes de inclinarme para inspeccionar el borde del colchón. Me acerqué más.

—¡Nada! —exclamé—. ¡Qué bien! Estamos en un hotel libre de chinches —observé levantando el pulgar—. ¡Estupendo!

Se hizo un largo silencio.

—Vayamos a dar un paseo —dijo él.

Dimos un paseo. Lo cierto era que el hotel estaba muy bien ubicado. Caminamos media docena de manzanas por la Sexta Avenida y volvimos por la Quinta, zigzagueando, yendo donde nos apetecía. Yo intentaba no hablar sin parar de Nueva York o de mí misma, pero resultó más difícil de lo que esperaba porque Sam permaneció en silencio casi todo el rato. Me cogió de la mano y yo me apoyé en su hombro intentando no mirarle demasiado. Era raro que estuviera aquí. Empecé a fijarme en pequeños detalles: un arañazo en su mano, un ligero cambio en el largo del pelo, intentando volver a fijar de nuevo su imagen en mi imaginación.

—Ya no cojeas —dije cuando paramos para mirar el escaparate de la tienda del Museo de Arte Moderno. Me ponía nerviosa que no hablara, puede que la horrorosa habitación de hotel lo hubiera arruinado todo.

—Tú tampoco.

¡He estado corriendo! —respondí—. ¡Ya te lo he contado! Corro todas las mañanas por Central Park con Agnes y George, su entrenador. ¡Mira, toca mis piernas!

Sam apretó el muslo que le mostraba y pareció bastante impresionado.

—Ya me puedes soltar —dije cuando la gente empezó a mirarnos.

—Lo siento —se disculpó—, hace mucho tiempo.

Se me había olvidado que le gustaba mucho más escuchar que hablar. Tardó un rato en contarme cosas de sí mismo. Por fin le habían asignado un nuevo compañero tras dos intentos fallidos: un joven que decidió que no quería ser técnico en emergencias después de todo y Tim, un representante sindical de mediana edad que al parecer odiaba a la humanidad en su conjunto (una actitud poco recomendable para el oficio). Su nueva compañera era una mujer de la central de North Kensington que se acababa de mudar y quería trabajar más cerca de casa.

—¿Cómo es?

—No es Donna —contestó—, pero está bien. Al menos parece que sabe lo que hace.

Había tomado un café con Donna la semana anterior. Su padre no estaba respondiendo bien a la quimioterapia, pero ella había ocultado su tristeza con chistes y sarcasmo como hacía siempre.

—Quería decirle que no tenía por qué hacerlo —prosiguió—. Ella sabe que pasé por lo mismo con mi hermana. Pero —dijo mirándome de reojo— cada uno apechuga con estas cosas a su manera.

Me dijo que a Jake le iba bien en la universidad. Me mandaba recuerdos. Su padre, el cuñado de Sam, había dejado la terapia para superar el duelo afirmando que no era para él, aunque le había ayudado a dejar de acostarse compulsivamente con mujeres desconocidas.

—Ahora come para olvidar. Ha ganado seis kilos desde que te fuiste.

—¿Y tú?

—Lo voy asumiendo.

No lo dijo de ninguna manera en especial, pero algo se resquebrajó en mi corazón.

—No es para siempre —dije cuando nos paramos.

—Lo sé.

—Y vamos a hacer muchas cosas divertidas mientras estés aquí.

—¿Qué tenías pensado?

—Hum, básicamente desnudarte, seguido de cena, seguido de más desnudarte. Puede que un paseo por Central Park, hacer el turista un rato tomando el ferri a Staten Island y visitando Times Square, hacer unas compras en el East Village, comer bien y volver a desnudarte.

—¿Yo también puedo desnudarte? —preguntó sonriendo.

—Claro, esto es un dos por uno —contesté apoyando mi cabeza en su hombro—. Aunque la verdad es que me encantaría que vinieras conmigo para enseñarte dónde trabajo. Presentarte a Nathan, a Ashok y a toda la gente con la que me relaciono. El señor y la señora Gopnik estarán fuera de la ciudad, así que probablemente no te los podré presentar, pero al menos tendrás una imagen de todo en la cabeza.

Paró y me giró hasta que quedamos frente a frente.

—Lou, en realidad no me importa lo que hagamos mientras estemos juntos —me dijo sonrojándose un poco, como si sus palabras le hubieran sorprendido hasta a él.

—¡Qué romántico, señor Fielding!

—Pero te diré lo que vamos a hacer. Necesito comer algo de manera rápida para poder cumplir con mi parte en eso de desnudarse. ¿Dónde podemos conseguir comida?

Estábamos delante del Radio City, rodeados de enormes rascacielos de oficinas.

—Allí hay una cafetería —señaló.

—¡No! —dijo dando una palmada—. ¡Esto es lo mío! ¡Un auténtico *foodtruck* neoyorquino!

Señaló una de las omnipresentes camionetas de venta de comida ambulante, que anunciaba concretamente burritos: «Los hacemos como le gusten». Le seguí y esperé mientras pedía algo del tamaño de su antebrazo que olía a queso caliente y a una carne grasa inidentificable.

—Esta noche no íbamos a cenar fuera, ¿verdad? —dijo introduciendo uno de los extremos en su boca.

No pude evitar la risa.

—Lo que sea que te mantenga despierto, aunque sospecho que esto solo te va a producir un coma.

—Mmm, está riquísimo. ¿Quieres un poco?

Sí quería, pero llevaba una ropa interior muy bonita y no quería que mis carnes rebosaran. De manera que esperé a que terminara, se chupara los dedos ruidosamente y tirara la servilleta a la papelera. Suspiró con honda satisfacción.

—Bueno… —dijo cogiéndome del brazo, y de repente todo pareció maravillosamente normal—, respecto de ese asunto de desnudarse…

Volvimos al hotel andando en silencio. Ya no me sentía incómoda, como si el tiempo que habíamos pasado separados hubiera creado cierta distancia inesperada entre nosotros. No quería seguir hablando, solo quería sentir su piel contra la mía. Quería volver a ser totalmente suya, que me envolviera, que me poseyera. Bajamos por la Sexta Avenida, pasamos delante del Rockefeller Center y ya ni siquiera reparaba en los turistas que se interponían en nuestro camino. Me sentía aislada en una burbuja invisible, con todos mis sentidos puestos en la cálida mano que se cerraba en torno a la mía, en el brazo que asía mis hombros. Cada uno de sus movimientos estaba cargado de intenciones; me cortaba la respiración. Podía soportar las ausencias, pensé, si el tiempo que pasábamos juntos era así de delicioso.

En cuanto entramos en el ascensor me dio la vuelta y me apretó contra su cuerpo. Nos besamos y me derretí, perdida en la sensación de tenerle pegado a mí. La sangre me latía en los oídos así que no oí abrirse las puertas del ascensor. Salimos tambaleándonos.

—La cosa de la puerta —exclamó palpándose los bolsillos con urgencia—. La cosa de la puerta, ¿dónde la he dejado?

—La tengo yo —dije sacándola de mi bolsillo trasero.

—¡Gracias a Dios! —exclamó cerrando la puerta de una patada detrás de nosotros mientras me susurraba al oído—. ¡No tienes ni idea del tiempo que llevo pensando en esto!

Dos minutos después estaba tumbada sobre la Colcha Burdeos de la Fatalidad, con el sudor enfriándoseme en la piel, preguntándome si quedaría muy mal que alargara el brazo para volver a coger mis bragas. A pesar de las inspecciones de chinches, seguía habiendo algo en esa colcha que me hacía desear poner una barrera entre ella y cualquier parte de mi cuerpo desnudo.

La voz de Sam flotó en el aire a mi lado.

—Lo siento —murmuró—, sabía que me alegraba de verte, pero no que me alegraba tanto.

—Está bien —respondí volviendo mi rostro hacia él. Tenía una forma especial de atraerme hacia él, me abrazaba y me rodeaba con sus manos. Nunca había entendido a esas mujeres que dicen que un hombre las hace sentir a salvo, pero así es como me sentía con Sam. Se le cerraban los ojos mientras luchaba contra el sueño. Calculé que debían de ser cerca de las tres de la madrugada para él. Me dio un beso en la nariz.

—Dame veinte minutos y estoy listo para otra ronda.

Deslicé mi dedo por su rostro, bordeando sus labios, y me ladeé para que pudiera extender la ropa de cama sobre nosotros. Puse mi pierna sobre la suya, de manera que prácticamente no había nada de mí que no estuviera en contacto con él. Hasta eso me encendió. No sé qué tenía Sam, con él no parecía yo misma, perdía las inhibiciones, tenía hambre de él. No estaba segura de poder tocar su piel sin sentir el reflejo de ese calor interno. Veía sus hombros, sus fuertes antebrazos, la pelusilla oscura donde empezaba la línea del pelo en su cuello y la lujuria me volvía incandescente.

—Te quiero, Louisa Clark —dijo bajito.

—Veinte minutos, ¿eh? —dije sonriendo y estreché el abrazo.

Pero cayó en un profundo sueño, como quien salta de un risco. Le miré un rato, preguntándome si podría despertarlo y cómo, pero de repente recordé lo exhausta y desorientada que estaba cuando llegué. Recordé también que había hecho turnos de doce horas esa semana. Pensé que solo eran unas cuantas horas de los tres días que íbamos a pasar juntos. De manera que le solté y me tumbé de espaldas. Había oscurecido y el ruido distante del tráfico ascendía hasta nosotros. Sentí muchas cosas y me desconcertó darme cuenta de que una de ellas era decepción.

Para, me dije a mí misma con firmeza. Mis expectativas para ese fin de semana se habían inflado como un suflé, demasiado para un contacto sostenido con el aire. Había venido, estábamos juntos y en pocas horas volvería a estar despierto. Duérmete, Clark, me dije a mí misma. Puse su brazo sobre mí e inhalé el aroma de su piel caliente. Cerré los ojos.

Una hora y media después estaba en uno de los extremos de la cama consultando Facebook en mi teléfono y maravillándome del apetito insaciable que sentía mamá por las frases motivadoras y las fotografías de Thom en uniforme de colegio. Eran las diez y media y no tenía nada de sueño. Me levanté y usé el inodoro con la luz apagada para que el gemido del extractor no despertara a Sam. Dudé antes de volver a meterme en la cama. Como el colchón estaba hundido, Sam se había quedado en la mitad, lo que me dejaba unos centímetros entre él y el borde. La única alternativa era ponerme encima de él. Me pregunté, absurdamente, si una hora y media de sueño era suficiente. Luego me metí en la cama, pegué mi cuerpo contra el suyo caliente y, tras un momento de duda, le besé.

El cuerpo de Sam despertó antes que él. Me acercó hacia él con el brazo, recorriendo mi cuerpo con su enorme mano, y me devolvió el beso. Fueron besos lentos, somnolientos, tiernos y suaves, que hicieron que mi cuerpo se arqueara contra el suyo. Me giré y su peso cayó sobre mí, mi mano buscaba la suya, mis dedos se entrelazaban con los suyos y proferí un suspiro de placer. Me deseaba. Abrió los ojos en la penumbra y le miré, llena de deseo, notando sorprendida que ya había empezado a sudar.

Me miró un instante.

—Hola, guapo —murmuré.

Pareció que iba a hablar, pero no dijo nada.

Miró hacia un lado y de repente me apartó.

—¿Qué? —dije—, ¿qué he dicho?

—Perdona —contestó—, espera aquí.

Salió corriendo hacia el cuarto de baño y cerró la puerta tras él. Oí un «Ay, Dios», y luego una serie de sonidos que, por una vez, agradecí que el gemido del extractor disimulara en gran medida.

Estaba ahí sentada, helada, así que me levanté de la cama y me puse una camiseta.

—¿Sam?

Me apoyé en la puerta, apretando la oreja contra ella, y luego me aparté. Pensé que era lo más lejos que podía llegar sin atentar contra su intimidad teniendo en cuenta los efectos sonoros.

—Sam, ¿estás bien?

—Bien —respondió con voz sofocada.

No estaba bien.

—¿Qué te pasa?

Un largo silencio y el sonido de la cadena.

—Eh, creo que es una intoxicación alimentaria.

—¿En serio? ¿Puedo hacer algo?

—No, solo…, no entres, ¿de acuerdo? —pidió antes de que se le oyera vomitar y maldecir en voz baja—. No entres.

Pasamos así unas dos horas. Él encerrado, librando una terrible batalla con sus órganos internos a un lado de la puerta, y yo, ansiosa, sentada en camiseta al otro. No me dejó comprobar cómo estaba, creo que su orgullo se lo impidió.

El hombre que salió al final poco antes de la una de la madrugada estaba blanco como el papel, la piel le brillaba como si se hubiera untado vaselina. Me levanté cuando se abrió la puerta y él trastabilló un poco, como sorprendido de que aún estuviera ahí. Alargué la mano como si existiera alguna posibilidad de que con ella pudiera impedir que cayera alguien de su tamaño.

—¿Qué hago? ¿Necesitas un médico?

—No. Solo… tendré que aguantar.

Se dejó caer sobre la cama, apretándose el estómago y dándose golpecitos. Tenía grandes ojeras negras y miraba al frente.

—Literalmente.

—Te traeré agua —dije observándole—. De hecho, iré a una farmacia y te traeré suero o algo para rehidratarte.

No hablaba. Se tumbó de lado mirando al frente. Su cuerpo seguía húmedo de sudor.

Conseguí el medicamento dando gracias para mis adentros a la ciudad que no solo nunca duerme sino que también te ofrece suero para rehidratar. Sam lo tomó a tragos y volvió al baño pidiendo disculpas. De vez en cuando le pasaba una botella de agua por una rendija de la puerta y acabé encendiendo la televisión.

—Perdona —susurró cuando volvió a salir tambaleante cerca de las cuatro—. Luego se desplomó sobre la Colcha de la Fatalidad y se sumió en un sueño breve e intermitente.

Dormí un par de horas, tapada con el albornoz del hotel. Cuando me desperté, Sam aún dormía así que me levanté, me di una ducha y me vestí. Salí en silencio para coger un café de la máquina del vestíbulo. Estaba amodorrada. Me decía a mí misma que al menos nos quedaban dos días.

Pero cuando volví a la habitación Sam estaba en el baño de nuevo.

—No sabes cómo lo siento —dijo, cuando reapareció. Yo había descorrido las cortinas y a la luz del día parecía aún más gris, tumbado sobre las sábanas del hotel, con esas ojeras negras bajo los ojos.

—No creo que esté para nada hoy.

—No importa —respondí.

—Puede que esta tarde ya esté bien —dijo.

—¡Estupendo!

—El ferri igual no es la mejor idea. No me apetece mucho ir a ningún lugar donde…

—… haya que compartir el retrete. Me hago cargo.

—No es lo que esperaba del día de hoy —añadió suspirando.

—No importa —dije sentándome en la cama a su lado.

—Por favor, deja de decir «no importa» —exclamó irritado.

Dudé un momento, herida, y respondí gélidamente:

—Bien.

Me miró por el rabillo del ojo.

—Lo siento.

—Deja de disculparte.

Estábamos sobre la colcha mirando al frente. Entonces su mano buscó la mía.

—Escucha —dijo al fin—, probablemente solo estaré así un par de horas. Recuperaré las fuerzas, pero no tienes por qué estar sentada a mi lado. Vete de compras o algo así.

—Es que solo estarás aquí hasta el lunes. No quiero hacer nada sin ti.

—No estoy para nada, Lou.

Daba la impresión de querer emprenderla a puñetazos contra la pared, de haber tenido fuerzas para alzar el puño.

Anduve dos manzanas hasta un quiosco y compré un puñado de periódicos y revistas. Luego me tomé un café decente y un *muffin* integral, y compré un *bagel* sin añadidos por si Sam quería comer algo.

—Provisiones —dije dejándolo caer todo en mi lado de la cama.

—Mejor vuelvo a la madriguera.

Y así fue como pasamos el día. Leí todas y cada una de las secciones del *New York Times,* incluidos los resultados del béisbol. Puse el cartel de «no molestar» en la puerta, le observé dormitar y esperé a que su rostro recuperara el color.

Puede que se sienta mejor a tiempo para que demos un paseo a la luz del día.

Puede que nos dé para tomarnos una copa en el bar del hotel.

Incorporarse estaría bien.

Bueno, puede que mañana esté mejor.

A las diez menos cuarto apagué la tertulia de la televisión, tiré los periódicos de la cama y me acurruqué bajo el edredón; la única parte de mi cuerpo que aún le rozaba eran mis dedos, entrelazados con la punta de los suyos.

El domingo se despertó algo mejor. Creo que ya no vomitaba porque a esas alturas no le quedaba nada en el organismo. Le llevé una sopa clarita y la probó con aprensión. Luego dijo que se sentía bien para pasear. Volvimos corriendo a los veinte minutos y se encerró en el baño. Para entonces estaba realmente enfadado. Intenté decirle que no pasaba nada, pero eso le enfadó todavía más. Hay pocas cosas más patéticas que un hombre montaña de metro noventa intentando estar furioso cuando a duras penas puede levantar un vaso de agua.

Le dejé un rato porque se me empezaba a notar la decepción. Necesitaba recorrer las calles y recordarme a mí misma que esto no era una señal, que no significaba nada, que resultaba sencillo perder la perspectiva cuando no habías dormido y llevabas cuarenta y ocho horas encerrada con un hombre afectado de gastroenteritis metido en un baño muy inadecuadamente insonorizado.

Pero el hecho de que ya fuera domingo me partía el corazón. Al día siguiente tenía que trabajar y no habíamos hecho nada de lo que había planeado. No habíamos ido a un partido de béisbol ni tomado el ferri hasta Staten Island. No habíamos subido al Empire State Building ni paseado por el parque High Line cogidos del brazo. Esa noche nos sentamos en la cama y él comió arroz hervido que le había comprado en un restaurante de *sushi*. Yo comí un emparedado de pollo asado que no sabía a nada.

—Voy por buen camino —murmuró cuando le tapé.

—¡Estupendo! —dije. Y se durmió.

No hubiera podido soportar otra noche mirando mi teléfono, de manera que me levanté con cuidado, le dejé una nota y salí. Me sentía desgraciada y estaba estúpidamente enfadada. ¿Por qué había comido algo que le había producido una intoxicación? ¿Por qué no se recuperaba más deprisa? Después de todo era técnico sanitario. ¿Por qué no había elegido un hotel mejor? Bajé por la Sexta Avenida con las manos metidas en los bolsillos, el tráfico ululando a mi alrededor, y antes de darme cuenta me encontré yendo hacia casa.

Casa.

Con sorpresa, me di cuenta de que era así como la consideraba ahora.

Ashok estaba bajo la marquesina, charlando con otro portero que se fue en cuanto me acerqué.

—Hola, señorita Louisa. ¿No estaba usted con su novio?

—Está enfermo, se ha intoxicado con la comida.

—¿Me toma el pelo? ¿Dónde está?

—Durmiendo. Es que… no podía pasar doce horas más en esa habitación —respondí, sintiéndome de repente, curiosamente, al borde de las lágrimas.

Creo que Ashok se dio cuenta porque me invitó a pasar. Puso agua a hervir en el pequeño cuarto que hacía las veces de portería y me preparó una infusión de menta. Me senté a la mesa y la fui tomando a sorbitos, mientras él miraba fuera de vez en cuando para comprobar que la señora De Witt no andaba por ahí acusándole de perder el tiempo.

—Por cierto —pregunté—, ¿por qué estás de servicio? Creí que le tocaba al tipo del turno de noche.

—También está enfermo. Mi mujer está enfadadísima conmigo. Hoy tenía una de sus reuniones en la biblioteca, pero no tenemos a nadie que pueda cuidar a los niños. Dice que como venga a trabajar otro de mis días libres va a hablar en persona con el señor Ovitz. Y nadie quiere eso. —Negó con la cabeza—. Mi esposa es una mujer temible, señorita Louisa. Es mejor no enfadarla.

—Me ofrecería a ayudaros. Pero creo que será mejor que vuelva y compruebe cómo está Sam.

—Trátelo con dulzura —me dijo cuando le devolví la taza—, ha hecho un viaje muy largo para venir a verla, y le puedo garantizar que ahora mismo se siente mucho peor que usted.

Cuando volví a la habitación Sam estaba despierto, incorporado sobre las almohadas y viendo la televisión. Levantó la vista cuando abrí la puerta.

—Solo he ido a dar un paseo. Yo…

—No podías aguantar ni un minuto más encerrada aquí dentro conmigo.

Me quedé en el umbral. Tenía la cabeza hundida entre los hombros, estaba pálido y parecía muy deprimido.

—Lou, si supieras lo mal que me siento…

—No impor… —Logré parar justo a tiempo—. En serio, está todo bien.

Abrí la ducha, le obligué a meterse debajo y le lavé el pelo, aprovechando hasta la última gota del botecito de champú del hotel. Luego contemplé cómo resbalaba la espuma por la enorme pendiente de sus hombros. Alargó el brazo para coger mi mano en silencio y besar suavemente la parte interna de mi muñeca, un beso de disculpa. Puse la toalla sobre sus hombros y volvimos al dormitorio. Se tumbó de nuevo en la cama dando un suspiro. Me cambié de ropa y me tumbé a su lado deseando no sentirme tan desilusionada.

—Cuéntame algo de ti que no sepa —dijo.

—Ya lo sabes todo de mí. Soy un libro abierto —respondí volviéndome hacia él.

—Venga, ¡compláceme! —decía su voz junto a mi oído.

No se me ocurría nada. *Todavía estoy extrañamente molesta por lo que ha pasado este fin de semana, aunque sé que es injusto por mi parte*—. De acuerdo —observó cuando quedó claro que yo no iba a decir nada—, empezaré yo. Nunca voy a volver a comer nada que no sea pan tostado.

—Curioso.

Estudió mis facciones durante un momento y cuando volvió a hablar su voz sonaba extrañamente tranquila.

—Las cosas no han sido fáciles en casa.

—¿Qué quieres decir?

Le llevó un minuto hablar de nuevo, como si no supiera si debía hacerlo.

—Es el trabajo, ¿sabes? Antes de que me dispararan no temía a nada, me las arreglaba. Supongo que creía que era un tipo duro. Pero no puedo dejar de pensar en lo que ocurrió.

Intenté no parecer sorprendida.

—Desde que me he reincorporado, sopeso las situaciones de forma… diferente. Busco vías de escape y posibles fuentes de peligro, aunque no haya razón para ello —dijo frotándose el rostro.

—¿Tienes miedo?

—Sí —respondió con una risa seca, y meneó la cabeza—. ¡Yo, asustado! Me han ofrecido un terapeuta, pero conozco el percal de cuando servía en el ejército. Hablas de ello y te das cuenta de que es la forma en la que tu cerebro procesa lo ocurrido. Me lo sé todo, pero estoy desconcertado —dijo tumbándose boca arriba—. Si quieres que te diga la verdad, no me siento yo mismo.

Esperé.

—De ahí que me alterara tanto la marcha de Donna, porque…, porque sabía que siempre iba a cuidar de mí.

—Pero estoy segura de que tu nueva compañera también cuidará de ti. ¿Cómo se llama?

—Katie.

—Katie te protegerá. Es decir, tiene experiencia y os entrenan para que miréis los unos por los otros, ¿no?

Me miró.

—No volverán a dispararte, Sam, *lo sé.*

Luego me di cuenta de que había dicho algo muy estúpido. Lo dije porque no podía soportar la idea de que fuera infeliz. Lo dije porque quería que fuera verdad.

—Todo irá bien —susurró.

Sentí que le había fallado. Me pregunté cuánto había esperado para decirme esto. Estuvimos un rato tumbados. Yo acariciaba su brazo con mi dedo intentando encontrar algo que decir.

—¿Y tú? —murmuró.

—¿Yo qué?

—Cuéntame algo que yo no sepa sobre ti.

Iba a decirle que sabía todo lo importante. Iba a ser mi yo de Nueva York, llena de vida, dinámica, impenetrable. Iba a decir algo que le hiciera reír. Pero él me había contado su verdad.

Me giré hasta que quedamos frente a frente.

—Hay algo, pero no quiero que me veas de forma diferente si te lo cuento.

Frunció el ceño.

—Es algo que pasó hace mucho tiempo. Pero tú me has contado algo importante así que voy a hacer lo mismo.

Tomé aire y se lo conté. Le conté lo que solo había confiado a Will, que me escuchó y logró que me librara de los malos recuerdos. Relaté a Sam la historia de una chica que diez años antes bebía demasiado y fumaba demasiado y descubrió, para su desgracia, que el hecho de que una banda de muchachos fuera de buena familia no los hacía buenos. Se lo conté calmada, distanciándome de los hechos. En realidad, no me parecía que me hubiera ocurrido a mí. Sam escuchaba tumbado en la penumbra, con sus ojos clavados en los míos, sin decir nada.

—Es una de las razones por las que venir a Nueva York y hacer esto era tan importante para mí. Me he encerrado en mí misma durante años, Sam. Me decía que era lo que necesitaba para sentirme a salvo. Pero ahora... supongo que tengo que esforzarme, saber que soy capaz de cualquier cosa si consigo levantar la mirada.

Cuando terminé guardó silencio largo rato, lo suficiente como para que me entraran dudas sobre si debía habérselo contado. Pero alargó una mano y me acarició el pelo.

—Lo siento —dijo—, me hubiera gustado haber estado ahí para protegerte. Quisiera...

—No importa —le interrumpí—, fue hace mucho tiempo.

—Sí importa —contestó acercándome hacia él. Reposé la cabeza en su pecho, y sentí el rítmico latir de su corazón.

—Lo único…, ya sabes, no me mires de forma diferente —susurré.

—No lo puedo evitar.

Levanté la cabeza para poder mirarle.

—Ahora me pareces mucho más increíble —dijo cogiéndome entre sus brazos—. Te amaba por muchas razones, pero es que además eres valiente y fuerte y me has recordado… que todos tenemos nuestras dificultades. Superaré las mías. Pero te prometo una cosa, Louisa Clark —prosiguió con voz suave y tierna—, nadie volverá a hacerte daño.

9

Para: TontiLily@gmail.com
De: AbejaAtareada@gmail.com

¡Hola, Lily!

Te escribo a toda velocidad desde el metro (siempre tengo prisa estos días) pero me encanta saber de ti. Me alegro de que te vaya tan bien en la escuela, aunque he de decir que tuviste mucha suerte con el tema de fumar. La señora Traynor tiene razón, sería una lástima que te expulsaran antes de que pudieras siquiera hacer los exámenes.

Pero no voy a darte la charla. Nueva York es increíble. Disfruto cada momento. Y, sí, sería fantástico que vinieras, pero creo que tendrías que alojarte en un hotel, así que deberías hablar antes con tus padres. Además, trabajo mucho, paso un montón de tiempo con los Gopnik y ahora mismo no tendría muchas horas libres para salir por ahí.

Sam está bien, gracias. No, todavía no me ha dejado. De hecho, ahora mismo está aquí. Regresa a casa hoy a última hora. Cuando vuelva puedes hablar con él para que te deje la moto.

Creo que es algo que tendréis que resolver entre los dos. Bueno, estoy llegando a mi parada. Dale recuerdos a la señora T. Dile que he estado haciendo lo que tu padre contaba que hizo en sus cartas (no todo, no he tenido ninguna cita con rubias de largas piernas que trabajan en relaciones públicas).

Lou. Bss

La alarma del despertador sonó a las seis y media de la mañana: una irritante microsirena rompiendo el silencio. Tenía que estar de vuelta en casa de los Gopnik a las siete y media. Solté un suave gruñido mientras me estiraba hacia la mesilla de noche para apagarla. Había calculado que me llevaría quince minutos volver andando a Central Park. Mentalmente revisé mi lista de cosas por hacer, preguntándome si quedaría algo de champú en el baño y si tendría que planchar la blusa.

—No te vayas —dijo Sam estirando el brazo y atrayéndome hacia él, medio dormido.

—Tengo que irme —respondí. Su brazo no me dejaba levantarme.

—Llega tarde —insistió abriendo un ojo. Desprendía un olor cálido y dulce y mantuvo sus ojos fijos en los míos mientras deslizaba lentamente una pierna pesada y musculosa sobre mí.

Imposible negarse. Sam se sentía mejor. Bastante mejor, estaba claro.

—Tengo que vestirme.

Me daba suaves besos en el cuello que me hacían estremecer. Su boca, ligera y concentrada, empezó a bajar por mi cuerpo. Me miró desde debajo de la colcha, con una ceja enarcada.

—Había olvidado esto. De verdad que me encantan las

cicatrices que tienes aquí —afirmó bajando la cabeza y besando los pálidos bordes de la cicatriz de mi operación de cadera. Logró que me retorciera antes de desaparecer.

—Sam, tengo que irme. De verdad —dije aferrándome a la colcha—. De verdad que…, que…, ooooh.

Un rato después, tumbada boca abajo, respiraba entrecortadamente, con la sensibilidad a flor de piel, bañada en gotitas de sudor que se iban secando, una sonrisa estúpida en la cara y dolor muscular en sitios insospechados. El pelo me caía sobre el rostro, pero no tenía fuerzas ni para apartarlo. Un mechón subía y bajaba al ritmo de mi respiración. Sam descansaba a mi lado. Su mano encontró el camino hasta la mía a través de las sábanas.

—Te he echado de menos —dijo cambiando de postura y rodando hasta que se puso encima de mí, inmovilizándome—. Louisa Clark —murmuró, y su voz extremadamente profunda reverberó en mi interior—, no sé qué me has hecho.

—Técnicamente, creo que eres tú quien me ha hecho algo a mí.

Su rostro reflejaba ternura. Levanté la cabeza para besarle. Era como si las últimas cuarenta y ocho horas hubieran desaparecido. Estaba en el lugar correcto, con el hombre correcto, sus brazos estaban a mi alrededor y su cuerpo era hermoso y familiar. Pasé un dedo a lo largo de su mejilla, me incliné y lo besé lentamente.

—No vuelvas a hacer eso —dijo con su mirada en la mía.

—¿Por qué?

—Porque no seré capaz de controlarme; ya llegas tarde y no quiero ser el responsable de que pierdas tu trabajo.

Volví la cabeza para mirar el despertador. Parpadeé. ¿Las ocho menos cuarto? ¿En serio? ¿Cómo demonios pueden ser las ocho menos cuarto? Me zafé de su abrazo batiendo los brazos y entré en el baño de un salto. *¡Oh, Dios mío, qué tarde es!* ¡Oh, no, oh, no no no no no!

Me di una ducha tan rápida que es posible que las gotas ni rozaran mi cuerpo. Cuando salí él estaba de pie y me alargaba prendas de ropa para que pudiera deslizarme en ellas.

—Los zapatos. ¿Dónde están mis zapatos?

Él los sostuvo en alto.

—El pelo —dijo, haciendo un gesto—, tienes que peinarte. Estás toda…, bueno…

—¿Qué?

—Despeinada. Sexi. El tipo de pelo que proclama: «Acabo de tener sexo». Guardaré tus cosas —dijo. Cuando salía disparada hacia la puerta me cogió del brazo y me atrajo hacia él.

—O podrías, ya sabes, llegar un poco tarde.

—Ya llego tarde. Muy tarde.

—Solo por una vez. Eres su nueva mejor amiga. Es bastante difícil que te despidan.

Me rodeó con sus brazos, me besó y pasó sus labios por mi cuello produciéndome un escalofrío.

—Este es el último día que paso aquí…

—Sam…

—Cinco minutos.

—Nunca son cinco minutos. Vaya, no puedo creer que lo haya dicho como si fuera algo malo.

—Maldición. Hoy me siento bien. Pero bien de verdad —gruñó frustrado.

—Créeme, doy fe.

—Lo siento —dijo, y añadió—: No, en realidad no lo siento. En absoluto.

Sonreí, cerré los ojos y le devolví el beso, consciente de lo fácil que sería volver de nuevo a la Colcha Burdeos de la Fatalidad y perderme.

—Yo tampoco. Ni remotamente. Te veo luego.

Me zafé de sus brazos, salí de la habitación y eché a correr por el pasillo.

—¡Te quiero! —gritó a mis espaldas.

Pensé que, a pesar de las posibles chinches, las colchas poco higiénicas y el inadecuado aislamiento sonoro del baño, en realidad era un hotel muy agradable.

El señor Gopnik estaba sufriendo de dolores agudos en las piernas y se había pasado media noche despierto, por eso ahora Agnes estaba tensa y malhumorada. Había tenido un mal fin de semana en el club de campo: las demás mujeres no dejaban de excluirla de las conversaciones y de chismorrear sobre ella en el *spa*. Por la forma en que Nathan me lo susurró cuando me lo crucé en el recibidor, todo aquello sonaba a niñas de trece años en una fiesta de pijamas tóxica.

—Llegas tarde —gruñó Agnes, que acababa de volver de correr con George, mientras se secaba la cara con una toalla. En el cuarto de al lado, el señor Gopnik hablaba por teléfono en un tono de voz inusitadamente alto. Agnes no me miró a la cara al dirigirse a mí.

—Lo siento. Es que mi… —empecé a decir, pero ella ya se había ido.

—Está histérica por la gala benéfica de esta noche —murmuró Michael, mientras pasaba a mi lado con un montón de ropa de la tintorería y una carpeta.

Puse en marcha mi agenda mental.

—¿La del Hospital de Oncología Infantil?

—Esa misma —respondió él—. Tiene que llevar un dibujito.

—¿Un dibujito?

—Un garabato. En una tarjeta especial. Para subastar durante la cena.

—Ni que fuera tan difícil. Que haga una carita con una sonrisa, una flor, o algo así. Se la puedo hacer yo, si quiere. Sé dibujar unos caballos sonrientes estupendos. También podría ponerle un sombrero, con las orejas saliendo por fuera.

Sam aún llenaba mi cabeza y me costaba verle ningún problema a nada.

Michael me miró.

—Cielo, ¿crees que cuando dicen «garabato» se refieren a un garabato de verdad? De eso nada. Tiene que ser una verdadera obra de arte.

—Yo saqué un notable en arte, en secundaria.

—Pero qué mona eres. No, Louisa, no lo hacen ellos. Al parecer, todos los artistas de aquí al puente de Brooklyn se han pasado el fin de semana creando preciosos bocetitos con pluma y tinta por una pasta. Ella no lo descubrió hasta anoche. Oyó a dos de las brujas comentándolo antes de irse del club y, cuando les preguntó, le dijeron la verdad. Así que ¿adivinas lo que vas a hacer hoy? ¡Que tengas una buena mañana!

Me lanzó un beso y salió apresuradamente por la puerta.

Mientras Agnes se duchaba y desayunaba, hice una búsqueda en internet de «artistas en Nueva York». Fue tan útil como buscar «perros con rabo». Los pocos que tenían página web y que se molestaron en coger el teléfono respondieron a mi petición como si les hubiera sugerido que se pasearan desnudos por el centro comercial más cercano. «¿Quiere que el señor Fischl haga un… *dibujito*? ¿Para una *gala benéfica*?». Dos de ellos me colgaron directamente. Al parecer, los artistas se tomaban muy en serio a sí mismos.

Llamé a todos los que encontré. Llamé a galeristas de Chelsea. Llamé a la Academia de Arte de Nueva York. Mientras tanto, intentaba no pensar en qué estaría haciendo Sam. Estaría tomándose un buen *brunch* en aquella cafetería de la que habíamos hablado. Estaría paseando por High Line, como planeábamos hacer. Tenía que volver a tiempo para subir a aquel ferri con él antes de que se fuera a Inglaterra. Hacerlo al atardecer sería muy romántico. Nos imaginé, él rodeándome con su brazo, alzando la vista hacia la Estatua de la Libertad y dándome un beso en el pelo. Dejé de fantasear y seguí devanándome los sesos. Entonces, me vino a la cabeza la única persona que conocía en Nueva York que podría ayudarme.

—¿Josh?

—¿Quién es? —respondió él, con un millón de voces masculinas de fondo.

—Soy…, soy Louisa Clark. Nos conocimos en el Baile Amarillo.

—¡Louisa! ¡Qué alegría oírte! ¿Qué tal estás? —preguntó Josh. Parecía muy relajado, como si le llamaran mujeres desconocidas todos los días de la semana. Y probablemente así era—. Espera. Voy a salir de aquí… Dime, ¿cómo te va?

Tenía esa capacidad de hacerte sentir cómoda de inmediato. Me preguntaba si los estadounidenses lo llevaban en la sangre.

—Pues la verdad es que estoy en un pequeño aprieto y no conozco a mucha gente en Nueva York, así que me preguntaba si podrías ayudarme.

—Cuéntame.

Le expliqué la situación, sin mencionar el estado de ánimo de Agnes, su paranoia y mi absoluto terror ante el mundo del arte de Nueva York, que me hacía tartamudear.

—No parece muy difícil. ¿Para cuándo lo necesitas?

—Esa es la parte complicada. Para esta noche.

Josh inspiró con brusquedad.

—Vale. Sí. Eso ya es un poco más difícil.

Me pasé una mano por el pelo.

—Lo sé. Es una locura. Si lo hubiera sabido antes, podría haber hecho algo. Siento muchísimo haberte molestado.

—No, no. Lo solucionaremos. ¿Puedo llamarte en un rato?

Agnes estaba fuera, en el balcón, fumando. Parecía que yo no era la única persona que usaba aquel espacio después de todo. Hacía frío, estaba envuelta en un enorme chal de cachemira y tenía las puntas de los dedos de la mano que emergía de la suave lana ligeramente sonrosados.

—He hecho algunas llamadas. Estoy esperando a que una persona vuelva a llamarme.

—¿Sabes qué dirán, Louisa? ¿Si no les llevo estúpido dibujito? —preguntó. Yo esperé—. Dirán que no tengo cultura. ¿Qué se puede esperar de estúpida masajista polaca? O dirán que nadie ha querido hacérmelo.

—Aún son las doce y veinte. Todavía tenemos tiempo.

—No sé para qué me molesto —respondió ella en voz baja.

Me dieron ganas de contestarle que, en honor a la verdad, no era ella quien se estaba molestando. De hecho, parecía que sus mayores preocupaciones en aquel momento eran fumar y estar de mal humor. Pero yo sabía cuál era mi lugar. Entonces, el teléfono sonó.

—¿Louisa?

—¿Josh?

—Creo que tengo a alguien que puede ayudarnos. ¿Puedes acercarte a East Williamsburg?

Veinte minutos después, íbamos en el coche hacia el túnel de Midtown.

Mientras estábamos en el atasco, con Garry impasible y mudo delante, Agnes llamó al señor Gopnik, preocupada por su salud y su dolor.

—¿Nathan va a ir a la oficina? ¿Te has tomado analgésico?... ¿Seguro que estás bien, cariño? ¿No quieres que vaya y te lleve algo?... No... Estoy en el coche. Tengo que solucionar una cosa para esta tarde. Sí, voy a ir. Está todo bien.

Podía distinguir la voz del señor Gopnik al otro lado del teléfono. Grave, tranquilizadora.

Agnes colgó y miró por la ventanilla, exhalando un largo suspiro. Esperé un momento antes de empezar a rebuscar entre mis notas.

—Al parecer, ese tal Steven Lipkott es un artista emergente. Ha expuesto en sitios muy importantes. Y es... —consulté mis notas—... figurativo. No abstracto. Solo tienes que decirle lo que quieres que dibuje y él lo hará. Aunque no sé cuánto cobrará.

—Da igual —dijo Agnes—. Será un desastre.

Volví a centrarme en mi iPad y busqué en internet el nombre del artista. Aliviada, comprobé que sus dibujos eran realmente preciosos: sinuosas representaciones corporales. Le pasé el iPad a Agnes para que pudiera verlos y se animó de inmediato.

—Están bien —comentó, casi sorprendida.

—Pues sí. Si vas pensando lo que quieres, podremos pedirle que lo dibuje y estar de vuelta a las... ¿cuatro, tal vez? —*Y así podré irme,* añadí en silencio. Mientras ella miraba el resto de las imágenes, le mandé un mensaje a Sam.

¿Qué tal estás?

Bien. He dado un paseo muy agradable. Le he comprado una gorra portalatas de regalo a Jake. No te rías.

Ojalá estuviera ahí contigo.

Pausa.

¿A qué hora crees que te quedarás libre? He calculado que debería salir hacia el aeropuerto sobre las siete.

Espero que a las cuatro. Estamos en contacto. Bss

El tráfico de Nueva York hizo que nos llevara una hora llegar al lugar que Josh me había indicado: un antiguo edificio de oficinas descuidado y anodino en la parte de atrás de una nave industrial. Garry se detuvo, resoplando con escepticismo.

—¿Seguro que es aquí? —preguntó, girándose con esfuerzo en su asiento.

Comprobé la dirección.

—Eso es lo que pone.

—Yo me quedo en el coche, Louisa. Voy a volver a llamar a Leonard.

En el pasillo de arriba había un montón de puertas; un par de ellas estaban abiertas y sonaba una música atronadora. Lo recorrí lentamente, comprobando los números. Delante de algunas puertas había latas de pintura de emulsión blanca y, al pasar por delante de una, vi a una mujer con unos vaqueros anchos ajustando un lienzo sobre un bastidor enorme.

—¡Hola! ¿Sabes dónde está Steven?

La mujer disparó una salva de grapas con una enorme grapadora metálica sobre el bastidor.

—En el catorce. Pero creo que ha salido a comprar comida.

El catorce estaba al final. Llamé y empujé con indecisión la puerta para entrar. El estudio estaba repleto de lienzos y había dos mesas gigantes cubiertas de pringosas bandejas con pintura al óleo y maltrechas pinturas al pastel. En las paredes había unos cuadros preciosos y enormes de mujeres en varios estados de desnudez, algunos de ellos inacabados. El aire olía a pintura, a aguarrás y a humo de tabaco rancio.

—Hola.

Me di la vuelta y vi a un hombre con una bolsa de plástico blanca. Tendría unos treinta años, no era especialmente guapo, pero su mirada era intensa; llevaba el mentón sin afeitar y una ropa funcional y arrugada, como si apenas fuera consciente de lo que se había puesto. Parecía un modelo masculino de una revista de moda particularmente esotérica.

—Hola. Soy Louisa Clark. Hemos hablado hace un rato por teléfono. Bueno, nosotros no... Su amigo Josh me dijo que viniera.

—Ah, sí. Quiere comprar un dibujo.

—No exactamente. Necesitamos *que haga* un dibujo. Uno pequeño.

El hombre se sentó en una pequeña banqueta, abrió su envase de *noodles* y empezó a comer, llevándoselos a la boca con rápidos movimientos de los palillos.

—Es para una causa benéfica. La gente hace unos garaba... Pequeños dibujos —me corregí—. Y al parecer muchos de los mejores artistas de Nueva York los están haciendo para otras personas, así que...

—«Los mejores artistas» —repitió el hombre.

—Bueno. Sí. Al parecer no es el tipo de cosa que suele hacer uno mismo y Agnes, mi jefa, necesita urgentemente a alguien brillante que haga el suyo —expliqué, con voz aguda y ansiosa—. A ver, no le llevará mucho tiempo. No... no queremos nada complicado...

Él me miraba fijamente y oí que mi voz se iba apagando, débil e insegura.

—Podemos..., podemos pagarle bien. Muy bien —añadí—. Y es para una causa benéfica.

Steve comió otro bocado, mientras observaba atentamente el interior del envase. Yo me quedé de pie al lado de la ventana y esperé.

—Ya —repuso, cuando acabó de masticar—. No soy su hombre.

—Pero Josh dijo...

—Quiere que cree algo para satisfacer el ego de una mujer que no sabe dibujar y que no quiere quedar en evidencia delante de sus otras amigas ricas... —comentó, negando con la cabeza—. Quiere que dibuje una tarjeta de felicitación.

—Señor Lipkott. Por favor. Puede que no me haya explicado demasiado bien. Yo...

—Se ha explicado perfectamente.

—Pero Josh dijo...

—Josh no comentó nada de tarjetas de felicitación. Odio esa mierda de las cenas benéficas.

—Y yo —dijo Agnes, desde la puerta. Dio un paso para entrar en la sala, mirando hacia abajo para asegurarse de no pisar alguno de los tubos de pintura o de los trozos de papel que había tirados por el suelo. Extendió una mano larga y pálida—. Agnes Gopnik. Yo también odio esas mierdas benéficas.

Steven Lipkott se levantó lentamente y entonces, como si fuera un impulso de una época más galante sobre el que tenía poco control, alzó la mano para estrechársela. No era capaz de apartar la vista de su cara. Había olvidado que Agnes causaba ese efecto la primera vez que la veías.

—Señor Lipkott... ¿Lo he dicho bien? ¿Lipkott? Sé que esto no es algo que suela hacer. Pero tengo que ir a esa cosa con una sala llena de brujas. ¿Entiende? Con auténticas brujas. Y yo dibujo como niña de tres años con manoplas. Si voy y enseño un dibujo mío, me despellejarán más aún de lo que ya hacen —dijo Agnes, antes de sentarse y sacar un cigarrillo del bolso.

Luego extendió la mano, cogió un mechero que había sobre una de las mesas de pintura y lo encendió. Steven Lipkott seguía mirándola, con los palillos flojos en la mano—. Yo no soy de aquí. Soy masajista polaca. Y no me avergüenzo de ello. Pero no quiero darles a esas brujas oportunidad de volver a mirarme por encima de hombro. ¿Sabe cómo es que la gente lo mire por encima de hombro? —preguntó, mientras exhalaba mirando al pintor con la cabeza inclinada, de manera que el humo fue flotando horizontalmente hacia él. De hecho, creí que iba a inhalarlo.

—Pues…, eh…, sí.

—Lo que le pido es algo pequeño. Ayúdeme. Sé que esto no es lo suyo y que es artista serio, pero necesito ayuda urgente. Y le pagaré buen dinero.

La habitación se quedó en silencio. Mi teléfono vibró en mi bolsillo trasero. Intenté ignorarlo. Sabía que no debía moverme en ese momento. Los tres nos quedamos allí de pie durante una eternidad.

—Vale —dijo él, finalmente—. Pero con una condición.

—Lo que quiera.

—La dibujaré a usted.

Durante un minuto, nadie abrió la boca. Agnes arqueó una ceja y le dio una lenta calada al cigarrillo, sin dejar de mirarle a los ojos.

—A mí.

—No puede ser la primera vez que alguien se lo pide.

—¿Por qué a mí?

—No se haga la ingenua.

El hombre sonrió, pero ella permaneció impávida, como decidiendo si sentirse insultada. Luego bajó la vista y, cuando la levantó, allí estaba aquella sonrisa escueta, enigmática, como un premio que él creía haber ganado.

Agnes apagó el cigarrillo en el suelo.

—¿Cuánto tardará?

El artista dejó el envase de *noodles* a un lado y cogió un bloc blanco de papel grueso. Puede que solo yo me diera cuenta de que bajó el volumen de la voz al responder.

—Depende de lo bien que se le dé estarse quieta.

Al cabo de unos minutos, yo ya estaba de vuelta en el coche. Cerré la puerta. Garry estaba escuchando sus CD.

«Por favor, fale mais devagar».

—*«Por favor, fale mais devagar»* —repitió torpemente el chófer. Golpeó con su gruesa palma el salpicadero—. Mierda. Deja que lo intente de nuevo. *«Fale mais devagar».* —Practicó tres frases más, antes de volverse hacia mí—. ¿Va a tardar?

Miré fijamente por la ventanilla hacia las ventanas vacías del segundo piso.

—Espero de todo corazón que no —dije.

Agnes salió por fin a las cuatro menos cuarto, una hora y tres cuartos después de que Garry y yo nos hubiéramos quedado sin nuestra ya de por sí limitada conversación. Tras ver un programa de humor de la televisión por cable que se había descargado en el iPad (y que no se ofreció a compartir conmigo), el chófer se había quedado dormido, con la barbilla sobre su corpulento pecho, roncando ligeramente. Yo seguía sentada en la parte de atrás del vehículo, cada vez más tensa, a medida que pasaban los minutos, enviando mensajes periódicamente a Sam que consistían en distintas versiones de: «Aún no ha vuelto». «Todavía no ha llegado». «Por favor, ¿qué demonios está haciendo allí?». Él había comido en un pequeño café al otro lado de la ciudad y decía que tenía tanta hambre que podría zamparse quince caballos. Parecía contento, relajado y cada palabra que intercambiábamos me decía que yo estaba en el lugar equivocado, que debería estar a su lado, apoyada en él, notando su voz retumbando en mi oído. Estaba empezando a odiar a Agnes.

Y, de repente, ahí estaba ella, saliendo a zancadas del edificio con una amplia sonrisa y un paquete plano bajo el brazo.

—Gracias a Dios —dije.

Garry se despertó sobresaltado y se apresuró a rodear el coche para abrirle la puerta. Ella entró tranquilamente, como si hubiera estado ausente dos minutos, en lugar de dos horas. Traía con ella el vago olor del tabaco y del aguarrás.

—Tenemos que parar en McNally Jackson de camino. Para comprar papel bonito para envolverlo.

—Tenemos papel de envolver en…

—Steven me ha hablado de papel especial prensado a mano. Quiero envolverlo en ese papel especial. Garry, ¿sabes el lugar que digo? Podemos pasarnos por el SoHo de camino, ¿sí? —dijo Agnes, haciendo un gesto con la mano.

Yo me recosté en el asiento, un tanto desconsolada. Garry arrancó, dando suaves tumbos con la limusina por el aparcamiento lleno de baches, mientras se encaminaba de nuevo hacia lo que él consideraba la civilización.

Cuando volvimos a la Quinta Avenida, eran las cuatro y cuarenta. Agnes se bajó y yo corrí a su lado, aferrando la bolsa del papel especial.

—Agnes, quería…, quería saber… si lo que me dijiste de salir pronto hoy…

—No sé si ponerme el Temperley o el Badgley Mischka esta noche. ¿Tú qué opinas?

Intenté recordar ambos vestidos. Fue inútil. Estaba intentando calcular cuánto tiempo me llevaría llegar a Times Square, donde Sam me estaba esperando.

—El Temperley, creo. Definitivamente. Es perfecto. Agnes, ¿recuerdas que me dijiste que hoy podría salir antes?

—Pero es de azul tan oscuro. No estoy segura de que ese azul me sienta bien. Y los zapatos que hacen juego con él me hacen daño en el talón.

—Lo hablamos la semana pasada. ¿Te parece bien? Es que necesito despedir a Sam en el aeropuerto —le expliqué, esforzándome para no parecer enfadada.

—¿Sam? —preguntó, saludando a Ashok con la cabeza.

—Mi novio.

Ella se lo pensó.

—Hum. Vale. Se van a quedar realmente impresionadas con este dibujo. Steven es un genio, ¿sabes? Un verdadero genio.

—Entonces, ¿puedo irme?

—Claro —respondió ella. Mis hombros se relajaron de alivio. Si salía en diez minutos, podía coger el metro hacia el sur y estar con él a las cinco y media. Eso nos permitiría estar juntos todavía una hora y pico. Era mejor que nada. Las puertas del ascensor se cerraron detrás de nosotras. Agnes abrió un espejito para comprobar cómo tenía el carmín, e hizo un mohín a su reflejo—. Pero mejor quédate hasta que me visto. Necesito una segunda opinión sobre el Temperley.

Agnes se cambió de ropa cuatro veces. Era demasiado tarde para quedar con Sam en Midtown, Times Square o cualquier otro lugar. En vez de eso, llegué al JFK quince minutos antes de que tuviera que pasar el control de seguridad. Me abrí paso a empujones entre el resto de pasajeros hasta que pude verlo de pie delante del panel de salidas y me lancé hacia las puertas para aterrizar sobre su espalda.

—Lo siento. Lo siento muchísimo.

Nos abrazamos durante un minuto.

—¿Qué te ha pasado?

—Agnes es lo que me ha pasado.

—¿No te iba a dejar salir antes? Creía que era tu colega.

—Estaba obsesionada con lo de la obra de arte y todo fue... Madre mía, fue una locura —dije, agitando las manos en el aire—. ¿Qué hago en este estúpido trabajo, Sam? Me hizo esperar porque no era capaz de decidir qué vestido ponerse. Al menos Will me necesitaba de verdad.

Sam inclinó la cabeza y apoyó su frente sobre la mía.

—Hemos tenido esta mañana.

Lo besé, rodeándole el cuello con los brazos para pegar todo mi cuerpo al de él. Nos quedamos allí, con los ojos cerrados, mientras el aeropuerto se movía y giraba a nuestro alrededor.

Entonces, sonó mi móvil.

—Voy a ignorarlo —dije, sobre el pecho de Sam.

El teléfono siguió sonando, insistentemente.

—Podría ser ella —señaló Sam, separándome de él con suavidad.

Dejé escapar un gruñido sordo antes de sacar el teléfono del bolsillo de atrás y llevármelo al oído.

—¿Agnes? —dije, intentando que el enfado no se me notara en la voz.

—Soy Josh. Solo te llamaba para ver cómo había ido lo de hoy.

—¡Josh! Ah..., ya. Sí, ha ido bien. ¡Gracias! —respondí, mientras me alejaba un poco y me tapaba la otra oreja con la mano. Noté que Sam se tensaba a mi lado.

—Entonces, ¿os hizo el dibujo?

—Sí. Ella está encantada. Muchas gracias por organizarlo. Oye, me pillas en medio de algo, pero gracias. Has sido realmente amable.

—Me alegra que funcionara. Oye, llámame, ¿vale? Y nos tomamos un café.

—¡Claro! —contesté y, cuando colgué, Sam me estaba mirando.

—Josh —dijo. Volví a guardar el móvil en el bolsillo—. El tío que conociste en el baile.

—Es una larga historia.

—Ya.

—Me ayudó a solucionar lo del dibujo de Agnes de hoy. Estaba desesperada.

—Así que tenías su número.

—Esto es Nueva York. Todo el mundo tiene el número de todo el mundo.

Sam se pasó la mano por la coronilla y se dio la vuelta.

—No es nada. En serio —le aseguré, mientras daba un paso hacia él y lo atraía hacia mí tirando de la hebilla de su cinturón. Podía sentir cómo el fin de semana se me escapaba otra vez—. Sam… Sam…

Él se desinfló y me rodeó con sus brazos. Apoyó la barbilla sobre mi cabeza y movió la suya de lado a lado.

—Esto es…

—Lo sé —dije—. Sé que lo es. Pero yo te quiero y tú me quieres y al menos hemos conseguido estar un rato desnudos y eso. Y fue genial, ¿no? Lo de estar desnudos y eso.

—Ya, durante cinco minutos, más o menos.

—Los mejores cinco minutos de las últimas cuatro semanas. Cinco minutos que me mantendrán a flote durante las próximas cuatro.

—Solo que serán siete.

Metí las manos en sus bolsillos traseros.

—No acabemos esto mal. Por favor. No quiero que te vayas enfadado por una llamada estúpida de alguien que literalmente no significa nada para mí.

Su expresión se suavizó cuando me miró a los ojos, como sucedía siempre. Esa era una de las cosas que me encantaban de él, la forma en que sus rasgos, tan duros en reposo, se derretían cuando me miraba.

—No estoy cabreado contigo. Estoy cabreado conmigo mismo. Y con la comida de la compañía aérea, o los burritos o lo que fuera. Y con esa jefa tuya que al parecer no es capaz ni de ponerse un vestido ella sola.

—Volveré en Navidad. Una semana entera.

Sam frunció el ceño. Sujetó mi cara entre sus manos. Eran cálidas y ligeramente ásperas. Nos quedamos así un instante y luego nos besamos, y varias décadas después él se irguió y miró el panel.

—Y ahora tienes que irte.

—Y ahora tengo que irme.

Me tragué el nudo que se me había formado en la garganta. Me besó una vez más, y luego se puso la bolsa al hombro. Me quedé de pie en el vestíbulo, mirando durante todo un minuto el espacio donde él había estado, después de que el control de seguridad se lo tragara.

En general, no tengo mal humor. No se me da bien eso de golpear puertas, fruncir el ceño y poner los ojos en blanco. Pero esa noche, mientras volvía a la ciudad, me abrí paso a empujones entre la multitud de la estación de metro con los codos hacia fuera y frunciendo el ceño como una auténtica neoyorquina. Me pasé todo el camino mirando la hora. *Está en la sala de embarque. Estará embarcando. Y… se ha ido.* En el momento en que su avión supuestamente tenía que despegar, sentí que algo se apagaba en mi interior y mi estado de ánimo se oscureció aún más. Compré algo de *sushi* para llevar y fui andando desde la estación de metro al edificio de los Gopnik. Cuando llegué a mi pequeña habitación, me senté y miré el envase, luego a la pared, y me di cuenta de que no podía quedarme allí, a solas con mis pensamientos, así que llamé a la puerta de Nathan.

—¡Pasa!

Nathan estaba viendo fútbol americano mientras tomaba una cerveza. Llevaba puestos unos pantalones cortos de surfista y una camiseta. Levantó la vista hacia mí expectante y de forma fugaz, como suele hacer la gente cuando quiere que sepas que está realmente enfrascada en otra cosa.

—¿Puedo comerme mi cena aquí contigo?

Nathan volvió a separar brevemente la vista de la pantalla.

—¿Un mal día?

Asentí.

—¿Necesitas un abrazo?

Negué con la cabeza.

—Solo uno virtual. Si eres afectuoso conmigo, seguramente me echaré a llorar.

—Ah. Tu chico ha vuelto a casa, ¿no?

—Ha sido un desastre, Nathan. Ha estado enfermo casi todo el rato y luego Agnes no me dio el tiempo libre que me había prometido hoy y creí que no podría verlo y cuando lo hice todo siguió siendo… raro entre nosotros.

Nathan bajó el volumen de la televisión con un suspiro y dio unas palmaditas a un lado de la cama. Yo me encaramé a ella y me puse la bolsa de la comida para llevar sobre el regazo donde, más tarde, descubriría que la salsa de soja se había derramado y me había manchado mis pantalones de trabajo. Apoyé la cabeza en su hombro.

—Las relaciones a distancia son duras —declaró Nathan, como si fuera la primera persona a la que se le hubiera ocurrido tal cosa—. Pero que muy duras —añadió.

—Es verdad.

—No son solo el sexo y los celos inevitables…

—No somos personas celosas.

—Sino que él ya no será la primera persona a la que le cuentes las cosas. Los detalles del día a día. Y esas cosas son importantes.

Me ofreció su cerveza y le di un trago, antes de devolvérsela.

—Ya sabíamos que iba a ser duro. A ver, hablamos de todo esto antes de irme. Pero ¿sabes qué es lo que más me fastidia?

Nathan separó la vista de la pantalla.

—Dime.

—Que Agnes sabía las ganas que tenía de estar con Sam. Habíamos hablado del tema. Ella fue la que me dijo que teníamos que estar juntos, que no deberíamos estar separados y blablablá. Y luego va y me hace quedarme con ella hasta el ultimísimo minuto.

—Así es este trabajo, Lou. Ellos son la prioridad.

—Pero ella sabía lo importante que era para mí.

—Puede.

—Se supone que es mi amiga.

Nathan arqueó una ceja.

—Lou. Los Traynor no eran jefes normales. Will no era un jefe normal. Y los Gopnik tampoco lo son. Tal vez sean agradables, pero a fin de cuentas esta es una relación de poder y no debes olvidarlo. Es una transacción comercial —declaró, antes de darle otro trago a la cerveza—. ¿Sabes qué le pasó a la última secretaria de los Gopnik? Agnes le dijo al viejo Gopnik que hablaba de ella a sus espaldas y que iba por ahí contando sus secretos. Así que le dieron puerta. Después de veintidós años. La despidieron.

—¿Y era verdad?

—¿El qué?

—Que iba por ahí contando sus secretos.

—Ni idea. Pero eso es lo de menos, ¿no?

No quería llevarle la contraria, pero explicarle por qué lo mío con Agnes era distinto habría sido traicionarla. Así que no contesté.

Nathan parecía a punto de decir algo, pero cambió de opinión.

—¿Qué?

—Oye…, no se puede tener todo.

—¿A qué te refieres?

—Este trabajo es genial, ¿no? Es decir, puede que esta noche no pienses lo mismo, pero estás en un lugar alucinante en el corazón de Nueva York, tienes un buen sueldo y un jefe decente. Vas a todo tipo de lugares estupendos y de vez en cuando te dan alguna propina. Te han comprado un vestido de fiesta de casi tres mil dólares, ¿no? Yo tuve que ir a las Bahamas con el señor G hace un par de meses. Hotel de cinco estrellas, habitación con vistas al mar, el lote completo. Y solo para un par de horas de trabajo al día. Así que somos afortunados. Pero, a largo plazo, el precio a pagar por todo eso podría ser una relación con alguien cuya vida es totalmente distinta y que está a un millón de kilómetros de aquí. Esa es la decisión que tomas cuando te largas. —Me quedé mirándole—. Creo que deberías ser realista con todo eso.

—No me estás ayudando, Nathan.

—Estoy siendo sincero contigo. Y, oye, mira el lado bueno. He oído que has hecho un gran trabajo hoy con lo del dibujo. El señor G me ha dicho que estaba muy impresionado.

—¿De verdad les ha gustado? —pregunté, tratando de disimular mi sonrisa de satisfacción.

—Venga ya. En serio. Les encantó. Esas damas de la caridad se van a morir.

Me apoyé en él, mientras volvía a subir el volumen.

—Gracias, Nathan —dije, abriendo el *sushi*—. Eres un buen colega.

Él esbozó una sonrisa.

—Ya. Vaya, es esa cosa de pescado. ¿Hay alguna posibilidad de que esperes a estar en tu propia habitación?

Cerré la caja de *sushi*. Tenía razón. No se podía tener todo.

10

Para: SrySraBernardClark@yahoo.com
De: AbejaAtareada@gmail.com

Hola, mamá:
Siento haber tardado tanto en contestar. ¡Es que no paro! ¡No me aburro ni un momento!

Me alegro de que te hayan gustado las fotos. Sí, las moquetas son cien por cien lana, algunas de las alfombras son de seda, la madera definitivamente no es contrachapado y le he preguntado a Ilaria y limpian en seco las cortinas una vez al año mientras pasan un mes en los Hamptons. Las empleadas de la limpieza son muy meticulosas, pero Ilaria limpia ella misma el suelo de la cocina a diario porque no se fía de ellas.

Sí, la señora Gopnik tiene una ducha en la que se puede andar y también un armario en el que se puede andar, dentro de su vestidor. Le encanta su vestidor y pasa un montón de tiempo allí, hablando por teléfono con su madre, que está en Polonia. No me ha dado tiempo a contar los zapatos, como me pediste, pero yo diría que hay muchos más de cien pares. Los tiene amontonados en cajas con fotos pegadas en la parte delantera, para saber cuál es cuál. Cuando compra un par nuevo, me toca a mí hacer la foto. ¡Tiene una cámara solo para eso!

Me alegro de que el curso de arte haya ido bien y lo de la clase de Comunícate Mejor con tu Pareja suena de maravilla, pero debes decirle a papá que no tiene nada que ver con asuntos de alcoba. Me ha mandado tres correos electrónicos esta semana preguntándome si creo que podría fingir un soplo cardíaco. Siento que el abuelo no se encuentre muy bien. ¿Sigue escondiendo la verdura debajo de la mesa? ¿Seguro que tienes que dejar las clases nocturnas? Parece una lástima.

Bueno, tengo que irme. Agnes me está llamando. Ya hablaremos de lo de Navidad, pero no te preocupes, estaré ahí.

Te quiero.

Bss, Louisa

P. D.: No, no he vuelto a ver a Robert de Niro, pero sí, si lo hago, desde luego que le diré que te gustó muchísimo en *La misión*.

P. P. D.: No, la verdad es que no he estado en Angola ni necesito urgentemente una transferencia bancaria. A esos mensajes, ni caso.

No soy experta en depresiones. Ni siquiera llegué a entender la mía tras la muerte de Will. Pero los estados de ánimo de Agnes me resultaban especialmente difíciles de desentrañar. Las amigas de mi madre que sufrían depresión (lo que, aparentemente sucedía en cifras desalentadoras) parecían estar devastadas por la vida, luchando entre una niebla que descendía hasta que no percibían ningún tipo de alegría ni perspectiva de placer. Les oscurecía el camino. Se notaba en cómo andaban por el pueblo, con los hombros caídos y las bocas apretadas en finas líneas contraídas. Era como si rezumaran tristeza.

Agnes era diferente. Tan pronto la veías radiante y parlanchina, como se mostraba llorosa y encolerizada. Me habían dicho que se sentía aislada, juzgada, sin aliados. Pero eso nunca me había encajado demasiado. Porque cuanto más tiempo pasaba con ella, más me daba cuenta de que en realidad aquellas mujeres no la amedrentaban: la exasperaban. Si se enfadaba por alguna injusticia, le gritaba al señor Gopnik; las imitaba con crueldad a sus espaldas y despotricaba ferozmente contra la primera señora Gopnik o contra los modos intrigantes de Ilaria. Era voluble, una antorcha humana iracunda que murmuraba cosas como *«cipa»*, *«debil»* o *«dziwka»* (palabras que yo buscaba en Google en mi tiempo libre y que hacían que se me pusieran las orejas coloradas).

Entonces, de repente, pasaba a ser alguien totalmente diferente: una mujer que desaparecía en las habitaciones y que lloraba en silencio, un rostro tenso y glacial tras una larga llamada telefónica en polaco. Su amargura se manifestaba por medio de dolores de cabeza, de cuya autenticidad yo nunca estaba demasiado segura.

Hablé de ello con Treena en la cafetería con wifi gratuito en la que me había sentado mi primera mañana en Nueva York. Estábamos usando FaceTime Audio, ya que yo lo prefería a vernos nuestras propias caras mientras hablábamos, porque me distraía con el tamaño gigante que parecía tener mi nariz, o con lo que alguien estaba haciendo detrás de mí. Además, tampoco quería que ella viera el tamaño de los *muffins* de mantequilla que me estaba comiendo.

—A lo mejor es bipolar —dijo Treena.

—Sí. Ya lo he buscado, pero no me parece que encaje. Ella no es una maníaca, solo un poco… enérgica.

—No creo que la depresión sea igual para todos, Lou —comentó mi hermana—. Además, ¿en Estados Unidos no tiene todo el mundo algún problema? ¿No les encanta tomar un montón de pastillas?

—No como en Inglaterra, donde mamá te mandaría a pasear para que te diera el aire.

—Para liberarte de ti misma —dijo mi hermana, con una risita.

—Deja de fruncir el ceño.

—Píntate los labios. Alegra esa cara. Ahí lo tienes. ¿Quién necesita toda esa medicación absurda?

Algo le había pasado a mi relación con Treena desde que me había ido. Nos llamábamos una vez a la semana y, por primera vez en nuestra vida adulta, había dejado de chincharme cada vez que hablábamos. Parecía que le interesaba de verdad cómo era mi vida, me preguntaba por el trabajo, por los lugares que había visitado, por lo que hacía la gente que me rodeaba durante el día. Cuando le pedía algún consejo, solía darme una respuesta considerada en lugar de llamarme petarda, o de preguntarme si sabía para qué servía Google.

Le gustaba alguien, según me había confesado hacía dos semanas. Habían ido a tomar unos cócteles *hipsters* a un bar de Shoreditch, luego a un cine *pop-up* en Clapton y después se había sentido como en una nube durante varios días. La idea de que mi hermana estuviera como en una nube era de novela total.

—¿Cómo es? Tienes que contarme algo ya.

—Todavía no pienso decir nada. Cada vez que hablo de estas cosas, se gafan.

—¿Ni siquiera a mí?

—Por ahora no. Es… Bueno, da igual. Estoy feliz.

—Ah. Por eso estás siendo tan agradable.

—¿Qué?

—Te estás tirando a alguien. Y yo que creía que era porque por fin aprobabas lo que estoy haciendo con mi vida.

Mi hermana se echó a reír. Ella no solía reírse, a no ser que fuera de mí.

—Solo creo que es agradable que todo esté funcionando. Tú tienes un trabajo maravilloso en Estados Unidos. Yo adoro mi empleo. A Thom y a mí nos encanta estar en la ciudad. Creo que las cosas están mejorando para todos nosotros —dijo mi hermana.

Aquella era una afirmación tan inverosímil viniendo de ella, que no tuve valor para contarle lo de Sam. Hablamos un poco más, sobre que mamá quería conseguir un trabajo de media jornada en la escuela del barrio y sobre que el abuelo cada vez estaba peor de salud, por lo que al final no había solicitado la plaza. Me acabé el *muffin* y el café y me di cuenta de que, aunque todo aquello me interesaba, no sentía en absoluto nostalgia.

—Ahora no se te pegará ese puñetero acento tan horroroso del otro lado del charco, ¿no?

—Soy yo, Treen. Eso es difícil de cambiar —dije, con ese puñetero acento tan horroroso del otro lado del charco.

—Eres una petarda —repuso ella.

—Dios mío. Sigues aquí.

La señora De Witt estaba saliendo del edificio cuando llegué a casa, poniéndose los guantes bajo el toldo. Retrocedí, evitando hábilmente los dientes de Dean Martin que querían morderme la pierna, y sonreí educadamente.

—Buenos días, señora De Witt. ¿En qué otro sitio iba a estar?

—Creía que, a estas alturas, la *stripper* estonia ya te habría echado. Me sorprende que no tema que huyas con el viejo, como hizo ella.

—La verdad es que no es mi estilo, señora De Witt —dije alegremente.

—Volví a oírla gritar en el pasillo hace unas pocas noches. Un jaleo espantoso. Al menos la otra solo estuvo taciturna un par de décadas. Para los vecinos era mucho más fácil.

—Se lo haré saber.

Ella negó con la cabeza y ya estaba a punto de irse cuando se detuvo y se fijó en mi atuendo. Llevaba puesta una falda dorada escrupulosamente plisada, mi chaleco de piel falsa y un gorrito de lana del color de una fresa gigante que le habían regalado a Thom en Navidad hacía dos años y que se negaba a usar porque era «muy de chica». En los pies llevaba unos zapatos rojos de charol calados con cordones que había comprado en las rebajas de una zapatería infantil, en la que tuve que abrirme paso como pude entre las madres estresadas y los bebés chillones cuando comprobé que me servían.

—Esa falda.

Bajé la vista y me preparé para la pulla que estaba a punto de lanzarme.

—Yo tenía una igual de Biba.

—¡Es que es de Biba! —dije, con satisfacción—. La compré en una subasta por internet hace un par de años. ¡Por cuatro libras con cincuenta! Y solo tiene un agujerito en la cintura.

—Pues yo tengo una exacta. En los años sesenta viajaba mucho. Cada vez que iba a Londres, me pasaba horas en esa tienda. Enviaba baúles enteros de vestidos de Biba a mi casa de Manhattan. Aquí no había nada parecido.

—Suena genial. He visto fotos —comenté—. Qué maravilla haber podido hacer eso. ¿A qué se dedicaba? Quiero decir, ¿por qué viajaba tanto?

—Trabajaba en el mundo de la moda. En una revista femenina. Era… —le sobrevino un ataque de tos y se inclinó hacia delante. Esperé mientras recuperaba el aliento—. Bueno, en fin. Vas bastante decente —comentó, levantando la mano para apoyarse en la pared. Luego dio media vuelta y se alejó renqueando por la calle, mientras Dean Martin nos dirigía miradas siniestras simultáneamente a mí y al bordillo que tenía detrás.

El resto de la semana fue, como diría Michael, «interesante». Estaban redecorando el apartamento de Tabitha en el SoHo, y el nuestro, durante más o menos una semana, se convirtió en el campo de batalla de una serie de guerras territoriales aparentemente invisibles al ojo masculino, pero demasiado obvias para Agnes, a la que oía cuchichear con el señor Gopnik cuando creía que Tabitha estaba fuera del área de cobertura.

Ilaria disfrutaba de su papel de soldado de infantería. Se fijó como objetivo servir los platos favoritos de Tab (curris picantes y carne roja), que Agnes no podía comer, y fingía que no tenía ni idea cuando Agnes se quejaba. Se aseguraba de que se hiciera primero la colada de Tab y le dejaba la ropa cuidadosamente doblada sobre la cama, mientras Agnes corría por todo el apartamento envuelta en un albornoz intentando descubrir qué le había pasado a la blusa que pensaba ponerse ese día.

Por las tardes, Tab se hacía fuerte en la sala de estar mientras Agnes hablaba por teléfono con su madre, que estaba en Polonia. La chica canturreaba ruidosamente mientras navegaba en el iPad hasta que Agnes, con una furia silenciosa, se levantaba y se replegaba en su vestidor. De vez en cuando, Tab invitaba a sus amigas al apartamento y se adueñaban de la cocina o de la sala de la televisión, como una bandada de cabezas rubias y voces estridentes que cotilleaban, se reían y enmudecían si casualmente Agnes pasaba a su lado.

—También es su casa, querida —decía el señor Gopnik con suavidad, cuando Agnes protestaba—. Se crio aquí.

—Me trata como a un adorno temporal.

—Acabará acostumbrándose a ti. En muchos aspectos, sigue siendo una niña.

—Tiene veinticuatro años —le espetaba Agnes con un gruñido sordo, un sonido que seguramente ninguna mujer inglesa había dominado jamás (aunque yo lo había intentado unas cuantas veces) y levantaba las manos, exasperada. Michael pasaba a mi lado con cara de póquer y sus ojos se deslizaban hacia los míos en un gesto de solidaridad muda.

Agnes me pidió que enviara un paquete a Polonia por FedEx. Quería que pagara yo y que me quedara con el recibo. La caja era grande, cuadrada y no especialmente pesada, y tuvimos la conversación en su estudio a puerta cerrada, para decepción de Ilaria.

—¿Qué es?

—Solo regalo para mi madre —respondió ella, agitando la mano—. Pero Leonard cree que gasto demasiado en mi familia, así que no quiero que sepa todo lo que mando.

Cargué con él hasta la oficina de FedEx de la 57 Oeste y me puse a la cola.

—¿Cuál es el contenido? Para temas de aduanas —me preguntó el empleado, cuando rellené el formulario. Me di cuenta de que no tenía ni idea. Le mandé un mensaje a Agnes y ella respondió rápidamente: «Solo dices que es regalos para familia»—. Pero ¿qué clase de regalos, señora? —insistió el hombre, con hastío.

Volví a escribirle. Alguien que estaba detrás de mí en la cola suspiró ostensiblemente.

«*Tchotchkes*».

Me quedé mirando el mensaje. Luego, levanté el teléfono.

—Lo siento. No sé pronunciarlo.

Él le echó un vistazo.

—Ya, señora. Pero eso no me sirve de nada.

Le escribí a Agnes.

«¡Dile que se meta en sus asuntos! ¿Qué importa a él lo que mando a mi madre?».

Me guardé el móvil en el bolsillo.

—Dice que son cosméticos, un jersey y un par de DVD.

—¿Valor?

—Ciento ochenta y cinco dólares con cincuenta y dos centavos.

—Por fin —murmuró el empleado de FedEx.

Le entregué el dinero y esperé que nadie se fijara en que tenía los dedos de la otra mano cruzados.

El viernes por la tarde, cuando Agnes empezó con su lección de piano, me retiré a mi cuarto y llamé a Inglaterra. Mientras marcaba el número de Sam, sentí aquel torbellino de emoción tan familiar, simplemente ante la perspectiva de oír su voz. A veces le echaba tanto de menos que cargaba con la sensación como si fuera un dolor. Me senté y esperé a que sonara. Y contestó una mujer.

—¿Sí? —dijo. Tenía una buena dicción y la voz con un toque ligeramente rasposo, como si hubiera fumado demasiados cigarrillos.

—Perdón. Creo que me he equivocado —respondí, y me separé fugazmente el teléfono de la oreja para mirar la pantalla.

—¿A quién busca?

—A Sam. Sam Fielding.

—Está en la ducha. Un momento, voy a llamarlo —dijo. Tapó el auricular con la mano y gritó su nombre, con la voz temporalmente amortiguada. Me quedé muy quieta. No había ninguna mujer joven en la familia de Sam—. Ahora viene —anunció la mujer, al cabo de un rato—. ¿De parte de quién?

—De Louisa.

—Oh. Vale.

Las llamadas de larga distancia te hacen extrañamente sensible a las ligeras variaciones de tono y de énfasis, y había algo en aquel «oh» que me inquietó. Estaba a punto de preguntar con quién hablaba, cuando Sam cogió el teléfono.

—¡Hola!

—¡Hola! —respondí, con la voz curiosamente quebrada, como si la boca se me hubiera secado de repente. Y tuve que decirlo dos veces.

—¿Qué pasa?

—¡Nada! Es decir, nada urgente. Solo…, solo quería oír tu voz.

—Espera. Voy a cerrar la puerta —dijo. Me lo imaginé en aquel pequeño vagón de tren, tirando de la puerta para cerrarla. Cuando volvió a ponerse al teléfono parecía contento, nada que ver con la última vez que habíamos hablado—. ¿Cómo va todo? ¿Estás bien? ¿Qué hora es ahí?

—Las dos pasadas. Por cierto, ¿quién era esa?

—Ah, es Katie.

—Katie.

—Katie Ingram. Mi nueva compañera de trabajo.

—¡Katie! ¡Vale! Así que… Bueno…, ¿qué hace en tu casa?

—Me va a llevar a la despedida de Donna. La moto está en el taller. Tiene el tubo de escape estropeado.

—¡Veo que te cuida bien! —señalé, mientras me preguntaba, distraída, si llevaría puesta una toalla.

—Sí. Vive en mi misma calle, así que le venía bien —dijo, con la neutralidad casual de alguien que sabe que lo están escuchando dos mujeres.

—¿Y adónde vais a ir?

—¿Sabes el bar de tapas de Hackney? ¿El que antes era una iglesia? No sé si hemos ido allí alguna vez.

—¡Una iglesia! ¡Ja, ja, ja! ¡Ya podéis portaros bien! —exclamé, con una risa demasiado escandalosa.

—¿Una panda de sanitarios de fiesta por la noche? Lo dudo.

Hubo un breve silencio. Intenté ignorar el nudo que tenía en el estómago. La voz de Sam se suavizó.

—¿Seguro que estás bien? Pareces un poco…

—¡Estoy bien! ¡De maravilla! Como ya te he dicho, solo quería oír tu voz.

—Cariño, es genial hablar contigo, pero tengo que irme. Katie me hace un favor muy grande al llevarme y ya llegamos tarde.

—¡Vale! Bueno, ¡pues que tengáis una buena noche! ¡No hagas nada que yo no haría! —exclamé. No paraba de hablar entre exclamaciones—. ¡Y saluda a Donna de mi parte!

—Lo haré. Hablamos pronto.

—Te quiero —dije, en un tono más lastimero de lo que pretendía—. ¡Escríbeme!

—Ah, Lou… —contestó.

Y se fue. Y yo me quedé mirando el teléfono en una habitación demasiado silenciosa.

Tenía que organizar un pase privado de una nueva película, en una pequeña sala de proyección, para las esposas de los socios de negocios del señor Gopnik, y los entremeses que lo acompañarían. Reclamé una factura por unas flores que no habían llegado y luego me fui corriendo a Sephora y compré dos botecitos de laca de uñas que Agnes había visto en *Vogue* y que quería llevarse al campo.

Y dos minutos después de que mi turno terminara y de que los Gopnik partieran hacia su retiro de fin de semana, dije «no, gracias» a unas albóndigas hechas con restos que me ofreció Ilaria y me fui corriendo a mi cuarto.

Y sí, lector, cometí esa estupidez. La busqué en Facebook.

No me llevó más de cuarenta minutos localizar a esa tal Katie Ingram entre los cientos de ellas que había. Tenía el perfil abierto y en él aparecía el logotipo del Servicio Nacional de Salud. En la descripción de su trabajo ponía: «Técnica en emergencias sanitarias: ¡¡¡me encanta mi trabajo!!!». Su pelo parecía estar entre el pelirrojo y el rubio rojizo, era difícil decirlo por las fotografías, rondaba los veintimuchos, era guapa y tenía la nariz respingona. En las treinta primeras fotos que había colgado estaba echándose unas risas con sus amigos, inmortalizada pasándoselo de miedo. Le quedaba irritantemente bien el bikini (¡¡Skiathos 2014!! ¡¡¡¡Vaya risas!!!!), tenía un perro pequeño y peludo, afición por los tacones de vértigo y una mejor amiga con el pelo largo y oscuro a la que le gustaba darle besos en la mejilla en las fotos (por un momento tuve la esperanza de que fuera lesbiana, pero pertenecía a un grupo de Facebook llamado: «¡¡Levanta la mano si en el fondo estás encantada de que Brad Pitt vuelva a estar soltero!!»).

En «estado civil», ponía que estaba soltera.

Recorrí su muro, odiándome para mis adentros por hacerlo, pero incapaz de detenerme. Repasé sus fotografías, intentando encontrar una en la que pareciera gorda, malhumorada o tal vez víctima de una terrible enfermedad que le descamara la piel. Hice clic una y otra vez. Y, justo cuando estaba a punto de cerrar el portátil, me detuve. Allí estaba, colgada hacía tres semanas. Katie Ingram de pie, en un soleado día de invierno, orgullosa con su uniforme verde oscuro y su mochila a su lado en el suelo, delante de la central de ambulancias del este de Londres. Esa vez rodeaba con el brazo a Sam, que también llevaba el uniforme puesto y sonreía a la cámara con los brazos cruzados.

«El mejor compañero del MUNDO», decía el pie de foto. «¡Me encanta mi nuevo trabajo!».

Justo debajo, su amiga morena había comentado: «¡¿Por qué será...?!» y había añadido una carita guiñando el ojo.

Ese es el problema de los celos. Que no son nada favorecedores. Y la parte racional de ti lo sabe. ¡Tú no eres celosa! ¡Ese tipo de mujer es horrible! ¡Y no tiene sentido! Si alguien te quiere, se quedará contigo; si no te quiere lo suficiente como para quedarse contigo, no merece la pena estar con él. Tú lo sabes. Eres una mujer madura y sensible de veintiocho años. Has leído artículos de autoayuda. Has visto el programa de psicología del doctor Phil.

Pero cuando vives a seis mil kilómetros de un novio guapo, atento, sexi y técnico en emergencias y él tiene una nueva compañera que parece Pussy Galore, tanto de aspecto como en la forma de hablar —una mujer que pasa como mínimo doces horas al día muy cerca del hombre al que amas, un hombre que ya ha confesado lo dura que le está resultando la separación física—, la parte racional de ti queda aplastada por el sapo enorme e invasor de tu «yo» irracional.

Daba igual lo que hiciera, no podía borrar aquella imagen de los dos de mi mente. Se me había atascado como un negativo en blanco y negro en algún lugar detrás de los ojos y me perseguía: el brazo de ella, ligeramente bronceado, alrededor de la cintura de él, los dedos levemente posados en la cinturilla de su uniforme. ¿Estarían uno al lado del otro en algún bar de última hora, dándole ella un codazo por algún chiste privado? ¿Sería una de esas mujeres sobonas que extienden la mano y te dan una palmadita en el brazo para subrayar sus palabras? ¿Olería bien y haría que cuando él se fuera a casa cada día tuviera una sensación indefinible de que se estaba perdiendo algo?

Sabía que aquel era el camino hacia la locura, pero no podía parar. Pensé en llamarlo, pero nadie tiene más papeletas para parecer una novia insegura y acosadora que aquella que lla-

ma a las cuatro de la mañana. Mis pensamientos giraban y daban
volteretas y se hundían en una gran nube tóxica. Y me odiaba
por ello. Y ellos daban más vueltas y se hundían aún más.

—¿No podrían haberte puesto como compañero a un hombre agradable de mediana edad? —murmuré, mirando al techo. Y
en algún momento, a altas horas de la madrugada, por fin me
dormí.

El lunes fuimos a correr (solo me paré una vez), luego nos
fuimos de compras a Macy's y compramos un montón de ropa
de niña para la sobrina de Agnes. La envié a Cracovia desde la
oficina de FedEx, esa vez segura del contenido.

Durante la comida, ella me habló de su hermana, de que
se había casado demasiado joven con el jefe de una cervecera
local que la trataba con muy poco respeto y de que ahora se
sentía tan pisoteada e inútil que Agnes no era capaz de conven-
cerla para que se marchara.

—Le llora a mi madre todos los días por lo que él le dice.
Que está gorda, que es fea, o que él lo podría haber hecho
mejor. Ese pedazo de mierda baboso y asqueroso. Ni un perro
le mearía en la pierna aunque se hubiera bebido cien cubos de
agua —dijo. Y, mientras se tomaba su ensalada de acelgas y
remolacha, me confesó que su principal objetivo era traer a su
hermana a Nueva York, para alejarla de ese hombre—. Creo
que puedo conseguir que Leonard le dé un trabajo. Tal vez
como secretaria en oficina. ¡O, mejor aún, como ama de llaves
de nuestro apartamento! ¡Así podríamos librarnos de Ilaria!
Mi hermana es muy buena, ¿sabes? Muy meticulosa. Pero no
quiere irse de Cracovia.

—A lo mejor no quiere trastocar la educación de su hija.
Mi hermana estaba muy nerviosa por llevarse a Thom a Londres —señalé.

—Hum —respondió Agnes. Pero sabía que en realidad ella no creía que aquello pudiera ser un obstáculo. Me preguntaba si los ricos simplemente no ven obstáculos para nada.

Apenas hacía media hora que habíamos vuelto, cuando miró el teléfono y anunció que íbamos a ir a East Williamsburg.

—¿A donde el artista? Pero creía…

—Steven me está enseñando a dibujar. Clases de dibujo.

Yo parpadeé.

—Vale.

—Es sorpresa para Leonard, así que no puedes decir nada.

No me miró en todo el viaje.

—Llegas tarde —dijo Nathan cuando regresé a casa. Iba a jugar al baloncesto con algunos amigos del gimnasio y llevaba la bolsa de deporte colgada del hombro y un gorrito de lana sobre el pelo.

—Sí —respondí, mientras dejaba caer el bolso y llenaba la tetera. Llevaba un envase de *noodles* en una bolsa de plástico y la dejé sobre la encimera.

—¿Has estado en algún sitio chulo?

Vacilé.

—Solo… de aquí para allá. Ya la conoces —comenté, mientras apagaba la tetera.

—¿Estás bien?

—Sí.

Sentí que me miraba fijamente hasta que me volví y me obligué a sonreír. Entonces me dio unas palmaditas en la espalda y se giró para irse.

—Es uno de esos días, ¿eh?

Y tanto que era uno de esos días. Me quedé mirando fijamente la encimera de la cocina. No sabía qué decirle. No sabía cómo explicarle las dos horas y media que Garry y yo habíamos estado esperándola en el coche, mientras yo levantaba la vista una y otra vez hacia la luz de la ventana tapada y volvía a bajarla hacia mi móvil. Al cabo de una hora, Garry, aburrido de sus CD de idiomas, le envió un mensaje a Agnes para decirle que el encargado del aparcamiento le había hecho cambiar de sitio y que le mandara un mensaje cuando quisiera irse, pero ella no respondió. Dimos una vuelta a la manzana y llenó el depósito de gasolina, antes de sugerir que nos tomáramos un café.

—No ha dicho cuánto tiempo va a tardar. Eso normalmente significa que estará un par de horas, como mínimo.

—¿No es la primera vez?

—La señora G hace lo que le apetece.

Me invitó a un café en una cafetería semivacía, donde el menú plastificado mostraba fotografías poco iluminadas de cada uno de los platos, y permanecimos allí sentados, casi en silencio, mientras comprobábamos los móviles por si ella llamaba y observábamos cómo la oscuridad de Williamsburg se transformaba gradualmente en una noche iluminada por las luces de neón. Me había mudado a la ciudad más emocionante de la tierra y, aun así, algunos días tenía la sensación de que mi vida se reducía a ir de la limusina al apartamento y del apartamento otra vez a la limusina.

—¿Llevas mucho tiempo trabajando para los Gopnik?

Garry mezcló lentamente dos azucarillos con el café, mientras estrujaba los envoltorios dentro de su gordo puño.

—Un año y medio.

—¿Para quién trabajabas antes?

—Para otra persona.

Bebí un sorbo de café, que estaba sorprendentemente bueno.

—¿Nunca te ha importado?

Garry me miró desde debajo de sus espesas cejas.

—Lo de esperarla —le aclaré—. Es decir…, ¿hace esto a menudo?

Él siguió removiendo su café y volvió a mirar hacia la taza.

—Niña —dijo, al cabo de un minuto—, no quiero ser maleducado. Pero veo que no llevas mucho en este negocio y durarás mucho más si no haces preguntas —añadió, antes de recostarse en la silla y dejar que su corpulencia se esparciera poco a poco sobre su regazo—. Yo soy el chófer. Estoy ahí cuando me necesitan. Hablo cuando me lo piden. No veo nada, no oigo nada, lo olvido todo. Por eso llevo en este juego treinta y dos años y así he mandado a dos hijos ingratos a la universidad. En dos años y medio, cogeré la jubilación anticipada y me mudaré a la casa que tengo en la playa, en Brasil. Así es como se hace —explicó Garry. Luego se limpió la nariz con una servilleta de papel, haciendo vibrar sus carrillos—. ¿Lo pillas?

—No veo nada, no oigo nada…

—Lo olvidas todo. Eso es. ¿Quieres un dónut? Aquí tienen buenos dónuts. Los hacen frescos durante todo el día —explicó el chófer, levantándose y yendo con pesadez hasta la barra. Cuando volvió, no me dijo nada más, se limitó a asentir, satisfecho, cuando le dije que sí, que efectivamente los dónuts estaban buenísimos.

Agnes no dijo nada cuando volvió con nosotros.

—¿Ha llamado Leonard? He apagado móvil sin querer —preguntó al cabo de unos minutos.

—No.

—Debe de estar en oficina. Lo llamaré —dijo, atusándose el pelo y poniéndose cómoda en el asiento—. Ha sido lección muy buena. Creo que estoy aprendiendo muchas cosas. Steven es muy buen artista —declaró.

Hasta que estuvimos a medio camino de casa, no me di cuenta de que no llevaba ningún dibujo.

11

Querido Thom:
Te mando una gorra de béisbol porque Nathan y yo fuimos a un partido de béisbol de verdad ayer y todos los jugadores las llevaban (en realidad llevaban cascos, pero esta es la versión tradicional). Compré una para ti y otra para otra persona que conozco. ¡Pídele a mamá que te haga una foto con ella para que pueda ponerla en la pared!

No, me temo que no hay vaqueros en esta parte de Estados Unidos, por desgracia, pero hoy voy a ir a un club de campo, así que estaré atenta por si pasa alguno a caballo. Gracias por el dibujo tan bonito de mi pompis con mi perro imaginario. No sabía que debajo de mis pantalones mi trasero tuviera ese color morado, pero tomo nota por si alguna vez decido pasear desnuda por delante de la Estatua de la Libertad, como en tu dibujo.

Creo que tu versión de Nueva York podría ser incluso más emocionante que la verdadera.

Te quiero mucho.

Bss, tía Lou

El club de campo Grand Pines ocupaba varias hectáreas de exuberante campiña, y sus árboles y prados resultaban tan perfectos y tenían un tono de verde tan vivo que parecían salidos de la imaginación de un niño de siete años pertrechado con ceras de colores.

Un día fresco y claro, Garry nos llevó lentamente por el largo camino de acceso y, cuando el coche se detuvo delante del extenso edificio blanco, un joven con un uniforme azul claro se acercó y le abrió la puerta a Agnes.

—Buenos días, señora Gopnik. ¿Cómo se encuentra hoy?

—Muy bien, gracias, Randy. ¿Y tú?

—No podría estar mejor, señora. Menudo trajín hay ahí dentro. ¡Es un gran día! —comentó el muchacho.

Como el señor Gopnik tenía que quedarse trabajando, le tocaba a Agnes entregarle a Mary, una de las empleadas más veteranas de su club de campo, un regalo de jubilación. Agnes había dejado muy claro durante la mayor parte de la semana qué le parecía tener que hacer aquello. Odiaba el club de campo. Los amigotes de la anterior señora Gopnik estarían allí. Y Agnes odiaba hablar en público. No podía hacerlo sin Leonard. Pero, por una vez, este se mostró inflexible. «Te ayudará a reivindicar tu lugar, querida. Y Louisa estará allí contigo».

Practicamos su discurso y trazamos un plan. Llegaríamos al Salón Principal lo más tarde posible, en el último momento, justo antes de que sirvieran los entrantes, para poder sentarnos disculpándonos y maldiciendo el tráfico de Manhattan. Mary Lander, la jubilada en cuestión, se pondría en pie después del café, a las dos de la tarde, y unas cuantas personas pronunciarían algunas palabras bonitas sobre ella. Entonces Agnes se levantaría, se disculparía por la ausencia forzosa del señor Gopnik, y diría unas cuantas frases agradables más sobre Mary antes de darle su regalo de jubilación. Esperaríamos diplomáticamente media hora más antes de irnos, alegando que teníamos cosas importantes que hacer en la ciudad.

—¿Crees que este vestido está bien? —preguntó Agnes, que llevaba puesto un conjunto de dos piezas inusitadamente conservador: un vestido recto en color fucsia con una chaqueta más clara de manga corta y un collar de perlas. No era su estilo habitual, pero yo entendía que necesitara sentirse como si llevara puesta una armadura.

—Es perfecto —dije. Ella respiró hondo y yo le di un suave codazo, sonriendo. Me agarró la mano fugazmente y me la apretó—. Entrar y salir —añadí. Así de simple.

—Dos cortes de manga gigantes —murmuró, y me dedicó una pequeña sonrisa.

El edificio en sí mismo era extenso y luminoso, estaba pintado de color crema y tenía grandes jarrones de flores y reproducciones de muebles antiguos por doquier. Sus paredes cubiertas de paneles de roble, sus retratos de los fundadores en las paredes y el personal que se movía silencioso de sala en sala estaban acompañados por el suave susurro de las conversaciones en voz baja y el tintineo ocasional de una taza de café o de una copa. Todo era precioso y parecía que se habían previsto todas las necesidades.

El Salón Principal estaba lleno, había unas sesenta mesas redondas decoradas con elegancia y llenas de mujeres bien vestidas que conversaban mientras bebían agua mineral sin gas o ponche de frutas. Todas tenían el pelo perfectamente moldeado con el secador y la forma de vestir predominante era elegante y cara: vestidos bien confeccionados con chaquetas de buclé o trajes de dos piezas cuidadosamente combinados. El aire estaba saturado de una mezcla embriagadora de perfumes. En algunas mesas, había algún hombre solitario flanqueado por mujeres, pero parecían extrañamente asexuados en una sala tan femenina.

Un observador fortuito —o tal vez un hombre corriente— apenas habría notado nada fuera de lugar. Un imperceptible movimiento de cabezas, una sutil disminución del nivel de ruido a nuestro paso, un ligero fruncido de labios. Yo caminaba detrás de Agnes cuando un súbito titubeo suyo casi me hizo chocar contra su espalda. Entonces vi quiénes estaban en nuestra mesa: Tabitha, un hombre joven, otro de más edad, dos mujeres que no conocía y, a mi lado, una señora mayor que levantó la cabeza y miró a Agnes directamente a los ojos. Mientras el camarero avanzaba para separarle la silla, Agnes se sentó enfrente de la mismísima Gran Púrpura, Kathryn Gopnik.

—Buenas tardes —dijo Agnes, saludando a toda la mesa en conjunto y arreglándoselas para no mirar a la primera señora Gopnik mientras lo hacía.

—Buenas tardes, señora Gopnik —respondió el hombre que estaba sentado en mi lado de la mesa.

—Señor Henry —repuso Agnes, con una sonrisa temblorosa—. Tab. No me dijiste que ibas a venir hoy.

—No creo que tengamos que informarte de todos nuestros movimientos, ¿no, Agnes? — replicó Tabitha.

—¿Y quién es usted? —preguntó el anciano caballero de mi derecha, volviéndose hacia mí. Estaba a punto de decirle que era una amiga de Agnes de Londres, pero me di cuenta de que eso ya no iba a ser posible.

—Soy Louisa —contesté—. Louisa Clark.

—Emmett Henry —se presentó él, mientras me tendía una mano nudosa—. Es un placer conocerla. ¿Ese acento es inglés?

—Sí —respondí, mientras levantaba la vista para darle las gracias a la camarera que me estaba sirviendo agua.

—Qué maravilla. ¿Y está aquí de visita?

—Louisa es la asistente de Agnes, Emmett —explicó Tabitha, alzando la voz desde el otro lado de la mesa—. Agnes ha desarrollado la insólita costumbre de traer a sus empleados a los eventos sociales.

Mis mejillas se inundaron de rubor. Noté la quemazón de la mirada inquisidora de Kathryn Gopnik, junto con los ojos del resto de la mesa.

Emmett meditó sobre aquello.

—Bueno, mi Dora llevaba a su enfermera Libby con ella absolutamente a todas partes durante los últimos diez años, ¿saben? A los restaurantes, al teatro, allá donde iba. Solía decir que la vieja Libby era mejor conversadora que yo —comentó el hombre, dándome una palmadita en la mano y echándose a reír, y varias de las personas de la mesa se unieron a él educadamente—. Y me atrevería a decir que tenía razón —añadió.

Y así fue como un hombre de ochenta y seis años me salvó de la ignominia social. Emmett Henry charló conmigo lo que duró el entrante de gambas sobre todo el tiempo que llevaba siendo socio del club de campo, sobre sus años como abogado en Manhattan y sobre su retiro a un centro para mayores que estaba cerca de allí.

—Vengo aquí todos los días, ¿sabe? Me mantiene activo y siempre hay gente con la que conversar. Es mi segundo hogar.

—Es precioso —dije, echando un vistazo a mi espalda. Varias cabezas se giraron de inmediato—. Entiendo que quiera venir —comenté. Curiosamente, parecía que Agnes estaba manteniendo el tipo, aunque percibí un ligero temblor en sus manos.

—Este es un edificio con mucha historia, querida —me aseguró Emmett, señalando hacia un lado del salón, donde había una placa—. Es del año… —el hombre hizo una pausa para asegurarse de conseguir el impacto deseado—… 1937 —añadió, pronunciándolo cuidadosamente.

No quise decirle que en nuestra calle, en Inglaterra, había viviendas sociales más antiguas. Tal vez mi madre tuviera un par de medias aún más viejas. Pero asentí, sonreí, me comí el pollo con champiñones silvestres y me pregunté si habría alguna forma de sentarme más cerca de Agnes, que estaba claramente abatida.

La comida continuó. Emmett me contó innumerables historias del club y cosas graciosas que habían dicho y hecho personas de las que yo nunca había oído hablar y, de vez en cuando, Agnes levantaba la vista y yo le sonreía, aunque veía que se estaba hundiendo. Las miradas se centraban subrepticiamente en nuestra mesa y las cabezas se inclinaban unas hacia otras. *¡Las dos señoras Gopnik sentadas a unos centímetros la una de la otra! ¿Te lo puedes creer?* Tras el plato principal, me excusé para levantarme de mi sitio.

—Agnes, ¿te importaría enseñarme dónde está el tocador? —dije. Supuse que le vendría bien alejarse de aquella sala aunque fueran diez minutos.

Antes de que pudiera responder, Kathryn Gopnik dejó la servilleta sobre la mesa y se giró hacia mí.

—Yo se lo mostraré, querida. También voy para allá. —Cogió el bolso y se puso de pie a mi lado, esperando. Miré a Agnes, pero ni se movió.

Finalmente Agnes asintió.

—Ve. Yo... acabaré el pollo —dijo.

Seguí a la señora Gopnik entre las mesas del Salón Principal para salir al pasillo, con el corazón desbocado. Caminamos por un corredor enmoquetado, yo unos cuantos pasos detrás de ella, y nos detuvimos delante del tocador. Ella abrió la puerta de caoba y retrocedió para dejarme entrar a mí antes.

—Gracias —musité, y me dirigí a uno de los cubículos. Ni siquiera quería hacer pis. Me senté en el inodoro: si me quedaba allí el tiempo suficiente, tal vez se fuera antes de que yo saliera, pero cuando me asomé estaba en los lavabos, retocándose el carmín. Me observó mientras me lavaba las manos.

—Así que vive en mi antigua casa —dijo.

—Sí —respondí. No tenía mucho sentido mentir sobre eso.

La mujer frunció los labios y luego, satisfecha, tapó la barra de labios.

—Todo esto debe de ser bastante incómodo para usted.

—Solo hago mi trabajo.

—Hum —respondió, mientras sacaba un cepillito y se lo pasaba suavemente por el pelo. Me preguntaba si sería de mala educación irse, o si la etiqueta exigía que volviera a la mesa con ella. Me sequé las manos y me incliné hacia el espejo para comprobar si tenía los ojos emborronados, tomándome todo el tiempo posible.

—¿Cómo está mi marido?

Parpadeé.

—Leonard. ¿Cómo está? No creo que vaya usted a traicionar la confianza de nadie diciéndomelo —comentó, mientras su reflejo me observaba.

—Pues… no lo veo mucho. Pero parece que está bien.

—Me preguntaba por qué no está aquí. Si su artritis habría vuelto a empeorar.

—Ah, no. Creo que tenía un asunto de trabajo.

—Un «asunto de trabajo». Bueno. Supongo que son buenas noticias —declaró la mujer, mientras volvía a guardar cuidadosamente el cepillo en el bolso y sacaba una cajita de polvos compactos. Se retocó la nariz una vez, dos, a cada lado, antes de cerrarla. Me estaba quedando sin cosas que hacer. Rebusqué en el bolso, intentando recordar si había metido una polvera. Y entonces la señora Gopnik se giró hacia mí—. ¿Es feliz?

—¿Perdón?

—Es una pregunta muy clara.

El corazón me golpeó con violencia la caja torácica.

Su voz sonaba incluso dulce.

—Tab no me habla de él. Sigue muy enfadada con su padre, aunque lo quiere con locura. Siempre ha sido la niña de papá. Así que tampoco creo que le sea posible ser objetiva.

—Señora Gopnik, con el debido respeto, no creo que me corresponda…

La mujer dejó de mirarme.

—No. Supongo que no —replicó, mientras guardaba con cuidado los polvos compactos en el bolso—. Estoy segurísima de que podría adivinar lo que le han contado sobre mí, señorita...

—Clark.

—Señorita Clark. Y también estoy segura de que sabe que pocas veces en la vida las cosas son blancas o negras.

—Sí —respondí, antes de tragar saliva—. También sé que Agnes es una buena persona. Inteligente. Amable. Culta. Y no una cazafortunas. Como usted ha dicho, las cosas rara vez son tan nítidas.

Sus ojos se encontraron con los míos en el espejo. Nos quedamos allí unos segundos más, luego ella cerró el bolso y, tras un último vistazo a su reflejo, esbozó una sonrisa tensa.

—Me alegra que Leonard esté bien.

Volvimos a la mesa justo cuando estaban retirando los platos. No me volvió a dirigir la palabra durante el resto de la tarde.

Sirvieron los postres con el café, la conversación decayó y la comida llegó a su fin. Varias damas de edad avanzada se dirigieron con ayuda al tocador, causando ligeros alborotos a su paso para desenredar sus andadores de las patas de las sillas. El hombre del traje se subió al pequeño estrado de la entrada, sudando profusamente dentro del cuello de la camisa, agradeció a todo el mundo su asistencia y luego dijo unas palabras sobre los próximos eventos del club, entre los que se incluía una velada benéfica que se celebraría dentro de dos semanas, para la que al parecer ya habían vendido todas las entradas (una salva de aplausos celebró la noticia). Finalmente, dijo, tenían que anunciar algo y asintió mirando hacia nuestra mesa.

Agnes suspiró y se levantó, con todos los ojos de la sala clavados en ella. Se dirigió hacia el estrado y ocupó el lugar del director ante el micrófono. Mientras ella esperaba, él acompañó a una mujer afroamericana de avanzada edad, vestida con un traje oscuro, a la parte delantera de la sala. La mujer agitaba las manos como si todos estuvieran haciendo un escándalo innecesario. Agnes le sonrió, respiró hondo, como yo le había indicado, luego posó sus dos tarjetitas con suavidad sobre el atril y empezó a hablar, con voz clara y pausada.

—Buenas tardes a todos. Gracias por estar hoy aquí y gracias a todo el personal por esta comida tan deliciosa —dijo. Su voz estaba perfectamente modulada y sus palabras pulidas como piedras, tras las horas de práctica de la semana anterior. Se oyó un murmullo de aprobación. Miré a la señora Gopnik, cuya expresión era inescrutable—. Como muchos de ustedes saben, hoy es el último día de Mary Lander en el club. Nos gustaría desearle una muy feliz jubilación. Leonard quiere que le diga, Mary, que lamenta mucho no poder estar aquí hoy. Aprecia de verdad todo lo que usted ha hecho por el club y sabe que todos los demás también —declaró, antes de hacer una pausa, como yo le había indicado. La sala estaba en silencio y los rostros de las mujeres atentos—. Mary entró aquí, en Grand Pines, en 1967 como ayudante de cocina y fue ascendiendo hasta convertirse en subgobernanta de la casa. Todos los que estamos aquí hemos disfrutado mucho de su compañía y de su duro trabajo a lo largo de los años, Mary, y la echaremos mucho de menos. Tanto a nosotros, como al resto de miembros de este club, nos gustaría ofrecerle una pequeña muestra de nuestro aprecio y esperamos sinceramente que su jubilación sea de lo más placentera.

Hubo una amable ronda de aplausos y a Agnes le pasaron la escultura de cristal de un pergamino, con el nombre de Mary grabado. Ella se lo dio a la mujer, sonriendo, y se quedó quieta mientras algunas personas hacían fotos. Luego fue hacia el borde de la plataforma y volvió a nuestra mesa con cara de alivio por poder dejar de ser el centro de atención. Observé cómo Mary sonreía para más fotografías, esta vez con el director. Estaba a punto de inclinarme hacia Agnes para felicitarla, cuando Kathryn Gopnik se puso de pie.

—La verdad es que me gustaría decir unas palabras —anunció, su voz interrumpiendo todas las conversaciones.

Mientras la mirábamos, se abrió camino hasta el estrado y dejó atrás el atril. Le cogió a Mary el regalo y se lo dio al director. Luego estrechó las manos de Mary entre las suyas.

—Ay, Mary —dijo, antes de girarse para que ambas estuvieran frente a la audiencia—. Mary, Mary, Mary. Qué maravillosa has sido —añadió, y en la sala se produjo una espontánea salva de aplausos. La señora Gopnik asintió, esperando a que se apagaran—. A lo largo de los años, mi hija ha crecido bajo tu atenta mirada (al igual que nosotros) durante las cientos, no, durante las miles de horas que hemos pasado aquí. Qué tiempos tan, tan felices. Si teníamos el más mínimo problema siempre estabas ahí, solucionando las cosas, poniendo tiritas en las rodillas arañadas o infinitas bolsas de hielo en el chichón de una cabeza. ¡Creo que todos recordamos el incidente del cobertizo de las barcas! —comentó la mujer y todos se echaron a reír—. Sobre todo, has querido a nuestros hijos, y este lugar siempre fue como un santuario para Leonard y para mí porque era el único sitio donde sabíamos que nuestra familia estaba feliz y a salvo. Esos hermosos prados han visto muchos momentos maravillosos, y han sido testigos de muchas risas. Si estábamos fuera jugando al golf o tomando un cóctel delicioso con los amigos en las bandas, tú cuidabas de los niños o traías vasos de ese inimitable té helado. Todos adoramos el té helado especial de Mary, ¿verdad, amigos?

Hubo una ovación. Vi cómo Agnes se ponía cada vez más rígida, mientras aplaudía mecánicamente, como si no tuviera ni idea de qué otra cosa hacer.

Emmett se inclinó hacia mí.

—El té helado de Mary es maravilloso. No sé qué le echa pero, madre mía, es divino —comentó el anciano, elevando la vista hacia el cielo.

—Tabitha ha venido expresamente de la ciudad, como tantos de los que estamos hoy aquí, porque sé que te considera no solo una empleada de este club, sino parte de la familia. ¡Y todos sabemos que la familia no puede sustituirse! —señaló Kathryn Gopnik. No me atreví a mirar a Agnes en ese momento, mientras la sala volvía a prorrumpir en aplausos—. Mary —prosiguió, cuando estos cesaron—. Tú has ayudado a perpetuar los verdaderos valores de este lugar. Unos valores que algunos pueden considerar anticuados, pero que creemos que hacen de este club de campo lo que es: coherencia, excelencia y *lealtad*. Tú has sido su cara sonriente, su corazón palpitante. Sé que hablo en nombre de todos cuando digo que, sencillamente, esto no será lo mismo sin ti —aseguró la señora Gopnik. Ahora la mujer mayor estaba radiante, con los ojos brillantes por las lágrimas—. Llenad todos vuestras copas y levantadlas por nuestra maravillosa Mary.

La sala entró en erupción. Aquellos que eran capaces de levantarse, se levantaron. Mientras Emmett se ponía de pie con esfuerzo, yo miré a mi alrededor y luego, sintiéndome en cierto modo como una traidora, hice lo mismo. Agnes fue la última en levantarse de la silla, aún aplaudiendo, con un rictus congelado en la cara a modo de sonrisa.

Había algo reconfortante en un bar abarrotado, en el que tenías que estirar el brazo por encima de tres filas de personas para conseguir la atención del camarero, y donde tenías suerte si dos tercios de tu bebida seguía en la copa después de abrirte paso para volver a tu mesa. Según me había dicho Nathan, Balthazar era una especie de institución en el SoHo: siempre atestado, siempre divertido, un clásico de los bares neoyorquinos. Y esa noche, incluso siendo domingo, estaba hasta la bandera, lo suficientemente lleno para que el ruido, los camareros que no paraban de moverse, las luces y el tintineo borraran los sucesos del día de mi cabeza.

Nos pimplamos un par de cervezas cada uno, de pie en la barra, y Nathan me presentó a unos chicos que conocía del gimnasio, cuyos nombres olvidé casi de inmediato, pero que eran divertidos y simpáticos y solo necesitaban una mujer como excusa para insultarse alegremente unos a otros. Al final conseguimos abrirnos paso hasta una mesa donde bebí algo más y me comí una hamburguesa de queso, lo que me hizo sentirme un poco mejor. Alrededor de las diez, mientras los chicos estaban ocupados imitando a otras personas del gimnasio, con expresiones faciales y venas hinchadas incluidas, me levanté para ir al baño. Me quedé allí diez minutos, disfrutando del relativo silencio mientras me retocaba el maquillaje y me ahuecaba el pelo. Intenté no pensar en qué estaría haciendo Sam. Lo que antes era un consuelo había pasado a ser la causa de que se me formara un nudo en el estómago. Luego volví a salir.

—¿Me estás acosando?

Me giré en redondo en el pasillo. Allí estaba Joshua Ryan en camisa y vaqueros, con las cejas arqueadas.

—¿Qué? ¡Ah, hola! —dije, mientras me llevaba la mano instintivamente al pelo—. No..., no, he venido con unos amigos.

—Es broma. ¿Cómo estás, Louisa Clark? Muy lejos de Central Park —comentó, mientras se inclinaba para darme un beso en la mejilla. Olía maravillosamente, a lima y a algo suave y almizclado—. Vaya. Eso ha sido casi poético.

—Me estoy recorriendo todos los bares de Manhattan. Ya sabes cómo es esto.

—Sí, claro. Lo de probar cosas nuevas. Estás muy guapa. Me gusta ese rollo… pijo —dijo Josh, señalando mi vestido recto y mi chaqueta de punto de manga corta.

—Hoy he tenido que ir a un club de campo.

—Pues te va bien ese estilo. ¿Quieres una cerveza?

—Es que… no puedo dejar a mis amigos —dije. Él pareció fugazmente decepcionado—. ¡Pero ven con nosotros! —añadí.

—¡Genial! Deja que se lo diga a la gente con la que estoy. En realidad hago de sujetavelas en una cita… Se alegrarán de deshacerse de mí. ¿Dónde estáis?

Me abrí paso de nuevo hasta Nathan, con la piel de la cara súbitamente ruborizada y un ligero zumbido en los oídos. Daba igual lo diferente que fuera su acento, lo distintas que fueran sus cejas, que la inclinación del borde de sus ojos estuviera al revés, era imposible mirar a Josh y no ver a Will. Me pregunté si siempre seguiría impresionándome. Cuestioné mi uso interno inconsciente de la palabra «siempre».

—¡Me he encontrado con un amigo! —dije, justo cuando Josh aparecía.

—Con un amigo —repitió Nathan.

—Nathan, Dean, Arun, este es Josh Ryan.

—Olvidas lo de «Tercero» —añadió él, sonriéndome, como si aquello fuera un chiste privado—. Hola.

Josh extendió la mano, se inclinó hacia delante y estrechó la de Nathan. Vi que Nathan lo repasaba de arriba abajo, antes de mirarme a mí. Yo esbocé una sonrisa radiante y neutral, como si tuviera un montón de amigos guapos esparcidos por Manhattan que quisieran venir a unirse a nosotros en los bares.

—¿Alguien quiere una cerveza? —preguntó Josh—. Aquí la comida también es buenísima, por si a alguien le interesa.

—¿Un «amigo»? —murmuró Nathan, mientras Josh iba hacia la barra.

—Sí. Un amigo. Lo conocí en el Baile Amarillo. Con Agnes.

—Se parece a…

—Ya lo sé.

Nathan reflexionó sobre ello. Me miró y luego miró a Josh.

—Todo ese rollo tuyo de «decir que sí». No has…

—Quiero a Sam, Nathan.

—Claro que sí, tía. Solo era un comentario.

Sentí la mirada escrutadora de Nathan durante el resto de la noche. De alguna manera, Josh y yo acabamos en un extremo de la mesa, alejados de todos los demás, hablando de su trabajo y de la insensata mezcla de opiáceos y antidepresivos que sus compañeros de trabajo se metían cada día simplemente para cumplir con las exigencias del despacho, de cuánto se esforzaba en no ofender a su irascible jefe, de que nunca lo conseguía, del apartamento que nunca tenía tiempo para decorar y de lo que había pasado cuando su madre, obsesionada con la limpieza, había venido a visitarlo desde Boston. Yo asentía, sonreía, escuchaba e intentaba asegurarme de que, cuando lo miraba a la cara, fuera de una forma adecuada e interesada, y no en el plan obsesivo y melancólico de «hay que ver cuánto te pareces a él».

—¿Y tú qué, Louisa Clark? Apenas me has hablado de ti en toda la noche. ¿Qué tal van las vacaciones? ¿Cuándo tienes que volver?

El trabajo. De pronto me di cuenta de que la última vez que nos vimos había mentido sobre quién era. Y también de que estaba demasiado borracha para sostener cualquier tipo de mentira, o para que confesar me diera la vergüenza que probablemente debería darme.

—Josh. Tengo que decirte algo.

Él se inclinó hacia delante.

—Ah. Estás casada.

—No.

—Bueno, algo es algo. ¿Tienes una enfermedad incurable? ¿Te quedan unas semanas de vida? —preguntó. Yo negué con la cabeza—. ¿Te aburres? Te aburres. ¿Preferirías estar hablando con otra persona? Lo entiendo. Apenas he respirado.

Me eché a reír.

—No. No es eso. Eres una compañía genial —contesté, y bajé la vista hacia el suelo—. No soy… quien te dije que era. No soy la amiga de Agnes de Inglaterra. Solo dije eso porque ella necesitaba una aliada en el Baile Amarillo. Yo soy…, bueno, soy su asistente. Solo soy una asistente.

Cuando levanté la vista, Josh me estaba observando.

—¿Y? —preguntó. Lo miré. Tenía manchitas doradas en los ojos—. Louisa. Esto es Nueva York. Todo el mundo exagera sobre sí mismo. Todos los cajeros de banco son vicepresidentes *junior*. Todos los camareros tienen una productora. Supuse que debías de trabajar para Agnes por la forma en que correteabas tras ella. Ninguna amiga haría eso. A menos que fuera tonta de remate. Algo que tú definitivamente no eres.

—¿Y no te importa?

—Oye. Estoy encantado de que no estés casada. A no ser que lo estés. Eso no habrá sido mentira también, ¿no?

Josh se había hecho con una de mis manos. Noté que mi pecho se quedaba ligeramente sin aliento y tuve que tragar saliva antes de hablar.

—No. Pero sí tengo novio.

Josh siguió mirándome a los ojos, tal vez tratando de ver si se avecinaba alguna frase clave, y luego me soltó la mano de mala gana.

—Ah. Vaya, qué pena —dijo, mientras se recostaba en la silla y le daba un trago a su bebida—. ¿Y por qué no está aquí?

—Porque está en Inglaterra.

—¿Y se va a venir?

—No.

Hizo una mueca, como las que suele hacer la gente cuando cree que estás haciendo alguna tontería pero no quiere decirlo en voz alta. Se encogió de hombros.

—Entonces podemos ser amigos. Ya sabes que aquí todo el mundo queda con todo el mundo, ¿no? No tiene por qué querer decir nada. Seré tu acompañante masculino increíblemente guapo.

—¿Con lo de quedar te refieres a acostarse unos con otros?

—Vaya. Las chicas inglesas no os mordéis la lengua.

—Sencillamente no quiero crear falsas expectativas.

—Me estás diciendo que esto no va a ser una relación de amigos con derecho a roce. Vale, Louisa Clark. Lo pillo.

Intenté no sonreír. Y fracasé.

—Eres muy guapa —comentó—. Y divertida. Y directa. Y no te pareces en nada a ninguna chica que haya conocido.

—Y tú eres encantador.

—Eso es porque estoy un poco embelesado.

—Y yo un poco borracha.

—Eso ha dolido. Ha dolido mucho —declaró, llevándose las manos al corazón.

En ese momento, giré la cabeza y vi a Nathan mirando. Arqueó imperceptiblemente una ceja y luego se dio unos golpecitos en la muñeca. Aquello fue suficiente para llevarme de vuelta a la tierra.

—Bueno…, tengo que irme. Mañana madrugo.

— He ido demasiado lejos. Te he asustado.

—No, no me asusto tan fácilmente. Pero mañana tengo un día complicado en el trabajo. Y mi carrera matutina no funciona tan bien tras varias pintas de cerveza y un chupito de tequila.

—¿Me llamarás? ¿Para una cerveza platónica? No querrás que me quede calvo de tanto pensar en ti.

—Tengo que advertirte que «un calvo» significa algo totalmente distinto en Inglaterra.

Cuando se lo expliqué, casi se muere de risa.

—Bueno, te prometo no hacer eso. A menos, claro, que quieras que lo haga.

—Una oferta tentadora.

—En serio. Llámame.

Me fui, sin dejar de notar su mirada clavada en mi espalda durante todo el camino. Nathan paró a un taxi amarillo y yo me giré cuando la puerta se estaba cerrando. Solo pude verlo por una pequeña rendija mientras esta acababa de cerrarse, pero fue suficiente para comprobar que todavía me estaba mirando. Y sonriendo.

Llamé a Sam.

—Hola —dije, cuando cogió el teléfono.

—¿Lou? ¿Por qué pregunto? ¿Quién me iba a llamar a las cinco menos cuarto de la mañana?

—¿Qué estás haciendo? —quise saber, mientras me tumbaba boca arriba en la cama y dejaba que los zapatos cayeran desde mis pies al suelo enmoquetado.

—Acabo de volver de un turno. Estoy leyendo. ¿Cómo estás? Pareces contenta.

—He estado en un bar. Ha sido un día duro. Pero ya me siento mucho mejor. Y quería oír tu voz. Porque te echo de menos. Y porque eres mi novio.

—Y porque estás borracha —dijo, riéndose.

—Tal vez. Un poco. ¿Has dicho que estabas leyendo?

—Sí. Una novela.

—¿En serio? Creía que no leías obras de ficción.

—Katie me lo ha pasado. Insistió en que me gustaría. No quiero enfrentarme al tercer grado al que me sometería si no lo leyera.

—¿Te regala libros? —pregunté, incorporándome, mientras mi buen humor desaparecía de repente.

—¿Por qué? ¿Qué significa que me regale un libro? —dijo. Parecía medio divertido.

—Significa que le gustas.

—De eso nada.

—De eso todo —repliqué. El alcohol había relajado mis inhibiciones. Sentía que las palabras venían antes de poder detenerlas—. Si una mujer intenta hacerte leer algo es porque le gustas. Quiere meterse en tu cabeza. Quiere hacerte pensar en cosas.

Oí que se reía.

—¿Y si es un manual de reparación de motos?

—Aun así. Porque entonces intenta demostrarte que es una tía guay y sexi a la que le encantan las motos.

—Bueno, este no va de motos. Es una historia francesa.

—¿Francesa? Pinta mal. ¿Cómo se titula?

—*Madame de.*

—¿*Madame de* qué?

—Solo *Madame de.* Va de un general, unos pendientes y…

—¿Y qué?

—Y él tiene una aventura.

—¿Te está haciendo leer libros de franceses que tienen aventuras? Madre mía. Está totalmente colada.

—Te equivocas, Lou.

—Sé cuándo a alguien le gusta alguien, Sam.

—Venga ya —replicó él, que parecía que empezaba a cansarse.

—Pues sí, esta noche un hombre me ha entrado. Sabía que le gustaba. Así que le dije directamente que estaba con otra persona. Lo atajé de frente.

—Ah, ¿sí? ¿Y quién era?

—Se llama Josh.

—Josh. ¿No será el mismo Josh que te llamó cuando yo me marchaba?

Incluso a través de la nebulosa de mi borrachera, empezaba a darme cuenta de que aquella conversación era una mala idea.

—Sí.

—Y casualmente te lo encontraste en un bar.

—¡Pues sí! Había ido con Nathan. Y literalmente me tropecé con él al salir del baño de chicas.

—¿Y qué te dijo? —preguntó Sam, con cierto retintín.

—Dijo… que era una pena.

—¿Y lo es?

—¿Qué?

—Si es una pena.

Por unos instantes, se hizo el silencio. De repente me sentí terriblemente sobria.

—Solo te estoy contando lo que dijo. Estoy contigo, Sam. Solamente estoy usando esto como ejemplo literal de que sé cuándo le gusto a alguien y de cómo se ataja la situación antes de que la otra persona se haga una idea equivocada. Que es un concepto que tú pareces incapaz de entender.

—No. A mí me parece que me llamas en plena noche para cantarme las cuarenta porque mi compañera de trabajo me ha dejado un libro, pero que no pasa nada si tú sales y tienes conversaciones borracha con ese tal Josh sobre relaciones. Por Dios. Si ni siquiera admitiste que teníamos una relación hasta que yo te presioné. Y ahora vas por ahí hablando alegremente de cosas íntimas con un tío al que acabas de encontrar en un bar. Si es que de verdad te lo has encontrado en un bar.

—¡Necesitaba tiempo, Sam! ¡Creía que no ibas en serio!

—Necesitabas tiempo porque todavía seguías enamorada del recuerdo de otro tío. De un tío muerto. Y estás en Nueva York porque…, bueno, porque él quería que fueras allí. Así que no tengo ni idea de por qué estás tan rara y celosa por lo de Katie. Nunca te molestó todo el tiempo que pasaba con Donna.

—Porque a Donna no le gustabas.

—¡Ni siquiera conoces a Katie! ¿Cómo es posible que sepas si le gusto o no?

—¡He visto las fotos! —grité.

—¿Qué fotos? —exclamó él, estallando al fin.

Era una idiota. Cerré los ojos.

—En su página de Facebook. Tiene fotos. De los dos juntos —dije, y tragué saliva—. Una foto.

Se hizo un largo silencio. De esos silencios que dicen: «¿En serio?». El tipo de silencio ominoso que sobreviene mientras alguien ajusta sigilosamente su punto de vista sobre quién eres. Cuando Sam volvió a hablar, lo hizo con voz grave y serena.

—Esta discusión es ridícula y tengo que dormir.

—Sam, yo…

—Vete a dormir, Lou. Ya hablaremos.

Y colgó.

12

Apenas dormí. Todas las cosas que me gustaría haber dicho y que no dije se arremolinaban en mi cabeza en un carrusel infinito y me desperté medio aturdida con unos golpes en la puerta. Me levanté a trompicones para abrirla y me encontré a la señora De Witt allí de pie, en camisón. Parecía menuda y frágil sin su maquillaje y su peinado perfecto, y tenía la cara desencajada por la ansiedad.

—Ah, estás ahí —dijo, como si pudiera estar en otra parte—. Ven. Ven. Necesito tu ayuda.

—¿Q... qué? ¿Quién la ha dejado entrar?

—El grandote. El australiano. Ven. No hay tiempo que perder.

Me froté los ojos, intentando entender algo.

—Me ha ayudado antes pero ha dicho que no podía dejar al señor Gopnik. Bah, ¿qué importa? Esta mañana abrí la puerta para sacar la basura y Dean Martin se escapó y está en algún lugar del edificio. No tengo ni idea de dónde. No puedo encontrarlo sola —dijo, con voz temblorosa pero apremiante, y sus manos revolotearon alrededor de su cabeza—. Rápido.

Venga, rápido. Me da miedo que alguien abra las puertas de abajo y que salga a la calle —explicó, retorciéndose las manos—. No se desenvuelve bien solo ahí fuera. Y alguien podría robarlo. Tiene pedigrí, ¿sabes?

Cogí la llave y la seguí hasta el pasillo, todavía en camiseta.

—¿Dónde ha buscado?

—Bueno, en ningún sitio, querida. No puedo andar bien. Por eso necesito que lo hagas tú. Yo voy a coger el bastón —repuso, mirándome como si hubiera dicho algo particularmente estúpido. Suspiré, intentando imaginar qué haría si fuera un carlino pequeño y bizco con acceso inesperado a la libertad.

—Es todo lo que tengo. Debes encontrarlo —señaló, y empezó a toser como si sus pulmones no pudieran con tanta tensión.

—Primero miraré en el vestíbulo principal.

Bajé corriendo al piso de abajo, dando por hecho que no era muy probable que Dean Martin supiera llamar al ascensor, y busqué por el pasillo un chucho pequeño y malhumorado. Vacío. Consulté el reloj y me di cuenta, consternada, de que no había nadie porque aún no eran ni las seis de la mañana. Miré detrás y debajo de la mesa de Ashok, y luego fui corriendo a su oficina, que estaba cerrada. Repetía el nombre de Dean Martin en voz baja todo el rato, sintiéndome bastante estúpida al hacerlo. Ni rastro. Volví a subir las escaleras e hice lo mismo en nuestro piso, mirando en la cocina y en los pasillos traseros. Nada. Hice lo mismo en el cuarto piso, antes de caer en la cuenta de que, si yo ya estaba sin aliento, la posibilidad de que un carlino pequeño y gordo fuera capaz de subir corriendo tantos tramos de escaleras a toda velocidad era bastante improbable. Y entonces, oí fuera el chirrido familiar del camión de la basura. Y pensé en nuestro antiguo perro, que tenía la asombrosa capacidad de tolerar —y hasta de disfrutar— los olores más asquerosos conocidos por la humanidad.

Fui hacia la puerta de servicio. Allí, extasiado, estaba Dean Martin, babeando, mientras los hombres hacían rodar los inmensos y apestosos cubos de basura adelante y atrás, desde nuestro edificio hasta su camión. Me acerqué a él lentamente, pero el ruido era tal y estaba tan concentrado en los desperdicios que no me oyó hasta justo el momento en que bajé la mano y lo agarré.

¿Alguna vez habéis cogido a un carlino rabioso? Nunca nadie se me había resistido tanto desde el día que tuve que sujetar a Thom, cuando tenía dos años, en el sofá, mientras mi hermana le sacaba una obstinada canica de la fosa nasal izquierda. Mientras me peleaba para meter a Dean Martin debajo del brazo, el perro se sacudía de izquierda a derecha, con los ojos rebosantes de ira y llenando el silencioso edificio con ladridos de indignación. Tuve que envolverlo en mis brazos y ladear la cabeza para que su poderosa mandíbula no me alcanzara.

—¿Dean Martin? ¿Es él? —oí que preguntaba la señora De Witt desde el piso de arriba.

Tuve que emplearme a fondo para sujetarlo. Subí corriendo el último tramo de escaleras, desesperada por entregarlo.

—¡Lo tengo! —dije, jadeando.

La señora De Witt dio un paso adelante, con los brazos extendidos. Tenía preparada una correa y estiró la mano para sujetarla a su collar, justo cuando yo lo bajaba al suelo. Y en ese momento, con una velocidad completamente desproporcionada en relación con su tamaño y forma, el perro se giró y hundió sus dientes en mi mano izquierda. Si aún quedaba alguien en el edificio a quien no hubieran despertado los ladridos, seguramente mi grito sí lo hizo. Al menos fue lo suficientemente fuerte como para que Dean Martin se asustara y me soltara. Me encorvé sobre la mano y blasfemé, mientras la sangre empezaba a brotar de la herida.

—¡Su perro me ha mordido! ¡El muy condenado me ha pegado un mordisco!

La señora De Witt respiró hondo y se puso un poco más recta.

—Pues claro, lo has agarrado tan fuerte... ¡Seguro que estaba incomodísimo! —lo justificó la mujer, mientras hacía entrar al perro, que seguía gruñéndome y enseñando los dientes—. ¿Lo ves? —añadió, señalándolo—. Tus gritos y tus chillidos lo han asustado. Ahora está extremadamente inquieto. Tienes que informarte sobre los perros para aprender a tratarlos correctamente.

No podía hablar. Tenía la boca abierta de par en par, como un dibujo animado. En ese preciso instante, el señor Gopnik, en pantalón de chándal y camiseta, abrió de golpe la puerta principal.

—¿Qué demonios es todo este jaleo? —preguntó, saliendo al pasillo con grandes zancadas. Me sorprendió la fiereza de su voz. Asimiló la escena que tenía delante: yo en camiseta y bragas, agarrándome la mano ensangrentada, y la anciana en camisón, con el perro ansioso por morder a sus pies. Detrás del señor Gopnik intuí a Nathan de uniforme, tapándose la cara con una toalla.

—¿Qué demonios está pasando?

—Pregúntele a esa condenada muchacha. Ha empezado ella —aseguró la señora De Witt, volviendo a coger a Dean Martin en sus frágiles brazos, antes de señalar con un dedo al señor Gopnik—. ¡Y no se atreva a sermonearme sobre el ruido en este edificio, jovencito! Su apartamento parece un auténtico casino de Las Vegas con tantas idas y venidas. Me sorprende que nadie se haya quejado al señor Ovitz —añadió y, levantando la cabeza, dio media vuelta y cerró la puerta.

El señor Gopnik parpadeó un par de veces, me miró y volvió a mirar la puerta cerrada. Hubo un breve silencio. Y luego, inesperadamente, se echó a reír.

—«¡Jovencito!». Vaya —comentó, meneando la cabeza—. Hacía mucho tiempo que nadie me llamaba así —dijo, volviéndose hacia Nathan, que estaba detrás de él—. Debes de estar haciendo las cosas bien.

Desde el interior del apartamento, una voz ahogada le respondió:

—¡No se eche flores, Gopnik!

El señor Gopnik me mandó en el coche con Garry a que su médico personal me pusiera la vacuna del tétanos. Me senté en una sala de espera que parecía el vestíbulo de un hotel de lujo y me atendió un doctor iraní de mediana edad, que probablemente era la persona más atenta que había conocido nunca. Cuando le eché un vistazo a la factura, que iba a pagar la secretaria del señor Gopnik, olvidé el mordisco y pensé que sería mejor haber muerto.

Agnes ya se había enterado de la historia cuando volví. Al parecer, yo era la comidilla del edificio.

—¡Tienes que denunciarla! —exclamó, encantada—. Es una vieja horrible y provocadora. Y está claro que ese perro es peligroso. No sé si es seguro que vivamos en mismo edificio. ¿Necesitas baja? Si necesitas baja podría denunciarla por daños y perjuicios.

Yo no dije nada, y seguí alimentando mis oscuros sentimientos hacia la señora De Witt y Dean Martin.

—Toda buena acción tiene su recompensa, ¿eh? —me dijo Nathan con ironía cuando me lo encontré en la cocina. Me cogió la mano y examinó el vendaje—. Madre mía, qué mala leche tiene ese perro.

Pero aunque seguía sintiéndome silenciosamente furiosa con ella, recordé lo que la señora De Witt había dicho cuando había llamado a mi puerta. «Es todo lo que tengo».

Aunque Tabitha se mudó a su apartamento esa semana, el estado anímico en el edificio continuó estando marcado por el mal humor y el silencio, aliñado con explosiones esporádicas. El señor Gopnik seguía pasando un montón de horas en el trabajo, mientras que Agnes ocupaba gran parte del tiempo que estábamos juntas hablando por teléfono en polaco con su madre. Me daba la impresión de que estaba teniendo lugar algún tipo de crisis familiar. Ilaria quemó una de las camisas favoritas de Agnes —yo creo que de verdad fue un accidente, porque llevaba semanas quejándose de los mandos que controlaban la temperatura de la plancha nueva— y cuando Agnes le gritó que era una falsa, una traidora, una *suka* en su propia casa y le tiró la camisa estropeada, Ilaria finalmente estalló y le dijo al señor Gopnik que no podía seguir trabajando allí, que era imposible, que nadie había trabajado más duro y por menos gratificaciones que ella en todos aquellos años. Que ya no aguantaba más y que presentaba su renuncia. El señor Gopnik, con buenas palabras y la cabeza inclinada empáticamente, la convenció para cambiar de idea (puede que también le ofreciera dinero en efectivo) y este aparente acto de traición hizo que Agnes cerrara de golpe su puerta con tal fuerza que el segundo jarroncito chino de la mesa del recibidor se cayó con un musical estruendo, y que se pasara toda la noche llorando en su vestidor.

Cuando aparecí al día siguiente, Agnes estaba sentada al lado de su marido en la mesa del desayuno, con la cabeza apoyada en su hombro, mientras él le susurraba cosas al oído. Tenían los dedos entrelazados. Ella se disculpó formalmente con Ilaria mientras él la observaba sonriendo y, cuando él se fue a trabajar, ella se pasó todo el tiempo que estuvimos corriendo por Central Park blasfemando frenéticamente en polaco.

Esa noche, anunció que se iba a Polonia de fin de semana largo, a ver a su familia, y sentí cierto alivio cuando me di cuenta de que no quería que la acompañara. A veces, estar en aquel apartamento enorme con el humor siempre cambiante de Agnes y las diversas tensiones entre ella y el señor Gopnik, Ilaria y su familia resultaba extremadamente claustrofóbico. La perspectiva de pasar sola unos cuantos días se me antojaba como un pequeño oasis.

—¿Qué quieres que haga mientras no estás? —le pregunté a Agnes.

—¡Tómate unos días libres! —respondió, sonriendo—. ¡Eres mi amiga, Louisa! Creo que debes disfrutar un poco mientras yo falto. Estoy tan emocionada por ver a mi familia. Tan emocionada —exclamó, dando palmas—. ¡Me voy a Polonia! ¡Nada de estúpidas cosas benéficas a las que ir! Estoy encantada.

Recordé lo reacia que era a alejarse de su marido aunque solo fuera por una noche cuando llegué. Y aparté aquel pensamiento.

Cuando volví a entrar en la cocina, todavía valorando aquel cambio, Ilaria se estaba santiguando.

—¿Estás bien, Ilaria?

—Estoy rezando —dijo, sin levantar la vista de la sartén.

—¿Va todo bien?

—Sí, solo estoy rezando para que esa *puta*[*] no vuelva más.

Le envié un correo electrónico a Sam, emocionada por el germen de una idea. Lo habría llamado, pero él permanecía en silencio desde nuestra última conversación telefónica y temía

---

[*] En español en el original. *[N. de las T.]*

que siguiera enfadado conmigo. Le dije que me habían dado inesperadamente un fin de semana libre de tres días, que había buscado vuelos y que creía que podía tirar la casa por la ventana y hacer un viaje relámpago a casa. ¿Qué le parecía? ¿Para qué si no estaba el dinero? Lo firmé con el emoji de una carita sonriente, un avión, algunos corazones y besos.

La respuesta llegó al cabo de una hora.

> Lo siento. Estoy trabajando a tope y el sábado por la noche le prometí a Jake llevarlo al O2 a ver un concierto. Es una buena idea, pero este no es el fin de semana más indicado. Bss, S

Me quedé mirando el correo electrónico e intenté no sentirme desencantada. *Es una buena idea.* Como si le hubiera sugerido un simple paseo por el parque.

—¿Me está dando calabazas?

Nathan lo leyó dos veces.

—No. Te está diciendo que está ocupado y que no es el mejor momento para que vayas a casa sin avisar.

—Me está dando calabazas. En ese correo no hay nada. Ni amor, ni... deseo.

—O puede que saliera para el trabajo cuando lo escribió. O que estuviera en el baño. O hablando con su jefe. Solo está comportándose como un tío.

No me lo tragaba. Conocía a Sam. Miré fijamente esas dos líneas una y otra vez, intentando diseccionar su tono, su intención oculta. Me metí en Facebook, odiándome por hacerlo, y comprobé si Katie Ingram había anunciado que iba a hacer algo especial ese fin de semana. Irritantemente, no había colgado nada de nada. Que sería exactamente lo que alguien haría si tuviera intención de seducir al novio buenorro de otra mujer. Luego respiré hondo y le escribí una respuesta. Bueno, varias respuestas, pero solo hubo una que no borré.

No pasa nada. ¡Era un poco descabellado! Espero que te lo pases muy bien con Jake. Bss, L

Y pulsé el botón de «ENVIAR», maravillada al ver hasta qué punto las palabras de un correo electrónico podían desviarse de lo que de verdad sentías.

Agnes se marchó el jueves por la noche, cargada de regalos. Me despedí de ella entre grandes sonrisas y caí desmoronada delante de la televisión.

El viernes por la mañana me fui a una exposición de trajes de ópera chinos en el Met Costume Institute y me pasé una hora admirando los coloridos kimonos profusamente bordados y el lustre espejado de las sedas. Desde allí, inspirada, fui hasta la 37 Oeste para visitar algunas tiendas de telas y mercerías que había buscado la semana anterior. Era un día de octubre claro y frío que ya anunciaba el inicio del invierno. Cogí el metro y disfruté de su calor mugriento y viciado. Me pasé una hora ojeando las estanterías, perdiéndome entre los rollos de tejidos estampados. Había decidido crear mi propio *collage* de ideas para Agnes para que, cuando volviera, cubriera la pequeña *chaise longue* y los cojines de colores vivos y alegres: verdes jade y rosas, maravillosos estampados de loros y piñas, nada que ver con los apagados damascos y cortinas que aquellos caros decoradores de interiores no paraban de ofrecerle. Todos ellos eran los colores de la primera señora Gopnik. Agnes necesitaba poner su propio sello en el apartamento: algo atrevido, vibrante y bonito. Le expliqué lo que estaba haciendo a la dependienta y ella me habló de otro negocio del East Village, una tienda de ropa de segunda mano en cuya trastienda guardaban un montón de tejidos *vintage*.

La fachada no era demasiado prometedora: un sórdido escaparate de los años setenta que anunciaba un «Emporio de la Ropa Vintage, de todas las décadas y todos los estilos a precios económicos». Pero, cuando entré, me quedé de piedra. La tienda era como un gran almacén y estaba llena de expositores de ropa en distintas secciones bajo cartelitos escritos a mano que decían: «Años 40», «Años 60», «Ropa de ensueño» y «Rincón de las gangas: una costura rota no tiene por qué avergonzarte». El aire olía a almizcle, a perfume de décadas de antigüedad, a pieles comidas por las polillas y a noches de fiesta hacía tiempo olvidadas. Me tragué aquel olor como si fuera oxígeno, sintiéndome como si de alguna manera hubiera recuperado una parte de mí misma que apenas sabía que había perdido. Merodeé por la tienda, me probé montones de ropa de diseñadores de los que nunca había oído hablar, cuyos nombres eran un eco de alguna época pasada —confeccionado por Michel, Fonseca de Nueva Jersey, Miss Aramis—, mientras deslizaba los dedos por las puntadas invisibles, y me acariciaba las mejillas con sedas chinas y chifón. Podría haberme comprado una docena de cosas, pero al final me decidí por un vestido de cóctel entallado de color verde azulado con unos enormes puños de piel y un amplio cuello redondo (me dije a mí misma que la piel no contaba si era de hacía sesenta años), un peto vaquero *vintage* y una camisa de cuadros que me hizo desear cortar un árbol o tal vez montar un caballo cuya cola se contoneara de un lado a otro. Podría haberme quedado allí todo el día.

—Hace taaanto tiempo que le tengo echado el ojo a ese vestido —dijo la chica de la caja, cuando lo puse sobre el mostrador. Tenía un montón de tatuajes, el pelo negro teñido recogido hacia arriba en un moño enorme y los ojos perfilados con *kohl* oscuro—. Pero no me cabía el trasero en él. Tú estabas estupenda —añadió con voz áspera y pastosa por el tabaco, e increíblemente *cool*.

—No tengo ni idea de cuándo me lo pondré, pero necesito tenerlo.

—Eso me pasa a mí con la ropa todo el rato. Es como si te hablara, ¿verdad? Ese vestido me ha estado gritando: «¡Cómprame, idiota! ¡Y deja de comer patatas fritas!» —comentó la chica. Luego, acarició el vestido—. Adiós, amiguito azul. Siento haberte defraudado.

—Tu tienda es impresionante.

—Aquí estamos, peleando. Zarandeados por los crueles vientos de las subidas del alquiler y de los *manhattanitas* que prefieren ir a TJ Maxx antes que comprar algo original y precioso. Mira qué calidad —comentó, sosteniendo en alto el forro del vestido y señalando las diminutas puntadas—. ¿Cómo vas a conseguir un trabajo así en un taller clandestino de Indonesia? Nadie en todo el estado de Nueva York tiene un vestido como este —dijo, arqueando las cejas—. Salvo tú, dama inglesa. ¿De dónde ha salido esta preciosidad? —preguntó.

Yo llevaba puesto un abrigo militar verde sobre el que mi padre bromeaba diciendo que olía como si hubiera estado en la guerra de Crimea, y un gorrito de lana rojo. Debajo llevaba mis botas Dr. Martens turquesa, unos pantalones cortos de *tweed* y unas medias.

—Me encanta ese *look*. Si alguna vez quieres deshacerte de ese abrigo, yo lo vendería en un santiamén —aseguró, mientras chascaba los dedos con tal fuerza que mi cabeza dio un respingo—. Los abrigos militares nunca cansan. Yo tengo un abrigo rojo de infantería que mi abuela jura haberle robado a un guardia de Buckingham Palace. Le corté la parte de atrás y lo convertí en un *bum-freezer*. Sabes lo que es un *bum-freezer*, ¿no? ¿Quieres ver una foto? —me preguntó.

Claro que quería. Intimamos gracias a esa chaqueta corta igual que otras personas intiman gracias a las fotos de sus bebés. Se llamaba Lydia y vivía en Brooklyn. Ella y su hermana, Angelica, habían heredado la tienda de sus padres hacía siete años. Tenían poca clientela, pero fiel, y sobre todo se mantenían a flote gracias a las visitas de los diseñadores de vestuario de televisión y cine que compraban cosas para descoserlas y reconfeccionarlas. Dijo que la mayoría de las prendas procedían de liquidaciones de patrimonio.

—Florida es el mejor sitio. Está lleno de abuelas con armarios enormes con aire acondicionado atiborrados de vestidos de cóctel de los años cincuenta de los que nunca se han desprendido. Volamos allí cada dos meses y sobre todo nos reabastecemos gracias a los familiares de algún fallecido. Pero cada vez es más difícil. Hoy en día hay mucha competencia —aseguró, mientras me daba una tarjeta con la página web y el correo electrónico—. Si alguna vez tienes algo que quieras vender, llámame.

—Lydia —le dije, después de que envolviera mis prendas en papel de seda y las metiera en una bolsa—, creo que soy más una compradora que una vendedora. Pero gracias. Tu tienda es la mejor. Tú eres la mejor. Me siento como…, me siento como en casa.

—Eres un encanto —respondió ella, sin que se produjera el menor cambio en su expresión facial. Luego levantó un dedo y se agachó bajo el mostrador. Volvió a levantarse con un par de gafas de sol *vintage*, oscuras y con la montura de plástico azul claro.

—Alguien se las dejó aquí hace meses. Iba a ponerlas a la venta, pero se me acaba de ocurrir que te quedarían fabulosas, sobre todo con ese vestido.

—No debería —me excusé—. Ya he gastado mucho…

—¡Chist! Es un regalo. Así que ahora estás en deuda con nosotras y tienes que volver. Toma. ¿Quieres ver qué monas te quedan? —me preguntó, mientras levantaba un espejo.

Tenía que admitir que me quedaban ideales. Me coloqué las gafas sobre la nariz.

—Bueno, oficialmente este ha sido mi mejor día en Nueva York. Lydia, nos vemos la semana que viene. Y, básicamente, me gastaré aquí todo mi dinero, a partir de ahora.

—¡Guay! ¡Así es como chantajeamos emocionalmente a nuestros clientes para mantenernos a flote! —declaró, antes de encender un Sobranie y de despedirme con un gesto de la mano.

Me pasé la tarde creando el *collage* de ideas y probándome la ropa nueva, y de repente eran las seis y yo estaba sentada en la cama tamborileando con los dedos sobre las rodillas. Me sentía encantada con la idea de tener tiempo para mí misma, pero ahora la tarde se extendía ante mí como un paisaje desalentador y anodino. Le escribí un mensaje a Nathan, que aún estaba con el señor Gopnik, para ver si quería salir a comer algo después del trabajo, pero me dijo que tenía una cita. Lo dijo con amabilidad, pero de la forma en que se suele hacer cuando lo último que necesitas es que un sujetavelas se te pegue como una lapa.

Pensé en volver a llamar a Sam, pero ya no confiaba en que nuestras llamadas telefónicas se desarrollaran en la vida real como lo hacían en mi cabeza, y, aunque no dejaba de mirar el teléfono, mis dedos nunca llegaron a tocar los dígitos. Pensé en Josh y me pregunté si creería que quería algo con él si lo llamaba para salir. Y luego me pregunté si el hecho de que quisiera quedar con él para salir realmente implicaba que sí quería algo. Consulté la página de Facebook de Katie Ingram, pero aún no había colgado nada. Y luego me dirigí hacia la cocina antes de cometer alguna otra estupidez y le pregunté a Ilaria si necesitaba ayuda para hacer la cena, lo que le hizo girarse sobre los talones, enfundados en unas zapatillas negras, y mirarme con recelo durante diez segundos seguidos.

—¿Quieres ayudarme a hacer la cena?

—Sí —dije, sonriendo.

—No —respondió ella, antes de darme la espalda.

Hasta esa tarde, no me había dado cuenta de la poca gente que conocía en Nueva York. Había estado tan ocupada desde que había llegado y mi vida se basaba hasta tal punto en Agnes, en su agenda y sus necesidades, que no se me había ocurrido que no había hecho amigos propios. Pero había algo en el hecho de no tener planes un viernes por la noche en la ciudad que te hacía sentir…, bueno, un poco fracasada.

Fui andando hasta el sitio del *sushi* bueno y me compré una sopa de miso y un poco de *sashimi* que no había probado antes, intenté no pensar: «*¡Anguila! ¡En realidad estoy comiendo anguila!*», y me bebí una cerveza. Luego me tumbé en la cama, me puse a hacer *zapping* y evité pensar en otras cosas, como en qué estaría haciendo Sam. Me dije a mí misma que me encontraba en Nueva York, el centro del universo. Así que ¿qué importaba que me quedara una noche en casa? Simplemente estaba descansando tras una larga semana de exigente trabajo en Nueva York. Podía salir cualquier noche de la semana, si de verdad quería. Me lo repetí varias veces. Y entonces, mi teléfono pitó.

¿Vuelves a estar por ahí explorando los mejores bares de Nueva York?

Supe quién era sin necesidad de mirar. Algo dentro de mí dio un vuelco. Dudé un momento antes de responder.

La verdad es que esta noche no voy a salir.

¿Te apetece tomar una cerveza en plan amigos con un agotado esclavo a sueldo del mundo de las finanzas? Como mínimo así podrías asegurarte de que no me voy a casa con la mujer equivocada.

Esbocé una sonrisa. Y luego escribí:

¿Qué te hace pensar que te iba a servir como defensa para eso?

¿Quieres decir que tenemos pinta de que nosotros dos nunca podríamos estar juntos? Eso es muy duro.

Me refería a por qué crees que iba a evitar que te fueras a casa con otra.

¿Porque estás respondiendo a mis mensajes?

(A lo que añadió una carita sonriente).

Dejé de escribir, sintiéndome desleal de repente. Me quedé mirando el teléfono, observando cómo el cursor parpadeaba con impaciencia. Al final, escribió él.

¿La he cagado? La he cagado, ¿verdad? Mierda, Louisa Clark. Solo quería tomarme una cerveza con una chica guapa un viernes por la noche y estaba dispuesto a pasar por alto la sensación de vago abatimiento que produce el saber que está enamorada de otra persona. Hasta ese punto disfruto de tu compañía. ¿Vienes a tomarte una cerveza? Solo una.

Me tumbé sobre la almohada, pensando. Cerré los ojos y gemí. Y luego me senté y le respondí.

Lo siento mucho, Josh. No puedo. Bss

No me contestó. Lo había ofendido. Nunca más volvería a saber nada de él. Entonces mi teléfono emitió un sonido metálico.

Vale. Bueno, si me meto en líos te escribiré mañana a primera hora para que vengas a buscarme y finjas ser mi novia loca y celosa. Estate preparada para darle duro. ¿Hecho?

Me di cuenta de que me estaba riendo.

Es lo menos que puedo hacer. Que tengas una buena noche. Bss

Tú también. Aunque no demasiado buena. Lo único que me hace seguir adelante ahora mismo es pensar que en el fondo lamentas no salir conmigo. Bss

Sí que lo lamentaba un poco. Por supuesto que sí. ¿Cuántos episodios de *The Big Bang Theory* era capaz de tragarse una chica? Apagué la televisión, me quedé mirando al techo y pensé en mi novio, que estaba al otro lado del mundo, y en aquel estadounidense que se parecía a Will Traynor y que estaba deseando compartir tiempo conmigo, no con una chica rubia con pinta de llevar un tanga de lentejuelas debajo del uniforme. Pensé en llamar a mi hermana, pero no quería molestar a Thom.

Por primera vez desde que había llegado a Estados Unidos, tuve la sensación casi física de estar en el lugar equivocado, como si me estuvieran arrastrando unas cuerdas invisibles desde algún sitio a un millón de kilómetros de distancia. Hubo un momento en que me sentí tan mal que, cuando entré en el baño y vi una cucaracha enorme de color marrón en el lavabo, no grité, como habría hecho antes, sino que valoré por un instante la idea de convertirla en mi mascota, como si fuera un personaje de un libro infantil. Entonces caí en la cuenta de que ya estaba pensando oficialmente como una loca y, en lugar de eso, la rocié con Raid.

A las diez, irascible e inquieta, fui hasta la cocina y le robé a Nathan dos de sus cervezas, le metí una nota de disculpa por debajo de la puerta y me las bebí una tras otra, engulléndolas a tal velocidad que tuve que contener un enorme eructo. Me sentía fatal por lo de aquella maldita cucaracha. ¿Qué estaba haciendo, al fin y al cabo? Centrarse en sus asuntos cucarachiles. A lo mejor se sentía sola. A lo mejor quería ser amiga mía. Fui a echar un vistazo debajo del lavabo, donde la había mandado de una patada, pero definitivamente estaba muerta. Eso hizo que me enfadara de forma irracional. Añadí aquello a la lista de cosas por las que sentirme furiosa.

Me puse los cascos y empecé a cantar borracha algunas canciones de Beyoncé que sabía que me harían sentir peor, aunque por alguna razón eso me daba exactamente igual. Rebusqué en el teléfono para ver las pocas fotos que tenía con Sam, e intentar detectar la intensidad de sus sentimientos por la forma en que me rodeaba con el brazo, o por cómo inclinaba la cabeza hacia la mía. Las observé con atención e intenté recordar qué era lo que me hacía sentir tan segura y a gusto en sus brazos. Entonces cogí el portátil y le escribí un correo electrónico.

¿Aún me echas de menos?

Pulsé el botón de «ENVIAR», consciente, mientras el mensaje salía disparado hacia el éter, de que acababa de condenarme a un número indeterminado de horas de ansiedad relacionada con ese correo electrónico, mientras esperaba a que él me respondiera.

13

M e levanté con el estómago revuelto y no por culpa de la cerveza. En menos de diez segundos, aquella vaga sensación de náusea se filtró en una sinapsis y conectó con el recuerdo de lo que había hecho la noche anterior. Abrí lentamente el portátil y me llevé los puños a los ojos cuando descubrí que sí, que de verdad lo había enviado, y que no, que él no había respondido. Ni siquiera después de pulsar «ACTUALIZAR» catorce veces.

Me quedé tumbada en posición fetal durante un rato, intentando hacer que el nudo que tenía en el estómago desapareciera. Y luego me planteé llamarlo y explicarle, restándole importancia, que bueno, que estaba un poco achispada y nostálgica, que solo quería oír su voz y que lo sentía. Pero me había dicho que tenía que trabajar todo el sábado, lo que significaba que en ese preciso instante estaría en la ambulancia con Katie Ingram. Y había algo en mí que se resistía a tener esa conversación con ella al alcance del oído.

Por primera vez desde que había empezado a trabajar para los Gopnik, el fin de semana se extendía ante mí como un viaje interminable por un terreno inhóspito. Así que hice lo que todas las chicas hacen cuando están lejos de casa y un poco tristes. Me comí medio paquete de galletas Digestive de chocolate y llamé a mi madre.

—¡Lou! ¿Eres tú? Espera, estoy lavando la ropa interior del abuelo. Deja que cierre el agua caliente —dijo. Oí que caminaba hacia el otro extremo de la cocina; la radio, como un zumbido de fondo a lo lejos, se quedó muda de repente, y me sentí transportada de inmediato a nuestra casita de Renfrew Road—. ¡Hola! ¡Ya estoy aquí! ¿Va todo bien? —preguntó, casi sin aliento. Me la imaginé desatándose el delantal. Siempre se quitaba el delantal para las llamadas importantes.

—¡Sí, bien! Apenas he tenido un minuto para hablar como es debido, así que se me ha ocurrido llamarte.

—¿No es carísimo? Creía que solo querías enviar correos electrónicos. No te mandarán una de esas facturas de miles de libras, ¿verdad? He visto algo en la tele sobre gente que se ve atrapada tras cometer el error de usar sus teléfonos en vacaciones. Tendrías que vender la casa al volver solo para quitarte las deudas de encima.

—He consultado las tarifas. Me alegra oír tu voz, mamá.

La emoción de mi madre por hablar conmigo hizo que me avergonzara un poco por no haberla llamado antes. Parloteaba sin parar, hablándome de que pensaba empezar las clases nocturnas de poesía cuando el abuelo se encontrara mejor, y de los refugiados sirios que se habían mudado al final de la calle, a los que estaba dando clases de inglés.

—Claro que la mitad del tiempo no entiendo nada de lo que dicen, pero hacemos dibujos, ¿sabes? Y Zeinah, la madre, siempre me cocina alguna cosita para darme las gracias. No te imaginas lo que es capaz de hacer con una masa de hojaldre. De verdad, son todos simpatiquísimos —dijo. Me comentó que el médico nuevo le había dicho a papá que tenía que perder peso, que el abuelo cada vez oía peor y que ponía la tele tan alta que cada vez que la encendía ella estaba a punto de hacerse pis encima; también me contó que Dymphna, la vecina de dos puertas más allá, iba a tener un bebé y que la oían vomitar mañana, tarde y noche. Me senté en la cama, escuché y me sentí extrañamente reconfortada por el hecho de que la vida continuara con normalidad en algún otro lugar del mundo—. ¿Has hablado con tu hermana?

—Hace un par de semanas que no, ¿por qué?

Mi madre bajó la voz, como si Treena estuviera en la sala en vez de a sesenta kilómetros de distancia.

—Está con un hombre.

—Ah, sí, ya lo sé.

—¿Ya lo sabes? ¿Cómo es? No nos ha dicho nada. Sale con él dos o tres veces por semana. Y no para de tararear y de sonreír cuando le hablo de él. Es muy raro.

—¿Raro?

—Que tu hermana sonría tanto. Me pone un poco de los nervios. Quiero decir, que es maravilloso y todo eso, pero no es ella misma. Lou, fui a Londres a pasar la noche con ella y con Thom para que pudiera salir, y volvió a casa… ¡cantando!

—Vaya.

—Lo sé. Y casi sin desafinar, además. Se lo dije a tu padre y me acusó de ser poco romántica. ¡Poco romántica! Yo le contesté que solo alguien que de verdad creía en el romanticismo podía seguir casada después de estar lavándole los gayumbos durante treinta años.

—¡Mamá!

—Ay, Dios. Lo olvidaba. Todavía no habrás desayunado. Bueno. Es igual. Si hablas con ella, intenta sacarle información. ¿Qué tal tu chico, por cierto?

—¿Sam? Ah, está… bien.

—Perfecto. Se pasó por tu piso un par de veces después de que te fueras. Creo que solo quería sentirse cerca de ti, el pobre. Treena dijo que estaba realmente triste. No paraba de buscar cosas que hacer por la casa. También vino un día a cenar asado con nosotros. Pero ya hace tiempo que no viene.

—Está muy ocupado, mamá.

—No lo dudo. Tiene un trabajo muy duro, ¿verdad? Bueno, voy a dejarte antes de que esta llamada nos arruine a las dos. ¿Te he dicho que veré a Maria esta semana? La encargada de los aseos de ese hotel tan bonito al que fuimos en agosto. Voy a ir a Londres a visitar a Treena y a Thom el viernes, y antes comeré con Maria.

—¿En los aseos?

—No seas boba. Hay una oferta de dos por uno en platos de pasta en esa cadena italiana que está cerca de Leicester Square. No recuerdo el nombre. Es muy quisquillosa con los sitios a los que va; dice que debería juzgarse la cocina de un restaurante por la limpieza del aseo de señoras. Al parecer, este tiene un horario de mantenimiento muy bueno. Lo limpian cada hora. ¿Tú estás bien? ¿Cómo es la glamurosa vida de la Quinta Calle?

—Avenida. Quinta Avenida, mamá. Es genial. Todo es… increíble.

—No olvides mandarme algunas fotos más. Le enseñé a la señora Edwards la del Baile Amarillo y dijo que parecías una estrella de cine. No especificó cuál, pero sé que lo comentó en el buen sentido. ¡Le estaba diciendo a papá que deberíamos ir a visitarte antes de que seas tan importante que ya ni nos conozcas!

—Como si eso fuera a pasar.

—Estamos realmente orgullosos de ti, cariño. No puedo creer que tenga una hija en la alta sociedad de Nueva York, montando en limusina y codeándose con la *crème de la crème*.

Eché un vistazo a mi pequeña habitación, a su papel de pared de los años ochenta y a la cucaracha muerta debajo del lavabo.

—Sí —contesté—. Soy muy afortunada.

Me vestí, intentando no pensar en qué querría decir que Sam ya no pasara por mi piso solo para sentirse cerca de mí. Me tomé un café y bajé las escaleras. Iría al Emporio de la Ropa Vintage. Tenía la sensación de que a Lydia no le importaría que me pasara por allí.

Elegí la ropa cuidadosamente: esa vez me puse una blusa de estilo chino mandarín azul turquesa con una falda pantalon negra de lana y unas bailarinas rojas. El mero hecho de crear un atuendo que no incluyera un polo y unos pantalones de nailon me hacía sentir más yo misma. Me hice dos trenzas en el pelo y las sujeté atrás con un lacito rojo, y luego añadí las gafas de sol que Lydia me había regalado y unos pendientes en forma de Estatua de la Libertad que me habían parecido irresistibles, a pesar de que salían de un puesto de baratijas para turistas.

Oí el escándalo mientras bajaba por las escaleras. Me pregunté fugazmente qué estaría tramando ahora la señora De Witt, pero cuando doblé la esquina vi que la que gritaba era una mujer india, que parecía estar lanzándole un niño pequeño a Ashok.

—Dijiste que este día era para mí. Me lo prometiste. ¡Tengo que ir a la manifestación!

—No puedo, *cari*. Vincent no está. No tenían a nadie para ocuparse de la entrada.

—Entonces tus hijos se quedarán aquí sentados contigo. Voy a ir a esa manifestación, Ashok. Me necesitan.

—¡No puedo cuidar aquí de los niños!

—La biblioteca va a cerrar, *cari*. ¿Lo entiendes? ¡Sabes que es el único sitio con aire acondicionado al que puedo ir en verano! Y es el único sitio en el que me siento cuerda. Dime a qué otro sitio de Heights se supone que voy a llevar a estos niños, si estoy sola dieciocho horas al día.

Ashok levantó la cabeza cuando aparecí.

—Ah, hola, señorita Louisa.

La mujer se volvió. No estoy segura de cómo esperaba que fuera la esposa de Ashok, pero desde luego no me imaginaba a una mujer como aquella, de aspecto arisco, con vaqueros, bandana y el pelo rizado cayéndole por la espalda.

—Buenos días.

—Buenos días —respondió ella, volviendo a girarse—. No pienso discutir más sobre esto, *cari*. Me dijiste que el sábado era mío. Voy a ir a esa manifestación para proteger un bien público muy valioso. Y ya está.

—Hay otra manifestación la semana que viene.

—¡Tenemos que seguir presionando! ¡En este momento es cuando los concejales de la ciudad deciden lo de los fondos! Si no salimos ahí fuera ahora, en los medios de comunicación locales no pondrán nada y creerán que a nadie le importa. ¿Sabes cómo funcionan las relaciones públicas, *cari*? ¿Sabes cómo funciona el mundo?

—Perderé mi trabajo si mi jefe baja aquí y ve a tres niños. Sí, te quiero, Nadia. Claro que te quiero. No llores, cielo —dijo Ashok, volviéndose hacia la niña que llevaba en brazos y dándole un beso en su húmeda mejilla—. Hoy papá tiene que hacer su trabajo.

—Me voy, *cari*. Volveré a primera hora de la tarde.

—No te vayas. No te atrevas… ¡Eh!

Ella se alejó mostrando la palma de la mano, como para evitar más protestas, y salió del edificio, antes de agacharse a recoger una pancarta que había dejado al lado de la puerta.

Como en una perfecta coreografía, los tres niños pequeños se echaron a llorar. Ashok maldijo en voz baja.

—¿Qué diablos se supone que voy a hacer ahora?

—Yo me ocupo —respondí, antes de darme cuenta de lo que estaba haciendo.

—¿Qué?

—No hay nadie en casa. Me los llevaré arriba.

—¿Lo dice en serio?

—Ilaria va a ver a su hermana los sábados. El señor Gopnik está en el club. Los aparcaré delante de la tele. No puede ser muy complicado.

Él me miró.

—No tiene hijos, ¿verdad, señorita Louisa? —preguntó, antes de recuperarse—. Pero eso me salvaría la vida. Si el señor Ovitz pasa por aquí y me ve con estos tres, me despedirá antes de que pueda decir...

Ashok se quedó pensando un momento.

—¿«Estás despedido»?

—Exacto. Vale. Deje que la ponga al día y que le explique quién es quién y qué le gusta a cada uno. ¡Eh, niños, vais a correr una aventura arriba con la señorita Louisa! ¿A que mola? —exclamó, y los tres niños me miraron con sus caritas húmedas y llenas de mocos. Yo les devolví una sonrisa radiante. Y los tres empezaron a llorar de nuevo al unísono.

Si alguna vez te sientes melancólico, lejos de tu familia y albergas ciertas dudas sobre la persona que amas, te recomiendo encarecidamente que te hagas cargo de forma temporal de tres pequeños desconocidos, de los que al menos dos sean todavía incapaces de ir al baño por sí mismos. Solo le encontré sentido a la frase «vive el momento» cuando me encontré siguiendo a un bebé que gateaba, con el pañal obscenamente lleno medio colgando, sobre una alfombra de Aubusson de valor incalculable, mientras a la vez intentaba impedir que otro crío de cuatro años siguiera a un gato traumatizado. Al niño de edad intermedia, Abhik, pude calmarlo con galletas y lo dejé delante de los dibujos animados en la sala de la televisión, metiéndose paladas de migas con sus manos gorditas en la boca babeante, mientras intentaba pastorear a los otros dos para que estuvieran, al menos, en un mismo radio de seis metros cuadrados. Eran graciosos, monos, volubles y agotadores, no paraban de graznar, de correr y de chocarse una y otra vez con los muebles. Los jarrones se tambaleaban, los libros eran arrastrados de las estanterías y repuestos velozmente. El ruido —y varios olores repugnantes— llenaban el aire. Llegó un momento en que me senté en el suelo agarrando a dos de ellos por la cintura, mientras Rachana, la mayor, me metía un dedo pegajoso en el ojo y se reía. Yo también me reí. Era bastante divertido, siempre que tuvieras la certeza de que aquello iba a acabar pronto.

Al cabo de dos horas, Ashok subió y me dijo que su mujer seguía en la manifestación y que si me los podía quedar una hora más. Le respondí que sí. Me lo había pedido con los ojos abiertos de par en par por la desesperación y, al fin y al cabo, yo no tenía nada más que hacer. Lo que sí hice, sin embargo, fue tomar la precaución de meterlos en mi cuarto, donde les puse unos dibujos animados, intenté evitar que abrieran la puerta y acepté en mi fuero interno que el aire en aquella parte del edificio nunca volvería a oler igual. Estaba evitando que Abhik se echara espray para las cucarachas en la boca, cuando llamaron a la puerta.

—¡Un momento, Ashok! —grité, intentando arrancarle el bote al niño antes de que lo viera su padre.

Pero fue la cara de Ilaria la que apareció al otro lado de la puerta. Me miró, luego miró a los niños, y después volvió a mirarme. Abhik dejó de llorar un instante, mientras la observaba con sus enormes ojos marrones.

—Ah. ¡Hola, Ilaria! —dije. Ella no respondió—. Estoy..., estoy ayudando a Ashok durante un par de horas. Sé que no es lo ideal pero, por favor, no digas nada. Solo se quedarán un ratito más.

Ella contempló la escena y luego olfateó el aire.

—Fumigaré la habitación cuando se vayan. Por favor, no se lo digas al señor Gopnik. Prometo que no volverá a ocurrir. Sé que debería haber preguntado antes, pero no había nadie y Ashok estaba desesperado —expliqué. Mientras hablaba, Rachana fue corriendo hacia la mujer y se lanzó como un balón de rugby contra su estómago. Hice una mueca de dolor, mientras Ilaria retrocedía, tambaleándose—. Se irán en un minuto. Puedo llamar a Ashok ahora mismo. De verdad. Nadie tiene por qué saber...

Pero Ilaria se limitó a colocarse la blusa y cogió a la niñita en brazos.

—¿Tienes sed, *compañera**?

Y, sin mirar atrás, se fue con Rachana, que se había acurrucado sobre su enorme pecho mientras se metía el dedito pulgar en la boca.

Yo me quedé allí sentada, hasta que la voz de Ilaria retumbó en el pasillo.

—Tráelos a la cocina.

Ilaria frio una tanda de buñuelos de plátano y les dio a los niños unos trocitos de la fruta para mantenerlos ocupados mientras cocinaba, y yo me dediqué a rellenar vasos de agua y a intentar

---

* En español en el original. *[N. de las T.]*

evitar que la niña más pequeña volcara las sillas de la cocina. Ella no hablaba conmigo, pero canturreaba en voz baja con el rostro inundado por una dulzura inusitada y hablaba con los críos con voz suave y musical. Los niños, como perros respondiendo a un entrenador eficiente, se volvieron repentinamente tranquilos y sumisos, extendían sus manos con hoyuelos para que les dieran otro trozo de plátano, y se acordaban de decir «por favor» y «gracias», siguiendo las instrucciones de Ilaria. Comieron y comieron, cada vez más sonrientes y plácidos, y el bebé empezó a frotarse los ojos con el puño como si estuviera listo para irse a la cama.

—Tenían hambre —dijo Ilaria, señalando los platos vacíos.

Intenté recordar si Ashok me había comentado algo sobre que hubiera comida en la bolsa de los niños, pero de todos modos había estado demasiado distraída para mirar. Daba gracias por que hubiera una persona mayor al cargo.

—Se te dan genial los niños —comenté, masticando un trozo de buñuelo.

Ella se encogió de hombros. Pero parecía silenciosamente satisfecha.

—Deberías cambiar a la pequeña. Podemos hacerle una cama en el cajón de abajo de tu cómoda —dijo. Yo me quedé mirándola—. Para que no se caiga de la cama —añadió la mujer, haciendo un gesto de impaciencia con los ojos, como si fuera algo obvio.

—Ah, claro.

Volví a llevarme a Nadia a mi cuarto y la cambié, con una mueca de asco. Eché las cortinas. Y luego saqué el cajón de abajo de la cómoda, coloqué los jerséis para que lo recubrieran, puse a Nadia entre ellos y esperé a que se durmiera. Al principio se resistió, me observaba con sus grandes ojos y levantaba sus manos regordetas y con hoyuelos hacia las mías, pero yo sabía que ella perdería la batalla. Intenté imitar a Ilaria y le canté una nana en voz baja. Bueno, no era una nana propiamente dicha: solo recordaba la letra de la *Canción de Molahonkey,* que le hizo reír, y de otra canción que hablaba de que Hitler solo tenía un testículo, que mi padre me cantaba cuando era pequeña. Pero al bebé parecía gustarle. Sus ojos empezaron a cerrarse.

Oí los pasos de Ashok en el pasillo y la puerta se abrió a mis espaldas.

—No entres —susurré—. Ya casi está... *A Himmler le pasaba algo parecido...* —continué. Ashok se quedó donde estaba—. *Pero el pobre Goebbels no tenía pelotas de ningún tipo.*

Y, en ese momento, se quedó dormida. Esperé un instante, le puse mi jersey azul turquesa de cachemira de cuello redondo encima para que no se enfriara y me levanté.

—Puedes dejarla aquí, si quieres —susurré—. Ilaria está en la cocina con los otros dos. Creo que se ha quedado...

Me di la vuelta y dejé escapar un gañido. Sam estaba allí de pie, en mi puerta, con los brazos cruzados y medio sonriendo. Había una bolsa de viaje en el suelo, entre sus pies. Parpadeé mientras lo miraba, preguntándome si estaba alucinando. Y luego me llevé lentamente las manos a la cara.

—¡Sorpresa! —musitó él, y crucé la habitación a trompicones para empujarlo al pasillo y poder besarlo.

Lo había planeado la noche que le había contado lo de mi inesperado fin de semana libre, según me dijo. Lo de Jake no había supuesto ningún problema —no le faltaban amigos encantados de recibir una entrada gratis para ir a un concierto— y había reorganizado su trabajo, pidiendo favores y cambiando turnos. Luego había comprado un vuelo barato de última hora y había venido a darme una sorpresa.

—Tienes suerte de que yo no decidiera hacer lo mismo contigo.

—La verdad es que lo pensé, cuando estaba a diez mil metros de altura. De repente te imaginé volando en la dirección opuesta.

—¿Cuánto tiempo tenemos?

—Solo cuarenta y ocho horas, me temo. Tengo que irme el lunes a primera hora de la mañana. Pero, Lou, yo solo... No quería esperar varias semanas.

No dijo nada más, pero entendí lo que quería decir.

—Me alegro tanto de que lo hayas hecho. Gracias. Gracias. ¿Quién te ha dejado entrar?

—El hombre de la recepción. Me advirtió de lo de los niños. Luego me preguntó si estaba recuperado de lo de la intoxicación alimentaria —comentó, arqueando una ceja.

—Ya. No hay secretos en este edificio.

—También me dijo que eras un encanto y la persona más agradable de por aquí. Algo que yo ya sabía, desde luego. Y después una ancianita con un perro que no paraba de ladrar vino por el pasillo y empezó a gritarle por la recogida de basura, así que me fui.

Estuvimos tomando café hasta que la mujer de Ashok llegó y se llevó a los niños. Se llamaba Meena y, radiante por la energía residual de su manifestación comunitaria, me dio las gracias de todo corazón y nos habló de la biblioteca de Washington Heights que estaban intentando salvar. Parecía que Ilaria no quería devolverle a Abhik; estaba ocupada sonriéndole, apretándole con suavidad los carrillos y haciéndolo reír. Todo el tiempo que estuvimos allí con las dos mujeres, charlando, sentía la mano de Sam en la parte baja de mi espalda, su enorme complexión llenando nuestra cocina, su mano libre alrededor de una de nuestras tazas de café, y de repente tuve la sensación de que ese lugar era un poco más mi casa porque ahora era capaz de imaginármelo allí.

«Es un verdadero placer conocerla», le había dicho Sam a Ilaria, tendiéndole la mano, y esta, en lugar de su cara habitual de inexpresiva desconfianza, le había sonreído, una pequeña sonrisa, y se la había estrechado. Me di cuenta de que poca gente se tomaba la molestia de presentarse a ella. Las dos éramos invisibles la mayor parte del tiempo, e Ilaria —tal vez debido a su edad o a su nacionalidad— aún más que yo.

—Asegúrate de que el señor Gopnik no lo vea —murmuró la mujer, mientras Sam iba al baño—. No se permiten novios en el edificio. Usa la puerta de servicio —añadió, meneando la cabeza como si no pudiera creer que estuviera accediendo a algo tan inmoral.

—Ilaria, nunca olvidaré esto. Gracias —dije. Extendí los brazos como si fuera a abrazarla, pero ella me taladró con la mirada. Me frené en seco y convertí el abrazo en una especie de doble levantamiento de pulgares.

Comimos pizza —con ingredientes vegetarianos seguros— y luego paramos en un bar oscuro y mugriento donde el béisbol atronaba en una pequeña pantalla de televisión sobre nuestras cabezas y nos sentamos en una mesa minúscula con las rodillas pegadas. La mitad del tiempo no sabía de qué hablábamos porque no podía creer que Sam estuviera allí, delante de mí, recostado en la silla, riéndose de cosas que yo decía y pasándose la mano por la cabeza. Como de mutuo acuerdo, ignoramos los temas de Katie Ingram y Josh, y en lugar de ello hablamos de nuestras familias. Jake tenía una nueva novia y ya raras veces se quedaba en casa de Sam. Él dijo que le echaba de menos, aunque entendía que ningún chico de diecisiete años quisiera ir por ahí con su tío.

—Es mucho más feliz, y eso que su padre sigue en las mismas, así que debería alegrarme por él. Pero es raro. Estaba acostumbrado a tenerlo cerca.

—Siempre puedes ir a ver a mi familia —contesté.

—Lo sé.

—¿Puedo decirte por enésima vez lo feliz que me hace que estés aquí?

—Puedes decirme lo que quieras, Louisa Clark —respondió Sam en voz baja, antes de acercar mis nudillos a sus labios.

Nos quedamos en el bar hasta las once. Curiosamente, a pesar del poco tiempo que íbamos a pasar juntos, ninguno de los dos sentía la terrorífica urgencia de aprovechar al máximo cada minuto que habíamos experimentado en su última visita. El hecho de que estuviera allí era una gratificación tan inesperada, que creo que ambos acordamos de forma silenciosa simplemente disfrutar del mero hecho de estar juntos. No era necesario hacer turismo, experimentar cosas nuevas o ir corriendo a la cama. Como decían los jóvenes, todo estaba guay.

Abandonamos el bar enroscados el uno en el otro, como hacen los borrachos felices, me acerqué al bordillo, me llevé dos dedos a la boca y silbé, sin retirarme mientras el taxi amarillo frenaba con un chirrido delante de mí. Me volví para hacer entrar a Sam, pero él me estaba mirando fijamente.

—Ah. Sí. Ashok me enseñó. Tienes que poner los dedos debajo de la lengua. Mira, así.

Le sonreí, pero había algo en su expresión que me preocupaba. Creí que le divertiría mi pequeña floritura al llamar al taxi, pero en lugar de ello fue como si de repente no me reconociera.

Volvimos a un edificio silencioso. El Lavery se erguía tranquilo y majestuoso sobre el parque, elevándose entre el ruido y el caos de la ciudad como si, de alguna manera, estuviera por encima de ese tipo de cosas. Sam se detuvo cuando llegamos a la zona de la acera cubierta que llegaba hasta la puerta delantera y levantó la vista hacia la estructura que se cernía sobre él, hacia la monumental fachada de ladrillo y hacia las ventanas de estilo palladiano. Meneó la cabeza, casi para sus adentros, y entramos. El vestíbulo de mármol estaba en silencio y el portero de noche dormitaba en la oficina de Ashok. Ignoramos el ascensor de servicio y subimos por las escaleras, con la enorme extensión de alfombra de color azulón ahogando nuestros pasos, mientras deslizábamos las manos por la balaustrada de latón pulido y subíamos otro tramo más para llegar al pasillo de los Gopnik. A lo lejos, Dean Martin empezó a ladrar. Abrí la puerta para que pudiéramos entrar y la cerré con suavidad a nuestras espaldas.

Nathan tenía la luz apagada y, en el pasillo, la televisión de Ilaria parloteaba distante. Sam y yo recorrimos de puntillas el largo pasillo, pasamos por delante de la cocina y llegamos a mi cuarto. Me puse una camiseta, deseando de repente dormir con algo un poco más sofisticado, y luego entré en el baño y empecé a lavarme los dientes. Salí del baño, aún cepillándomelos, y encontré a Sam sentado en la cama, contemplando fijamente la pared. Le dirigí una mirada inquisitiva, en la medida en que es posible hacerlo con la boca llena de espuma de menta.

—¿Qué?

—Es... raro —dijo.

—¿Lo dices por mi camiseta?

—No. Estar aquí. En este lugar.

Volví a entrar al baño, escupí y me sequé la boca.

—No pasa nada —empecé a decir, cerrando el grifo—. Ilaria es maja y el señor Gopnik no volverá hasta el domingo por la noche. Si te sientes muy incómodo, mañana alquilaré una habitación en ese hotelito que Nathan conoce dos edificios más allá y podemos...

Él negó con la cabeza.

—Esto no. Tú. Aquí. Cuando estábamos en el hotel solo éramos tú y yo, en plan normal. Solo que en un sitio diferente.

Aquí, por fin puedo ver que todo ha cambiado para ti. Por favor, si vives en la Quinta Avenida. Uno de los lugares más caros del mundo. Trabajas en este edificio alucinante. Aquí todo huele a dinero. Y te resulta completamente normal.

Me sentía extrañamente a la defensiva.

—Sigo siendo yo.

—Claro —contestó él—. Pero ahora estás en un sitio diferente. Literalmente.

Aunque lo dijo con neutralidad, había algo en aquella conversación que me hacía sentir incómoda. Caminé lentamente hasta él con los pies descalzos, le puse las manos sobre los hombros y le hablé con un poco más de urgencia de la que pretendía.

—Sigo siendo simplemente Louisa Clark, tu novia ligeramente díscola de Stortfold —le aseguré—. Aquí solo soy una asistente contratada, Sam —añadí, al ver que no respondía.

Él me miró a los ojos y extendió una mano para acariciarme la mejilla.

—No lo entiendes. Tú no puedes ver cómo has cambiado. Eres distinta, Lou. Te mueves por las calles de esta ciudad como si fueran tuyas. Paras a los taxis con un silbido y ellos vienen. Hasta caminas de forma diferente. Es como… No sé. Has crecido. O puede que te hayas convertido en otra persona.

—¿Lo ves? Ahora estás diciendo algo bueno y aun así, de alguna forma, parece algo malo.

—No es malo —dijo él—. Solo… diferente.

Entonces me moví y me puse a horcajadas sobre él, con las piernas desnudas sobre sus vaqueros. Acerqué mi cara a la suya, mi nariz a la suya, puse mi boca a unos centímetros de la suya. Le rodeé el cuello con los brazos para poder sentir la suavidad de su pelo corto y oscuro sobre mi piel, su cálido aliento sobre mi pecho. Estaba oscuro y un estrecho rayo de fría luz de neón se proyectaba sobre la cama. Lo besé y con ese beso intenté transmitirle algo de lo que él significaba para mí, el hecho de que podía llamar a un millón de taxis con un silbido y aun así tener claro que él era la única persona con la que quería subirme a uno de ellos. Lo besé, con besos cada vez más profundos e intensos, pegándome a él, hasta que se rindió, hasta que sus manos se cerraron alrededor de mi cintura y se deslizaron hacia arriba, hasta que sentí el momento exacto en que dejó de pensar. Me atrajo con fuerza hacia él, apretando su boca contra la mía, y jadeé mientras él se daba la vuelta y me echaba hacia atrás, con todo su ser reducido a una única intención.

Esa noche le regalé algo a Sam. Me sentía desinhibida, diferente. Me convertí en una persona distinta a mí misma porque intentaba demostrarle desesperadamente que de verdad lo necesitaba. Fue una pelea, aunque él no lo supiera. Oculté mi propio poder y lo cegué con el suyo. No hubo cariño, ni palabras tiernas. Cuando nuestros ojos se encontraron, estaba casi enfadada con él. *Sigo siendo yo,* le dije en silencio. *No te atrevas a dudar de mí. No después de esto.* Él me tapó los ojos, posó la boca sobre mi pelo y me poseyó. Yo le dejé. Quería que él se volviera medio loco. Quería que se sintiera como si se lo hubiera quedado todo. No tengo ni idea de qué ruidos hice, pero cuando acabó me pitaban los oídos.

—Ha sido… diferente —dijo Sam, cuando recuperó el aliento. Luego recorrió mi cuerpo con su mano, esa vez con ternura, y me acarició suavemente el muslo con el pulgar—. Nunca antes te habías comportado así.

—A lo mejor nunca antes te había echado tanto de menos —dije, inclinándome hacia él para besarle el pecho. Me dejó los labios salados. Nos quedamos allí tumbados, en la oscuridad, parpadeando por culpa de la franja de neón del techo.

—Es el mismo cielo —dijo él, en la oscuridad—. Eso es lo que tenemos que recordar. Todavía seguimos bajo el mismo cielo.

A lo lejos, empezó a sonar una sirena de la policía, seguida por otra en un contrapunto discordante. En realidad, yo ya ni las oía; los sonidos de Nueva York se habían vuelto familiares, diluyéndose en un sonido blanco que pasaba desapercibido. Sam se volvió hacia mí, con el rostro ensombrecido.

—Empecé a olvidar cosas, ¿sabes? Todas esas pequeñas partes de ti que adoro. No era capaz de recordar el olor de tu pelo —admitió, bajando la cabeza hacia la mía e inhalando—. Ni el contorno de tu mandíbula. Ni la forma en que tu piel tiembla cuando hago esto… —añadió, mientras pasaba un dedo suavemente por mi clavícula, y yo esbocé una media sonrisa por la reacción involuntaria de mi cuerpo—. Y esa forma tan maravillosa en que me miras aturdida al acabar… Tenía que venir aquí, para recordarlo.

—Sigo siendo yo, Sam —dije.

Él me besó, posando suavemente los labios cuatro o cinco veces sobre los míos. Un murmullo.

—Bueno, seas quien seas, Louisa Clark, te quiero —susurró y, suspirando, rodó lentamente boca arriba.

Pero fue en ese momento cuando tuve que reconocer una verdad incómoda. Había sido diferente con él. Y no solo porque quería demostrarle cuánto lo deseaba, cuánto lo adoraba, aunque eso había tenido algo que ver. De alguna forma oscura y oculta, había querido demostrarle que yo era mejor que ella.

14

Dormimos hasta después de las diez y luego fuimos al centro, a la cafetería que hay cerca de Columbus Circle. Comimos hasta que nos dolió el estómago, bebimos litros de café aguado y nos sentamos uno frente al otro con las rodillas entrelazadas.

—¿Te alegras de haber venido? —le pregunté, como si no supiera la respuesta.

Él extendió una mano y la posó suavemente detrás de mi cuello, inclinándose sobre la mesa hasta que pudo besarme, ajeno al resto de los comensales, para ofrecerme la única respuesta que necesitaba. A nuestro alrededor había sentadas varias parejas de mediana edad con los periódicos del fin de semana, grupos de asiduos a los clubes nocturnos vestidos de forma extravagante que aún no se habían ido a la cama y que hablaban unos por encima de otros, y parejas agotadas con niños malhumorados.

Sam se recostó en la silla y exhaló un largo suspiro.

—Mi hermana siempre quiso venir aquí, ¿sabes? Me parece ridículo que nunca lo hiciera.

—¿En serio? —Le cogí la mano y él giró la palma hacia arriba para agarrar la mía y cerrar los dedos sobre ella.

—Sí. Tenía toda una lista de cosas que quería hacer, como ir a un partido de béisbol. ¿De los Kicks? ¿Knicks? De algún equipo que quería ver. Y comer en una cafetería neoyorquina. Y sobre todo quería subir al Rockefeller Center.

—¿Y al Empire State no?

—Qué va. Decía que el Rockefeller tenía que ser mejor, por algo de un observatorio de cristal desde el que se podía mirar. Al parecer, desde allí se podía ver la Estatua de la Libertad.

Le apreté la mano.

—Podríamos ir hoy.

—Podríamos —respondió—. Aunque da que pensar, ¿no? —dijo, cogiendo el café—. Hay que aprovechar las oportunidades mientras se puede.

Una vaga melancolía se instaló sobre él. No intenté quitársela de encima. Sabía mejor que nadie que a veces necesitabas que te permitieran estar triste. Esperé un momento, antes de responder.

—Tengo esa sensación todos los días —dije. Él se volvió hacia mí—. Voy a decir algo de Will Traynor —añadí, a modo de advertencia.

—Vale.

—Apenas paso un día aquí sin pensar que él estaría orgulloso de mí.

Me sentí un poquitín nerviosa al decirlo, consciente de cómo había puesto a prueba a Sam al inicio de nuestra relación, hablándole sin parar de Will, sobre lo que había significado para mí, sobre el agujero en forma de Will que había dejado tras él. Pero él se limitó a asentir.

—Yo también lo creo —dijo. Me acarició el dedo con el pulgar—. Y tengo la certeza de que yo lo estoy. Orgulloso de ti. Es decir, te echo un montón de menos. Pero, madre mía, eres increíble, Lou. Has venido a una ciudad que no conocías y has logrado que este trabajo, con sus millonarios y multimillonarios, se te adapte perfectamente, y has hecho amigos, y has creado todo esto por ti misma. Hay gente que vive toda la vida sin hacer una décima parte de esto —comentó, señalando a su alrededor.

—Tú también podrías hacerlo —dije, sin poder evitar que se me escapara aquel comentario—. He investigado. Las autoridades de Nueva York siempre necesitan buenos técnicos en emergencias sanitarias. Aunque estoy segura de que podríamos convencerles de que tú tampoco estás mal —bromeé, pero en cuanto pronuncié aquellas palabras me di cuenta de cuánto deseaba que aquello sucediera. Me incliné sobre la mesa—. Sam. Podríamos alquilar un apartamentito en Queens, por ejemplo, y podríamos estar juntos todas las noches, menos cuando estuviéramos trabajando a horas intempestivas, y podríamos hacer esto todos los domingos por la mañana. Podríamos estar juntos. ¿No sería maravilloso? —señalé. *Solo se vive una vez.* Oí que aquellas palabras me repicaban en los oídos. *Di que sí,* le pedí en silencio. *Por favor, di que sí.*

Sam extendió la mano para estrechar la mía. Luego suspiró.

—No puedo, Lou. Mi casa no está construida. Aunque decidiera alquilarla, tendría que acabarla. Y aún no puedo dejar a Jake. Necesita saber que sigo estando cerca de él. Solo un poco más.

Me obligué a sonreír. Fue esa clase de sonrisa que insinuaba que no me lo había tomado en serio.

—¡Claro! Solo era una idea estúpida.

Él apretó los labios contra la palma de mi mano.

—No es estúpida. Solo imposible, ahora mismo.

Decidimos por acuerdo tácito no volver a hablar de temas potencialmente complicados, y, curiosamente, eso invalidó un montón de ellos: su trabajo, su vida familiar, nuestro futuro. Paseamos por High Line, después nos dirigimos al Emporio de la Ropa Vintage, donde saludé a Lydia como si fuera una vieja amiga y me puse un mono rosa de lentejuelas de los años setenta, luego un abrigo de piel de los cincuenta y una gorra de marinero e hice reír a Sam.

—Vale, esa es la Louisa Clark que conozco y quiero —comentó, mientras yo salía del probador con un vestido psicodélico recto de nailon rosa y amarillo.

—¿Ya te ha enseñado el vestido de cóctel azul? ¿El de las mangas?

—No me decido entre este y las pieles.

—Cariño —dijo Lydia, encendiendo un Sobranie—. No puedes llevar pieles en la Quinta Avenida. La gente no se dará cuenta de que lo haces de forma irónica.

Cuando por fin salí del probador, Sam estaba en el mostrador con un paquete.

—Es el vestido sesentero —dijo Lydia, solícitamente.

—¿Me lo has comprado? —pregunté, mientras lo cogía—. ¿En serio? ¿No te parecía demasiado llamativo?

—Es absolutamente disparatado —dijo Sam, imperturbable—. Pero estabas tan feliz con él, que...

—Madre mía, es una joya —susurró Lydia, mientras íbamos hacia la salida, sujetando el cigarro en la comisura de los labios—. Por cierto, la próxima vez tráelo para que te compre el mono. Estabas espectacular.

Volvimos al apartamento un par de horas y nos echamos una siesta totalmente vestidos y enredados el uno en el otro castamente, saturados de carbohidratos. A las cuatro nos levantamos aturdidos y acordamos salir a hacer la última excursión, ya que Sam tenía que coger el vuelo de las ocho de la mañana desde JFK al día siguiente. Mientras guardaba en la bolsa lo poco que había traído, yo fui a la cocina a hacer té y me encontré a Nathan preparando una especie de batido de proteínas. Me sonrió.

—He oído que tu chico está aquí.

—¿En este pasillo no se puede tener privacidad? —respondí, mientras llenaba la tetera y encendía el interruptor.

—No cuando las paredes son así de finas, tía —respondió—. ¡Estoy bromeando! —añadió, al ver que me ponía roja como un tomate—. No he oído nada. ¡Aunque me alegra saber por el color de tu cara que has tenido una buena noche!

Estaba a punto de pegarle, cuando Sam apareció en la puerta. Nathan se detuvo delante de él y extendió una mano.

—Anda. El famoso Sam. Me alegro de conocerte por fin, tío.

—Igualmente —respondió él. Esperé inquieta por si se ponían en plan macho alfa el uno con el otro. Pero Nathan, obviamente, era demasiado despreocupado y Sam todavía estaba relajado por las veinticuatro horas de comida y sexo. Se limitaron a estrecharse la mano, a sonreírse y a intercambiar comentarios amables.

—¿Vais a salir hoy? —preguntó Nathan, antes de darle un buen trago al batido, mientras yo le pasaba a Sam una taza de té.

—Pensábamos subir al Rockefeller 30. Es una especie de misión.

—Venga ya, tíos. No querréis pasar vuestra última noche en colas de turistas. Venid al Holiday Cocktail Lounge, en el East Village. He quedado allí con mis colegas. Lou, tú los conociste la última vez que salimos. Esta noche hay una especie de promoción de algo. Siempre es muy divertido.

Miré a Sam. Él se encogió de hombros.

—Podríamos pasarnos media hora —dije.

A lo mejor después podíamos subir solos a lo alto del 30 Rock. Estaba abierto hasta las once y cuarto.

Tres horas después estábamos apelotonados alrededor de una mesa atiborrada de cosas, mientras la cabeza me daba vueltas ligeramente por los cócteles que iban aterrizando, uno tras otro, sobre su superficie. Me había puesto el vestido recto psicodélico porque quería demostrarle a Sam hasta qué punto me encantaba. Él, entretanto, como suelen hacer los hombres a los que les gusta la compañía de otros hombres, estrechaba vínculos con Nathan y sus amigos. Estaban desprestigiando a todo volumen los gustos musicales de los demás y comparando historias horrorosas de conciertos de su juventud.

Mientras una parte de mí sonreía y se unía a la conversación, la otra calculaba mentalmente la frecuencia con la que yo podría contribuir financieramente para que Sam viniera el doble de veces de lo que habíamos planeado en un principio. Estaba convencida de que se daba cuenta de lo bueno que era todo esto. De lo bien que estábamos juntos.

Sam se levantó para pedir la siguiente ronda.

—Traeré un par de cartas —articuló con los labios sin emitir sonido alguno. Yo asentí. Sabía que sería mejor que comiera algo si no quería acabar mal.

Entonces, sentí una mano en el hombro.

—¡Me estás siguiendo de verdad! —exclamó Josh, mostrando sus blancos dientes en una amplia sonrisa. Me puse de pie bruscamente, ruborizándome. Me volví, pero Sam estaba en la barra, dándonos la espalda.

—¡Josh! ¡Hola!

—Sabes que este es realmente mi otro bar favorito, ¿no? —comentó él. Llevaba puesta una suave camisa azul de rayas, con las mangas remangadas.

—¡Pues no! —respondí, con la voz demasiado aguda y hablando demasiado rápido.

—Te creo. ¿Quieres tomar algo? Hacen un Old-Fashioned de escándalo —dijo, extendiendo la mano para tocarme el codo.

Yo di un bote hacia atrás, como si me hubiera quemado.

—Sí, ya lo sé. Y no. Gracias. Estoy aquí con unos amigos y… —me volví, justo en el momento en que Sam volvía, con una bandeja de bebidas y un par de cartas bajo el brazo.

—Hola —dijo, echando un vistazo a Josh, antes de dejar la bandeja sobre la mesa. Luego se enderezó lentamente y lo miró de arriba abajo.

Yo me quedé allí de pie, con las manos agarrotadas a los lados del cuerpo.

—Josh, este es Sam, mi…, mi novio. Sam, este es…, este es Josh.

Sam se quedó mirando a Josh, como si estuviera intentando asimilar algo.

—Ya —repuso Sam, finalmente—. Creo que podría haberlo deducido —añadió, mirándome, antes de volver a mirar a Josh.

—¿Queréis…, queréis tomar algo? Bueno, veo que ya tenéis, pero me gustaría pedir algo más —dijo Josh, señalando hacia la barra.

—No. Gracias, tío —respondió Sam, que seguía de pie y le sacaba media cabeza a Josh—. Creo que por aquí estamos servidos.

Se produjo un extraño silencio.

—Vale, entonces —dijo Josh, antes de mirarme y asentir con la cabeza—. Me alegro de conocerte, Sam. ¿Te vas a quedar mucho tiempo?

—El suficiente —repuso Sam, entornando los ojos y sin apenas sonreír. Nunca le había visto ser tan borde.

—Bueno, entonces… Os dejo a lo vuestro. Louisa, ya nos veremos. Pasadlo bien —dijo Josh, levantando las palmas de las manos en un gesto pacificador. Yo abrí la boca, pero no tenía nada que decir que sonara bien, así que le dije adiós con la mano, con un gesto raro, moviendo los dedos.

Sam se dejó caer en su asiento. Miré a Nathan, que estaba sentado al otro lado de la mesa, y su rostro era la neutralidad personificada. Los otros chicos no parecían haberse dado cuenta de nada y aún seguían hablando sobre los precios de las entradas del último concierto al que habían ido. Sam se quedó absorto en sus pensamientos por un instante. Por fin, levantó la vista. Le estreché la mano, pero él no apretó la mía.

No recuperó el buen humor. En el bar había demasiado ruido como para que pudiera hablar con él y tampoco estaba segura de lo que quería decirle. Me bebí a sorbos el cóctel y repasé cien excusas que se arremolinaban en mi cabeza. Sam se bebía a grandes tragos su copa y asentía y se reía de los chistes de los chicos, pero yo veía el tic de su mandíbula y sabía que su corazón ya no estaba allí. A las diez nos largamos y cogimos un taxi para volver a casa. Dejé que él lo llamara.

Subimos en el ascensor de servicio, como nos habían recomendado, y aguzamos el oído antes de entrar sigilosamente en mi cuarto. El señor Gopnik debía de estar en la cama. Sam no hablaba. Entró en el baño para cambiarse y cerró la puerta tras él, con la espalda rígida. Oí cómo se lavaba los dientes y hacía gárgaras mientras yo me metía en la cama, enfadada y al mismo tiempo con la sensación de que había tenido mala pata. Me pareció que se tiraba allí dentro una eternidad. Finalmente, abrió la puerta y se quedó de pie, en calzoncillos. Todavía tenía las cicatrices cárdenas sobre la barriga.

—Estoy siendo un gilipollas.

—Sí. Así es.

Exhaló un enorme suspiro. Miró la foto de Will, embutida entre una de él y otra de mi hermana con Thom, que tenía el dedo en la nariz.

—Lo siento. Me descolocó. Se parece muchísimo a...

—Lo sé. Pero también a mí podría parecerme raro que pases tiempo con mi hermana, con lo que se parece a mí.

—Solo que ella no se parece a ti —señaló él, arqueando las cejas—. ¿Qué?

—Estoy esperando que digas que yo soy muchísimo más guapa.

—Tú eres muchísimo más guapa —dijo Sam. Aparté las sábanas para dejarle entrar y él se tumbó a mi lado—. Eres mucho más guapa que tu hermana. Muchísimo más. Básicamente, eres una supermodelo —declaró, poniéndome una mano en la cadera, caliente y pesada—. Pero con las piernas más cortas. ¿Qué te parece eso?

Intenté no sonreír.

—Mejor. Pero lo de las piernas cortas ha sido bastante irrespetuoso.

—Son unas piernas preciosas. Mis piernas favoritas. Las piernas de supermodelo son muy aburridas —dijo, cambiándose de posición para ponerse encima de mí. Cada vez que hacía aquello era como si trocitos de mí cobraran vida echando chispas y tuviera que esforzarme para no agitarme. Sam estaba apoyado sobre los codos, inmovilizándome y bajando la vista hacia mí. Yo intentaba hacerme la dura, aunque tenía el corazón a mil.

—Creo que le has dado un buen susto a ese pobre hombre —dije—. Parecía que casi querías pegarle.

—Porque casi quería hacerlo.

—Eres tonto, Sam Fielding —señalé, incorporándome para besarlo; cuando me devolvió el beso, estaba sonriendo de nuevo. Tenía la mandíbula cubierta de una barba incipiente que no se había molestado en afeitar.

Esa vez fue tierno. En parte porque ahora sabíamos que las paredes eran finas y que en realidad él no debería estar allí. Pero también creo que los dos estábamos siendo cautelosos el uno con el otro después de los acontecimientos inesperados de la noche. Cada vez que me tocaba, lo hacía con una especie de reverencia. Me dijo que me quería, en voz baja y suave, y me miró directamente a los ojos al decirlo. Aquellas palabras me recorrieron reverberantes como pequeños terremotos.

Te quiero.

Te quiero.

Yo también te quiero.

Habíamos puesto el despertador a las cinco menos cuarto y yo me levanté maldiciendo, arrastrada del sueño por aquel sonido estridente. A mi lado, Sam gruñó y se puso una almohada sobre la cabeza. Tuve que zarandearlo para que se despertara.

Lo empujé hacia el baño refunfuñando, abrí la ducha y fui sin hacer ruido hasta la cocina a hacer café para los dos. Cuando volví, oí el ruido sordo del agua al cerrarse. Me senté en el borde de la cama, le di un sorbo al café y me pregunté de quién había sido la brillante idea de beber aquellos cócteles tan fuertes un domingo por la noche. La puerta del baño se abrió justo mientras me desplomaba hacia atrás.

—¿Puedo echarte a ti la culpa de lo de los cócteles? Necesito culpar a alguien —comenté, con la cabeza como un bombo. Me incorporé y la bajé cuidadosamente—. Pero ¿qué llevaban esas cosas? —pregunté, masajeándome las sienes con las yemas de los dedos—. Debían de ser medidas dobles. Normalmente no me siento tan mal. Madre mía. Deberíamos haber subido al 30 Rock.

Sam no dijo nada. Giré la cabeza para poder verlo. Estaba en el umbral de la puerta del baño.

—¿Quieres hablarme de esto?

—¿De qué? —respondí, enderezándome. Llevaba una toalla alrededor de la cintura y tenía en la mano una cajita blanca rectangular. Por un instante, creí que intentaba regalarme alguna joya y estuve a punto de echarme a reír. Pero cuando acercó la caja hacia mí, vi que no estaba sonriendo.

La cogí. Y me quedé mirando, incrédula, un test de embarazo. La caja estaba abierta y el palito de plástico blanco estaba suelto dentro. Le eché un vistazo y mi subconsciente se fijó en que no había ninguna línea azul. Luego levanté la vista hacia él, presa de un mutismo transitorio.

Sam se sentó pesadamente en el borde de la cama.

—Usamos condón, ¿no? La última vez que estuve aquí. Usamos condón.

—¿Qué...? ¿De dónde has sacado eso?

—De tu papelera. Iba a tirar la maquinilla.

—No es mío, Sam.

—¿Compartes este cuarto con alguien más?

—No.

—Entonces, ¿cómo es posible que no sepas de quién es?

—¡No lo sé! Pero..., ¡pero no es mío! ¡No me he acostado con nadie más! —exclamé, y mientras protestaba me di cuenta de que el mero hecho de insistir en que no me había acostado con nadie más hacía que pareciera que sí me había acostado con alguien más—. ¡Sé lo que parece, pero no tengo ni idea de qué hace esa cosa en mi baño!

—¿Por eso me incordias constantemente con lo de Katie? ¿Porque en realidad te sientes culpable por estar saliendo con otro? ¿Cómo llaman a eso? ¿Transferencia? ¿Por eso estabas tan..., tan diferente la otra noche?

El aire desapareció de la habitación. Fue como si me hubieran pegado una bofetada. Me quedé mirándole.

—¿De verdad piensas eso? ¿Después de todo por lo que hemos pasado? —pregunté. Él no dijo nada—. ¿De verdad…, de verdad crees que te engañaría?

Estaba pálido, tan aturdido como yo.

—Solo creo que cuando el río suena, agua lleva.

—Yo no soy un puto río…, Sam. Sam.

Él giró la cabeza a regañadientes.

—Yo nunca te engañaría. Eso no es mío. Tienes que creerme —le aseguré. Sus ojos recorrieron mi cara—. No sé cuántas veces tengo que decírtelo. No es mío.

—Llevamos juntos muy poco tiempo. Y la mayor parte hemos estado separados. No sé…

—¿Qué es lo que no sabes?

—Es una de esas situaciones, ¿sabes? De esas que si se las cuentas a tus colegas en el bar te mirarían en plan: *Tío…*

—¡Pues entonces no se lo cuentes a tus putos amigos del bar! ¡Fíate de mí!

—¡Quiero hacerlo, Lou!

—Entonces, ¿cuál es tu puñetero problema?

—¡Que era igual que Will Traynor! —exclamó Sam, como si aquellas palabras no tuvieran más remedio que salir de él. Se sentó. Metió la cabeza entre las manos. Y luego lo repitió, en voz baja—. Era igual que Will Traynor.

Mis ojos se llenaron de lágrimas. Me las limpié con la palma de la mano, consciente de que probablemente me había emborronado las mejillas con el rímel del día anterior, lo que me dio absolutamente igual. Cuando hablé, lo hice con una voz grave y severa, que no parecía para nada la mía.

—Voy a decir esto una vez más. No me estoy acostando con otra persona. Si no me crees…, bueno, no sé qué estás haciendo aquí.

Él no respondió, pero tuve la sensación de que su respuesta flotaba silenciosa entre nosotros: *Ni yo.* Se levantó y fue hacia su bolsa. Sacó unos pantalones de dentro y se los puso, subiéndoselos con movimientos breves y airados.

—Tengo que irme.

No pude decir nada más. Me senté en la cama y lo miré, sintiéndome a la vez desolada y furiosa. No dije nada mientras él se vestía y lanzaba el resto de sus pertenencias dentro de la bolsa. Luego se la colgó al hombro, fue hacia la puerta y se volvió.

—Buen viaje —dije. No fui capaz de sonreír.

—Te llamo cuando llegue a casa.

—Vale.

Se inclinó y me dio un beso en la mejilla. Yo no levanté la vista cuando abrió la puerta. Él se quedó allí un instante más y luego se fue, cerrándola silenciosamente tras de sí.

Agnes regresó a casa a mediodía. Garry la fue a recoger al aeropuerto y ella llegó extrañamente apagada, como si no quisiera estar allí. Me saludó con las gafas de sol puestas con un escueto «hola» y se retiró a su vestidor, donde se pasó las siguientes cuatro horas con la puerta cerrada. A la hora del té apareció, duchada y vestida, y esbozó una sonrisa forzada cuando entré en su estudio con los *collages* de ideas terminados. Le hablé de los colores y las telas, y ella asintió distraída, pero yo sabía que en realidad no se estaba quedando con lo que había hecho. Dejé que se bebiera el té y luego esperé hasta que supe que Ilaria se había ido al piso de abajo. Cerré la puerta del estudio para que ella me mirara.

—Agnes —dije en voz baja—. Esta es una pregunta un poco rara, pero ¿dejaste tú un test de embarazo en mi baño?

Ella me miró parpadeando, por encima de la taza de té. Y luego posó la taza en el plato e hizo una mueca.

—Ah. Eso. Sí, iba a decírtelo.

Noté cómo la ira ascendía por mi interior como si fuera bilis.

—¿Ibas a decírmelo? ¿Sabes que mi novio lo encontró?

—¿Tu novio vino fin de semana? ¡Qué bien! ¿Pasasteis días buenos?

—Sí, hasta que encontró un test de embarazo usado en mi baño.

—Pero le dijiste que no era tuyo, ¿sí?

—Lo hice, Agnes. Pero, curiosamente, los hombres suelen ponerse un poco irascibles cuando encuentran test de embarazo en los baños de sus novias. Sobre todo si esas novias viven a cinco mil kilómetros de distancia.

Ella sacudió la mano, como para alejar mis preocupaciones.

—Por amor de Dios. Si confía en ti estará bien. No le estás engañando. No debería ser tan tonto.

—Pero ¿por qué? ¿Por qué dejaste un test de embarazo en mi baño?

Ella se quedó inmóvil. Miró a mi alrededor, como para comprobar que la puerta del estudio estaba de verdad cerrada. Y, de repente, su expresión se volvió más seria.

—Porque si lo hubiera dejado en el mío, Ilaria lo habría encontrado —dijo, inexpresivamente—. Y no puedo dejar que Ilaria vea eso —explicó, levantando las manos como si yo estuviera siendo increíblemente tonta—. Leonard fue muy claro cuando nos casamos. Nada de niños. Ese fue el trato.

—¿En serio? Pero eso no es... ¿Y si decides tenerlos?

Agnes frunció los labios.

—No lo haré.

—Pero..., pero tienes mi misma edad. ¿Cómo puedes estar tan segura? La mayoría de los días yo no sé ni si quiero seguir con la misma marca de acondicionador de pelo. Mucha gente cambia de idea cuando...

—No voy a tener hijos con Leonard —me interrumpió—. ¿Vale? Basta de hablar de niños —dijo. Yo me puse de pie, un poco a regañadientes, y ella volvió la cabeza con expresión feroz—. Lo siento. Lo siento si te he causado problemas —se excusó, mientras se apretaba la ceja con la palma de la mano—. ¿Vale? Lo siento. Ahora me voy a ir a correr. Sola.

Ilaria estaba en la cocina cuando yo entré, un rato después. Se encontraba aplastando una enorme bola de masa en un cuenco con golpes fuertes y uniformes y no levantó la cabeza.

—Crees que es tu amiga —dijo. Yo me detuve, con la taza a medio camino de la máquina de café. Ella apretó la masa con especial fuerza—. Pero esa *puta* vendería tu alma al diablo para salvar su pellejo.

—Eso no me ayuda, Ilaria —contesté. Puede que fuera la primera vez que me atrevía a replicarla. Llené la taza y salí por la puerta—. Y, lo creas o no, no lo sabes todo.

La oí resoplar cuando iba a mitad del pasillo.

Me dirigí a la mesa de Ashok para recoger la ropa de la lavandería de Agnes y me paré a hablar con él un rato para intentar dejar de lado mi mal humor. Ashok siempre estaba igual, siempre animado. Hablar con él era como tener una ventana con vistas a un mundo más agradable. Cuando volví al apartamento, había una pequeña bolsa de plástico arrugada apoyada en la puerta principal. Me incliné para recogerla y vi, para mi sorpresa, que estaba dirigida a mí. O al menos a «Louisa, creo que se llama».

Lo abrí en mi cuarto. Dentro, envuelto en papel de seda reciclado, había un fular *vintage* de Biba, decorado con un estampado de plumas de pavo real. Lo abrí y me lo puse alrededor del cuello, admirando el sutil brillo de la tela y la forma en que resplandecía incluso en la penumbra. Olía a clavo y a perfume antiguo. Luego metí la mano en la bolsa y saqué una tarjetita. En la parte superior, impreso en letras rizadas de color azul oscuro, ponía: Margot De Witt. Y debajo, con unos garabatos temblorosos, aparecía escrito: «Gracias por salvar a mi perro».

15

Para: SrySraBernardClark@yahoo.com
De: AbejaAtareada@gmail.com

Hola, mamá:
Sí, aquí Halloween es bastante importante. Di un paseo por la ciudad y fue muy bonito. Había un montón de fantasmitas y brujitas con cestas de caramelos, a los que sus padres seguían a distancia con farolillos. Algunos hasta se habían disfrazado también. Y aquí la gente parece que se involucra de verdad, no como en nuestra calle, donde la mitad de los vecinos apagan las luces o se esconden en la sala de atrás para que los niños dejen de llamar. Todas las ventanas están llenas de calabazas de plástico o de fantasmas de mentira y parece que a todos les encanta disfrazarse. Y nadie le tira huevos a nadie, al menos que yo haya visto.

Pero a nuestro edificio no vino ningún niño a pedir caramelos. No estamos en el tipo de barrio donde la gente llama a las puertas de los demás. Como mucho, se comunicarían a través de sus chóferes. Además, tendrían que pasar por delante del portero de noche, que ya de por sí da bastante miedo.

Lo siguiente es Acción de Gracias. Apenas habían quitado los adornos de fantasmas cuando empezaron con los anuncios de pavo. No tengo muy claro de qué va eso de Acción de Gracias... Principalmente de comer, creo. Como la mayoría de las fiestas aquí.

Estoy bien. Siento no haber llamado mucho últimamente. Dile a papá y al abuelo que los quiero.

Os echo de menos.

Bss, Lou

El señor Gopnik, últimamente muy sensible a las reuniones familiares, como suele suceder con los hombres recién divorciados, había anunciado que quería celebrar una cena de Acción de Gracias en el apartamento con la familia más cercana, aprovechando que la antigua señora Gopnik se iba a Vermont con su hermana. La perspectiva de ese feliz acontecimiento —junto con las jornadas de trabajo de dieciocho horas diarias de él— fue suficiente para sumir a Agnes en un estado de bajón permanente.

Sam me mandó un mensaje de texto a su regreso —veinticuatro horas después de su regreso, en realidad— para decirme que estaba cansado y que aquello era más duro de lo que había creído. Yo le respondí con un simple «sí» porque la verdad era que yo también estaba cansada.

Me fui a correr con Agnes y George por la mañana temprano. Cuando no corría, me despertaba en la pequeña habitación con los sonidos de la ciudad en los oídos y la imagen de Sam en la puerta del baño en la cabeza. Me quedaba allí tumbada, dando vueltas y más vueltas, hasta que acababa enredada en las sábanas y con el ánimo ensombrecido. El día entero se echaba a perder antes de haber empezado. Cuando tenía que levantarme y salir con las zapatillas de correr puestas, me despertaba ya activada, me veía obligada a contemplar la vida de otras personas, notaba los muslos tensos, el aire frío en el pecho, el sonido de mi respiración en los oídos. Me sentía en forma, fuerte, preparada para enfrentarme a cualquier mierda que me deparara el día.

Y aquella semana la cantidad de mierda era considerable. La hija de Garry había dejado la universidad, lo que le había puesto de un humor de perros, así que cada vez que Agnes salía del coche él se ponía a despotricar sobre hijos ingratos que no entendían el sacrificio o el valor que tenía cada dólar de un trabajador. Ilaria se había convertido en una persona muda y constantemente enfadada por los hábitos cada vez más extravagantes de Agnes, como pedir comida que luego decidía que no quería comer, o cerrar con llave su vestidor cuando ella no estaba dentro, de forma que Ilaria no podía guardar su ropa.

—¿Quiere que le deje la ropa interior en el pasillo? ¿Que el chico del supermercado vea expuestos sus modelitos eróticos? De todos modos, ¿qué está ocultando ahí?

Michael revoloteaba por el apartamento como un fantasma, con la expresión exhausta y preocupada de un hombre que está haciendo dos trabajos, y hasta Nathan había perdido parte de su calma habitual y le había hablado mal a la mujer japonesa de los gatos cuando había insinuado que el inesperado «regalito» encontrado dentro del zapato de Nathan era consecuencia de su «mala energía».

—Yo le daré puñetera mala energía —había refunfuñado él, mientras tiraba sus zapatillas de correr a la basura.

La señora De Witt llamó a nuestra puerta dos veces en una semana para quejarse por el piano y como represalia Agnes puso una grabación de una obra titulada *La escalera del diablo* a todo volumen justo antes de irnos.

—Ligeti —resopló, antes de comprobar su maquillaje en el espejo de la polvera mientras bajábamos en el ascensor, al tiempo que aquellas notas martilleantes y atonales subían y se replegaban por encima de nosotras. Le envié en silencio un mensaje privado a Ilaria y le pedí que lo apagara cuando nos hubiéramos ido.

La temperatura bajó, las aceras se congestionaron aún más y los adornos navideños empezaron a posarse lentamente en los escaparates de las tiendas, como una erupción chillona y rutilante. Reservé los vuelos a casa con poca antelación, sin saber ya qué tipo de bienvenida me esperaría a mi regreso. Llamé a mi hermana, con la esperanza de que no me hiciera demasiadas preguntas. No necesitaba preocuparme. Nunca la había visto tan parlanchina, hablando de los proyectos de la escuela de Thom, de sus nuevos amigos de la urbanización, de su destreza para el fútbol. Le pregunté por su novio y se quedó extrañamente callada.

—¿No piensas contarnos nada sobre él? Sabes que mamá se está volviendo loca.

—¿Aún piensas venir a casa en Navidad?

—Sí.

—Entonces puede que haga las presentaciones. Si consigues no ser una completa idiota durante un par de horas.

—¿Ha conocido a Thom?

—Lo hará este fin de semana —respondió ella, de repente con una voz un poco menos segura—. Los he mantenido alejados hasta ahora. ¿Y si no funciona? Es decir, a Eddie le encantan los niños, pero ¿y si no…?

—¡Eddie!

Mi hermana suspiró.

—Sí. Eddie.

—Eddie. Eddie y Treena. *Eddie y Treena se quieeeeren. Eddie y Treena se quieeeeren.*

—Eres una infantil.

Fue la primera vez que me reí en toda la semana.

—Se llevarán bien —dije—. Y una vez que hayas hecho eso, puedes llevarlo a conocer a papá y mamá. Entonces empezarán a preguntarte a ti por las campanas de boda y yo podré cogerme unas vacaciones del Sentimiento de Culpabilidad Inducido Maternalmente.

—Sí, claro, como si eso fuera posible. ¿Sabes que ahora mamá está preocupada por si eres demasiado importante como para hablar con ellos en Navidad? Cree que no querrás ir en el monovolumen de papá desde el aeropuerto porque ahora estás acostumbrada a ir en limusina.

—Es verdad. Lo estoy.

—En serio, ¿qué está pasando? No has dicho nada sobre lo que ocurre ahí.

—*I love New York* —dije tranquilamente, como si fuera un mantra—. Trabajo duro.

—Mierda. Tengo que dejarte. Thom se ha despertado.

—Ya me contarás qué tal.

—Lo haré. A menos que vaya mal, en cuyo caso emigraré y no volveré a dirigirle la palabra a nadie nunca más durante el resto de mi vida.

—Así es nuestra familia. Siempre reaccionando de forma proporcionada.

El sábado se presentó frío, aliñado con un temporal. Yo no sabía hasta qué punto el viento podía ser brutal en Nueva York. Era como si los altos edificios canalizaran cualquier brisa, lustrándola con fuerza y convirtiéndola con rapidez en algo gélido, feroz y sólido. A menudo tenía la sensación de que iba caminando por una especie de túnel de viento sádico. Manteniendo la cabeza gacha, el cuerpo en un ángulo de cuarenta y cinco grados y extendiendo de vez en cuando un brazo para sujetarme a las bocas de incendios o a las farolas, cogí el metro para ir al Emporio de la Ropa Vintage, me quedé a tomar un café para descongelarme y me compré un abrigo de estampado de cebra al precio de ganga rebajado de doce dólares. En realidad, estuve pasando el rato. No quería volver a mi silencioso cuartito, con el programa de noticias de Ilaria parloteando en el pasillo, con los fantasmales ecos de Sam y con la tentación de mirar mi correo electrónico cada quince minutos. Llegué a casa cuando ya había oscurecido, lo suficientemente helada y agotada como para no estar inquieta e ignorar la omnipresente sensación neoyorquina de que quedarse en casa significaba perderse algo.

Me senté a ver la televisión en mi cuarto y pensé en escribirle a Sam un e-mail, pero aún estaba demasiado enfadada como para sentirme conciliadora y no estaba segura de que lo que tenía que decir fuera a mejorar las cosas. Había cogido prestada una novela de John Updike de las estanterías del señor Gopnik, pero trataba sobre las complejidades de las relaciones modernas y todo el mundo en ella parecía infeliz o deseaba con locura a otra persona, así que al final apagué la luz y me dormí.

A la mañana siguiente, cuando bajé, Meena estaba en el vestíbulo. Esa vez le faltaban los niños, pero la acompañaba Ashok, que no llevaba uniforme. Me sorprendió un poco verlo con ropa de calle, mientras trasteaba debajo de la mesa. De pronto se me ocurrió cuánto más fácil era para los ricos negarse a saber nada de nosotros cuando no íbamos vestidos como personas.

—Hola, señorita Louisa —dijo el portero—. Me había olvidado el gorro. He tenido que pasarme antes de ir a la biblioteca.

—¿A la que querían cerrar?

—Sí —dijo Ashok—. ¿Quiere venir con nosotros?

—¡Venga a ayudarnos a salvar nuestra biblioteca, Louisa!
—me animó Meena, dándome una palmadita en la espalda con
la mano enfundada en una manopla—. ¡Necesitamos toda la
ayuda que podamos conseguir! —exclamó.

Yo había pensado ir a la cafetería, pero no tenía nada más
que hacer y el domingo se extendía ante mí como un erial, así que
accedí. Me pasaron una pancarta que rezaba: «UNA BIBLIO-
TECA ES ALGO MÁS QUE LIBROS» y comprobé que llevaba gorro
y guantes.

—Se está bien durante una o dos horas, pero a la tercera
te congelas —comentó Meena, mientras salíamos.

Era una mujer de armas tomar, como diría mi padre: una
neoyorquina voluptuosa, con una exuberante cabellera, que
tenía un comentario inteligente para todo lo que su marido
decía, y que adoraba burlarse de él por su pelo, por cómo trataba a los niños o por sus habilidades sexuales. Tenía una risa
contundente y gutural y no soportaba las gilipolleces de nadie.
Él simplemente la adoraba. Se llamaban *cari* el uno al otro
tan a menudo que a veces me preguntaba si habrían olvidado
sus nombres.

Cogimos el metro en dirección norte hacia Washington
Heights y hablamos de que Ashok había aceptado aquel trabajo temporalmente cuando Meena se había quedado embarazada por primera vez, y de que cuando los niños tuvieran edad
para ir al colegio iba a empezar a buscar otra cosa, algo con
horario de oficina, para poder ayudar más. («Pero el seguro
sanitario es bueno. Eso hace que sea difícil dejarlo»). Se habían
conocido en la universidad. Me avergonzó admitir que había
dado por hecho que su matrimonio había sido concertado.

Cuando se lo dije, Meena prorrumpió en carcajadas.

—Pero, niña, ¿no cree que si fuera así mis padres me hubieran elegido algo mejor?

—No decías lo mismo anoche, *cari* —replicó Ashok.

—Porque estaba concentrada en la televisión —respondió Meena.

Cuando por fin acabamos de subir entre risas las escaleras del metro de la Calle 163, de repente me encontré en una Nueva York muy diferente.

Los edificios de esa zona de Washington Heights parecían exhaustos: fachadas tapiadas con escaleras de incendios caídas, licorerías, tiendas de pollo frito y salones de belleza con fotografías combadas y descoloridas de peinados pasados de moda en las ventanas. Un hombre cruzó a nuestro lado maldiciendo en voz baja y empujando un carrito de la compra lleno de bolsas de plástico. Grupos de niños holgazaneaban en las esquinas, abucheándose los unos a los otros, y la acera estaba salpicada de bolsas de desperdicios que se encontraban apiladas en montones desordenados, o que habían vomitado su contenido en la calle. No había ni rastro del lustre del Bajo Manhattan, ni rastro de la resuelta ambición que impregnaba el mismísimo aire de Midtown. Allí la atmósfera olía a comida frita y a desilusión.

Meena y Ashok parecían no darse cuenta. Avanzaban con rapidez, con las cabezas inclinadas y juntas, mientras comprobaban los teléfonos para asegurarse de que la madre de Meena no tenía problemas con los niños. Meena se volvió para ver si continuaba tras ellos y sonrió. Yo miré hacia atrás, empujé la cartera hacia las profundidades del bolsillo del abrigo y me apresuré a seguirlos.

Oímos la manifestación antes de verla, era como una vibración en el aire que gradualmente se hacía más clara, como un canto lejano. Giramos una esquina y allí, delante de un edificio ennegrecido de ladrillo rojo, se encontraban ciento cincuenta personas, agitando pancartas y cantando, dirigiendo sus voces principalmente hacia un pequeño equipo de cámara.

A medida que nos acercábamos, Meena empezó a agitar el cartel en el aire.

—¡Educación para todos! —gritó—. ¡No nos quiten los espacios seguros para nuestros hijos!

Nos abrimos paso entre la multitud, que nos engulló con rapidez. Yo creía que Nueva York era diversa, pero ahora me daba cuenta de que lo único que había visto era el color de la piel de la gente, la forma en que vestían. Ahí había un tipo de personas muy distintas. Había señoras mayores con gorros de punto, *hipsters* con bebés atados a la espalda, jóvenes negros con el pelo pulcramente trenzado, una anciana india con sari. La gente estaba animada, unida por una causa común, y formaba una comunidad completamente volcada en transmitir su punto de vista. Me uní a los cánticos mientras veía a Meena sonreír y abrazar a sus compañeros manifestantes al avanzar entre la multitud.

—Dijeron que saldría en las noticias de la noche —comentó una mujer mayor, volviéndose hacia mí y asintiendo con satisfacción—. Es lo único en lo que se fija el ayuntamiento. Todos quieren estar en las noticias —aseguró. Yo sonreí—. Todos los años lo mismo, ¿verdad? Todos los años tenemos que luchar un poco más para mantener unida a la comunidad. Cada año tenemos que aferrarnos más a lo que es nuestro.

—Lo..., lo siento. La verdad es que no lo sabía. He venido con unos amigos.

—Pero has venido a ayudarnos. Eso es lo que importa —respondió la mujer, poniéndome una mano en el brazo—. ¿Sabías que mi nieto tiene un programa de tutoría aquí? Le pagan para que enseñe a otra gente joven eso de los ordenadores. Le pagan de verdad. También enseña a adultos. Les ayuda a mandar solicitudes de trabajo —explicó, mientras entrelazaba las manos enguantadas, intentando mantener el calor—. Si el ayuntamiento cierra la biblioteca, todas esas personas no tendrán adónde ir. Y puedes apostar a que los concejales serán los primeros en quejarse de la gente joven que gandulea en las esquinas de las calles. Ya sabes —añadió, sonriéndome como si de verdad lo supiera.

Más adelante, Meena estaba levantando de nuevo la pancarta. Ashok, a su lado, se inclinó para saludar al niño pequeño de un amigo, cogerlo y levantarlo sobre la multitud, para que pudiera ver mejor. Parecía completamente diferente en medio de aquel gentío sin su atuendo de portero. A pesar de todo lo que hablamos, lo cierto era que yo solo lo había visto a través del prisma de su uniforme. No me había preguntado por su vida más allá de la mesa del vestíbulo, por cómo mantenía a su familia, por cuánto tardaba en llegar a trabajar o por cuánto le pagaban. Observé a la multitud, que se había tranquilizado un poco después de irse las cámaras y, curiosamente, me sentí avergonzada por lo poco que había explorado Nueva York en realidad. Aquello era tan parte de la ciudad como las relucientes torres de Midtown.

Seguimos coreando consignas durante una hora más. Los coches y las furgonetas pitaban al pasar como muestra de apoyo y nosotros vitoreábamos a modo de respuesta. Dos bibliotecarios salieron y ofrecieron bandejas de bebidas calientes a todos aquellos que pudieron. Yo no cogí. Para entonces ya me había fijado en las costuras rasgadas del abrigo de la anciana, y en las ropas harapientas y gastadísimas que había a mi alrededor. Una mujer india y su hijo cruzaron la calle con grandes bandejas de papel de aluminio llenas de *pakoras* calientes y nos abalanzamos sobre ellas, deshaciéndonos en agradecimientos.

—Estáis haciendo un trabajo importante —dijo la mujer—. Os lo agradecemos.

Mi *pakora* estaba rellena de guisantes y patata, lo suficientemente picante como para hacerme jadear y absolutamente deliciosa.

—Nos las traen todas las semanas, que Dios los bendiga —dijo la señora mayor, mientras se sacudía unas migas de masa de la bufanda.

Un coche patrulla pasó lentamente dos o tres veces, y el agente examinó la multitud con cara inexpresiva.

—¡Ayúdenos a salvar la biblioteca, señor! —le gritó Meena. El hombre miró para otro lado, pero su compañero sonrió.

Hubo un momento en que Meena y yo entramos para usar los baños y tuve la oportunidad de ver aquello por lo que al parecer estaba luchando. Era un edificio viejo, de techos altos, con las tuberías al aire y un ambiente silencioso; las paredes estaban cubiertas de pósteres que ofrecían educación para adultos, sesiones de meditación, ayuda para elaborar currículos y un pago de seis dólares la hora por clases de orientación. Pero estaba lleno de gente, la zona de los niños se encontraba atestada de familias jóvenes, la parte de los ordenadores bullía con adultos que tecleaban cuidadosamente en los teclados, sin tener aún confianza en lo que estaban haciendo. Un puñado de adolescentes estaban sentados en una esquina, hablando en voz baja, algunos leían libros y otros llevaban cascos. Me sorprendió ver a dos guardias de seguridad de pie al lado de la mesa de los bibliotecarios.

—Sí. Hay algunas peleas. Aquí puede entrar todo el mundo, ¿sabe? —susurró Meena—. Suele ser por temas de drogas. Siempre hay algún problema —dijo. Pasamos por delante de una anciana mientras volvíamos de nuevo a bajar las escaleras. Llevaba un sombrero mugriento y un abrigo de nailon azul arrugado y raído, con harapos en los hombros a modo de hombreras. Me sorprendí observándola mientras subía poco a poco, escalón a escalón, con las zapatillas de casa apenas sosteniéndose en sus pies, aferrándose a una bolsa de la que sobresalía un solitario libro de bolsillo.

Nos quedamos fuera durante una hora más, lo suficiente para que un reportero y otro equipo de noticias pasaran por allí, haciendo preguntas, prometiendo que harían todo lo que pudieran para que la historia circulara. Y entonces, al unísono, la multitud empezó a dispersarse. Meena, Ashok y yo volvimos a ir hacia el metro, mientras ellos dos charlaban animadamente sobre con quién habían hablado y sobre las protestas programadas para la semana siguiente.

—¿Qué haréis si cierra? —les pregunté, cuando estábamos en el tren.

—¿La verdad? —dijo Meena, echándose hacia atrás la bandana sobre el pelo—. Ni idea. Pero seguramente acabarán cerrándola. Hay otro edificio mejor equipado a tres kilómetros y dirán que podemos llevar a nuestros hijos allí. Porque obviamente todo el mundo tiene coche. Y es bueno para la gente mayor caminar tres kilómetros a treinta grados de temperatura —comentó, haciendo un gesto de inpaciencia con los ojos—. Pero debemos seguir luchando hasta entonces, ¿de acuerdo?

—Hay que tener espacios para la comunidad —señaló Ashok, levantando una mano con énfasis, cortando el aire—. Tiene que haber lugares donde la gente pueda reunirse, hablar e intercambiar ideas, y que no todo sea dinero, ¿entiende? Los libros son los que te enseñan cosas sobre la vida. Los libros te enseñan empatía. Pero no puedes comprar libros si apenas tienes lo suficiente para pagar el alquiler. ¡Así que esa biblioteca es un recurso vital! Si se clausura una biblioteca, Louisa, no solo se clausura un edificio, se clausura la esperanza.

Se hizo un breve silencio.

—Te quiero, *cari* —dijo Meena, antes de darle un buen beso en la boca.

—Y yo a ti, *cari*.

Se miraron el uno al otro mientras yo me sacudía unas migas imaginarias del abrigo e intentaba no pensar en Sam.

Ashok y Meena se dirigieron al apartamento de la madre de ella para recoger a los niños, después de abrazarme y hacerme prometer que volvería la semana siguiente. Yo me fui a la cafetería y me tomé un café y una porción de tarta. No podía dejar de pensar en la protesta, en la gente de la biblioteca, en las calles mugrientas y llenas de baches que la rodeaban. Pensaba una y otra vez en los desgarrones del abrigo de aquella mujer, en la anciana que estaba a mi lado y en su orgullo por el salario de su nieto como tutor. Pensé en el apasionado discurso de Ashok a favor de la comunidad. Recordé cómo nuestra biblioteca del pueblo me había cambiado la vida, cómo insistía Will en que el conocimiento era poder. Cómo cada libro que leía ahora —y casi cada decisión que tomaba— podría remontarse a esa época.

Pensé en el hecho de que cada uno de los manifestantes de la multitud conocía a alguien más, estaba relacionado con alguien más, le compraba comida o bebida, o hablaba con alguien, y en cómo yo había sentido el subidón de energía y el placer que proporcionaba un objetivo compartido.

Pensé en mi nuevo hogar, donde, en un silencioso edificio de tal vez treinta personas, nadie hablaba con nadie, salvo para quejarse por alguna pequeña alteración de su propia paz, donde parecía que a nadie le caía bien nadie, o que nadie se molestaría en pararse a conocer a nadie para saber quién era.

Me quedé allí sentada, hasta que el pastel se enfrió delante de mí.

Cuando volví, hice dos cosas: le escribí una breve nota a la señora De Witt para darle las gracias por el precioso fular, diciéndole que su regalo me había alegrado la semana, y que si alguna vez necesitaba que volviera a ayudarla con el perro estaría encantada de aprender más sobre cuidados caninos. La introduje en un sobre y se la metí por debajo de la puerta.

Llamé a la habitación de Ilaria, e intenté no sentirme intimidada cuando abrió y me observó con clara desconfianza.

—He pasado por la cafetería donde venden las galletas de canela que te gustan y te he traído algunas. Toma —le dije, tendiéndole la bolsa.

Ella la miró, recelosa.

—¿Qué quieres?

—¡Nada! —respondí—. Es solo que... gracias por lo de los niños el otro día. Además, trabajamos juntas y todo eso, así que... —añadí, encogiéndome de hombros—. Solo son unas galletas.

Se las acerqué unos centímetros más para que se viera en la obligación de cogerlas. Ella miró la bolsa, luego a mí y tuve la sensación de que estaba a punto de tirármelas, así que antes de que pudiera hacerlo me despedí haciendo un gesto con la mano y volví apresuradamente a mi habitación.

Esa noche me conecté a internet y busqué todo lo que pude encontrar sobre la biblioteca, los artículos de prensa sobre sus recortes presupuestarios, las amenazas de cierre, alguna pequeña historia de éxito —*Adolescente local agradece a la biblioteca una beca universitaria*—, imprimí las piezas clave y guardé toda la información útil en un archivo.

Y a las nueve menos cuarto, un correo electrónico apareció en mi bandeja de entrada. En el asunto ponía «PERDÓN».

Lou:

He estado trabajando hasta tarde toda la semana y quería escribirte cuando tuviera más de cinco minutos y no fuera a liar más las cosas. No se me dan bien las palabras. Y supongo que aquí solo hay una realmente importante. Perdón. Sé que nunca me engañarías. El hecho de que se me pasara por la cabeza me convierte en un idiota.

El problema es que es duro estar tan lejos sin saber qué pasa en tu vida. Cuando nos vemos es como si el volumen estuviera sintonizado demasiado alto en todo. No podemos simplemente relajarnos el uno con el otro.

Sé que estar en Nueva York es importante para ti y no quiero que te estanques.

De nuevo, perdóname.

Bss,

Tu Sam

Era la cosa más parecida a una carta que me había enviado nunca. Me quedé mirando aquellas palabras unos instantes, intentando averiguar cuáles eran mis sentimientos. Finalmente, abrí un correo nuevo y escribí.

Lo sé. Te quiero. Ojalá cuando nos veamos en Navidad tengamos tiempo para relajarnos el uno con el otro. Bss, Lou

Lo envié, luego respondí a otro correo de mamá y le escribí uno a Treena. Tecleé con el piloto automático puesto, pensando en Sam todo el tiempo. «Sí, mamá, veré las nuevas fotos del jardín en Facebook. Sí, sé que la hija de Bernice pone morritos en todas las fotos. Se supone que resulta atractivo».

Entré en mi banco y luego en Facebook y me sorprendí sonriendo, muy a mi pesar, ante las innumerables fotos de la hija de Bernice con aquel puchero recauchutado. Vi las fotos de mamá de nuestro jardincito y las nuevas sillas que había comprado en el centro de jardinería. Entonces, casi por impulso, me encontré mirando la página de Katie Ingram. Casi inmediatamente deseé no haberlo hecho. Allí, en glorioso tecnicolor, había siete fotos colgadas hacía poco de una noche de fiesta de los técnicos en emergencias, probablemente del día que yo llamé.

O, lo que era peor, tal vez no.

Allí estaba Katie, con una camisa rosa fucsia que parecía de seda, una amplia sonrisa y una mirada cómplice, inclinada

sobre la mesa para hacer un comentario, o con el cuello desnudo mientras echaba hacia atrás la cabeza al reírse a carcajadas.
Allí estaba Sam, con su chaqueta maltrecha y una camiseta gris,
sujetando en su manaza un vaso de lo que parecía licor de lima,
y unos centímetros más alto que todos los demás. En todas las
fotos el grupo estaba feliz, riéndose de las bromas compartidas.
Sam parecía sentirse totalmente relajado y absolutamente a sus
anchas. Y, en todas las fotos, Katie Ingram estaba pegada a él,
acurrucada en su axila mientras permanecían sentados alrededor de la mesa del bar o mirándolo mientras apoyaba suavemente una mano en su hombro.

16

*T*engo proyecto para ti —dijo Agnes. Yo estaba sentada en un rincón de su peluquería supermoderna, esperando a que la tiñeran y peinaran con secador. Estaba consultando los artículos de las noticias locales sobre la protesta por el cierre de la biblioteca y apagué el teléfono apresuradamente cuando ella se acercó, con el pelo lleno de láminas de papel de aluminio cuidadosamente dobladas. Se colocó a mi lado ignorando a la especialista en tintes, que claramente quería que volviera a sentarse en su sitio—. Quiero que busques un piano muy pequeño. Para mandar a Polonia.

Dijo aquello como si me estuviera pidiendo que comprara un paquete de chicles en la tienda de la esquina.

—Un piano muy pequeño.

—Un piano pequeño muy especial para que aprendan niños. Es para niña pequeña de mi hermana —dijo—. Pero debe tener muy buena calidad.

—¿En Polonia no se pueden comprar pianos pequeños?

—No tan buenos. Quiero que sea de Hossweiner and Jackson. Son los mejores pianos del mundo. Y tienes que organizar envío especial con control de clima para que no le afecte el frío o la humedad porque eso alteraría tono. Pero la tienda podría ayudarte con esto.

—¿Cuántos años tiene la hija de tu hermana?

—Cuatro.

—Ah…, vale.

—Y tiene que ser el mejor para que ella pueda oír diferencia. Hay una diferencia enorme entre los tonos, ¿sabes? Es como tocar Stradivarius comparado con violín barato.

—Claro.

—Pero hay problema —añadió, dándose la vuelta, mientras ignoraba a la estilista especialista en color, ahora frenética, que le señalaba la cabeza desde el otro lado del salón al tiempo que daba golpecitos en un reloj inexistente—. No quiero que aparezca en tarjeta de crédito. Así que tienes que sacar dinero cada semana para pagarlo. Poco a poco. ¿Sí? Ya tengo algo de efectivo.

—Pero… ¿seguro que al señor Gopnik no le importará?

—Cree que gasto demasiado en mi sobrina. No entiende. Y si Tabitha descubre esto lo enreda todo para hacerme parecer mala persona. Sabes cómo es, Louisa. ¿Así que puedes hacerlo? —preguntó Agnes, mirándome fijamente entre capas de papel de plata.

—Sí, vale.

—Eres maravillosa. Estoy encantada de tener una amiga como tú —dijo, y me abrazó tan bruscamente que el papel de aluminio crujió sobre mi oreja y la especialista en color vino corriendo al instante para ver qué daños había causado mi cara.

Llamé a la tienda y conseguí que me mandaran el precio de dos tipos de pianos en miniatura más los gastos de envío. Cuando acabé de parpadear, imprimí los presupuestos pertinentes y fui a enseñárselos a Agnes al vestidor.

—Es un señor regalo —dije. Ella agitó una mano. Tragué saliva—. Y el envío supone otros dos mil quinientos dólares además de esto.

Parpadeé. Agnes no. Fue hacia el armario y lo abrió con una llave que tenía guardada en los vaqueros. Mientras la observaba, sacó un fajo desordenado de billetes de cincuenta dólares tan grueso como su brazo.

—Toma. Esto son ocho mil quinientos. Necesito que vayas cada mañana y saques el resto del cajero. Quinientos cada vez. ¿Sí?

No me sentía del todo cómoda con la idea de sacar tanto dinero sin que el señor Gopnik tuviera conocimiento. Pero sabía que los vínculos de Agnes con su familia polaca eran estrechos y también sabía mejor que nadie cómo podías añorar sentirte cerca de aquellos que estaban lejos. ¿Quién era yo para cuestionar cómo se gastaba su dinero? Estaba segurísima de que tenía vestidos que costaban más que aquel pequeño piano, al fin y al cabo.

Durante los siguientes diez días, en algún momento de la jornada, caminaba diligentemente hasta el cajero de Lexington Avenue y retiraba el dinero, para luego guardarme los billetes en las profundidades del sujetador antes de volver andando, preparada para enfrentarme a atracadores que nunca aparecían. Le entregaba el dinero a Agnes cuando estábamos solas, y ella lo añadía al fajo del armario, antes de volver a cerrarlo con llave. Al final, llevé el montón entero a la tienda de pianos, firmé el formulario requerido y lo conté delante de un dependiente perplejo. El piano llegaría a Polonia a tiempo para Navidad.

Era lo único que parecía reportar alguna alegría a Agnes. Todas las semanas la llevábamos al estudio de Steven Lipkott para la clase de arte y Garry y yo nos atiborrábamos en silencio de cafeína y azúcar en la Mejor Tienda de Dónuts, o yo murmuraba para mostrar mi conformidad con sus opiniones sobre los hijos adultos ingratos y los dónuts cubiertos de caramelo. Recogíamos a Agnes un par de horas después e intentábamos ignorar el hecho de que no traía consigo ningún dibujo.

Su animadversión hacia el incesante circuito benéfico era cada vez mayor. Había dejado de intentar ser amable con las otras mujeres, según me susurraba Michael mientras nos tomábamos cafés furtivos en la cocina. Se limitaba a quedarse sentada, hermosa y taciturna, esperando a que se terminara cada uno de los eventos.

—Supongo que es normal, después de lo malvadas que han sido con ella. Pero a él lo está volviendo un poco loco. Siente que es importante tener, bueno…, si no una mujer florero, al menos sí alguien que esté dispuesto a sonreír de vez en cuando.

El señor Gopnik parecía exhausto por el trabajo y por la vida en general. Michael me contaba que la cosa en la oficina estaba complicada. Les había salido mal una operación de gran envergadura para respaldar a un banco de algún país emergente y todos estaban trabajando día y noche para intentar solucionarlo. Al mismo tiempo —o tal vez a causa de ello—, Nathan decía que la artritis del señor Gopnik había empeorado y que estaban haciendo sesiones extra para que pudiera seguir moviéndose con normalidad. Tomaba un montón de pastillas. Un médico privado lo veía dos veces por semana.

—Odio esta vida —dijo Agnes, mientras cruzábamos el parque andando—. Todo ese dinero que da, ¿y para qué? Para poder sentarnos cuatro días por semana a comer canapés revenidos con gente revenida. Y para que esas mujeres revenidas puedan ponerme verde —añadió, antes de detenerse un instante y echar la vista atrás hacia el edificio. Vi que tenía los ojos llenos de lágrimas. Su voz se debilitó—. A veces, Louisa, creo que no puedo hacer esto más.

—Él te quiere —señalé. No se me ocurrió nada más que decir.

Ella se secó los ojos con la palma de la mano y meneó la cabeza, como si estuviera intentando sacudirse la emoción.

—Lo sé —repuso. Me sonrió con la sonrisa menos convincente que había visto jamás—. Pero hace tiempo que no creo que el amor lo puede todo.

Por impulso, di un paso al frente y la abracé. Luego me di cuenta de que no habría sabido decir si lo había hecho por ella o por mí misma.

Fue poco antes de la cena de Acción de Gracias cuando se me ocurrió por primera vez la idea. Agnes se había negado a salir de la cama en todo el día, ante la perspectiva de enfrentarse a un acto benéfico de salud mental esa noche. Decía que estaba demasiado deprimida para asistir, aparentemente incapaz de ver lo irónico que resultaba.

Reflexioné sobre ello durante el tiempo que me llevó beber una taza de té y luego decidí que tenía poco que perder.

—¿Señor Gopnik? —llamé, mientras golpeaba la puerta de su estudio y esperaba a que me invitara a entrar.

Él, vestido con una camisa azul claro inmaculada, levantó la vista y volvió a bajarla con hastío. La mayor parte de los días me daba pena, el tipo de pena que te puede dar un oso enjaulado, por el que además sientes cierto respeto sano y ligeramente temeroso.

—¿Qué pasa?

—Siento…, siento molestarle. Pero he tenido una idea. Es algo que podría ayudar a Agnes.

El señor Gopnik se recostó en el sillón de cuero y me hizo un gesto para que cerrara la puerta. Me fijé en que había un vaso de cristal de plomo con brandy sobre su mesa. Había empezado antes de lo habitual.

—¿Puedo hablar con franqueza? —pregunté. Tenía el estómago un poco revuelto por los nervios.

—Por favor, hágalo.

—Vale. Bueno, no he podido evitar darme cuenta de que Agnes no es tan, bueno, tan feliz como debiera.

—Eso es un eufemismo —comentó él, en voz baja.

—Me da la sensación de que muchos de sus problemas están relacionados con el hecho de haber sido arrancada de su antigua vida y de no integrarse bien en la nueva. Me ha dicho que no puede estar con sus antiguos amigos porque no acaban de entender su nueva vida y, por lo que he visto, bueno, muchos de los nuevos tampoco parecen demasiado dispuestos a ser amigos de ella. Creo que piensan que serían... desleales.

—A mi exmujer.

—Sí. Así que no tiene trabajo ni una comunidad a la que pertenecer. Y este edificio no forma una comunidad real. Usted tiene su trabajo y gente a su alrededor a la que hace años que conoce, que le quieren y le respetan. Pero Agnes no. Sé que el circuito de beneficencia le resulta especialmente duro. Pero el lado filantrópico de las cosas es muy importante para usted. Así que se me ha ocurrido una idea.

—Continúe.

—A ver, hay una biblioteca en Washington Heights que quieren cerrar. Tengo aquí toda la información —expliqué, poniendo mi carpeta sobre su escritorio—. Es una verdadera biblioteca comunitaria a la que recurre gente de todo tipo, de todas las nacionalidades y edades, y es absolutamente vital para los vecinos que siga abierta. Están luchando mucho para salvarla.

—Eso es problema del ayuntamiento.

—Bueno, tal vez. Pero he hablado con una de las bibliotecarias y me dijo que antes recibían donaciones individuales que les ayudaban a ir tirando —repuse, antes de inclinarme hacia delante—. Si fuera allí, señor Gopnik, vería lo que hacen:

hay programas de tutorías, madres que llevan a sus hijos para que estén calientes y seguros y gente que intenta por todos los medios mejorar las cosas. De forma práctica. Ya sé que no es tan glamuroso como los actos a los que asisten, es decir, allí no va a celebrarse ningún baile, pero sigue siendo una obra benéfica, ¿no? Y he pensado que tal vez…, bueno, que tal vez podrían involucrarse. Y lo mejor de todo es que si Agnes se implicara podría formar parte de una comunidad. Podría convertirlo en su propio proyecto. Usted y ella podrían hacer algo maravilloso.

—¿Washington Heights?

—Debería ir allí. Es una zona muy diversa. Bastante diferente a… esto. Es decir, algunas zonas están gentrificadas, pero esa…

—Conozco Washington Heights, Louisa —señaló, tamborileando con los dedos sobre la mesa—. ¿Le ha hablado a Agnes de esto?

—Creí que sería mejor comentárselo a usted antes —respondí.

Él atrajo la carpeta hacia sí y la abrió. Frunció el ceño al ver la primera hoja: un recorte de periódico de una de las primeras protestas. El segundo era un balance presupuestario que había sacado de la página web del ayuntamiento, donde se reflejaba el último ejercicio económico.

—Señor Gopnik, estoy convencida de que usted podría cambiar las cosas. No solo para Agnes, sino para toda una comunidad —aseguré. Fue en ese momento cuando me di cuenta de que parecía indiferente, incluso soberbio. No es que su expresión cambiara radicalmente, pero se había endurecido un poco y había bajado la mirada. Y se me ocurrió que, siendo tan rico como era, seguramente recibiría cientos de peticiones de dinero parecidas a esa cada día, o sugerencias de lo que debería hacer con él. Y que tal vez, al entrar a formar parte de aquello, había sobrepasado algún límite invisible empleado/jefe—. En fin. Solo era una idea. Posiblemente no muy buena. Le pido disculpas si he hablado de más. Volveré al trabajo. No se sienta obligado a mirar eso si está ocupado. Me lo puedo llevar si usted...

—Está bien, Louisa —dijo el señor Gopnik, mientras presionaba los dedos sobre las sienes, con los ojos cerrados. Yo me quedé allí de pie, sin tener muy claro si me estaba echando. Finalmente, levantó la vista hacia mí—. ¿Podría ir a hablar con Agnes, por favor? ¿Y descubrir si voy a tener que ir solo a esa cena?

—Sí. Por supuesto —respondí, antes de salir de la habitación.

Agnes fue a la cena del evento sobre salud mental. No oímos ninguna discusión cuando volvieron a casa, pero al día siguiente descubrí que ella había dormido en el vestidor.

En las dos semanas previas a mi regreso a casa por Navidad, desarrollé el hábito casi obsesivo de entrar en Facebook. Comprobaba la página de Katie Ingram mañana y tarde, leía las conversaciones públicas que tenía con sus amigos y buscaba las nuevas fotografías que podía haber colgado. Uno de sus amigos le había preguntado si le estaba gustando su trabajo y ella había escrito: «¡Me encanta!», con una carita guiñando un ojo (era irritantemente aficionada a las caritas que guiñaban un ojo). Otro día había publicado: «Hoy ha sido un día muy duro. ¡Menos mal que tengo un compañero maravilloso! #afortunada». Publicó una foto más de Sam, al volante de la ambulancia. Se estaba riendo, levantando la mano como para detenerla, y el ver su cara, la intimidad de la foto, la forma en que me hacía meterme en la cabina con ellos, me dejó sin aliento.

Habíamos quedado en hablar la noche anterior, en su horario, pero cuando lo llamé no cogió el teléfono. Lo volví a intentar, dos veces, sin respuesta alguna. Un par de horas más tarde, cuando estaba empezando a preocuparme, recibí un mensaje de texto: «Lo siento... ¿Sigues ahí?».

—¿Estás bien? ¿Ha sido por el trabajo? —pregunté, cuando me llamó.

Él titubeó imperceptiblemente antes de responder.

—No exactamente.

—¿Qué quieres decir? —le lancé. Yo estaba en el coche con Garry, esperando mientras Agnes se hacía la pedicura, y era consciente de que él podía estar escuchando, por muy ensimismado que pareciera estar en las páginas de deportes del *New York Post*. —Estaba ayudando a Katie con algo.

El estómago me dio un vuelco simplemente con oír su nombre.

—¿Ayudándola con qué? —pregunté, intentando que mi tono de voz siguiera pareciendo trivial.

—Con un armario. De Ikea. Lo compró y no lo podía montar sola, así que me ofrecí a echarle una mano.

Se me revolvió el estómago.

—¿Has ido a su casa?

—Piso. Solo para ayudar con un mueble, Lou. No tiene a nadie más. Y yo vivo en la misma calle.

—Te llevaste la caja de herramientas —dije, mientras recordaba que solía venir a mi casa a hacer arreglos. Había sido una de las primeras cosas que me habían conquistado de él.

—Sí. Me he llevado la caja de herramientas. Y lo único que he hecho ha sido ayudar con un armario de Ikea —aseguró, esa vez con voz cansada.

—¿Sam?

—¿Qué?

—¿Te ofreciste tú a ir? ¿O te lo pidió ella?

—¿Eso importa? —dijo él.

Yo quería decirle que sí, porque era obvio que ella estaba intentando robármelo. Estaba interpretando alternativamente los papeles de mujer desvalida, de chica fiestera y divertida, de mejor amiga comprensiva y de compañera de trabajo. O él estaba ciego, o, peor aún, no lo estaba. No había una sola foto que ella hubiera colgado en la que no estuviera pegada a él, como una especie de sanguijuela con los labios pintados. A veces me preguntaba si supondría que los estaba viendo, y si le causaba satisfacción saber la inquietud que aquello me causaba, si de hecho aquello era parte de su plan, convertirme en una persona desdichada y paranoica. No tenía muy claro que los hombres llegaran a entender nunca el armamento infinitamente sutil que las mujeres usaban unas contra otras. El silencio entre nosotros al teléfono se amplió y se convirtió en un socavón. Sabía que yo no podía ganar. Si trataba de advertirle sobre lo que estaba pasando, sería una arpía celosa. Si no lo hacía, él seguiría caminando ciegamente hacia su cepo. Hasta el día en que de repente se daría cuenta de que la echaba de menos tanto como solía echarme de menos a mí. O en que la suave mano de ella reptaría hacia la suya en el bar mientras se apoyaba en él en busca de consuelo tras un día duro. O en el que estrecharían lazos por un subidón de adrenalina, por algún accidente casi mortal, y se besarían y… Cerré los ojos.

—Entonces, ¿cuándo vuelves?

—En Nochebuena.

—Genial. Intentaré cambiar algunos turnos. Aunque tendré que trabajar parte de las Navidades, Lou. Ya sabes cómo es este trabajo. No para —señaló. Luego suspiró e hizo una pausa antes de volver a hablar—. Escucha. He estado pensando. Puede que sea buena idea que tú y Katie os conozcáis. Así verás que no hay problema. Solo intenta ser mi colega.

Y una mierda.

—¡Perfecto! Me parece genial —dije.

—Creo que te gustará.

—Entonces estoy convencida de ello.

Tanto como me gustaría el virus del ébola. O rallarme los codos. O puede que comer ese queso que tiene bichos vivos.

Cuando Sam respondió, parecía aliviado.

—Estoy deseando verte. Te quedarás una semana, ¿no?

Bajé la cabeza, intentando hablar un poco más bajo.

—Sam, ¿Katie... de verdad quiere conocerme? ¿Habéis hablado de ello?

—Sí — respondió él. Y al ver que yo no decía nada, siguió hablando —. Es decir, no de ninguna... No hemos hablado sobre lo que nos pasaba a nosotros, ni nada. Pero entiendo que debe de ser duro para los dos.

—Ya —dije. Noté que se me tensaba la mandíbula.

—Dice que pareces genial. Obviamente, le dije que estaba equivocada —bromeó. Yo me reí, pero no creo que el peor actor del mundo pudiera haberlo hecho de forma menos convincente—. Ya verás cuando la conozcas. Lo estoy deseando.

Cuando colgó, levanté la vista y vi que Garry me estaba mirando por el espejo retrovisor. Nuestros ojos se encontraron por un instante, hasta que los suyos se apartaron.

Aunque vivía en una de las metrópolis más ajetreadas del planeta, había empezado a darme cuenta de que el mundo tal y como yo lo conocía era en realidad muy pequeño, y de que estaba embalado en plástico alrededor de las exigencias de los Gopnik desde las seis de la mañana a menudo hasta bien entrada la noche. Mi vida se había entretejido completamente con la suya. Al igual que con Will, me había sintonizado con los estados de ánimo de Agnes y era capaz de detectar por medio de las señales más sutiles si estaba deprimida, enfadada o si simplemente necesitaba comida. Ya sabía cuándo le tocaba el período y lo señalaba en mi agenda personal para poder estar preparada para cinco días de intensas emociones o de conciertos de piano ultraenfáticos. Sabía cómo volverme invisible en los momentos de conflicto familiar o cuándo ser omnipresente. Me convertí en una sombra, en ocasiones hasta tal punto que me sentía casi evanescente: útil solo en relación con otra persona.

Mi vida antes de los Gopnik se había desvanecido y se había convertido en algo borroso y fantasmagórico que vivía a través de infrecuentes llamadas telefónicas (cuando los horarios de los Gopnik lo permitían) o de correos electrónicos esporádicos. Estuve dos semanas sin llamar a mi hermana y lloré cuando mi madre me envió una carta escrita a mano con fotos de ella y de Thom en una sesión matinal de teatro «por si habías olvidado qué aspecto tenemos».

A veces era demasiado. Así que para compensar, aunque estuviera agotada, iba hasta la biblioteca todos los fines de semana con Ashok y Meena. Una vez hasta fui sola, porque sus hijos estaban enfermos. Aprendí a vestirme mejor para el frío y me hice mi propio cartel (¡EL CONOCIMIENTO ES PODER!) como guiño privado a Will. Volvía en tren y luego iba hacia East Village para tomarme un café en el Emporio de la Ropa Vintage y ver qué artículos nuevos habían recibido Lydia y su hermana.

El señor Gopnik nunca volvió a mencionar la biblioteca. Me di cuenta con cierta desilusión de que allí la caridad podía significar algo totalmente distinto; que no era suficiente dar, sino que tenían que verte dando. Los hospitales exhibían los nombres de sus benefactores en letras de dos metros de alto sobre la puerta. Los bailes llevaban los nombres de aquellos que los financiaban. Hasta los autobuses llevaban listas de nombres en los laterales de las ventanas traseras. El señor Leo-

nard Gopnik y señora eran reconocidos como generosos benefactores porque eran visibles como tales en la sociedad. Una
biblioteca mugrienta en un barrio venido a menos no proporcionaba ese prestigio.

Ashok y Meena me habían invitado en Acción de Gracias a su
apartamento de Washington Heights, horrorizados cuando les
confesé que no tenía ningún plan.

—¡No puede pasar Acción de Gracias sola! —dijo Ashok, y decidí no mencionar que poca gente en Inglaterra sabía
siquiera qué era aquello.

—Mi madre hará el pavo…, pero no espere que lo haga
al estilo estadounidense —comentó Meena—. No soportamos
toda esa comida insípida. Va a ser un pavo *tandoori* como es
debido.

No me supuso ningún esfuerzo decir que sí a algo nuevo.
De hecho, estaba muy emocionada. Compré una botella de
champán, unos bombones sofisticados y unas flores para la
madre de Meena, luego me puse mi vestido de cóctel azul con
las mangas de piel, imaginándome que una fiesta de Acción de
Gracias india sería la ocasión perfecta para llevarlo por primera vez, o, al menos, una sin código de vestimenta claro. Ilaria
estaba a tope preparando la cena familiar de los Gopnik y decidí no molestarla. Salí, mientras comprobaba que tenía las
instrucciones que Ashok me había dado.

Cuando iba por el pasillo, vi que la puerta de la señora
De Witt se encontraba abierta. Oí la televisión parloteando en
las profundidades del apartamento. A unos cuantos metros de la
puerta, Dean Martin estaba en el pasillo, observándome. Me
pregunté si estaría a punto de volver a precipitarse hacia la libertad, y llamé al timbre.

La señora De Witt apareció en el pasillo.

—¿Señora De Witt? Creo que Dean Martin está a punto de irse de paseo —comenté, mientras el perro se entretenía volviendo hacia ella. La mujer se apoyó en la pared. Parecía frágil y cansada—. ¿Puedes cerrar la puerta, querida? Debo de haberla cerrado mal.

—Vale. Feliz día de Acción de Gracias, señora De Witt —dije.

—¿Es hoy? No me había dado cuenta —repuso ella, volviendo a desaparecer en la sala, con el perro tras ella. Cerré la puerta. Nunca había visto que la fuera a visitar ni una sola persona y me sentí un poco triste al pensar que pasaría Acción de Gracias sola.

Estaba a punto de dar media vuelta para marcharme, cuando Agnes llegó por el pasillo con sus cosas del gimnasio. Pareció sorprendida al verme.

—¿Adónde vas?

—¿A cenar? —respondí. No quería decirle con quién iba. No sabía cómo se sentirían los residentes del edificio si supieran que sus empleados se veían sin ellos delante. Me miró, horrorizada.

—Pero no puedes irte, Louisa. La familia de Leonard va a venir. No puedo hacer esto sola. Les dije que estarías aquí.

—Ah, ¿sí? Pero…

—Tienes que quedarte.

Yo miré hacia la puerta. Se me hizo un nudo en el estómago.

Y entonces Agnes bajó la voz

—Por favor, Louisa. Eres mi amiga. Te necesito.

Llamé a Ashok para avisarle. Mi único consuelo fue que, debido a su trabajo, entendió la situación de inmediato.

—Lo siento mucho —susurré al teléfono—. Estaba deseando ir.

—No. Tiene que quedarse. Oiga, Meena está gritando que le diga que le guardará un poco de pavo. Se lo llevaré mañana… ¡*Cari*, ya se lo he dicho! ¡Que sí! Dice que se beba todo su vino caro. ¿Vale?

Me sentí, por un instante, al borde de las lágrimas. Esperaba pasar una noche llena de niños risueños, comida deliciosa y carcajadas. En lugar de ello iba a ser de nuevo una sombra, una pieza de atrezo silenciosa en una habitación glacial.

Mis lágrimas estaban justificadas.

Otros tres miembros de la familia Gopnik vinieron a la cena de Acción de Gracias. El hermano del señor Gopnik, una versión mayor, más canosa y anémica de él, que al parecer hacía algo relacionado con las leyes. Probablemente, dirigir el Ministerio de Justicia de Estados Unidos. Trajo con él a su madre, que iba en silla de ruedas, se negó a quitarse el abrigo de piel en toda la noche y se quejaba a gritos de que no oía nada de lo que decían los demás. La esposa del hermano del señor Gopnik, una antigua violinista al parecer de cierto renombre, los acompañaba. Fue la única persona allí que se molestó en preguntarme qué hacía. Saludó a Agnes con dos besos y el tipo de sonrisa profesional que podría haber dedicado a cualquiera.

Tab hizo acto de presencia, llegó tarde y con pinta de haberse pasado todo el viaje en taxi discutiendo acaloradamente sobre lo mucho que odiaba estar allí. Instantes después de su llegada, nos sentaron a cenar en el comedor, que estaba al lado del salón principal y dominado por una larga mesa ovalada de caoba.

Decir que la conversación resultaba forzada es poco. El señor Gopnik y su hermano se enzarzaron de inmediato en una tertulia sobre las restricciones legales en el país donde él estaba actualmente haciendo negocios, y las dos esposas se hicieron la una a la otra unas cuantas preguntas agarrotadas, como si fueran personas practicando para mantener una conversación trivial en un idioma extranjero.

—¿Qué tal te va, Agnes?

—Bien, gracias. ¿Y a ti, Veronica?

—Muy bien. Estás muy guapa. Llevas un vestido muy bonito.

—Gracias. Tú también estás muy guapa.

—Creo que has estado en Polonia, ¿no? Estoy segura de que Leonard dijo que ibas a visitar a tu madre.

—Estuve allí hace dos semanas. Fue maravilloso verla, gracias.

Yo estaba sentada entre Tab y Agnes, viendo cómo Agnes bebía demasiado vino blanco y cómo Tab miraba el móvil una y otra vez con insubordinación haciendo de vez en cuando gestos con los ojos. Yo me tomaba a sorbitos la sopa de calabaza y salvia, asentía, sonreía e intentaba no pensar con anhelo en el apartamento de Ashok y en el alegre caos que reinaría en él. Le habría preguntado a Tab qué tal la semana —lo que fuera para hacer fluir la titubeante conversación— pero había hecho tantos comentarios mordaces sobre cuánto le horrorizaba tener a «empleados» en los eventos familiares que no tuve valor.

Ilaria servía un plato tras otro.

—La *puta* polaca no cocina. Así que alguien tiene que renunciar a su Acción de Gracias —murmuraba después.

Había preparado un banquete de pavo, patatas asadas y un puñado de cosas que yo nunca había visto servidas como acompañamiento, pero que sospechaba que estaban a punto de causarme diabetes de tipo 2 instantánea: guiso de boniatos caramelizados con cobertura de malvavisco, alubias verdes con miel y beicon, calabacines asados con beicon aderezado con sirope de arce, pan de maíz con mantequilla y zanahorias asadas con miel y especias. También había unos *popovers* —una especie de púdines de Yorkshire— que analicé disimuladamente para ver si también estaban cubiertos de sirope.

Por supuesto, fueron los hombres los que se comieron gran parte de todo aquello. Tab no hizo más que darle vueltas a su ración en el plato. Agnes comió un poco de pavo y apenas nada más. Yo probé un poco de todo, agradecida por tener algo que hacer y por que Ilaria ya no soltara los platos a porrazos delante de mí. De hecho, me miró de reojo unas cuantas veces como para expresar su compasión muda por el aprieto en que me habían metido. Los hombres seguían hablando de negocios, ajenos al permafrost del otro lado de la mesa, o negándose a darse por aludidos.

De vez en cuando, la anciana señora Gopnik rompía el silencio exigiendo que alguien le sirviera alguna patata o preguntando a gritos, por cuarta vez, qué demonios le había hecho aquella mujer a las zanahorias. Varias personas le respondían a la vez, como aliviadas por tener algo en qué centrarse, por muy irracional que fuera.

—Ese es un vestido de lo más original, Louisa —comentó Veronica, tras un silencio especialmente largo—. Muy llamativo. ¿Lo has comprado en Manhattan? Hoy en día no es habitual ver mangas de piel.

—Gracias. Lo he comprado en el East Village.

—¿Es de Marc Jacobs?

—Pues… no. Es *vintage*.

—*Vintage* —resopló Tab.

—¿Qué ha dicho? —preguntó la señora Gopnik, a grito pelado.

—Está hablando del vestido de la chica, madre —dijo el hermano del señor Gopnik—. Dice que es *vintage*.

—¿Cómo que *vintage*?

—¿Qué problema hay con *«vintage»*, Tab? —preguntó Agnes, fríamente.

Yo me eché hacia atrás en la silla.

—Es un término completamente absurdo, ¿no? Solo es una forma de decir «segunda mano». Una forma de disfrazarlo para fingir que es algo que no es.

Quería decirle que *«vintage»* significaba mucho más que eso, pero no sabía cómo expresarlo… y sospechaba que no debía hacerlo. Simplemente esperé a que la conversación tomara otro rumbo y se alejara de mí.

—Creo que la ropa *vintage* está muy de moda últimamente —comentó Veronica, dirigiéndose a mí directamente con habilidad diplomática—. Aunque, desde luego, yo soy demasiado mayor para entender las modas de los jóvenes de hoy en día.

—Y demasiado educada como para decir ciertas cosas —murmuró Agnes.

—¿Perdona? —dijo Tab.

—Ah, ¿ahora pides perdón?

—Me refiero a qué acabas de decir.

El señor Gopnik levantó la vista del plato. Sus ojos saltaron cautelosamente de su mujer a su hija.

—Quiero decir que por qué tienes que ser tan maleducada con Louisa. Ella es mi invitada, aunque sea una empleada. Y no tienes que ser maleducada con su ropa.

—No estaba siendo maleducada. Simplemente he expuesto un hecho.

—Así se es maleducado hoy en día. *Digo lo que veo. Solo estoy siendo sincera.* El lenguaje de los matones. Todos sabemos cómo es.

—¿Qué acabas de llamarme?

—Agnes. Querida —dijo el señor Gopnik, extendiendo el brazo y posando su mano sobre la de ella.

—¿Qué están diciendo? —preguntó la señora Gopnik—. Diles que hablen más alto.

—He dicho que Tab está siendo muy maleducada con mi amiga.

—Ella no es tu amiga, por el amor de Dios. Es tu asistente, le pagas por ello. Aunque sospecho que es todo lo que puedes conseguir en cuestión de amigos, últimamente.

—¡Tab! —exclamó su padre—. Lo que acabas de decir es horrible.

—Bueno, es verdad. Nadie quiere tener nada que ver con ella. No puedes fingir que no lo ves, vayas donde vayas. ¿Sabes que esta familia es el hazmerreír de todos, papá? Te has convertido en un cliché. Ella es un cliché andante. ¿Y para qué? Todos sabemos cuál es su plan.

Agnes se quitó la servilleta del regazo y la estrujó, convirtiéndola en una bola.

—¿Mi plan? ¿Quieres decirme cuál es mi plan?

—El mismo que el de cualquier otra inmigrante advenediza en busca de un buen partido. Te las has ingeniado para convencer a papá de que se case contigo. Y ahora obviamente estarás haciendo todo lo posible para quedarte embarazada y parir uno o dos hijos para, dentro de cinco años, divorciarte de él. Y tendrás la vida solucionada. ¡Bum! Se acabaron los masajes. Solo Bergdorf Goodman, un chófer y almuerzos con tu aquelarre polaco todo el día.

El señor Gopnik se inclinó sobre la mesa.

—Tabitha, no quiero que vuelvas a usar la palabra «inmigrante» de forma peyorativa en esta casa nunca más. Tus bisabuelos eran inmigrantes. Tú eres descendiente de inmigrantes…

—No de ese tipo de inmigrantes.

—¿Qué quiere decir eso? —preguntó Agnes, con las mejillas arrebatadas.

—¿Tengo que deletreártelo? Están los que consiguen sus objetivos trabajando duro y los que lo hacen acostándose con sus…

—¿Como tú? —gritó Agnes—. ¿Como tú, que vives de la asignación de un fondo fiduciario con casi veinticinco años? ¿Tú, que casi no has trabajado en tu vida? ¿Se supone que tengo que seguir tu ejemplo? Al menos yo sé lo que es trabajar duro...

—Sí. Sentándote a horcajadas sobre los cuerpos de desconocidos desnudos. Menudo trabajo.

—¡Ya basta! —exclamó el señor Gopnik, poniéndose en pie—. Estás muy, pero que muy equivocada, Tabitha, y debes disculparte.

—¿Por qué? ¿Porque la veo sin las gafas de color de rosa? Papá, siento decir esto, pero estás totalmente ciego y no tienes ni idea de quién es esta mujer en realidad.

—¡No! ¡Tú eres la que te equivocas!

—No me digas que nunca va a querer tener hijos. Tiene veintiocho años, papá. ¡Despierta!

—¿De qué están hablando? —le preguntó la anciana señora Gopnik, quejumbrosa, a su nuera. Veronica le susurró algo al oído—. Pero ha dicho algo sobre hombres desnudos. La he oído.

—No es que sea de tu incumbencia, Tabitha, pero no habrá más niños en esta casa. Agnes y yo lo acordamos antes de que me casara con ella.

Tab hizo una mueca.

—Oooh. Ella accedió. Como si eso significara algo. ¡Una mujer como ella sería capaz de cualquier cosa para casarse contigo! Papá, odio decir esto, pero estás siendo de lo más ingenuo. En cuestión de un año, más o menos, habrá un pequeño «accidente» y ella te convencerá...

—¡No habrá ningún accidente! —gritó el señor Gopnik, dando un manotazo en la mesa con tal fuerza que la cristalería repiqueteó.

—¿Cómo puedes saberlo?

—¡Porque me he hecho una maldita vasectomía! —bramó el señor Gopnik, antes de sentarse. Le temblaban las manos—. Dos meses antes de casarnos. En el hospital Monte Sinaí. Con pleno consentimiento de Agnes. ¿Estás satisfecha ahora?

La habitación se quedó en silencio. Tab miraba a su padre con la boca abierta.

—¿Leonard se ha hecho una apendicectomía? —preguntó la anciana señora Gopnik, observando al señor Gopnik, después de mirar de izquierda a derecha.

Un zumbido sordo había empezado a levantarse en algún lugar en el fondo de mi cabeza. Como a distancia, oí al señor Gopnik insistiendo para que su hija se disculpara, luego observé cómo esta empujaba hacia atrás la silla y abandonaba la mesa sin hacerlo. Vi a Veronica intercambiar miradas con su marido y darle un largo y hastiado trago a su bebida. Y luego miré a Agnes, que contemplaba fijamente en silencio el plato en que su comida se estaba solidificando en porciones recubiertas de miel y beicon. Mientras el señor Gopnik extendía una mano para estrechar la de su mujer, el corazón me golpeaba con fuerza en los oídos.

Ella no me miró.

17

El 22 de diciembre volé a casa, cargada de regalos, con mi nuevo abrigo *vintage* de cebra, al que, como descubriría después, le afectaba de una manera extraña y adversa la circulación de aire reciclado del 767, de manera que cuando llegué a Heathrow olía a calamar muerto.

Iba a viajar en Nochebuena, pero Agnes había insistido en que me fuera antes, porque iba a hacer un breve e imprevisto viaje a Polonia para ver a su madre, que no se encontraba bien, y no había motivo para que estuviera allí sin hacer nada cuando podía estar con mi familia. El señor Gopnik había pagado el cambio de billete. Agnes había estado a la vez excesivamente agradable y extremadamente distante conmigo desde la cena de Acción de Gracias. Yo reaccionaba de modo profesional y responsable. A veces la cabeza me daba vueltas con la información que guardaba. Entonces recordaba las palabras que pronunciara Garry tiempo atrás, en otoño, cuando llegué: *No veas nada, no oigas nada, olvídalo todo.*

Algo había pasado en las semanas anteriores a Navidad, me sentía menos deprimida. Quizá solo estuviera aliviada por salir de esa casa tan disfuncional. O puede que, al comprar regalos navideños, recuperara el sentido de la diversión en mi relación con Sam. Después de todo, ¿cuándo había sido la última vez que había comprado regalos de Navidad a un hombre? En los últimos dos años de nuestra relación Patrick se había limitado a enviarme correos electrónicos con enlaces a los modelos concretos de equipamiento deportivo que quería. *No te molestes en envolverlo, cariño, por si te equivocas y tengo que devolverlo.* Lo único que había hecho era apretar un botón. Nunca pasé unas Navidades con Will. Ahora intentaba abrirme paso entre los demás clientes de Saks, procurando imaginarme a mi novio con los jerséis de cachemira mientras hundía la cara en ellos, buscando las suaves camisas de cuadros que le gustaba llevar en el jardín, los calcetines gruesos de exterior marca REI. Compré juguetes para Thom, y el aroma de la tienda de M&M's en Times Square me produjo una subida de azúcar. Compré material de papelería para Treena en McNally Jackson y una hermosa bata para el abuelo en Macy's. En un arrebato de última hora, como había gastado tan poco en los últimos meses, adquirí para mamá una pequeña pulsera en Tiffany y le compré a papá una radio de cuerda para el cobertizo.

Luego se me ocurrió buscar un calcetín largo para Sam. Lo llené de pequeños regalos: loción para después del afeitado, chicle de frutas, calcetines y un portacervezas con forma de mujer vestida con un pantaloncito vaquero sexi. Finalmente regresé a la tienda de juguetes donde había adquirido los regalos de Thom y compré muebles de casa de muñecas: una cama, una mesa con sillas, un sofá y un baño completo. Lo envolví todo y escribí en la etiqueta: «Hasta que esté acabada la de verdad». Encontré un diminuto kit médico y lo incluí también, maravillándome del detalle con que lo habían reproducido. De repente la Navidad parecía real y excitante, y la perspectiva de estar casi diez días sin los Gopnik y fuera de la ciudad ya era un regalo en sí.

Llegué al aeropuerto rezando en silencio para que el peso de los regalos no me obligara a pagar exceso de equipaje. La mujer del mostrador de facturación cogió mi pasaporte y me pidió que subiera la maleta a la báscula. Miró la pantalla y frunció el ceño.

—¿Hay algún problema? —pregunté al ver que miraba mi pasaporte y luego detrás de ella. Calculé mentalmente cuánto iba a tener que pagar por el peso extra.

—Oh, no, señora, es que esta no es su cola.

—¡No me diga! —exclamé notando cómo se me encogía el estómago mientras echaba un vistazo a las abarrotadas colas a mi espalda—. ¿Dónde debo ir?

—Tiene un billete para clase *business.*

—¿Clase *business?*

—Sí, señora. Han reservado en otra categoría. Debería facturar allí. Pero no importa, puedo hacerlo desde aquí.

—Oh, no creo. Yo… —musité negando con la cabeza.

Entonces sonó mi teléfono. Miré la pantalla. «¡Ya debes de estar en el aeropuerto! Espero que esto haga tu vuelo un poco más agradable. Un pequeño detalle de Agnes. ¡Te veo en el nuevo año, camarada! Michael, Bss».

—De acuerdo, gracias —dije mirando cómo desaparecía mi sobredimensionada maleta por la cinta transportadora mientras guardaba el teléfono en el bolso.

El aeropuerto estaba abarrotado, pero en la clase *business* todo era calma y tranquilidad, un pequeño oasis de petulancia colectiva alejado del caos festivo que reinaba en el exterior. A bordo, eché un vistazo al interior del neceser que me habían regalado, me puse los calcetines gratis y procuré no hablar demasiado con el hombre de al lado, que al final se puso un antifaz y reclinó su asiento. Tuve un problemilla con el mío cuando se me atascó el zapato en el reposapiés, pero la azafata era un encanto y me indicó cómo sacarlo. Comí pato glaseado al jerez y tarta de limón y di las gracias a todo el personal que me traía cosas. Vi dos películas y era consciente de que debía intentar dormir algo, pero no quería dejar de disfrutar de una experiencia tan deliciosa. Era exactamente el tipo de acontecimiento que habría contado al escribir a casa, solo que esta vez, pensé con mariposas en el estómago, iba a poder describírselo a todos en persona.

Volvía a casa convertida en una Louisa Clark diferente. Eso era lo que había dicho Sam y yo había decidido creerle. Tenía más confianza en mí misma, era más profesional, ya no era esa persona triste, contradictoria y físicamente destrozada de seis meses atrás. Pensé en la cara de Sam cuando le sorprendiera como él me había sorprendido a mí. Me había enviado una copia de su calendario de turnos de los próximos quince días para que pudiera planificar las visitas a mis padres. Yo había calculado que podía soltar mi equipaje en el apartamento y pasar unas cuantas horas con mi hermana antes de irme corriendo a su casa, a tiempo para recibirle al finalizar su turno.

Esta vez, pensé, lo haríamos bien. Dispondríamos de una cantidad de tiempo decente para estar juntos. Y estableceríamos algún tipo de rutina, encontraríamos una forma de existir sin traumas ni malos entendidos. Los primeros tres meses iban a ser siempre los más difíciles. Aunque ya estábamos demasiado lejos sobre el Atlántico como para que sirviera de algo, me tapé con la manta e intenté dormir sin conseguirlo, con el estómago encogido y un zumbido incesante en la cabeza mientras contemplaba cómo se deslizaba lentamente el diminuto avión parpadeante por mi pantalla de píxeles.

Llegué a mi apartamento poco después de la hora de comer y entré, abriendo torpemente con mis llaves. Treena estaba trabajando. Thom todavía estaba en la escuela. El gris londinense aparecía jalonado por las brillantes luces de Navidad y en las tiendas sonaban villancicos que había escuchado un millón de veces. Subí las escaleras de mi viejo edificio, respirando ese olor familiar a ambientadores baratos y la humedad de Londres, abrí la puerta, dejé que la maleta cayera los pocos centímetros que la separaban del suelo y suspiré.

Mi hogar. O algo parecido.

Recorrí el recibidor quitándome el abrigo, y entré en el salón. Había sentido algo de temor ante la idea de volver allí, pues recordaba los meses en los que había estado hundida por la depresión, bebiendo demasiado. Las habitaciones frías y vacías del apartamento parecían reprocharme que no hubiera podido salvar al hombre que me lo había regalado. Pero enseguida comprendí que no era el mismo lugar: en tres meses había cambiado completamente. El interior, antes desnudo, ahora estaba lleno de color, con dibujos de Thom en cada pared. Había cojines bordados en el sofá y una silla tapizada nueva, cortinas y un estante a reventar de DVD. La cocina estaba repleta de paquetes de comida y había una vajilla nueva. Un tazón de cereales y una caja de Coco Pops sobre un mantelito individual decorado con un arcoíris indicaban que alguien había desayunado a toda prisa.

Abrí la puerta de la habitación de invitados, que ahora era la de Thom, y esbocé una sonrisa al ver los pósteres de fútbol y el edredón de dibujos animados. Había un armario nuevo con su ropa. Entonces me dirigí a mi habitación, ahora la de Treena, y encontré una colcha arrugada, una estantería nueva y persianas. Nada parecía haber cambiado mucho en el tema ropa, pero había añadido una silla y un espejo al mobiliario. El pequeño tocador estaba cubierto de botes de crema hidratante, cepillos para el pelo y cosméticos, lo que indicaba que, en los pocos meses que había estado fuera, mi hermana había cambiado tanto que me iba a costar reconocerla. Lo único que definitivamente la convertía en la habitación de Treena eran los libros sobre la mesita de noche, *Manual de desgravación de bienes de capital* y *Una introducción a las nóminas*.

Sabía que estaba agotada, pero al mismo tiempo no podía dejar de sentir que algo no iba bien. ¿Era así como se había sentido Sam cuando voló para verme la segunda vez? ¿Le había parecido familiar y desconocida al mismo tiempo?

Me escocían los ojos de cansancio y mi reloj interior estaba fuera de control. Todavía quedaban tres horas para que volvieran a casa. Me lavé la cara, me quité los zapatos y con un suspiro me tumbé en el sofá. Oí alejarse lentamente el ruido del tráfico de Londres.

Me despertó una mano pegajosa dándome palmaditas en la mejilla. Parpadeé e intenté apartarla, pero había algo pesado sobre mi pecho. Se movió. Una mano me dio palmaditas de nuevo. Y entonces abrí los ojos y me encontré con los de Thom.

—¡Tita Lou! ¡Tita Lou!

—Hola, Thom —gemí.

—¿Qué me has traído?

—Déjala al menos que primero abra los ojos.

—Me estás aplastando una teta, Thom. ¡Ay!

En cuanto me liberó me incorporé y parpadeé mirando a mi sobrino, que saltaba arriba y abajo.

—¿Qué me has traído?

Mi hermana se inclinó sobre mí y me besó en la mejilla, apretando cariñosamente mi hombro con una de sus manos. Olía a perfume caro y me eché hacia atrás para verla mejor. Iba maquillada. Llevaba un maquillaje discreto, aplicado con delicadeza, en vez del delineador azul que recibió de regalo con una revista en 1994 y guardó en un cajón del escritorio para usarlo a lo largo de los diez años siguientes cada vez que había que «disfrazarse».

—Lo has conseguido. No te has equivocado de avión y no has acabado en Caracas. Papá y yo hemos hecho una pequeña apuesta.

—¡Qué graciosos! —exclamé levantando el brazo y sosteniendo su mano más tiempo del que cualquiera de las dos hubiera esperado—. ¡Vaya! Estás preciosa.

Lo estaba. En vez de la cola de caballo tirante de siempre llevaba el pelo ondulado, cortado a la altura del hombro y peinado con secador. Eso, la blusa de buen corte y el rímel hacían que estuviera realmente guapa.

—Bueno, en realidad es por el trabajo. En la City tienes que estar a la altura —replicó girándose mientras lo decía, de manera que no la creí.

—Me gustaría conocer a Eddie —comenté—. Es evidente que yo nunca he podido influir tanto en lo que te ponías.

Llenó la tetera y la encendió.

—Eso es porque tú vistes como si alguien te hubiera dado un vale de dos libras para un mercadillo y hubieras decidido gastártelo todo.

Fuera estaba oscureciendo. A pesar del *jet lag* de repente mi cerebro registró lo que eso quería decir.

—Oh, vaya, ¿qué hora es?

—¿Hora de darme los regalos?

La sonrisa mellada de Thom flotaba ante mí. El niño había unido las manos en una muda plegaria.

—Vas bien —dijo Treena—. Queda una hora para que Sam acabe, tienes tiempo. Thom, Lou te dará lo que te haya traído cuando se haya tomado una taza de té y haya encontrado el desodorante. Además, ¿qué demonios es esa cosa a rayas que has dejado en el vestíbulo? Huele a pescado pasado.

Ahora sí estaba en casa.

—De acuerdo, Thom —señalé—, quizá haya algunas cositas para ti en aquel bolso azul que pueda darte antes de Navidad. Tráemelo, por favor.

Tras darme una ducha y maquillarme de nuevo volví a sentirme humana. Me puse una minifalda plateada, un jersey negro con cuello de cisne y zapatos con tacón de cuña que había comprado en el Emporio de la Ropa Vintage, el pañuelo de Biba de la señora De Witt y un chorrito de *La Chasse aux Papillons,* el perfume que Will me convenció de que comprara y que siempre me daba confianza en mí misma. Cuando acabé de arreglarme Thom y Treena estaban comiendo. Me habían ofrecido pasta con queso y tomate, pero se me había empezado a encoger el estómago y tenía el reloj biológico desfasado.

—Me gusta eso que te haces ahora en los ojos. Muy seductor —le dije a Treena.

Hizo una mueca.

—¿Puedes conducir? Es evidente que no ves bien.

—No está lejos. Me he echado una buena siesta.

—¿Cuándo vuelves? El nuevo sofá cama es impresionante, por si te lo estabas preguntando. Colchón de muelles normal. Nada de tu basura de goma espuma de cinco centímetros.

—Espero no necesitar el sofá cama durante uno o dos días —insinué con una sonrisita cursi.

—¿Qué es eso? —preguntó Thom tragando un bocado y señalando el paquete que llevaba bajo el brazo.

—Ah. Es un calcetín navideño. Sam trabaja el día de Navidad y no le veré hasta la tarde, así que he pensado en dejarle algo que encuentre al despertarse.

—Hum, Thom, no pidas ver lo que hay dentro.

—No hay nada dentro que no le pudiera dar al abuelo. Es solo una pequeña broma.

Me guiñó un ojo en señal de complicidad. Di las gracias para mis adentros a Eddie y sus artes milagrosas.

—Envíame un mensaje luego, ¿vale? Solo para saber si tengo que echar la cadena.

Los besé a los dos y me encaminé hacia la puerta.

—¡No le dejes fuera de juego con ese terrible acento americano tuyo!

Extendí el dedo corazón mientras salía del piso.

—¡Y no te olvides de conducir por la izquierda! ¡Y no te pongas el abrigo que huele a bacalao!

La oí reír mientras cerraba la puerta.

En los últimos tres meses había andado, usado taxis o me había dejado transportar por Garry en la enorme limusina negra. Acostumbrarme a estar detrás del volante de mi pequeño tres puertas, con su embrague poco fiable y migas de galleta en el asiento delantero, me llevó una sorprendente cantidad de concentración. Me metí en el tráfico a la hora punta de la tarde, encendí la radio e intenté ignorar el golpeteo de mi pecho, que no sabía si se debía al miedo a conducir o a la perspectiva de volver a ver a Sam.

El cielo estaba oscuro, las calles llenas de gente de compras y de luces de Navidad. Mis hombros fueron volviendo desde un lugar próximo a mis orejas a su posición normal mientras frenaba y me abría camino a bandazos hacia las afueras. El asfalto se convirtió en arcenes y las multitudes se hicieron tenues y desaparecieron. En su lugar unas pocas personas me miraron pasar a través de alguna ventana brillantemente iluminada. Poco después de las ocho reduje al máximo la velocidad y proseguí mirando al frente por encima del volante para asegurarme de que me detenía en el sitio correcto de una calle que carecía de iluminación.

El vagón de tren resplandecía en medio del campo oscuro, difundiendo luz dorada a través de las ventanas sobre el barro y el césped. Veía a duras penas su moto en el extremo más alejado de la entrada, aparcada en el pequeño cobertizo detrás del seto. Incluso había puesto luces de Navidad en el espino de la entrada. Este de verdad era su hogar.

Llevé el coche a la entrada, apagué las luces y lo contemplé todo. Entonces, en el último momento tuve una idea. Cogí el teléfono. «No sabes las ganas que tengo de verte. ¡Ya no queda nada! Bssss».

Hubo una pequeña pausa. Y entonces llegó la respuesta. «Yo también. Buen vuelo. Bss».

Sonreí. Bajé del coche, dándome cuenta demasiado tarde de que había aparcado en un charco, así que el agua fría, llena de lodo, me manchó los zapatos.

—Vaya, gracias universo —susurré—. Bonito detalle.

Me puse el gorro de Santa Claus que había comprado con tanto esmero y cogí su calcetín de Navidad del asiento delantero. Cerré la puerta suavemente, echando la llave a mano para que el pitido del mando automático no le alertara de mi presencia.

Fui chapoteando de puntillas y recordé la primera vez que había venido. Un chaparrón repentino me había empapado y me había puesto su ropa, mientras la mía se secaba soltando vapor en el aire cargado del pequeño baño. Aquella noche había sido extraordinaria; Sam consiguió demoler los muros que la muerte de Will había erigido a mi alrededor. Evoqué nuestro primer beso, el suave tacto de sus enormes calcetines en mis ateridos pies, y me recorrió un cálido escalofrío.

Abrí la cancela, observando aliviada que desde la última vez que había estado allí había construido un camino de losas rudimentario hasta el vagón de tren. Pasó un coche, y gracias al breve destello de luz de los faros vislumbré ante mí la casa parcialmente construida de Sam. Ya tenía tejado y ventanas. Solo faltaba una, pero una lona azul ondeaba suavemente sobre el hueco, de manera que de repente, para mi sorpresa, pareció una casa de verdad: el lugar donde viviríamos juntos algún día.

Anduve de puntillas unos cuantos pasos más y me detuve junto a la puerta. A través de una ventana abierta percibí cierto olor intenso a tomate con una pizca de ajo (¿quizá un guiso de algún tipo?). De repente sentí hambre. Sam nunca comía *noodles* envasados o judías de lata, lo preparaba todo desde el principio, como si obtuviera placer al hacer las cosas metódicamente. Entonces le vi, todavía de uniforme, con un trapo de cocina colgando del hombro, inclinado sobre una sartén, y, durante un instante, invisible en la oscuridad, me sentí en completa calma. Oía la brisa distante entre los árboles, el suave cacareo de las gallinas encerradas en el cercano gallinero, el zumbido distante del tráfico que se dirigía hacia la ciudad. Sentía el aire frío en la piel y saboreaba un fuerte aroma a expectación navideña en cada bocanada de aire.

Todo era posible. Era lo que había aprendido en estos pocos meses. Puede que mi vida haya sido complicada, pero hoy solo estábamos el hombre que amaba y yo, y el vagón de tren, y la perspectiva de la feliz noche que nos esperaba. Respiré, permitiéndome disfrutar de esa idea, di un paso adelante y puse la mano sobre el picaporte de la puerta.

Entonces la vi.

Cruzó el vagón diciendo algo que no lograba entender porque el cristal amortiguaba su voz; el pelo recogido hacia arriba con suaves rizos que caían enmarcando su rostro. Llevaba una camiseta de hombre (¿de él?) y sostenía una botella mientras él negaba con la cabeza. Y entonces, mientras Sam se agachaba sobre el fuego, ella se colocó detrás de él, puso las manos en su cuello, se inclinó y le frotó los músculos de alrededor haciendo pequeños círculos con los pulgares de una forma que sugería familiaridad. Llevaba las uñas pintadas de rosa fuerte. Ahí estaba yo, de pie, con el aliento aprisionado en el pecho, y entonces él echó la cabeza hacia atrás, tenía los ojos cerrados, como si se hubiera rendido a sus pequeñas y feroces manos.

Luego se giró hacia ella, sonriente, con la cabeza ladeada, y ella dio un paso atrás, riendo, y levantó un vaso hacia él.

No vi nada más. El corazón me latía tan fuerte en los oídos que creí que iba a desmayarme. Me alejé de espaldas, dando traspiés, luego me di la vuelta y corrí a lo largo del camino, la respiración demasiado fuerte, los pies helados en los zapatos mojados. Aunque el coche probablemente estaba a cincuenta metros la oí soltar una súbita carcajada que reverberó a través de la ventana abierta: sonó a cristal haciéndose añicos.

Permanecí dentro del coche en el aparcamiento que hay detrás de mi edificio hasta que tuve la certeza de que Thom se había acostado. No podía ocultar lo que sentía y no podía explicárselo a Treena con él delante. Miraba de vez en cuando, observando cómo se encendía la luz de la habitación y luego, media hora después, se apagaba de nuevo. Detuve el motor y dejé que se desvaneciera el sonido; con él se desvanecía también cada sueño al que me había estado aferrando.

No debería haberme sorprendido. ¿Por qué iba a hacerlo? Katie Ingram había puesto las cartas sobre la mesa desde el principio. Lo que me había conmocionado era que Sam hubiera sido cómplice. No la había puesto en su sitio. Me había contestado y luego había preparado la cena para ella y había dejado que le masajeara el cuello, en preparación para... ¿qué?

Cada vez que me los imaginaba me tenía que sujetar el estómago, doblada en dos, como si me hubieran dado un puñetazo. No podía quitarme su imagen de la cabeza. El modo como inclinaba la cabeza hacia atrás bajo la presión de sus dedos. La forma en que ella se había reído con toda confianza, burlonamente, como si compartieran alguna broma privada.

Lo más extraño era que no podía llorar. Lo que sentía era mucho más que aflicción. Estaba embotada y me hacía preguntas como: ¿cuánto tiempo?, ¿hasta dónde han llegado?, ¿por qué?, y entonces me encontraba de nuevo doblada en dos, enferma a causa de esta nueva certeza, de este gran golpe, de este dolor, este dolor, este dolor…

No sé cuánto tiempo estuve allí sentada, pero alrededor de las diez subí lentamente las escaleras y entré en el apartamento. Esperaba que Treena se hubiera acostado, pero estaba viendo las noticias en pijama, con el portátil sobre las rodillas. Sonreía por algo que ocurría en la pantalla y dio un brinco cuando abrí la puerta.

—Jesús, casi me muero del susto. ¿Lou? —exclamó apartando el portátil—. ¿Lou? Oh, no…

Siempre es la amabilidad la que te puede. Mi hermana, una mujer para la que el contacto físico entre adultos resultaba más incómodo que un tratamiento dental, me rodeó con sus brazos. Y desde algún lugar insospechado, ubicado en lo más profundo de mí, empecé a sollozar, con enormes lágrimas que me dejaban sin aliento y gran profusión de mocos. Lloré como no había llorado desde la muerte de Will. Mis sollozos evocaban el fin de mis sueños y la espantosa certeza de los meses de congoja que tenía por delante. Lentamente nos sentamos en el sofá, enterré la cabeza en su hombro, me aferré a ella, y esta vez mi hermana descansó su cabeza en la mía, me sostuvo, no me abandonó.

18

*N*i Sam ni mis padres esperaban verme todavía, de manera que sería fácil esconderme en el apartamento los dos días siguientes y fingir que aún no había llegado. No estaba preparada para ver a nadie. No estaba preparada para hablar con nadie. Cuando Sam me envió dos mensajes de texto lo ignoré, esperando que creyera que estaba en Nueva York dando vueltas por ahí como una gallina descabezada. Me encontré mirando repetidamente sus dos mensajes. «¿Qué te apetece hacer en Nochebuena? ¿Misa del gallo? ¿O estarás demasiado cansada?» y «¿Nos veremos el día después de Navidad?». Me maravillaba que este hombre, el más recto y honorable de todos los hombres, hubiera adquirido la habilidad de mentirme descaradamente.

Durante esos días me pinté una sonrisa cuando Thom estaba en el apartamento. Plegaba el sofá cama mientras él desayunaba sin parar de charlar, y luego desaparecía en la ducha. En cuanto él se había ido me tumbaba de nuevo en el sofá, mirando al techo mientras las lágrimas resbalaban por las comisuras de mis ojos, o reflexionaba fríamente sobre lo mal que por lo visto había entendido todo.

¿Me había metido de cabeza en una relación con Sam porque añoraba a Will? ¿Qué sabía de él en realidad? Después de todo vemos lo que queremos ver, sobre todo cuando nos ciega la atracción física. ¿Lo había hecho por Josh? ¿Por el test de embarazo de Agnes? ¿Acaso tenía que haber una razón? Ya no confiaba en mi capacidad de juicio.

Por una vez en la vida Treena no me dio la lata para que me levantara o hiciera algo constructivo. Movía la cabeza con incredulidad o maldecía fuera del alcance del oído de Thom. Desde mi profunda desgracia reflexionaba sobre la aparente habilidad de Eddie para instilar en mi hermana algo parecido a la empatía.

No dijo ni una sola vez que no era ninguna sorpresa teniendo en cuenta que yo estaba a tantos kilómetros de distancia, ni que debía de haber hecho algo para empujarle en brazos de Katie, ni que todo esto era inevitable. Escuchó cuando le conté los sucesos que habían llevado a aquella noche, se aseguraba de que comiera, me duchara y me vistiera. Y aunque no le gustaba beber trajo dos botellas de vino y dijo que tenía permiso para autocompadecerme un par de días (pero añadió que si me sentaba mal tendría que limpiarlo yo).

Cuando llegó Nochebuena me había construido una dura concha, un auténtico caparazón. Me sentía como una estatua de hielo. Sabía que en algún momento tendría que hablar con él, pero aún no estaba preparada. No tenía la certeza de que fuera a estarlo alguna vez.

—¿Qué piensas hacer? —preguntó Treena sentada en el inodoro mientras yo me daba un baño. No iba a ver a Eddie hasta el día de Navidad y se preparaba para la ocasión pintándose las uñas de los pies de rosa pálido, aunque nunca lo habría reconocido. Thom había encendido la televisión en el salón a un volumen ensordecedor y saltaba en el sofá una y otra vez en una especie de frenesí prenavideño.

—Se me ocurre que podría decirle que he perdido el avión y que ya hablaremos después de Navidad.

Puso cara de asombro.

—¿Ni siquiera quieres hablar con él? No se lo va a creer.

—Ahora mismo no me importa que se lo crea o no. Solo quiero pasar la Nochebuena con mi familia sin montar un drama —respondí sumergiéndome en el agua para no oír cómo Treena le gritaba a Thom que bajara la tele.

No me creyó. Me envió un mensaje de texto que decía: «¿Qué? ¿Cómo has podido perder el avión?».

«Ocurrió sin más», contesté. «Te veo el día después de Navidad».

Me di cuenta demasiado tarde de que no había mandado besos. Hubo un largo silencio y luego una única palabra en respuesta: «Vale».

Treena nos llevó a Stortfold. Thom estuvo dando saltos en el asiento trasero la hora y media que tardamos en llegar. Escuchamos villancicos en la radio y hablamos poco. Estábamos a un kilómetro y medio del pueblo cuando le di las gracias por su consideración y me susurró que no lo había hecho por mí: Eddie aún no conocía a mamá y papá, de manera que pensar en el día de Navidad le provocaba náuseas.

—Todo irá bien —le dije. La rápida sonrisa que me dirigió no parecía muy convincente—. Venga, les gustó el contable ese con el que salías a principios de año. Y, si he de ser sincera, Treena, llevas soltera tanto tiempo que creo que probablemente podrías llevar a cualquiera que no fuera Atila el Huno y estarían encantados.

—Esa es una teoría que vamos a poner a prueba.

Paramos antes de que yo pudiera decir nada más. Comprobé el estado de mis ojos, que aún estaban hinchados de

tanto llorar, y bajé del coche. Mi madre salió como un ciclón
por la puerta principal y bajó corriendo por el sendero como
un atleta que deja atrás los bloques de salida. Me rodeó con
sus brazos y me abrazó tan fuerte que sentía el latido de su
corazón.

—¡Mírate! —exclamó separándome, estirando los brazos,
y volviendo a atraerme hacia ella. Retiró de mi cara un mechón
de pelo y se volvió hacia mi padre, que estaba en la escalera con
los brazos cruzados, resplandeciente—. ¡Estás preciosa! ¡Bernard, mira qué guapa está! ¡Te hemos echado tanto de menos!
¿Has perdido peso? Pareces más delgada. Y cansada. Debes
comer algo. Pasa. Apuesto a que no has desayunado en el avión.
De todos modos, me han dicho que lo que te dan es huevo en
polvo.

Abrazó a Thom y, antes de que mi padre pudiera dar un
paso adelante, cogió mis bolsas y subió por el caminito invitándonos a seguirla.

—Hola, tesoro —dijo papá con dulzura cuando me refugié en sus brazos. Formamos una piña y me permití respirar
por fin.

El abuelo no había llegado ni a los escalones de la entrada.
Había tenido otro pequeño derrame, susurró mamá, y ahora
le costaba estar de pie y andar, de manera que pasaba casi todas
las horas del día en la butaca del cuarto de estar («No quisimos
preocuparte»). Iba bien vestido para la ocasión, con camisa y
jersey, y me sonrió torciendo la boca cuando entré. Me tendió
una mano temblorosa y yo lo abracé. Parte de mí se dio cuenta de que había encogido.

Lo cierto era que todo parecía haber encogido. La casa
de mis padres, con su papel de hacía veinte años en las paredes;
los adornos elegidos no tanto por razones estéticas como por-

que eran regalo de alguien querido o cubrían desconchones en la pared; el tresillo hundido; el comedor, tan pequeño que las sillas chocaban con las paredes si te echabas demasiado hacia atrás, y una lámpara de techo que caía a pocos centímetros de la cabeza de mi padre. Me puse a compararlo sin querer con el enorme piso, con sus kilómetros de suelos pulidos, los techos altos decorados y la enorme superficie de Manhattan al otro lado de la puerta. Creía que estar en casa me reconfortaría.

Pero en cambio me sentía desconectada de todo y de repente me di cuenta de que, en ese preciso momento, en realidad no pertenecía a ninguno de los dos sitios.

Tomamos una cena ligera a base de rosbif, patatas, pudin de Yorkshire y algunas naderías, cosas que mamá había «escarbado» por ahí antes del acto principal del día siguiente. Papá guardaba el pavo en el cobertizo porque no cabía en la nevera y cada media hora o así iba a comprobar que seguía allí, que no había desaparecido, que no había caído en las garras de Houdini, el gato del vecino. Mamá nos informó debidamente de las diversas tragedias que habían vivido los vecinos.

—Evidentemente eso fue antes de que Andrew tuviera herpes. Me enseñó su estómago, luego no pude comerme los cereales, y le he dicho a Dymphna que debe tener los pies en alto ante de que nazca el bebé. En serio, sus varices son como un mapa de carreteras de Chilterns. ¿Te he contado que ha muerto el padre de la señora Kemp? Cumplió cuatro años de condena por robo antes de que descubrieran que había sido el tipo de la oficina de correos que tenía los mismos injertos de pelo —prosiguió mamá con su martilleo.

Cuando se fue a lavar los platos, papá se inclinó hacia mí.

—Está nerviosa, ¿te lo puedes creer?

—¿Nerviosa por qué?

—Por ti, por tus logros. Tenía miedo de que no quisieras volver aquí, de que fueras a pasar la Navidad con tu novio y luego regresaras directamente a Nueva York.

—¿Por qué iba a hacer eso?

—No lo sé —dijo encogiéndose de hombros—. Pensó que tal vez esto te viniera chico. Le dije que era una ridiculez. No te lo tomes a mal, cariño, está muy orgullosa de ti. Imprime todas tus fotos y las pega en un álbum para luego aburrir a todos los vecinos enseñándoselas. Si he de serte sincero a mí también me aburre y eso que tú y yo somos familia —dijo riendo y apretándome el hombro.

Por un momento me avergoncé de todo el tiempo que había pensado pasar con Sam. Había planeado que mi madre se hiciera cargo de todo el tema de las Navidades y atendiera a la familia y al abuelo, como siempre.

Dejé a Treena y a Thom con papá y llevé el resto de los platos a la cocina, donde mamá y yo nos dedicamos a lavarlos en un silencio cómplice. De repente se volvió hacia mí.

—Pareces cansada, cariño, ¿tienes *jet lag*?

—Un poco.

—Ve a sentarte con los demás. Ya me ocupo yo de esto.

Me esforcé por ponerme recta.

—No, mamá. Hace meses que no te veo. ¿Por qué no me cuentas qué tal os va? ¿Qué tal tu escuela nocturna? ¿Qué dice el médico del abuelo?

La noche iba pasando, la televisión sonaba de fondo en un rincón de la habitación mientras la temperatura subía hasta que todos acabamos semicomatosos, acariciando nuestros vientres que parecían de embarazadas, como siempre que mamá hacía una cena ligerita. La idea de que habría que repetir la operación al día siguiente suscitó una leve protesta de mi estómago. El abuelo dormía en su butaca y le dejamos solo para asistir a la misa del gallo. Allí estaba, en la iglesia, rodeada de personas a las que conocía desde pequeña, que me saludaban con la cabeza y me sonreían. Canté los villancicos que recordaba y me limité a mover los labios con los que no recordaba. Intenté no pensar en lo que estaría haciendo Sam en aquel momento, como hacía unas ciento dieciocho veces al día. A ratos captaba la mirada de Treena, sentada más allá en el mismo banco. Me dedicó una sonrisa de aliento y yo se la devolví para transmitirle: *Estoy bien, todo va bien*, aunque no lo estaba y nada iba bien. Fue un alivio refugiarme en mi cuarto a la vuelta. No sé si fue porque era la casa de mi infancia o se debió al agotamiento de tres días de intensas emociones, pero dormí profundamente por primera vez desde que había llegado a Inglaterra.

Fui vagamente consciente de que despertaban a Treena a las cinco de la mañana y creí oír golpes sordos y percibir cierta excitación. Luego papá gritó a Thom que estábamos en mitad de la maldita noche y que si no volvía a la cama le diría a Santa Claus que se llevara otra vez todos los malditos regalos. La siguiente vez que me desperté, mamá estaba dejando una taza de té encima de mi mesilla y diciéndome que si me podía vestir porque estábamos a punto de abrir los regalos. Eran las once y cuarto.

Cogí el pequeño reloj con los ojos entrecerrados y lo agité.

—Lo necesitabas —dijo ella acariciando mi cabeza antes de bajar a echar un vistazo a las coles.

Bajé veinte minutos después con el jersey de reno de nariz luminosa que había comprado en Macy's porque sabía que a Thom le iba a gustar. Los demás ya estaban abajo, vestidos, y habían desayunado. Los besé a todos y les deseé una feliz Navidad, encendí y apagué la nariz de mi reno y repartí mis regalos, intentando no pensar en el hombre para el que había traído un jersey de cachemira y una camisa a cuadros de franela suavísima, que languidecían en el fondo de mi maleta.

Me dije a mí misma con firmeza que hoy no quería pensar en él. El tiempo que pasaba con mi familia era precioso y no iba a desperdiciarlo poniéndome triste.

Mis regalos tuvieron mucho éxito; al parecer, el hecho de que los hubiera traído de Nueva York les daba un plus de deseabilidad, aunque tenía la certeza de que podías encontrar cosas muy parecidas en Argos.

—¡Fíjate, lo ha comprado en Nueva York! —decía mamá en tono reverente cada vez que desenvolvían un paquete; hasta Treena empezó a poner los ojos en blanco y Thom empezó a hacerle burla. Como era de esperar, el regalo que más les gustó fue el más barato: una bola de nieve de plástico que había comprado en una tienda para turistas de Times Square. Sabía que el líquido se iría derramando lentamente en uno de los cajones de Thom antes de que acabara la semana.

A cambio recibí:

—Unos calcetines de parte del abuelo (había un noventa y nueve por ciento de posibilidades de que los hubiera elegido y comprado mamá).
—Jabones de parte de papá (ídem).
—Un pequeño marco de plata con una foto de familia. (Mamá: *«Así nos puedes llevar contigo a donde vayas».* Papá: *«¿Para qué narices quiere eso? Se ha ido a la condenada Nueva York para alejarse de todos nosotros»*).
—Un artilugio para cortar los pelillos de la nariz de parte de Treena. (*«No me mires así. Ya tienes cierta edad».*)
—Un dibujo de un árbol de Navidad con un poema debajo de parte de Thom. Tras un corto interrogatorio resultó

que no lo había hecho él. (*«Nuestra profe dice que no pegamos las bolitas en el sitio exacto, así que lo hace ella y nosotros ponemos nuestro nombre»*).

Recibí un regalo de Lily, que había pasado por allí el día anterior con la señora Traynor; iban a una estación de esquí.

—Tiene buen aspecto, Lou. Aunque dicen que trae a la señora Traynor de cabeza.

Era un anillo *vintage* con una enorme piedra verde engarzada en plata que me quedaba perfecto en el dedo meñique. Yo le había enviado unos pendientes de plata con forma de esposas. El dependiente de la tienda del SoHo, de aspecto terriblemente vanguardista, me aseguró que eran perfectos para adolescentes. Sobre todo, tratándose de una a la que aparentemente ahora le gustaban los *piercings* en lugares insospechados.

Di las gracias a todos y vi cómo se quedaba dormido el abuelo. Sonreí y creo que logré parecer alguien que estaba disfrutando del día. Pero mamá era más lista que todo eso.

—¿Todo va bien, amor? Pareces muy desanimada —dijo echando grasa de pavo sobre las patatas con un cucharón. Dio un paso atrás cuando provocó una fuerte humareda—. ¡Mira esto! Van a quedar buenísimas y crujientes.

—Estoy bien.

—¿Es el *jet lag*? Ronnie, el que vive tres casas más abajo, dijo que cuando fue a Florida le llevó tres semanas dejar de darse golpes con las paredes.

—Es una buena descripción.

—No me puedo creer que tenga una hija con *jet lag*. Soy la envidia de todo el club, ¿sabes?

—¿Has vuelto a ir? —pregunté levantando la mirada.

Cuando Will acabó con su vida, habían condenado al ostracismo a mis padres en el club social al que pertenecían desde hacía años. Los culpaban indirectamente de lo que hice para ayudarle con su plan. Era una de las muchas cosas de las que me sentía culpable.

—Bueno, esa tal Marjorie se ha mudado a Cirencester. Sabes que era la más cotilla, y entonces Stuart, el del garaje, le dijo a papá que bajara algún día a echar unas partiditas de billar. Todo muy informal. La cosa salió bien —dijo encogiéndose de hombros—. Después de todo ya hace un par de años de ese asunto. La gente tiene otras cosas en las que pensar.

La gente tiene otras cosas en las que pensar. No sé por qué me afectó tanto ese comentario inocente. Me inundó una súbita oleada de pena; mamá volvió a meter la fuente de las patatas en el horno. Cerró la puerta con un satisfecho *clonc* y se giró hacia mí, quitándose los guantes para el horno.

—¡Casi se me olvida! Ha ocurrido algo muy raro esta mañana. Ha llamado tu chico para preguntar cómo íbamos a organizar lo de tu llegada el día después de Navidad y si no nos importaba que fuera a buscarte él al aeropuerto…

—¿Qué? —pregunté helada.

Levantó la tapa de la sartén, salió un chorro de vapor y volvió a taparla.

—Le dije que debía de estar equivocado porque tú ya estabas aquí, así que ha dicho que se pasará luego. Esos turnos que hace deben de haber sido demasiado para él. Oí en la radio que trabajar de noche puede ser malísimo para el cerebro. A lo mejor deberías decírselo.

—¿Qué? ¿Cuándo viene?

Mamá miró el reloj.

—Creo recordar que ha dicho que acabaría a media tarde y vendría para acá. ¡Hacer todo ese viaje el día de Navidad! Oye, ¿conoces al novio de Treena? ¿Has visto cómo se arregla últimamente? —dijo con voz de asombro mirando de reojo la puerta de detrás de ella—. Parece que se está convirtiendo en una persona normal.

Pasé la comida de Navidad en alerta roja. Aparentemente estaba tranquila, pero daba un salto cada vez que alguien pasaba delante de nuestra puerta. Cada bocado de la comida de mamá se convertía en polvo en mi boca. Ninguno de los chistes navideños de mi padre me hacía gracia. No podía comer, oír ni sentir. Estaba encerrada en una campana de vidrio, agonizando, anticipando. Miré a Treena, pero también parecía preocupada, y me di cuenta de que esperaba la llegada de Eddie. ¿Realmente iba a ser tan duro?, pensé con tristeza. Al menos su novio no la engañaba. Al menos *quería* estar con ella.

Empezó a llover y las gotas rebotaban contra los cristales de las ventanas; el día se oscureció y se puso a tono con mi estado de ánimo. Nuestra casita, llena de espumillón y brillantes tarjetas de felicitación, pareció encogerse a nuestro alrededor; no podía respirar en su interior, pero me horrorizaba cualquier cosa que pudiera haber más allá de sus muros. A ratos veía cómo mi madre posaba su mirada en mí, como si quisiera adivinar qué estaba pasando, pero no me preguntó nada y yo no quería contárselo.

Ayudé a fregar los platos y estaba charlando con los demás, creo que convincentemente, sobre las excelencias del reparto a domicilio de los supermercados de Nueva York, cuando sonó el timbre por fin y mis piernas empezaron a temblar como si fueran de gelatina.

Mamá me miró.

—¿Estás bien, Louisa? Te has puesto pálida.

—Ya te contaré luego, mamá.

Mi madre me miró con dureza, pero de repente suavizó la expresión de su rostro.

—Estoy aquí —dijo apartando un mechón de cabello de mi cara—, pase lo que pase siempre estaré aquí.

Sam estaba ante la puerta principal con un jersey azul cobalto que yo no había visto nunca. Me pregunté quién se lo habría regalado. Me dedicó una semisonrisa, pero no se acercó a besarme ni a rodearme con sus brazos como en encuentros anteriores. Nos miramos con recelo.

—¿Quieres pasar? —mi voz sonaba extrañamente formal.

—Gracias.

Recorrí delante de él el estrecho pasillo y esperé mientras saludaba a mis padres a través de la puerta abierta del salón. Luego le conduje a la cocina y cerré la puerta detrás de nosotros. Notaba los sentidos aguzados por su presencia, como si ambos estuviéramos ligeramente electrizados.

—¿Quieres un té?

—Sí... Bonito jersey.

—Oh, gracias...

—Te has dejado encendida la nariz.

—Cierto —dije apagándola. No estaba dispuesta a permitir que nada relajara el ambiente.

Se sentó a la mesa, su cuerpo demasiado grande para nuestras sillas de cocina, y no dejaba de mirarme con las manos agarradas a su superficie, como si estuviera esperando para hacer una entrevista de trabajo. Oí a papá reírse en el salón, donde estaban viendo una película, y a continuación la aguda voz de Thom preguntando qué era tan gracioso. Me entregué en cuerpo y alma a preparar el té, pero su mirada no dejó de quemarme en la espalda.

—Bien —dijo Sam cuando le di la taza de té y me hube sentado—, así que ya estás aquí.

En ese momento estuve a punto de claudicar. Miré su hermoso rostro al otro lado de la mesa, sus anchos hombros, las manos que sujetaban la taza con suavidad y un pensamiento empezó a asentarse en mi cabeza: *No podré soportar que me deje.*

Pero entonces tuve una imagen de mí misma en ese frío escalón, los delgados dedos de ella sobre el cuello de él, mis pies helados dentro de los zapatos empapados, y volví a quedarme fría.

—Llegué hace dos días —dije.

—Bien —respondió tras una brevísima pausa.

—Quise sorprenderte el jueves por la noche —añadí arañando el mantel—, pero fui yo la que me llevé una sorpresa.

Vi en su rostro cómo iba asimilando la información, frunciendo ligeramente el ceño, con la mirada algo distante, hasta que entrecerró ligeramente los ojos cuando se dio cuenta de lo que podía haber visto.

—Lou, no sé qué viste, pero...

—Pero ¿qué? ¿No es lo que parece?

—Bueno, lo es y no lo es.

Fue como si me dieran un puñetazo.

—No hagamos esto, Sam. —Levantó la mirada—. Estoy bastante segura de lo que vi. Si te empeñas en convencerme de que no es lo que pienso, querré creerte con tanta fuerza que puede que lo haga. Pero en estos dos días me he dado cuenta de que eso... no sería bueno para mí. No sería bueno para ninguno de los dos.

Sam dejó la taza sobre la mesa. Se pasó la mano por la cara y miró hacia un lado.

—No la amo, Lou.

—Me interesa bien poco lo que sientas por ella.

—Pero yo quiero que lo sepas. Sí, tenías razón sobre Katie. No interpreté bien las señales. Le gusto.

Solté una carcajada llena de amargura.

—Y a ti te gusta ella.

—En realidad no me he parado a pensar qué pienso de ella. Tú eres quien está en mi cabeza. Eres la persona en quien pienso cuando me despierto. Pero lo cierto es que tú...

—Ah, no, no me culpes de esto. Ni te *atrevas* a culparme de esto. Tú me dijiste que me fuera. *Tú me dijiste que me fuera.*

Permanecimos sentados en silencio unos instantes. Me quedé mirando sus manos, sus fuertes y maltratados nudillos. Pensé que era curioso que parecieran tan duras, tan poderosas, y pudieran desplegar tanta ternura a la vez. Me quedé mirando con determinación las marcas que había dejado en el mantel.

—¿Sabes, Lou? Creí que estaría bien solo. Después de todo llevo solo un montón de tiempo. Pero has abierto algo en mi interior.

—O sea, que sí es culpa mía.

—No estoy diciendo eso —estalló—. Intento explicarme. Lo que quiero decir es que ya no estoy a gusto solo como antes. Cuando murió mi hermana decidí que no quería volver a sentir nada por nadie, ¿entiendes? Podía ocuparme de Jake, pero de nadie más. Tenía mi trabajo y una casa a medio construir y mis gallinas, y me sentía bien. Me limitaba a… seguir adelante. Entonces apareciste tú y te caíste de ese maldito edificio, y literalmente la primera vez que estrechaste mi mano sentí que algo cedía dentro de mí. De repente había alguien con quien me apetecía hablar. Alguien que entendía cómo me sentía, que lo entendía de verdad. Pasaba en coche frente a tu apartamento y sabía que al final de un día horroroso podía llamarte y dejarme caer por ahí y que me sentiría mejor. Ya sé que hemos tenido problemas, pero en el fondo estaba seguro de que ahí había algo *bueno,* ¿sabes?

Inclinaba la cabeza sobre la taza y mantenía las mandíbulas apretadas.

—Y entonces, cuando intimamos y me sentía más cerca de ti de lo que me he sentido nunca de cualquier ser humano, te…, te *fuiste* y sentí que me habías dado un regalo, la llave de todo, con una mano para arrebatármelo con la otra.

—Entonces, ¿por qué me dejaste marchar?

Su voz estalló en la habitación.

—¡Porque no soy ese tipo de hombre, Lou! No soy el tipo de hombre que hubiera insistido en que te quedaras. Nunca hubiera querido que dejaras de vivir tus aventuras o lo que quiera que estés haciendo por ahí. ¡Yo no soy ese hombre!

—¡No! Tú eres el tipo de hombre que se tira a alguien en cuanto me marcho, ¡a alguien que vive en su mismo código postal!

—Es *distrito* postal. ¡Por Dios, estás en Inglaterra!

—Sí, y no tienes ni idea de cuánto deseo no estarlo.

Sam me dio la espalda luchando claramente por contenerse. Pese al ruido de la televisión fui vagamente consciente del silencio que se había hecho en el salón, al otro lado de la puerta de la cocina.

Unos minutos después dije con calma:

—No puedo seguir con esto, Sam.

—¿No puedes seguir con qué?

—No puedo vivir preocupada por Katie Ingram y sus intentos de seducirte. Porque fuera lo que fuese lo que ocurriera esa noche veo perfectamente lo que buscaba *ella*, aunque no sepa lo que quieres tú. Me estoy volviendo loca, estoy triste y, lo que es aún peor... —dije tragando saliva—, siento que te odio y no sé cómo he llegado a este punto en solo tres meses.

—Louisa...

Se oyó un discreto golpe en la puerta y apareció el rostro de mi madre.

—Siento molestaros, pero ¿os importaría que preparara rápidamente un té? El abuelo tiene hambre.

—Claro —dije, ocultando la cara.

Se dedicó a llenar la tetera con energía, dándonos la espalda.

—Están viendo una película de alienígenas. Nada muy navideño. Recuerdo cuando en Navidad poníamos *El mago de*

Oz o *Sonrisas y lágrimas* o cualquier cosa que pudiéramos ver todos juntos. Ahora miran esas tonterías de wiz-bam-bum, venga de disparos, y el abuelo y yo no entendemos ni una sola palabra de lo que dicen.

Mi madre parloteaba sin parar, algo mortificada por tener que estar ahí, golpeando con los dedos la encimera mientras esperaba a que el agua rompiera a hervir.

—¿Sabéis que ni siquiera hemos visto el discurso de la reina? Papá ha puesto la grabadora esa. Pero no es lo mismo si lo ves, ¿no creéis? Lo divertido es verlo cuando lo ve todo el mundo. La pobre anciana, metida en todas esas cajas de vídeo hasta que todo el mundo acaba de ver alienígenas y dibujos animados. Creo que después de sesenta terribles años de servicio, ¿cuánto tiempo lleva en el trono?, lo menos que podríamos hacer es verla cuando nos felicita. Luego papá me dice que soy boba porque probablemente se grabó hace semanas. Sam, ¿quieres un trozo de bizcocho?

—No, Josie, muchas gracias.

—¿Lou?

—No, gracias, mamá.

—Os dejo —dijo sonriendo con embarazo. Puso en la bandeja un bizcocho de fruta del tamaño de una rueda de tractor y salió corriendo. Sam se levantó y cerró la puerta tras ella.

Permanecimos sentados en silencio, oyendo el tictac del reloj, sintiendo la atmósfera cargada. Estaba destrozada por el peso de todo lo que no habíamos llegado a decir.

Sam dio un largo sorbo a su té. Quería que se fuera. Pensé que me moriría si lo hacía.

—Lo siento —dijo por fin—, lo de la otra noche. No quise... Bueno, lo has juzgado mal.

Agité la cabeza, ya no era capaz de hablar.

—No me acosté con ella. Aunque no quieras oír nada más creo que eso sí lo debes saber.

—Dijiste… —Me miró—. Dijiste que nadie volvería a hacerme daño. Lo dijiste. Cuando estuviste en Nueva York. —Mi voz emergía desde lo más profundo de mi pecho—. Lo que nunca pensé es que fueras tú quien me hiciera daño.

—Louisa.

—Creo que ahora quiero que te vayas.

Se quedó ahí con aspecto grave, vacilando, las manos sobre la mesa ante él. No podía mirarle. No era capaz de ver cómo el rostro que amaba desaparecía de mi vida para siempre. Se enderezó, exhaló audiblemente y se alejó de mí.

Sacó un paquete del bolsillo interior de su chaqueta y lo puso sobre la mesa.

—Feliz Navidad —dijo mientras echaba a andar por el pasillo.

Le seguí, once largos pasos por el pasillo hasta llegar al porche. No debía mirarle o estaría perdida. Le pediría que se quedara, prometería renunciar a mi trabajo, le rogaría que cambiara el suyo, que no volviera a ver a Katie Ingram. Sería patética, el tipo de mujer que despreciaba. El tipo de mujer a la que él nunca querría.

Estaba ahí, con los hombros rígidos, y me negaba a mirar nada que no fueran sus estúpidos y enormes pies. Un coche se detuvo. Alguien cerró una puerta de golpe al otro lado de la calle. Los pájaros cantaban. Y ahí estaba yo, encerrada en mi pena, viviendo un momento que se obstinaba en no acabar.

Entonces, de repente, dio un paso adelante y me cogió en sus brazos. Me atrajo hacia él y en ese abrazo sentí de nuevo todo lo que habíamos significado el uno para el otro, sentí el amor y el dolor y lo terriblemente imposible que era todo. Mi rostro, que él no podía ver, se descompuso.

No sé cuánto tiempo estuvimos así. Probablemente solo fueran unos segundos, pero el tiempo se detuvo, se expandió, desapareció. Solo estábamos él y yo y esa horrenda sensación de muerte que me recorría de la cabeza a los pies, como si me estuviera convirtiendo en piedra.

—No, no me toques —dije cuando ya no pude soportarlo más. Tenía la voz estrangulada, no parecía la mía y lo aparté.

—Lou...

Pero no era su voz, era la de mi hermana.

—Lou, ¿puedes apartarte, por favor? Tengo que pasar.

Parpadeé y giré la cabeza. Mi hermana, con las manos en alto, intentaba salir por la estrecha puerta y alcanzar el camino de entrada.

—Perdón —dijo—, es que tengo que...

Sam me soltó de forma abrupta y se fue a grandes zancadas, con los hombros rígidos y hundidos, parándose solo para abrir la cancela. No miró atrás.

—¿Ese que llega es el nuevo novio de nuestra Treena? —exclamó mamá detrás de mí quitándose el delantal y atusándose el cabello con un fluido movimiento de mano—. Creía que venía a las cuatro. Ni siquiera me he pintado los labios... ¿Estás bien?

Treena se dio la vuelta, y a través de mis lágrimas pude distinguir a duras penas su rostro, en el que había una sonrisita llena de esperanza.

—Mamá, papá, os presento a Eddie —dijo.

Una estilizada mujer de color, vestida con un corto vestidito de flores, nos saludó, vacilante, con la mano.

19

Cuando pierdes al segundo gran amor de tu vida, resulta altamente recomendable como distracción que tu hermana salga del armario el día de Navidad, sobre todo si lo hace acompañada de una joven de color llamada Edwina.

Mamá disimuló su conmoción inicial con una sarta de bienvenidas excesivamente efusivas y pastoreando a Eddie y a Treena hacia el salón con la promesa de un té. Paró un momento para dirigirme una mirada que indicaba que si mi madre hubiera sido dada a las palabrotas podría haber dicho: *¡Qué co...!,* antes de desaparecer por el pasillo camino de la cocina. Thom salió del salón, gritó: «¡Eddie!», y dio un gran abrazo a nuestra invitada. Esperó, saltando, a que le dieran su regalo y lo abrió rompiendo el papel. Luego se fue corriendo con su nueva caja de Lego.

Papá se había quedado callado y se limitaba a observar lo que pasaba delante de él, como si hubiera caído en un sueño provocado por alucinógenos. Vi la expresión ansiosa de Treena, algo poco frecuente en ella, sentí cómo el pánico se iba difundiendo por el aire y supe que tenía que intervenir. Susurré a papá que cerrara la boca y avancé alargando la mano.

—¡Eddie! —dije—. ¡Hola! Soy Louisa. Sin duda mi hermana ya te habrá contado muchas cosas malas de mí.

—La verdad es que solo me ha contado cosas maravillosas. Vives en Nueva York, ¿no?

—Prácticamente —respondí, esperando que mi sonrisa no pareciera tan forzada como era.

—Viví en Brooklyn dos años después de dejar la universidad. Lo sigo echando de menos.

Se quitó el abrigo color bronce y esperó a que Treena lo colgara en la percha repleta. Era muy delicada, una muñequita de porcelana con los rasgos más exquisitamente simétricos que había visto nunca y unas espectaculares pestañas negras que realzaban sus ojos. Iba charlando mientras entrábamos en el salón, tal vez demasiado educada como para darse cuenta de la conmoción apenas disimulada de mis padres, y se agachó para darle la mano al abuelo, que le dedicó una sonrisa torcida antes de volver a mirar la televisión.

Nunca había visto a mi hermana así. Era como si nos acabaran de presentar a dos extrañas en vez de a una. Por un lado, Eddie, impecablemente educada, interesante, comprometida, navegando con gracia por las revueltas aguas de la conversación. Por otro, la nueva Treena, con expresión insegura, la sonrisa algo frágil, que alargaba la mano ocasionalmente y estrechaba la de su novia como para darle ánimos. La mandíbula de papá cayó unos siete centímetros la primera vez que lo hizo y mamá le estuvo dando codazos en el costado hasta que la volvió a cerrar.

—Bien, Edwina —dijo mamá sirviéndole té—, Treena nos ha contado, hum, tan poco de ti… ¿Cómo os conocisteis?

Eddie sonrió.

—Tengo una tienda de decoración cerca del apartamento de Katrina. Entró un par de veces a comprar almohadones y telas y empezamos a hablar. Fuimos a tomar algo y luego al cine…, y al final resultó que teníamos mucho en común.

Asentí con la cabeza, intentando imaginar qué podría tener mi hermana en común con esta criatura brillante y elegante que estaba sentada ante mí.

—¡Cosas en común! ¡Qué bien! Es muy bueno tener cosas en común. Y ¿de dónde eres? Dios, no quiero decir…

—¿Que de dónde soy? De Blackheath. Ya sé que es raro que la gente se mude del sur de Londres al norte. Mis padres se trasladaron a Borehamwood cuando se jubilaron hace tres años. De manera que soy una rareza: una londinense del norte y del sur.

Miró a Treena resplandeciente, como si se tratara de alguna suerte de chiste privado, antes de volverse hacia mamá.

—¿Ustedes siempre han vivido por aquí?

—Mamá y papá solo saldrán de Stortfold con los pies por delante —comentó Treena.

—¡Esperemos que no sea pronto! —apostillé yo.

—Parece una hermosa ciudad. Entiendo que se quieran quedar —dijo Eddie levantando su plato—. Este bizcocho es increíble, señora Clark. ¿Lo hace usted misma? Mi madre hace uno al ron y asegura que hay que dejar la fruta en remojo durante tres meses para obtener todo el sabor.

—¿Katrina es lesbiana? —preguntó papá.

—Está muy bueno, mamá —dijo Treena—, las pasas están… realmente… blandas.

Papá nos miraba de una en una.

—¿A nuestra Treena le gustan las mujeres y nadie va a decir nada? ¿Os vais a limitar a hablar de almohadones blanditos y bizcocho?

—Bernard —advirtió mi madre.

—Quizá debería dejarles un momento a solas —señaló Eddie.

—No, Eddie, quédate —repuso Treena mirando a Thom, que estaba embebido en la televisión—. Sí, papá, me gustan las mujeres. O al menos me gusta Eddie.

—Puede que Treena sea de género fluido —intervino mamá nerviosa—. ¿Es así como se dice? La gente joven de la escuela nocturna me cuenta que hoy en día muchos no son ni esto ni aquello. Hay todo un espectro. O un espéculo. Nunca me acuerdo de cuál de los dos es.

Papá parpadeó.

Mamá se atragantó con un sorbo de té de forma tan audible que resultó penoso.

—Personalmente —dije cuando Treena dejó de darle golpecitos en la espalda—, creo que es fabuloso que alguien quiera salir con Treena. Cualquiera. Cualquiera con ojos, orejas y corazón y demás.

Treena me dirigió una mirada de sincera gratitud.

—Antes siempre llevabas vaqueros. Cuando eras pequeña —musitó mamá limpiándose la boca—. Quizá debería haberte obligado a ponerte más vestidos.

—No tiene nada que ver con los vaqueros, mamá. Puede que con los genes.

—Bueno, pues no es algo común en nuestra familia —observó papá—. No te ofendas, Edwina.

—En absoluto, señor Clark.

—Soy homosexual, papá, soy homosexual, y soy más feliz que nunca. En realidad, no es asunto de nadie cómo elija ser feliz, pero me encantaría que mamá y tú os alegrarais por mí, porque espero que Eddie permanezca en mi vida y en la de Thom durante mucho tiempo —añadió mirando a Eddie, que le dedicó una sonrisa de ánimo.

Hubo un largo silencio.

—Nunca nos has dicho nada de esto —dijo papá acusador—, nunca has actuado como si fueras lesbiana.

—¿Y cómo se supone que debe actuar una lesbiana? —preguntó Treena.

—Bueno. Pues en plan lesbiana… Por ejemplo, nunca habías traído a una chica a casa.

—Nunca había traído a nadie a casa. Aparte de a Sundeep. El contable. Y no te gustó porque no le gustaba el fútbol.

—A mí me gusta el fútbol —dijo Eddie con gran sentido de la oportunidad.

Papá se sentó y miró su plato. Por fin suspiró y se frotó los ojos con las palmas de las manos. Cuando dejó de hacerlo parecía aturdido, como alguien que hubiera despertado abruptamente. Mamá le miraba fijamente con la ansiedad reflejada en el rostro.

—Eddie, Edwina. Siento parecer un viejo chocho. No soy homófobo, de verdad, pero…

—¡Dios mío! —dijo Treena—, aquí viene el «pero».

Papá negó con la cabeza.

—Pero probablemente diré algo equivocado y ofenderé a todo el mundo, porque solo soy un viejo que no entiende toda esta nueva jerga ni la forma en la que se hacen ahora las cosas. Mi mujer te lo puede confirmar. Dicho esto, hasta yo sé que, en el fondo, a la larga, lo que importa es que mis dos hijas sean felices. Y si tú la haces feliz, Eddie, como Sam hace feliz a nuestra Lou, me alegraré. Encantado de conocerte.

Se levantó y alargó la mano por encima de la mesita de café. Un instante después Eddie se inclinó hacia delante y se la estrechó.

—Bien, ahora sí vamos a comer un pedazo de ese bizcocho.

Mamá soltó un suspiro de alivio y cogió el cuchillo.

Yo hice todo lo posible por sonreír y salí rápidamente de la habitación.

Existe toda una jerarquía de causas que rompen los corazones. He estado pensando en ello. En lo más alto de la lista está la muerte de la persona amada. No hay situación que suscite más conmoción o mayor simpatía: las caras se alargan y siempre hay una mano cariñosa que te aprieta el hombro. *Ay, Dios, lo siento tanto.* Después viene probablemente que te dejen por otra persona; la traición, la maldad de las dos personas implicadas que provoca manifestaciones de ira, de solidaridad. *Oh, tiene que haber sido terrible para ti.* Se podrían añadir la separación forzosa, los obstáculos religiosos, enfermedades graves. Pero «*Nos distanciamos porque vivíamos en distintos continentes*», aunque sea cierto, probablemente no suscitará más que un gesto de asentimiento, un leve encogimiento de hombros para mostrar comprensión. *Sí, estas cosas suceden.*

Primero vi la reacción, aunque revestida de preocupación maternal, de mi madre ante lo que le conté; luego la de mi padre. *Es una verdadera lástima. Pero supongo que no te habrá sorprendido mucho.* Me quedé perpleja hasta un punto que no pude expresar. *¿Qué quieres decir con que no me ha sorprendido? LE AMABA.*

El día después de Navidad pasó despacio, las horas largas y tristes. Dormí mal y agradecí la distracción que ofrecía Eddie, porque evitó que me convirtiera en el foco de atención. Me di un baño y me tumbé en la cama del cuartito pequeño, me sequé las lágrimas y esperé que no se me notara mucho. Mamá me llevó té e intentó no hablar demasiado de la radiante felicidad de mi hermana.

Era bonito de ver. O lo habría sido de no haber estado yo tan triste. Vi cómo se cogían de la mano subrepticiamente por debajo de la mesa mientras mamá servía la cena, cómo juntaban sus cabezas mientras comentaban algo que salía en una revista, cómo se rozaban los pies mientras veían la televisión. Thom se sentaba entre las dos con la confianza de quien se siente plenamente amado, indiferente a la fuente del amor. Una vez pasado el primer momento de sorpresa, todo me pareció perfectamente razonable. Treena estaba más feliz y relajada en compañía de esta mujer de lo que la había visto nunca. De vez en cuando me dirigía miradas fugaces, tímidas, de dulce triunfo, y yo le sonreía esperando que mi sonrisa no pareciera tan falsa como creía.

Porque lo único que sentía era un hueco gigantesco en el lugar donde debía estar mi corazón. Sin la rabia que me había mantenido en pie las últimas cuarenta y ocho horas me hundía en el vacío. Sam se había ido, yo le había dicho que se fuera. Puede que a los demás les pareciera comprensible el final de mi relación, pero yo no entendía nada.

En la tarde del día después de Navidad, mientras mi familia dormitaba en el sofá (ya se me había olvidado la cantidad de tiempo que se pasaba en esa casa discutiendo, comiendo o digiriendo la comida), me levanté y fui dando un paseo al castillo de Stortfold. Estaba vacío, salvo por una mujer vigorosa que llevaba un cortaviento y un perro. Su forma de saludar sugería que no quería conversación y yo empecé a ascender por las rampas hasta alcanzar un banco con buenas vistas sobre la mitad sur de Stortfold. Dejé que la gélida brisa rozara la punta de mis orejas y que me pies se quedaran fríos y me dije a mí misma que no estaría así de triste siempre. Me permití pensar en Will, en las muchas tardes que habíamos pasado alrededor de este castillo y en cómo había sobrevivido a su muerte. Me repetí con firmeza que este dolor era menor; no me enfrentaba a meses de una tristeza tan profunda que provocaba náuseas. No iba a pensar en Sam. No iba a pensar en él con esa mujer.

No miraría Facebook. Volvería a mi excitante vida de rica en Nueva York y en cuanto me alejara de él lo suficiente irían sanando esas partes de mí que ahora estaban destruidas, arrasadas. Quizá nunca fuimos lo que yo creía que éramos. Puede que la intensidad de nuestro primer encuentro (después de todo, ¿quién es capaz de resistirse a un técnico en emergencias sanitarias?) nos hiciera creer en la intensidad de nuestra relación. Puede que solo necesitara a alguien que me ayudara a dejar el duelo. A la mejor había sido una relación terapéutica y me encontraría mejor antes de lo que pensaba.

Me dije todo esto una y otra vez, pero una parte de mí se negaba tercamente a escuchar. Y al final, cuando ya me cansé de fingir que todo iba bien, cerré los ojos, apoyé la cabeza en las manos y rompí a llorar. En un castillo vacío, en un día en el que todo el mundo estaba en casa, di rienda suelta a mi dolor y lloré sin ningún tipo de inhibición o miedo a ser descubierta. Lloré como no podía llorar en la pequeña casa de Renfrew Road, y como no podría tampoco en casa de los Gopnik, con ira y tristeza. Fue una especie de sangría emocional.

Cabrón, sollocé mirándome las rodillas, *solo estuve fuera tres meses...*

Mi voz sonaba rara, estrangulada. Y me pasó como a Thom cuando se veía llorar en el espejo y empezaba a llorar aún más fuerte; el sonido de esas palabras me pareció tan triste y espantosamente terminal que empecé a llorar más. *Maldito seas, Sam. Maldito seas por hacerme creer que merecía la pena arriesgarse.*

—¿Me puedo sentar o es una fiesta de duelo privada?

Levanté la cabeza de golpe. Ante mí estaba Lily, envuelta en una gran parca negra y una bufanda roja, los brazos plegados sobre el pecho, mirándome como si llevara ahí estudiándome un buen rato. Sonrió, como si contemplarme en mi hora más negra la divirtiera. Esperó hasta que recuperé la compostura.

—Bueno, creo que no hace falta que te pregunte qué hay de *tu* vida —dijo dándome un suave puñetazo amistoso en el hombro.

—¿Cómo has sabido que estaba aquí?

—Pasé por tu casa para saludar porque ya hace dos días que hemos vuelto de esquiar y no me has llamado.

—Lo siento —respondí—, ha sido…

—Ha sido duro porque te ha dejado Sam el Sexi. ¿Ha sido esa bruja rubia?

Me soné la nariz y la miré.

—Estuve en Londres unos cuantos días antes de Navidad, así que fui al parque de ambulancias a decir hola y allí estaba, agarrándose a él como una especie de lapa humana.

—Te diste cuenta —respondí aspirando aire con fuerza.

—Claro que sí. Pensé en advertirte, pero luego me dije: ¿para qué? Desde Nueva York desde luego no podías hacer nada. Uff, los hombres son unos estúpidos. ¿Cómo no se daba cuenta de sus intenciones?

—Ay, Lily, ¡te he echado tanto de menos! —No me había dado cuenta de cuánto hasta ese momento. La hija de Will en toda su gloria de adolescente voluble. Se sentó a mi lado y yo me apoyé en ella, como si Lily fuera la adulta. Nos quedamos mirando a lo lejos. Alcanzaba a vislumbrar la casa de Will, Grantchester House.

—Todo esto pasa porque es guapa y tiene grandes tetas y una de esas bocas de actriz porno que parecen hechas para hacer mamadas…

—Para, para, por favor.

—En todo caso yo no perdería el tiempo llorando si fuera tú —replicó sensatamente—. En primer lugar, ningún hombre lo merece. Hasta Katy Perry te lo confirmaría. Pero es que además los ojos se te quedan muy, muy pequeños cuando lloras. Acaban pareciendo un micropuntito.

No pude evitar la risa.

Se levantó y me tendió la mano.

—Venga, bajemos a tu casa. Es el día después de Navidad, no hay nada abierto y tengo ganas de matar al abuelo, a Della y al Bebé que Nunca Hace Nada Malo. Dispongo de veinticuatro horas hasta que venga la abuela a buscarme. Argh, ¿has dejado rastros de babas en mi chaqueta? ¡Lo has hecho! ¡Ya lo estás limpiando!

Mientras tomábamos un té en casa, Lily me puso al día de las novedades que no me había contado por correo electrónico. Le encantaba su nueva escuela, pero no acababa de sacar las notas que debería. *(Resulta que faltar mucho al colegio tiene sus consecuencias. Lo más irritante es tener que escuchar a los adultos diciendo te-lo-advertí).* Le gustaba tanto vivir con su abuela que se permitía hablar de ella como hablaba de la gente a la que amaba de verdad: con una buena dosis de humor y un alegre sarcasmo. La abuela no era nada comprensiva con su idea de pintar de negro las paredes de su dormitorio. Tampoco la dejaba conducir, aunque Lily sabía hacerlo perfectamente y lo único que quería era practicar para ahorrarse clases.

El tono optimista desapareció cuando empezó a hablar de su madre. Al final había dejado a su padrastro, claro, pero el arquitecto del otro lado de la calle al que había planeado convertir en su siguiente marido no había entrado al trapo y se negaba a dejar a su mujer. De manera que su madre llevaba una vida de desgraciada histeria con los gemelos en una casa alquilada de Holland Park. Habían pasado por allí una sucesión de niñeras filipinas que, pese a sus elevados niveles de tolerancia, rara vez lograban sobrevivir a Tanya Houghton-Miller algo más de un par de semanas.

—Nunca pensé que sentiría lástima de los chicos, pero la siento —dijo—. Uf, me apetece mucho un cigarrillo. Solo me sale fumar cuando hablo de mi madre. No hay que ser Freud para darse cuenta de por qué, ¿verdad?

—Lo siento mucho, Lily.

—No lo sientas. Estoy bien con la abuela y en el colegio. El drama de mi madre cada vez me afecta menos. Me deja largos mensajes en el buzón de voz, llorando o diciéndome que soy una egoísta por no vivir con ella, pero me da igual —respondió estremeciéndose por un instante—. A veces creo que si me quedara allí acabaría completamente loca.

Recordé la figura que había aparecido ante mi puerta hacía ya muchos meses: ebria, sola, infeliz, y sentí un breve estremecimiento de placer al pensar que haberme hecho cargo de ella había ayudado a la hija de Will a crear una bonita relación con su abuela.

Mamá no dejaba de entrar y salir, rellenando las bandejas con lonchas de jamón, trocitos de queso y pedazos del tradicional pastel de frutas navideño. Estaba encantada de tener allí a Lily, sobre todo cuando Lily, con la boca llena, le hizo una descripción detallada de todo lo que ocurría en la casa grande. Lily creía que el señor Traynor no era demasiado feliz. Della, su nueva esposa, no se adaptaba a la maternidad y se quejaba continuamente del bebé; lloraba y no sabía qué hacer cuando este empezaba a berrear. Es decir, básicamente, todo el tiempo.

—El abuelo pasa la mayor parte del día en su estudio, lo que la enfada aún más. Pero cuando intenta ayudar se limita a gritarle y a decirle que todo lo hace mal. *¡Steven! ¡No la cojas así! ¡Steven! ¡Le has puesto la chaquetita de punto al revés!* Yo la mandaría a paseo, pero él es demasiado bueno como para hacerlo.

—Es de una generación que se ha ocupado muy poco de los bebés —dijo mamá con dulzura—, no creo que tu abuelo haya cambiado un solo pañal.

—Siempre pregunta por la abuela, así que le dije que tenía un nuevo novio.

—¿La señora Traynor tiene un novio? —preguntó mi madre con los ojos como platos.

—No, claro que no. La abuela dice que está disfrutando de su libertad. Pero él no tiene por qué saberlo, ¿verdad? Le dije al abuelo que dos veces por semana un hombre con toda su estupenda melena plateada intacta se la lleva en un Aston Martin, que no sé su nombre pero que es fantástico volver a ver a la abuela tan feliz. Estoy segura de que le pica la curiosidad, pero no se atreve a preguntar delante de Della, así que se limita a asentir, sonriendo con esa sonrisa falsa, y a decir *muy bien,* tras lo cual se vuelve a meter en su estudio.

—Lily —dijo mi madre—, ¡no debes mentir así!

—¿Por qué no?

—Porque..., bueno, ¡es que no es verdad!

—Hay muchas cosas en la vida que no son verdad. Santa Claus no existe, pero estoy segura de que no se lo habéis contado a Thom. El abuelo tiene a otra persona. Es bueno para él y para la abuela que crea que ella está pasando unas maravillosas minivacaciones en París con un jubilado rico y buenorro. Además, como no se hablan, ¿a quién perjudico?

Su lógica era impresionante. Pude confirmarlo porque la boca de mamá se movía como si tuviera un diente suelto, pero no fue capaz de aducir razón alguna que demostrara que Lily se equivocaba.

—Bueno —dijo Lily—, será mejor que vuelva a casa. Comida familiar. Jo, jo, jo...

En ese momento entraron Treena y Eddie, que habían llevado a Thom a jugar al parque. Vi cómo el rostro de mi madre intentaba ocultar su ansiedad y pensé: *Lily, no digas nada desagradable.* Extendí la mano en su dirección.

—Esta es Lily, Eddie. Eddie, Lily. Lily es la hija de mi antiguo jefe, Will. Eddie es…

—Mi novia —dijo Treena.

—Oh, encantada —dijo Lily dando la mano a Eddie y volviéndose hacia mí—. Sigo intentando convencer a la abuela de que me lleve a Nueva York. Dice que ni hablar mientras haga tanto frío, que iremos en primavera. Así que ve pensando en pedir unos días libres. Abril es primavera, ¿verdad? ¿Te apetece?

—Muchísimo —respondí. Mi madre, a mi lado, parecía aliviada.

Lily me dio un fuerte abrazo y se dirigió rápidamente hacia la salida. La vi marcharse y envidié la fortaleza de los jóvenes.

20

Para: KatrinaClark@scottsherwinbarker.com
De: AbejaAtareada@gmail.com

¡Qué preciosa foto, Treena! Realmente adorable. Me ha gustado casi tanto como las cuatro que me mandaste ayer. Aunque mi favorita sigue siendo la que enviaste el martes. La de vosotros tres en el parque. Y sí, Eddie tiene unos ojos realmente preciosos. Tú pareces muy feliz. Me alegro muchísimo.

En respuesta a lo otro que planteas. Puede que sea algo pronto para enmarcar una y mandársela a mamá y papá, pero tú sabrás mejor.

Todo mi amor a Thommo.

Bss, L

P. D.: Estoy bien. Gracias por preguntar.

Regresé a Nueva York en medio de la típica tormenta de nieve que sale en las noticias. Solo se veían los techos de los coches y los niños se deslizaban en trineos por calles normalmente llenas de tráfico. Ni los meteorólogos podían ocultar del todo su alegría infantil. El alcalde había mandado despejar las amplias avenidas. Las enormes máquinas quitanieves de la ciudad traqueteaban diligentemente arriba y abajo por las vías principales, como gigantescas bestias de carga.

En circunstancias normales me hubiera encantado una nevada como esa, pero en mi meteorología personal todo era húmedo y plomizo, un peso frío pendía sobre mi cabeza y succionaba la dicha de cualquier situación.

Hasta entonces nadie me había roto el corazón, al menos nadie vivo. Había dejado a Patrick porque en el fondo era consciente de que nuestra relación se había convertido en un hábito para ambos, en un par de zapatos que ya no te gustan, pero que sigues llevando porque no puedes molestarte en comprar unos nuevos. Cuando Will murió pensé que nunca volvería a sentir nada.

Resultó que saber que la persona que había amado y perdido todavía respiraba no me servía de gran consuelo. Mi cerebro, órgano sádico donde los haya, se empeñaba en volver sobre Sam una y otra vez a lo largo de mi jornada. ¿Qué estaría haciendo ahora? ¿Qué estaba pensando? ¿Estaría con ella? ¿Lamentaba lo que había pasado entre nosotros? ¿Había pensado lo más mínimo en mí? En mi fuero interno, mantenía una docena de discusiones silenciosas con él al día e incluso ganaba algunas. Mi yo racional se entrometía, explicándome que no tenía sentido pensar en él. A lo hecho, pecho. Me había ido a otro continente. Nuestros futuros evolucionarían a miles de kilómetros de distancia. Pero, de vez en cuando, un yo ligeramente maníaco me imponía un optimismo forzado: *¡Podía ser quien quisiera! ¡No estaba atada a nadie! ¡Podía ir a cualquier sitio en el mundo sin problema alguno!* Mis tres yoes luchaban a menudo por el espacio de mi mente. La esquizofrenia de mi vida me dejaba totalmente exhausta.

Los reprimí. Corrí con George y Agnes al amanecer, sin bajar el ritmo cuando me dolía el pecho y sentía las espinillas al rojo vivo. Zumbaba por la casa, anticipándome a las necesidades de Agnes, ofreciéndome a ayudar a Michael cuando parecía superado, pelando patatas con Ilaria e ignorándola cuando se aclaraba la garganta para llamar mi atención. Incluso me ofrecí a ayudar a Ashok a quitar la nieve de la acera: cualquier cosa con tal de no tener que sentarme a contemplar mi propia vida. Hizo una mueca y me peguntó si estaba loca: ¿acaso quería que lo despidieran?

Recibí un mensaje de Josh al tercer día de estar en casa, mientras Agnes miraba zapatos en una tienda de niños y hablaba en polaco con su madre por teléfono, al parecer intentando averiguar qué número tenía que comprar y si a su hermana le parecería bien. Sentí vibrar mi teléfono y lo miré.

Hola, Louisa Clark Primera. Hace mucho que no sé nada de ti. Espero que hayas pasado unas buenas Navidades. ¿Te apetecería tomar un café en algún momento?

Me quedé mirando la pantalla. No había razón alguna para no quedar, pero no me acababa de parecer bien. Era demasiado pronto, mis sentidos aún se aferraban a un hombre que se encontraba a cinco mil kilómetros de distancia.

Hola, Josh. Ahora estoy un poco liada (¡Agnes me desborda!) pero espero que podamos quedar pronto. ¡Ojalá estés bien! Bss, L

No respondió y curiosamente me sentí mal.

Cuando Garry cargaba las compras de Agnes en el coche pitó su teléfono. Ella lo sacó del bolso y lo contempló fijamente. Miró por la ventanilla un instante, luego a mí.

—Olvidé que tenía clase de arte. Tenemos que ir a East Williamsburg.

Era una mentira evidente. De repente recordé la horrorosa cena de Acción de Gracias, con todas sus revelaciones, e intenté que nada de ello se reflejara en mi rostro.

—Cancelaré la clase de piano —dije en tono neutro.

—Sí. Garry, tengo clase de arte. Lo había olvidado.

Garry incorporó la limusina al tráfico, en silencio.

Garry y yo permanecimos sin hablar en el aparcamiento. Mantuvo encendido el silencioso motor para protegernos del frío exterior. Estaba furiosa con Agnes por escoger esa tarde para una de sus «clases de arte», porque eso quería decir que me quedaba a solas con mis pensamientos: un montón de invitados molestos que se negaban a irse. Me puse los auriculares y sintonicé música alegre. Usé mi iPad para organizar el resto de la semana de Agnes. Jugué tres turnos de Scrabble online con mamá. Respondí a un correo electrónico de Treena en el que me preguntaba si creía que podía llevar a Eddie a una cena de trabajo o si era demasiado pronto. (Yo pensaba que lo mejor sería hacerlo). Eché un vistazo al cielo encapotado, cargado de nieve, y me pregunté si seguiría nevando. Garry veía una comedia en su tableta, riendo por la nariz junto a las risas enlatadas, la barbilla apoyada en el pecho.

—¿Te apetece un café? —le pregunté, cuando ya me había mordido todas las uñas—. Va a tardar un buen rato en volver, ¿no?

—No. El médico me ha dicho que tengo que dejar los dónuts. Y ya sabes lo que pasa si vamos al sitio de los dónuts ricos.

Arranqué un hilo medio suelto de mis pantalones.

—¿Quieres jugar al veo veo?

—¿Estás de broma?

Me recosté en el asiento con un suspiro y escuché el resto de la comedia. La dificultosa respiración de Garry se fue haciendo más lenta y empezó a roncar de vez en cuando. El ciclo se había oscurecido, adquiriendo un hostil tono gris acero. Íbamos a tardar horas en volver debido a los atascos. Entonces sonó mi teléfono.

—¿Louisa? ¿Está con Agnes? Al parecer tiene el móvil apagado. ¿Me la puede pasar?

Eché un vistazo por la ventanilla y vi que la luz del estudio de Steven Lipkott formaba un rectángulo amarillo sobre la nieve gris.

—Eh…, está…, se está probando algunas cosas, señor Gopnik. Iré a los probadores, le daré el mensaje y ella le llamará enseguida.

La puerta del portal estaba abierta, sujeta por dos botes de pintura, como si estuvieran en pleno reparto. Subí corriendo los escalones de cemento y recorrí el pasillo hasta llegar al estudio. Allí me detuve junto a la puerta cerrada, respirando fuerte. Eché un vistazo a mi teléfono y miré al techo. No quería entrar. No quería pruebas irrefutables de lo que se había sugerido en Acción de Gracias. Pegué la oreja a la puerta, intentando averiguar si era seguro llamar, como si estuviera ahí furtivamente, como si fuera culpable de algo. Pero solo se oía música y el sonido amortiguado de la conversación.

Llamé con más confianza. Un par de segundos después, probé y la puerta se abrió. Steven Lipkott y Agnes estaban de pie en uno de los extremos de la habitación, de espaldas a mí, contemplando un montón de cuadros apoyados en la pared. Él tenía una mano en su hombro, con la otra agitaba un cigarrillo en dirección a una de las pinturas más pequeñas. La habitación olía a humo, a trementina y, vagamente, a perfume.

—Bueno, ¿por qué no me traes más fotos de ella? —estaba diciendo él—. Si de verdad te parece que no la he retratado bien tendríamos que…

—¡Louisa! —Agnes se dio rápidamente la vuelta y levantó la mano, como si se estuviera protegiendo de mí.

—Lo siento —dije con el teléfono en la mano—. Es el señor Gopnik. Quiere hablar contigo.

—¡No deberías haber entrado aquí! ¿Por qué no has llamado a la puerta? —preguntó. Su rostro había perdido el color.

—He llamado. Lo siento. No se me ha ocurrido otra forma de... —dije mientras retrocedía hacia la puerta. Entonces vi el cuadro. Una niña, con pelo rubio y grandes ojos, de perfil, como si fuera a escapar. Súbita e inevitablemente lo comprendí todo: la depresión, las interminables conversaciones con su madre, las compras sin fin de juguetes y zapatos...

Steven se inclinó y lo cogió.

—Mira. Llévate este si quieres. Piensa en...

—¡*Cállate*, Steven!

Él vaciló, como si no estuviera seguro de qué había provocado su reacción. Pero fue lo que confirmó mis sospechas.

—Te veo abajo —dije cerrando la puerta despacio detrás de mí.

Volvimos al Upper East Side en silencio. Agnes llamó al señor Gopnik y se disculpó, *no se había dado cuenta de que el teléfono se había apagado, un fallo de diseño, el trasto siempre se estaba apagando solo, de verdad que necesitaba otro, sí, cariño. Ya vamos de vuelta. Sí, ya sé...*

No me miró. Lo cierto era que yo apenas podía mirarla a ella. La cabeza me daba vueltas mientras analizaba los sucesos de los meses pasados desde esta nueva óptica.

Cuando por fin llegamos a casa iba por el vestíbulo unos pasos detrás de ella, pero, cuando llegamos al ascensor, dudó, miró fijamente al suelo y se dio la vuelta hacia la puerta.

—De acuerdo. Ven conmigo.

Nos sentamos en un oscuro bar de hotel lleno de adornos dorados. Suponía que era el tipo de lugar donde ricos ejecutivos de Oriente Próximo agasajaban a sus clientes y pagaban las cuentas del bar sin mirarlas. Estaba casi vacío. Agnes y yo ocupamos un reservado, en un rincón escasamente iluminado, y esperamos mientras el camarero nos servía con gran ritual dos vodkas con tónica y un cuenco de brillantes aceitunas verdes, intentando sin éxito captar la mirada de Agnes.

—Es mía —dijo Agnes, cuando se marchó.

Bebí un sorbo de mi vaso. Estaba muy fuerte y me alegré. Resultaba útil tener algo en lo que centrarse.

—Es mi hija —continuó con voz tensa y extrañamente furiosa—. Vive con mi hermana en Polonia. Está bien, era tan pequeña cuando me fui que apenas recuerda cuando vivía con su mamá. Mi hermana está contenta porque no puede tener niños, pero mi madre está muy enfadada conmigo.

—Pero...

—No se lo conté cuando le conocí, ¿sí? Yo estaba tan..., tan contenta de gustarle a alguien como él. No pensé ni por un momento que acabaríamos juntos. Era como un sueño, ¿sabes? Yo pensé: solo tendré esta aventurita, y después acabará mi visado de trabajo, volveré a Polonia y recordaré esto siempre. Todo pasó muy rápido y él dejó a su mujer por mí. No sabía cómo decírselo. Cada vez que le veía pensaba: *Esta es la ocasión, esta es la ocasión...*, y después, cuando ya estábamos juntos, me dice..., me dice que no quiere niños. Eso se *terminó*, dice. Cree que no lo ha hecho bien con su familia, y no quiere repetir con familias postizas, hermanastros, hermanastras, todo eso. Me ama, pero no tener hijos es factor decisivo para él. Así que ¿cómo iba a contárselo después?

Me incliné hacia delante para que nadie más pudiera oírme.

—Pero... esto es una completa locura, Agnes. ¡Tienes una hija!

—¿Cómo se lo digo ahora, dos años después? ¿Crees que no va a pensar que soy mala mujer? ¿Crees que no lo verá como un horrible, horrible engaño? He hecho un enorme lío, Louisa. Lo sé —murmuró, dando un trago a su bebida—. Pienso todo el tiempo, todo el tiempo, ¿cómo puedo arreglar esto? Pero no se puede arreglar. Le mentí. Para él, la confianza lo es todo. No me perdonaría. Es así de sencillo. De esta manera él es feliz y yo soy feliz porque puedo mantenernos a todos. Intento convencer a mi hermana para que se venga a vivir a Nueva York. Entonces puedo ver a Zofia todos los días.

—Debes de echarla muchísimo de menos.

Tensó la mandíbula.

Me ocupo de su futuro —dijo como si estuviera leyendo un guion muy ensayado en su cabeza—. Antes nuestra familia no tenía tanto. Ahora mi hermana vive en casa muy buena, cuatro habitaciones, todo nuevo. Un sitio muy agradable. Zofia irá a la mejor escuela de Polonia, tocará el mejor piano, lo tendrá todo.

—Pero no tendrá madre.

Sus ojos se llenaron de lágrimas de repente.

—No. Tengo que elegir entre Leonard y ella. Así que vivir sin ella es mi…, mi…, ¿cómo se dice?…, mi penitencia —respondió con voz quebrada.

Di un sorbo a mi vodka. No sabía qué hacer. Ambas mirábamos fijamente nuestros vasos.

—No soy una mala persona, Louisa. Amo a Leonard. Muchísimo.

—Lo sé.

—Creí que, quizá, cuando nos hubiéramos casado y lleváramos juntos un tiempo, podría contárselo. Pensé que se disgustaría un poco pero que se acabaría haciendo a la idea. Yo podría ir y volver de Polonia, ¿sabes? Ella podría pasar aquí temporadas. Pero las cosas se han complicado mucho. Su familia me odia. ¿Qué pasaría si lo averiguaran ahora? ¿Qué pasaría si se enterara Tabitha?

Me lo podía imaginar.

—Le amo. Sé que pensarás lo peor de mí. Pero le amo. Es un buen hombre. A veces es muy difícil porque él trabaja mucho y porque en su mundo yo no gusto a nadie... y me siento sola y quizás... no me porto siempre bien, pero no soporto la idea de estar sin él. De verdad es mi alma gemela. Desde primer día yo supe esto.

Trazó un dibujo en la mesa con su delgado dedo.

—Entonces pienso en mi hija creciendo en los próximos diez, quince años sin mí y yo..., yo...

Dejó escapar un suspiro tembloroso, lo suficientemente alto como para llamar la atención del barman. Rebusqué en mi bolso y como no pude encontrar un pañuelo le pasé una servilleta de papel. Cuando levantó la mirada su gesto se había suavizado. Nunca había visto esa expresión en su rostro: estaba radiante de amor y ternura.

—Es tan hermosa, Louisa. Ya tiene casi cuatro años y es tan lista. Tan brillante. Sabe días de la semana. Señala países en globo terráqueo y canta. Sabe dónde está Nueva York. Es capaz de dibujar línea en un mapa entre Cracovia y Nueva York sin que nadie se lo haya enseñado. Cada vez que la visito se cuelga de mí y dice: «¿Por qué tienes que irte, mamá? No quiero que te vayas». Se me rompe un trocito de corazón... Ay, Dios, se me rompe... A veces no quiero ir a verla porque el dolor cuando tengo que marchar es..., es... —Agnes buscaba la palabra inclinada sobre su vaso, limpiándose mecánicamente con la mano las lágrimas que caían silenciosamente sobre la brillante superficie de la mesa.

Le pasé otra servilleta de papel.

—Agnes —dije suavemente—, no sé cuánto tiempo podrás seguir así.

Se tocó con suavidad los ojos, con la cabeza agachada. Cuando levantó la mirada no se notaba que había llorado.

—Somos amigas, ¿sí?, buenas amigas.

—Por supuesto.

Echó un vistazo detrás de ella y se inclinó hacia delante sobre la mesa.

—Tú y yo. Ambas somos inmigrantes. Ambas sabemos lo duro que es encontrar tu lugar en el mundo. Quieres mejorar tu vida, trabajar duro en un país que no es el tuyo, construirte vida nueva, nuevos amigos, nuevo amor. ¡Tienes que convertirte en otra persona! Pero nunca es sencillo, ni gratis.

Tragué y aparté de mi cabeza la imagen de Sam en el vagón de tren que me emocionaba o irritaba a partes iguales.

—Lo que sé es esto: nadie lo consigue todo. Y nosotras las inmigrantes lo sabemos mejor que nadie. Tienes siempre un pie en cada sitio. Nunca puedes ser feliz del todo porque cuando marchas te partes en dos y dondequiera que vayas una mitad está siempre llamando a la otra. Ese es el precio, Louisa. El precio a pagar por quienes somos.

Tomó un sorbo de su vaso y después otro. Luego respiró hondo y sacudió las manos sobre la mesa, como si se estuviera librando del exceso de emociones a través de la punta de los dedos. Cuando habló de nuevo su voz era dura y fría.

—No puedes decir. No puedes decirle lo que has visto hoy.

—Agnes, no creo que puedas ocultar esto para siempre. Es muy gordo. Es…

Estiró el brazo y puso su mano sobre el mío. Sus dedos se cerraron como garras alrededor de mi muñeca.

—Por favor. Somos amigas, ¿sí?

Tragué saliva.

Resulta que no hay auténticos secretos entre los ricos: pagan a la gente para que los guarden. Subí las escaleras con esta nueva carga inesperadamente pesada en mi corazón. Pensé en una niñita al otro lado del mundo, que lo tenía todo salvo lo que más quería: a una mujer que probablemente empezaba a darse cuenta de que sentía lo mismo. Pensé en llamar a mi hermana, la única persona que me quedaba con quien poder hablar del tema, pero sabía lo que diría. Se cortaría un brazo antes de dejar a Thom en otro país.

Pensé en Sam y en lo que nos decíamos a nosotros mismos para justificar nuestras decisiones. Aquella tarde permanecí sentada en mi habitación, notando cómo oscuros pensamientos empezaban a revolotear en mi cabeza, y saqué el teléfono.

Hola, Josh, ¿sigue en pie tu oferta? ¿Qué tal una copa en vez de un café?

En treinta segundos llegó la respuesta:

Dime dónde y cuándo, Louisa.

21

*A*l final, me encontré con Josh en un tugurio que él conocía cerca de Times Square. Era alargado y estrecho, las paredes estaban cubiertas de fotografías de boxeadores y el suelo bajo mis pies estaba pegajoso. Yo llevaba unos vaqueros negros y el pelo sujeto en una cola de caballo. Nadie me miró mientras me abría paso entre varones de mediana edad, fotografías autografiadas de pesos mosca y hombres con más cuello que cabeza.

Él estaba sentado en una mesa diminuta de uno de los extremos del bar. Lucía una chaqueta encerada marrón oscuro, de las que compras para parecer que eres de campo. Cuando me vio se le dibujó una gran y contagiosa sonrisa, y me alegré por un instante de que alguien sin complicaciones se pusiera contento de verme en un mundo como el mío que empezaba a ser caótico.

—¿Qué tal te va? —preguntó levantándose como si quisiera darme un abrazo que al final no me dio, quizá por las circunstancias de nuestro último encuentro. En cambio, rozó mi brazo.

—He tenido un día…, ¡qué digo!, una semana, realmente terrible. Necesito una cara amiga para tomar una copa o dos. Y, adivina qué, tu nombre fue el primero que salió de mi chistera de Nueva York.

—¿Qué quieres tomar? Ten en cuenta que aquí solo sirven seis bebidas diferentes.

—¿Vodka con tónica?

—Creo que esa es una de ellas.

Volvió unos minutos después con una botella de cerveza para él y un vodka con tónica para mí. Me había quitado el abrigo y estaba extrañamente nerviosa por encontrarme frente a él.

—Así que… tu semana. ¿Qué ha pasado?

Di un sorbo a mi copa. Se mezcló demasiado bien con la que me había tomado esa tarde.

—Hoy…, hoy me he enterado de algo que me ha descolocado. No puedo contártelo, no porque no confíe en ti sino porque es tan gordo que afectaría a mucha gente. No sé qué conclusiones sacar de todo ello —dije, removiéndome en el asiento—. Creo que tendré que digerirlo y procurar que no me dé una indigestión. ¿Tiene sentido? Así que esperaba poder verte, tomar un par de copas, que me contaras cosas de tu vida, una vida agradable sin oscuros secretos, suponiendo que no tengas ningún gran secreto, y recordar que la vida puede ser normal y buena, pero de verdad que no quiero hablar de la mía, bajar mis defensas y eso.

Puso la mano en su corazón.

—Louisa, no quiero saber tu secreto. Solo me alegro de verte.

—De verdad, te lo contaría si pudiera.

—No siento curiosidad alguna por ese gigantesco secreto rompevidas. Estás a salvo conmigo —dijo dando un trago y sonriendo con su perfecta sonrisa.

Por primera vez en dos semanas me sentí un poco menos sola.

Dos horas después hacía mucho calor en el bar atestado. Había turistas agotados, disfrutando del prodigio de cervezas a tres dólares, y clientes habituales apretujados en el estrecho local; la gran mayoría miraba un combate de boxeo en la televisión del rincón. Gritaban al unísono cada vez que un ágil púgil lanzaba un gancho y rugían como un solo hombre cuando su favorito, con la cara golpeada y desfigurada, caía contra las cuerdas. Josh era el único hombre de todo el local que no estaba viendo la pelea. Permanecía tranquilamente inclinado sobre su botella de cerveza, sus ojos en los míos.

Yo, a mi vez, me apoyé en la mesa y le conté toda la historia de Treena y Edwina el día de Navidad, una de las pocas historias que podía compartir legítimamente, le hablé del derrame cerebral del abuelo, conté el relato del gran piano (dije que era para la sobrina de Agnes) y, para no parecer demasiado tristona, mencioné cómo había mejorado mi vida en Nueva York. No sé cuántos vodkas había tomado por entonces, Josh los hacía aparecer mágicamente delante de mis ojos antes de que pudiera darme cuenta de que se había acabado el anterior, pero una remota parte de mí era consciente de que mi voz sonaba extrañamente cantarina, subiendo y bajando, no siempre en consonancia con lo que estaba diciendo.

—Bueno, eso es genial, ¿verdad? —dijo cuando llegué al discurso de papá sobre la felicidad. Puede que mi relato fuera algo peliculero. En mi última versión papá se había convertido en Atticus Finch pronunciando su alegato final ante el tribunal de *Matar a un ruiseñor*—. Es estupendo —continuó Josh—. Solo quiere que sea feliz. Cuando mi primo Tim se lo dijo a mi tío, estuvo sin hablarle durante más o menos un año.

—Son tan felices —dije estirando los brazos encima de la mesa para sentir la fría superficie en la piel, intentando ignorar que estaba pegajosa—. Es estupendo. De verdad que lo es —insistí, dando otro sorbo—, me alegra tanto verlas juntas porque, ¿sabes?, Treena ha estado sola un millón de años, pero, honestamente…, sería realmente agradable que fueran un poquitín menos intensas y resplandecieran algo menos cuando están juntas. Por ejemplo, podrían no mirarse *siempre* a los ojos, o prescindir de algunas de sus sonrisas: la secreta que esbozan ante bromas privadas compartidas, o la que sugiere que acaban de tener una magnífica sesión de sexo. Treena podría dejar de enviarme solo fotografías de las dos juntas. No tiene por qué enviarme mensajes cada vez que Eddie dice o hace algo asombroso, y al parecer todo lo que dice o hace es asombroso.

—Oh, venga. Se acaban de enamorar, ¿verdad? La gente hace esas cosas.

—Yo no las he hecho nunca. ¿Tú has hecho esas cosas? En serio, nunca he enviado fotografías mías besando a alguien. Si hubiera enviado a Treena una fotografía mía acurrucada con mi novio, habría reaccionado como si le hubiera enviado la foto de un pene. Quiero decir, era una mujer que encontraba *repugnante* cualquier muestra de emoción.

—Entonces es que se ha enamorado por primera vez. Le encantará la siguiente fotografía tuya que le mandes, feliz hasta la náusea con tu novio —comentó riéndose de mí—. Puede que la del pene no tanto.

—Piensas que soy una persona horrible.

—No creo que seas una persona horrible. Eres una persona… actualizada.

—Sé que soy una persona horrible. No pido que no sean felices, solo que tengan un poquitito de sensibilidad con aquellos de nosotros que puede que no seamos… justo en este… —empecé en tono lastimero, pero me quedé sin palabras.

Josh se había reclinado en la silla y me estaba mirando.

—… exnovio —dije arrastrando ligeramente las palabras—, ahora es un exnovio.

Él enarcó las cejas.

—Vaya. Menudo par de semanas, entonces.

—Pues sí, no lo sabes bien —musité apoyando la frente en la mesa—, no tienes ni idea.

Fui consciente de que el silencio nos iba envolviendo suavemente. Me pregunté, por un instante, si no podría echarme una siestecita allí mismo. Me sentía a gusto. Los sonidos del combate de boxeo me llegaban amortiguados. Mi frente estaba ligeramente húmeda. Y entonces sentí su mano en la mía.

—Oye, Louisa, creo que es hora de sacarte de aquí.

Dije adiós a toda esa gente tan agradable de camino a la puerta, chocando la palma de la mano con todos los que pude (algunos no atinaban, ¡idiotas!). Por alguna razón, Josh no dejaba de disculparse en voz alta. Creo que se iba chocando con la gente mientras andaba. Me puso la chaqueta al llegar a la puerta y me dio risa que no pudiera meterme las manos en las mangas. Cuando lo consiguió, llevaba la chaqueta al revés, como si fuera una camisa de fuerza.

Me rindo —dijo al final—, llévala así.

Oí gritar a alguien.

—¡Rebájelas con agua, señora!

—¡Pues sí, soy una señora! —exclamé—. ¡Una señora inglesa! Soy Louisa Clark Primera, ¿no, Joshua?

Me giré para encararlos y lancé un puñetazo al aire. Estaba apoyada contra una pared llena de fotografías y me tiré unas cuantas encima estrepitosamente.

—Ya nos vamos, ya nos vamos —dijo Josh levantando las manos hacia el barman. Alguien empezó a gritar. Él se disculpaba con todo el mundo. Le hice notar que no estaba bien disculparse, Will me había enseñado eso. Hay que mantener la cabeza bien alta.

De repente estábamos fuera en medio de un aire gélido. Entonces, tropecé con algo sin darme cuenta y caí sobre la acera helada golpeándome las rodillas con el duro cemento. Blasfemé.

—Vaya —dijo Josh, que con su brazo firme en torno a mi cintura tiraba de mí para ponerme derecha—, creo que tenemos que conseguir un café.

Olía tan bien. Olía como Will, a colonia cara, como la sección de caballeros de unos grandes almacenes pijos. Puse la nariz contra su cuello e inhalé mientras íbamos tambaleándonos por la acera.

—Hueles tan bien…

—Muchas gracias.

—Muy caro.

—Bueno es saberlo.

—Tengo que lamerte.

—Si eso te hace sentir mejor.

Le lamí. Su loción para después del afeitado no sabía tan bien como olía, pero fue agradable lamer a alguien.

—Me siento mejor —exclamé algo sorprendida—. ¡En serio!

—*Vaaaaaale.* Este es el mejor sitio para coger un taxi —dijo. Maniobró hasta que quedamos frente a frente y puso las manos en mis hombros. A nuestro alrededor Times Square: cegadora, vertiginosa, un circo de neón resplandeciente; las enormes imágenes me acechaban con un brillo imposible. Giré lentamente, mirando las luces, con cuidado de no caerme. Di vueltas y vueltas mientras todo se difuminaba y me tambaleé ligeramente. Sentí que Josh me sujetaba.

—Puedo mandarte a casa en un taxi para que duermas la mona. O podemos caminar hasta la mía y te preparo un café. Tú decides.

Era más de la una de la madrugada y tenía que gritar por el ruido que hacía la gente a nuestro alrededor. ¡Estaba tan guapo con su camisa y su chaqueta! De muy buen corte y aspecto nuevo. Me gustaba mucho. Me giré entre sus brazos y parpadeé. Habría sido de ayuda que dejara de balancearse.

—Muy amable por tu parte —comentó.

—¿Lo he dicho en voz alta?

—Sí.

—Lo siento. Pero la verdad es que eres tremendamente guapo. Guapo a la americana. Como una auténtica estrella del cine. ¿Josh?

—¿Sí?

—Creo que tengo que sentarme. Se me va la cabeza.

Estaba a medio camino del suelo cuando sentí que me cogía de nuevo.

—Ya te tengo.

—De verdad que quiero contarte el secreto. Pero no puedo.

—Entonces no me lo cuentes.

—Tú lo entenderías. Estoy segura. ¿Sabes?, te pareces mucho a alguien de quien estuve enamorada. Muy enamorada. ¿Te lo había dicho? Eres igual que él.

—Es… agradable saberlo.

—Es bonito. Era tremendamente guapo. Como tú. Guapo como una estrella de cine… No sé si te he hablado de ello. Se murió. ¿Te he contado que está muerto?

—Siento tu pérdida. Pero creo que tenemos que sacarte de aquí.

Me hizo caminar dos manzanas, paró un taxi, le costó un poco ayudarme a subir. Luché por sentarme derecha en el asiento trasero y me aferraba a su manga. Él estaba medio dentro, media fuera del taxi.

—¿Adónde, señora? —preguntó el conductor mirando hacia atrás.

—¿Puedes quedarte conmigo? —le pedí a Josh mirándole.

—Claro. ¿Dónde vamos?

Vi la mirada alerta del conductor en el espejo retrovisor. Un televisor atronaba desde el respaldo de su asiento y la audiencia del estudio de televisión estalló en aplausos. Fuera, todo el mundo empezó a tocar las bocinas al mismo tiempo. Las luces eran excesivamente brillantes. De repente Nueva York resultaba demasiado ruidosa, demasiado excesiva.

—No sé. A tu casa —contesté—. No puedo volver. Todavía no —dije mirándole al borde de las lágrimas—. ¿Sabes que tengo un pie en cada sitio?

Inclinó la cabeza hacia mí. Su expresión era amable.

—Louisa Clark, no sé por qué no me sorprende.

Descansé la cabeza en su hombro y sentí su brazo rodear con cuidado mis hombros.

Me despertó el sonido estridente e insistente de un teléfono. Fue un gran alivio que parara de sonar y después oí el murmullo de una voz de hombre. El agradable olor amargo del café. Cambié de postura, intentando levantar la cabeza de la almohada. El dolor que sentí en las sienes fue tan intenso y despiadado que dejé escapar un pequeño gruñido animal, como el de un perro que se acaba de pillar el rabo con la puerta. Cerré los ojos, tomé aire, los volví a abrir.

Esta no era mi cama.

Seguía sin ser mi cama cuando los abrí por tercera vez.

Este dato indiscutible bastó para que intentara levantar la cabeza de nuevo, ignorando esta vez el punzante dolor el tiempo suficiente como para centrarme. No, definitivamente esta no era mi cama. Tampoco era mi habitación. De hecho, no era una habitación que hubiera visto antes. Tomé nota de la ropa, ropa de hombre doblada con esmero sobre el respaldo de la silla, de la televisión en el rincón, del escritorio y del armario, y advertí cómo subía el volumen de la cercana voz. Entonces se abrió la puerta y Josh entró, completamente vestido, con una taza en una mano, apretando el teléfono contra la oreja con la otra. Buscó mi mirada, enarcó una ceja y puso la taza en la mesilla de noche sin dejar de hablar.

—Sí, ha habido un problema en el metro. Cojo un taxi y estaré allí en veinte… Seguro. Sin problema… No, ella ya está con eso.

Me impulsé para incorporarme y al hacerlo descubrí que llevaba una camiseta de hombre. Me llevó un par de minutos captar todas las ramificaciones de la situación y sentí que el rubor me subía desde el pecho.

—No, ya hablamos de eso ayer. Tiene todos los papeles preparados.

Se giró, alejándose, y yo volví a tumbarme tapándome con el edredón hasta el cuello. Llevaba bragas. Eso ya era algo.

—Sí, será estupendo. Sí, comer me parece bien —dijo Josh colgando y guardando el teléfono en el bolsillo—. ¡Buenos días! Iba a prepararte ahora mismo una guarnición de analgésicos. ¿Quieres que te traiga un par? Me temo que tengo que irme.

—¿Irte?

La boca me sabía a rancio, tan seca como si la tuviera llena de polvo de talco. La abrí y cerré un par de veces, produciendo un chasquido vagamente repugnante.

—A trabajar. Es viernes.

—¡Oh, Dios! ¿Qué hora es?

—Las siete menos cuarto. Tengo que salir pitando, ya llego tarde. ¿Sabrás encontrar sola la salida?

Revolvió en un cajón y sacó unas pastillas que dejó a mi lado.

—Esto te ayudará.

Aparté el pelo de mi cara. Estaba sudada y muy despeinada.

—¿Qué? ¿Qué ha pasado?

—Ya hablaremos de ello después, tómate el café.

Tomé un sorbo obedientemente. Estaba fuerte y me devolvió las fuerzas. Sospeché que necesitaría otros seis.

—¿Por qué llevo tu camiseta?

Él sonrió.

—Eso fue por el baile.

—¿El baile? —pregunté. Se me revolvió un poco el estómago.

Se inclinó y me dio un beso. Olía a jabón, a limpio y a cítricos, todo honesto y saludable. Me daba cuenta de que yo olía a sudor seco, alcohol y vergüenza.

—Ha sido una noche muy divertida. Oye, asegúrate de dar un buen portazo al salir, ¿vale? A veces la puerta no cierra bien. Te llamaré luego.

Saludó desde el umbral, se dio la vuelta y se fue, palpándose los bolsillos como para asegurarse de que no se dejaba nada.

—Espera, ¿dónde estoy? —grité un minuto después, pero ya se había ido.

Resultó que estaba en el SoHo, a un terrible atasco de tráfico de distancia del lugar donde debería haber estado. Cogí el metro de Spring Street a la Calle 59, intentando no sudar más la blusa arrugada del día anterior y agradeciendo no llevar un vestido brillante de los que solía ponerme para salir. No había entendido la palabra «mugriento» hasta esa mañana. Apenas me acordaba de la noche anterior, y lo poco que recordaba me venía a la mente en desagradables *flashbacks*.

Yo sentada en medio de Times Square.

Yo lamiendo el cuello de Josh. Realmente le había chupado el cuello.

¿Qué era eso del baile?

Si no hubiera tenido que ir aferrada a la barandilla del metro me habría cogido la cabeza entre las manos. En cambio, cerré los ojos, me abrí paso por las estaciones, esquivé mochilas y a varios usuarios gruñones con los cascos puestos e intenté no vomitar.

Solo tienes que pasar el día, me dije a mí misma. Si algo me había enseñado la vida era que pronto obtendría respuestas.

Estaba abriendo la puerta de mi dormitorio cuando apareció el señor Gopnik, aún vestido con ropa de deporte, algo inusual después de las siete. Levantó una mano al verme, como si llevara un tiempo buscándome.

—¡Ah, Louisa!

—Lo siento, yo…

—Me gustaría hablar con usted en mi despacho. Ahora.

Por supuesto que te gustaría, pensé. Ya lo creo. Se dio la vuelta y empezó a andar por el pasillo. Yo dirigí una mirada angustiada a mi cuarto, donde había ropa limpia, desodorante y pasta de dientes. Pensé con ansia en un segundo café. Pero el señor Gopnik no era el tipo de hombre al que se pueda hacer esperar.

Eché una mirada a mi móvil y salí corriendo tras él.

Cuando entré en el despacho ya se había sentado.

—Siento muchísimo haber llegado diez minutos tarde. No suelo retrasarme, tenía que…

El señor Gopnik permanecía tras su mesa con expresión críptica. Agnes estaba sentada en la butaca junto a la mesita de café, también en ropa de deporte. Ninguno de los dos me pidió que me sentara. Algo en la atmósfera que reinaba allí me despejó la cabeza completamente.

—¿Todo va bien?

—Espero que me lo diga usted. Esta mañana he recibido una llamada de mi contable personal.

—¿Su qué?

—El hombre que se encarga de mis operaciones bancarias. Me pregunto si puede usted explicar esto.

Deslizó un papel hacia mí. Era el estadillo de una cuenta bancaria con los totales ennegrecidos. Tenía la visión algo borrosa, pero había algo bien visible, una ristra de números, quinientos dólares al día, que aparecían en la columna «retirada de efectivo».

Entonces percibí la expresión de Agnes. Contemplaba sus manos fijamente y apretaba la boca de forma que parecía una delgada línea. Me miraba y luego desviaba la mirada de nuevo. Ahí estaba yo, de pie, con un hilillo de sudor corriéndome por la espalda.

—Me ha contado cosas muy interesantes. Al parecer antes de Navidad se sacó una suma considerable de nuestra cuenta conjunta. Fueron sacando el dinero día a día, de cajeros automáticos cercanos, en pequeñas cantidades, quizá para que no se notara tanto. Se han dado cuenta porque tienen programas informáticos antifraude que identifican patrones de uso poco habituales de nuestras tarjetas de crédito y esto se catalogó como poco usual. Evidentemente es algo preocupante, así que he preguntado a Agnes y me dice que no ha tenido nada que ver con el asunto. Pedí a Ashok las cintas de videovigilancia de los días en cuestión y mi gente de seguridad cruzó la información con las fechas de retirada de efectivo. Resulta, Louisa —dijo mirándome a la cara—, que la única persona que entró y salió del edificio a esas horas fue usted.

Puse los ojos como platos.

—Podría ir a los bancos afectados y pedir las cintas de videovigilancia correspondientes a los momentos en los que se retiró el dinero de los cajeros, pero me gustaría ahorrarles la molestia. De manera que quería saber si podría explicarnos qué está pasando aquí y por qué han desaparecido casi diez mil dólares de nuestra cuenta conjunta.

Miré a Agnes, pero ella miraba hacia otro lado.

Tenía la boca aún más seca que al despertarme.

—Tuve que realizar algunas… compras de Navidad por encargo de Agnes.

—Tiene una tarjeta para eso. Que muestra claramente en qué tiendas ha estado, y usted nos entrega los recibos de todas las compras. Michael me dice que es lo que ha hecho hasta ahora. Pero el dinero en efectivo… es bastante menos transparente. ¿Tiene los recibos de esas compras?

—No.

—¿Y podría decirme qué compró?

—Yo, no…

—¿Qué ha hecho con el dinero, Louisa?

No podía hablar, tragué saliva.

—No lo sé.

—¿No lo sabe?

—Yo no he robado nada —afirmé notando cómo me ponía colorada.

—¿Entonces es Agnes la que miente?

—No.

—Louisa, Agnes sabe que yo le daría cualquier cosa que me pidiera. Sinceramente, podría gastar diez veces ese dinero en un día y yo no me inmutaría. De manera que ella no tiene motivos para ir sacando dinero en efectivo, a escondidas, del cajero más cercano. Se lo volveré a preguntar, ¿qué ha sido del dinero?

Estaba ruborizada y aterrorizada. Entonces Agnes me miró. Su rostro era una muda súplica.

—¿Louisa?

—Puede que yo lo cogiera.

—¿*Puede* que lo cogiera?

—Para hacer compras. No para mí. Puede registrar mi cuarto. Puede pedir la información de mi cuenta bancaria.

—Se ha gastado diez mil dólares en «compras». ¿Qué ha comprado?

—Cosas, esto y aquello...

Inclinó la cabeza con parsimonia como si intentara controlar su genio.

—Esto y aquello —repitió despacio—. Louisa, usted sabe que en esta casa tenemos una relación de confianza con nuestros empleados.

—Lo sé, señor Gopnik. Y me lo tomo muy en serio.

—Usted tiene acceso a todo. Tiene llaves, tarjetas de crédito y un conocimiento íntimo de nuestras rutinas. Se le paga bien por ello, porque entendemos que ocupa un puesto de responsabilidad y confiamos en que usted no traicione nuestra confianza.

—Señor Gopnik, adoro este trabajo. Yo nunca... —dije dirigiendo una angustiada mirada a Agnes, pero ella seguía contemplando el suelo. Se agarraba una mano con la otra y vi que se clavaba una uña en la palma.

—¿De verdad no puede explicarnos qué ha hecho con ese dinero?

—Yo, yo no lo he robado.

Me miró fijamente durante un momento, como si estuviera esperando algo. Cuando no dije nada su expresión se endureció.

—Esto es muy decepcionante, Louisa. Sé que Agnes está encantada con usted y que la ha ayudado mucho. Pero no puedo tener viviendo bajo mi techo a alguien en quien no confío.

—Leonard —musitó Agnes, pero él alzó una mano.

—No, cariño. Ya he pasado por esto antes. Lo siento, Louisa, pero está usted despedida con efectos inmediatos.

—¿Qué?

—Tiene una hora para vaciar su cuarto. Dejará su nueva dirección a Michael y él se pondrá en contacto con usted para pagarle todo lo que se le deba. Aprovecho la oportunidad para recordarle la cláusula de confidencialidad de su contrato. Los detalles de esta conversación no deben trascender. Espero que entienda que es tanto por nosotros como por usted.

El color había abandonado la cara de Agnes.

—No, Leonard, no puedes hacer eso.

—No voy a seguir discutiendo el asunto. Me tengo que ir a trabajar. Louisa, su hora empieza... ya.

Se puso en pie. Estaba esperando que saliera de la habitación.

La cabeza me daba vueltas cuando salí del despacho. Michael me estaba esperando fuera y me llevó un par de segundos darme cuenta de que no quería saber si estaba bien, sino escoltarme a mi habitación. A partir de ese momento ya no era de fiar.

Caminé en silencio por el pasillo, vagamente consciente de la cara de asombro de Ilaria, que me miraba desde la puerta de la cocina, y del sonido de una conversación apasionada en el extremo opuesto del piso. No encontré a Nathan por ninguna parte. Michael permaneció en el umbral mientras sacaba mi maleta de debajo de la cama y empezaba a guardar mis cosas desordenada, caóticamente, sacando los cajones, guardándolo todo lo más rápidamente posible, consciente de que trabajaba contrarreloj, un reloj caprichoso. La cabeza me zumbaba, sentía rabia y sorpresa atemperadas por la necesidad de no dejarme nada: *¿Había ropa mía en el cuarto de lavadoras? ¿Dónde estaban mis zapatillas de deporte?* Veinte minutos después estaba lista. Había guardado todas mis pertenencias en la maleta, una bolsa de viaje y una enorme bolsa de la compra a cuadros.

—Dame, yo llevo eso —dijo Michael alargando la mano hacia mi maleta de ruedas cuando me vio intentando pasar por la puerta de la habitación con todo a la vez. Me di cuenta de que no era tanto un asunto de cortesía como de eficacia.

—¿iPad? —dijo—, ¿móvil del trabajo, tarjeta de crédito?

Se lo di todo junto con las llaves de la puerta. Él lo guardó en su bolsillo.

Recorrí el pasillo, intentando convencerme de que esto estaba pasando de verdad. Ilaria estaba en la puerta de la cocina, con el delantal puesto y sus manos gordezuelas juntas. Cuando pasé a su lado la miré de reojo, esperando que me maldijera en español o me dedicara ese tipo de mirada destructiva que las mujeres de su edad reservan para supuestos ladrones. Pero en cambio dio un paso adelante y rozó mi mano suavemente. Michael se dio la vuelta e hizo como si no hubiera visto nada. Llegamos a la puerta principal.

Él me alargó el asa de la maleta.

—Adiós, Louisa —dijo con cara inexpresiva—, buena suerte.

Salí y la gran puerta de caoba se cerró a mis espaldas.

Permanecí dos horas sentada en la cafetería. Estaba conmocionada. No podía llorar, ni siquiera notaba rabia. Me sentía sencillamente paralizada. En principio pensé que Agnes lo arreglaría, que hallaría la forma de convencer a su marido de que se equivocaba. Después de todo éramos amigas. De manera que me quedé ahí sentada y esperé ver aparecer a Michael, algo incómodo, dispuesto a volver a subir mis maletas al Lavery. Miré la pantalla de mi móvil esperando hallar un mensaje: «Louisa, ha habido un terrible malentendido». Pero no hubo mensaje.

Cuando me convencí de que no habría ningún mensaje, solo pensé en volver al Reino Unido, pero eso desataría una tormenta en la vida de Treena; ni ella ni Thom querrían tenerme dando vueltas por el apartamento. No podía volver a casa de mis padres. No solo porque la idea de volver a Stortfold me rompía el alma, sino porque además creí que moriría si volvía tras fracasar por segunda vez: la primera vez me había caído borracha de un edificio; la segunda, me habían despedido de un empleo que me encantaba.

Evidentemente tampoco podía ir a casa de Sam.

Sujeté mi taza de café con dedos aún temblorosos y comprobé que me había catapultado fuera de mi propia vida. Pensé en llamar a Josh, pero no sabía si era adecuado pedirle asilo sin estar segura de que hubiéramos tenido una primera cita.

Suponiendo que encontrara dónde alojarme, ¿qué iba a hacer? No tenía trabajo. Ni siquiera sabía si el señor Gopnik cancelaría mi permiso de trabajo. Seguramente solo tendría validez mientras trabajara para él.

Lo peor era que aún me perseguía su mirada, esa expresión de total decepción y leve desprecio que mostró cuando no pude ofrecerle una respuesta convincente. Su silenciosa aprobación había sido una de las muchas pequeñas satisfacciones de mi vida allí. Que un hombre de su talla creyera que estaba desempeñando bien mi trabajo me había inspirado confianza en mí misma, me había hecho sentirme capaz, profesional, de una forma que no había experimentado desde que dejé de cuidar a Will. Quería explicarme, recuperar su buena voluntad, pero ¿cómo hacerlo? Veía el rostro de Agnes, la súplica en sus ojos. Me llamaría, ¿no? ¿Por qué no me llamaba?

—¿Quieres otro café, corazón?

Miré a la camarera de mediana edad con el cabello color mandarina y la jarra de café en la mano. Contempló mis pertenencias como si hubiera visto ese escenario un millón de veces.

—¿Acabas de llegar?

—No exactamente —respondí intentando sonreír, aunque solo me salió una mueca.

Me puso café y se inclinó hacia mí.

—Mi primo tiene un hostal en Bensonhurst si buscas un sitio donde alojarte. Hay tarjetas en la barra. No es bonito, pero es limpio y barato. Si te interesa no tardes en reservar, ¿me entiendes? Los sitios se llenan —me informó bajando la voz y poniendo una mano sobre mi hombro por un instante antes de dirigirse hacia el siguiente cliente.

Ese amable gesto casi echó por tierra mi compostura. Por primera vez me sentí sobrecogida, destrozada por la idea de que estaba sola en una ciudad donde ya no era bienvenida. No sabía qué hacer tras quemar mis naves en dos continentes. Intenté imaginarme a mí misma explicando a mis padres lo que había pasado, pero me daba de bruces una y otra vez con el gran secreto de Agnes. ¿Si se lo contaba, aunque fuera a una única persona, no acabaría saliendo a la luz? Mis padres estarían tan indignados que no estaba segura de poder impedir que mi padre llamara por teléfono al señor Gopnik para ponerle en antecedentes sobre su mentirosa esposa. ¿Y si Agnes lo negaba todo? Pensé en las palabras de Nathan: en último término éramos empleados, no amigos. ¿Y si mentía y decía que yo había cogido el dinero? ¿No empeoraría las cosas?

Por primera vez desde que estaba en Nueva York deseé no haber venido. Todavía llevaba la ropa de la noche anterior, sudada y arrugada, lo que me hacía sentir aún peor. Sollocé quedamente y me soné la nariz con una servilleta de papel mientras contemplaba la taza ante mí. Fuera, la vida proseguía en Manhattan, olvidadiza, rápida, ignorando los desperdicios que se apilaban en las alcantarillas. *¿Qué debo hacer ahora, Will?*, pensé con un gran nudo en la garganta.

En ese momento sonó mi teléfono.

«¿Qué demonios pasa?», había escrito Nathan. «Llámame, Clark».

Pese a todo sonreí.

Nathan dijo que de ninguna maldita manera me iba a alojar en un maldito hostal Dios sabe dónde, junto a violadores, narcotraficantes y Dios sabe qué más. Tendría que esperar hasta las siete y media, cuando los malditos Gopnik salieran a su maldita cena, y nos encontraríamos en la puerta de servicio para decidir qué hacíamos a continuación. Hubo bastantes blasfemias para tratarse de solo tres mensajes.

Cuando llegué no se le había pasado la indignación, algo poco característico en él.

—No lo entiendo. Es como si te hubieran convertido en un fantasma. Como si esto fuera algún tipo de maldito código de silencio de la Mafia. Lo único que ha querido decirme Michael es que se trataba de una «falta de honestidad». Le dije que no había conocido persona más honesta que tú en mi condenada vida y que debían pasarse todos por un psiquiatra. ¿Qué demonios ha ocurrido?

Me había llevado a su cuarto en el ala de servicio y cerrado la puerta tras nosotros. Fue un alivio tan grande verle que tuve que contenerme mucho para no abrazarle. No lo hice. Ya había apretujado a suficientes hombres en las últimas veinticuatro horas.

—¡Dios santo, qué gente! ¿Quieres una cerveza?

—Sí.

Abrió dos latas y me dio una mientras se dejaba caer en su sillón reclinable. Yo me senté en la cama y di un sorbo.

—¿Y bien?

—No te lo puedo contar, Nathan —dije haciendo una mueca.

—¿Otra igual? Tía, no me digas que… —exclamó enarcando las cejas.

—Por supuesto que no. No robaría ni una bolsita de té a los Gopnik. Pero si te contara lo que realmente ha pasado…

sería un desastre. Para otras personas de la casa... Es complicado.

—¿Me estás diciendo que has cargado con la culpa de algo que no has hecho? —preguntó frunciendo el ceño.

—Más o menos.

—Esto no está bien —dijo Nathan con los codos en las rodillas y negando con la cabeza.

—Ya lo sé.

—Alguien tendrá que decir algo. ¿Sabes que quería llamar a la policía?

Abrí la boca de asombro.

—Pues sí. Ella le ha convencido de que no lo haga, pero Michael dice que estaba lo suficientemente cabreado como para hacerlo. ¿Algo relacionado con un cajero automático?

—Yo no he hecho nada, Nathan.

—Lo sé, Clark. Serías una pésima delincuente. Pones la peor cara de póquer que he visto en mi vida —dijo tomando un sorbo de cerveza—. Maldita sea, ¿sabes?, adoro mi trabajo. Me encanta trabajar para estas familias. Me gusta el viejo Gopnik. Pero de vez en cuando te recuerdan, ¿sabes?, que eres prescindible. No importa que te digan que eres su colega, que eres estupendo, lo mucho que dependen de ti, etcétera, bla, bla, bla. En cuanto ya no te necesitan o haces algo que no les gusta, ¡*bang*! Fuera. El sentido de la justicia ni siquiera entra en la ecuación.

Era el discurso más largo que había oído pronunciar a Nathan desde que estaba en Nueva York.

—Siento mucho todo esto, Lou. Aun sin saber bien qué ha pasado, para mí está claro que te han pringado bien. Y es horrible.

—Es complicado.

—¿Complicado? —preguntó sin dejar de mirarme—. Compañera, eres bastante mejor persona que yo.

Decidimos salir a comprar comida para llevar, pero justo cuando Nathan se estaba poniendo la chaqueta para ir al restaurante chino llamaron a la puerta. Nos miramos horrorizados y él me metió en el cuarto de baño. Entré a toda velocidad y cerré sigilosamente la puerta a mis espaldas. Cuando me apretujaba contra el toallero oí una voz familiar.

—Clark, no pasa nada, es Ilaria —dijo Nathan un instante después.

Llevaba el delantal puesto y cargaba una olla con tapa.

—Para ti. Os he oído hablar —explicó, ofreciéndome la olla—. Lo he preparado para ti. Debes comer. Es el pollo que te gusta con la salsa de pimienta.

—¡Bravo, compañera! —dijo Nathan dándole una palmadita en la espalda. Ilaria estuvo a punto de caerse hacia adelante, pero recuperó el equilibrio y dejó la olla sobre la mesa.

—¿Has cocinado esto para mí?

Ilaria empujó a Nathan por el pecho.

—Yo sé que ella no ha hecho lo que dicen. Sé muchas cosas. Muchas de las cosas que ocurren en este apartamento —dijo dándose unos golpecitos con el dedo en la nariz—. Vaya que si lo sé…

Levanté la tapa y se escapó un olor delicioso. De repente recordé que no había comido en todo el día.

—Muchas gracias, no sé qué decir…

—¿Dónde vas ahora?

—No tengo ni la menor idea.

—No vas a alojarte en un hostal mugriento de Bensonhurst —dijo Nathan—. Puedes quedarte aquí una noche o dos hasta que sepas lo que vas a hacer. Cerraré la puerta. ¿A que no vas a decir nada, Ilaria?

Ella puso cara de incredulidad, como si fuera una pregunta absurda.

—Ha estado maldiciendo a la mujer toda la tarde de forma que no te creerías. Dice que te ha traicionado. Les hizo un guiso de pescado para cenar que odian los dos. En serio, tía, he aprendido todo un ramillete de nuevas blasfemias esta tarde.

Ilaria musitó algo por lo bajo. Solo entendí la palabra *puta*.

El sillón reclinable era demasiado pequeño para que Nathan pudiera dormir en él y él era demasiado chapado a la antigua como para permitir que fuera yo la que lo usara, de manera que acordamos compartir su cama doble construyendo una barrera de almohadones en medio para evitar rozarnos accidentalmente durante la noche. No sabría decir cuál de los dos estaba más incómodo. Nathan montó un numerito pastoreándome al baño y asegurándose de que cerraba la puerta. Luego esperó a que yo estuviera metida en la cama antes de salir del baño tras haber realizado sus abluciones. Llevaba una camiseta y unos pantalones de pijama de algodón a rayas, y aun así yo no sabía dónde mirar.

—Esto es un poco incómodo, ¿verdad? —dijo al meterse en la cama.

—Sí... —No sé si fue el disgusto, el cansancio o el giro surrealista de los acontecimientos, pero el caso fue que me entró la risa. Reía cada vez más fuerte hasta que se me acabaron saltando las lágrimas. Y antes de que me diera cuenta estaba llorando, en una cama ajena, con la cabeza entre las manos.

—¡Ay, tía! —Nathan se sentía incómodo abrazándome metidos en la misma cama. No dejaba de darme palmaditas en el hombro y de inclinarse hacia mí.

—Todo se arreglará.

—¿Cómo? He perdido mi trabajo, no tengo donde vivir y tampoco cuento ya con el hombre al que amaba. No tengo referencias, porque el señor Gopnik cree que soy una ladrona, y ni siquiera sé a qué país pertenezco —dije limpiándome la nariz con la manga—. Lo he estropeado todo y ni siquiera sé por qué quiero ser algo más de lo que soy porque cada vez que lo intento es un desastre.

—Solo estás cansada. Todo irá bien, ya lo verás.

—¿Como con Will?

—Ah, eso fue algo totalmente diferente. Venga... —me consoló Nathan abrazándome y sujetándome contra su hombro con su enorme brazo a mi alrededor. Lloré hasta que ya no me quedaron lágrimas y luego, justo como él había vaticinado que ocurriría, exhausta por los sucesos del día y de la noche, debí de quedarme dormida.

Cuando me desperté ocho horas después estaba sola en la habitación de Nathan. Me llevó unos cuantos minutos entender dónde estaba, pero de repente recordé los acontecimientos del día anterior. Estuve un rato bajo el edredón, hecha una bola en posición fetal, preguntándome de forma absurda si no podría quedarme así un año o dos hasta que mi vida se arreglara por sí sola.

Comprobé las llamadas de mi teléfono: dos llamadas perdidas y una serie de mensajes de Josh que parecían haber entrado todos de golpe a última hora de la tarde del día anterior.

Hola, Louisa, espero que estés bien. Solo de pensar en tu baile me entró la risa en el trabajo. ¡Menuda noche! Bss, J

¿Estás bien? Solo quiero asegurarme de que llegaste a casa y no te echaste otra siesta en Times Square ;-) Bss, J

Bueno, como ya pasan de las diez y media voy a asumir que estás durmiendo la mona en la cama. Espero no haberte ofendido. Solo bromeaba. Llámame. Bss, J

La noche de marras, con su combate de boxeo y las relucientes luces de Times Square, parecía parte de otra vida. Salí de la cama, me duché, me vestí y coloqué mis cosas en el cuarto de baño. Había poco sitio, pero pensé que sería más seguro si a alguno de los Gopnik les daba por asomar la cabeza por la puerta del cuarto de Nathan.

Le mandé un mensaje de texto preguntándole cuándo le parecía que resultaría seguro salir y me contestó: «AHORA. Ambos en el despacho». De manera que me escabullí sigilosamente del piso y bajé hasta la entrada de servicio. Pasé muy rápido junto a Ashok, con la cabeza gacha. Estaba hablando con un repartidor, vi cómo se volvía y oí su «Hola, Louisa», pero ya me había ido.

Manhattan estaba helado y gris, uno de esos días lúgubres en los que parece haber partículas de hielo suspendidas en el aire, el frío se te mete en los huesos y lo único que ves son ojos y ocasionalmente narices. Andaba sin rumbo con la cabeza agachada y el gorro bien calado. Acabé en la cafetería tras decidir que todo el mundo tenía mejor aspecto después de desayunar. Me senté en un reservado y miré a los viandantes que tenían algún lugar a donde ir. Me obligué a comer un *muffin* porque era lo más barato y lo que más llenaba del menú, intentando no tomar nota de que estaba pegajoso y no me sabía a nada.

A las nueve cuarenta recibí un mensaje. Michael. El corazón me dio un vuelco.

Hola, Louisa. El señor Gopnik te pagará el mes completo a modo de finiquito. En ese momento dejarás de tener un seguro médico. Esto no afecta a tu permiso de residencia. Supongo que entiendes que es mucho más de lo que está obligado a hacer teniendo en cuenta que incumpliste tu contrato, pero Agnes intervino a tu favor.

Te deseo lo mejor, Michael.

—¡Qué detalle por su parte! —musité. «Gracias por la información», contesté; él no escribió más.

Mi teléfono volvió a sonar.

Vale, Louisa, ahora sí estoy preocupado por haber hecho algo que te haya molestado. ¿O solo te has perdido cruzando Central Park? Llámame, por favor. Bss, J

Quedé con Josh cerca de su oficina, uno de esos edificios de Midtown tan altos que, si te pones en la acera y miras hacia arriba, parte de tu cerebro se pregunta cómo no se cae. Avanzó hacia mí a grandes zancadas, con una suave bufanda gris en torno al cuello. Cuando salté del pequeño muro donde había estado sentada me dio un abrazo.

—No me lo puedo creer. ¡Vamos! Estás helada, vayamos en busca de comida caliente.

Nos sentamos en un bar de tacos lleno de vapor y ruido, situado a unas dos manzanas, por el que pasaba un continuo flujo de oficinistas mientras los camareros ladraban las comandas. Le expliqué, como a Nathan, la historia a grandes rasgos.

—No puedo decir nada más, pero te aseguro que no he robado nada. No podría hacerlo. No he robado en mi vida; bueno, sí, una vez, pero tenía ocho años. Mi madre lo saca a relucir cuando necesita un buen ejemplo de cómo estuve a punto de caer en la delincuencia —dije intentando sonreír.

—¿De modo que te vas de Nueva York? —preguntó frunciendo el ceño.

—No tengo ni idea de lo que voy a hacer. Pero imagino que los Gopnik no van a darme referencias y no sé qué hacer para mantenerme aquí. Quiero decir, no tengo trabajo y los hoteles de Manhattan están ligeramente por encima de mis posibilidades...

Había buscado en la cafetería los precios de los alquileres en internet y casi me atraganto con el café. Una habitación como la de la casa de los Gopnik, que tan poco me había gustado al llegar, solo estaba al alcance de un ejecutivo. No me extrañaba que la cucaracha no se hubiera querido mudar.

—¿Te ayudaría quedarte en mi casa?

Levanté la mirada del taco.

—Solo una temporada. No me refiero a que seamos novios ni nada de eso. Tengo un sofá cama, aunque probablemente no te acuerdes —dijo dedicándome una sonrisa. Ya se me había olvidado que los estadounidenses son sinceros cuando invitan a la gente a sus casas. No como los ingleses, que mandan la invitación, pero emigran sin previo aviso si dices que vas a aceptarla.

—¡Qué amable por tu parte! Pero, Josh, complicaría las cosas. Creo que debo volver a casa, al menos por ahora, hasta que encuentre otro trabajo.

—Es muy mal momento, ¿verdad? —dijo mirando su plato.

—Sí.

—Esperaba ver algún otro de tus bailes.

—Dios, el asunto del baile. Yo..., yo... quisiera preguntarte qué pasó la otra noche —dije haciendo una mueca.

—¿De verdad no te acuerdas?

—Solo de algunos momentos en Times Square. De haber entrado en un taxi.

—¡Vaya! No, Louisa, es muy tentador tomarte el pelo, pero no ocurrió nada. Nada *de eso* en todo caso. A menos que lamer mi cuello sea lo que tú entiendes por sexo —respondió enarcando las cejas.

—Pero cuando me desperté no llevaba mi ropa.

—Eso es porque insististe en quitártela mientras bailabas. En cuanto llegamos a mi casa anunciaste que te gustaría expresar tus últimos días por medio de la danza libre, y mientras te seguía fuiste tirando tus prendas del vestíbulo al salón.

—¿Me quité la ropa?

—De forma encantadora. Hubo… florituras.

De repente me vi a mí misma girando, enseñando una pierna desnuda desde detrás de una cortina; recordé la sensación del frío cristal en mi espalda. No sabía si llorar o reír. Me había ruborizado y me tapé la cara con las manos.

—Debo decir que eres muy graciosa cuando te emborrachas.

—¿Y cuando llegamos a tu dormitorio?

—Para entonces ya estabas en ropa interior. Cantaste una canción muy loca, algo de… un mono, ¿*molahonkey* o algo así? Luego te quedaste dormida de repente, hecha un ovillo en el suelo. Así que te puse una camiseta y te metí en mi cama. Yo dormí en el sofá cama.

—Lo siento muchísimo. Gracias.

—Fue un placer —dijo sonriendo con los ojos brillantes—, la mayoría de mis citas no son ni la mitad de divertidas.

Agaché la cabeza sobre la taza.

—¿Sabes?, estos últimos días he tenido permanentemente ganas de reír y llorar a la vez, como ahora mismo.

—¿Te quedarás con Nathan esta noche?

—Creo que sí.

—De acuerdo. Es mejor que no hagas nada apresuradamente. Déjame hacer unas cuantas llamadas antes de comprar el billete de vuelta. A ver si podemos encontrar una oferta de trabajo en algún sitio.

—¿De verdad crees que habrá algo? —pregunté. Se mostraba siempre muy decidido. Era uno de los rasgos de su carácter que más me recordaba a Will.

—Siempre sale algo. Te llamo luego.

Entonces me besó. Lo hizo de una forma tan natural que apenas me di cuenta de lo que estaba haciendo. Se inclinó hacia delante y me besó en los labios, como si lo hubiera hecho un millón de veces antes, como si fuera el final evidente de todas nuestras citas para comer. Y entonces, antes de que tuviera tiempo de quedarme pasmada, me soltó los dedos y se anudó la bufanda en torno al cuello.

—Debo irme. Tengo un par de reuniones importantes esta tarde. Mantén bien alta la cabeza.

Sonrió con su perfecta sonrisa luminosa y volvió a su oficina, dejándome sentada en mi taburete alto de plástico con la boca abierta.

No le conté a Nathan lo que había pasado. Le mandé un mensaje preguntando si podía volver a casa y me dijo que los Gopnik saldrían a las siete, de manera que podía regresar a las siete y cuarto. Di un paseo, pero hacía frío, así que me senté en la cafetería hasta que por fin volví al apartamento y descubrí que Ilaria me había dejado un termo con sopa y dos *scones* blandos de los que aquí llaman galletas. Nathan tenía una cita esa noche y ya se había ido cuando me desperté por la mañana. Me había dejado una nota en la que decía que esperaba que me encontrara bien y repetía que podía quedarme allí. Al parecer solo roncaba ligeramente.

Había pasado meses deseando tener más tiempo libre. Ahora que lo tenía, me di cuenta de que la ciudad no era nada agradable si no tenías dinero para gastar. Dejé el edificio cuando fue seguro hacerlo y anduve por las calles con los pies fríos.

Luego me tomé un café en Starbucks, dilatando mi estancia un par de horas y utilizando la conexión gratis a internet para buscar trabajo. No había muchas ofertas para alguien sin referencias, a menos que tuviera experiencia en la industria alimentaria.

Empezaba a asumir que mi vida ya no consistía en ir de una sala de espera caliente a una cálida limusina. Llevaba un jersey marinero azul, botas gruesas, medias y calcetines bajo mi peto vaquero. No iba elegante, pero eso había dejado de ser una prioridad.

A la hora de comer me fui a un restaurante de comida rápida, donde las hamburguesas eran baratas y nadie se fijaba en un comensal solitario mordisqueando un panecillo durante un par de horas. Los grandes almacenes no eran una opción para mí porque me resultaban deprimentes ahora que no podía gastar, aunque los servicios estaban limpios y había conexión gratis a internet. Fui dos veces al Emporio de la Ropa Vintage, donde las chicas se apiadaron de mí, pero intercambiaron esas miradas ligeramente tensas que surgen cuando la gente sospecha que vas a pedirles un favor.

—¿Podríais avisarme si sabéis de algún empleo como el vuestro? —pregunté cuando me cansé de explorar los expositores.

—Cariño, a duras penas logramos pagar el alquiler, si no ya te estaríamos contratando —dijo Lydia haciendo un empático anillo de humo que ascendió hacia el techo. Miró a su hermana, que lo rompió con la mano.

—Vas a apestar la ropa. Mira, preguntaremos por ahí —aseguró Angelica. Lo dijo de una forma que me hizo pensar que no era la primera persona que se lo pedía.

Salí de la tienda muy desanimada. No sabía qué hacer. No había ningún sitio tranquilo donde pudiera sentarme un rato para pensar qué pasos dar a continuación. Si no tienes dinero en Nueva York eres un refugiado, y los refugiados que se quedan demasiado tiempo nunca son bien recibidos. Pensé que tal vez hubiera llegado el momento de admitir mi derrota y comprar ese billete de avión. Entonces se me ocurrió.

Cogí el metro a Washington Heights y me bajé a un corto paseo de la biblioteca. Por primera vez desde hacía días sentí que iba a un sitio conocido que me daba la bienvenida. Este sería mi refugio, mi trampolín a un nuevo futuro. Subí los escalones de piedra. En la primera planta encontré un terminal de ordenador libre. Me senté pesadamente, tomé aire y, por primera vez desde la debacle de los Gopnik, cerré los ojos y dejé que se ordenaran mis ideas.

Noté que se relajaba algo la tensión de mis hombros y me dejé arrullar por el murmullo de la gente a mi alrededor; un mundo lejos del caos y el frenesí del exterior. No sé si fue la alegría de verme rodeada de libros y silencio, pero allí me sentía una igual, desapercibida, un cerebro, un teclado, una persona más buscando información.

Y allí, por primera vez, intenté dilucidar lo que realmente había pasado. Agnes me había traicionado. Los meses que había pasado con los Gopnik se convirtieron de repente en las alucinaciones de un sueño febril, tiempo fuera del tiempo, una extraña y borrosa mezcla compacta de limusinas e interiores de oropel; un mundo que había descubierto cuando se abrió momentáneamente el telón, hasta que se había cerrado de nuevo, de golpe.

Esto en cambio era real. Me dije que podría ir allí todos los días hasta que decidiera qué hacer. Sería la escalera de mi nueva ruta ascendente.

La información es poder, Clark.

—Señora.

Abrí los ojos y vi a un guardia de seguridad delante de mí. Estaba inclinado y me miraba directamente a la cara.

—No puede dormir aquí.

—¿Qué?

—Que no puede dormir aquí.

—No estaba durmiendo —dije indignada—, estaba pensando.

—Pues tendrá que hacerlo con los ojos abiertos o marcharse.

Se dio la vuelta y murmuró algo a un *walkie-talkie*. Me llevó un instante darme cuenta de lo que me había dicho. Dos personas sentadas en una mesa cercana me miraron y enseguida apartaron la mirada. Me ruboricé. Vi las incómodas ojeadas que me dirigían los usuarios de la biblioteca a mi alrededor. Eché un vistazo a mi ropa, mi peto vaquero, mis gruesas botas forradas de borrego y mi gorro de lana. No eran marca Bergdorf Goodman pero tampoco parecía una vagabunda.

—¡Oiga! ¡No soy una sin techo! —dije a su espalda mientras se marchaba—. ¡Yo he participado en protestas para defender este lugar! ¿Me oye, señor? No soy una sin techo.

Dos mujeres interrumpieron su conversación en voz baja y una de ellas enarcó la ceja.

De repente lo vi claro: sí que lo era.

22

Querida mamá:

Siento no haberte escrito en tanto tiempo. Trabajamos veinticuatro horas al día por culpa de ese trato con los chinos y a veces me paso la noche entera despierto intentando lidiar con todas las zonas horarias. Si sueno algo harto es porque lo estoy. Me han dado una bonificación, y eso ha estado bien (mando a Georgina una parte para que se pueda comprar ese coche que quiere), pero en estas últimas semanas me he dado cuenta de que ya no me siento a gusto aquí.

No es que no me guste el estilo de vida y ya sabes que el trabajo duro nunca me ha asustado. Pero echo de menos muchas cosas de Inglaterra. Echo de menos el humor. Las comidas de los domingos. Me gustaría oír acentos británicos, al menos los que no son falsos (te asombraría saber la cantidad de gente que acaba aquí hablando de forma aún más melosa que Su Majestad). Me gustaría poder pasar fines de semana en París o Barcelona o Roma. Y todo este mundo de los extranjeros en Nueva York es muy tedioso. En la pecera de las finanzas siempre acabas viendo *las mismas caras, da igual que estés en Nantucket o en Manhattan. Y ya sé que piensas que yo siempre voy a por un tipo concreto de chica, pero aquí eso llega a niveles risibles: pelo rubio, talla cero, vestuarios idénticos, las mismas clases de pilates...*

De manera que he aquí la noticia. ¿Te acuerdas de Rupe? ¿Mi viejo amigo del Churchill? Dice que tienen una vacante en su empresa. Su jefe tiene que venir dentro de un par de semanas y quiere conocerme. Si todo va bien puede que esté de vuelta en Inglaterra antes de lo que crees.

He amado Nueva York. Pero cada cosa tiene su tiempo, y creo que ha llegado la hora de irse.

Todo mi cariño. Bss, W

A lo largo de los días siguientes llamé para interesarme por ofertas de trabajo que había encontrado en los anuncios clasificados de Craigslist, pero la amable señora que buscaba una niñera me colgó cuando se enteró de que no tenía referencias y los puestos de camarera ya estaban ocupados cuando llamé. El puesto de dependienta de zapatería aún estaba vacante, pero el hombre con el que hablé me dijo que me pagaría dos dólares por hora menos de lo que ofrecía en el anuncio, debido a mi falta de experiencia en ventas, y calculé que con eso apenas me quedaría dinero para el transporte. Pasaba las mañanas en la cafetería y las tardes en la biblioteca de Washington Heights, un lugar cálido y tranquilo, donde, aparte de aquel guardia de seguridad, nadie me miraba como si esperara que empezara a cantar borracha o fuera a orinar en una esquina.

Muchos días quedaba a comer con Josh en el restaurante de *noodles* que había cerca de su oficina. Le ponía al día de mis actividades como buscadora de empleo e intentaba ignorar el hecho de que, junto a su inmaculada y resuelta presencia, me sentía cada vez más una mugrienta perdedora incapaz de conservar un empleo y sin un techo propio. «Te irá bien, Louisa, aguanta», decía, y me daba un beso al marcharse, como si de alguna forma ya hubiéramos acordado que éramos novios. Con todo lo que tenía en la cabeza no podía pararme a pensar sobre lo que significaba esto, y pensé que, dado que no era en realidad algo *malo*, como tantas otras cosas en mi vida, lo podía aparcar por ahora. Además, Josh siempre desprendía un agradable sabor a menta.

No podía quedarme en la habitación de Nathan mucho tiempo más. La mañana anterior me había despertado con su enorme brazo sobre mí y algo duro presionando la parte baja de mi espalda. Al parecer, la barrera de almohadones había cedido convirtiéndose en un caótico montón a nuestros pies. Me quedé gélida de la impresión e intenté desembarazarme con cuidado de su abrazo nocturno. Abrió los ojos, me miró, y de repente saltó de la cama como un cohete con un almohadón apretado contra la entrepierna.

—Tía, no quería…, no pretendía…

—¡No sé de qué me estás hablando! —insistí yo, metiéndome una camiseta por la cabeza, incapaz de mirarle por si acaso…

Saltaba de un pie a otro.

—Solo estaba…, no me di cuenta…, yo… ¡Ay, tía! ¡Joder!

—No pasa nada. Ya es hora de levantarse —respondí.

Hui y me escondí en el diminuto baño durante diez minutos, con las mejillas ardiendo, escuchando cómo daba vueltas por la habitación y se vestía. Cuando salí se había ido.

¿Qué sentido tenía quedarse después de todo? Solo podía pasar en la habitación de Nathan una noche más, dos como mucho. Y todo indicaba que lo mejor que podía esperar allí, aunque tuviera la suerte de encontrar otro empleo, era un sueldo exiguo y un piso compartido infestado de chinches. Si me iba a casa al menos podría dormir bajo mi propio techo. Puede que Treena y Eddie estuvieran tan perdidamente enamoradas que decidieran irse a vivir juntas y yo recuperara mi apartamento. Intenté no pensar en lo que sentiría, en las habitaciones vacías, en la vuelta al mismo lugar de seis meses atrás, por no hablar de la proximidad al lugar de trabajo de Sam. Cada sirena que pasara sería un amargo recuerdo de lo que había perdido.

Había empezado a llover, pero frené el paso al acercarme al edificio y miré hacia las ventanas de los Gopnik, con mi sombrero de lana calado hasta los ojos. Comprobé que las luces seguían encendidas, aunque Nathan me había dicho que iban a asistir a un evento de gala. La vida seguía para ellos sin contratiempos, como si yo nunca hubiera existido. Puede que Ilaria estuviera levantada, pasando el aspirador o chasqueando la lengua mirando las revistas que Agnes había dejado desparramadas por los cojines del sofá. Los Gopnik, al igual que esta ciudad, me habían succionado y escupido. Pese a todas sus buenas palabras, Agnes me había desechado, tan total y completamente como un lagarto que cambia de piel, sin mirar atrás.

Si nunca hubiera venido, pensaba indignada, puede que aún tuviera un hogar. Y un empleo. Si nunca hubiera venido, aún tendría a Sam.

Se me agrió el ánimo de pensarlo, hundí los hombros y me metí las manos heladas en los bolsillos, dispuesta a volver a mi alojamiento provisional, una habitación en la que me tenía que colar a hurtadillas y una cama que tenía que compartir con alguien a quien le horrorizaba tocarme. Mi vida era ridícula, un chiste malo que se repetía una y otra vez. Me froté los ojos sintiendo la lluvia helada sobre la piel. Sacaría el billete esa misma noche y volvería a casa en el primer vuelo disponible. Lo digeriría y volvería a empezar. En realidad, no tenía elección.

Cada cosa tiene su tiempo.

En ese momento vi a Dean Martin. Estaba sobre la alfombra que conducía al edificio, tiritando sin su abrigo y mirando a su alrededor como si estuviera decidiendo hacia dónde ir. Me acerqué un paso, mirando al interior del vestíbulo, pero el portero de noche estaba ocupado con unos paquetes y no le había visto. No se veía a la señora De Witt por ninguna parte. Me moví rápidamente, me agaché y lo cogí en brazos antes de que tuviera tiempo de darse cuenta de lo que estaba haciendo. Entré corriendo, sujetándolo ante mí con los brazos estirados mientras se retorcía, y subí a toda velocidad la escalera trasera para devolverlo, saludando con un gesto al portero de noche al pasar.

Tenía una buena razón para estar ahí, pero cuando subí hasta el pasillo de los Gopnik me invadió una gran inquietud: si volvían inesperadamente y me veían, ¿pensaría el señor Gopnik que me traía algo entre manos? ¿Me acusaría de allanamiento? ¿El pasillo podía considerarse también allanable? Todas estas preguntas daban vueltas en mi cabeza mientras Dean Martin se retorcía furioso e intentaba morderme los brazos.

—¿Señora De Witt? —llamé con voz queda, echando un vistazo a mis espaldas. La puerta principal estaba abierta y entré.

—¿Señora De Witt? Su perro se ha vuelto a escapar —dije elevando la voz.

Oía el televisor atronando al final del pasillo y avancé unos cuantos pasos.

—¿Señora De Witt?

Al no recibir respuesta cerré la puerta con delicadeza y dejé a Dean Martin en el suelo, contenta de no tener que seguir sujetándolo ni un minuto más de lo necesario. Salió trotando inmediatamente hacia el salón.

—¿Señora De Witt?

Lo primero que vi fue su pierna, que asomaba en el suelo por detrás de una silla. Me llevó un minuto darme cuenta de lo que estaba contemplando. Luego corrí rodeando la silla y me agaché. Puse mi oreja junto a su boca.

—¿Señora De Witt? —dije—, ¿puede oírme?

Respiraba. Pero su rostro estaba blanco como el papel. Me pregunté cuánto tiempo llevaría ahí.

—¿Señora De Witt? Dios mío... ¡Despierte!

Di vueltas por el piso buscando un teléfono. Estaba en el recibidor, sobre una mesa en la que también había diversas guías telefónicas. Marqué el número de emergencias y expliqué la situación.

—Un equipo va de camino, señora —dijo la voz—. ¿Puede quedarse usted con la paciente para abrirles la puerta?

—Sí, sí, sí, pero es muy mayor y frágil y parece muy fría. Dense prisa, por favor.

Cogí una colcha del dormitorio y la tapé con ella, intentando recordar lo que me había explicado Sam sobre cómo tratar a los ancianos que habían sufrido una caída. Uno de los mayores riesgos era que se quedaran fríos, inmóviles durante horas sin que nadie los encontrara. Estaba helada, aunque la calefacción central estaba a tope... Me senté en el suelo a su lado y calenté su mano en la mía, acariciándola suavemente, procurando que se diera cuenta de que había alguien con ella. De repente se me ocurrió una idea: ¿me culparían a mí si moría? El señor Gopnik testificaría que yo era una delincuente. Durante un instante pensé en huir, pero no podía dejarla ahí.

De repente, cuando me hallaba sumergida en tan negros pensamientos, abrió un ojo.

—¿Señora De Witt?

Me miró parpadeando como si intentara descubrir qué había pasado.

—Soy Louisa, de la puerta de enfrente. ¿Tiene dolores?

—No sé, mi..., mi muñeca... —dijo con voz débil.

—La ambulancia está de camino. Se pondrá bien. Todo irá bien.

Me dirigió una mirada ausente, como si quisiera recordar quién era y si lo que le estaba diciendo tenía algún sentido. Entonces frunció el ceño.

—¿Dónde está? Dean Martin, ¿dónde está mi perro?

Escruté la habitación. El perrito estaba en una esquina, tumbado de espaldas, explorando ruidosamente sus genitales. Levantó la mirada al oír su nombre y se puso en pie.

—Está aquí. Está bien.

Volvió a cerrar los ojos, aliviada.

—¿Querrás cuidarlo si me llevan al hospital? Me van a llevar a un hospital, ¿no?

—Sí. Y por supuesto.

—En mi dormitorio hay una carpeta que debes darles. En la mesita de noche.

—No se preocupe, lo haré.

Tomé sus manos en las mías y mientras Dean Martin me vigilaba con cautela desde el umbral —bueno, a mí y a la chimenea—, esperamos en silencio a que llegaran los técnicos en emergencias.

Fui al hospital con la señora De Witt, pero dejé a Dean Martin en casa porque no me permitieron subirlo a la ambulancia. En cuanto tramitamos el ingreso y la instalaron en su habitación volví al Lavery, asegurándole que cuidaría del perro. Le dije que volvería por la mañana para contarle cómo estaba. Sus pequeños ojillos azules se llenaron de lágrimas mientras me daba instrucciones sobre su comida, sus paseos, lo que le gustaba y lo que no, hasta que el técnico en emergencias le llamó la atención insistiendo en que debía descansar.

Cogí el metro de vuelta a la Quinta Avenida, exhausta y a la vez repleta de adrenalina. Entré usando la llave que me había dado la señora De Witt. Dean Martin me esperaba firme, en medio del vestíbulo, y su cuerpo compacto irradiaba suspicacia.

—Buenas tardes, jovencito, ¿le gustaría cenar? —dije como si fuera una vieja amiga y no alguien que esperaba vagamente perder en cualquier momento un buen pedazo de sus extremidades inferiores. Pasé a su lado en dirección a la cocina simulando confianza, y una vez allí intenté descifrar las instrucciones sobre la proporción correcta de pollo hervido y alimento seco que había apuntado en el dorso de mi mano.

Puse la comida en su plato y se lo acerqué con el pie.

—¡Ahí tienes, disfruta!

Se me quedó mirando, con sus abultados ojillos hinchados y rebeldes, la frente llena de arrugas de preocupación.

—¡Comida! Ñammmm.

Seguía mirando.

—No tienes hambre todavía, ¿verdad? —dije saliendo de la cocina en busca de un lugar donde dormir.

El piso de la señora De Witt era la mitad de grande que el de los Gopnik, pero no por eso era pequeño. Tenía un enorme salón con grandes ventanales que daban a Central Park. Estaba decorado a base de bronce y cristal ahumado, como si la última vez que hubieran reformado la casa hubiera sido en tiempos de la discoteca Studio 54. Había un comedor algo más tradicional, lleno de antigüedades cubiertas de esa pátina de polvo que indica que no se ha usado en generaciones, una cocina de melamina y formica, un cuarto de lavadoras y cuatro dormitorios, incluido el principal con baño privado y un vestidor de tamaño considerable. Los cuartos de baño eran aún más antiguos que los de los Gopnik y de las cañerías salían pequeños torrentes impredecibles de agua chisporroteante. Di una vuelta por el piso con esa peculiar y sigilosa reverencia que suscita la casa deshabitada de una persona a la que no conoces bien.

Cuando llegué al dormitorio principal me quedé sin aliento. Tres de sus paredes estaban llenas de ropa, bien ordenada en estanterías o colgada en perchas acolchadas y cubiertas de plástico. El vestidor era un torrente de color y tejidos, con estanterías en las partes superior e inferior repletas de bolsos, sombreros en sombrereras y zapatos a juego. Di una vuelta por todo el perímetro, rozando con mis dedos los materiales, parándome en ocasiones para tirar suavemente de una manga o separando las perchas para ver mejor cada conjunto.

No eran solo esas dos habitaciones. Con el pequeño carlino trotando suspicaz detrás de mí, pasé a los otros dos dormitorios y hallé más ropa: fila tras fila de vestidos, trajes de chaqueta, abrigos y echarpes en enormes armarios climatizados. Se veían etiquetas de Givenchy, Biba, Harrods y Macy's, zapatos de Saks Fifth Avenue y Chanel. También había etiquetas de las que nunca había oído hablar, en francés, italiano y hasta ruso, y ropa de épocas muy distintas: trajes de chaqueta de la era Kennedy, kaftanes vaporosos, chaquetas con hombreras. Abrí cajas y encontré sombreros diminutos, turbantes, gafas de sol con gruesas monturas de jade y delicados collares de perlas. No parecían estar ordenadas, así que buceé en ellas, sacando cosas al azar, abriendo papel de seda, sintiendo las telas, su peso, el aroma desvaído de un viejo perfume, levantando las prendas para admirar el corte y el modelo.

En el poco espacio que quedaba sobre las estanterías vi que había bocetos de moda enmarcados y portadas de revistas de los años cincuenta y sesenta, con relucientes y angulosas modelos con vestidos de formas psicodélicas o luciendo blusas inconcebiblemente ajustadas. Debía llevar allí como una hora cuando me di cuenta de que no había visto otra cama. Pero había una en el cuarto dormitorio, cubierta de prendas de vestir descartadas. Era una estrecha cama individual, probablemente de los años cincuenta, con un cabezal de madera de nogal tallada. Había un armario a juego y una cómoda con cajones, cuatro percheros, de los básicos que encuentras en cualquier probador, y a su lado cajas y cajas de accesorios: bisutería, cinturones y pañuelos. Retiré con cuidado algunas cosas de la cama y me tumbé, sintiendo cómo el colchón cedía inmediatamente del modo en que lo hacen los colchones ya exhaustos, pero no me importó. Básicamente iba a dormir en un armario. Por primera vez en días me olvidé de deprimirme.

Al menos pasaría una noche en el País de las Maravillas.

A la mañana siguiente di de comer a Dean Martin y lo saqué a pasear intentando no ofenderme por la forma en la que bajó toda la Quinta Avenida, a distancia, con un ojo siempre puesto en mí, como si esperara una transgresión en cualquier momento. Luego me fui al hospital, deseosa de asegurar a la señora De Witt que su bebé estaba bien, aunque permanentemente alerta, dispuesto al salvajismo. Decidí no contarle que lo único que se me había ocurrido para hacerle comer había sido rallar queso parmesano sobre su desayuno.

Cuando llegué al hospital me alivió comprobar que tenía mejor color, aunque presentaba un aspecto extraño sin su sempiterno maquillaje y peinado. Se había fracturado la muñeca y estaba en lista de espera para cirugía, tras lo cual habría de pasar en el hospital otra semana más por si se presentaban lo que denominaron «complicaciones». Cuando desvelé que no era familiar de la paciente se negaron a decirme más.

—¿Puedes cuidar de Dean Martin? —preguntó con ansiedad en la mirada. En todo el tiempo que había pasado fuera era lo único que le había preocupado—. ¿Crees que te dejarán entrar y salir unos momentos durante el día para echarle un vistazo? ¿Crees que Ashok podría sacarlo a pasear? Se sentirá muy solo. No está acostumbrado a estar sin mí.

Me pregunté si sería sensato decirle la verdad. En nuestro edificio la verdad no se estilaba mucho, pero quería hacerlo todo abiertamente.

—Señora De Witt —empecé—, tengo que contarle algo. Ya no trabajo para los Gopnik, me han despedido.

Recostó la cabeza en la almohada y pronunció la palabra como si no la conociera.

—¿*Despedido*?

—Creyeron que les había robado dinero —le expliqué tragando saliva—. Lo único que puedo decirle es que no lo hice. Pero quería contárselo porque a lo mejor ahora que lo sabe ya no quiere mi ayuda.

—Vaya —dijo con voz débil—, vaya.

Permanecimos un rato en silencio.

Entonces entrecerró los ojos.

—Pero no lo hiciste.

—No, señora.

—¿Tienes un nuevo empleo?

—No, señora, intento encontrar uno.

Meneó la cabeza.

—Gopnik es un imbécil. ¿Dónde estás viviendo?

Desvié la mirada.

—Eh…, eh…, yo…, bueno, duermo en la habitación de Nathan por ahora. Pero no es lo ideal. No tenemos, ya sabe, una relación romántica y obviamente los Gopnik no saben…

—Se me ocurre un arreglo que puede venirnos bien a las dos. ¿Querrías cuidar de mi perro y dirigir tu búsqueda de empleo desde mi lado del pasillo? ¿Solo hasta que vuelva a casa?

—Señora De Witt, estaría encantada —respondí sin poder ocultar una sonrisa.

—Tendrás que ocuparte más de él, claro. Te daré las instrucciones por escrito. Estoy segura de que está muy intranquilo.

—Haré lo que usted me diga.

—Y tendrás que venir aquí todos los días para decirme cómo está. Eso es fundamental.

—Por supuesto.

Tras tomar esta decisión pareció algo más aliviada. Cerró los ojos.

—A la vejez viruelas —murmuró. No estaba segura de si se refería al señor Gopnik, a sí misma o a otra persona, de manera que esperé hasta que se quedó dormida y volví al piso.

Dediqué toda esa semana al cuidado de un carlino de seis años, de ojos abultados, suspicaz e irritable. Salíamos a pasear cuatro veces al día, yo espolvoreaba su desayuno de queso parmesano, y en unos pocos días se olvidó de quedarse conmigo en la habitación, vigilándome con el ceño fruncido, como si esperara que hiciera algo sin nombre, y se limitaba a tumbarse a cierta distancia jadeando suavemente. Aún me inspiraba cierta cautela, pero también me daba pena; la única persona a la que amaba había desaparecido de repente y no había nada que pudiera hacerle entender que volvería a casa.

Además, me gustaba estar en el edificio sin sentirme una delincuente. Ashok, que había estado fuera un par de días, escuchó mi relato de los acontecimientos con indignación, ira y luego deleite.

—¡Qué suerte que lo encontrara! ¡El perro podía haberse escapado y entonces nadie se habría enterado de que ella estaba tirada en el suelo! —exclamó temblando de forma teatral—. Cuando vuelva pasaré a verla todos los días para asegurarme de que está bien.

Nos miramos el uno al otro.

—Nada la enfurecería más —dije.

—Sí, lo odiaría —respondió él y volvió al trabajo.

Nathan fingió que sentía volver a tener el cuarto para él solo y me llevó mis cosas rápidamente para «ahorrarme un viaje» de aproximadamente cinco metros. Creo que solo quería asegurarse de que me iba de verdad. Dejó mis bolsas y echó un vistazo al piso, contemplando asombrado la ropa que cubría las paredes.

—¡Qué cantidad de basura! —exclamó—. Es como la mayor tienda de ropa usada del mundo. Buff, odiaría ser de la empresa de limpieza que tenga que encargarse de esto cuando la anciana estire la pata.

Mantuve mi sonrisa fija e inexpresiva.

Se lo contó a Ilaria, que llamó a mi puerta al día siguiente para informarse sobre la señora De Witt y pedirme que le llevara unos *muffins* que había horneado.

—La comida de esos hospitales te hace enfermar —dijo dándome golpecitos en el brazo. Se fue con un enérgico trotecillo antes de que Dean Martin pudiera morderla.

Oía a Agnes tocar el piano al otro lado del pasillo, bellas piezas, que a veces sonaban relajadas y melancólicas y otras apasionadas e iracundas. Pensé en las muchas veces que la señora De Witt había ido cojeando a quejarse furiosa y exigir que cesara el ruido. Esta vez la música paró abruptamente sin su intervención, sonó como si Agnes hubiera dejado caer las manos sobre el teclado. A veces oía cómo alzaban la voz, y me llevó unos cuantos días convencerme de que no era necesario que mi adrenalina se elevara al ritmo de la suya; ya no tenía nada que ver con ellos.

Solo me crucé con el señor Gopnik una vez, en el vestíbulo principal. Al principio no me vio y reaccionó tarde, dispuesto a poner en cuestión mi presencia allí. Levanté la barbilla y le mostré el extremo de la correa de Dean Martin.

—Estoy ayudando a la señora De Witt con su perro —dije con toda la dignidad que fui capaz de reunir. Miró a Dean Martin, apretó la mandíbula y se alejó como si no me hubiera oído. Michael, que iba a su lado, me miró un instante y luego volcó su atención en su teléfono móvil.

Josh se pasó un viernes por la noche después del trabajo, con comida preparada y una botella de vino. Aún vestía de traje, dijo que había estado trabajando hasta tarde toda la semana. Un colega y él competían por un ascenso, de manera que pasaba en la oficina catorce horas al día y pensaba pasar allí el sábado también. Dio una vuelta por el piso enarcando las cejas ante la decoración.

—Bueno, cuidador de mascotas no es un tipo de empleo que haya tomado en consideración —observó cuando Dean Martin se pegó sospechosamente a sus tobillos. Dio una lenta vuelta por el salón, cogiendo el cenicero de ónix y la escultura africana de una sinuosa mujer. Luego los dejó en su sitio y se dedicó admirar el artesonado dorado del techo y las paredes.

—Tampoco estaba precisamente en lo más alto de mi lista —observé dejando un plato con comida para el perro en el dormitorio principal donde lo encerré hasta que se calmó—, pero estoy contenta, de verdad.

—Bueno, ¿cómo te encuentras?

—Mejor —respondí dirigiéndome a la cocina. Quería demostrar a Josh que era algo más que esa persona en busca de empleo, desaliñada e intermitentemente borracha con la que se había estado citando la semana anterior. De manera que me había puesto mi vestido Chanel negro, con el cuello y los puños blancos, y mis zapatos de pulsera de piel de cocodrilo de imitación verde esmeralda. Iba bien peinada, con mi media melena recta alisada con secador.

—Estás guapísima —dijo siguiéndome. Puso la botella y la bolsa en una esquina de la cocina y se acercó a mí hasta que estuvo a pocos centímetros y su rostro ocupaba todo mi campo de visión—. Además, ya no eres una sin techo, lo que mejora bastante el aspecto de cualquiera.

—Es una solución temporal.

—¿Significa esto que te quedarás por aquí más tiempo?

—¡Quién sabe!

Estaba muy cerca de mí. De repente recordé cómo había enterrado mi cara en su cuello una semana antes.

—Te estás poniendo colorada, Louisa Clark.

—Porque estás muy, muy cerca.

—¿Causo ese efecto en ti? —preguntó bajando la voz y enarcando las cejas. Se acercó aún más y puso sus manos sobre la encimera, una a cada lado de mis caderas.

—Eso parece —quise responder, aunque lo que salió parecía una tos. Entonces puso sus labios sobre los míos y me besó. Me besó y yo me recliné contra los muebles de cocina y cerré los ojos, absorbiendo el sabor a menta de su boca, la sensación extraña del tacto de su cuerpo sobre el mío, las manos desconocidas cubriendo las mías. Me pregunté si es lo que hubiera experimentado de haber besado a Will antes de su accidente. Y entonces recordé que nunca volvería a besar a Sam, y fui consciente de que probablemente no debería pensar en besar a otros hombres cuando me estaba besando uno estupendo en ese mismo instante. Eché la cabeza ligeramente hacia atrás. Él paró y me miró a los ojos intentando averiguar lo que significaba.

—Lo siento —dije—, es demasiado pronto. Me gustas, pero…

—Acabas de romper con otro tío.

—Sam.

—Un idiota que no te llega ni a los tobillos.

—Josh…

Dejó caer la cabeza hacia delante hasta que rozó la mía. Yo no solté su mano.

—Es que todo me parece algo complicado todavía. Lo siento.

Cerró los ojos durante un momento y los volvió a abrir.

—¿Me quieres decir si estoy perdiendo el tiempo? —preguntó.

—No estás perdiendo el tiempo…, es que solo han pasado dos semanas.

—Han pasado muchas cosas en estas dos semanas.

—Entonces, ¿quién sabe dónde estaremos nosotros dentro de otras dos?

—¿Has dicho nosotros?

—Creo que sí.

Asintió, como si le satisficiera la respuesta.

—¿Sabes? —dijo casi para sí mismo—, tengo un presentimiento sobre nosotros, Louisa Clark, y no suelo equivocarme en este tipo de cosas.

Antes de que pudiera responder, soltó mi mano y se dirigió a los armarios, abriéndolos y cerrándolos en busca de platos. Cuando se dio la vuelta lucía una sonrisa radiante.

—¿Comemos?

Aprendí mucho sobre Josh esa tarde. Me habló de su educación en Boston, de la carrera como jugador de béisbol a la que su padre, un hombre de negocios de ascendencia irlandesa, le había obligado a renunciar porque no veía claro que el deporte le fuera a deparar ingresos suficientes en el futuro. Su madre, al contrario que la mayoría de las mujeres de su época, siguió trabajando como abogada durante toda su infancia. Ahora sus padres, ya jubilados, intentaban adaptarse a estar los dos en casa. Por lo visto se estaban volviendo completamente locos.

—Los miembros de mi familia son muy activos, ¿sabes? Papá ya ha asumido un papel ejecutivo en el club de golf y mamá es orientadora en el instituto de enseñanza media local. Harían cualquier cosa con tal de no pasar el rato sentados mirándose.

Tenía dos hermanos, ambos mayores que él. Uno dirigía un concesionario de Mercedes a las afueras de Weymouth, Massachusetts, y el otro era contable, como mi hermana. Eran una familia unida y muy competitiva y él odiaba a sus hermanos con la furia impotente de un hermano menor que había vivido torturado hasta que se fueron de casa. Cuando se marcharon los echó de menos con un dolor sordo e inesperado.

—Mamá decía que había perdido mi vara de medir, la medida con la que juzgaba todo.

Sus dos hermanos estaban casados y tenían dos hijos cada uno. La familia se reunía en las vacaciones y alquilaban todos los veranos la misma casa en Nantucket. Cuando era un adolescente odiaba esos veranos, pero ahora cada año que pasaba le apetecía más la semana que pasaban juntos.

—Es genial. Los niños y los paseos en barca… Deberías venir —dijo sirviéndose, con aire distraído, un pedazo de esas deliciosas empanadillas chinas llamadas *char siu bau*. Hablaba sin ningún tipo de inhibición, era un hombre acostumbrado a que las cosas salieran exactamente como él quería.

—¿Me estás invitando a un evento familiar? Creía que en Nueva York lo que se estila es la cita sin complicaciones.

—Bueno, yo ya he pasado por todo eso. Además, no soy de Nueva York.

Al parecer era un hombre que no le hacía ascos a nada. Trabajaba millones de horas a la semana, quería ascender a cualquier precio e iba al gimnasio antes de las seis de la mañana. Jugaba a béisbol con la gente de la oficina y quería ocuparse de ayudar a los chicos del instituto de bachillerato local, como hacía su madre, pero le preocupaba que sus horarios le impidieran dedicarle a la actividad un tiempo regular. Estaba totalmente poseído por el ideal del sueño americano: trabajas duro, triunfas y luego contribuyes con tu éxito a la comunidad. Intenté no compararle con Will. Le escuché, y aunque admiraba sus ideas acabé exhausta.

Proyectó en el aire entre nosotros una imagen de su futuro en el Village, tal vez una casa de fin de semana en los Hamptons si conseguía las bonificaciones suficientes. Quería un barco. Quería hijos. Quería jubilarse cuanto antes. Quería ganar un millón de dólares antes de los treinta. Completaba la conversación meneando los palillos y repitiendo «deberías venir» o «¡te encantaría!». Me halagaba, pero sobre todo estaba contenta porque significaba que mi reticencia anterior no le había ofendido.

Se fue a las diez y media porque tenía que levantarse a las cinco de la mañana y nos despedimos en el recibidor junto a la puerta principal, con Dean Martin montando guardia a pocos metros de distancia.

—¿Crees que podremos encajar en alguna parte un almuerzo? ¿Te lo permite este empleo de perro y hospital?

—Podríamos vernos otra noche.

—Podríamos vernos otra noche —me imitó con gracia—. Me encanta tu acento inglés.

—Yo no tengo acento —dije—, tú sí.

—Y tú me haces reír. No hay muchas chicas que lo consigan.

—Eso es porque no has conocido a las chicas adecuadas.

—Oh, yo creo que sí.

Dejó de hablar y miró al techo, como si quisiera evitar hacer algo. Luego sonrió, dándose cuenta de lo ridículos que resultaban dos adultos a pocos años de cumplir los treinta intentando no besarse ante una puerta. Fue su sonrisa la que me rindió.

Me alcé y rocé su nuca, muy delicadamente. Luego me puse de puntillas y le besé. Me dije a mí misma que no tenía sentido aferrarme a algo que se había acabado. Me dije que dos semanas bastaban, sin duda, para tomar una decisión, sobre todo cuando apenas había visto a la otra persona durante meses y había llevado vida de soltera. Me dije para mis adentros que debía seguir adelante.

Josh no dudó. Me devolvió el beso moviendo sus manos arriba y abajo por mi espina dorsal, llevándome hacia la pared, agradablemente apretada contra él. Me besó y me dejé llevar, dejé de pensar y me abandoné a las sensaciones que me provocaba este cuerpo desconocido, más pequeño y algo más duro que el que conocía tan bien, saboreando la intensidad de su boca en la mía. Un guapo americano. Ambos estábamos algo mareados cuando tomamos aire.

—Como no me vaya ahora… —dijo dando un paso atrás, parpadeando, llevándose la mano a la nuca.

Sonreí. Sospechaba que debía de tener pintura de labios por toda la cara.

—Tienes que madrugar mucho. Hablaremos mañana —respondí abriendo la puerta. Él salió al pasillo tras darme un último beso en la mejilla.

Cuando cerré, Dean Martin seguía mirándome.

—¿Qué? —le dije—. Estoy soltera.

Bajó la cabeza asqueado, se dio la vuelta y se dirigió a la cocina.

23

Para: SrySraBernardClark@yahoo.com
De: AbejaAtareada@gmail.com

Querida mamá:

Me alegra mucho que María y tú pasarais tan buen rato tomando el té en Fortnum & Mason el día de su cumpleaños. Aunque sí, estoy de acuerdo contigo en que fue una BARBARIDAD por un paquete de galletas y estoy segura de que María y tú hacéis *scones* mucho mejores en casa. Los tuyos desde luego son muy ligeros. Y no, el asunto del cuarto de baño del teatro no estuvo bien. Estoy segura de que siendo la encargada de los aseos de un hotel tiene buen ojo para esas cosas. Me alegro de que alguien se ocupe de tus... necesidades higiénicas.

Por aquí todo va bien. Hace bastante frío en Nueva York, pero ya sabes cómo soy, tengo ropa para cada ocasión. En cuanto al trabajo, hay un par de cosas en el aire y espero que alguna se haya materializado cuando volvamos a hablar. Y sí, me encuentro bien a pesar de lo de Sam. Son cosas que pasan, sin duda.

Siento oír lo del abuelo. Espero que puedas retomar tus clases nocturnas cuando se encuentre mejor.

Os echo de menos. Un montón.

Os envío todo mi cariño.

Bss, Lou

P. D.: Es mejor que me envíes e-mails o mandes las cartas a través de Nathan por ahora porque estamos teniendo algunos problemillas con el correo.

La señora De Witt salió del hospital diez días después de ser ingresada, entornando los ojos bajo la desacostumbrada luz del día, y con el brazo derecho envuelto en una escayola que parecía demasiado pesada para su delgada constitución. La llevé a casa en taxi. Ashok la esperaba en el bordillo y la ayudó a subir lentamente los escalones. Por una vez ella no le gruñó ni lo rechazó, sino que caminó con cautela, como si ya no tuviera el don del equilibrio. Le había llevado la ropa que me había pedido —un traje pantalón color azul claro de Céline de los años setenta, una blusa de color amarillo narciso y una boina de lana rosa pálido— junto con algunos de los cosméticos que tenía en el armario y me había sentado al lado de su cama del hospital para ayudarla a maquillarse. Había probado a hacerlo ella misma con la mano izquierda, pero dijo que parecía que se había bebido tres cócteles sidecar para desayunar.

Dean Martin, exultante, trotaba y husmeaba sus tacones, levantaba la vista hacia ella y luego volvía a mirarme a mí intencionadamente, como para decirme que ya me podía ir. Habíamos firmado una especie de tregua, el perro y yo. Él se tragaba sus comidas y se acurrucaba en mi regazo cada noche, y creo que hasta había empezado a disfrutar del ritmo un poco más rápido y de la mayor duración de nuestros paseos porque movía el rabito sin parar cuando me veía coger la correa.

La señora De Witt estaba encantada de verlo, si la alegría podía expresarse mediante una serie de quejas acerca de mi evidente mala gestión de su cuidado, el hecho de que en un plazo de doce horas consideró que estaba tanto demasiado gordo como demasiado delgado, y una disculpa continua y ronroneante por haberlo dejado en mis inexpertas manos.

—Mi chiquitín. ¿Te he dejado con una desconocida? ¿Sí? ¿Y no te ha cuidado como es debido? Tranquilo. Mami ya está en casa. No pasa nada.

Se sentía realmente feliz de estar en casa, pero no voy a fingir que yo no estuviera ansiosa. Parecía necesitar un número asombroso de pastillas —incluso para los estándares estadounidenses— y me preguntaba si tendría alguna especie de síndrome de fragilidad ósea: me parecía una barbaridad solo por una muñeca rota. Se lo conté a Treena, que me dijo que en Inglaterra te habrían recetado un par de calmantes y te habrían dicho que no levantaras pesos, y se rio a carcajadas.

Pero yo tenía la sensación de que la señora De Witt se había vuelto aún más frágil tras la estancia en el hospital. Estaba pálida y tosía constantemente, y su ropa hecha a medida le hacía bolsas en lugares raros por todo el cuerpo. Cuando le hice macarrones con queso, se comió solo cuatro o cinco bocados y, aunque el veredicto fue que estaban deliciosos, se negó a tomar más.

—Creo que se me ha encogido el estómago en ese sitio horrible. Seguramente al intentar impedir que su pésima comida entrara en él.

Le llevó medio día volver a familiarizarse completamente con su apartamento, iba tambaleándose lentamente de habitación en habitación, recordando y cerciorándose de que todo estaba como debía; intenté no ver aquello como si estuviera comprobando que no le hubiera robado nada. Finalmente se sentó en su alto sillón tapizado y dejó escapar un pequeño suspiro.

—No te imaginas lo bueno que es estar en casa —comentó, como si casi hubiera esperado no volver. Y luego se echó una cabezada. Pensé por centésima vez en el abuelo y en la suerte que tenía de que mamá lo cuidara.

Sencillamente, la señora De Witt estaba demasiado débil como para vivir sola y parecía que no tenía prisa en verme marchar. Así que, aunque en realidad no llegamos a hablar del tema, simplemente me quedé. La ayudaba a asearse, a vestirse y le hacía la comida y, al menos durante la primera semana, paseaba a Dean Martin varias veces al día. Hacia el final de esa semana, descubrí que me había hecho un poco de sitio en la cuarta habitación, moviendo algunos libros y prendas de ropa de una en una para dejar al descubierto una mesilla de noche aprovechable o una estantería en la que podía poner mis cosas. Me adjudiqué su baño de invitados para uso propio, lo froté a conciencia y abrí los grifos hasta que el agua salió clara. Luego, discretamente, me puse a limpiar todas las zonas de su propio baño y de la cocina que su deteriorada visión había empezado a pasar por alto.

La llevaba al hospital para las citas de seguimiento y me quedaba fuera sentada con Dean Martin hasta que me decían que entrara a buscarla. Le pedí una cita en la peluquería y esperé mientras su cabello fino y plateado recobraba sus antiguas y pulcras ondulaciones, un pequeño acto que resultó ser más reconstituyente que cualquier atención médica recibida. La ayudaba con el maquillaje y localizaba sus numerosos pares de gafas. Ella agradecía mi ayuda tranquilamente y con énfasis, como si fuera su invitada favorita.

Consciente de que, dado que llevaba años viviendo sola, podía necesitar su espacio, yo solía salir unas cuantas horas al día, me sentaba en la biblioteca y buscaba empleo, pero sin la urgencia que sentía antes, y es que, en realidad, no había nada que quisiera hacer. Normalmente ella estaba durmiendo o sentada delante de la televisión cuando volvía.

—Vaya, Louisa —decía la anciana, enderezándose, como si estuviéramos en medio de una conversación—, me preguntaba dónde estabas. ¿Serías tan amable de llevar a Dean Martin a dar un paseíto? Parece un poco preocupado...

Los sábados iba con Meena a las protestas de la biblioteca. El grupo se había vuelto más pequeño y el futuro de la biblioteca dependía no solo del apoyo público sino de una impugnación legal financiada por la gente. Parecía que nadie tenía puestas muchas esperanzas en aquello. Nosotras seguíamos allí de pie, con menos frío cada semana que pasaba, agitando nuestras maltrechas pancartas y aceptando agradecidas las bebidas calientes y los tentempiés que seguían llegando de los vecinos y de los comerciantes del barrio. Había aprendido a buscar rostros familiares: la abuela que había conocido en mi primera visita, que se llamaba Martine, y que ahora me saludaba con un abrazo y una amplia sonrisa. Algunos otros me saludaban con la mano o me decían «hola», el guardia de seguridad, la mujer que traía *pakoras*, la bibliotecaria del pelo bonito. Nunca más volví a ver a la anciana de las hombreras raídas.

Llevaba trece días viviendo en el apartamento de la señora De Witt cuando me tropecé con Agnes. Dado lo cerca que estábamos la una de la otra, supongo que era sorprendente que no hubiera pasado antes. Ese día llovía con fuerza y me había cubierto con uno de los viejos chubasqueros de la señora De Witt —uno de plástico amarillo y naranja de los años setenta, adornado con un llamativo estampado de flores circulares—; ella le había puesto a Dean Martin un pequeño impermeable con una capucha alta que me hacía resoplar de risa cada vez que lo miraba. Íbamos corriendo por el pasillo, yo riéndome al ver su carita bulbosa bajo la capucha de plástico, pero frené en seco cuando las puertas del ascensor se abrieron y Agnes salió, seguida de una chica con un iPad, con el pelo recogido en una tensa cola de caballo. Se detuvo y me miró. Una expresión indescifrable le tiñó fugazmente el rostro, algo que podría ser sorpresa, una disculpa muda o incluso ira contenida porque yo estuviera allí, era difícil de decir. Sus ojos se encontraron con los míos, abrió la boca como para decir algo y luego apretó los labios y pasó por delante de mí como si no me hubiera visto, con su brillante pelo rubio balanceándose y la chica siguiéndola de cerca.

Me quedé mirando mientras la puerta principal de su apartamento se cerraba con fuerza tras ellas, con las mejillas ardiendo como las de una amante rechazada.

Me vino a la mente un vago recuerdo de las dos riéndonos en un restaurante de *noodles*.

Somos amigas, ¿sí?

Y entonces respiré hondo, llamé al perrito para ponerle la correa y fui al encuentro de la lluvia.

Al final, fueron las chicas del Emporio de la Ropa Vintage las que me ofrecieron trabajo remunerado. Iba a llegar un contenedor de cosas de Florida —el equivalente a varios armarios— y necesitaban un par de manos más para revisar cada prenda antes de ponerla en las estanterías, coser botones que faltaban y asegurarse de que todo lo que colgaban en los expositores estaba planchado y limpio a tiempo para una feria de ropa *vintage* que había a finales de abril. (Los artículos que no olían a limpio eran los que más se solían devolver). Me pagaban el salario mínimo, pero la compañía era buena, el café gratis y me hacían un veinte por ciento de descuento en todo lo que quisiera comprar. Mi apetito por adquirir ropa nueva había disminuido al quedarme sin alojamiento, pero acepté encantada y, después de asegurarme de que la señora De Witt estaba lo suficientemente estable como para poder pasear a Dean Martin al menos hasta el final de la manzana y volver ella sola, empecé a ir a la tienda todos los martes a las diez de la mañana, donde me pasaba el día en la trastienda, limpiando, cosiendo y charlando con las chicas durante las pausas que hacían para fumar, que según parecía tenían lugar cada quince minutos, más o menos.

Margot —me prohibió que siguiera llamándola señora De Witt: «Estás viviendo en mi casa, por el amor de Dios»— me escuchó con atención cuando le hablé de mi nuevo trabajo, y luego me preguntó qué estaba usando para arreglar las prendas. Le describí la enorme caja de plástico de botones viejos y cremalleras pero añadí que aquello era un desbarajuste tal que muchas veces no encontraba lo que buscaba, y muchísimas menos conseguía dar con más de tres botones iguales. Se levantó con esfuerzo de la silla y me pidió que la siguiera. Últimamente, yo caminaba muy cerca de ella, porque no parecía sostenerse bien sobre los pies, y a menudo se escoraba hacia un lado, como un barco mal cargado en alta mar. Pero lo consiguió, apoyándose con la mano en la pared para tener más estabilidad.

—Debajo de esa cama, querida. No, ahí. Hay dos baúles. Eso es.

Me arrodillé y tiré con fuerza de dos pesadas cajas de madera con tapa. Al abrirlas, vi que estaban llenas hasta los topes de hileras de botones, cremalleras, cintas y flecos. Había ganchos y argollas, cierres de todo tipo, todos ordenadamente separados y etiquetados, botones militares de latón y botoncitos chinos forrados de seda brillante, hueso y carey, pulcramente cosidos en tiritas de cartón. La tapa almohadillada estaba llena de alfileres y de hileras de agujas de diferentes tamaños, y había varios hilos de seda en diminutas pinzas. Pasé mis dedos sobre ellos con veneración.

—Esos me los regalaron cuando cumplí catorce años. Mi abuelo hizo que me los mandaran de Hong Kong. Cuando no encuentres nada, puedes buscar ahí. Solía quitarle los botones y las cremalleras a todo lo que ya no me ponía, ¿sabes? Así, si perdías un botón de algo bonito y no podías sustituirlo, siempre tenías un juego completo para cambiarlos todos.

—Pero ¿no los necesitará?

Ella sacudió la mano buena.

—Mis dedos están ya demasiado torpes para coser. La mitad de las veces ni siquiera encuentro los ojales. Y hoy en día muy poca gente se molesta en arreglar botones y cremalleras: sencillamente, tiran la ropa a la basura y compran algo espantoso en una de esas tiendas baratas. Quédatelos, querida. Será agradable saber que resultan útiles.

Así que, por casualidad y tal vez con un poco de ayuda, ahora tenía dos trabajos que me encantaban. Y con ellos encontré como una especie de dicha. Cada martes por la noche llevaba a casa unas cuantas prendas en una bolsa de cuadros de la colada o sujetas con una cincha de plástico, y mientras Margot dormitaba o veía la televisión, quitaba todos los botones que le quedaban a cada prenda, les cosía un juego nuevo y luego las sujetaba en alto para que ella me diera su aprobación.

—Coses bastante bien —comentaba la anciana, analizando mis puntadas a través de sus anteojos, mientras permanecíamos sentadas delante de *La ruleta de la fortuna*—. Creía que se te daría tan mal como todo lo demás.

—En el colegio la costura era casi lo único que se me daba bien —reconocí, mientras me alisaba las arrugas del regazo y me preparaba para volver a doblar una chaqueta.

—Igual que a mí —dijo ella—. A los trece años ya me hacía mi propia ropa. Mi madre me enseñó a cortar un patrón y ahí empezó todo. Me absorbió. Me obsesioné con la moda.

—¿Qué era lo que hacía, Margot? —pregunté, dejando de coser.

—Era editora de moda de *Ladies' Look*. Ahora ya no existe, no sobrevivió a los noventa. Pero estuvimos en activo durante treinta años o más, y yo fui la editora de moda la mayor parte del tiempo.

—¿Es la revista que está en los marcos? ¿En los de la pared?

—Sí, esas fueron mis portadas favoritas. Era bastante sentimental y guardé unas cuantas —comentó. Su rostro se ablandó fugazmente e inclinó la cabeza, dirigiéndome una mirada cómplice—. Por aquel entonces era muy buen trabajo, ¿sabes? A la empresa de la revista no le gustaba demasiado tener mujeres en puestos de responsabilidad, pero había un hombre horripilante a cargo de las páginas de moda y mi director —un hombre maravilloso, el señor Aldridge— decía que tener a un carcamal que todavía llevaba ligas para sujetarse los calcetines dictaminando lo que estaba de moda nunca funcionaría con las muchachas jóvenes. Creía que yo tenía ojo para aquello, me ascendió y así empecé.

—Así que por eso tiene tanta ropa bonita.

—Bueno, desde luego no me casé con un hombre con dinero.

—¿Estuvo casada?

Ella bajó la vista y cogió con un pellizco algo que tenía en la rodilla.

—Madre mía, sí que haces preguntas. Sí, lo estuve. Con un hombre maravilloso. Terrence. Trabajaba en publicidad. Pero murió en 1962, tres años después de casarnos, y ahí acabó todo.

—¿No quisieron tener hijos?

—Tuve un hijo, querida, pero no con mi marido. ¿Era eso lo que querías saber?

Me ruboricé.

—No. Es decir, no pretendía eso. Yo…, caray…, tener hijos es…, es decir, no suponía que…

—Deja de tartamudear, Louisa. Me enamoré de alguien inadecuado cuando estaba de luto por mi marido y me quedé embarazada. Tuve al bebé, pero aquello causó un poco de revuelo y al final se consideró que sería mejor para todos que mis padres lo criaran en Westchester.

—¿Dónde está ahora?

—Sigue en Westchester. Por lo que tengo entendido.

Parpadeé.

—¿No le ve?

—Antes sí. Le vi cada fin de semana y en vacaciones durante toda su infancia. Pero cuando llegó a la adolescencia se enfadó conmigo por no ser el tipo de madre que él creía que debía ser. Tuve que elegir, ¿entiendes? En aquellos tiempos, si estabas casada o tenías hijos no te permitían seguir trabajando. Y yo elegí el trabajo. La verdad es que tenía la sensación de que sin él me moriría. Y Frank, mi jefe, me apoyó —dijo, suspirando—. Por desgracia, la verdad es que mi hijo nunca me lo perdonó.

Nos quedamos un buen rato en silencio.

—Lo siento mucho.

—Ya. Y yo. Pero lo hecho hecho está y no tiene sentido lamentarse —declaró. Empezó a toser, le serví un vaso de agua y se lo di. Me señaló un frasco de pastillas que tenía en el aparador y esperé mientras se tomaba una. Volvió a su ser, como una gallina tras erizársele las plumas.

—¿Cómo se llama? —pregunté, cuando se hubo recuperado.

—Más preguntas… Frank *junior*.

—Así que su padre era…

—El director de la revista, sí. Frank Aldridge. Era considerablemente mayor que yo y estaba casado, y me temo que ese era otro de los grandes resentimientos de mi hijo. Fue bastante duro para él en el colegio. Entonces la gente era diferente con esas cosas.

—¿Cuándo fue la última vez que lo vio? A su hijo, me refiero.

—Debió de ser en... 1987. El año que se casó. Me enteré después del acontecimiento y le escribí una carta diciéndole cuánto me dolía que no me hubiera invitado, y él me dejó muy claro que yo había renunciado hacía mucho tiempo a cualquier derecho a ser incluida en cualquier cosa que tuviera que ver con su vida —dijo. Nos quedamos allí sentadas, en silencio, unos instantes. Su rostro estaba completamente inmóvil y era imposible saber qué estaba pensando, o incluso si en ese momento simplemente estaba concentrada en la televisión. No sabía qué decirle. No pude encontrar las palabras que estuvieran a la altura de un dolor tan grande. Pero ella se giró hacia mí—. Y eso fue todo. Mi madre, que era mi último vínculo con él, falleció un par de años después. De vez en cuando sí me pregunto cómo estará, si seguirá vivo, si habrá tenido hijos. Le escribí durante un tiempo. Pero con el paso de los años supongo que me he vuelto bastante filosófica en relación con todo ese tema. Desde luego, tenía bastante razón. Lo cierto era que no tenía derecho a él, a nada que tuviera que ver con su vida.

—Pero era su hijo —susurré.

—Lo era, pero la verdad es que yo no me comporté como una madre, ¿no? —comentó, antes de inspirar entrecortadamente—. He tenido una vida fantástica, Louisa. Adoraba mi trabajo y trabajaba con gente maravillosa. He viajado a París, Milán, Berlín, Londres, mucho más que la mayoría de las mujeres de mi edad... Tenía un apartamento precioso y algunos amigos excelentes. No debes preocuparte por mí. Toda esa tontería de que las mujeres lo tengan todo. Nunca hemos podido tenerlo y nunca lo tendremos. Las mujeres siempre han tenido que tomar las decisiones difíciles. Pero es un gran consuelo simplemente hacer algo que adoras.

Nos quedamos sentadas en silencio, digiriendo aquello. Luego la anciana posó las manos sobre las rodillas.

—En fin, mi querida niña, ¿me ayudarías a llegar hasta el baño? Estoy muy cansada y creo que debería irme a la cama.

Esa noche no pude dormir, pensando en lo que me había contado. Pensé en Agnes y en el hecho de que esas dos mujeres, que vivían a solo unos metros, ambas envueltas en una tristeza muy concreta, podrían, en otro mundo, haber sido un consuelo la una para la otra. Pensé en el hecho de que parecía que, fuera lo que fuera lo que una mujer decidiera hacer con su vida, exigía un coste demasiado alto, a menos que se limitara a apuntar bajo. Pero eso yo ya lo sabía, ¿no? Me había ido allí y eso me había costado caro. A menudo, a altas horas de la madrugada, evocaba la voz de Will diciéndome que en vez de ser ridícula y melancólica debía pensar en todas las cosas que había conseguido. Me quedaba tumbada en la oscuridad y contaba mis logros con los dedos. Tenía un hogar, al menos de momento. Tenía trabajo remunerado. Seguía en Nueva York, y estaba entre amigos. Tenía una nueva relación, aunque a veces me preguntara cómo había acabado en ella. ¿De verdad podía decir que habría hecho las cosas de forma distinta?

Pero era en la anciana de la habitación de al lado en la que estaba pensando cuando por fin me dormí.

Había catorce trofeos deportivos en la estantería de Josh, cuatro de ellos del tamaño de mi cabeza, de fútbol americano, béisbol y algo llamado atletismo de pista y campo, y un trofeo infantil ganado en una competición de deletreo. Ya había estado allí antes pero solo ahora, sobria y sin prisas, era capaz de fijarme en lo que me rodeaba y en la escala de sus logros. Había fotos suyas con ropa deportiva, inmortalizando los momentos de sus triunfos, con los brazos alrededor de sus compañeros de equipo, con sus dientes perfectos en una sonrisa perfecta. Pensé en Patrick y en la cantidad de certificados que tenía en la pared de su apartamento, y reflexioné sobre la necesidad masculina de exponer sus logros, como pavos reales luciendo permanentemente sus colas.

Cuando Josh colgó el teléfono, me sobresalté.

—Es un sitio de comida para llevar. Me temo que con todo lo del trabajo no tengo tiempo para nada más ahora mismo. Pero esta es la mejor comida coreana al sur de Koreatown.

—No importa —dije. No tenía ninguna otra experiencia de comida coreana con la que compararla. Simplemente estaba disfrutando del hecho de ir a visitarlo. Mientras caminaba para coger el metro hacia el sur, había gozado de la novedad de dirigirme al centro sin tener que hacer frente a vientos siberianos, nevadas intensas ni lluvias torrenciales y gélidas.

Y el apartamento de Josh no era en absoluto la madriguera que él había descrito, a menos que el conejo hubiera decidido mudarse a un *loft* reformado en una zona que al parecer en su día había albergado estudios de artistas, pero que ahora formaba una base para cuatro versiones diferentes de tiendas de Marc Jacobs, aliñada con joyeros artesanos, cafeterías especializadas y tiendas de ropa que tenían en plantilla a hombres con auriculares en la puerta. Todas las paredes estaban blanqueadas y los suelos eran de roble, había una mesa de mármol modernista y un sofá de cuero gastado. El toque que daban unos cuantos objetos de decoración y muebles cuidadosamente seleccionados sugería que todo había sido escrupulosamente pensado, obtenido y ganado, tal vez gracias a los servicios de un interiorista.

Josh me había traído flores, una deliciosa mezcla de jacintos y fresias.

—¿Para qué son? —le pregunté.

Él se encogió de hombros y me hizo entrar.

—Las vi cuando volvía a casa del trabajo y pensé que podían gustarte.

—Vaya. Gracias —dije, inhalando profundamente—. Es lo más bonito que me ha pasado en mucho tiempo.

—¿Las flores? ¿O yo? —preguntó, arqueando una ceja.

—Bueno, supongo que tú tampoco estás mal.

Su rostro se ensombreció.

—Tú eres maravilloso. Y las flores me encantan.

Josh esbozó una amplia sonrisa y luego me besó.

—Bueno, tú eres lo más bonito que me ha pasado en años —dijo, en voz baja, mientras retrocedía—. Tengo la sensación de que llevo esperándote mucho tiempo, Louisa.

—Si nos conocimos en octubre.

—Ya. Pero vivimos en la era de la gratificación instantánea. Y estamos en la ciudad donde todo lo que quieres lo consigues ayer.

Había un extraño poder en sentir que te deseaban tanto como Josh parecía desearme a mí. No tenía muy claro qué había hecho para merecer aquello. Quería preguntarle qué había visto en mí, pero sospechaba que parecería extrañamente lastimero decirlo en voz alta, así que intenté descubrirlo por otros caminos.

—Háblame de las otras mujeres con las que has salido —dije desde el sofá, mientras él se movía por la diminuta cocina, sacando platos, cubiertos y vasos—. ¿Cómo eran?

—¿Aparte de los rollos de Tinder? Inteligentes, guapas, normalmente con éxito… —respondió, antes de inclinarse para sacar una botella de salsa de pescado del fondo de un armario—.

Pero ¿quieres que te diga la verdad? Estaban un poco obsesionadas consigo mismas. Como si no pudieran ser vistas sin el maquillaje perfecto, o como si fueran a sufrir un colapso total si no tenían el pelo bien, y todo había que subirlo a Instagram, fotografiarlo o colgarlo en las redes sociales y presentarlo con el mejor envoltorio. Incluidas las citas conmigo. Como si nunca pudieran bajar la guardia —explicó, antes de enderezarse sosteniendo unas botellas—. ¿Quieres salsa picante? ¿O soja? Salí con una chica que preguntaba a qué hora me levantaba cada día y ponía el despertador media hora antes para poder arreglarse el pelo y el maquillaje. Para que nunca la viera sin estar perfecta. Aunque implicara levantarse, por ejemplo, a las cuatro y media.

—Vale. Te lo advierto desde ya, yo no soy como esa chica.

—Ya lo sé, Louisa. Te he metido en la cama, ¿recuerdas?

Me quité los zapatos, doblé las piernas y me senté sobre ellas.

—Supongo que impresionará bastante que se esfuercen tanto.

—Sí. Aunque puede ser un poco agotador. Y nunca tienes la sensación… de saber qué hay en realidad debajo de todo eso. Tengo que decir que contigo todo es mucho más claro. Tú eres quien eres.

—¿Debo tomármelo como un cumplido?

—Claro. Tú eres como las chicas con las que me crie. Eres honesta.

—Los Gopnik no opinan lo mismo.

—Que les den —repuso, con voz inusitadamente áspera—. ¿Sabes? He estado pensando en eso. Puedes demostrar que no has hecho lo que dicen que has hecho…, ¿no? Deberías denunciarlos por despido improcedente y por difamación y por injuria y… —Yo negué con la cabeza—. En serio. Gopnik tiene fama de ser un tipo decente en los negocios, como los de antes, y siempre está haciendo cosas benéficas, pero te despidió por nada, Louisa. Perdiste tu trabajo y tu casa sin previo aviso ni compensación.

—Creyó que estaba robando.

—Sí, pero debía saber que no estaba haciendo lo correcto, o habría llamado a la policía. Teniendo en cuenta quién es, apuesto a que habría algún abogado que admitiría el caso sin cobrar a menos que lo ganara.

—De verdad. Estoy bien. Los pleitos no son lo mío.

—Ya, bueno. Eres demasiado amable. Lo estás llevando de forma muy inglesa —comentó. Sonó el timbre. Josh levantó un dedo, como para indicar que seguiríamos con aquella conversación. Desapareció en el estrecho pasillo y oí cómo le pagaba al repartidor mientras yo acababa de poner la pequeña mesa—. ¿Y sabes qué? —dijo, mientras llevaba la bolsa a la cocina—. Que aunque no tengas pruebas, apuesto a que Gopnik te pagaría una pasta solo por evitar que todo eso saliera en los periódicos. Piensa en lo bien que te vendría. Es decir, hace un par de semanas estabas durmiendo en el suelo de alguien —señaló. Yo no le había contado que había compartido cama con Nathan—. Con eso tendrías una fianza decente para un alquiler. Qué demonios, si consigues un abogado suficientemente bueno, hasta te daría para comprarte un apartamento. ¿Sabes cuánto dinero tiene Gopnik? A ver, es famoso por su dinero. En una ciudad de gente realmente rica.

—Josh, sé que tienes buenas intenciones, pero lo único que quiero es olvidarlo.

—Louisa, tú…

—No —dije, poniendo las manos boca abajo sobre la mesa—. No pienso denunciar a nadie.

Él esperó un minuto, tal vez frustrado por su incapacidad para presionarme más, y luego se encogió de hombros y sonrió.

—Vale… ¡Bueno, es hora de cenar! No eres alérgica a nada, ¿no? Come un poco de pollo. Toma… ¿Te gusta la berenjena? Hacen un plato de chile de berenjena que es simplemente el mejor.

Esa noche dormí con Josh. No estaba borracha ni vulnerable ni muerta de deseo por él. Creo que solo quería que mi vida volviera a ser normal. Y comimos, bebimos, charlamos y nos reímos hasta bien entrada la noche, y él echó las cortinas, apagó las luces y pareció una secuencia natural, o al menos no se me ocurrió ninguna razón para que no lo fuera. Era tan guapo. Tenía la piel inmaculada, unos pómulos cuyos huesos se podían ver de verdad, y el pelo suave, de color castaño, y con unos reflejos dorados, incluso después del largo invierno. Nos besamos en el sofá, primero con dulzura y luego cada vez con más fervor, y él perdió la camisa, y luego yo perdí la mía y me obligué a centrarme en ese hombre maravilloso y atento, en ese príncipe de Nueva York, y no en las cosas inconexas en las que solía centrarse mi imaginación, y sentí que el deseo crecía dentro de mí, como un amigo lejano y tranquilizador, hasta que fui capaz de bloquearlo todo salvo las sensaciones de él pegado a mí y luego, un rato después, dentro de mí.

Al acabar me besó con ternura y me preguntó si era feliz, antes de murmurar que tenía que dormir un poco, y yo me quedé allí tumbada e intenté ignorar las lágrimas que inexplicablemente corrían desde el borde de mis ojos hasta mis orejas.

¿Cómo era aquello que me decía Will? Que tenía que exprimir el día. Que tenía que aprovechar las oportunidades cuando venían. Que tenía que ser de esas personas que decían «sí». Si le hubiera dado la espalda a Josh, ¿no lo habría lamentado para siempre?

Me giré sigilosamente en aquella cama desconocida y estudié su perfil mientras dormía, su nariz recta perfecta y aquella boca tan parecida a la de Will. Pensé en todas las formas en que Will lo habría aprobado. Hasta me los podía imaginar juntos, riéndose el uno con el otro, haciendo una competición de chistes. Podrían haber sido amigos. O enemigos. Eran casi demasiado parecidos.

A lo mejor estaba predestinada a estar con ese hombre, pensé, aunque fuera por medio de una ruta extraña e inquietante. A lo mejor era Will, que había vuelto a mí. Y con aquel pensamiento me sequé los ojos y me sumí en un sueño breve y deshilvanado.

24

Para: KatClark!@yahoo.com
De: AbejaAtareada@gmail.com

Querida Treen:

Sé que crees que es demasiado pronto. Pero ¿qué me enseñó Will? Que solo tenemos una vida, ¿no? ¿Y tú no eres feliz con Eddie? ¿Por qué entonces yo no puedo ser feliz? Lo entenderás cuando le conozcas, te lo prometo.

Para que veas cómo es Josh: ayer me llevó a la mejor librería de Brooklyn y me compró un montón de libros de bolsillo que creía que me gustarían, luego a la hora de comer me llevó a un restaurante pijo mexicano de la 46 Este y me hizo probar tacos de pescado. No pongas esa cara, estaban realmente deliciosos. Después me dijo que quería enseñarme una cosa (no, eso no). Fuimos andando hacia la estación Grand Central que estaba a rebosar, como siempre, y pensé: qué raro, ¿es que nos vamos a algún sitio?, hasta que me dijo que pusiera la cabeza en la esquina del arco que hay al lado del Oyster Bar. Yo me reí de él. Creía que bromeaba. Pero él insistió y me pidió que confiara.

Así que allí estaba yo, con la cabeza en la esquina de aquel enorme arco de mampostería, mientras los pasajeros iban y venían a mi alrededor, intentando no sentirme como una completa idiota, y cuando me volví él se estaba alejando de mí. Pero luego se detuvo en la esquina opuesta, en diagonal, tal vez a unos quince metros de distancia, pegó la cara a la esquina y, de repente, entre todo el ruido, el caos y el estruendo de los trenes oí que me susurraba al oído, como si estuviera justo a mi lado: «Louisa Clark, eres la chica más guapa de toda la ciudad de Nueva York».

Treen, parecía cosa de brujería. Yo levanté la vista y él se dio la vuelta y sonrió, y, aunque no tengo ni idea de cómo lo hizo, vino hacia mí y me estrechó entre sus brazos y me besó delante de todo el mundo y alguien nos silbó, y, en serio, fue lo más romántico que me ha sucedido jamás.

Así que sí, sigo adelante. Y Josh es increíble. Me gustaría que pudieras alegrarte por mí.

Dale un beso enorme a Thom.

L, Bss

Pasaban las semanas y Nueva York, como hacía con la mayoría de las cosas, se precipitaba hacia la primavera a un millón de kilómetros por hora, con poca sutileza y un montón de ruido. El tráfico se hizo más denso, en las calles había más gente y cada día la cuadrícula alrededor de nuestro edificio se convertía en una cacofonía de ruido y actividad que apenas se atenuaba hasta altas horas de la madrugada. Dejé de llevar gorro y guantes a las protestas de la biblioteca. El abrigo acolchado de Dean Martin fue a la lavandería y regresó al armario. El parque se volvió verde. Nadie me sugirió que me mudara.

Margot, en lugar de cualquier tipo de sueldo por ayudarla, me daba tantísima ropa que tuve que dejar de admirar cosas delante de ella porque temía que se sintiera obligada a darme más. Con el paso de las semanas, me di cuenta de que, aunque compartía dirección con los Gopnik, hasta allí llegaba toda similitud entre ellos. Ella vivía, como diría mi madre, del aire.

—Entre las facturas sanitarias y los gastos de la comunidad, no sé de dónde creen que se supone que tengo que sacar el dinero para alimentarme —comentó, mientras le tendía otra carta entregada a mano por la empresa de administración.

En el sobre ponía: «ABRIR - ACCIÓN LEGAL PENDIENTE». Ella arrugó la nariz y dejó la carta cuidadosamente en un montón sobre el aparador, donde se quedaría durante un par de semanas más, a menos que yo la abriera. Solía quejarse de los gastos de mantenimiento, que ascendían a miles de dólares al mes, y parecía haber llegado a un punto en el que había decidido ignorarlas porque no podía hacer nada más.

Me contó que había heredado el apartamento de su abuelo, un tipo aventurero, la única persona de su familia que no creía que una mujer debiera reducir sus aspiraciones a un marido y unos hijos.

—Mi padre estaba furioso porque a él se lo había saltado. No me habló durante años. Mi madre intentó negociar un acuerdo, pero por entonces surgieron los... otros temas —explicó, con un suspiro.

Hacía la compra en un ultramarinos del barrio, un pequeño supermercado que tenía precios para turistas, porque era uno de los pocos sitios a los que podía ir andando. Yo puse freno a aquello y dos veces por semana iba a un Fairway de la Calle 86 Este donde adquiría gran cantidad de básicos por más o menos la tercera parte de lo que ella había estado gastando.

Si yo no cocinaba, ella apenas comía nada sensato, pero compraba buenos cortes de carne para Dean Martin o le hervía pescado blanco en leche «porque era bueno para la digestión».

Me daba la sensación de que se había acostumbrado a mi compañía. Además, estaba tan débil que creo que ambas sabíamos que no podía seguir viviendo sola. Me preguntaba cuánto le llevaba a alguien de su edad superar el impacto de una cirugía. También me preguntaba qué habría hecho si yo no hubiera estado allí.

—¿Qué va a hacer? —pregunté, señalando hacia el montón de facturas.

—Bah, ignorarlas —dijo, agitando una mano—. Saldré de este apartamento en una caja. No tengo adónde ir ni nadie a quién dejárselo, y ese estafador de Ovitz lo sabe. Creo que está esperando pacientemente a que me muera y luego reclamará el apartamento alegando el impago de los gastos de mantenimiento y hará una fortuna vendiéndoselo a alguien de una empresa de internet o a un repugnante consejero delegado, como ese necio del final del pasillo.

—A lo mejor podría ayudarla. Tengo algunos ahorros de cuando estuve con los Gopnik. Solo para contribuir a pasar un par de meses. Ha sido muy amable conmigo.

Ella se rio a carcajadas.

—Querida niña. Tú no podrías permitirte pagar ni los gastos de mantenimiento de mi baño de invitados.

Por alguna razón, aquello le hizo reír con tal fuerza que empezó a toser hasta que tuvo que sentarse. Pero yo leí la carta a hurtadillas cuando se fue a la cama. Los «recargos por pago atrasado», la «contravención directa de los términos de usufructo» y la «amenaza de desalojo forzoso» me hicieron pensar que el señor Ovitz podría no ser tan caritativo —o paciente— como, al parecer, ella creía.

Yo seguía paseando a Dean Martin cuatro veces al día, y durante esos viajes al parque intentaba pensar qué podía hacer por Margot. La idea de que la desahuciaran me resultaba espeluznante. Seguro que el administrador no le haría eso a una anciana convaleciente. Seguro que el resto de residentes se opondrían. Entonces recordé lo rápidamente que el señor Gopnik me había echado, y lo aislados que estaban los habitantes de todos los apartamentos de las vidas de los demás. Ni siquiera tenía muy claro que se hubieran dado cuenta.

Estaba en la Sexta Avenida, echando un vistazo a una tienda de venta de ropa interior al por mayor, cuando se me ocurrió. Tal vez las chicas del Emporio no vendieran prendas de Chanel ni de Yves Saint Laurent, pero lo harían si pudieran conseguirlas… o conocerían alguna agencia que pudiera hacerlo. Margot tenía innumerables prendas de diseñadores en su colección, cosas por las que los coleccionistas seguramente pagarían mucho dinero. Ya solo alguno de sus bolsos debían de costar miles de dólares.

Llevé a Margot a conocerlas fingiendo que era una excursión. Le dije que hacía un día precioso y que deberíamos ir más lejos de lo habitual para que se fortaleciera con el aire fresco. Ella respondió que no fuera ridícula y que nadie había respirado aire fresco en Manhattan desde 1937, pero se subió al taxi sin quejarse demasiado y, con Dean Martin en su regazo, nos dirigimos al East Village, donde frunció el ceño al ver la fachada de hormigón de la tienda como si alguien le hubiera pedido que entrara en un matadero por diversión.

—¿Qué les has hecho a tus brazos? —dijo Margot, deteniéndose en el mostrador para observar la piel de Lydia. Lydia llevaba una camisa verde esmeralda de manga farol, y lucía en los brazos tres carpas *koi* japonesas diestramente trazadas de colores naranja, jade y azul.

—Ah, los tatuajes. ¿Le gustan? —preguntó Lydia, cambiando de mano el cigarro y levantando el brazo hacia la luz.

—Me gustarían si quisiera parecer una marinera.

Empecé a guiar a Margot hacia una zona distinta de la tienda.

—Por aquí, Margot. Mire, tienen todas las prendas *vintage* en zonas diferentes: la ropa de los años sesenta va allí, y allí la de los años cincuenta. Es un poco como su apartamento.

—No se parece en nada a mi apartamento.

—Me refiero a que venden ropa como la suya. Hoy en día es un negocio de bastante éxito.

Margot tiró de la manga de una blusa de nailon y le echó un vistazo a la etiqueta por encima de los anteojos.

—Amy Armistead es una marca terrible. Nunca la soporté. Ni a Les Grandes Folies. Siempre se les caían los botones. Hilo barato.

—Hay algunos vestidos muy especiales aquí atrás, cubiertos con plástico —dije, mientras caminaba hacia la sección de trajes de noche, donde se exhibían las mejores prendas de mujer. Saqué un vestido de Saks Fifth Avenue de color turquesa, adornado con lentejuelas y cuentas en el dobladillo y en los puños, y me lo puse delante, sonriendo.

Margot lo miró y luego le dio la vuelta a la etiqueta del precio que tenía en la mano. Hizo una mueca al ver la cifra.

—¿Quién diablos pagaría esto?

—La gente que ama la ropa buena —dijo Lydia, al tiempo que aparecía detrás de nosotras. Estaba mascando ruidosamente un chicle y vi cómo los ojos de Margot parpadeaban ligeramente cada vez que ella juntaba las mandíbulas.

—¿De verdad hay mercado para esto?

—Un buen mercado —aseguré—. Sobre todo para las cosas que están impecables, como las suyas. Toda la ropa de Margot está guardada en plástico y con aire acondicionado. Tiene cosas hasta de los años cuarenta.

—Esas no son mías. Son de mi madre —dijo la anciana con altivez.

—¿En serio? ¿Qué tiene? —preguntó Lydia, mirando de arriba abajo el abrigo de Margot, sin disimulo. Llevaba un abrigo tres cuartos de lana de la marca Jaeger y un gorro negro de piel que parecía una gran tarta. Aunque el tiempo era casi templado, ella seguía temiendo pasar frío.

—¿Que qué tengo? Nada que quiera vender aquí, gracias.

—Pero, Margot, usted tiene algunos trajes maravillosos: los de Chanel y los de Givenchy que ya no le sirven. Y tiene fulares, bolsos... Podría vendérselos a distribuidores especializados. Incluso a casas de subastas.

—Por Chanel pagan una pasta —dijo Lydia, con conocimiento de causa—. Sobre todo por los bolsos. Si no está demasiado gastado, por un Chanel decente de solapa doble en piel caviar pagarían entre dos mil quinientos y cuatro mil. Uno nuevo no le costaría mucho más, ¿entiende? Y de pitón, buf, el cielo es el límite.

—Tiene más de un bolso de Chanel, Margot —señalé yo.

Margot apretó con más fuerza su bolso de cocodrilo de Hermès bajo el brazo.

—¿Tiene más como ese? Podemos vendérselos, señora De Witt. Tenemos lista de espera para los chismes buenos. Tengo una señora de Asbury Park que le pagaría hasta cinco mil por un Hermès decente —le aseguró Lydia, mientras extendía un dedo para tocar el borde del bolso de Margot; esta se apartaba como si fuera a asaltarla.

—No son chismes —dijo ella—. Yo no tengo «chismes».

—Solo creo que podría valer la pena considerarlo. Parece que hay bastantes prendas que ya no usa. Podría venderlas, pagar los gastos de mantenimiento y luego, bueno, relajarse.

—Ya estoy relajada —replicó ella tajante—. Y te agradecería que no hablaras de mis asuntos financieros en público, como si no estuviera aquí. No me gusta este lugar. Huele a vejestorios. Vamos, Dean Martin. Necesito aire fresco.

La seguí hacia fuera, después de disculparme con un gesto ante Lydia, que se encogió de hombros, despreocupadamente. Sospechaba que hasta la más remota posibilidad de que el armario de Margot cayera en sus manos había suavizado cualquier tendencia natural hacia la combatividad.

Cogimos un taxi de vuelta en silencio. Estaba enfadada conmigo misma por mi falta de diplomacia y a la vez irritada con Margot por haberse negado en redondo a aceptar un plan que yo consideraba de lo más sensato. Se negó a mirarme durante todo el camino. Iba sentada a su lado, con Dean Martin jadeando entre nosotras, y ensayé alegatos mentalmente hasta que su silencio me puso nerviosa. Miré por el rabillo del ojo y vi a una anciana que acababa de salir del hospital. No tenía derecho a presionarla para nada.

—No quería disgustarla, Margot —dije, mientras la ayudaba a salir delante de su edificio—. Solo pensé que podría ser una salida. Ya sabe, para lo de las deudas y todo eso. No quiero que pierda su hogar.

Margot se enderezó y se colocó el gorro de piel con una mano temblorosa. Tenía la voz quejumbrosa, casi llorosa, y me di cuenta de que ella también había estado ensayando un alegato mentalmente durante aquellas cincuenta manzanas.

—Tú no lo entiendes, Louisa. Estas son mis cosas, mis bebés. Puede que para ti solo sean prendas viejas, potenciales activos financieros, pero para mí son muy valiosas. Son mi historia, hermosos y preciados restos de mi vida.

—Lo siento.

—No se las vendería a esa tienda mugrienta de segunda mano ni aunque me fuera la vida en ello. ¡No quiero ni imaginarme a una perfecta desconocida caminando hacia mí por la calle con un modelo que yo adoraba! Me sentiría realmente desgraciada. No. Sé que intentabas ayudar, pero no.

Margot se volvió, rechazó con un ademán mi mano extendida, y esperó a que Ashok la ayudara a llegar al ascensor.

A pesar de nuestros roces ocasionales, Margot y yo estábamos bastante felices esa primavera. En abril, como había prometido, Lily vino a Nueva York, acompañada de la señora Traynor. Se alojaron en el Ritz Carlton, a unas cuantas manzanas de allí, y nos invitaron a comer a Margot y a mí. Tenerlas allí juntas me hizo sentir como si una aguja de zurcir enhebrada estuviera uniendo discretamente las diferentes partes de mi vida.

La señora Traynor, con sus diplomáticos buenos modales, fue encantadora con Margot, y encontraron un interés común en la historia de los edificios y de Nueva York en general. En la comida, vi a otra Margot: espabilada, culta, animada por la nueva compañía. Resultó que la señora Traynor había estado allí en su luna de miel en 1978, y hablaron sobre restaurantes, galerías y exposiciones de la época. La señora Traynor habló de su carrera de juez y Margot del politiqueo de los años setenta, y ambas se rieron con ganas de una forma que sugería que era imposible que nosotros los jóvenes lo entendiéramos. Comimos ensalada y una pequeña ración de pescado envuelto en jamón. Vi que Margot tomaba un bocadito de todo y dejaba el resto a un lado, y me desesperé al pensar que así nunca más volvería a rellenar ninguna de sus prendas.

Lily, mientras tanto, se inclinó hacia mí y me interrogó sobre sitios adonde ir que no tuvieran nada que ver ni con ancianos ni con ningún tipo de visita cultural.

—La abuela ha llenado hasta los topes estos cuatro días de chorradas educativas. Tengo que ir al Museo de Arte Moderno y a unos jardines botánicos o no sé qué que están muy bien y blablablá, si te gustan esas cosas, claro, pero yo lo que de verdad quiero es salir por la noche, pillarme un pedo e ir de compras. ¡A ver, esto es Nueva York!

—Ya he hablado con la señora Traynor. Y mañana te llevaré por ahí mientras ella se pone al día con una prima suya.

—¿De verdad? Gracias a Dios. Me voy de mochilera a Vietnam en las vacaciones de verano. ¿Te lo había dicho? Quiero comprarme unos pantalones cortos recortados decentes. Algo que pueda ponerme durante semanas y que no importe si no los lavo. Y puede que una chaqueta de motorista. Algo bueno y gastado.

—¿Con quién vas? ¿Con una amiga? —pregunté, arqueando una ceja.

—Pareces la abuela.

—¿Y bien?

—Con mi novio —dijo, dejándome boquiabierta—. Pero no quiero hablar de él —añadió.

—¿Por qué? Estoy encantada de que tengas novio. Es una noticia estupenda —dije, antes de bajar la voz—. Sabes que la última persona que andaba con tanto secretismo fue mi hermana. Y básicamente ocultaba el hecho de que estaba a punto de salir del armario.

—Yo no voy a salir del armario. No quiero ir por ahí metiendo el hocico en el jardín femenino de nadie. Puaj.

Intenté no reírme.

—Lily, no tienes por qué guardarte todo para ti. Solo queremos que seas feliz. No pasa nada porque la gente sepa en qué andas.

—La abuela sabe perfectamente en qué ando, como tú dices tan delicadamente.

—Entonces, ¿por qué no me lo cuentas? ¡Creía que nosotras nos lo contábamos todo!

Lily puso la típica cara de resignación de quien se sabe acorralada. Suspiró teatralmente y posó el cuchillo y el tenedor. Luego me miró como preparada para una pelea.

—Porque es Jake.

—¿Jake?

—El Jake de Sam.

El restaurante se detuvo suavemente a mi alrededor. Me obligué a sonreír.

—¡Vale!… ¡Guau!

Ella frunció el ceño.

—Sabía que reaccionarías así. Mira, pasó y punto. Y tampoco es que hablemos de ti todo el rato, ni nada de eso. Me tropecé con él un par de veces… ¿Recuerdas que nos conocimos en esa cosa de «Cómo dejar marchar» de ese vergonzoso grupo de terapia de duelo al que tú solías ir y que conectamos y nos gustamos? Pues bueno, digamos que entendemos el uno la situación del otro, así que nos vamos juntos de mochileros en verano. Nada más.

El cerebro me daba vueltas.

—¿La señora Traynor lo ha conocido?

—Sí. Viene a nuestra casa y yo voy a la suya —contestó, casi a la defensiva.

—Así que ves mucho a su…

—A su padre. Es decir, también veo a Sam el de la ambulancia, pero sobre todo veo al padre de Jake. Que está bien, aunque todavía sigue un poco deprimido y se come como una tonelada de pasteles a la semana, algo que está estresando mucho a Jake. En parte es por eso por lo que queremos alejarnos de todo. Solo durante seis semanas, o así.

Lily siguió hablando, pero un zumbido sordo había surgido en el fondo de mi cabeza y apenas conseguía ser consciente de lo que estaba diciendo. No quería saber nada de Sam, ni siquiera indirectamente. No quería enterarme de que la gente a la que quería jugaba a ser «la familia feliz» sin mí, mientras yo estaba a miles de kilómetros de distancia. No quería saber nada sobre la felicidad de Sam, ni de Katie, con su boca sexi, ni de cómo sin duda estarían viviendo en la casa de él juntos, en una madriguera recién construida de pasión y uniformes a juego entrelazados.

—¿Y cómo es tu nuevo novio? —preguntó Lily.

—¿Josh? ¡Josh! Es genial. Realmente genial —dije, mientras dejaba cuidadosamente el cuchillo y el tenedor a un lado del plato—. Simplemente... encantador.

—¿Y qué pasa, entonces? Tengo que ver fotos tuyas con él. Es un verdadero coñazo que no compartas fotos en Facebook. ¿No tienes ninguna de él en el móvil?

—No —respondí, y ella arrugó la nariz como si aquella fuera una respuesta de lo más inadecuada.

No estaba diciendo la verdad. Tenía una de los dos en un restaurante *pop-up* montado en una azotea, tomada hacía una semana. Pero yo no quería que supiera que Josh era la viva imagen de su padre. La desestabilizaría, o, peor aún, que ella reconociera eso en voz alta me desestabilizaría a mí.

—¿Cuándo nos vamos a ir de este velatorio? Podríamos dejar aquí a las viejas para que acaben de comer, ¿no? —dijo Lily, dándome un codazo. Las dos mujeres aún seguían hablando—. Te conté que he estado tocándole las narices sin parar al abuelo, inventándome que la abuela tiene un novio rompecorazones, ¿verdad? Le he dicho que se iban de vacaciones a las Maldivas y que la abuela había ido a Rigby and Peller a aprovisionarse de ropa interior nueva. Te juro que está a punto de venirse abajo y de decirle que todavía la ama. Está haciendo que me muera de la risa.

Aunque quería mucho a Lily, agradecía que la apretada agenda de actividades culturales de la señora Traynor de los próximos días hiciera que, aparte de la excursión para ir de compras, no pasáramos demasiado tiempo juntas. Su presencia en la ciudad —con su íntimo conocimiento de la vida de Sam— había creado una vibración en el aire que no sabía cómo disipar. Agradecía que Josh estuviera hasta arriba de trabajo y que no se diera cuenta de que yo estaba de bajón o distraída. Pero Margot sí se percató y una noche, cuando su adorada *La ruleta de la fortuna* acabó y yo me levanté para darle a Dean Martin el último paseo del día, me preguntó directamente cuál era el problema.

Se lo conté. No se me ocurrió ninguna razón para no hacerlo.

—Aún amas al otro —dijo.

—Parece mi hermana —respondí—. No. Es solo que... Lo quise muchísimo. Y el final fue muy desagradable y creí que estar aquí y vivir una vida diferente me aislaría de ello. Ya no uso las redes sociales. Ya no quiero controlar a nadie. Y aun así, la información sobre mi ex acaba abriéndose paso hasta mí. Y es que no me puedo concentrar mientras Lily esté aquí, porque ahora ella forma parte de su vida.

—Tal vez deberías ponerte en contacto con él, querida. Parece que aún tienes algo que decir.

—No tengo ya nada que decirle —repliqué. Mi voz se volvió más exaltada—. Lo intenté con todas mis fuerzas, Margot. Le escribía, le mandaba correos electrónicos y le llamaba. ¿Sabe que no me escribió ni una sola carta en tres meses? Le pedí que me escribiera porque creía que sería una forma preciosa de seguir en contacto, que aprenderíamos cosas el uno del otro y estaríamos deseando hablar, y tendríamos algo que nos recordaría el tiempo que pasamos separados, y él... simplemente no lo hizo —señalé. Ella siguió allí sentada, mirándome, con las manos alrededor del mando a distancia. Yo cuadré los hombros—. Pero da igual. Porque he pasado página. Y Josh es realmente maravilloso. A ver, es guapo, amable, tiene un trabajo estupendo, es ambicioso..., muy ambicioso. Está destinado a tener éxito, ¿sabe? Hay muchas cosas que quiere: casas y una carrera y poder contribuir a la comunidad. ¡Quiere contribuir a la comunidad! ¡Y en realidad aún no tiene nada con qué contribuir! —exclamé, antes de sentarme. Dean Martin se quedó de pie delante de mí, confuso—. Y tiene clarísimo que quiere estar conmigo. Sin condiciones ni peros. Literalmente, consideró que era su novia desde la primera cita. Y eso que sé perfectamente que esta ciudad está llena de gente que tiene citas en serie. ¿Sabe lo afortunada que me hace sentir eso? —declaré. Margot asintió imperceptiblemente. Volví a ponerme de pie—. Así que Sam me importa un bledo. Si apenas nos conocíamos cuando yo me vine aquí. Sospecho que de no ser porque los dos necesitábamos ayuda médica con urgencia, ni siquiera habríamos estado juntos. De hecho, estoy segura de ello. Y está claro que yo no era la persona adecuada para él, o me habría esperado, ¿no? Porque eso es lo que hace la gente. Así que, en definitiva, es genial. Y la verdad es que estoy muy feliz con la forma en que todo se ha resuelto. Todo va bien. Muy bien.

Nos quedamos unos instantes en silencio.

—Ya veo —dijo Margot, en voz baja.

—Soy muy feliz.

—Ya lo veo, querida —comentó ella. Me observó durante un momento, antes de posar las manos sobre los brazos del sillón—. En fin. Tal vez podrías sacar a ese pobre perro. Los ojos están empezando a salírsele de las órbitas.

25

*M*e llevó dos noches localizar al nieto de Margot. Josh estaba ocupado con el trabajo y Margot se iba a la cama casi siempre alrededor de las nueve, así que una noche me senté en el suelo al lado de la puerta de la entrada —el único lugar donde recibía la señal wifi de los Gopnik— y empecé a buscar en Google a su hijo. Primero probé con el nombre «Frank De Witt», y, cuando vi que no aparecía nada, con el de «Frank Aldridge *junior*». No había nadie que pudiera ser él, a menos que se hubiera mudado a otra parte del país, pero aun así las fechas y las nacionalidades de todos los hombres que aparecían con ese nombre no encajaban. La segunda noche, se me ocurrió buscar el apellido de casada de Margot en antiguos papeles guardados en la cómoda de mi habitación. Encontré una tarjeta del funeral de Terrence Weber, así que probé con «Frank Weber» y descubrí, con cierta tristeza, que le había puesto a su hijo el apellido de su adorado marido, fallecido años antes de que él hubiera siquiera nacido. Y que, algún tiempo después de aquello, ella se había vuelto a cambiar el apellido por el de soltera —De Witt— y se había reinventado por completo.

Frank Weber *junior* era dentista y vivía en un lugar llamado Tuckahoe, en Westchester. Encontré un par de referencias suyas en LinkedIn y en Facebook a través de su mujer, Laynie. La buena noticia era que tenían un hijo, Vincent, que era un poco más joven que yo. Trabajaba en Yonkers en un centro educativo sin ánimo de lucro para niños desfavorecidos y fue él quien decidió por mí. Tal vez Frank Weber *junior* estuviera demasiado enfadado con su madre como para retomar el contacto con ella, pero ¿qué tenía de malo intentarlo con Vincent? Busqué su perfil, respiré hondo, le envié un mensaje y esperé.

Josh se tomó un descanso de su interminable asalto de rivalidades y maniobras corporativas y quedó para comer conmigo en el restaurante de *noodles,* donde me anunció que la empresa celebraba una «jornada familiar» el sábado siguiente en el Loeb Boathouse, el restaurante del lago de Central Park, y que le gustaría que fuera su acompañante.

—Había pensado ir a la manifestación de la biblioteca.

—No te conviene seguir haciendo eso, Louisa. No vas a cambiar nada yendo por ahí con esa gente, gritándoles a los coches que pasan.

—Pero en realidad yo no soy de tu familia —repliqué, un tanto contrariada.

—Eres lo suficientemente cercana. ¡Venga! Será un día genial. ¿Has estado alguna vez en el embarcadero? Es precioso. Desde luego, mi empresa sí que sabe dar fiestas. Sigues haciendo esa cosa de «decir que sí», ¿verdad? Así que tienes que decir que sí —señaló, mirándome con ojos de cordero degollado—. Di que sí, Louisa, por favor. Venga.

Me tenía en el bote y lo sabía. Yo sonreí con resignación.

—Está bien, vale.

—¡Estupendo! Al parecer, el año pasado llevaron unos trajes hinchables de sumo y la gente tenía que pelearse en el césped, hicieron carreras familiares y organizaron juegos. Te va a encantar.

—Suena genial —respondí. Las palabras «organizaron juegos» tenían tanto atractivo para mí como las palabras «citología obligatoria». Pero era Josh y parecía tan contento con la idea de que lo acompañara que no tuve corazón para decirle que no.

—Te prometo que no tendrás que luchar contra mis compañeros de trabajo. Aunque puede que después tengas que luchar contra mí —dijo. Luego me besó y se fue.

Comprobé mi bandeja de entrada durante toda la semana, pero no llegó nada, salvo un correo electrónico de Lily preguntando si sabía cuál era el mejor lugar para hacerse un tatuaje siendo menor de edad, un saludo amistoso de alguien que al parecer había ido al colegio conmigo, pero que yo no recordaba en absoluto, y uno de mi madre que me enviaba un GIF de un gato con sobrepeso que parecía que hablaba con un bebé de dos años y un enlace a un juego llamado «Gracioso jolgorio en la granja».

—¿Seguro que estará bien sola, Margot? —le pregunté a la anciana, mientras metía las llaves y la cartera en el bolso. Yo llevaba puesto un mono blanco con hombreras y ribetes de lamé dorado de principios de los ochenta que ella me había regalado.

—Vaya, te queda magnífico —comentó Margot, entrelazando las manos—. Debes de tener casi exactamente las mismas medidas que tenía yo a tu edad. Antes tenía pecho, ¿sabes? No estaba nada de moda en los sesenta y en los setenta, pero así era.

No quería decirle que estaba haciendo un esfuerzo titánico para no reventar las costuras, pero tenía razón: había perdido unos cuantos kilos desde que me había ido a vivir con ella, sobre todo porque me esforzaba en cocinarle cosas nutricionalmente útiles. Me sentía estupenda con aquel mono y giré en redondo delante de ella.

—¿Se ha tomado las pastillas?

—Desde luego. No te preocupes, querida. ¿Significa eso que no volverás después?

—No estoy segura. Pero le daré un paseo rápido a Dean Martin antes de irme. Por si acaso —respondí, antes de hacer una pausa para coger la correa del perro—. ¿Margot? ¿Por qué le puso «Dean Martin»? Nunca se lo he preguntado.

El tono de su respuesta me dio a entender que aquella era una pregunta estúpida.

—Porque Dean Martin era el hombre más guapo del mundo y este es el perro más guapo del mundo, obviamente.

El perrito se sentó obedientemente, mientras sus ojos saltones y bizcos giraban por encima de su lengua ondulante.

—Qué pregunta más tonta —repuse, y salí por la puerta principal.

—¡Vaya, está espectacular! —silbó Ashok, mientras Dean Martin y yo bajábamos corriendo el último tramo de escaleras para llegar a la planta baja—. ¡Parece una diva discotequera!

—¿Te gusta? —pregunté, haciendo una pose delante de él—. Era de Margot.

—¿En serio? Esa mujer es una caja de sorpresas.

—Cuida de ella, ¿vale? Hoy está bastante floja.

—Me guardaré alguna carta para tener una excusa para llamar a su puerta a las seis.

—Eres un sol.

Salimos corriendo al parque y Dean Martin hizo lo que hacen los perros y yo hice lo que se hace con una bolsita, con ciertos escalofríos, mientras varios peatones se quedaban mirando al ver a una chica con un mono ribeteado de lamé corriendo con un perro nervioso y una bolsita de caca. Cuando volvimos a entrar a toda prisa, con Dean Martin ladrando a mis tacones encantado, nos tropezamos con Josh.

—¡Ah, hola! —exclamé, antes de darle un beso—. Dos minutos, ¿vale? Solo tengo que lavarme las manos y coger el bolso.

—¿Coger el bolso?

—¡Sí! —dije, mirándolo—. Lo tengo arriba.

—Me refería a... ¿No te vas a cambiar?

Bajé la vista hacia el mono.

—Ya me he cambiado.

Cielo, si llevas eso a la fiesta de mi oficina, creerán que tú eres el espectáculo.

Tardé un momento en darme cuenta de que no bromeaba.

—¿No te gusta?

—Ah. Sí. Estás impresionante. Solo que tiene un rollo un poco... ¿*drag queen*? En mi trabajo vamos siempre trajeados. Las otras mujeres y las novias llevarán vestidos rectos o pantalones blancos. En plan... ¿informal pero elegante?

—Ah —respondí, intentando no sentirme defraudada—. Lo siento. La verdad es que no entiendo los códigos de vestimenta de Estados Unidos. Vale. Vale. Espera ahí. Ahora vuelvo.

Subí las escaleras de dos en dos e irrumpí en el apartamento de Margot, lanzando la correa de Dean Martin hacia ella, que se había levantado del sillón para algo y ahora me seguía por el pasillo, con un delgado brazo apoyado en la pared.

—¿Adónde vas con tanta prisa? Suena como si una manada de elefantes hubiera irrumpido en el apartamento.

—Tengo que cambiarme.

—¿Cambiarte? ¿Por qué?

—Al parecer, esto no es adecuado —dije, mientras ponía patas arriba mi armario. ¿Vestidos rectos? El único vestido recto que tenía era el psicodélico que Sam me había regalado y me sentía un poco desleal poniéndomelo.

—Pues a mí me parecía que estabas guapísima —dijo Margot, intencionadamente.

Josh me había seguido y apareció en la puerta principal, que estaba abierta.

—Ah, y lo está. Está espectacular. Solo que… Quiero que hablen de ella por los motivos adecuados —comentó, riéndose. Margot no le correspondió con otra sonrisa.

Rebusqué en mi armario, tirando cosas sobre la cama, hasta que encontré mi americana azul marino tipo Gucci y un vestido camisero de seda de rayas. Me lo metí a toda prisa por la cabeza y deslicé los pies en mis merceditas verdes.

—¿Qué tal así? —pregunté, mientras corría por el pasillo, intentando alisarme el pelo.

—¡Genial! —dijo Josh, incapaz de ocultar su alivio—. Venga, vamos.

—Dejaré sin echar el cerrojo, querida —dijo Margot, en un susurro, mientras yo corría detrás de Josh, que ya se estaba yendo—. Por si acaso quieres volver.

El Loeb Boathouse era un lugar precioso, resguardado por su ubicación del ruido y el caos reinantes fuera de Central Park, y sus enormes ventanas ofrecían una vista panorámica del lago que brillaba bajo el sol de la tarde. Estaba lleno de hombres elegantemente vestidos con chinos idénticos y mujeres con el pelo peinado de peluquería, y era, como Josh había pronosticado, un mar de colores pastel y pantalones blancos.

Cogí una copa de champán de una bandeja que ofrecía un camarero y observé en silencio mientras Josh hacía méritos con la gente de la sala, estrechándoles la mano con hipocresía a varios hombres que parecían todos el mismo, con sus pulcros peinados de pelo corto, sus mandíbulas cuadradas y sus dientes blancos y perfectos. Recordé fugazmente los actos a los que había asistido con Agnes: había vuelto a caer de nuevo en mi otro mundo de Nueva York, un mundo lejos de las tiendas de ropa *vintage,* los jerséis con olor a naftalina y el café barato en el que había estado inmersa últimamente. Le di un buen trago a mi copa, decidiendo que me entregaría al champán.

Josh apareció a mi lado.

—No está nada mal, ¿eh?

—Es precioso.

—Es mejor que estar sentada en el apartamento de una anciana toda la tarde, ¿no?

—Bueno, no creo que…

—Viene mi jefe. Vale. Te lo voy a presentar. Acompáñame. ¡Mitchell!

Josh levantó un brazo y un hombre mayor se acercó lentamente, con una mujer morena escultural al lado que lucía una sonrisa curiosamente inexpresiva. Quizá cuando tienes que ser agradable con todo el mundo siempre, eso es lo que al final le sucede a tu cara.

—¿Estáis disfrutando de la tarde?

—Mucho, señor —dijo Josh—. Es un sitio realmente precioso. ¿Puedo presentarle a mi novia? Esta es Louisa Clark, es inglesa. Louisa, te presento a Mitchell Dumont. Es el jefe de Fusiones y Adquisiciones.

—¿Así que inglesa? —dijo el hombre, mientras su enorme mano se cerraba sobre la mía para estrecharla con énfasis.

—Sí. Yo…

—Bien. Bien —replicó, antes de volverse hacia Josh—. Bueno, jovencito, tengo entendido que estás causando sensación en tu departamento.

Josh no pudo ocultar su regocijo. La sonrisa le llenó la cara. Sus ojos se movieron hacia mí y luego hacia la mujer que estaba a mi lado y me di cuenta de que esperaba que le diera conversación. Nadie se había molestado en presentarnos. Mitchell Dumont rodeó con un brazo paternal los hombros de Josh y se lo llevó unos cuantos metros más allá.

—Bueno… —dije. Arqueé las cejas y volví a bajarlas.

La mujer me sonrió inexpresivamente.

—Me encanta tu vestido —dije, el cumplido universal para dos mujeres que no tenían absolutamente nada que decirse la una a la otra.

—Gracias. Bonitos zapatos —repuso ella. Pero lo dijo de tal forma que quedó claro que no le gustaban en absoluto. Miró a su alrededor, claramente para buscar a alguien más con quien hablar. Le había echado un vistazo a mi ropa y se había considerado a sí misma muy superior a mi nivel salarial.

No había nadie más cerca, así que volví a intentarlo.

—¿Vienes mucho por aquí? Al Loeb Boathouse, quiero decir.

—Es «Loub» —dijo.

—¿«Loub»?

—Lo has pronunciado como «Lob». Y es «Loub».

El hecho de ver aquellos labios perfectamente maquillados y sospechosamente gruesos repitiendo una y otra vez aquella palabra hizo que me diera la risa. Bebí un sorbo de champán para disimular.

—¿Y vienes a *menudou* al *Loub Boathous*? —pregunté, sin poder aguantarme.

—No —repuso ella—. Aunque una de mis amigas se casó aquí el año pasado. Fue una boda preciosa.

—No lo dudo. ¿Y a qué te dedicas?

—Soy ama de casa.

—¡Un *trabajou* de ama de casa! *Comou* mi madre —comenté, antes de darle otro largo trago a la copa—. Ser ama de casa es *maravillosou* —señalé. Vi a Josh, cuyo rostro estaba concentrado en el de su jefe, lo que me recordó fugazmente a Thom cuando le suplicaba a papá que le diera algunas de sus patatas fritas.

La mujer parecía ahora ligeramente preocupada, o al menos todo lo preocupada que puede parecer una mujer que es incapaz de mover la frente. Una carcajada nerviosa había empezado a forjarse en mi pecho y le rogué a alguna deidad invisible que la mantuviera bajo control.

—¡Maya! —exclamó con alivio la señora Dumont (o al menos yo había dado por hecho que era ella con quien debía de estar hablando), mientras saludaba con la mano a una mujer que se acercaba, con su figura perfecta pulcramente enfundada en un vestido recto de color menta. Esperé mientras se daban dos besos sin tocarse.

—Estás sencillamente preciosa.

—Igual que tú. Me encanta ese vestido.

—Ah, es muy viejo. Y tú eres un encanto. ¿Qué tal está tu maravilloso marido? Siempre hablando de negocios.

—Ya conoces a Mitchell —dijo la señora Dumont que, simplemente, no podía seguir ignorando mi presencia—. Esta es la novia de Joshua Ryan. Lo siento, no he oído tu nombre. Hay muchísimo ruido aquí.

—Louisa —dije.

—Qué delicioso. Yo soy Maya. La media naranja de Jeffrey. ¿Conoces a Jeffrey, de Ventas y Marketing?

—Todo el mundo conoce a Jeffrey —declaró la señora Dumont.

—Ah, Jeffrey… —dije, negando con la cabeza. Luego asentí. Y luego volví a negar con la cabeza.

—¿Y a qué te dedicas?

—¿A qué me dedico?

—Louisa trabaja en el mundo de la moda —dijo Josh, apareciendo a mi lado.

—Desde luego tienes un estilo muy particular. Me encantan los británicos, ¿a ti no, Mallory? Tienen unos gustos muy interesantes.

Hubo un breve silencio, mientras todos asimilaban mis gustos.

—Louisa va a empezar a trabajar en *Women's Wear Daily*.

—¿Sí? —preguntó Mallory Dumont.

—¿Sí? —dije yo—. Sí.

—Vaya, debe de ser realmente emocionante. Es una revista maravillosa. Tengo que encontrar a mi marido. Disculpadme —comentó la mujer. Y con otra sonrisa desabrida se alejó sobre sus tacones de vértigo, con Maya al lado.

—¿Por qué has dicho eso? —le pregunté a Josh, mientras cogía otra copa de champán—. ¿Suena mejor que «cuido a una anciana en su casa»?

—No. Solo que… tienes pinta de trabajar en el mundo de la moda.

—¿Sigues sintiéndote incómodo con lo que llevo puesto? —dije, mientras miraba a aquellas dos mujeres, con sus vestidos complementarios. De repente pensé en cómo debía de sentirse Agnes en aquellas reuniones, con la infinidad de formas sutiles que pueden encontrar las mujeres para hacer saber a otras mujeres que no encajan.

—Estás genial. Es solo que hace más fácil explicar tu…, tu sensibilidad particular…, que crean que trabajas en el mundo de la moda. Algo que, en cierto modo, haces.

—Estoy encantada con lo que hago, Josh.

—Pero quieres dedicarte a la moda, ¿no? No puedes cuidar a una anciana para siempre. Oye, iba a decírtelo después. Mi cuñada, Debbie, conoce a una mujer en el departamento de Marketing de *Women's Wear Daily*. Me dijo que les iba a preguntar si tienen alguna vacante para empezar desde abajo. Parece bastante segura de poder hacer algo por ti. ¿Qué dices?

—preguntó Josh, sonriendo, como si me hubiera ofrecido el santo grial.

Bebí un trago de mi copa.

—Vale.

—¡Sí señor, cuánta emoción! —dijo, mientras seguía mirándome, con las cejas levantadas.

—¡Genial! —dije, finalmente.

Él me apretó el hombro.

—Sabía que te alegrarías. Bueno. Volvamos ahí fuera. Lo siguiente son las carreras de familias. ¿Quieres un vaso de lima con soda? En realidad no creo que deban vernos bebiendo más de una copa de champán. Dame, deja que te coja eso —dijo, mientras dejaba mi copa en la bandeja de un camarero que pasaba por allí, antes de salir a la luz del sol.

Dada la elegancia del evento y la espectacularidad del lugar, realmente debería haber disfrutado del siguiente par de horas. Había dicho que sí a una nueva experiencia, al fin y al cabo. Pero la verdad era que cada vez me sentía más fuera de lugar entre las parejas de la empresa. Los ritmos de las conversaciones me eludían, así que, cuando me paraba por casualidad con algún grupo, acababa pareciendo muda o estúpida. Josh iba de persona en persona como un misil ejecutivo teledirigido; en cada una de sus paradas su rostro parecía entusiasmado y comprometido, y sus modales refinados y asertivos. Me sorprendí mirándolo y volviéndome a preguntar qué diablos veía en mí. Yo no me parecía en nada a aquellas mujeres, con sus extremidades de color melocotón brillante y sus vestidos inarrugables, sus historias de niñeras imposibles y sus vacaciones en las Bahamas. Seguí su estela, sosteniendo su mentira sobre mi carrera emergente en el mundo de la moda, sonriendo muda y repitiendo «sí», «sí, es precioso», «gracias» y «oh, sí, me encantaría tomar otra copa de champán», mientras trataba de ignorar el ceño fruncido de Josh.

—¿Te lo estás pasando bien?

Una mujer con una media melena roja tan brillante que casi parecía un espejo se detuvo a mi lado mientras Josh se reía a carcajadas del chiste de un hombre mayor vestido con una camisa azul claro y unos chinos.

—Ah. Es maravilloso. Gracias.

Para entonces ya me había vuelto una experta en sonreír y no decir nada de nada.

—Felicity Lieberman. Trabajo a dos mesas de Josh. Lo está haciendo muy bien.

Le estreché la mano.

—Louisa Clark. Sí, sin duda se le da bien —dije. Retrocedí y le di otro trago a la copa.

—Lo harán socio en dos años. Estoy segura de ello. ¿Lleváis mucho tiempo saliendo?

—No demasiado. Pero nos conocemos desde mucho antes —comenté. Ella parecía esperar que dijera algo más—. Bueno, antes éramos amigos, más o menos —añadí. Había bebido demasiado y empecé a hablar más de lo que pretendía—. En realidad yo estaba con otro, pero Josh y yo no parábamos de encontrarnos en todas partes. Bueno, él dice que me estaba esperando. O esperando a que mi ex y yo rompiéramos. Fue bastante romántico. Entonces pasaron un montón de cosas y... ¡Tachán! De repente estábamos saliendo. Ya sabes cómo son estas cosas.

—Desde luego. Es muy persuasivo, nuestro Josh.

Algo en su risa me inquietó.

—¿«Persuasivo»? —pregunté, al cabo de un rato.

—¿Te hizo lo de la galería de los susurros?

—¿Si me hizo qué?

Debió de ver mi cara de sorpresa. Se inclinó hacia mí.

—«Felicity Lieberman, eres la chica más guapa de Nueva York». —Echó una mirada a Josh y luego pareció recular—. No me mires así. No íbamos en serio. Y a Josh le gustas de verdad. Habla mucho de ti en el trabajo. Definitivamente, va en serio. Pero, madre mía, menudos son los hombres con sus estrategias, ¿verdad?

Yo intenté reírme.

—Pues sí.

Cuando el señor Dumont acabó su discurso de autofelicitación y las parejas empezaron a emigrar a sus casas, yo ya me estaba hundiendo en una resaca prematura. Josh abrió la puerta de un taxi que estaba esperando, pero yo le dije que iría andando.

—¿No quieres venir a mi casa? Podríamos pillar algo para comer.

—Estoy cansada. Y Margot tiene una cita por la mañana —contesté. Me dolían las mejillas de tanta sonrisa falsa.

Sus ojos analizaron mi rostro.

—Estás enfadada conmigo.

—No estoy enfadada contigo.

—Estás enfadada conmigo por lo que dije de tu trabajo —insistió, cogiéndome de la mano—. Louisa, no quería incomodarte, cariño.

—Pero querías que fuera otra persona. Creías que estaba por debajo de ellos.

—No. Creo que eres genial. Solo que podrías aspirar a algo más, porque tienes mucho potencial y yo…

—No digas eso, ¿vale? Lo del potencial. Es condescendiente, insultante y… Bueno, no quiero que me lo digas. Nunca más. ¿Vale?

—Vaya. —Josh echó un vistazo hacia atrás, tal vez para comprobar si algún compañero de trabajo estaba mirando. Luego me agarró del codo—. Vale, ¿qué está pasando aquí en realidad?

Bajé la vista hacia mis pies. No quería decir nada, pero no pude evitarlo.

—¿A cuántas?

—¿A cuántas qué?

—¿A cuántas mujeres les has hecho esa cosa? ¿Lo de la galería de los susurros? —le espeté. Él puso los ojos en blanco y se giró fugazmente.

—Felicity.

—Sí. Felicity.

—Vale, no eres la primera. Pero es bonito, ¿no? Creí que te divertiría. Oye, solo quería hacerte sonreír —se justificó. Seguimos uno a cada lado de la puerta mientras el taxímetro seguía en marcha, y el conductor levantó los ojos hacia el retrovisor, esperando—. Y te hizo sonreír, ¿no? Fue un momento especial. ¿No fue un momento especial?

—Pero tú ya habías tenido ese momento especial. Con otra.

—Venga ya, Louisa. ¿Soy el único hombre al que le has dicho cosas bonitas? ¿Para el que te has puesto guapa? ¿Con el que has hecho el amor? No somos adolescentes. Tenemos una historia.

—Y estrategias más que probadas.

—Eso no es justo.

Respiré hondo.

—Lo siento. No es solo por lo de la galería de los susurros. Estos eventos me resultan complicados. No estoy acostumbrada a tener que fingir que soy alguien que no soy.

Josh recuperó la sonrisa y su expresión se suavizó.

—Oye. Todo llegará. Son buena gente, una vez que los conoces. Hasta las mujeres con las que he salido —comentó, intentando sonreír.

—Si tú lo dices.

—Iremos a uno de los días de *softball.* Es un poco menos exigente. Te encantará.

Yo sonreí.

Él se inclinó hacia delante y me besó.

—¿Estamos en paz? —dijo.

—Estamos en paz.

—¿Seguro que no quieres venir conmigo?

—Tengo que ver cómo está Margot. Además, me duele la cabeza.

—¡Eso te pasa por empinar el codo! Bebe mucha agua. Probablemente sea deshidratación. Hablamos mañana.

Luego volvió a besarme, se subió al taxi y cerró la puerta. Mientras yo me quedaba allí mirando y mirando, él se despidió con la mano y luego dio un par de golpecitos en la mampara para hacer que el taxi arrancara.

Miré el reloj del vestíbulo cuando volví y me sorprendió descubrir que aún eran las seis y media. La tarde parecía haber durado varias décadas. Me quité los zapatos, sintiendo el alivio total que solo una mujer conoce cuando por fin se les permite a los doloridos dedos de los pies hundirse en una profunda y gruesa moqueta, y caminé descalza hasta el apartamento de Margot con ellos colgando en la mano. Me sentía agotada y enfadada de una forma que no podía expresar, como si me hubieran pedido que jugara a un juego cuyas reglas no entendía. De hecho, me sentía como si prefiriera estar en algún otro lugar diferente a aquel en el que estaba. Y seguía pensando en Felicity Lieberman: «¿Te hizo lo de la galería de los susurros?».

Mientras cruzaba el umbral, me agaché para saludar a Dean Martin, que venía hacia mí dando saltitos por el pasillo. Su carita aplastada estaba tan encantada con mi regreso que me resultó difícil seguir de mal humor. Me senté en el suelo del pasillo y le dejé saltar a mi alrededor, levantando el morro para llegar a mi cara con su lengua rosa, hasta que volví a sonreír.

—Soy yo, Margot —grité.

—Claro, no iba a ser George Clooney —respondió la anciana—. Es una lástima. ¿Qué tal el Club de las Mujeres Perfectas? ¿Ya te han captado?

—Ha sido una tarde maravillosa, Margot —mentí—. Todo el mundo era muy amable.

—Así de mal ha ido, ¿eh? ¿Te importaría traerme un vermutito rico si pasas por casualidad por la cocina, querida?

—¿Qué diablos es el vermú? —le susurré al perro, pero él se sentó y se rascó una oreja con la pata de atrás.

—Tómate uno, si quieres —añadió la mujer—. Sospecho que lo necesitas. —Justo me estaba poniendo de pie cuando sonó mi teléfono. Una ráfaga de consternación se apoderó de mí: seguramente sería Josh y yo no estaba en absoluto preparada para hablar con él, pero cuando miré la pantalla vi que era el número de mi casa. Pegué el móvil al oído.

—¿Papá?

—¿Louisa? Ay, gracias a Dios.

Miré el reloj.

—¿Va todo bien? Ahí debe de ser muy tarde.

—Cariño, tengo malas noticias. Es tu abuelo.

26

En memoria de Albert John Compton, «el abuelo»

Funeral: Iglesia parroquial de Santa María y Todos los Santos,
Stortfold Green
23 de abril a las 12.30

Posteriormente, serán todos bienvenidos para tomar un refrigerio
en el bar Laughing Dog, en la calle Pinemouth

No se aceptan flores, pero serán bienvenidas las donaciones
para el Fondo de Jinetes Lesionados

«Nuestros corazones están vacíos, pero ha sido una
bendición haberte querido»

Tres días después volé a casa a tiempo para el funeral. Le hice
a Margot comida para diez días, la congelé y le dejé instrucciones a
Ashok para que se pasara por su apartamento al menos una vez al

día con alguna excusa y se asegurara de que estaba bien o de que, si no lo estaba, yo no me fuera a topar con una alarma sanitaria cuando llegara una semana después. Pospuse una de sus citas en el hospital, me aseguré de que tuviera sábanas limpias, de que Dean Martin contara con suficiente comida y le pagué a Magda, una paseadora de perros profesional, para que fuera dos veces al día. Me puse muy seria con Margot y le dije que no se le ocurriera despedirla el primer día. Les comuniqué a las chicas del Emporio de la Ropa Vintage que iba a estar fuera. Vi a Josh dos veces. Permití que me acariciara el pelo, que me dijera que lo sentía y que me contara cómo se había sentido él al perder a su propio abuelo. Solo cuando por fin estuve en el avión, me di cuenta de que las millones de formas en que me había mantenido ocupada habían sido una manera de no asumir la verdad de lo que acababa de pasar.

El abuelo se había ido.

Otro derrame, según papá. Él y mamá estaban sentados en la cocina charlando mientras el abuelo veía las carreras y ella había entrado para preguntarle si quería más té, y él se había ido, tan tranquilamente y en paz que habían pasado quince minutos antes de que se dieran cuenta de que no estaba simplemente durmiendo.

—Parecía tan relajado, Lou —me dijo papá, mientras volvíamos del aeropuerto en el monovolumen—. Tenía la cabeza inclinada hacia un lado y los ojos cerrados, como si se estuviera echando una siesta. Es decir, que Dios lo tenga en la gloria, ninguno de nosotros queríamos perderlo, pero esa es la mejor forma de irse, ¿no crees? En tu sillón favorito, en tu propia casa, con la vieja tele encendida. Ni siquiera había apostado en esa carrera, así que tampoco le reconcomerá en el más allá haber perdido sus ganancias —comentó, intentando sonreír.

Yo me sentía embotada. Solo cuando entré en casa detrás de papá y vi el sillón vacío fui capaz de convencerme de que era verdad. Nunca más volvería a verlo, nunca más volvería a sentir aquella vieja espalda curvada bajo las yemas de los dedos cuando lo abrazaba, nunca más volvería a hacerle una taza de té, a interpretar sus silenciosas palabras ni a bromear con él por hacer trampas en los sudokus.

—Ay, Lou —dijo mamá, mientras venía hacia mí por el pasillo para atraerme hacia ella.

La abracé, notando cómo sus lágrimas me calaban el hombro, mientras papá se quedaba de pie detrás de ella dándole palmaditas en la espalda y murmurando: «Vale, vale, cielo. Ya pasó. Ya pasó», como si al decirlo las veces suficientes se hiciera verdad.

Aunque yo quería muchísimo al abuelo, a veces había elucubrado sobre si, cuando se fuera, mamá se sentiría en cierto modo liberada de la responsabilidad de cuidar de él. Su vida había estado tan estrechamente ligada a la de él durante tanto tiempo que solo había sido capaz de arañar pequeños instantes para ella misma, y sus últimos meses de mala salud habían hecho que ella no pudiera seguir yendo siquiera a sus adoradas clases nocturnas.

Pero me equivocaba. Mamá estaba destrozada, siempre al borde del llanto. Se reprochaba a sí misma no haber estado en la habitación cuando él se fue, se le llenaban los ojos de lágrimas al ver sus pertenencias y se mortificaba constantemente preguntándose si hubiera podido hacer algo más. Estaba nerviosa, perdida, sin alguien a quien cuidar. Se levantaba y se sentaba, ahuecaba los cojines, miraba el reloj como si tuviera alguna cita imaginaria. Cuando estaba realmente triste se ponía a limpiar como una loca, quitando el polvo inexistente de los zócalos y frotando los suelos hasta que tenía los nudillos rojos y en carne viva. Por las noches nos sentábamos alrededor de la mesa de la cocina mientras papá iba al bar —supuestamente a ultimar los detalles del refrigerio posterior al funeral— y ella tiraba la cuarta taza que había hecho sin querer para un hombre que ya no estaba allí, y luego verbalizaba las preguntas que la torturaban desde que él había muerto.

—¿Y si hubiera podido hacer algo? ¿Y si lo hubiéramos llevado al hospital a hacer más pruebas? Tal vez habrían podido detectar el riesgo de más derrames —decía, con las manos entrelazadas sobre el pañuelo.

—Si hiciste todas esas cosas. Lo llevaste millones de veces al médico.

—¿Recuerdas aquella vez que se comió dos paquetes de galletas Digestive de chocolate? Puede que esa fuera la causa. El azúcar es cosa del diablo, según dicen ahora. Tendría que haberlas puesto en un estante más alto. No tendría que haberle dejado comer esos malditos pasteles…

—No era un niño, mamá.

—Debería haberle obligado a comer verdura. Pero era difícil, ¿sabes? No se puede alimentar a cucharadas a un adulto. Por Dios, sin ofender. Es decir, lo de Will era distinto, obviamente…

Posé mi mano sobre la suya y vi cómo su cara se arrugaba.

—Nadie podría haberlo querido más, mamá. Nadie podría haber cuidado mejor del abuelo que tú.

Lo cierto era que su dolor me hacía sentir incómoda. La situaba demasiado cerca del lugar donde yo misma había estado, y no hacía tanto tiempo. Su tristeza me causaba recelo, como si fuera contagiosa, y me descubría buscando excusas para alejarme de ella, para intentar mantenerme ocupada y no tener que absorberla yo también.

Esa noche, cuando mamá y papá se sentaron a revisar algunos papeles del abogado, fui a la habitación del abuelo. Todavía estaba como él la había dejado, con la cama hecha y el ejemplar del *Racing Post* sobre la silla, con dos carreras para la tarde siguiente rodeadas con bolígrafo azul.

Me senté en el borde de la cama, siguiendo el dibujo de la colcha de chenilla con el dedo índice. En la mesilla de noche había una foto de mi abuela de los años cincuenta, peinada con ondas al agua, y con una sonrisa amplia y confiada. Yo solo tenía algunos fugaces recuerdos de ella. Pero mi abuelo había sido un elemento constante en mi infancia, primero en una casita de nuestra misma calle (Treena y yo íbamos corriendo hasta allí en busca de caramelos los sábados por la tarde, mientras mi madre nos vigilaba desde la puerta), y luego, durante los últimos quince años, en una habitación de nuestra casa, donde su sonrisa dulce y titubeante marcaba mi día, una presencia permanente en la sala de estar con su periódico y su taza de té.

Pensé en las historias que nos contaba de pequeñas de cuando había estado en la Marina (las de islas desiertas, monos y cocoteros puede que no fueran del todo ciertas), en el pan mojado en huevo que freía en la sartén ennegrecida —lo único que sabía cocinar— y cómo, cuando yo era muy pequeña, le contaba chistes a mi abuela que la hacían llorar de la risa. Y luego pensé en sus últimos años, en los que yo le había tratado casi como parte del mobiliario. No le había escrito. No le había llamado. Simplemente había asumido que seguiría ahí durante todo el tiempo que yo quisiera. ¿Le habría importado? ¿Habría querido hablar conmigo?

Ni siquiera me había despedido.

Recordé lo que decía Agnes: que aquellos que viajábamos lejos de casa siempre tendríamos el corazón en dos sitios. Posé la mano sobre la colcha de chenilla. Y, finalmente, lloré.

El día del funeral bajé las escaleras y me encontré a mamá limpiando frenéticamente para recibir a los invitados, aunque nadie iba a venir a casa, que yo supiera. Papá estaba sentado a la mesa, con cierto aire de alguien a quien le viene grande la situación: una expresión nada inusual en él últimamente cuando hablaba con mi madre.

—No necesitas buscar trabajo, Josie. No necesitas hacer nada.

—Bueno, necesito hacer algo con mi tiempo —replicó mi madre, quitándose la chaqueta para doblarla cuidadosamente sobre el respaldo de una silla antes de ponerse de rodillas para limpiar alguna mancha invisible debajo de un armario. Papá empujó un plato y un cuchillo hacia mí, sin mediar palabra.

—Estaba diciendo, Lou, cariño, que tu madre no necesita meterse en nada. Y ella está diciendo que irá a la oficina de empleo después del funeral.

—Has cuidado al abuelo durante años, mamá. Deberías disfrutar simplemente de tener algo de tiempo para ti misma.

—No. Estoy mejor si hago algo.

—Nos quedaremos sin armarios, como siga frotándolos a ese ritmo —susurró papá.

—Siéntate. Por favor. Tienes que comer algo.

—No tengo hambre.

—Por el amor de Dios, mujer. Me va a dar un derrame si sigues así —saltó mi padre, para poner inmediatamente cara de dolor—. Lo siento. Lo siento. No quería decir…

—Mamá —intervine, acercándome a ella, al ver que parecía no haberme oído. Le puse una mano en el hombro y ella se quedó quieta un instante—. Mamá.

Se levantó y miró por la ventana.

—¿Para qué sirvo ahora? —murmuró.

—¿Qué quieres decir?

Colocó el visillo almidonado.

—Ya nadie me necesita.

—Mamá, yo te necesito. Todos te necesitamos.

—Pero tú no estás aquí, ¿verdad? Ninguno lo estáis. Ni siquiera Thom. Estáis todos a kilómetros de distancia.

Papá y yo nos miramos.

—Eso no quiere decir que no te necesitemos.

—El abuelo era el único que dependía de mí. Hasta a ti, Bernard, te bastaría con tomarte un pastel salado y una pinta en la calle cada noche. ¿Qué se supone que voy a hacer ahora? Tengo cincuenta y ocho años y no valgo para nada. Me he pasado toda la vida cuidando a otras personas y ahora ni siquiera hay nadie que me necesite —dijo, con los ojos llenos de lágrimas. Sentí pánico por un instante, creyendo que iba a ponerse a gemir.

—Siempre te necesitaremos, mamá. Yo no sé qué haría si no estuvieras aquí. Eres como los cimientos de un edificio. Aunque no te vea todo el rato, sé que estás ahí. Apoyándome. A todos nosotros. Seguro que Treena diría lo mismo —le aseguré. Ella me miró, afligida, como si no tuviera muy claro qué pensar—. Así es. Y este..., este es un momento extraño. Nos llevará un tiempo acostumbrarnos. Pero ¿recuerdas lo que pasó cuando empezaste en las clases nocturnas? ¿Lo emocionada que estabas? ¿Como si estuvieras descubriendo partes nuevas de ti misma? Pues eso volverá a suceder. No se trata de quién te necesita, sino de dedicarte por fin algún tiempo a ti misma.

—Josie —dijo papá, dulcemente—. Nos iremos de viaje. Haremos todas esas cosas que pensábamos que no podíamos hacer porque implicaban dejarle solo. Puede que vayamos a verte, Lou. ¡Un viaje a Nueva York! Mira, cariño, tu vida no se ha acabado, simplemente va a ser distinta.

—¿Nueva York? —preguntó mamá.

—Madre mía, me encantaría —exclamé, mientras cogía un triángulo de pan del soporte para tostadas—. Os buscaría un hotel bonito y podríamos hacer turismo.

—¿De verdad?

—A lo mejor podríamos conocer a ese tío millonario para el que trabajas —dijo papá—. Puede que nos diera algo de propina, ¿no?

Lo cierto era que no les había comentado que las cosas habían cambiado. Seguí comiéndome la tostada, con cara de póquer.

—¿Nosotros? ¿A Nueva York? —preguntó mamá.

Papá alcanzó una caja de pañuelos de papel y se la pasó.

—Bueno, ¿por qué no? Tenemos ahorros. No te los puedes llevar contigo. Al menos eso el viejo lo tenía claro. No te esperes una herencia importante, eh, Louisa. Me da miedo informar al corredor de apuestas por si aparece diciendo que el abuelo le debe cinco libras.

Mamá se levantó, con el paño en la mano. Miró hacia un lado.

—Tú, papá y yo en Nueva York. Vaya, ¿no sería increíble?

—Podemos buscar vuelos esta noche, si quieres —propuse, preguntándome fugazmente si podría persuadir a Margot para que dijera que se apellidaba Gopnik.

Mamá se llevó una mano a la mejilla.

—Oh, por Dios, el abuelo todavía no está frío en su tumba y yo ya estoy haciendo planes. ¿Qué pensaría él?

—Pensaría que es maravilloso. Al abuelo le encantaría la idea de que tú y papá vinierais a Estados Unidos.

—¿Tú crees, de verdad?

—Lo sé —respondí, mientras extendía los brazos para abrazarla—. Él viajó por todo el mundo con la Marina, ¿no? Y también sé que le gustaría imaginarte volviendo a empezar en el centro de educación para adultos. No tiene sentido malgastar todos esos conocimientos que adquiriste el año pasado.

—Aunque también estoy segurísimo de que le gustaría pensar que todavía me dejas algo de cenar en el horno antes de irte —dijo papá.

—Venga, mamá. Vamos a superar lo de hoy y luego podremos empezar a hacer planes. Hiciste lo que pudiste por él, y sé que el abuelo pensaría que te mereces que la siguiente fase de tu vida sea una aventura.

—Una aventura —caviló mamá. Le cogió un pañuelo de papel a papá y se secó con suavidad el borde del ojo—. ¿Cómo puedo tener unas hijas tan listas?

Papá arqueó las cejas y, con un movimiento diestro, me quitó la tostada del plato.

—Bueno, han debido de salir a su padre —dijo papá. Mamá le dio con el trapo en la parte de atrás de la cabeza y él se quejó. Luego ella se volvió y me sonrió con una mirada de alivio total.

El funeral pasó, como suelen hacerlo los funerales, con grados variables de tristeza, algunas lágrimas y un porcentaje considerable de la congregación deseando saberse las oraciones cantadas. No fue una reunión excesiva, como el sacerdote comentó amablemente. El abuelo al final salía ya tan pocas veces que parecía que solo algunos de sus amigos se habían enterado de que había fallecido, aunque mamá había puesto una esquela en el *Stortfold Observer*. O eso, o la mayoría de ellos también estaban muertos. De hecho, hubo un par de asistentes con los que resultaba difícil notar la diferencia.

Ya en el cementerio, me puse al lado de Treena al pie de la sepultura, con la mandíbula apretada, y sentí una especie de gratitud fraternal muy particular cuando su mano reptó hacia la mía para estrechármela. Miré hacia atrás, donde estaba Eddie con Thom de la mano, que le daba patadas en silencio a una margarita que había en la hierba, tal vez intentando no llorar, o tal vez pensando en Transformers o en la galleta a medio comer que había pegado a la tapicería del coche fúnebre.

Oí al cura murmurar la familiar letanía sobre el polvo y las cenizas y mis ojos se llenaron de lágrimas. Me las enjugué con un pañuelo. Y entonces levanté la vista y, al otro lado de la tumba, detrás del pequeño grupo de asistentes, estaba Sam. El corazón me dio un vuelco. Sentí un calor repentino, algo entre el miedo y la náusea. Lo miré fugazmente a los ojos entre la multitud, parpadeé con fuerza y aparté la mirada. Cuando volví a mirar, se había ido.

En el bufé del bar, de repente me volví y lo encontré a mi lado. Nunca lo había visto con traje y el hecho de verlo a la vez tan guapo y tan raro me dejó un instante sin aliento. Decidí manejar la situación de la forma más madura posible y, simplemente, me negué a reconocer su presencia. En lugar de ello, miré fijamente los platos de sándwiches, tal y como habría hecho alguien a quien acabaran de explicarle el concepto de comida.

Él siguió allí, tal vez esperando a que yo levantara la vista.

—Siento lo de tu abuelo. Sé que sois una familia muy unida —dijo finalmente, con suavidad.

—Obviamente no tanto, o habría estado aquí —respondí, mientras me afanaba en colocar las servilletas sobre la mesa, aunque mamá había contratado a camareros.

—Sí, bueno, la vida no siempre funciona así.

—Ya me he dado cuenta —repliqué, cerrando un instante los ojos e intentando eliminar la aspereza de mi voz. Respiré hondo y luego, por fin, levanté la vista hacia él, con un gesto estudiadamente neutro en la cara—. Bueno, ¿cómo estás?

—Bastante bien, gracias. ¿Y tú?

—Ah, bien.

Nos quedamos allí de pie un momento.

—¿Qué tal la casa?

—Ya casi está. Me mudo el mes que viene.

—Vaya —dije. Me sorprendió un poco mi malestar. Me parecía increíble que alguien que conociera pudiera construir una casa desde cero. Yo la había visto cuando no era más que un trozo de hormigón en el suelo. Y aun así lo había hecho—. Es... increíble.

—Ya. Aunque echaré de menos el viejo vagón de tren. Me gustaba mucho estar allí. La vida era... sencilla.

Nos miramos y luego apartamos la vista.

—¿Qué tal Katie?

Hubo una brevísima pausa.

—Bien.

Mi madre apareció al lado de mi hombro con una bandeja de pastelillos de salchicha.

—Lou, cariño, ¿puedes ir a buscar a Treen? Me dijo que me haría el favor de pasar esta bandeja... Ah, no. Ahí está. ¿Puedes llevársela tú? Hay gente que todavía no ha comido na... —Se interrumpió al darse cuenta de con quién estaba hablando y alejó de mí la bandeja—. Perdón. Lo siento. No quería interrumpir.

—No lo has hecho —contesté, de forma un poco más enfática de lo que pretendía. Agarré el borde de la bandeja.

—Yo lo haré, cielo —repuso ella, acercándosela a la cintura.

—Puedo hacerlo yo —insistí, apretándola con tal fuerza que se me pusieron los nudillos blancos.

—Lou. Suéltala —dijo con firmeza, clavando sus ojos encendidos en los míos. Finalmente me rendí y ella se fue apresuradamente.

Sam y yo nos quedamos al lado de la mesa. Nos sonreímos incómodos el uno al otro, pero las sonrisas se desvanecieron demasiado rápido. Cogí un plato y puse en él un palito de zanahoria. No tenía muy claro que pudiera comer nada, pero me parecía raro estar allí de pie con un plato vacío.

—¿Te vas a quedar mucho tiempo?

—Solo una semana.

—¿Qué tal te trata la vida por allí?

—Se ha puesto interesante. Me despidieron.

—Lily me lo ha contado. Últimamente la veo bastante, con todo lo de Jake.

—Sí, ha sido… una sorpresa —comenté. Me pregunté fugazmente qué le habría contado Lily sobre su visita.

—No para mí. Lo supe desde el momento en que se conocieron. ¿Sabes? Ella es genial. Son felices —dijo. Yo asentí, como para darle la razón—. Habla un montón. Me ha contado lo de tu maravilloso novio y cómo te recuperaste después de que te despidieran y encontraste otro sitio para vivir y también lo de tu trabajo en el Emporio de la Ropa Vintage —comentó. Parecía tan fascinado como yo con los palitos de queso—. Ya lo tienes todo bajo control, entonces. Lily te tiene en un altar.

—Lo dudo.

—Dijo que Nueva York te sentaba bien —comentó, encogiéndose de hombros—. Pero supongo que ambos sabíamos eso.

Lo miré a hurtadillas mientras sus ojos estaban posados en otra parte, con esa pequeña porción de mi ser que no estaba literalmente muriéndose maravillada por el hecho de que dos personas que en su día se habían sentido tan cómodas la una con la otra ahora apenas fueran capaces de hilar una frase en una conversación.

—Tengo algo para ti. En mi habitación, en casa —dije bruscamente. No tenía muy claro de dónde había salido eso—. Lo traje la última vez, pero… ya sabes.

—¿Algo para mí?

—No para ti, exactamente. Es…, bueno, es una gorra de béisbol de los Knicks. La compré… hace tiempo. Por lo que me contaste sobre tu hermana. Como nunca pudo ir al 30 Rock, pensé…, bueno, que tal vez a Jake podría gustarle —expliqué. Él se quedó mirándome. Me tocó a mí bajar la vista—. Aunque seguramente es una estupidez —añadí—. Puedo dársela a otra persona. Seguro que puedo encontrar un hogar para una gorra de los Knicks en Nueva York. Y sería un poco raro que yo te regalara algo.

—No. No. Le encantará. Eres muy amable —dijo. Alguien tocó el claxon fuera y Sam miró hacia la ventana. Me pregunté distraídamente si Katie lo estaría esperando en el coche.

No sabía qué decir. No parecía haber una respuesta correcta para nada. Intenté luchar contra el nudo que se había instalado en mi garganta. Recordé el Baile Amarillo: había dado por hecho que a Sam le habría horrorizado, que nunca se pondría un traje. ¿Por qué había pensado eso? El que llevaba en ese momento parecía hecho para él.

—Te…, te la haré llegar. ¿Sabes qué? —dije, cuando ya no pude aguantar más—. Creo que será mejor que ayude a mamá con esas…, con las… Hay salchichas que…

Sam dio un paso hacia atrás.

—Claro. Solo quería presentar mis respetos. Te dejo tranquila.

Dio media vuelta y mi cara se descompuso. Me alegraba de estar en un velatorio, donde a nadie le llamaría la atención aquel gesto en particular. Y entonces, antes de que me diera tiempo a recomponer la cara, se volvió hacia mí.

—Lou —dijo en voz baja.

Yo no podía hablar. Simplemente, negué con la cabeza. Y me quedé mirándolo mientras se abría paso entre los asistentes y salía por la puerta del bar.

Esa noche, mamá me entregó un paquetito.

—¿Es del abuelo? —pregunté.

—No seas ridícula —respondió ella—. El abuelo nunca le regaló nada a nadie durante los últimos diez años de su vida.

Es de tu chico, de Sam. Al verlo hoy me he acordado. Te lo dejaste aquí la última vez que viniste. No sabía muy bien qué querías que hiciera con él.

Cogí el paquete y recordé de repente nuestra discusión en la mesa de la cocina. «Feliz Navidad», me había dicho, lanzándolo mientras se iba.

Mamá se volvió y empezó a lavar los platos. Yo lo abrí meticulosamente, separando las capas de papel de regalo con excesivo cuidado, como si estuviera abriendo algo de otra época.

Dentro de una cajita había un broche esmaltado en forma de ambulancia, tal vez de los años cincuenta. La cruz roja estaba hecha de pequeñas piedrecitas que podrían haber sido rubíes, o que podrían haber sido de plástico. De cualquier forma, brillaba en mi mano. Había una notita pegada a la tapa de la caja. «Para que te acuerdes de mí mientras estemos separados. Con todo mi amor, tu Sam, el de la ambulancia. Bss».

Lo sostuve en la palma de la mano y mamá se asomó por encima de mi hombro para verlo. Es raro que mi madre decida no decir nada. Pero esa vez me apretó el hombro, me dio un beso en la coronilla y siguió fregando los platos.

27

Estimada Louisa Clark:

Mi nombre es Vincent Weber y soy el nieto de Margot Weber, como yo la conozco. Aunque parece que tú la conoces por su apellido de soltera, De Witt.

Tu mensaje ha sido toda una sorpresa, ya que mi padre nunca habla de su madre. La verdad es que, durante años, llegué a pensar que ni siquiera estaba viva, aunque ahora me doy cuenta de que nunca se me comunicó eso expresamente.

Después de recibir tu mensaje le pregunté a mi madre y me dijo que habían tenido una fuerte discusión antes de que yo naciera, pero he estado pensando y he decidido que en realidad eso no tiene nada que ver conmigo, y que me encantaría saber algo más de ella (me pareció que dabas a entender que últimamente no se encuentra muy bien). ¡No puedo creer que tenga otra abuela!

Por favor, responde a este correo. Y gracias por tu empeño.

Vincent Weber (Vinny)

Llegó a la hora acordada un miércoles por la tarde, el primer día realmente cálido de mayo, con las calles llenas de carne abruptamente expuesta y gafas de sol recién compradas. No le dije nada a Margot porque (a) sabía que se pondría furiosa y (b) estaba casi segura de que se limitaría a salir a dar un paseo hasta que él se fuera. Abrí la puerta principal y ahí estaba: un hombre alto y rubio con las orejas agujereadas en siete sitios, vestido con unos pantalones sueltos como de los años cuarenta, una camisa de color rojo pasión, unos zapatos de cordones de cuero calado relucientes y un jersey de Fair Isle sobre los hombros.

—¿Eres Louisa? —preguntó, mientras yo me agachaba para coger en brazos al perro, que no paraba de moverse.

—Madre mía —dije, mirándolo lentamente de arriba abajo—. Os vais a llevar de fábula.

Lo guie por el pasillo y hablamos en susurros. Hasta que Dean Martin no se pasó dos minutos enteros ladrando y gruñendo, Margot no dijo nada.

—¿Quién ha llamado a la puerta, querida? Si es esa odiosa Gopnik puedes decirle que sus conciertos de piano son ostentosos y sentimentaloides. Y lo dice una persona que una vez vio a Liberace —comentó, antes de empezar a toser.

Caminé de espaldas mientras le hacía señas al chico para que se acercara hacia la sala de estar. Abrí la puerta.

—Margot, tiene visita.

Ella se volvió, frunciendo ligeramente el ceño, con las manos sobre los brazos del sillón, y lo analizó durante diez segundos.

—No te conozco —dijo con rotundidad.

—Este es Vincent, Margot —le expliqué—. Su nieto —añadí, después de respirar hondo.

Ella lo miró fijamente.

—Hola, señora De Witt… Abuela —la saludó Vincent. Luego avanzó hacia la anciana y le sonrió, antes de inclinarse y ponerse en cuclillas delante de ella. Margot analizó su cara.

Tenía tal expresión de enfado que creía que le iba a gritar, pero luego dejó escapar lo que pareció un pequeño hipido. Abrió la boca un centímetro y sus viejas y huesudas manos se cerraron sobre las mangas de él.

—Has venido —dijo la anciana, con una voz que parecía un suave ronroneo, y que se quebró mientras emergía de las profundidades de su pecho—. Has venido —repitió, mirándolo, observando sus facciones como si ya estuviera viendo parecidos, historias, recuperando recuerdos hacía tiempo olvidados—. Te pareces tanto a tu padre —aseguró, mientras extendía la mano y le tocaba un lado de la cara.

—Quiero pensar que tengo un gusto un poco mejor que el suyo —contestó Vincent, sonriendo, y Margot soltó una carcajada.

—Deja que te vea. Dios mío. Eres guapísimo. Pero ¿cómo me has encontrado? ¿Sabe tu padre…? —preguntó Margot, meneando la cabeza, como si tuviera demasiadas preguntas que hacerle, y sus nudillos se volvieron blancos sobre las mangas de él. Luego se giró hacia mí, como si hubiera olvidado que estaba allí—. Bueno, no sé qué haces ahí mirando, Louisa. Una persona normal ya le habría ofrecido a este pobre hombre algo para beber. Por el amor de Dios. A veces no tengo ni idea de qué diablos haces aquí.

Vincent parecía sorprendido, pero yo di media vuelta y fui hacia la cocina, radiante de felicidad.

28

*Y*a estaba hecho, dijo Josh, dando una palmada. Tenía la certeza de que iba a conseguir el ascenso. A Connor Ailes no lo habían invitado a cenar. A Charmaine Trent, a la que habían traído hacía poco del departamento de Servicios Jurídicos, no la habían invitado a cenar. A Scott Mackey, el director de Cuentas, lo habían invitado a cenar antes de hacerlo director de Cuentas, y él había dicho que estaba claro que Josh ya tenía un pie dentro.

—A ver, no quiero confiarme demasiado, pero todo depende del tema social, Louisa —me explicó Josh, examinando su reflejo—. Solo ascienden a la gente si creen que puede encajar en su ambiente social. No lo sabías, ¿verdad? Me pregunto si debería empezar a jugar al golf. Todos juegan al golf. Pero yo no juego desde que tenía trece años, más o menos. ¿Qué te parece esta corbata?

—Genial —respondí. Era una corbata. En realidad no sabía qué decir. De cualquier modo, todas parecían azules. Se hizo el nudo con movimientos rápidos y seguros.

—Ayer llamé a mi padre y me dijo que la clave es no demostrar excesivo interés, ¿sabes? En plan… En plan, soy ambi-

cioso y claramente leal a la empresa, pero me podría cambiar
a cualquier otra compañía en cualquier momento porque se
pelearían por mí. Tienen que sentir la amenaza de que podrías
irte a otro sitio si no te ofrecen lo que te mereces, ¿me explico?

—Perfectamente.

Era la misma conversación que habíamos tenido catorce
veces durante la última semana. Ni siquiera tenía claro que re-
quiriera respuestas por mi parte. Él volvió a comprobar su reflejo y luego, aparentemente satisfecho, caminó hacia la cama y se
inclinó sobre ella para acariciarme la parte posterior del pelo.

—Te recogeré sobre las siete, ¿vale? Recuerda sacar antes
al perro para no entretenernos. No quiero llegar tarde.

—Estaré lista.

—Que tengas un buen día. Por cierto, ha sido estupendo
lo que has hecho con la familia de la anciana, ¿sabes? Realmente estupendo. Ha sido una buena acción.

Me besó enérgicamente, sonriendo ya ante la perspectiva
del día que le esperaba, y se fue.

Me quedé en su cama en la posición exacta en la que él
me había dejado, vestida con una de sus camisetas y abrazándome las rodillas. Luego me levanté, me vestí y me fui de su
apartamento.

Aún seguía distraída cuando llevé a Margot a la cita que tenía
por la mañana en el hospital, mientras apoyaba la frente en la
ventanilla del taxi e intentaba fingir que atendía a lo que ella
me estaba contando.

—Déjame ya aquí, querida —dijo Margot, mientras la
ayudaba a salir. Le solté el brazo cuando llegó a las puertas
dobles y estas se abrieron como para tragársela. Era el patrón
que seguíamos en todas las citas. Yo me quedaba fuera con Dean
Martin, ella entraba lentamente y yo volvía en una hora, o cuan-

do ella decidiera llamarme—. No sé qué te pasa esta mañana. Estás muy dispersa. Menuda ayuda —comentó, mientras se detenía en la puerta y me pasaba la correa.

—Gracias, Margot.

—Bueno, es como viajar con una boba. Está claro que tienes el cerebro en otro lado y no me haces ninguna compañía. He tenido que pedirte algo tres veces para que lo hicieras.

—Lo siento.

—En fin, asegúrate de prestar plena atención a Dean Martin mientras estoy dentro. Se angustia mucho cuando ve que lo ignoran —comentó, antes de levantar un dedo—. Lo digo en serio, señorita. Lo sabré.

Ya estaba a medio camino de la cafetería que tenía una terraza y un camarero simpático cuando me di cuenta de que todavía llevaba su bolso en la mano. Maldije y eché a correr calle arriba.

Entré precipitadamente en la recepción, ignorando las miradas incisivas de los pacientes que estaban esperando y que observaron al perro como si llevara una granada de mano de carne y hueso.

—¡Hola! Tengo que darle el bolso a la señora Margot De Witt. ¿Puede decirme dónde podría encontrarla? Por favor. Soy su cuidadora.

La mujer no levantó la vista de la pantalla.

—¿No puede llamarla?

—Tiene más de ochenta años. No tiene teléfono móvil. Y, aunque lo tuviera, estaría en su bolso. Por favor. Lo necesitará. Tiene dentro las pastillas, sus notas y otras cosas.

—¿Tiene hoy una cita?

—A las once y cuarto. Margot De Witt —contesté, y lo deletreé por si acaso.

Consultó la lista, pasando un dedo con una extravagante manicura por la pantalla.

—Vale. Sí, aquí está. Oncología está por allí, por las puertas dobles de la izquierda.

—¿Perdón?

—Oncología. Vaya por el pasillo principal y cruce las puertas dobles de la izquierda. Si está dentro con el médico, puede darle el bolso a una de las enfermeras. O déjeles un mensaje para que le digan dónde la espera.

Me quedé mirándola, aguardando a que me dijera que había cometido un error. Finalmente, levantó la vista hacia mí, con expresión interrogante, como si esperara oír por qué seguía todavía allí, estupefacta, delante de ella. Cogí la tarjeta de la cita del mostrador y di media vuelta.

—Gracias —dije débilmente, y me llevé a Dean Martin afuera, al sol.

—¿Por qué no me lo dijo?

Margot estaba sentada en el taxi, dándome tercamente la espalda, mientras Dean Martin jadeaba en su regazo.

—Porque no es asunto tuyo. Se lo habrías contado a Vincent. Y no quería que se sintiera en la obligación de venir a verme solo por un estúpido cáncer.

—¿Cuál es el pronóstico?

—No es cosa tuya.

—¿Cómo..., cómo se encuentra?

—Exactamente como me encontraba antes de que empezaras a hacerme todas estas preguntas.

Ahora todo tenía sentido. Las pastillas, las frecuentes visitas al hospital, la pérdida de apetito. Las cosas que yo consideraba simples signos de vejez y de la sobreprotectora sanidad privada de Estados Unidos habían estado disfrazando una falla geológica mucho más profunda. Tenía el estómago revuelto.

—No sé qué decir, Margot. Me siento…

—No me interesan tus sentimientos.

—Pero…

—No se te ocurra ponerte empalagosa conmigo ahora —me interrumpió con tono fulminante—. ¿Qué ha sido de la flema inglesa? ¿Estás hecha de gominola?

—Margot…

—No pienso hablar del tema. No hay nada de que hablar. Si vas a insistir en ponerte en plan blandengue conmigo, ya te puedes ir buscando otro apartamento.

Cuando llegamos al Lavery, salió del taxi con un vigor inusitado. Cuando acabé de pagarle al conductor, ella ya había entrado en el vestíbulo sin mí.

Quise hablar con Josh sobre lo que había pasado, pero cuando le escribí me dijo que estaba a tope y que podría ponerle al día por la noche. Nathan estaba ocupado con el señor Gopnik. Ilaria se habría vuelto loca o, peor aún, habría insistido en pasarse por allí todo el rato para asfixiar a Margot con sus característicos cuidados ásperos y sus guisos de cerdo recalentados. En realidad, no tenía a nadie más con quien hablar.

Mientras Margot se echaba la siesta de la tarde, me fui sigilosamente al baño y, fingiendo que limpiaba, abrí el armario, miré el estante de los medicamentos y anoté los nombres, hasta que encontré la confirmación: morfina. Levanté la vista hacia el resto de medicinas del armario y las busqué en internet hasta que obtuve las respuestas que buscaba.

Estaba realmente conmocionada. Me preguntaba cómo sería estar mirando a la muerte tan directamente. Me pregunté cuánto le quedaría. Me di cuenta de que quería a aquella anciana de lengua mordaz y mente aún más mordaz como quería a mi familia. Y alguna pequeña parte de mi ser, egoístamente, se preguntó qué supondría aquello para mí: había sido feliz en el apartamento de Margot. Puede que no lo considerara algo permanente, pero pensaba que al menos podría quedarme allí un año más. Ahora tenía que enfrentarme al hecho de que volvía a estar sobre arenas movedizas.

Había recuperado un poco la compostura cuando el timbre de la puerta sonó, puntualmente, a las siete. Abrí y allí estaba Josh, impecable. Nadie habría dicho que se había levantado a las cinco.

—¿Cómo es posible? —dije—. ¿Cómo puedes tener ese aspecto después de todo un día de trabajo?

Él se inclinó hacia delante y me dio un beso en la mejilla.

—Maquinilla eléctrica. Y tenía otro traje en la lavandería y me cambié en el trabajo. No quería llegar todo arrugado.

—Pues seguro que tu jefe aparecerá con el mismo traje que ha llevado puesto todo el día.

—Tal vez. Pero no es él quien aspira a un ascenso. ¿Crees que estoy bien?

—Hola, Josh, querido —lo saludó Margot, mientras iba hacia la cocina.

—Buenas tardes, señora De Witt. ¿Cómo se encuentra hoy?

—Sigo aquí, querido. Eso es todo lo que necesitas saber.

—Bueno, tiene un aspecto estupendo.

—Y tú dices muchas sandeces.

Él sonrió y se giró hacia mí.

—¿Qué llevas puesto? ¿Un milhojas de limón?

Yo miré hacia abajo.

—¿Qué?

Nos quedamos un instante en silencio.

—Esos… ¿leotardos?

Bajé la vista hacia mis piernas.

—Ah, eso. He tenido un mal día. Estos leotardos me hacen sentir bien, son mi equivalente a un traje limpio de la tintorería —expliqué, con una sonrisa triste—. Si sirve de algo, solo me los pongo en las ocasiones más especiales.

Él observó mis piernas un rato más y luego se pasó lentamente una mano por la boca.

—Lo siento, Louisa, pero no son lo más adecuado para esta noche. Mi jefe y su mujer son muy conservadores. Y es un restaurante muy caro. Con estrellas Michelin.

—Este vestido es de Chanel. La señora De Witt me lo ha prestado.

—Ya, pero el efecto del conjunto es un poco… —comentó, haciendo una mueca—. ¿Extravagante?

Al ver que no me movía, extendió las manos y me sujetó los brazos por encima de los codos.

—Cariño, sé que te encanta disfrazarte, pero ¿podríamos ir un poquito más convencionales, solo por mi jefe? Esta noche es importantísima para mí.

Bajé la vista hacia sus manos y me ruboricé. De repente, me sentía ridícula. Por supuesto que mis leotardos de abejorro no eran lo más adecuado para ir a cenar con un consejero delegado. ¿En qué estaría pensando?

—Claro —dije—. Iré a cambiarme.

—¿No te importa?

—Claro que no.

Josh casi se desinfló de alivio.

—Genial. ¿Podrías hacerlo rapidísimo? Lo último que quiero es llegar tarde y toda la Séptima Avenida está congestionada. Margot, ¿me permite usar su baño?

Ella asintió en silencio.

Fui corriendo a mi cuarto y me puse a rebuscar entre mis pertenencias. ¿Qué se ponía una para una cena pija con gente del mundo de las finanzas?

—Ayúdeme, Margot —dije, al oír que estaba detrás de mí—. ¿Me cambio solamente las medias? ¿Qué debería ponerme?

—Exactamente lo que llevas puesto —respondió.

Me volví hacia ella.

—Pero él ha dicho que no es adecuado.

—¿Para quién? ¿Hay un uniforme? ¿Por qué no puedes ser tú misma?

—Yo...

—¿Esas personas son tan idiotas que no soportan a alguien que no vista exactamente como ellos? ¿Por qué tienes que fingir ser alguien que, obviamente, no eres? ¿Quieres ser una de *esas* mujeres?

Bajé la percha que estaba sosteniendo en alto.

—No... No lo sé.

Margot se llevó una mano a su pelo recién peinado. Y me lanzó lo que mi madre habría llamado una mirada «a la antigua usanza».

—A cualquier hombre que sea lo suficientemente afortunado como para ser tu pareja, debería importarle un bledo que salieras con una bolsa de basura y botas de agua.

—Pero él...

Margot suspiró y se apretó los dedos sobre la boca, como hace la gente cuando le gustaría decir muchas más cosas, pero no las dice. Pasaron unos instantes hasta que volvió a hablar.

—Creo que en algún momento, querida, vas a tener que decidir quién es realmente Louisa Clark —comentó, dándome unas palmaditas en el brazo. Dicho lo cual, salió de la habitación.

Yo me quedé allí de pie, mirando el espacio donde ella había estado. Bajé la vista hacia mis piernas a rayas y volví a levantarla hacia las prendas de mi armario. Pensé en Will y en el día en que me había regalado aquellos leotardos.

Al cabo de un rato, Josh apareció en la puerta, colocándose la corbata.

Tú no eres él, pensé de pronto. *De hecho, no te pareces en nada a él.*

—¿Y bien? —preguntó Josh, sonriendo. Luego su rostro se ensombreció—. Creía que ya estarías lista.

Miré fijamente mis pies.

—En realidad… —dije.

29

*M*argot dijo que debería irme fuera unos cuantos días para despejarme. Cuando le respondí que no, me preguntó por qué y añadió que, definitivamente, llevaba un tiempo sin pensar con la cabeza y que necesitaba aclararme. Cuando admití que no quería dejarla sola, me dijo que era una ridícula y que no sabía lo que me convenía. Me miró por el rabillo del ojo durante un rato, mientras su vieja mano huesuda tamborileaba irritantemente sobre el brazo de su sillón, antes de levantarse con dificultad y desaparecer, para volver unos minutos después con un cóctel sidecar tan fuerte que el primer trago hizo que me lloraran los ojos. Luego me dijo que sentara el trasero, que mis sollozos la estaban sacando de quicio, y que viera *La ruleta de la fortuna* con ella. Hice lo que me decía e intenté no escuchar la voz de Josh, furiosa y perpleja, retumbando en mi cabeza.

¿Me estás dejando por unos leotardos?

Cuando acabó el programa, Margot me miró, chasqueó la lengua ruidosamente, me dijo que aquello no funcionaría y que sería mejor que nos fuéramos las dos juntas.

—Si no tiene dinero.

—Por el amor de Dios, Louisa. Es tremendamente vulgar discutir sobre asuntos financieros —me reprendió—. Me sorprende la forma en que os educan a las jovencitas para hablar de esas cosas —comentó, antes de darme el nombre de un hotel de Long Island al que quería que llamara, y de indicarme que les dijera expresamente que llamaba de parte de Margot De Witt para que me aplicaran la tarifa «familiar» preferente. Luego añadió que se lo había pensado mejor y que, si tanto me preocupaba, podía pagar yo lo de las dos. Y que si eso no hacía que me sintiera ya mucho mejor.

Y así fue como acabé pagando un viaje a Montauk para mí, Margot y Dean Martin.

Cogimos un tren desde Nueva York con destino a un pequeño hotel revestido de tejas en la costa, al que Margot había viajado todos los veranos durante décadas hasta que su debilidad —o sus finanzas— se lo habían impedido. Mientras yo permanecía allí de pie, le dieron la bienvenida en la puerta como si fuera, en efecto, un miembro de la familia al que hacía tiempo que no veían. Pedimos unas gambas a la plancha y una ensalada para comer y la dejé hablando con la pareja que dirigía el lugar para bajar por el sendero que daba a la extensa playa azotada por el viento y respirar el aire lleno de ozono, mientras observaba cómo Dean Martin correteaba alegremente por las dunas de arena. Allí, bajo el inmenso cielo, empecé a sentir, por primera vez desde hacía meses, que mis pensamientos dejaban de estar enteramente ahogados por las necesidades y las expectativas de los demás.

Margot, exhausta por el viaje en tren, se pasó gran parte de los siguientes dos días en el pequeño salón, mirando el mar o charlando con el anciano patriarca del hotel, un hombre llamado

Charlie que parecía una curtida estatua de la Isla de Pascua, que asentía mientras Margot hablaba sin parar, negaba con la cabeza y decía que no, que las cosas ya no eran como antes, o que sí, que desde luego que las cosas allí estaban cambiando muy rápidamente, y ambos agotaban aquel tema acompañados de pequeñas tazas de café y luego se quedaban allí sentados, satisfechos por lo horrible que se había vuelto todo y porque cada uno de ellos corroborara la opinión del otro. Pronto me di cuenta de que mi único papel había sido simplemente llevarla allí. Parecía que apenas me necesitaba, salvo para ayudarla con algunas prendas de ropa complicadas y para pasear al perro. Sonreía más de lo que la había visto sonreír desde que la conocí, lo cual ya era una útil distracción en sí misma.

Así que, durante los siguientes cuatro días, desayuné en mi habitación, leí los libros de la estantería del hotelito, sucumbí a los ritmos más lentos de la vida de Long Island e hice lo que me ordenaron. Caminé y caminé hasta que volví a tener apetito y logré apaciguar los pensamientos de mi cabeza con el rugido de las olas, el sonido de las gaviotas en el infinito cielo plomizo y los ladridos de un perrito sobreexcitado que apenas podía creer la suerte que tenía.

La tercera tarde me senté en mi cama del hotel, llamé a mi madre y le conté lo que de verdad había pasado los últimos meses. Por una vez ella no habló sino que escuchó y, al final, dijo que creía que había sido muy sensata y muy valiente, y esas dos afirmaciones me hicieron llorar un poco. Me pasó con papá, que me dijo que le gustaría darles una patada en el culo a esos malditos Gopnik, que no hablara con desconocidos y que los avisara en cuanto Margot y yo estuviéramos de vuelta en Manhattan. Añadió que estaba orgulloso de mí.

—Tu vida… es de todo menos sosegada, ¿verdad, cariño? —dijo. Tuve que darle la razón y pensé en cómo era dos años atrás, antes de lo de Will, cuando lo más emocionante que podía pasarme era que alguien exigiera que le devolviera el dinero en The Buttered Bun, y me di cuenta de que me gustaba que fuera así, a pesar de todo.

La última noche, Margot y yo cenamos en el comedor del hotel, a petición suya. Me puse mi top fucsia de terciopelo y mi falda pantalón de seda tres cuartos y ella se puso una camisa verde de flores con volantes y unos pantalones de vestir a juego (yo le había cosido un botón más en la cintura para que no se le resbalaran por las caderas), y disfrutamos en silencio de los ojos abiertos de par en par de los otros huéspedes mientras nos mostraban nuestros sitios en la mejor mesa al lado del ventanal.

—Bueno, querida. Es nuestra última noche, así que creo que deberíamos tirar la casa por la ventana, ¿no te parece? —dijo Margot, mientras levantaba una mano regia para saludar a los huéspedes que seguían mirando. Me estaba preguntando qué casa en concreto íbamos a tirar por la ventana, cuando la anciana siguió hablando—. Creo que tomaré la langosta. Y puede que un poco de champán. Al fin y al cabo, sospecho que esta es la última vez que vendré aquí.

Yo me dispuse a protestar, pero ella me interrumpió.

—Por el amor de Dios. Es la realidad, Louisa. La realidad pura y dura. Creía que las británicas estabais hechas de un material más recio.

Así que pedimos una botella de champán y dos langostas, y, mientras se ponía el sol, tomamos aquella carne deliciosa aderezada con ajo. Abrí las pinzas de la de Margot, ya que estaba demasiado frágil para enfrentarse a ellas, y luego se las devolví; ella las chupó con pequeños ruiditos de satisfacción y puso algunos de aquellos trocitos de carne bajo la mesa, donde Dean Martin estaba siendo diplomáticamente ignorado por todos. Compartimos un cuenco enorme de patatas fritas; yo me comí la mayor parte de ellas y Margot esparció unas cuantas en su plato y dijo que estaban buenísimas.

Nos hicimos compañía la una a la otra, manteniendo un
mullido silencio, mientras el restaurante se iba vaciando lentamente, y ella pagó con una tarjeta de crédito que raras veces
usaba (Estaré muerta antes de que me reclamen el pago, ¡ja!).
Luego, Charlie se acercó con rigidez y le puso una mano gigante sobre su diminuto hombro. Le dijo que se iba a la cama,
pero que esperaba verla por la mañana, antes de que se fuera,
y que había sido un verdadero placer reencontrarse con ella
después de todos aquellos años.

—El placer ha sido mío, Charlie. Gracias por esta maravillosa estancia —dijo la anciana. Sus ojos se arrugaron con
afecto y ambos se estrecharon las manos hasta que él soltó las
de ella de mala gana y dio media vuelta—. Una vez me acosté
con él —comentó Margot, mientras el hombre se alejaba—. Un
hombre maravilloso. Aunque no era adecuado para mí, desde
luego.

Mientras escupía la última patata frita por un ataque de
tos, ella me miró con hastío.

—Fue en los setenta, Louisa. Llevaba mucho tiempo sola.
Ha sido muy agradable volver a verle. Ahora está viudo, claro
—suspiró—. A mi edad, todo el mundo lo está   añadió. Nos
quedamos en silencio unos instantes, mirando hacia el infinito
océano, negro como la tinta. A lo lejos, se divisaban las minúsculas luces parpadeantes de los barcos de pesca. Me pregunté cómo
sería estar ahí fuera, solo, en medio de la nada. Entonces, Margot
retomó la palabra—. No esperaba volver aquí —comentó en voz
baja—. Así que debería darte las gracias. Ha sido… Ha sido como
una especie de bálsamo.

—Para mí también, Margot. Me da la impresión de que
tengo… las cosas más claras.

Ella me sonrió, antes de bajar la mano para darle unas
palmaditas a Dean Martin, que estaba tumbado debajo de su
silla roncando suavemente.

—Has hecho lo correcto con Josh. No era para ti.

Yo no respondí. No había nada que añadir. Me había pasado tres días pensando en la persona en la que podría haberme convertido si hubiera seguido con Josh: pudiente, medio estadounidense, puede que hasta casi feliz, y había descubierto que, tras unas cortas semanas, Margot me entendía mejor de lo que yo me entendía a mí misma. Me habría amoldado para encajar con él. Habría renunciado a la ropa que adoraba, a las cosas que más me importaban. Habría transformado mi comportamiento, mis costumbres, me habría perdido en su carismática estela. Me habría convertido en una esposa corporativa, maldiciéndome por las partes de mí que no encajaban, eternamente agradecida por aquel Will en formato estadounidense.

No pensé en Sam. Me había vuelto experta en eso.

—¿Sabes? —dijo Margot—. Cuando llegas a mi edad, el montón de cosas de las que te arrepientes es tan gigantesco que puede impedir terriblemente su visión.

La anciana mantuvo los ojos fijos en el horizonte y yo esperé, preguntándome a quién se estaba dirigiendo.

Pasaron tres semanas desde que volvimos de Montauk sin sobresaltos. En mi vida ya no había ninguna certeza, así que había decidido vivir como Will me había dicho, simplemente existiendo en cada instante, hasta que me viera de nuevo obligada a mover ficha. Suponía que, en algún momento, Margot se encontraría tan mal o estaría tan endeudada que nuestra satisfactoria pequeña burbuja estallaría y yo tendría que reservar mi vuelo de vuelta a casa.

Hasta entonces, no era una mala manera de vivir. Las rutinas que jalonaban mi día a día me proporcionaban cierto placer: las carreras alrededor de Central Park, los paseos con Dean Martin, prepararle la cena a Margot, aunque no comiera mucho, y el momento que ahora compartíamos por las noches viendo juntas *La ruleta de la fortuna,* gritando las letras del Gajo Misterioso. Llevé al siguiente nivel mis decisiones en cuanto al estilismo, abrazando mi yo neoyorquino con una serie de modelitos que dejaban a Lydia y a su hermana boquiabiertas de admiración. A veces me ponía cosas que Margot me prestaba, y a veces llevaba cosas que había comprado en el Emporio. Cada día me ponía delante del espejo del cuarto de invitados de Margot e inspeccionaba los estantes de los que se me permitía coger cosas, y una parte de mí chisporroteaba de felicidad.

Tenía trabajo, o algo así, haciendo turnos para las chicas en el Emporio de la Ropa Vintage mientras Angelica estaba fuera haciendo un barrido de una fábrica de ropa de mujer en Palm Springs donde, al parecer, guardaban muestras de todos los artículos que habían confeccionado desde 1952. Me encargaba de la caja junto con Lydia, y ayudaba a chicas de tez pálida a meterse en vestidos de graduación *vintage,* rezando para que las cremalleras aguantaran, mientras ella reorganizaba la disposición de los percheros y se mortificaba escandalosamente por la cantidad de espacio desaprovechado en el *outlet.*

—¿Sabes cuánto cuesta ahora aquí el metro cuadrado? —decía, meneando la cabeza mientras miraba nuestro solitario expositor giratorio de la esquina del fondo—. De verdad. Alquilaría esa esquina como aparcamiento si pudiéramos ingeniárnoslas para que los coches entraran aquí.

Le di las gracias a una clienta que acababa de comprar un bolero de tul con lentejuelas y cerré de golpe la caja registradora.

—¿Y por qué no lo alquilas? ¿A una tienda, o algo? Os daría más ingresos.

—Sí, ya lo hemos hablado. Es complicado. Si involucras a otros minoristas tienes que hacer una división, un acceso aparte y tener un seguro, y entonces no sabes quién entra ni a qué horas… Tienes a extraños rondando entre nuestras cosas. Es demasiado arriesgado —comentó, mientras mascaba chicle y hacía un globo, antes de hacerlo estallar distraídamente con una uña pintada de morado—. Además, no nos gusta nadie.

—¡Louisa! —exclamó Ashok, de pie sobre la alfombra, mientras daba una palmada con las manos enguantadas al verme llegar—. ¿Vas a venir a casa el próximo sábado? Meena quiere saberlo.

—¿La protesta todavía continúa?

Los dos sábados anteriores no había podido evitar darme cuenta de que el número de personas había menguado considerablemente. Las esperanzas de la gente del barrio ya eran casi inexistentes. Las consignas ya no se gritaban con tanta fuerza a medida que los presupuestos de la ciudad se ajustaban, y los experimentados manifestantes se iban yendo poco a poco. Meses después de que comenzara la acción, solo quedaba nuestro pequeño núcleo y Meena arengaba a todo el mundo repartiendo botellas de agua e insistía en que aquello no acabaría hasta que se dijera la última palabra.

—Todavía sigue igual. Ya conoces a mi mujer.

—Entonces me encantaría. Gracias. Dile que yo llevaré el postre.

—Hecho. —Añadió un feliz sonido de «mmmm» para sí mismo ante la perspectiva de algo rico, y me gritó cuando llegaba al ascensor—. ¡Eh!

—¿Qué?

—Bonita ropa, señorita —dijo.

Ese día iba vestida en homenaje a *Buscando a Susan desesperadamente*. Llevaba una cazadora *bomber* de seda morada con un arcoíris bordado en la espalda, unos *leggings*, varios chalecos superpuestos y un montón de pulseras que hacían un agradable tintineo cada vez que cerraba de golpe la caja registradora (no se cerraba bien a menos que lo hicieras así).

—¿Sabes? —comentó Ashok, meneando la cabeza—. No puedo creer que usaras polos cuando trabajabas para los Gopnik. No te pegaban nada.

Vacilé mientras se abría la puerta del ascensor. Últimamente, me negaba a usar el ascensor de servicio.

—¿Sabes qué, Ashok? Tienes toda la razón.

Por deferencia a su condición de dueña de la casa, siempre llamaba antes de entrar en el apartamento de Margot, aunque hacía meses que tenía la llave. La primera vez no hubo respuesta y tuve que controlar mi acceso de pánico, diciéndome a mí misma que solía poner la radio muy alta, que Ashok me lo habría dicho si hubiera pasado algo. Finalmente, entré. Dean Martin vino nervioso por el pasillo a saludarme, con los ojos estrábicos de alegría al verme llegar. Lo levanté y dejé que su nariz arrugada me husmeara toda la cara.

—¿Hola? ¿Hola? ¿Dónde está tu mamá, eh? —Lo dejé en el suelo y él empezó a ladrar y a correr en círculos, exaltado—. ¿Margot? ¿Margot, dónde está?

Ella salió de la sala con su bata de seda china.

—¡Margot! ¿No se encuentra bien? —pregunté, tirando el bolso y corriendo en su dirección, pero ella levantó una mano.

—Louisa, ha ocurrido algo milagroso.

La respuesta salió de mi boca antes de que me diera tiempo a pararla.

—¿Está mejorando?

—No, no, no. Ven. ¡Ven! Ven a conocer a *mi hijo* —anunció la anciana, dando media vuelta antes de que yo pudiera hablar, para desaparecer de nuevo en la sala de estar. Yo entré tras ella y un hombre alto con un jersey de color pastel y una barriga incipiente presionando para poder escapar por encima de la hebilla del cinturón se levantó de una silla y extendió el brazo para estrecharme la mano—. Te presento a Frank *junior*, mi hijo. Frank, esta es mi querida amiga, Louisa Clark, sin la cual no habría sobrevivido los últimos meses.

Intenté disimular mi desconcierto.

—Ah. Bueno. Ha sido…, ha sido mutuo —comenté, mientras me inclinaba hacia delante para estrechar la mano de la mujer que estaba a su lado, que llevaba puesto un jersey blanco de cuello vuelto y tenía un cabello claro similar al algodón de azúcar que debía de haberle llevado toda una vida intentar domar.

—Yo soy Laynie —dijo ella, con voz aguda, como si fuera una de esas mujeres que nunca han conseguido dejar atrás la niñez—. La mujer de Frank. Creo que es a ti a quien tenemos que agradecer esta pequeña reunión familiar —añadió, mientras se enjugaba los ojos con un pañuelo bordado. Tenía la nariz teñida de rosa, como si hubiera estado llorando hacía poco.

Margot me tendió la mano.

—Resulta que Vincent, ese sinvergüenza traidorzuelo, le habló a su padre de nuestras reuniones y de mi… situación.

—Sí, ese sinvergüenza traidorzuelo debo de ser yo —declaró Vincent, apareciendo en la puerta con una bandeja. Parecía relajado y feliz—. Me alegra volver a verte, Louisa —dijo. Yo asentí, empezando ya a sonreír.

Era tan raro ver a gente en el apartamento. Estaba acostumbrada al silencio, a que fuéramos solo Margot, Dean Martin y yo, no a que Vincent apareciera con su camisa de cuadros y su corbata de Paul Smith con nuestra bandeja de la cena, ni al hombre alto con las piernas dobladas como un acordeón contra la mesita de centro, ni a la mujer que no dejaba de mirar la sala que la rodeaba con ojos de ligero asombro, como si nunca antes hubiera estado en un lugar como ese.

—Me han dado una sorpresa, la verdad —me explicó Margot, con la voz ligeramente cascada, como si ya hubiera hablado demasiado—. Vincent llamó al timbre para decir que iba a subir y yo creí que venía solo él, y entonces la puerta se abrió un poco más y…, bueno, no puedo… Debéis de creer todos que soy muy rara. Ni siquiera me había vestido, ¿verdad? Me acabo de dar cuenta ahora. Pero hemos tenido una tarde de lo más maravillosa. Ni te lo imaginas —concluyó, mientras extendía la otra mano y su hijo la agarraba y se la estrechaba. La barbilla de él tembló un poco por la emoción contenida.

—Ha sido verdaderamente mágico —dijo Laynic—. Tenemos tantas cosas de las que ponernos al día. Francamente, creo que ha sido obra del Señor que nos hayamos reunido.

—Bueno, de Él y de Facebook —replicó Vincent—. ¿Quieres un poco de café, Louisa? Queda un poco en la cafetera. He traído unas galletas por si Margot quería comer algo.

—Esas no creo que se las coma —repuse, sin poder evitarlo.

—Tiene toda la razón. Yo no como galletas, Vincent, querido. En realidad esas son para Dean Martin. Las pepitas de chocolate no son chocolate de verdad, ¿sabes?

Margot apenas se paraba a coger aliento. Parecía completamente transformada. Era como si hubiera rejuvenecido diez años de la noche a la mañana. El brillo de crispación de su mirada había desaparecido y había sido sustituido por algo dulce, y no podía parar de hablar, farfullando encantada.

Retrocedí hacia la puerta.

—Bueno, yo… no quiero entrometerme. Seguro que tienen muchas cosas de las que hablar. Margot, péextcomegueme un grito cuando me necesite —dije, agitando las manos sin sentido—. Es maravilloso conocerles a todos. Me alegro muchísimo por ustedes.

—Creemos que estaría bien que mamá se viniera con nosotros —dijo Frank *junior*.

Se hizo un breve silencio.

—¿Que fuera adónde? —pregunté.

—A Tuckahoe —contestó Laynie—. A nuestra casa.

—¿Durante cuánto tiempo? —dije.

Se miraron los unos a los otros.

—Me refiero a cuánto tiempo se quedará. Para poder hacerle la maleta.

Frank *junior* seguía estrechando la mano de su madre.

—Señorita Clark, mamá y yo hemos perdido mucho tiempo. Y ambos pensamos que sería agradable aprovechar al máximo el que nos queda. Así que tenemos que hacer algunos... trámites —comentó el hombre. En sus palabras había un atisbo de posesión, como si ya me estuviera dejando claro que él tenía más derecho sobre ella.

Yo miré a Margot, que me devolvió una mirada clara y serena.

—Así es —manifestó.

—Un momento. ¿Quiere irse... de aquí? —pregunté, al ver que nadie decía nada—. ¿Del apartamento?

Vincent me miró con empatía. Luego se volvió hacia su padre.

—¿Por qué no lo dejamos por ahora, papá? —dijo—. Todos tenemos muchas cosas que asimilar. Nosotros, desde luego, tenemos un montón de asuntos que resolver. Y creo que Louisa y la abuela también necesitan hablar.

Me tocó ligeramente el hombro mientras se iba. Lo consideré una disculpa.

—¿Sabes? La verdad es que la esposa de Frank me ha parecido muy agradable, aunque no tiene ni idea de cómo vestirse, la pobre. Él tenía unas novias espantosas cuando era joven, según mi madre. Me escribió cartas durante un tiempo en las que me las describía. Pero un cuello cisne blanco de algodón... ¿Puede haber algo más horroroso? ¡Un cuello cisne blanco!

El recuerdo de aquel despropósito —o tal vez la velocidad a la que Margot estaba hablando— hizo que le diera un ataque de tos. Cogí un vaso de agua y esperé a que se recuperara. Se habían marchado unos minutos después de que Vincent lo propusiera. Me dio la sensación de que lo hicieron porque él se lo pedía, y que en realidad ninguno de sus padres quería dejar a Margot.

Me senté en la silla.

—No lo entiendo.

—Todo esto debe de parecerte muy precipitado. Ha sido de lo más extraordinario, mi querida Louisa. Hablamos y hablamos, y puede que hasta derramáramos una o dos lágrimas. ¡Está exactamente igual! Ha sido como si nunca hubiéramos estado separados. Está igualito: tan serio y tranquilo pero, en realidad, muy dulce, como era de niño. Y esa esposa suya es como él. Pero entonces, de repente, me pidieron que me fuera a vivir con ellos. Estaba claro que lo habían hablado entre todos antes de venir. Y les dije que sí —declaró, levantando la vista hacia mí—. Vamos, tú y yo sabemos que no será para siempre. Hay un lugar muy agradable a un par de kilómetros de su casa al que me puedo mudar cuando todo se ponga demasiado complicado.

—¿Complicado? —susurré.

—Louisa, no te pongas sensiblera conmigo otra vez, por amor del cielo. Pues cuando no pueda valerme por mí misma. Cuando esté realmente mal. Francamente, no creo que esté con mi hijo más que unos cuantos meses. Sospecho que por eso se sienten tan cómodos al proponérmelo —declaró, y soltó una risita mordaz.

—Pero…, pero no lo entiendo. Dijo que nunca dejaría este lugar. Es decir, ¿y todas sus cosas? No puede irse.

Ella me miró.

—Pues es exactamente lo que pienso hacer —replicó. Luego inspiró hondo y su pecho huesudo se levantó dolorosamente bajo el suave tejido—. Me estoy muriendo, Louisa. Soy una mujer mayor y no voy a llegar a ser mucho más vieja, y mi hijo, al que creía haber perdido, ha sido lo suficientemente magnánimo como para tragarse su dolor y su orgullo y tenderme una mano. ¿Te lo puedes imaginar? ¿Puedes imaginarte lo que es que alguien haga eso por ti? —preguntó. Pensé en Frank *junior*, en cómo miraba a su madre, en sus dos sillas pegadas la una a la otra, en su mano apretando con fuerza la de ella—. ¿Por qué diablos iba a preferir quedarme en este lugar un minuto más, teniendo la oportunidad de pasar tiempo con él? De levantarme y verlo en el desayuno, de charlar de todas las cosas que me he perdido y de ver a sus hijos… Y Vincent…, mi querido Vincent. ¿Sabías que tiene un hermano? Tengo dos nietos. ¡Dos! En fin. Tenía que pedirle perdón a mi hijo. ¿Sabes lo importante que era eso? Tenía que pedirle perdón. Ay, Louisa, puedes aferrarte a tu dolor por un orgullo fuera de lugar, o puedes dejarlo pasar y disfrutar del precioso tiempo que te quede —dijo la anciana, con las manos firmemente apoyadas sobre las rodillas—. Y eso es lo que yo pienso hacer.

—Pero no puede. No puede irse —repliqué yo, que me había echado a llorar sin saber por qué.

—Mi querida niña, espero que no vayas a tener un disgusto por esto. Venga, vamos. Nada de lágrimas, por favor. Tengo que pedirte algo —comentó. Yo me soné la nariz—. Esta es la parte más difícil —dijo, antes de tragar saliva con cierto esfuerzo—. No podrán acoger a Dean Martin. Lo sienten mucho, pero alguien tiene alergia, o algo así. Yo iba a decirles que no fueran ridículos y que él tenía que venir conmigo, pero, a decir verdad, últimamente me preocupa mucho qué será de él, ya sabes, cuando me haya ido. Al fin y al cabo, aún le quedan años de vida. Desde luego, muchos más que a mí. Así que... Me preguntaba si tú podrías hacerme el favor de quedártelo. Parece que le gustas. Solo Dios sabe por qué, con lo atrozmente que solías llevar a la pobre criatura de aquí para allá. Ese animal debe de ser la misericordia personificada.

Me quedé mirándola entre lágrimas.

—¿Quiere que me quede con Dean Martin?

—Sí —repuso ella. Bajé la vista hacia el perrito, que esperaba expectante a sus pies—. Te estoy pidiendo que, como amiga mía..., tengas a bien considerarlo. Por mí —añadió. Me miró fijamente, examinando con sus pálidos ojos los míos, los labios fruncidos. Mi cara se arrugó. Me alegraba por ella, pero se me rompía el corazón al pensar en perderla. No quería volver a estar sola.

—Sí.

—¿Lo harás?

—Por supuesto —respondí, y me eché a llorar de nuevo.

Margot se encorvó, aliviada.

—Sabía que lo harías. Lo sabía. Y sé que cuidarás de él —dijo sonriendo, por una vez sin regañarme por mis lágrimas, y se inclinó hacia adelante para cerrar sus dedos sobre mi mano—. Tú eres así.

Vinieron dos semanas después a llevársela. A mí me pareció indecentemente precipitado, pero supongo que ninguno de nosotros sabía a ciencia cierta cuánto tiempo le quedaba. Frank *junior* había pagado la montaña de gastos de mantenimiento del apartamento —una situación que podía considerarse un poco menos altruista cuando caías en la cuenta de que eso significaba que podría heredarlo en lugar de que el señor Ovitz lo reclamara—, pero Margot decidió verlo como un acto de amor y yo no tenía razón alguna para no hacer lo mismo. Desde luego, él parecía feliz de haberla recuperado. La pareja la abrumaba preguntándole si estaba bien, si llevaba toda la medicación, si no estaba demasiado cansada o mareada o si se sentía mal o si necesitaba agua, hasta que ella sacudía las manos y ponía los ojos en blanco, fingiendo que la molestaba. Pero les seguía el juego. Apenas había dejado de hablar de él desde que me lo había contado.

Yo debía quedarme y cuidar el lugar «por el momento», según Frank *junior.* Creo que se refería hasta que Margot muriera, aunque nadie lo dijo en voz alta. Al parecer, el agente inmobiliario había dicho que nadie querría alquilarlo tal y como estaba, y resultaba un tanto indecoroso destriparlo antes del «momento», así que me habían asignado el papel de guardesa temporal. Además, Margot insistió varias veces en que aquello ayudaría a Dean Martin a tener cierta estabilidad mientras se adaptaba a su nueva situación. No tengo muy claro que la estabilidad mental del perro ocupara un lugar tan destacado en la lista de prioridades de Frank *junior.*

Margot se llevó solo dos maletas y se puso uno de sus trajes favoritos para viajar, la chaqueta y la falda de buclé de color jade y el casquete a juego. Yo lo adorné con un pañuelo de Yves Saint Laurent de color azul noche anudado alrededor de su estrecho cuello, para disimular la forma en que este ahora sobresalía, dolorosamente huesudo, del cuello de la chaqueta, y desenterré los pendientes de turquesas en cabujón para darle un toque final. Me preocupaba que tuviera demasiado calor, pero ella parecía cada vez más minúscula y frágil y se quejaba de que tenía frío hasta en los días más cálidos. Me quedé fuera, en la acera, con Dean Martin en los brazos, observando cómo su hijo y Vincent supervisaban la colocación de las maletas. Margot comprobó que llevaban los joyeros —pensaba regalar algunos de los objetos más valiosos a la mujer de Frank *junior*, y otros a Vincent «para cuando se case»— y luego, aparentemente satisfecha de que estuvieran a buen recaudo, caminó hacia mí lentamente, apoyándose con fuerza en el bastón.

—Bueno, querida. Te he dejado una carta con todas las instrucciones. No le he dicho a Ashok que me voy…, no quiero dramas. Pero he dejado un detallito para él en la cocina. Te agradecería que se lo dieras cuando nos hayamos ido —me pidió. Yo asentí—. He escrito todo lo que necesitas saber sobre Dean Martin en una carta aparte. Es muy importante que te ciñas a sus rutinas. Así es como le gusta hacer las cosas.

—No tiene por qué preocuparse. Me aseguraré de que sea feliz.

—Y nada de premios de esos de hígado. Se muere por ellos, pero le sientan mal.

—Nada de premios de hígado.

Margot tosió, tal vez por el esfuerzo de hablar, y esperó un momento hasta que pudo recuperar con total seguridad el aliento. Se afianzó en el bastón y alzó la vista hacia el edificio que la había albergado durante más de medio siglo, levantando una frágil mano para protegerse los ojos del sol. Luego se volvió rígidamente y observó Central Park, el paisaje que durante tanto tiempo había sido suyo.

Frank *junior* la llamó desde el coche, inclinándose para poder vernos mejor. Su mujer estaba de pie al lado de la puerta del copiloto, con un anorak de color azul claro y las manos entrelazadas con ansiedad. Al parecer, no era una mujer a la que le gustara la gran ciudad.

—¿Mamá?

—Un momento, por favor, querido.

Margot se movió para situarse justo delante de mí. Extendió una mano y, mientras yo lo sujetaba, acarició la cabeza del perro tres o cuatro veces con sus delgados y marmóreos dedos.

—Eres un buen compañero, ¿verdad, Dean Martin? —dijo en voz baja—. Muy buen compañero. —El perro la miró, embelesado—. Eres el chico más guapo del mundo —añadió, y su voz se quebró en la última palabra.

El perro le lamió la palma de la mano y ella avanzó y le besó la arrugada frente, cerrando los ojos y apretando sus labios sobre él demasiado tiempo de forma que sus ojos torcidos se le salieron de las órbitas y sus patas la golpearon. El rostro de Margot se ensombreció por un instante.

—Podría…, podría llevárselo para que lo viera —propuse. Ella mantuvo la cara pegada a la de él, con los ojos cerrados, ajena al ruido, al tráfico y a la gente que la rodeaba—. ¿Me ha oído, Margot? Cuando esté instalada, podríamos coger el tren y…

Ella se irguió, abrió los ojos y bajó la vista un instante.

—No, gracias —respondió. Antes de que me diera tiempo a decir nada más, dio media vuelta—. Ahora, llévalo a dar un paseo, por favor, querida. No quiero que me vea marchar.

Su hijo se había bajado del coche y estaba de pie en la acera, esperando. Le ofreció una mano, pero ella la ignoró. Me dio la sensación de que estaba conteniendo las lágrimas, pero era difícil de decir porque mis propios ojos parecían torrentes.

—Gracias, Margot —le dije—. Por todo.

Ella meneó la cabeza, con los labios apretados.

—Ahora vete. Por favor, querida —me pidió, mientras iba hacia el coche al tiempo que su hijo se acercaba, con la mano estirada hacia ella. No sé lo que hizo después, porque dejé a Dean Martin sobre la acera como ella me había pedido y caminé vigorosamente hacia Central Park, con la cabeza gacha, ignorando las miradas de los curiosos que se preguntaban qué hacía una chica vestida con unos escuetos pantalones cortos brillantes y una cazadora *bomber* de seda morada llorando abiertamente a las once de la mañana.

Caminé tanto tiempo como las patitas de Dean Martin pudieron aguantar. Y luego, cuando se rebeló y se detuvo al lado de Azalea Pond, con su pequeña lengua rosa fuera y un ojo ligeramente caído, lo cogí y lo llevé en brazos, con los ojos hinchados por las lágrimas y mi pecho solo a una respiración de distancia de otro doloroso sollozo.

La verdad era que los animales nunca habían sido lo mío. Pero de repente entendí lo reconfortante que podía ser enterrar la cara en la suave piel de otra criatura, y el consuelo que podían proporcionar la infinidad de pequeñas tareas que estás obligado a realizar por su bienestar.

—¿La señora De Witt se va de vacaciones? —me preguntó Ashok, que estaba detrás de su mesa cuando entré cabizbaja y con las gafas de sol azules de plástico puestas.

Aún no tenía energías para contárselo.

—Sí —respondí.

—No me ha pedido que cancele la entrega de los periódicos. Será mejor que me ponga con ello —comentó, meneando la cabeza, mientras cogía un libro de registros—. ¿Sabes cuándo volverá?

—Luego te lo digo.

Subí las escaleras lentamente, con el perrito inmóvil en mis brazos, como si temiera que pudiera volver a pedirle que usara las patas. Y luego entré en el apartamento.

El silencio era mortal, y su ausencia ya lo perforaba como nunca lo había hecho cuando ella estaba en el hospital, mientras las motas de polvo se instalaban en el aire inmóvil y cálido. En cuestión de meses, pensé, alguna otra persona viviría allí, arrancaría el papel de los años sesenta, haría añicos los muebles de cristal ahumado. Sería transformado y rediseñado, se convertiría en un refugio para atareados ejecutivos o para una familia espantosamente rica con hijos pequeños. El mero hecho de pensarlo me hacía sentir vacía por dentro.

Le di a Dean Martin un poco de agua y un puñado de pienso como premio, luego crucé lentamente el apartamento, con su ropa y sus sombreros y sus paredes llenas de recuerdos, y me obligué a mí misma a no pensar en cosas tristes sino en el deleite que revelaba la cara de la anciana ante la perspectiva de vivir sus últimos días con su único hijo. Era una alegría que había resultado transformadora, que había animado sus cansadas facciones y había hecho que le brillaran los ojos. Aquello me hizo preguntarme hasta qué punto todas aquellas cosas, todos aquellos recuerdos, no habían sido su manera de aislarse del prolongado dolor de su ausencia.

Margot De Witt, reina del estilo, extraordinaria editora de moda, mujer anticipada a su tiempo, había construido un muro, un muro maravilloso, estridente y multicolor para decirse a sí misma que todo había merecido la pena. Y en el momento en que él había vuelto a ella, lo había demolido sin mirar atrás.

Al cabo de un rato, cuando mis lágrimas fueron remitiendo hasta transformarse en hipidos intermitentes, cogí el primer sobre que había sobre la mesa y lo abrí. Estaba escrito con la hermosa letra de suaves curvas de Margot, un vestigio de una época en que se juzgaba a los niños por su caligrafía. Como me prometió, contenía detalles de la dieta preferida del perrito, de las horas de las comidas, de las necesidades veterinarias, de las vacunas, del calendario de prevención de pulgas y de parásitos intestinales. Me decía dónde estaban sus diversos abrigos de invierno —los había diferentes para la lluvia, el viento y la nieve— y cuál era su marca favorita de champú. También necesitaba que le lavaran los dientes, que le limpiaran las orejas y que —según leí con una mueca de asco— le vaciaran las glándulas anales.

—Eso no me lo dijo cuando me pidió que me quedara contigo —le comenté al perro, y él levantó la cabeza, gruñó y volvió a bajarla.

Además, daba detalles de adónde había que reenviarle el correo y los datos de contacto de la empresa de mudanzas: los objetos que no se iban a llevar se quedarían en su habitación y yo debía escribir una nota y pegarla en la puerta para impedir que entraran. Podían llevarse todos los muebles, las lámparas y las cortinas. Las tarjetas de su hijo y de su nuera estaban en el sobre, por si deseaba ponerme en contacto con ellos para aclarar alguna cosa.

Y ahora vamos con las cosas importantes. Louisa, no te he agradecido en persona que encontraras a Vincent —ese acto de desobediencia civil que me ha reportado tanta felicidad inesperada—, pero ahora me gustaría darte las gracias por ello. Y también por cuidar de Dean Martin. Hay pocas personas en las que confiaría para hacer lo que les pido y para quererlo como yo lo quiero, pero tú eres una de ellas.

Louisa, eres un tesoro. Siempre fuiste demasiado discreta como para contarme los detalles, pero no dejes que lo que fuera que pasara con esa familia de idiotas de la puerta de al lado atenúe tu luz. Eres una criaturita valiente, maravillosa y tremendamente bondadosa y estaré eternamente agradecida porque su pérdida ha sido mi ganancia. Gracias.

Es con este ánimo de agradecimiento con el que me gustaría ofrecerte mi guardarropa. Para cualquier otra persona —salvo tal vez para esas amigas tuyas un tanto mercenarias de esa espantosa tienda de ropa—, eso sería basura. Soy muy consciente de ello. Pero tú ves mi ropa como lo que es. Puedes hacer con ella lo que quieras: quedarte con alguna, vender otra, lo que sea. Pero sé que disfrutarás con ella.

Esto es lo que yo pienso, aunque sé de buena tinta que, en realidad, a nadie le interesa lo que piensa una anciana. Monta tu propia agencia. Alquila las prendas o véndelas. Parecía que esas chicas creían que podía dar dinero: pues bien, a mí me da que este sería el trabajo perfecto para ti. Debería de haber suficiente para que empezaras algún tipo de empresa. Aunque, por supuesto, puede que tengas otras ideas para tu futuro, mucho mejores. ¿Me harás saber lo que decidas?

De cualquier modo, querida compañera de piso, esperaré ansiosa noticias tuyas. Por favor, dale un beso a ese perrito de mi parte. Ya lo estoy echando muchísimo de menos.

Con mis más afectuosos recuerdos,

Margot

Dejé la carta y me senté inmóvil en la cocina durante un rato, luego fui hasta el dormitorio de Margot y al vestidor de al lado, y me puse a revisar los percheros abarrotados, modelo tras modelo.

¿Una agencia de vestuario? Yo no sabía nada de negocios, ni de locales, ni de cuentas, ni de tratar con la gente. Estaba viviendo en una ciudad cuyas normas no acababa de entender, sin domicilio permanente, y había fracasado prácticamente en todos los trabajos que había tenido. ¿Por qué diablos creería Margot que yo podía montar un negocio desde cero?

Acaricié con los dedos una manga de terciopelo azul noche, y luego saqué la prenda: era un mono de Halston abierto casi hasta la cintura, con un aplique de rejilla. Lo coloqué de nuevo en su sitio con cuidado y saqué un vestido blanco, de bordado inglés, con una falda llena de volantes. Caminé a lo largo de esa primera barra asombrada, pero intimidada. Todavía estaba empezando a asimilar la responsabilidad de tener un perro. ¿Qué se suponía que debía hacer con tres habitaciones llenas de ropa?

Esa noche, me senté en el apartamento de Margot y vi *La ruleta de la fortuna.* Me comí los restos de un pollo que había asado para ella la noche anterior, del que sospecho que había dado la mayor parte al perro por debajo de la mesa. No oí lo que decía Vanna White, ni grité ninguna letra en los Gajos Misteriosos. Pensé en lo que Margot me había dicho y reflexioné sobre la persona que ella había visto.

¿Quién era Louisa Clark, de todos modos?

Era una hija, una hermana, una especie de madre subrogada durante un tiempo. Era una mujer que se preocupaba por los demás pero que parecía no tener mucha idea, incluso en ese momento, de cómo cuidar de sí misma. Como la brillante ruleta girando en la pantalla frente a mí, intenté pensar en lo que de verdad quería, en vez de en lo que los demás querían para mí. Pensé en lo que Will realmente me había estado diciendo: que no viviera una idea ajena de una vida plena, sino que viviera mi propio sueño. El problema era que no creía haber descubierto aún cuál era ese sueño.

Pensé en Agnes, que vivía al otro lado del pasillo, una mujer que intentaba convencer a todos de que podía encajar con calzador en una nueva vida, mientras una parte fundamental de ella se negaba a dejar de lamentarse por la vida que había dejado atrás. Pensé en mi hermana y en su felicidad recién encontrada, tras haber dado el paso de comprender quién era ella realmente. En la forma en que se había tropezado con tanta facilidad con el amor tras permitirse a sí misma hacerlo. Pensé en mi madre, una mujer tan marcada por el cuidado a otras personas que ya no sabía qué hacer al verse liberada.

Pensé en los tres hombres que había amado, y en cómo cada uno de ellos me había cambiado, o había intentado hacerlo. Will había dejado una huella indudable en mí. Había visto todo a través del prisma de lo que él quería para mí. *También habría*

*cambiado por ti, Will. Y ahora lo entiendo: probablemente, tú
lo supiste todo el tiempo.*

Vive con osadía, Clark.

«¡Buena suerte!», gritó el presentador de *La ruleta de la
fortuna*, y la hizo girar de nuevo.

Y entonces me di cuenta de lo que realmente quería hacer.

Me pasé los siguientes tres días ordenando el guardarropa de
Margot, clasificando las prendas en diferentes secciones: seis
décadas distintas y, dentro de ellas, ropa de día, ropa de noche,
ocasiones especiales. Separé todo aquello que necesitaba algún
tipo de arreglo, por pequeño que fuera —botones que faltaban,
brechas en encajes, pequeños agujeritos—, maravillada por cómo
se las había ingeniado para evitar las polillas y porque muchas
costuras no estaban estiradas, sino que seguían perfectamente
alineadas. Sostuve prendas delante de mí, me probé algunas cosas,
retiré cubiertas de plástico y dejé escapar pequeños sonidos de
placer y de asombro que hicieron que Dean Martin levantara las
orejas antes de irse, contrariado. Fui a la biblioteca pública y me
pasé medio día buscando todo lo relacionado con cómo montar
un pequeño negocio, las exigencias tributarias, las subvenciones,
el papeleo, e imprimí un archivo que crecía día a día. Luego me
fui de excursión al Emporio de la Ropa Vintage con Dean Martin y me senté con las chicas para preguntarles por las mejores
tintorerías para las prendas delicadas y los nombres de las mejores mercerías para encontrar forro de seda para arreglar la ropa.

Ellas estaban entusiasmadas con la noticia del regalo de
Margot.

—Nosotras podríamos comprarte todo el lote —comentó Lydia, echando el humo hacia arriba en forma de anillo—.
Es decir, por algo así podríamos pedir un préstamo al banco,
¿no? Te ofreceríamos un buen precio. ¡Lo suficiente para la

fianza de un alquiler buenísimo! Hay una empresa de televisión alemana a la que le interesamos mucho. Tienen una serie multigeneracional de veinticuatro episodios que quieren...

—Gracias, pero aún no he decidido qué quiero hacer con todo eso —respondí, intentando ignorar la decepción de sus caras. Ya me sentía un poco protectora con aquellas prendas. Me incliné sobre el mostrador—. Pero tengo otra idea...

A la mañana siguiente, me estaba probando un traje pantalón verde modelo Judy de Ossie Clark de los años setenta para comprobar si tenía alguna costura deteriorada o algún agujerito, cuando sonó el timbre.

—¡Un momento, Ashok! ¡Un momento! Espera que coja al perro —grité, sujetándolo en brazos mientras le ladraba furiosamente a la puerta.

Michael apareció delante de mí.

—Hola —dije fríamente, cuando me recuperé del impacto—. ¿Hay algún problema?

Él se esforzó en no levantar una ceja al ver mi atuendo.

—Al señor Gopnik le gustaría verte.

—Estoy aquí legalmente. La señora De Witt me invitó a quedarme.

—No es por eso. No sé qué quiere, la verdad. Pero le gustaría hablar contigo de algo.

—No tengo ninguna intención de hablar con él, Michael. Pero gracias de todos modos —repliqué. Intenté cerrar la puerta, pero él me lo impidió con un pie. Yo bajé la vista hacia él. Dean Martin emitió un gruñido sordo.

—Louisa. Ya sabes cómo es. Me pidió que no me fuera hasta que accedieras.

—Pues dile que cruce él el pasillo. No está muy lejos.

El hombre bajó la voz.

—No quiere verte aquí. Quiere verte en su oficina. En privado —insistió Michael. Parecía inusitadamente incómodo, como alguien que se declaró tu mejor amigo y luego te deja tirada como a un saco de patatas.

—Entonces dile que me pasaré por allí a última hora de la mañana. Cuando Dean Martin y yo hayamos dado nuestro paseo.

Él siguió sin moverse.

—¿Qué?

Parecía casi suplicante.

—El coche está esperando fuera.

Me llevé a Dean Martin. Era una útil distracción de mi vaga sensación de ansiedad. Michael se sentó a mi lado en la limusina y Dean Martin lo miraba a él y a la parte trasera del asiento del conductor simultáneamente. Permanecí en silencio, preguntándome qué diablos iría a hacer ahora el señor Gopnik. Si hubiera decidido presentar cargos, seguramente habría enviado a la policía, y no su coche. ¿Habría esperado deliberadamente a que Margot se fuera? ¿Habría descubierto otras cosas por las que estaba a punto de culparme? Pensé en Steven Lipkott y en la prueba de embarazo y me pregunté cuál sería mi respuesta si me preguntaba directamente qué sabía. Will siempre decía que se me daba fatal poner cara de póquer. Practiqué mentalmente. *No sé nada.* Hasta que Michael me dirigió una mirada inquisitiva y me di cuenta de que había empezado a decirlo en voz alta.

Nos dejaron delante de un enorme edificio de cristal. Michael atravesó con ligereza el vestíbulo abovedado recubierto de mármol, pero yo me negué a apresurarme y, en lugar de ello, dejé que Dean Martin caminara sin prisa a su propio ritmo, aunque me di cuenta de que aquello enfurecía a Michael. Él recogió un pase de seguridad, me lo dio y luego me guio hacia un ascensor aparte cerca del fondo del vestíbulo: claramente, el señor Gopnik era demasiado importante como para subir y bajar con el resto de sus empleados.

Subimos al piso cuarenta y seis, viajando a una velocidad que hizo que se me salieran los ojos de las órbitas casi tanto como a Dean Martin, e intenté ocultar el ligero temblor de mis piernas mientras salía al profundo silencio de las oficinas. Una secretaria, impecablemente vestida con un traje sastre hecho a medida y tacones de aguja, me miró de arriba abajo; supongo que allí no entraban muchas personas vestidas con trajes pantalón verde esmeralda de los años setenta de Ossie Clark, con ribetes de satén rojo, sujetando a perritos furiosos. Seguí a Michael por un pasillo hasta otro despacho, en el que estaba sentada otra mujer, también impecablemente vestida con su uniforme de oficina.

—He traído a la señorita Clark a ver al señor Gopnik, Diane —le dijo Michael.

Ella asintió, levantó un teléfono y murmuró algo a través de él.

—La recibirá ahora mismo —me comunicó la mujer, con una pequeña sonrisa.

Michael señaló la puerta.

—¿Quieres que me quede con el perro? —preguntó. Estaba claro que deseaba desesperadamente que no lo llevara conmigo.

—No. Gracias —dije, estrechando un poco más a Dean Martin contra mí.

Cuando la puerta se abrió, Leonard Gopnik estaba allí de pie, en mangas de camisa.

—Gracias por acceder a verme —dijo, cerrando la puerta tras él. Señaló una silla que había al otro lado de la mesa y la rodeó lentamente. Me di cuenta de que cojeaba ostensiblemente y me pregunté qué estaría haciendo Nathan con él. Siempre había sido demasiado discreto como para hablar de ello. Yo no dije nada. Se sentó pesadamente en su silla. Me percaté de que parecía cansado. Su caro bronceado era incapaz de ocultar las sombras bajo sus ojos y las arrugas de estrés en los bordes—. Se toma sus obligaciones muy en serio —comentó, señalando al perro.

—Siempre lo hago —respondí, y él asintió, como si fuera una respuesta justa.

Luego se inclinó hacia delante sobre la mesa y juntó las manos por las yemas de los dedos.

—No soy una persona que suela quedarme sin palabras, Louisa, pero… confieso que ahora mismo lo estoy. He descubierto algo hace dos días. Algo que me ha impactado considerablemente —comentó, antes de levantar la vista hacia mí. Yo lo miré fijamente, con una cara de perfecta neutralidad—. Mi hija Tabitha empezó a tener… ciertas sospechas sobre algunas cosas que había oído y contrató a un investigador privado. Eso no es algo que me enorgullezca demasiado; no somos una familia dada a investigarnos los unos a los otros. Pero cuando me dijo lo que había descubierto ese caballero, no fui capaz de ignorarlo. Hablé de ello con Agnes y ella me lo contó todo.

Yo esperé.

—Lo de la niña.

—Ah —dije yo.

Él suspiró.

—Durante esas conversaciones considerablemente… largas, también me explicó lo del piano y lo del dinero que, entiendo, le ordenó ir sacando en pequeñas cantidades, día tras día, de un cajero cercano.

—Así es, señor Gopnik —respondí.

Él bajó la cabeza como si albergara la esperanza de que yo rebatiera los hechos, de que le dijera que aquello era una sandez, que el investigador privado no sabía lo que decía.

Finalmente, se recostó pesadamente en su silla.

—Parece que le hemos causado un gran daño, Louisa.

—Yo no soy ninguna ladrona, señor Gopnik.

—Evidentemente. Y aun así, por lealtad hacia mi mujer, no dudó en dejarme creer que sí lo era.

No estaba segura de si aquello era una crítica.

—No creía que tuviera otra elección.

—Claro que la tenía. Por supuesto que sí.

Nos quedamos sentados en silencio en aquel frío despacho por unos instantes. Él tamborileó sobre la mesa con los dedos.

—Louisa, he pasado gran parte de la noche tratando de decidir cómo enmendar este problema. Y me gustaría hacerle una oferta —dijo. Yo esperé—. Me gustaría devolverle su empleo. Desde luego, con mejores condiciones: vacaciones más largas, aumento de sueldo y mayores prestaciones. Si prefiere no vivir en casa podemos buscarle alojamiento cerca.

—¿Un trabajo?

—Agnes no ha encontrado a nadie que le guste tanto como usted. Ha demostrado sobradamente su valía y me siento inmensamente agradecido por su... lealtad y su constante discreción. La muchacha a la que contratamos después de usted ha sido... Bueno, no está a la altura. A Agnes no le gusta. Ella la consideraba a usted más bien... una amiga.

Bajé la vista hacia el perro. Él levantó la vista hacia mí. No parecía en absoluto impresionado.

—Señor Gopnik, eso es muy halagador, pero no creo que me sintiera cómoda volviendo a trabajar como la asistente de Agnes.

—Hay otros puestos, puestos dentro de mi empresa. Tengo entendido que todavía no tiene otro trabajo.

—¿Quién se lo ha dicho?

—No pasan muchas cosas en mi edificio que yo ignore, Louisa. Al menos habitualmente —comentó, permitiéndose esbozar una sonrisa irónica—. Verá, tenemos vacantes en nuestros departamentos de Marketing y de Administración. Podría pedir a Recursos Humanos que pasen por alto ciertos requisitos de admisión y podríamos ofrecerle formación. O podría crear un puesto en la rama filantrópica, si cree que eso podría interesarle más. ¿Qué dice? —Se echó hacia atrás con un brazo sobre la mesa mientras sostenía su pluma de ébano suelta entre los dedos.

Una imagen de esa vida alternativa flotó ante mis ojos: yo, vestida de traje, yendo a trabajar cada día a esas enormes oficinas de cristal. Louisa Clark, ganando un gran sueldo, viviendo en algún lugar que me pudiera permitir. Una neoyorquina. Sin cuidar de nadie por una vez, simplemente ascendiendo, con el cielo infinito sobre mí. Sería una vida totalmente nueva, una buena oportunidad de alcanzar el Sueño Americano.

Pensé en el orgullo de mi familia si decía que sí.

Pensé en un zarrapastroso almacén en el centro, lleno hasta los topes de ropa vieja de otras personas.

—Señor Gopnik, le repito que me siento muy halagada. Pero no creo que sea una buena idea.

Su expresión se endureció.

—Entonces, quiere dinero —dijo. Yo parpadeé—. Sé que vivimos en una sociedad a la que le gusta litigar, Louisa. Y soy consciente de que posee información enormemente delicada sobre mi familia. Si lo que busca es un pago al contado, hablaremos de ello. Puedo invitar a mi abogado a la conversación —añadió, mientras se inclinaba hacia delante y ponía el dedo en el intercomunicador—. Diane, ¿podría…?

En ese momento, me levanté. Dejé a Dean Martin suavemente en el suelo.

—Señor Gopnik, no quiero su dinero. Si quisiera demandarle o…, o ganar dinero con sus secretos, lo habría hecho hace semanas, cuando usted me dejó sin trabajo ni sitio donde vivir.

Ha vuelto a juzgarme mal, como me juzgó mal entonces. Ahora, me gustaría marcharme.

Él retiró el dedo del teléfono.

—Por favor…, siéntese. No pretendía ofenderla —dijo, moviéndose hacia la silla—. Por favor, Louisa. Necesito solucionar este asunto.

No se fiaba de mí. Me estaba dando cuenta de que el señor Gopnik vivía en un mundo donde el dinero y el estatus tenían un valor tan por encima de cualquier otra cosa que era inconcebible para él que alguien no intentara hacerse con una parte, teniendo la oportunidad.

—Quiere que firme algo observé, fríamente.

—Quiero saber cuál es su precio.

Y entonces se me ocurrió. Puede que tuviera uno, al fin y al cabo.

Volví a sentarme y, al cabo de un instante, se lo dije, y por primera vez en los nueve meses que hacía que nos conocíamos pareció realmente sorprendido.

—¿Eso es lo que quiere?

—Eso es lo que quiero. Me da igual cómo lo haga.

Él se recostó en la silla y puso las manos detrás de la cabeza. Miró hacia un lado, se quedó pensando un rato y volvió a girarse hacia mí.

—Hubiera preferido que volviera a trabajar para mí, Louisa Clark —dijo. Y luego sonrió, por primera vez, y extendió la mano por encima de la mesa para estrechar la mía.

—Hay una carta para ti —me dijo Ashok cuando entré. El señor Gopnik había dado órdenes de que el coche me llevara de vuelta a casa y yo le había pedido al chófer que me dejara a dos manzanas para que Dean Martin pudiera estirar las patas. Yo todavía seguía temblando por la reunión. Me sentía mareada, exultante, como si fuera capaz de cualquier cosa. Ashok tuvo que llamarme dos veces para que me diera cuenta de lo que había dicho.

—¿Para mí? —pregunté. Bajé la vista hacia la dirección. No tenía ni idea de quién más podía saber que estaba viviendo en casa de la señora De Witt además de mis padres, y a mi madre siempre le gustaba enviarme un e-mail para decirme que me había escrito una carta con el fin de que estuviera atenta.

Corrí escaleras arriba, le puse agua a Dean Martin y me senté para abrirla. La letra no me sonaba, así que le eché un vistazo a la carta. Estaba escrita en papel barato de fotocopiadora, en tinta negra, y había un par de tachones, como si el remitente hubiera batallado con lo que quería decir.

Sam.

30

Querida Lou:

No fui completamente sincero la última vez que nos vimos. Así que te escribo no porque crea que cambiará algo, sino porque ya te decepcioné una vez y es importante para mí que sepas que nunca más volveré a confundirte ni a decepcionarte.

No estoy con Katie. Ni lo estaba cuando te vi la última vez. No quiero profundizar mucho en el tema, pero quedó claro bastante rápido que somos personas muy distintas, y que había cometido un error enorme. Si te soy sincero, creo que lo supe desde el principio. Ha solicitado un traslado y, aunque en la oficina central no están muy contentos, parece ser que se lo concederán.

Me siento como un tonto, y con razón. No pasa ni un solo día en el que no desee haberte escrito unas cuantas líneas diarias, como me pediste, o haberte enviado alguna que otra postal. Debería haberme aferrado más a ti. Debería haberte dicho lo que sentía cuando lo sentía. Debería haberme esforzado un poco más, en lugar de *autocompadecerme al pensar en toda la gente que me había abandonado.*

Como ya he dicho, no te escribo para que cambies de opinión. Sé que has pasado página. Solo quería decirte que lo siento, que siempre lamentaré lo que pasó y que espero de todo corazón que seas feliz (algo un poco difícil de decir en un funeral).

Cuídate, Louisa.

Con cariño, siempre,

Sam

Me sentí mareada. Luego se me revolvió un poco el estómago. Luego tragué saliva, para engullir un enorme sollozo de una emoción que no lograba identificar. Y luego me cargué la carta, haciendo una bola con ella, antes de lanzarla con fuerza a la basura con un rugido.

Le mandé a Margot una foto de Dean Martin y le escribí una breve carta poniéndola al día de lo bien que estaba, solo para tranquilizarme. Empecé a caminar arriba y abajo por el apartamento vacío y solté unos cuantos tacos. Me serví un jerez del polvoriento mueble bar de Margot y me lo bebí de tres tragos, aunque ni siquiera era la hora de la comida. Y luego saqué la carta del cubo de la basura, abrí el ordenador, me senté en el suelo del recibidor con la espalda pegada a la puerta de la entrada de Margot, para poder usar la wifi de los Gopnik, y le escribí un correo electrónico a Sam.

¿Qué mierda de carta es esa? ¿Por qué me la envías ahora, después de todo este tiempo?

La respuesta llegó al cabo de unos minutos, como si él hubiera estado sentado delante del ordenador, esperando.

Entiendo que te enfades. Seguramente yo también me habría enfadado. Pero Lily me contó que te ibas a casar y todo eso de mirar apartamentos en Little Italy me hizo pensar que, si no te lo decía ahora, luego sería demasiado tarde.

Me quedé mirando la pantalla, frunciendo el ceño. Volví a leer lo que había escrito, dos veces. Luego tecleé:

¿Lily te dijo eso?

Sí. Y también lo de que tú creías que era un poco pronto y que no querías que él pensara que lo hacías por los papeles. Pero que su declaración hizo que te resultara imposible negarte.

Esperé unos minutos, y luego escribí, prudentemente:

Sam, ¿qué te contó de su declaración?

Que Josh se había arrodillado en lo alto del Empire State Building. Y lo de la cantante de ópera a la que había contratado. Lou, no te enfades con ella. Sé que no debería haberla incitado a contármelo. Sé que no es de mi incumbencia. Pero el otro día yo solo le pregunté cómo estabas. Quería saber cómo te iba la vida. Y entonces ella me dejó fuera de juego con todas esas cosas. Me dije a mí mismo que, simplemente, debía alegrarme de que fueras feliz. Pero no paraba de pensar: «¿Y si yo hubiera sido ese tío? ¿Y si hubiera..., no sé..., aprovechado el momento?».

Cerré los ojos.

¿Así que me has escrito porque Lily te ha dicho que iba a casar-me?

No. Quería escribirte de todos modos. He querido hacerlo desde que te vi en Stortfold. Solo que no sabía qué decir.

Pero entonces me imaginé que una vez que te casaras —sobre todo si te ibas a casar tan rápido— me resultaría imposible decirte nada. Llámame antiguo.

Oye, básicamente, solo quería que supieras que lo siento, Lou. Eso es todo. Perdona si esto está fuera de lugar.

Tardé un poco en volver a escribir.

Vale. Bueno, gracias por hacérmelo saber.

Cerré la tapa, me recosté sobre la puerta del apartamento y me quedé un buen rato con los ojos cerrados.

Decidí no pensar en ello. Se me daba bastante bien no pensar en las cosas. Hice las tareas domésticas, llevé a Dean Martin de paseo, fui hasta el East Village en metro bajo un calor asfixiante y hablé de metros cuadrados, de tabiques, de alquileres y de seguros con las chicas. No pensé en Sam. No pensé en él cuando paseé al perro por delante de los omnipresentes y vomitivos camiones de la basura, cuando esquivé los furgones de UPS que no paraban de tocar el claxon, ni cuando me torcí los tobillos en los adoquines del SoHo, ni mientras arrastraba bolsas llenas de ropa a través de los torniquetes del metro. Recité las palabras de Margot e hice las cosas que adoraba y que ahora habían pasado de ser el pequeño germen de una idea a una enorme burbuja llena de oxígeno, que se hinchaba desde dentro de mí, echando fuera constantemente todo lo demás.

No pensé en Sam.

Su siguiente carta llegó tres días después. Esa vez reconocí la letra, garabateada en un sobre que Ashok había metido por debajo de la puerta.

He estado pensando en los correos electrónicos que intercambiamos, y simplemente quería contarte un par de cosas más. (No me dijiste que no pudiera, así que espero que no vayas a romper esto).

Lou, no tenía ni idea de que quisieras casarte. Ahora me siento estúpido por no habértelo pedido. Y no me di cuenta de que eras el tipo de chica que en secreto anhelaba algún gran gesto romántico. Pero Lily me ha hablado mucho sobre lo que Josh hace por ti — las rosas semanales, las cenas caras y todo eso— y estoy aquí sentado, pensando… ¿De verdad he sido tan pasivo? ¿Cómo fui capaz de quedarme aquí sentado, esperando que todo fuera bien, sin siquiera intentarlo?

Lou, ¿de verdad me he equivocado tanto? Necesito saber si todo el tiempo que estuvimos juntos tú estabas esperando que yo tuviera ese gran gesto, si te malinterpreté. Si lo hice, te pido disculpas otra vez.

Es un poco raro tener que pensar tanto en uno mismo, sobre todo si eres un tío no demasiado dado a la introspección. Me gusta hacer cosas, no pensar en ellas. Pero supongo que tengo que aprender una lección con esto y por eso me gustaría que fueras tan amable de decírmelo.

Cogí una de las tarjetitas descoloridas de Margot que tenían la dirección en la parte superior. Taché el nombre. Y escribí:

Sam, nunca quise ningún gran gesto por tu parte. Nunca.
Louisa

Corrí escaleras abajo, se la di a Ashok para que la echara al correo y volví a irme corriendo igualmente rápido, fingiendo que no le oía preguntarme si iba todo bien.

La siguiente carta llegó al cabo de unos días. Todas ellas llevaban el matasellos de correo urgente. Aquello debía de estar costándole una fortuna.

Eso no es cierto. Me pediste que te escribiera. Y yo no lo hice. Siempre estaba demasiado cansado o, para ser sincero, me sentía cohibido. No tenía la sensación de estar hablando contigo, solo desbarrando sobre un papel. Me sentía como un farsante.

Y cuanto menos lo hacía, más empezabas tú a adaptarte a tu vida ahí y a cambiar, me sentía como: «De todos modos, ¿qué voy a contarle? Ella va a todos esos bailes elegantes y clubes de campo y va por ahí en limusina pasándoselo en grande, y yo voy por ahí en ambulancia por el este de Londres, recogiendo a borrachos y a pensionistas solitarios que se han caído de la cama».

Vale, ahora voy a decirte algo más, Lou. Y si no quieres volver a saber nada de mí lo entenderé, pero, ahora que volvemos a hablar, tengo que decírtelo: no me alegro por ti. No creo que debas casarte con él. Sé que es inteligente y guapo y rico y que contrata cuartetos de cuerda cuando cenáis en su azotea y todo eso, pero hay algo que no me encaja. No creo que sea el hombre adecuado para ti.

Ah, mierda. Ni siquiera se trata de ti. Es que me está volviendo loco. No soporto imaginarte con él. Hasta el mero hecho de imaginármelo rodeándote con su brazo hace que tenga ganas de ponerme a dar puñetazos a las cosas. Ya ni soy capaz de dormir bien porque me he con-

*vertido en ese tío estúpido y celoso que ha entrenado su
mente para pensar en otras cosas. Y eso que yo duermo en
cualquier sitio, ya me conoces.*

*Seguramente ahora estarás leyendo esto y pensando:
«Te está bien empleado, por capullo». Y tendrías derecho
a hacerlo.*

*Pero no tomes decisiones precipitadas, ¿vale? Asegúra-
te de que él tiene todo lo que tú te mereces. O mejor aún,
no te cases con él.*

Bs,
Sam

No le respondí hasta pasados unos días. Llevaba la carta
encima y la leía en los momentos de tranquilidad en el Emporio
de la Ropa Vintage y cuando paraba a tomar un café en la cafetería donde admitían perros al lado de Columbus Circle. La
releía cuando me metía en mi cama hundida por las noches y
pensaba en ella cuando estaba sumergida en la pequeña bañera
de color salmón de Margot.

Hasta que, por fin, le respondí:

Querido Sam:
*Ya no estoy con Josh. Por usar tu frase, resultamos ser per-
sonas muy distintas.*
Lou

*P. D.: Y que sepas que el mero hecho de imaginarme a un
violinista inclinándose sobre mí mientras intento comer
me pone los pelos de punta.*

31

Querida Louisa:

Es la primera vez desde hace semanas que consigo dormir bien. Encontré tu carta al volver de un turno de noche a las seis de la mañana y he de decirte que me hizo tan puñeteramente feliz que tuve ganas de ponerme a gritar como un loco y de bailar, pero bailar se me da fatal y no tenía a nadie con quien hablar, así que fui a sacar a las gallinas y me senté en el peldaño y se lo conté a ellas. (No parecieron muy impresionadas. Pero ¿qué sabrán ellas?).

Entonces, ¿puedo escribirte?

Ahora tengo cosas que contarte. También tengo una sonrisa realmente estúpida en la cara prácticamente el ochenta por ciento de la jornada laboral. Mi nuevo compañero (Dave, de cuarenta y cinco años, que definitivamente no parece que vaya a regalarme novelas francesas) dice que asusto a los pacientes.

Dime cómo te va. ¿Estás bien? ¿Estás triste? No parecías triste. Puede que solo quiera que no lo estés.

Cuéntame.
Con cariño. Bss,
Sam

Me llegaban cartas casi todos los días. Algunas eran largas y llenas de divagaciones, otras solo un par de líneas, unos cuantos garabatos, o una foto de él enseñándome diferentes partes de su casa ya terminada. O a las gallinas. A veces las cartas eran largas, introspectivas, fervientes.

> *Fuimos demasiado rápido, Louisa Clark. Puede que mi accidente lo acelerara todo. Al fin y al cabo, no puedes hacerte el difícil con alguien que, literalmente, ha sujetado tus entrañas con sus propias manos. Así que puede que esto sea bueno. Puede que ahora consigamos realmente hablar el uno con el otro.*
>
> *Estuve hecho un lío después de Navidad. Ahora puedo contártelo. Quiero pensar que hice lo correcto. Pero no hice lo correcto. Te hice daño y eso me atormentaba. Muchas noches no podía dormir y me ponía a trabajar en la casa. No hay nada mejor que comportarse como un capullo para acabar un proyecto de construcción.*
>
> *Pienso mucho en mi hermana. Sobre todo en lo que ella me habría dicho. No es necesario que la conocieras para imaginarte lo que me estaría llamando ahora mismo.*

Llegaban día tras día, a veces dos en veinticuatro horas, a veces con correos electrónicos como complemento, pero la mayoría eran solo ensayos escritos a mano, ventanas al interior de la cabeza y el corazón de Sam. Algunos días casi no quería leerlas, temerosa de volver a intimar con el hombre que me había roto el corazón en mil pedazos. Otros me descubría descalza, bajando las escaleras corriendo por las mañanas, con Dean Martin pisándome los talones, para detenerme delante de Ashok y dar saltitos sobre los dedos de los pies, mientras él rebuscaba entre el montón de cartas de su mesa. Él fingía que no había nada, y luego se sacaba una de la chaqueta y me la entregaba con una sonrisa, antes de que yo volviera a salir corriendo escaleras arriba para disfrutarla en privado.

Las leía una y otra vez, descubriendo con cada una lo poco que en realidad nos conocíamos antes de marcharme, y construyendo una nueva imagen de ese hombre tranquilo y complicado. A veces sus cartas me entristecían:

> *Lo siento mucho. Hoy no estoy de humor. Hemos perdido a dos niños en un accidente de tráfico. Necesito irme a la cama. Bss*
> *P. D.: Espero que tu día haya estado lleno de cosas buenas.*

Pero la mayoría no. Me hablaba de Jake y de que este le había contado que Lily era la única persona que de verdad entendía cómo se sentía, y de cómo cada semana se llevaba al padre de Jake a pasear por el canal o le obligaba a ayudarle a pintar las paredes de la nueva casa solo para intentar que se abriera un poco (y que dejara de comer pasteles). Me habló de las dos gallinas que había perdido por culpa de un zorro, de las zanahorias y de las remolachas que crecían en su huerto. Me contó que le había dado una patada a la moto lleno de desesperación y furia el día de Navidad, después de dejarme en casa de mis padres, y que no había arreglado la abolladura porque era un útil recordatorio de lo mal que se había sentido cuando no nos hablábamos. Cada día se abría un poco más, y cada día yo tenía la sensación de entenderlo un poco mejor.

> *¿Te he contado que Lily se ha pasado hoy por aquí? Por fin le dije que tú y yo habíamos retomado el contacto y se*

puso de color rosa fucsia y casi se atraganta con el chicle. En serio. Creí que iba a tener que hacerle la maniobra de Heimlich.

Yo le respondía en las horas en que no estaba trabajando, o paseando a Dean Martin. Le dibujaba pequeñas viñetas de mi vida, de mi escrupulosa catalogación y reparación del armario de Margot, le enviaba fotos de prendas que me quedaban como si hubieran sido hechas para mí y que él decía que ponía en su cocina. Le conté que la idea de Margot de una agencia de vestuario había enraizado en mi imaginación y que no podía librarme de ella. Le hable de mi otra correspondencia, la de las tarjetitas con caligrafía enmarañada de Margot, que aún seguía radiante de alegría por el perdón de su hijo, y la de su nuera, Laynie, que me enviaba dulces tarjetas con flores poniéndome al tanto del deterioro de la salud de Margot y agradeciéndome haberle proporcionado a su marido algo de alivio emocional, a la vez que expresaba su tristeza por que aquello hubiera tardado tanto en suceder.

Le conté a Sam que había empezado a buscar apartamento, que había ido con Dean Martin a algunos barrios que no conocía: Jackson Heights, Queens, Park Slope, por un lado calculando el riesgo de ser asesinada en la cama y por otro intentando no retroceder asustada por el terrible contraste entre metros cuadrados y precio.

Le hablé de mis cenas semanales con la familia de Ashok, de cómo sus insultos desenfadados y su evidente amor mutuo me hacían echar de menos a los míos. Le conté cómo mis pensamientos regresaban una y otra vez al abuelo, mucho más ahora que cuando estaba vivo, y que a mamá, liberada de toda responsabilidad, todavía le resultaba imposible dejar de llorar su pérdida. Le conté que, a pesar de pasar más tiempo sola del que había pasado en años, a pesar de vivir en aquel enorme apartamento vacío, curiosamente, no me sentía en absoluto sola.

Y, poco a poco, le hice saber lo que significaba para mí que él volviera a formar parte de mi vida, volver a oír su voz en mi oído a altas horas de la madrugada, el hecho de saber que significaba algo para él. Y el hecho de que lo sentía como una presencia física, a pesar de los kilómetros que nos separaban.

Finalmente, le dije que lo echaba de menos. Y me di cuenta, casi en cuanto le di al botón de «ENVIAR», de que en realidad aquello no solucionaba nada de nada.

Nathan e Ilaria vinieron a cenar. Nathan trajo unas cuantas cervezas e Ilaria un guiso de cerdo picante y alubias que nadie había querido comer. Pensé en lo a menudo que Ilaria parecía cocinar platos que nadie quería. La semana anterior había traído un curry de gambas, que recordaba claramente que Agnes le había dicho que no volviera a servir.

Nos sentamos con los cuencos en el regazo, unos pegados a los otros, en el sofá de Margot, rebañando la deliciosa salsa de tomate con trozos de pan de maíz e intentando no escupirnos mientras hablábamos en un tono por encima del de la televisión. Ilaria me preguntó por Margot, y se santiguó y meneó la cabeza con pesar cuando le hablé de las noticias de Laynie. Por su parte, ella me contó que Agnes le había prohibido a Tabitha ir al apartamento, una causa de estrés para el señor Gopnik, que había decidido lidiar con ese particular cisma familiar pasando aún más tiempo en el trabajo.

—A decir verdad, están pasando muchas cosas en la oficina —comentó Nathan.

—También están pasando muchas cosas al otro lado del pasillo. —Ilaria me miró con una ceja levantada—. La *puta* tiene una hija —dijo en voz baja, cuando Nathan se levantó para ir al baño, mientras se limpiaba las manos con una servilleta.

—Lo sé —respondí.

—Va a venir a visitarla, con la hermana de la *puta* —añadió, resoplando, mientras capturaba un hilo suelto que tenía en los pantalones—. Pobre niña. No es culpa suya tener que venir a visitar a una familia de locos.

—Tú cuidarás de ella —dije—. Se te da bien.

—¡Vaya color tiene el baño! —dijo Nathan, al volver a entrar en la sala—. No me imaginaba que alguien hiciera sus cosas en algo de color menta. ¿Sabes que hay un bote de loción corporal de 1974?

Ilaria arqueó las cejas y apretó los labios.

Nathan se fue a las nueve y cuarto, y, mientras la puerta se cerraba tras él, Ilaria bajó la voz, como si aún pudiera oírla, y me dijo que estaba saliendo con una entrenadora personal de Bushwick que quería que fuera a verla a todas horas, de día y de noche. Entre la chica y el señor Gopnik apenas tenía tiempo de hablar con nadie últimamente. ¿Qué se le iba a hacer?

Nada, dije yo. La gente era como era.

Ella asintió, como si yo hubiera soltado una perla de sabiduría, y se fue caminando lentamente por el pasillo.

—¿Puedo preguntarte algo?

—¡Claro! Nadia, *cari*, llévale esto a la abuela, ¿quieres? —dijo Meena, inclinándose para darle a la niña un vasito de plástico de agua con hielo. Era una noche sofocante y todas las ventanas del apartamento de Ashok y Meena estaban abiertas. A pesar de los dos ventiladores, que zumbaban perezosamente, el aire seguía resistiéndose obstinadamente a moverse. Estábamos preparando la cena en la pequeña cocina y cada vez que me movía parecía que una parte de mí se pegaba a algo.

—¿Ashok te ha hecho daño alguna vez? —pregunté. Meena se giró rápidamente, dándole la espalda a la cocina, para mirarme—. No me refiero a físicamente. Sino a…

—¿Mis sentimientos? ¿Si juega conmigo? No mucho, la verdad. Él no es así para nada. Una vez me dijo de broma que parecía una ballena cuando estaba embarazada de cuarenta y dos semanas de Rachana, pero cuando se me pasó lo de las hormonas y todo eso tuve que darle la razón. ¡Y vaya si se lo hice pagar! —exclamó, emitiendo una risa similar a un graznido al recordarlo, antes de ponerse a buscar arroz en un armario—. ¿Otra vez tu chico de Londres?

—Me escribe. Todos los días. Pero yo…

—¿Tú, qué?

Me encogí de hombros.

—Tengo miedo. Le quería tanto. Y fue tan horrible cuando rompimos. Supongo que tengo miedo de que, si vuelvo a caer, pueda volver a hacerme daño. Es complicado.

—Siempre es complicado —comentó ella, limpiándose las manos en el delantal—. Así es la vida, Louisa. Venga, enséñamelas.

—¿Qué?

—Las cartas. Vamos. No finjas que no las llevas encima todo el día. Ashok dice que se te pone cara de boba cada vez que te da una.

—¡Creía que los conserjes tenían que ser discretos!

—Ese hombre no tiene secretos para mí. Ya lo sabes. Por aquí estamos muy interesados en las vueltas que da tu vida allí abajo —aseguró la mujer, antes de reírse y extender la mano, moviendo los dedos con impaciencia. Yo vacilé por un instante y luego saqué las cartas cuidadosamente del bolso. Y, ajena a las idas y venidas de sus hijos pequeños, a la risa ahogada de su madre mientras veía un programa de humor en la televisión en la habitación de al lado, al ruido, al sudor y al rítmico clic-clic-clic del ventilador del techo, Meena inclinó la cabeza sobre mis cartas y las leyó.

Esto es rarísimo, Lou. Me he pasado tres años construyendo esta maldita casa. Obsesionado con elegir las ventanas adecuadas, con el tipo de ducha y con el hecho de si debía decantarme por los enchufes de plástico blanco o por los de níquel pulido. Y ahora está acabada, o lo más acabada que puede estar. Y yo estoy aquí sentado, en mi inmaculada sala de estar, con el tono perfecto de gris claro y la estufa de leña restaurada y las cortinas de tablas triples entreteladas, que mi madre me ayudó a escoger, y me pregunto…, bueno, ¿cuál era el puñetero objetivo? ¿Para qué la construí?

Creo que necesitaba distraerme por la pérdida de mi hermana. Construí una casa para no tener que pensar. Construí una casa porque necesitaba creer en el futuro. Pero ahora que está hecha, observo estas habitaciones vacías y no siento nada. Puede que cierto orgullo por haber acabado finalmente la obra, pero ¿aparte de eso? Nada de nada.

Meena se quedó mirando las últimas líneas durante un buen rato. Luego dobló la carta, la dejó cuidadosamente en el montón y me las devolvió.

—Ay, Louisa —dijo, inclinando la cabeza hacia un lado—. Venga ya, chica.

1442 Lantern Drive
Tuckahoe
Westchester, Nueva York

Querida Louisa:
Espero que estés bien y que el apartamento no te esté causando demasiados problemas. Frank dice que los contratistas se pasarán por ahí a echar un vistazo dentro de dos

semanas. ¿Podrías estar allí para dejarles entrar? Te daremos los datos de la empresa cuando se acerque el momento.

Últimamente Margot no puede escribir demasiado —se cansa al hacer muchas cosas y esos medicamentos la atontan bastante, la verdad—, pero he pensado que te gustaría saber que está bien cuidada. Hemos decidido, a pesar de todo, que no podríamos soportar llevarla al hogar de ancianos, así que se quedará con nosotros, con un poco de ayuda del equipo médico, que es amabilísimo. Todavía tiene mucho que decirnos a Frank y a mí, ¡vaya si tiene! ¡La mayoría de los días nos hace correr de aquí para allá como pollos sin cabeza! Pero a mí no me importa. Me gusta mucho tener a alguien a quien cuidar, y cuando tiene días buenos es maravilloso oírle contar todas las historias de cuando Frank era niño. Creo que a él también le gusta escucharlas, aunque no lo admita. ¡Esos dos son tal para cual!

Margot me ha dicho que te pida que le envíes otra foto del perro. Le encantó la que le mandaste. Frank la ha puesto en un marco de plata precioso al lado de su cama y sé que es un gran consuelo para ella, ya que ahora pasa mucho tiempo descansando. La verdad es que yo no encuentro a ese pequeñín tan mono como obviamente ella lo ve, pero sobre gustos no hay nada escrito.

Te manda todo su cariño y dice que espera que sigas poniéndote esos preciosos leotardos de rayas. No sé si dice eso por efecto de los fármacos, ¡pero sé que la intención es buena!

Con mis mejores deseos,
Laynie G. Weber

—¿Te has enterado?

Me dirigía con Dean Martin al trabajo. El verano había empezado a reivindicar su presencia con énfasis, cada día más cálido y más húmedo que el anterior, por lo que el corto paseo hasta el metro hacía que se me pegara la camisa a la parte baja de la espalda y los mensajeros lucían su piel pálida y quemada por el sol en las bicis y maldecían cuando los turistas cruzaban imprudentemente la calle. Pero yo llevaba puesto mi vestido psicodélico de los años sesenta que Sam me había regalado y unas sandalias de cuña de corcho con flores rosas en la tira, y, tras el invierno que había tenido, el sol en los brazos era como un bálsamo.

—¿Si me he enterado de qué?

—¡La biblioteca! ¡Se ha salvado! ¡Su futuro está asegurado durante los próximos diez años! —exclamó Ashok, enseñándome el móvil. Yo me detuve sobre la alfombra y levanté las gafas de sol para leer el mensaje de texto de Meena—. No puedo creerlo. Una donación anónima en honor de algún tipo muerto. A ver…, espera, lo pone aquí —dijo el hombre, mientras repasaba el mensaje con el dedo—. «Biblioteca en memoria de William Traynor». ¡Pero a quién le importa quién sea! ¡La financiarán durante diez años, Louisa! ¡Y el ayuntamiento ha aceptado! ¡Diez años! Madre mía. Meena está como unas pascuas. Estaba convencida de que la perderíamos.

Miré el teléfono y luego se lo devolví.

—Está muy bien, ¿no?

—¡Está genial! ¿Quién se lo iba a imaginar, Louisa? ¿Eh? ¿Quién? Es maravilloso para los pequeños. ¡Sí! —dijo Ashok, con una sonrisa radiante.

Entonces noté que algo nacía en mi interior, un sentimiento de alegría y de ilusión tan grande que fue como si el mundo hubiera dejado de girar por un instante, como si solo existiéramos el universo y yo y un millón de cosas buenas que podían pasar, si perseveraba lo suficiente.

Bajé la vista hacia Dean Martin y luego volví a levantarla hacia el vestíbulo. Me despedí de Ashok con la mano, me puse las gafas de sol y salí a la Quinta Avenida, ampliando la sonrisa a cada paso que daba.

Yo solo le había pedido cinco.

32

Bueno, supongo que en algún momento tendremos que hablar sobre el hecho de que tu año está a punto de acabar. ¿Tienes alguna fecha en mente para volver a casa? Supongo que no podrás quedarte en el apartamento de la anciana para siempre.

He estado pensando en lo de la agencia de vestuario: Lou, puedes usar mi casa como base de operaciones si quieres, aquí hay mucho espacio libre, completamente gratis. Y, si te apetece, también puedes quedarte.

Si crees que es demasiado pronto para eso pero no quieres meterte en la vida de tu hermana volviendo a mudarte a tu apartamento, tal vez podrías quedarte en el vagón de tren. No es mi opción favorita, la verdad, pero a ti siempre te ha encantado y nada me apetece más que tenerte al otro lado del jardín...

Por supuesto, hay otra opción, que es que esto sea demasiado y no quieras saber nada de mí, pero esa no me gusta mucho. Es una opción de mierda. Espero que tú también pienses lo mismo.

¿Ideas?
Bss,
Sam

P. D.: Esta noche he recogido a una pareja que llevaba casada cincuenta y seis años. Él tenía dificultades respiratorias —nada demasiado serio— y ella no le soltó la mano en ningún momento. Lo estuvo mimando hasta que llegaron al hospital. No suelo fijarme en esas cosas, pero esta noche, no sé por qué, lo he hecho.

Te echo de menos, Louisa Clark.

Mientras caminaba por la Quinta Avenida, con su colapsada arteria de tráfico y sus turistas vestidos de colores chillones obstaculizando las aceras, pensé en la suerte que era encontrar no a uno, sino a dos hombres extraordinarios a los que amar, y que encima te correspondieran. También pensé en lo mucho que te influyen las personas que te rodean, y en el cuidado que hay que tener al elegirlas precisamente por eso, y luego pensé que, a pesar de todo eso, al final era probable que tuvieras que perderlos a todos para encontrarte a ti misma.

Pensé en Sam y en una pareja que llevaba casada cincuenta y seis años, a la que nunca conocería, y su nombre en mi cabeza se convirtió en el redoble de mis pisadas mientras pasaba por delante del Rockefeller Plaza, de la chabacana ostentación de la Trump Tower, de la catedral de San Patricio, del enorme y reluciente Uniqlo, con sus cegadoras pantallas pixeladas, de Bryant Park, de la gigantesca y ornamentada Biblioteca Pública de Nueva York con sus leones de piedra alerta, de las tiendas, de las hordas de turistas, de los vendedores callejeros y de las personas que dormían en la calle: todos ellos rasgos diarios de una vida que yo adoraba en una ciudad en la que él no vivía y en la que, aun así, por encima del ruido, de las sirenas y del estruendo de las bocinas, notaba su presencia a cada paso.

Sam.

Sam.

Sam.

Y luego pensé en cómo me sentiría si volviera a casa.

28 de octubre de 2006

Mamá:

¡Precipitadamente, pero vuelvo a Inglaterra! Me han dado el trabajo en la empresa de Rupe, así que presentaré mi renuncia mañana y sin duda saldré de la oficina con mis pertenencias en una caja minutos después (a estas empresas de Wall Street no les gusta que la gente se entretenga demasiado si creen que puede robarles la lista de clientes).

Así que, en Año Nuevo, ya seré director ejecutivo de Fusiones y Adquisiciones en Londres. Estoy deseando afrontar ese nuevo desafío. Aunque antes me tomaré un pequeño descanso (puede que haga esa caminata de un mes por la Patagonia de la que no paro de hablar) y luego tendré que buscar un lugar para vivir. Si tienes la oportunidad, ¿podrías irme apuntando en algunas agencias inmobiliarias? En los barrios habituales, muy céntricos, con dos o tres habitaciones. Y con aparcamiento subterráneo para la moto, a poder ser (sí, sé que odias que la use).

Ah, y esto te gustará. He conocido a alguien. Se llama Alicia Deware. En realidad es inglesa, pero estaba aquí visitando a unos amigos y la conocí en una cena espantosa y salimos unas cuantas veces antes de que tuviera que volverse a Notting Hill. Fueron citas de verdad, no al estilo de Nueva York. Estuvo pocos días, pero es muy divertida.

Quedaré con ella cuando vuelva. Pero no te pongas a buscar aún sombreros de boda. Ya me conoces.

Así que... ¡Eso es todo! Dile a papá que le quiero y que muy pronto le invitaré a una o dos pintas en el Royal Oak.

Por los nuevos comienzos, ¿no?

Con cariño, bss de tu hijo,

Will

Leí y releí la carta de Will, con aquellos toques de universo paralelo y de lo que podría haber sido aterrizando suavemente a mi alrededor como si fuera nieve cayendo. Leí entre líneas el futuro que podría haber sido suyo y de Alicia... o incluso suyo y mío. Más de una vez, William John Traynor había hecho descarrilar mi vida de sus raíles predeterminados y no con un empujoncito, sino con un enérgico empellón. Al enviarme su correspondencia, Camilla Traynor se había asegurado sin saberlo de que volviera a hacerlo.

Por los nuevos comienzos, ¿no?

Leí sus palabras una vez más, luego volví a doblar la carta con cuidado con las otras y me quedé allí sentada, pensando. Luego me bebí lo que quedaba del vermú de Margot, me quedé mirando al infinito por un instante, suspiré, fui hacia la puerta de la entrada con el ordenador portátil, me senté en el suelo y escribí:

Querido Sam:

No estoy preparada.

Sé que ya ha pasado casi un año y en principio dije que eso sería todo..., pero la cuestión es la siguiente: no estoy preparada para volver a casa.

Toda mi vida he acabado cuidando a otras personas, amoldándome a sus necesidades, a sus deseos. Se me da bien. Lo hago incluso antes de darme cuenta de lo que estoy haciendo. Y probablemente también lo haría contigo. No tienes ni idea de lo mucho que deseo ahora mismo reservar un vuelo para estar a tu lado.

Pero en este último par de meses me ha pasado algo: algo que me impide hacer precisamente eso.

Voy a abrir mi agencia de vestuario aquí. Se llamará Bee's Knees, estará en un rincón del Emporio de la Ropa Vintage y los clientes podrán comprar ropa a las chicas o alquilar mis prendas. Estamos reuniendo contactos, soltando dinero para poner algún anuncio y espero que nos ayudemos unas a otras a hacer negocio. Abro mis puertas el viernes y le he escrito a todo el mundo que se me ha ocurrido. Ya se han interesado varios productores de cine y algunas revistas de moda, o incluso mujeres que solo quieren alquilar algo para ir elegantes. No te puedes imaginar la cantidad de fiestas temáticas de *Mad Men* que se celebran en Manhattan.

Va a ser duro y estaré sin blanca, y cuando llegue a casa por las noches me quedaré dormida de pie, pero por primera vez en mi vida, Sam, me despierto ilusionada. Me encanta recibir a los clientes y averiguar qué les quedaría bien. Me encanta coser esas antiguas prendas para que queden como nuevas. Me encanta el hecho de volver a imaginar cada día quién quiero ser.

Una vez me contaste que querías ser técnico de emergencias desde niño. Bueno, yo he esperado casi treinta años para descubrir cuál es mi destino. Puede que mi sueño dure una semana o un año, pero cada día me dirijo al East Village con mis bolsas llenas de ropa y los brazos doloridos y siento que nunca estaré preparada y, bueno, solo me apetece cantar.

Pienso mucho en tu hermana. También pienso en Will. El hecho de que la gente a la que amamos muera joven es una llamada de atención, nos recuerda que no debemos dar nada por sentado, que tenemos el deber de exprimir al máximo lo que hacemos. Tengo la sensación de que por fin he conseguido eso. Así que ahí va: lo cierto es que nunca le he pedido nada a nadie. Pero si me quieres, Sam, quiero que te reúnas conmigo, al menos mientras veo si puedo hacer esto realidad. He investigado un poco y tendrías que hacer un examen y al parecer los contratos en el estado de Nueva York son temporales, pero sí necesitan técnicos sanitarios de emergencias.

Podrías alquilar tu casa para obtener ingresos y podríamos conseguir un apartamentito en Queens, o a lo mejor en una zona barata de Brooklyn, y nos despertaríamos cada día juntos y, bueno, nada me haría más feliz. Y yo haría todo lo que pudiera —en las horas que no estuviera cubierta de polvo, polillas y lentejuelas perdidas— para que te alegraras de estar aquí conmigo.

Supongo que lo quiero todo.

Solo se vive una vez, ¿no?

Una vez me preguntaste si esperaba de ti un gran gesto. Pues bien, aquí lo tienes: estaré donde tu hermana siempre quiso estar el 25 de julio a las siete de la tarde. Ya sabes dónde encontrarme si la respuesta es sí. Si no, me quedaré allí durante un rato, disfrutaré de la vista y simplemente me alegraré de que, aunque solo sea de esta manera, hayamos vuelto a reencontrarnos.

Con todo mi amor, siempre.

Bss,

Louisa

33

Volví a ver a Agnes una vez más antes de dejar definitivamente el Lavery. Yo entraba tambaleándome con dos montones de ropa que llevaba a mi apartamento para arreglar, y las fundas de plástico se me pegaban incómodamente a la piel por el calor. Mientras pasaba por delante de la recepción, dos vestidos se me cayeron al suelo. Ashok dio un salto hacia delante para recogérmelos y yo me esforcé en seguir sujetando el resto.

—Esta tarde has tenido trabajo.

—Y tanto. Traer este montón de ropa en el metro ha sido una pesadilla total.

—Me imagino. Ay, disculpe, señora Gopnik. Apartaré eso de su camino.

Levanté la vista mientras Ashok quitaba mis vestidos de la alfombra con un movimiento fluido y daba un paso atrás para que Agnes pudiera pasar sin problema. Me erguí mientras ella pasaba, todo lo que me permitió el montón de ropa. Llevaba puesto un sencillo vestido recto con escote en «U» y unas bailarinas, y parecía, como siempre, como si de alguna forma las condiciones meteorológicas —aunque hiciera un frío o un calor extremos— no la afectaran. Llevaba de la mano a una niña pequeña, de unos cuatro o cinco años, que tenía puesto un pichi y que levantó la vista para ver las prendas de vivos colores que yo sujetaba delante de mí. Tenía el pelo de color rubio miel, que se estrechaba en finos rizos, peinado hacia atrás pulcramente con dos lazos de terciopelo, y los ojos rasgados de su madre, y cuando me miró se permitió esbozar una pequeña y traviesa sonrisa por mi aprieto.

No pude evitar devolverle la sonrisa y, cuando lo hice, Agnes se volvió para ver qué miraba la niña y nuestros ojos se encontraron. Me quedé inmóvil por un instante, intenté ponerme seria, pero, antes de que me diera tiempo, las comisuras de sus labios se curvaron, como las de su hija, casi como si no pudiera evitarlo. Asintió con la cabeza hacia mí, en un gesto tan imperceptible que probablemente solo yo podría haberlo visto. Y luego salió por la puerta que Ashok estaba sujetando, mientras la niña se ponía a saltar, y desaparecieron, engullidas por la luz del sol y el tráfico humano siempre en movimiento de la Quinta Avenida.

34

Para: SrySraBernardClark@yahoo.com
De: AbejaAtareada@gmail.com

Querida Lou:
Bueno. He tenido que leer esto dos veces para comprobar que
no lo había entendido mal. Vi a la chica de las fotos del periódico
y pensé: ¿es posible que mi niña esté en un periódico de verdad
de Nueva York?

Son unas fotografías maravillosas tuyas con todos tus vestidos, y estás preciosa tan elegante, con todos tus amigos. ¿Te he
dicho lo orgullosos que estamos papá y yo? Hemos recortado las
del periódico gratuito y papá ha hecho una captura de pantalla
a todas las que hemos encontrado en internet. ¿Te había contado que ha empezado un curso de informática en el centro de
educación para adultos? Pronto se convertirá en el Bill Gates
de Stortfold. Te mandamos todo nuestro cariño y sé que harás
que sea todo un éxito, Lou. Parecías tan alegre y valiente por
teléfono... Cuando colgaste me quedé un rato sentada, mirando
el aparato, y no podía creer que aquella fuera mi pequeña, llena

de planes, llamando desde su propio negocio al otro lado del Atlántico. Porque es el Atlántico, ¿no? Siempre lo confundo con el Pacífico.

Aquí va NUESTRA gran noticia. ¡Vamos a ir a verte a finales de verano! Iremos cuando refresque un poco, no me ha gustado nada cómo sonaba esa ola de calor tuya: ya sabes que tu padre se escuece en lugares desafortunados. Deirdre, la de la agencia de viajes, nos va a dejar usar su descuento de empleada y vamos a reservar los vuelos a finales de esta semana. ¿Podremos quedarnos contigo en el piso de la anciana? Si no, ¿podrías decirnos dónde alojarnos? EN UN SITIO DONDE NO HAYA CHINCHES.

Dime qué fechas te vendrían bien. ¡¡Estoy emocionadísima!! Te quiero muchísimo. Bss,
Mamá

P. D.: ¿Te he dicho que han ascendido a Treena? Siempre ha sido una chica muy lista. ¿Sabes? No me extraña que a Eddie le guste tanto.

25 de julio

«La sabiduría y el conocimiento darán
estabilidad a tus tiempos».

Estaba en el epicentro de Manhattan, delante del altísimo edificio, dejando que mi respiración se normalizara, y observé el cartel dorado que había sobre la enorme entrada del número 30 de Rockefeller Plaza. A mi alrededor, Nueva York bullía bajo el calor de la tarde, con las aceras abarrotadas de turistas vagabundeando y el aire lleno de bocinas atronadoras y del omnipresente olor a tubo de escape y goma sobrecalentada. Detrás de mí, una mujer con una camiseta del 30 Rock, luchando para que su voz se oyera sobre aquel barullo, estaba dando una charla turística bien ensayada a un grupo de visitantes japoneses.

—El notable arquitecto Raymond Hood finalizó el proyecto en 1933 en estilo *art déco*... Caballero, por favor, no se aleje, caballero. ¿Señora? ¿Señora?... Y originariamente se llamó «edificio RCA» antes de convertirse en el «edificio GE» en... Señora, aquí, por favor...

Levanté la vista hacia los sesenta y siete pisos y respiré hondo.

Eran las siete menos cuarto.

Quería tener un aspecto perfecto para ese momento, había planeado volver al Lavery a las cinco para que me diera tiempo a ducharme y a elegir el atuendo adecuado (estaba pensando en algo a lo Deborah Kerr en *Tú y yo*). Pero el destino se había interpuesto en forma de estilista de una revista de moda italiana, que había llegado al Emporio de la Ropa Vintage a las cuatro y media, y que quería ver todos los trajes de dos piezas para un artículo que estaba preparando, antes de hacer que su compañera se probara algunos para poder hacer fotos y volver a ponerse en contacto conmigo. Antes de que me diera cuenta de lo que estaba pasando, eran las seis menos veinte y apenas había tenido tiempo para llevar a casa corriendo a Dean Martin y darle de comer antes de bajar hasta allí. Así que ahí estaba, sudada y un poco agobiada, todavía con la ropa del trabajo y a punto de descubrir el rumbo que mi vida iba a tomar a continuación.

—Bien, damas y caballeros, pasen por aquí a la plataforma de observación, por favor.

Había dejado de correr varios minutos antes, pero aún estaba sin aliento cuando crucé la plaza. Empujé la puerta de cristal ahumado y comprobé, con alivio, que había poca cola para comprar las entradas. Había buscado en TripAdvisor la noche anterior, donde advertían de que las colas podían ser largas, pero en cierto modo era demasiado supersticiosa como para comprar una por adelantado. Así que esperé mi turno, mientras le echaba un vistazo a mi reflejo en el espejo de la polvera, al tiempo que miraba a mi alrededor a hurtadillas por si se daba el improbable caso de que él apareciera antes de tiempo, y luego compré una entrada que me permitía el acceso entre las seis y cincuenta y las siete y diez, seguí la cuerda de terciopelo y esperé mientras me conducían con un grupo de turistas hacia un ascensor.

Dijeron que eran sesenta y siete pisos. Era tan alto que la subida hacía que se te taponaran los oídos.

Vendría. Claro que vendría.

¿Y si no lo hacía?

Aquel pensamiento no dejaba de pasarme por la cabeza desde su respuesta de una línea a mi correo electrónico. «Vale. Entendido». Lo que, en realidad, podría significar cualquier cosa. Esperé para ver si quería hacerme alguna pregunta sobre mi plan, o decir algo más que me diera una pista sobre su decisión. Releí mi propio correo electrónico, preguntándome si tal vez había sonado poco atractivo, demasiado atrevido, demasiado asertivo, si yo había expresado la fuerza de mi propio sentimiento. Amaba a Sam. Quería tenerle conmigo. ¿Habría entendido hasta qué punto? Pero después de haberle dado el mayor de los ultimátums se me hacía raro ponerme a comprobar que lo había entendido correctamente, así que, simplemente, esperé.

Las seis y cincuenta y cinco de la tarde. Las puertas del ascensor se abrieron. Levanté el tique y entré. Sesenta y siete pisos. Se me encogió el estómago.

El ascensor empezó a moverse hacia arriba lentamente y sentí un pánico repentino. ¿Y si no venía? ¿Y si lo hacía, pero cambiaba de opinión? ¿Qué haría yo? Seguro que no sería capaz de hacerme eso, no después de todo lo pasado. Me descubrí inhalando un trago de aire de forma audible y me llevé la mano al pecho, intentando calmar mis nervios.

—Es por la altura, ¿verdad? —dijo una amable mujer que estaba a mi lado, extendiendo la mano para tocarme el brazo—. Sesenta y siete pisos es bastante distancia.

Yo intenté sonreír.

—Algo así.

Si no eres capaz de dejar tu trabajo y tu casa y todas las cosas que te hacen feliz, lo entenderé. Estaré triste, pero lo comprenderé.

Siempre estarás conmigo de una u otra manera.

Mentía. Claro que mentía. *Sam, por favor, di que sí. Por favor, estate ahí esperando cuando las puertas vuelvan a abrirse.*

Y entonces el ascensor se detuvo.

—Bueno, esto no han sido sesenta y siete pisos —comentó alguien, y un par de personas se rieron, incómodas. Un bebé me observaba con sus enormes ojos marrones desde un carrito. Todos nos quedamos ahí quietos por un instante, hasta que alguien salió.

—Ah, este no era el ascensor principal —dijo la mujer que estaba a mi lado, mientras señalaba algo—. Ése es el ascensor principal.

Y allí estaba. A lo lejos, al final de una serpenteante e interminable cola de gente en forma de herradura. Me quedé mirándola aterrorizada. Debía de haber cien visitantes, o incluso doscientos, deambulando en silencio mientras observaban las exposiciones del museo y las láminas históricas de las paredes. Miré el reloj. Ya solo faltaba un minuto para las siete. Le escribí a Sam y comprobé con horror que no podía enviar el mensaje. Empecé a abrirme camino entre la multitud, murmurando: «Lo siento, lo siento», mientras la gente chasqueaba la lengua ruidosamente y gritaba: «Oiga, señora, que aquí todos estamos esperando». Con la cabeza gacha, pasé por delante de los murales que contaban la historia del edificio Rockefeller, de sus árboles de Navidad, de la exposición de vídeo de la NBC, yendo de aquí para allá, susurrando mis disculpas. Poca gente hay más gruñona que unos turistas agobiados haciendo una cola inesperada. Uno de ellos me agarró de la manga: «¡Eh, usted, que todos estamos esperando!».

—He quedado con alguien —expliqué—. Lo siento mucho. Soy inglesa. Normalmente somos muy buenos haciendo colas. Pero, si me retraso más, no lo veré.

—¡Espere como los demás!

—Déjala, cariño —dijo la mujer que estaba a su lado, y yo le di las gracias en silencio, antes de seguir abriéndome paso entre la montaña de hombros quemados, de cuerpos que se cambiaban de sitio, de niños lloriqueantes y de camisetas de «Yo AMO NY», mientras las puertas del ascensor se iban acercando lentamente. Pero a menos de seis metros de distancia, la cola se paraba en seco. Di un salto, intentando ver por encima de las cabezas de la gente, y me topé cara a cara con una viga falsa de hierro. Descansaba sobre el telón de fondo de una enorme fotografía en blanco y negro de la línea del horizonte de Nueva York. Los visitantes se estaban sentando en grupos sobre la estructura, emulando la icónica fotografía de los trabajadores almorzando durante la construcción de la torre, mientras una muchacha detrás de una cámara gritaba sin parar.

—¡Levanten las manos, eso es, ahora los pulgares arriba por Nueva York, eso es, ahora finjan que se empujan, ahora bésense! Bien. Las fotos estarán disponibles a la salida. ¡Siguientes!

Repetía aquellas cuatro frases una y otra vez, mientras nos íbamos acercando cada vez más. La única forma de pasar al otro lado implicaría echar a perder el recuerdo fotográfico de alguien que probablemente solo estaría en el 30 Rock una vez en la vida. Eran las siete y cuatro minutos. Intenté abrirme paso, para ver si podía esquivarla, pero me lo impidió un grupo de adolescentes con mochilas. Alguien me dio un empujón en la espalda y empezamos a movernos.

—Súbanse a la viga, por favor. ¿Señora? —dijo la chica. La salida estaba bloqueada por una inamovible pared de gente. La fotógrafa me hizo una señal con la mano. Haría lo que fuera necesario para que aquello fuera más rápido. Obedientemente, me subí a la viga.

—Venga, venga, tengo que irme —murmuré entre dientes.

—Levanten las manos, eso es, ¡ahora los pulgares arriba por Nueva York! —exclamó la muchacha. Yo levanté las manos en el aire y también los pulgares—. ¡Ahora finjan que se empujan, eso es...! ¡Y ahora, bésense!

Un adolescente con gafas se volvió hacia mí, sorprendido, y luego encantado. Yo negué con la cabeza.

—Ni se te ocurra, colega. Lo siento —le dije, antes de saltar de la viga, pasar apresuradamente por delante de él y correr a la cola final que esperaba delante del ascensor.

Eran las siete y nueve.

En ese momento, me entraron ganas de llorar. Allí estaba, aplastada en aquella cola asfixiante y quejumbrosa, cambiando mi peso de un pie al otro y observando mientras el otro ascensor descargaba gente, maldiciéndome por no haber investigado antes. Me di cuenta de que aquel era el problema de los grandes gestos. Que el tiro solía salir por la culata de una forma espectacular. Los guardias observaban mi nerviosismo con la indiferencia de empleados de servicio que habían visto todo tipo de comportamiento humano. Y entonces, por fin, a las siete y doce minutos, la puerta del ascensor se abrió y un guardia condujo a la gente hacia él, contando las cabezas. Cuando llegó a mí, volvió a colocar la cuerda.

—En el siguiente ascensor.

—Venga ya.

—Son las normas, señora.

—Por favor. He quedado con alguien. Llego muy, pero que muy tarde. ¿No me dejaría colarme? Por favor. Se lo ruego.

—No puedo. Somos muy estrictos con el número.

Pero mientras dejaba escapar un pequeño gemido de angustia, una mujer que estaba a unos metros de distancia me hizo un gesto con la mano.

—Venga —me dijo, mientras salía del ascensor—. Vaya en mi lugar. Yo cogeré el siguiente.

—¿De verdad?

—A todos nos gustan los encuentros románticos.

—¡Gracias, gracias! —exclamé, mientras entraba. No quería decirle que la posibilidad de que fuera romántico o incluso un encuentro era menor con cada segundo que pasaba. Me colé en el ascensor, consciente de las miradas de curiosidad del resto de los pasajeros, y apreté los puños mientras el ascensor empezaba a moverse.

Esa vez el ascensor subió volando a todo trapo, haciendo que los niños se rieran y señalaran mientras el techo de cristal delataba la velocidad a la que íbamos. Las luces parpadeaban sobre nuestras cabezas. Mi estómago daba volteretas. Una anciana que iba a mi lado con un sombrero de flores me dio un pequeño codazo.

—¿Quiere un caramelo de menta? —me preguntó, antes de guiñarme el ojo—. Para cuando por fin lo vea —añadió. Yo cogí uno y sonreí, nerviosa—. Ya me contará qué tal va —dijo la mujer, mientras se volvía a guardar el paquete en el bolso—. Búsqueme —me pidió. Y entonces, mientras se me taponaban los oídos, el ascensor empezó a ir más despacio y nos detuvimos.

Érase una vez una chica de pueblo que vivía en un pequeño mundo. Era completamente feliz, o al menos eso se decía a sí misma. Como a muchas chicas, le encantaba ponerse ropa diferente, para ser alguien que no era. Pero, como a demasiadas chicas, la vida la fue consumiendo hasta que, en lugar de buscar lo que realmente le quedaba bien, se camuflaba, ocultaba aquello que la hacía diferente. Durante un tiempo dejó que el mundo la magullara hasta que decidió que era más seguro no ser en absoluto ella misma.

Hay muchas versiones de nosotros mismos que podemos elegir ser. Hubo un tiempo en que mi vida estaba destinada a medirse en los pasos más corrientes. Pero aprendí otra cosa diferente de un hombre que se negaba a aceptar la versión de sí mismo que le habían adjudicado, y de una anciana que vio, por el contrario, que podía transformarse, en un momento de su vida en que muchas personas habrían dicho que ya no había nada que hacer.

Tenía que elegir. Era la Louisa Clark de Nueva York o la Louisa Clark de Stortfold. O puede que hubiera otra Louisa totalmente distinta que aún no había conocido. La clave consistía en asegurarse de que nadie a quien permitieras caminar a tu lado decidiera quién eras y te etiquetara, como a una mariposa en una caja. La clave era saber que siempre podías encontrar de algún modo la forma de volver a reinventarte.

Me tranquilizaba a mí misma diciéndome que sobreviviría aunque él no estuviera allí. Al fin y al cabo, había sobrevivido en peores circunstancias. Solo sería una reinvención más. Me lo repetí varias veces mientras esperaba a que las puertas del ascensor se abrieran. Eran las siete y diecisiete.

Crucé apresuradamente las puertas de cristal, diciéndome que, si había llegado así de lejos, seguramente esperaría veinte minutos. Luego recorrí corriendo la plataforma, dando vueltas y zigzagueando entre los visitantes, los turistas dicharacheros y la gente que se hacía *selfies* para ver si él estaba allí. Volví a cruzar las puertas de cristal y el gigantesco vestíbulo interior hasta la segunda plataforma. Debía de estar allí. Me moví con rapidez, entrando y saliendo, volviéndome para ver las caras de los extraños, con los ojos entrenados para buscar a un hombre un poco más alto que la gente que lo rodeaba, de cabello oscuro y hombros rectos. Crucé el suelo embaldosado, con el sol de la tarde cayendo a plomo sobre mi cabeza y con el sudor empezando a brotarme en la espalda, mientras buscaba, miraba y observaba, con la angustiosa sensación de que él no estaba allí.

—¿Lo has encontrado? —me preguntó la anciana, agarrándome del brazo. Yo negué con la cabeza—. Ve arriba, cielo —me recomendó, señalando hacia un lateral del edificio.

—¿Arriba? ¿Hay algo más arriba?

Eché a correr, intentando no mirar hacia abajo, hasta que llegué a una pequeña escalera. Esta daba a otra plataforma de observación, incluso más abarrotada de visitantes. En mi desesperación, me lo imaginé de repente bajando sin que yo tuviera forma de saber si lo había hecho.

—¡Sam! —grité, con el corazón desbocado—. ¡Sam!

Unas cuantas personas me miraron, pero la mayoría siguieron contemplando el panorama, haciéndose *selfies* o posando delante de la pantalla de cristal.

Me puse en medio de la plataforma y grité con voz ronca: *¿Sam?*

Golpeaba el teléfono, intentando enviar el mensaje una y otra vez.

—No, aquí arriba no hay mucha cobertura. ¿Ha perdido a alguien? —preguntó un guardia uniformado, apareciendo a mi lado—. ¿Ha perdido a un niño?

—No. A un hombre. Había quedado con él aquí. No sabía que había dos niveles. Ni tantas plataformas. Dios mío. Dios mío. Creo que no está en ninguna de ellas.

—Me comunicaré por radio con mi compañero, a ver si puede llamarle —comentó, llevándose el *walkie-talkie* a la oreja—. Pero sabe que en realidad hay tres niveles, ¿verdad, señora? —añadió, señalando hacia arriba. En ese momento dejé escapar un sollozo ahogado. Eran las siete y veintitrés. Nunca lo encontraría. A esas alturas ya se habría ido. Si es que alguna vez había estado allí.

—Pruebe ahí arriba —me dijo el guardia, agarrándome por el codo y señalando hacia el siguiente tramo de escaleras, antes de darse la vuelta para hablar por la radio.

—Y eso es todo, ¿no? —pregunté—. Ya no hay más plataformas.

Él sonrió.

—Ya no hay más plataformas.

Hay sesenta y siete escalones entre las puertas de la segunda plataforma del Rockefeller 30 y la última y más alta plataforma panorámica, más si llevas unos tacones de baile de satén *vintage* de color rosa fucsia con las tiras elásticas cortadas que realmente no están hechos para correr, sobre todo durante una ola de calor. Esa vez me lo tomé con más calma. Subí el estrecho tramo de escalones y, a medio camino, cuando noté que algo en mí realmente estaba a punto de estallar de ansiedad, me di la vuelta y observé el paisaje que tenía a mis espaldas. Al otro lado de Manhattan, el sol brillaba naranja y el mar infinito de relucientes rascacielos reflejaba una luz de color melocotón, el centro del mundo, donde cada uno iba a lo suyo. Un millón de vidas debajo de mí, un millón de corazones grandes y pequeños, historias de alegría, de pérdida y de supervivencia, un millón de pequeñas victorias cada día.

Pero es un gran consuelo simplemente hacer algo que adoras.

Durante aquellos últimos pasos, consideré todas las formas en las que mi vida todavía seguiría siendo maravillosa. Recuperé el aliento y pensé en mi nueva agencia, en mis amigos, en mi inesperado perrito con su cara torcida y alegre. Pensé en cómo en menos de doce meses había sobrevivido a no tener casa ni trabajo en una de las ciudades más duras del mundo. Pensé en la Biblioteca en memoria de William Traynor.

Y cuando me giré y volví a levantar la vista, ahí estaba él, inclinado sobre la cornisa y observando la ciudad, dándome la espalda, mientras la brisa hacía ondear ligeramente su pelo. Me quedé quieta un instante, mientras los últimos turistas pasaban apresuradamente por delante de mí, y observé sus hombros anchos, la forma en que inclinaba la cabeza hacia delante, aquel suave pelo negro sobre su cuello, y algo en mí cambió: algo en lo más profundo de mi ser se reajustó e hizo que su sola presencia me tranquilizara.

Me quedé allí, mirándolo, y se me escapó un enorme suspiro.

Y, tal vez consciente de que lo estaba observando, en ese momento él se volvió poco a poco, se irguió, y la sonrisa que lentamente fue llenando su cara igualó a la mía.

—Hola, Louisa Clark —dijo.

AGRADECIMIENTOS

*U*n enorme gracias para Nicole Baker Cooper y Noel Berk por su generosidad y sabiduría en todo lo relativo a Central Park y el Upper East Side, y por ofrecerme una visión tan nítida de estos mundos tan particulares. Cualquier desviación de la realidad es totalmente mi responsabilidad y se ha incluido para servir al propósito de la historia.

Mi enorme gratitud también a Vianela Rivas de la Biblioteca de Nueva York por dedicar su tiempo a mostrarme la biblioteca pública de Washington Heights. Mi biblioteca de ficción no es una réplica exacta, pero desde luego su creación ha sido influida por el valioso servicio público que la versión real y su personal proporcionan. Que continúe por muchos años.

Gracias, como siempre, a mi agente, Sheila Crowley, y a mi editora, Louise Moore, por su continua fe y su permanente apoyo. Gracias también a toda la gente que ha trabajado duro en Michael Joseph, de Penguin, para contribuir a convertir este material en bruto en algo publicable, en especial a Maxine Hitchcock, Hazel Orme, Matilda McDonald, Clare Parker, Liz Smith, Lou Jones y Claire Bush, Ellie Hughes y Sarah Harwood.

Gracias también a Chris Turner, Anna Curvis y Sarah Munro, así como a Beatrix McIntyre y Lee Motley por el diseño de cubierta original. Gracias también a Tom Weldon y, además, a todos esos héroes anónimos de las librerías que nos ayudan a los autores a darnos a conocer ahí fuera.

Mi gran agradecimiento a todos los que trabajan junto a Sheila en Curtis Brown por su continuado apoyo, especialmente a Claire Nozieres, Katie McGowan, Enrichetta Frezzato, Mairi Friesen-Escandell, Abbie Greaves, Felicity Blunt, Martha Cooke, Nick Marston, Raneet Ahuja, Alice Lutyens y, por supuesto, Jonny Geller. En Estados Unidos, gracias de nuevo a Bob Bookman.

Gracias por vuestra duradera amistad, consejo profesional, comidas, té y bebidas inapropiadas a Cathy Runciman, Monica Lewinsky, Maddy Wickham, Sarah Millican, Ol Parker, Polly Samson, David Gilmour, Damian Barr, Alex Heminsley, Wendy Byrne, Sue Maddix, Thea Sharrock, Jess Ruston, Lisa Jewell, Jenny Colgan y todos los demás de Writersblock.

Más cerca de casa, gracias a Jackie Tearne, Claire Roweth, Chris Luckley, Drew Hazell, el personal de Bicycletta y todos los que me ayudan a hacer lo que hago.

Amor y gracias a mis padres —Jim Moyes y Lizzie Sanders— Guy, Bea y Clemmie, y sobre todo a Charles, Saskia, Harry y Lockie y BigDog (cuya inclusión en la «familia» no sorprenderá a nadie que la conozca).

Y un agradecimiento final a Jill Mansell y a su hija Lydia, cuya generosa donación a la iniciativa de Authors for Grenfell se ha traducido en que Lydia aparece ahora inmortalizada como propietaria de una tienda de ropa *vintage* aficionada a los cigarrillos y a mascar chicle.

Jojo Moyes

es autora de novelas que han recibido
maravillosas críticas e incluyen
bestsellers como *Uno más uno*, *La chica
que dejaste atrás* y *París para uno*. En
2014, su novela *Yo antes de ti* se convirtió
en un fenómeno internacional, ocupando el
número 1 de las listas en nueve países y
alcanzando los 13 millones de ejemplares
vendidos. Ha sido además llevada al cine
en una adaptación protagonizada por
Emilia Clarke (*Juego de tronos*) y Sam
Claflin (*Los juegos del hambre*).
Su éxito hizo que Moyes escribiera la
continuación de la historia, *Después de ti*,
y, posteriormente, *Sigo siendo yo*.

Visita www.JojoMoyes.com
Sigue a Jojo en